MIRA®

Der Preis dieses Bandes versteht sich einschließlich
der gesetzlichen Mehrwertsteuer.

Umwelthinweis:
Dieses Buch wurde auf chlor- und säurefreiem Papier gedruckt.

Michael H. Schenk wurde 1955 geboren und lebt in der Nähe von Bonn. Er arbeitet im Informationswesen einer Bundesbehörde.

Sein besonderes Interesse gilt den Menschen und ihrer Entwicklungsgeschichte, woraus sich auch seine Idee zur Reihe der Pferdelords entwickelt hat. Im Bereich der Fantasy geht es ihm vor allem darum, eine fantasievolle Umgebung zu schaffen, die jedoch noch immer so realistisch wirkt, dass sie vom Leser als natürlich empfunden wird. Dazu gehört auch die Entwicklung einer Historie, von Landschaften, Lebensformen und von Personen, mit denen sich der Leser bei aller Unterschiedlichkeit immer noch identifizieren kann und die ihn zusammen mit einer spannenden und aktionsgeladenen Handlung gleichermaßen fesseln und unterhalten soll.

Die Pferdelords und die Barbaren des Dünenlandes

MIRA® TASCHENBUCH
Band 65003
1. Auflage August 2007

MIRA® TASCHENBÜCHER
erscheinen in der Cora Verlag GmbH & Co. KG,
Valentinskamp 24, 20350 Hamburg
Originalausgabe

Die Veröffentlichung dieses Werkes erfolgt auf Vermittlung der Autoren- und Verlagsagentur Peter Molden, Köln

Konzeption/Reihengestaltung: fredebold&partner gmbh, Köln
Umschlaggestaltung: pecher und soiron, Köln
Lektorat: Ulf Müller, Köln
Illustrationen: Alexander Jung, Hamburg/
pecher und soiron, Köln
Satz: Buch-Werkstatt GmbH, Bad Aibling
Druck und Bindearbeiten: Ebner & Spiegel, Ulm
Printed in Germany
ISBN: 978-3-89941-358-8

Michael H. Schenk

Die Pferdelords und die Barbaren des Dünenlandes

Fantasyroman

MIRA®

N
W
O
S
Eternas
HOCHMARK
25 Tausendlängen
Die versteinerte
Südpass
Alte Festung
NORDMARK
Eodan
Hammerturm
REITERMARK
Furten des Eisen
WESTMARK
Gondan
Bergfestung
Enderona
KÖNIGSMARK

Die Marken der Pferdelords
Die weißen Sümpfe
Merdonan
OSTMARK
SÜDMARK
Hedan
Grenze
Hauptfluss
Handelsroute

N
W
O
S
25 Tausendlängen
Eternas
Hochmark
Horngrundweiler
Balwin
Halfar
Quellweile
Südpass
Pfad
Alte Festung
Eoda
Hammerturm
Furten des Eisen
Westmark

Die Hochmark der Pferdelords
Die versteinerten Wälder
NORDMARK
REITERMARK

Die Völker

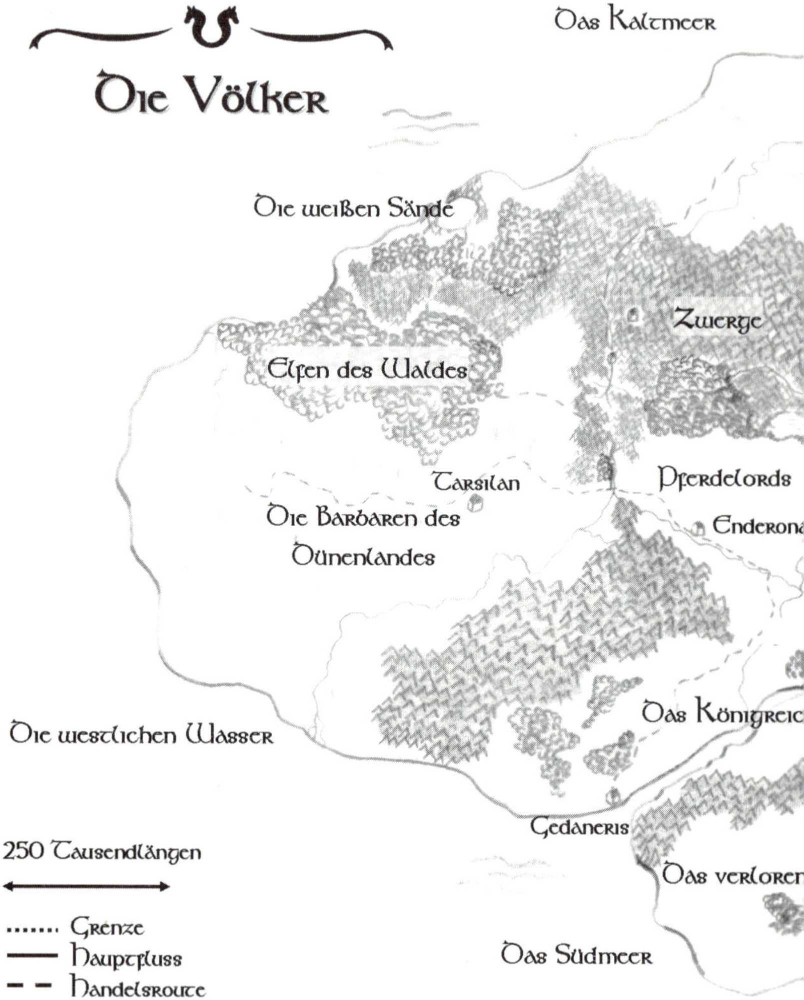

Das Kaltmeer
Die weißen Sände
Zwerge
Elfen des Waldes
Tarsilan
Pferdelords
Die Barbaren des Dünenlandes
Enderona
Das Königreic
Die westlichen Wasser
Gedaneris
Das verloren
Das Südmeer
250 Tausendlängen
Grenze
Hauptfluss
Handelsroute

N
W
O
S
Das Eisvolk
Die Nachtläufer
Orks
Das Volk der
Lederschwingen
Orks
Die Sandbarbaren

1

Sie werden sterben." Helrund stampfte mit dem Fuß auf den Boden der Wehrmauer, und eine kleine Wolke Staub wirbelte auf. Sein Nebenmann, der stämmige Palwin, folgte seinem Blick und lächelte schwach.

„Dafür werden unsere Lanzen und Schwerter wohl nicht reichen."

„Ich meine nicht die Barbaren, guter Herr Palwin." Helrund seufzte und musterte den Wald, der die Stadt Tarsilan wie ein riesiger Gürtel umgab. „Ich meine die Bäume. Der Sand wird sie ersticken und töten."

„So wie die Barbaren uns töten werden", stimmte Palwin zu. Der stämmige Pferdelord musste blinzeln, als ein Windstoß Sand in seine Augen trieb. Instinktiv legte er die lange Stoßlanze in die Armbeuge, wischte sich über das Gesicht und stieß ein grimmiges Knurren aus. „Sie sind ebenso zahlreich wie die Sandkörner."

Noch immer nahm der Wald eine gewaltige Fläche ein. Die Stämme der Bäume waren riesig, und die zahllosen Blätter schimmerten in den verschiedensten Grüntönen. Aber die Veränderung war nicht zu übersehen. Wo einst Moose und Wildblumen den Boden bedeckten, schob sich nun ein Meer von Sand zwischen den Bäumen hindurch. Unaufhaltsam vorwärtsdrängend, würde es die Stadt bald erreicht haben. Es würde die Bäume des Waldes ersticken und irgendwann auch die Stadt unter sich begraben. Der Sand kam von Norden her, und mit ihm waren auch die Menschen des Sandvolkes gekommen, die schon bald zum Angriff übergehen würden.

Immer wieder huschten Reihen ihrer Krieger wie Wellen zwischen den Bäumen hindurch auf die Stadtmauer Tarsilans zu und sammelten sich am Rand des sterbenden Waldes. Welle auf Welle wuchs ihre Streitmacht zu einer gewaltigen Woge heran, die schon bald über die Stadt und ihre Menschen hereinbrechen und sie verschlingen würde.

„Wir werden die Mauer nicht mehr lange halten können", sagte Helrund und blickte die Mauerkrone entlang.

„Nein, nicht mehr lange." Palwin spuckte aus, und sein Speichel mischte sich mit dem allgegenwärtigen Sand. „Wir werden sie aufgeben und uns zurückziehen müssen. Doch bevor das geschieht, werden wir unsere Lanzen in die Leiber der verfluchten Barbaren senken. Mögen die finsteren Abgründe den Sand und seine Krieger verschlingen."

Die Wehrmauer umgab die in konzentrischen Ringen errichteten Häuser Tarsilans und wirkte mächtig und unbezwingbar, aber es gab einfach zu wenige Männer, um die Stadt verteidigen zu können. In viel zu weiten Abständen standen sie entlang der Mauer hinter den Zinnen. Die meisten von ihnen trugen die grünen Umhänge der Pferdelords, doch einige waren in den braunen Stoff der einfachen Stadtbewohner gehüllt. Auch neben Helrund und Palwin stand ein solcher Mann, den die beiden Pferdelords mit Argwohn betrachteten. Es lag nicht einmal an ihm selbst, denn immerhin gehörte er dem Pferdevolk an. Doch in seinen Händen hielt er Waffen, welche die beiden erfahrenen Kämpfer zutiefst verabscheuten.

„Es ist nicht recht, dem Feind mit Pfeil und Bogen zu begegnen", brummte Palwin. „Man muss ihm im Sattel begegnen und die Lanze mit festem Stoß in seinen Leib senken. Von Angesicht zu Angesicht." Er spuckte erneut aus. „Ihn aus der Ferne mit dem Pfeil abzuschlachten, hat keine Ehre."

Der Mann im braunen Umhang erwiderte Palwins Blick und verzog das Gesicht. „Ihr werdet Euch schon bald wünschen, es gäbe mehr von meiner Art auf der Mauer, guter Herr Pferdelord.“

Palwin stieß ein obszön klingendes Geräusch aus. „Den Pfeil in einen Pelzbeißer oder eine Raubkralle zu senken, das ist Euer ehrliches Handwerk, Herr Jäger. Aber einen Krieger aus der Ferne zu morden, das hat keine Ehre. Nein, die hat es nicht.“

„Sagt das den Barbaren des Sandvolkes, Herr Pferdelord“, erwiderte der Jäger wütend. „Auch sie töten aus der Ferne. Ihr kennt ihre merkwürdigen Rohre, die sie an den Mund legen und mit denen sie ihre scharfen Stacheln verschießen. Schon mancher Pferdelord wurde durch sie vom Pferd geholt.“

„Wie auch immer, es hat keine Ehre“, knurrte Palwin.

Helrund legte seine Hand beschwichtigend auf die Schulter seines Kampfgefährten. „Streitet nicht. In diesem Moment stehen wir vereint, Schulter an Schulter. Ich gebe Euch recht, mein guter Herr Palwin, es wäre ehrenhafter, dem Feind auf dem Rücken unserer Pferde zu begegnen, die Stoßlanze fest in der Hand. Aber selbst der König sagt, dass eines Tages womöglich gar die Pferdelords mit Pfeil und Bogen kämpfen.“

„Niemals“, erwiderte Palwin entschieden. „Kein wahrer Pferdelord würde diese Waffen verwenden, um den Feind so ehrlos abzuschlachten.“

„Die Ehre, die Ehre“, zischte der Jäger. „Wo war sie denn, als die Barbaren in unser Land einfielen, unsere Weiler überrannten und Frauen und Kinder abschlachteten? So wahr ich Otan aus dem Grüntalweiler heiße, ich bin ein guter Jäger, Ihr Herren Pferdelords, und solange noch Kraft in meinen Armen ist und Pfeile in meinem Köcher sind, werde ich ihre

Spitzen in die Leiber der Mörder senken."

Helrund nickte und lächelte versöhnlich. „Wohl gesprochen, guter Herr Otan." Er klopfte Palwin auf die Schulter. „Und er hat recht, mein Freund, wir werden uns bald wünschen, mehr Jäger auf der Mauer zu haben, die ihre Pfeile auf den Feind schießen können."

„Dennoch sollten wir ihm gebührend entgegentreten. Auf dem Rücken der Pferde und mit vorgereckter Lanze." Palwin grinste. „So wie wir uns das erste Mal begegnet sind, Helrund, mein Freund."

Helrund erwiderte das Lächeln. „Ich kann mich noch gut daran erinnern, guter Herr Palwin. Der Kampf um die Herde des Grausteinweilers, bei dem Ihr mir Eure Lanze in die Schulter rammtet. Ein guter Stoß, noch immer schmerzt die Narbe, wenn das Wetter umschlägt."

„Heute wird mein Schild Euch decken, guter Herr Helrund." Palwin schüttelte die Stoßlanze in seiner Hand. „Und mein Stahl wird den Feind von der Mauer stoßen."

„Wir haben dem Feind nicht viel Stahl entgegenzusetzen", seufzte Helrund. „Die Hälfte der Wache des Königs und die Menschen der Weiler sind auf dem Weg zur Grenze, um eine neue Heimat zu finden. Unsere Reihen sind dünn besetzt." Er zuckte die Schultern. „Immerhin stehen wir nun geeint Seite an Seite, alter Freund." Helrund blickte über die Mauer auf die sich sammelnden Barbaren des Sandvolkes. „So haben wir den Barbaren auch etwas Gutes zu verdanken."

Noch vor wenigen Jahreswenden waren die Clans des Pferdevolkes verstreut gewesen und kämpften untereinander um Herden und Weidegründe. Als dann die Barbaren des Sandvolkes aus dem Norden herandrängten, waren einzelne Weiler des Pferdevolkes eine leichte Beute und wurden einfach überrannt. Doch in der Zeit der höchsten Not, als alles verloren schien, war wie aus dem Nichts ein Mann aufgetaucht und hatte die Wende herbeigebracht.

Wer ihn von Ferne sah, war wenig beeindruckt, denn der Mann wirkte schmächtig und unscheinbar, aber aus der Nähe erkannte man das Feuer, das in seinen Augen brannte. Mit Überredungskunst und Waffengewalt einte er die Clans und wurde schließlich der erste König des Pferdevolkes. Fast schien es, als könne das Volk mit vereinter Kraft den Barbaren widerstehen, aber es gab zu viele von ihnen, und viele tapfere Pferdelords fielen unter den Stachelpfeilen des Feindes, noch bevor sie ihm Angesicht zu Angesicht gegenüberstanden.

Noch bot das Pferdevolk dem Gegner die Stirn, aber es war abzusehen, dass der Widerstand bald brechen würde. Erneut war es der König, der einen Ausweg fand, doch um das Überleben seines Volkes zu ermöglichen, mussten die Stadt Tarsilan und ihre Einwohner geopfert werden.

„Sie müssten die Grenze in einem Zehntag erreichen", murmelte Helrund und blickte nach Osten. „Dann sind sie der Gefahr entronnen."

„Sie werden auf neue Gefahren treffen", stellte Palwin trocken fest.

„Die Streitmacht ist stark. Zweitausend Lanzen der Wache des Königs und die Männer der Weiler, die ebenfalls zu kämpfen verstehen. Sie werden die Frauen und Kinder beschützen und für unser Volk eine neue Heimat finden." Helrund lächelte. „Und sie sind schnell, denn sie haben all unsere Pferde bei sich."

„Die Herden und Wagen werden sie aufhalten."

Helrund nickte. „So wie unsere Lanzen und Schilde die Barbaren an Tarsilans Stadtmauer aufhalten werden."

Es war dem Pferdevolk nicht leichtgefallen, dem Befehl des Königs zu folgen und die alte Heimat mit ihren fruchtbaren Weiden und ausgedehnten Wäldern zu verlassen. Aber Sand und Barbaren rückten gleichermaßen vor, und das Ende der gedeihlichen Zeit war abzusehen. Nun würden die Angehörigen des Pferdevolkes im Osten eine neue Heimat suchen, während die Verteidiger Tarsilans den Feind aufhielten, um den Flüchtenden Zeit zu verschaffen.

Unten, im Zentrum der Stadt, erklang ein Horn, dessen Signal von anderen Hörnern aufgenommen wurde. Es rief die Verteidiger zu den Waffen, doch wer eine solche trug, befand sich längst auf der Mauer.

„Sie kommen", knurrte Palwin. „Der Ring um die Stadt ist geschlossen, und nun greifen sie an. Wir werden nicht lange standhalten können."

Helrund löste seine Hand von der Schulter des Freundes und fasste Lanze und Schild fester. „Angst vor dem Ritt zu den Goldenen Wolken, alter Freund?"

Was eine Beleidigung für einen wahren Pferdelord hätte sein können, löste bei Palwin nur ein leises Lachen aus. „Es wird ein wahrhaft ruhmreicher Ritt werden, alter Freund. Die Barbaren werden ihn noch lange in Erinnerung behalten."

„Das werden sie." Hinter ihnen, an einem anderen Mauerabschnitt, ertönte bereits Kampflärm, und nun setzten sich auch die Barbaren am Waldrand ihnen gegenüber in Bewegung. Helrund spuckte aus und befeuchtete seine trockenen Lippen. „Wir müssen so viele wie möglich von ihnen töten. Jeder Stoß gibt unserem Volk ein wenig mehr Zeit, die neue Heimat zu finden."

Otan stieß einen warnenden Ruf aus, und die beiden Pferdelords hoben instinktiv ihre grünen Rundschilde. Mit leisem

Pochen schlugen Stachelpfeile in das Holz. Währenddessen spannte Otan die Sehne seines Jagdbogens und begann seine Pfeile zu lösen. Doch es war ein einseitiges Duell zwischen den wenigen Jägern auf Tarsilans Mauer und den Barbaren, die sie berannten. Jeder Pfeil wurde von Hunderten scharfer Stacheln beantwortet, und Helrund und Palwin mühten sich redlich, den fluchenden Jäger zu decken, der damit beschäftigt war, seine Pfeile in schneller Folge auf den Feind zu schießen. Einige wenige Barbaren stürzten, aber die anderen drangen unaufhaltsam vor. Schließlich stieß Otan einen leisen Schrei aus und kippte hintenüber.

Helrund sah noch einen Stachelpfeil aus dem Auge des Jägers ragen, bevor dieser haltlos von der Mauer stürzte. Er sah seinen Kampfgefährten Palwin grimmig an und lauschte dem Schaben und Kratzen unter ihnen an der Mauer. „Bald werden sie über die Brüstung kommen. Sie legen bereits die Leitern an. Dann werden wir dem Tod ins Auge sehen, alter Freund."

Palwin lächelte. „Und sie unserem Stahl, alter Freund. Mögen die Legenden noch lange unseren Ritt zu den Goldenen Wolken besingen."

Die beiden Pferdelords standen geduckt auf der Mauer, und als die ersten Barbaren zwischen den Zinnen erschienen, zuckten ihre Lanzen vor und stießen die Angreifer in den Tod. Die flinken Augen und geübten Reflexe der beiden Kämpfer führten ihre Handlungen. Sich gegenseitig mit den Schilden deckend, töteten sie jeden, der sich vor ihnen zeigte, und so gelangte keiner der heraufkletternden Barbaren auf die Mauer.

Aber rechts und links der beiden Kämpfer gab es viele ungedeckte Zinnen, an denen bald schon die ersten Krieger des Sandvolkes auf den Wehrgang sprangen und schreiend mit erhobenen Schädelkeulen auf die beiden Pferdelords zurannten.

Rücken an Rücken stellten sich Helrund und Palwin nun ihrem letzten Kampf.

Unten in der Stadt bliesen erneut die Hörner, welche die Verteidiger von der Mauer zurück in die Stadt riefen. In deren Zentrum, dort, wo sich der neue Königspalast erhob, würde sich der Erste König des Pferdevolkes mit der verbliebenen Hälfte seiner königlichen Wache dem letzten Kampf stellen. Unter seinem Banner würden sie dort sterben, doch ihr Tod würde das Überleben des restlichen Volkes sichern. Gemeinsam mit dem König würden auch die letzten Verteidiger fallen, ebenso wie jene ihrer Frauen und Kinder, die sich entschlossen hatten, an ihrer Seite zu sterben.

Helrund und Palwin erlebten diesen letzten Kampf nicht mehr. Die erdrückende Übermacht der Barbaren überwältigte sie schließlich. Doch als sich das Blut der toten Pferdelords auf der Mauer Tarsilans vermischte, war es wie ein Symbol für die erst vor Kurzem erfolgte Vereinigung des Pferdevolkes.

Nur an wenigen Stellen der Mauer wurde noch gekämpft, und nur wenigen Verteidigern gelang es, sich zum Zentrum und zum Königsplast zurückzuziehen. Sie wichen langsam und kämpfend zurück und ließen den Feind dicht folgen. Auf dem großen Platz, auf dem sich der Palast erhob, stellten sie sich unter dem Banner des Königs dem Gegner, dessen Vorhut mit Triumphgeheul auf sie einstürmte.

Nochmals zeigte sich die Zähigkeit des Pferdevolkes, als aus den Häusern im Rücken des Feindes eine kleine Schar Kämpfer hervorbrach, begleitet von den Frauen, die sich nicht nur darauf verstanden, Wunden zu heilen, sondern diese auch dem Feind geschickt zuzufügen wussten. Männer und Frauen starben massenhaft, nur die letzten Überlebenden zogen sich in den Palast zurück.

Irgendwann erstarb der Kampflärm, und Stille senkte sich über die Stadt Tarsilan. Die Krieger des Sandvolkes hatten gesiegt, aber einen hohen Preis dafür bezahlt. Sie hatten keine Zeit, ihre Toten zu beklagen, ehrten sie jedoch gemäß ihrer Tradition, bevor sie sich eilig nach Osten wandten, wohin die Menschen des Pferdevolkes geflohen waren. Man durfte sie nicht entkommen lassen, denn womöglich würde sich das Volk bald erholen und eines Tages Vergeltung suchen. Also würde man den Pferdemenschen folgen und auch die letzten Schädel nehmen.

Die Krieger des Sandvolkes nahmen den schnellen Schritt auf, der typisch für ihre Clans war. Sie waren entschlossen, die Menschen des Pferdevolkes noch vor der Grenze einzuholen. Diese führten auf der Flucht ihre Kinder, die Alten und Kranken, ihre Herden und das nötigste Hab und Gut mit sich. Sie würden nur langsam vorankommen, trotz all der Pferde, die sie dabeihatten. Der Führer der Clans wusste, dass die Fliehenden von den letzten Männern der königlichen Wache begleitet wurden. Doch das waren nicht mehr viele, vielleicht gerade einmal zweitausend Lanzen.

Der Führer des Sandvolkes behielt recht. Sie holten die Fliehenden an der Grenze ein, und tatsächlich waren es nicht mehr als zweitausend der Pferdelords. Aber diese hier waren beritten.

Hinter den Barbaren blieb die ausgelöschte Stadt Tarsilan zurück. Der Sand begrub die Wälder und die Stadt unter sich; er bedeckte gnädig den Ort des Todes, um ihn eines Tages wieder freizugeben.

2

Es war ein sanfter und warmer Wind, kaum mehr als ein Hauch, der unmerklich von Westen nach Osten strich und nicht erahnen ließ, zu welchem Sturm er anwachsen und welche Gewalt er bringen konnte. Der Wind bewegte die langen grünen Umhänge, welche die Schultern der Reiter bedeckten. Diese standen in langen Reihen, eine hinter der anderen, und blickten nach Osten, dorthin, wo sich hinter steilen Gebirgszügen die neue Heimat des Pferdevolkes erstreckte.

Zweitausend Reiter sahen ihr entgegen, doch keiner von ihnen würde sie jemals erreichen.

Die ausgeblichenen Umhänge waren verschlissen und verfallen, so wie das Fleisch der Reiter und ihrer Pferde längst verfallen war. Hölzerne Stützen hielten Mann und Ross aufrecht und vermittelten den Eindruck von Leben, wo schon so viele Jahre kein Leben mehr war.

Der Wind ließ Rüstungsteile und Knochen aneinanderschlagen und rief ein leises Klappern hervor, als pochten die Hufe der Pferde noch über den Sand, als schlügen die Reiter noch immer kampfeswillig die Waffen gegen ihre grünen Rundschilde. Der Wind und der Sand des Dünenlandes forderten ihren Tribut. Sie hatten die Knochen von den Sehnen gelöst, und ausgebleichtes Gebein lag zwischen den Reihen der Reiter am Boden. Es wurde vom Sand bedeckt, den der Wind herantrug, und von der nächsten Windbewegung wieder freigelegt.

Die Toten trugen ihre Helme, an denen noch die Reste stolzer Rosshaarschweife zu erkennen waren. Aber diese Helme bedeckten keine Köpfe mehr, sondern steckten auf kurzen

Stangen, denn jene, die den Reitern einst das Leben raubten, hatten den Toten auch die Schädel genommen, als Zeichen des Triumphes über die Männer mit den grünen Umhängen.

Die Toten waren Pferdelords und gehörten einst der Wache des Ersten Königs an. Sie hatten die Grenzen des Pferdevolkes bewacht und das Volk beschützt. Nun hatte ihr Volk eine andere Heimat gefunden, aber die Tote Wache des Königs hielt noch immer die alte Grenze.

3

Die alten Lieder wussten zu berichten, dass die Menschen des Sandes einst in festen Städten lebten. In Städten mit Häusern und Mauern aus Stein. Aber es waren sehr alte Lieder, und kaum ein Angehöriger des Sandvolkes konnte sich vorstellen, dass es tatsächlich jemals so gewesen sein sollte. Seit Urzeiten schon waren ihre Heimstätten beweglich, um dem wechselnden Wüstenwind trotzen und dem Sturm weichen zu können. Die Städte des Volkes hatten keine Häuser und keine Mauern und auch keine Namen. Sie waren Heimstätten und wurden nach den Clans benannt, die sie bewohnten. Die Heimstatt des Nagerclans war typisch für die Zeltstädte des Nomadenvolkes.

Das Erste, was man von einer Heimstatt erblickte, waren die Aussichtsplattformen, die sich auf einem geschälten Pfahl erhoben. Es waren hohe und starke Pfähle, die man aus Bäumen gefertigt hatte und von denen ein jeder mit Blut bezahlt worden war, denn im Land des Sandvolkes gab es keine Bäume und schon gar keine Wälder. Man musste das kostbare Holz aus den Ländern anderer Völker holen. Aber das Sandvolk hatte nicht viel, mit dem sich handeln ließ, und so nahm es sich mit Gewalt, was es brauchte. Manchmal gelang dies ohne Blutvergießen, manchmal brachte man gegnerische Schädel für diese Kämpfe, manchmal musste man eigene zurücklassen. Der Preis dafür – die hohen Pfähle – wurde sorgsam gepflegt und mit den Zeichen der Krieger versehen, die um sie gekämpft hatten.

Die Plattformen dienten dazu, die Annäherung eines Gegners zu erkennen, doch der Hauptfeind des Sandvolkes bewegte sich nicht auf der Erde, sondern darunter.

Sandwürmer sahen nicht besonders gut, und das brauchten sie auch nicht, da sie im Wüstensand tief unter der Oberfläche lebten und nur nach oben kamen, wenn sie etwas Fressbares entdeckt hatten. Sie nahmen Vibrationen im Boden noch über große Entfernungen wahr, wobei sie besonders auf gleichförmige Erschütterungen reagierten, wie Lebewesen sie bei der Fortbewegung erzeugten. Ein Angehöriger des Sandvolkes lernte daher früh, seine Füße in veränderlichem Rhythmus aufzusetzen.

Aber auch die Sandwürmer riefen Vibrationen hervor, wenn sie sich unter der Oberfläche hindurchwühlten, und genau das machte man sich bei den Plattformen zunutze. Denn auf ihnen erhoben sich Stangen mit dünnen Metallplatten, die zu schwingen und zu klirren begannen, sobald sich ein Sandwurm näherte. Und da die Plattformen mit Bedacht immer viele Längen vor der Heimstatt errichtet wurden, hatten deren Bewohner im Falle eines Alarms genug Zeit, um sich auf den Wurm vorzubereiten.

Es gab nicht viel, was ein Angehöriger des Sandvolkes gegen einen Sandwurm aufzubieten hatte. Da war zum einen die Schnelligkeit seiner Füße und zum anderen das Gift des Sandstechers, das allerdings eine bestimmte Stelle im gewaltigen Maul des Wurms erreichen musste. Es war nicht leicht, einen vergifteten Pfeilstachel in diese Stelle hineinzutreiben, und so versuchte das Sandvolk lieber, dem Wurm rechtzeitig zu weichen oder seine Aufmerksamkeit erst gar nicht zu erregen.

Ein Sandwurm verfügte neben seinem Vibrationssinn über die Fähigkeit, eine Wärmequelle an der Oberfläche auszumachen, und so entfachte kein Angehöriger des Sandvolkes ein

Feuer direkt am Boden. Aus diesem Grund erhoben sich auch die Wohnstätten der Clans auf Pfählen über dem Wüstenboden. Das dazu benötigte Holz war jedoch einfacher zu erhalten, denn die verwendeten Pfähle durften kürzer sein, und für die Bodenplattformen der Häuser genügten sogar sorgsam gebundene Knüppelhölzer. Die Feuer wurden stets klein gehalten, doch konnte man nicht ganz auf sie verzichten, denn man musste kochen und brauchte in den eisigen Wüstennächten auch eine Wärmequelle. Als Brennstoff wurden die reichlich vorhandenen und schnell nachwachsenden Stachelpflanzen genutzt.

Aus deren Fasern wurden auch die halbkugelförmigen Zelte gefertigt, die auf den Pfahlplattformen standen und als Behausung für die Menschen dienten. Die Fasern wurden von den Frauen zugeschnitten, sorgfältig weich gekaut und danach zu dicken Strängen geflochten, wodurch die Zelte überraschend dicht waren und gut vor Wind und Sand schützten, sofern man den Eingang sorgsam mit einem Fell oder einer Lederhaut bedeckte. Das bei einem Regensturm herabstürzende Wasser ließ die getrockneten Pflanzenfasern ungeheuer schnell aufquellen, sodass sie das Zeltdach zuverlässig abdichteten.

In der Mitte jedes Hauszeltes erhob sich eine Steinplatte, auf der gekocht und geheizt wurde und über der sich ein Loch im Zeltdach befand, durch das Rauch und Gerüche abziehen konnten. Manchmal löschte ein besonders starker Regen das Feuer, doch man störte sich nicht daran, denn in der Wüste war Regenwasser kostbarer als Glut.

Der Regen brachte viel mehr Wasser als das Fleisch der Stachelpflanzen. Wenn er fiel, sammelten die Menschen des Sandvolkes das Nass in gebrannten Gefäßen und traten oft unbekleidet aus ihren Pfahlzelten heraus, um die seltene Erfrischung zu genießen. Doch mitunter schwoll der Regen zum Regensturm an, und das Wasser wurde zur Gefahr. Denn die riesigen Tropfen schlugen mit großer Wucht vom Himmel herunter, sodass der trockene Boden sie nicht schnell genug aufnehmen konnte. Pfützen bildeten sich, wuchsen zusammen und bedrohten das Leben der Menschen, wenn sie nicht rechtzeitig die hohen Pfahlzelte erreichten.

Die Pfahlbauten waren in konzentrischen Kreisen angeordnet. Die äußeren Ringe waren den Zelten der Krieger vorbehalten, gefolgt von denen der Nicht-Krieger. Die Eingänge wiesen ins Kreisäußere, sodass ein Angreifer notfalls vom Zelt aus bekämpft werden konnte. Der innere Zeltring war den Frauen und Kindern vorbehalten, die so am besten geschützt waren. Auch die gebundenen Männer und Frauen mussten diese Trennung einhalten, denn Tradition und Notwendigkeit verlangten es so. Wenn sie den hitzigen Drang verspürten, einander zu bedecken, geschah dies in einem der dicht an dicht stehenden Frauenzelte. Nicht selten gaben die zuhörenden Frauen später ihre Kommentare ab, worüber nicht jeder der Krieger glücklich war.

In der Mitte der Heimstatt schließlich stand das Schädelhaus. Es wurde von einem Geflecht aus Pfählen gestützt, denn es war ein großes Haus, in dem der Kriegerrat zusammentrat und in dem die Trophäen seiner Streifzüge aufbewahrt wurden. Die Eingänge wiesen in die vier Himmelsrichtungen, und die Wände dazwischen waren mit den genommenen Schädeln bedeckt. Viele Krieger traten in dem Rat zusammen, und es gab viele genommene Schädel, daher hob sich die Kuppel des Schädelhauses weit über die anderen Pfahlzelte empor.

Musste die Heimstatt verlegt werden, so wurden Pfahlzelte und Inventar auf Schleppen aus Stachelpflanzenfasern verstaut, die von den Frauen gezogen wurden, während die Kinder um sie herumtollten und die Krieger sie beschützten.

Obgleich die Gebäude der Heimstatt aus Holz und Stachelpflanzen bestanden, waren sie keineswegs schmucklos. Die Frauen nutzten die farbigen Mineralien, die sie in Sand oder Gestein fanden, zerdrückten sie und mischten sie mit Wasser zu einem Brei, mit dem sie das Holz oder die Pflanzenfasern färbten. So zeigten sich die Gebäude der Heimstätten in verschiedenen Rot-, Braun- und Grüntönen, die sich auch in der Kleidung der Menschen wiederfanden. Eine gelbe Färbung hingegen war selten und blieb den Clanführern sowie den schädelreichsten Kriegern vorbehalten.

Je näher man dem Zentrum der Heimstatt kam, desto intensiver wurde der Lärm, den schwatzende Frauen und spielende Kinder verursachten. Natürlich trugen auch die Krieger hierzu bei, aber sie bezeichneten ihr Schwatzen würdevoll als Erfahrungsaustausch. Dazwischen mischten sich das Grunzen der Sandschnüffler und die zahlreichen Geräusche der täglichen Verrichtungen.

Die Frauen waren es, die unter dem Schutz einzelner Krieger in die Stachelpflanzenfelder gingen, mit ihren dicken Lederhandschuhen und Langmessern die Stacheln brachen und die Pflanzen fällten, um sie in die Heimstatt zu bringen. Die Krieger beteiligten sich an der Arbeit, indem sie aufmerksam in die Umgebung spähten, gelegentlich etwas Pflanzenfleisch naschten und die Stacheln danach begutachteten, welche von ihnen sich als Stachelpfeile eignen würden.

Die Kinder kümmerten sich indes um die Sandschnüffler. Sie hörten dem Grunzen und Quieken der haarlosen Geschöpfe zu, die mit ihren Schnauzen schnüffelten und den Sand nach Insekten durchwühlten. Gelegentlich schwoll das

Quieken zu einem Brüllen an, wenn eines der Kinder an dem seltsam geringelten Schwanz eines der Sandschnüffler zerrte. Die Tiere waren klein und lebhaft und dienten als Fleischlieferanten des Sandvolkes, wenn man einmal von gelegentlich erlegten Fleckbeißern absah. Zudem waren sie genügsam und vermehrten sich rasch.

Das galt zwar auch für die Fleckbeißer, allerdings war es nicht leicht, einen von ihnen zu erlegen. Obwohl nur halb so groß wie ein ausgewachsener Krieger, war der Fleckbeißer ein wehrhaftes und schnelles Tier. Seine Vorderläufe waren deutlich höher als seine Hinterläufe, wodurch der Räuber den Eindruck vermittelte, als würde er sich nicht zwischen Sitzen und Stehen entscheiden können. Doch das täuschte, denn er war ungeheuer schnell, und der lang gestreckte Schädel mit den großen Fangzähnen machte ihn zu einem gefährlichen Gegner. Zudem jagte der Fleckbeißer im Rudel, und ein Krieger konnte sicher sein, dass er, sobald er einen Fleckbeißer sah, gleich einem weiteren Dutzend der Biester begegnen würde. Ein einzelner Jäger hatte nur dann eine Chance, wenn er auf ein altes Tier stieß, das von seinem Rudel ausgestoßen worden war. Dann entschied allein die Schnelligkeit, wer am Ende wessen Fleisch genoss. Dasjenige der Fleckbeißer war zäh und sehnig, stellte aber dennoch eine willkommene Abwechslung zu dem der Sandschnüffler dar, denn es hatte einen ganz eigenen, wenngleich sehr scharfen Geschmack.

Heglen-Tur war ein Jäger, aber noch kein Krieger, weshalb es ihm bislang verwehrt war, sich Heglen-Turik zu nennen. Er hatte noch keinen Schädel vom Feind genommen, was den jungen Mann betrübte. Ein genommener Schädel brachte Ehre und das Recht, eine Frau zu besteigen, und so sehnte Heglen-Tur den Tag herbei, an dem er Ruhm ernten und das Besteigungsrecht erhalten würde.

Heglen-Tur war nun fünfzehn Sommersonnen alt, und seine Bewährung als Krieger stand kurz bevor. Der Rat der Clankrieger würde heute darüber befinden, wann Heglen-Tur die erfahrenen Krieger auf einem Streifzug begleiten durfte, damit er seinen ersten Schädel nehmen konnte. Einer jener Streifzüge, die nach Norden, Nordosten oder Osten führten, wo jeweils eigene Gefahren lauerten, die aber zugleich die Möglichkeit zur Schädelnahme und damit auch zur Erlangung großen Ruhmes boten. Zwar wurden die Streifzüge unternommen, um das kostbare Holz zu erlangen, doch Heglen-Tur empfand das Nehmen eines Schädels als weitaus verlockender. Allerdings würde sich niemand freiwillig seinen Schädel lösen lassen.

Im Norden befanden sich die ausgedehnten Waldgebiete des elfischen Volkes, und Heglen-Tur hoffte insgeheim, dass ihn sein erster Streifzug nicht zu ihnen führen würde, denn die Elfen waren ausgezeichnete Kämpfer und tödlich gute Bogenschützen. Erfolg versprechender war der Zug nach Nordosten, über einen der schmalen Gebirgspfade hinweg in das Land der Zwerge, die dort in ihren unterirdischen Städten lebten. Auch die Zwerge konnten kämpfen, aber sie bevorzugten Äxte als Waffen und waren nicht besonders flinke Läufer, was sie zu einem angenehmen Ziel für die viel weiter tragenden Pfeilrohre des Sandvolkes machte.

Es war nicht so, dass das Sandvolk einem guten Kampf aus dem Weg gegangen wäre. Aber es brauchte viele Sonnenjahre, einen Krieger heranzuziehen, und nur wenige Augenblicke, ihn zu töten. In der Wüste wurde nichts verschwendet, schon gar nicht das Leben eines Sandmenschen.

Im Osten führte der Weg in die Westmark des Pferdevolkes. Jenes Reitervolkes, welches vom Sandvolk einst aus dessen angestammter Heimat vertrieben worden war, allerdings in einem langen und blutigen Kampf, der viele Leben gekostet, aber auch viele Schädel eingebracht hatte. Noch immer konnte man im Dünenland die Überreste alter Siedlungen finden, die im steten Wechsel vom Sand bedeckt und durch den Wind wieder freigelegt wurden.

Das Pferdevolk hatte einst zäh und tapfer gekämpft und die letzte große Schlacht an der Grenze zum Dünenland gefochten, wo die Wache des zuvor getöteten Königs die Flucht der anderen Menschenwesen gedeckt hatte. Es war ein guter Kampf gewesen, der noch immer in den Liedern besungen wurde, und das Sandvolk ehrte die besondere Tapferkeit der königlichen Wache, indem es deren Schädel bewahrte und die Toten weiter an der Grenze wachen ließ. Jeder junge Krieger hatte die Pflicht, den Toten des Pferdevolkes die Ehre zu erweisen und ihre Überbleibsel zu pflegen, soweit die Wüste dies zuließ.

Man ehrte die eigenen und fremden Toten, indem man ihre Leiber an jenen Orten beließ, wo ihr Blut ein letztes Mal den Sand der Wüste bedeckt hatte. Nur die Schädel der im ehrenhaften Kampf gefallenen Gegner löste man als Trophäe vom Rumpf. Die Waffen und Rüstungen hingegen beließ man ihnen, so kostbar das Metall auch war, denn es wäre nicht statthaft gewesen, es von den Toten zu rauben. So verrotteten die Überbleibsel jenes Kampfes im Wüstensand, wurden von ihm bedeckt und wieder freigelegt. Einmal im Jahr, wenn die Nacht am längsten währte, tranken die Krieger im Schädelhaus gegorenen Pflanzensaft auf die Ehre der eigenen und der genommenen Schädel. Und mancher dieser Tapferen hatte am folgenden Tag das Gefühl, auch sein eigener Schädel sei bei diesem Ritual gelöst worden.

Die Lieder besangen die Kraft der Pferdelords, die einst bezwungen worden waren, und die Kraft der Krieger, welche dies erreicht hatten. Um die Toten des Pferdevolkes zu ehren, die den letzten Kampf gefochten hatten, erinnerte man sich ihrer auf eine besondere Weise. Ihre Leiber hatte man nicht einfach liegen lassen, sondern in mühevoller Arbeit aufgerichtet. Nun konnten sie nach Osten blicken, dorthin, wohin ihr Volk zurückgewichen war, dessen Überleben sie mit ihrem eigenen Tod gesichert hatten.

Das Sandvolk nannte sie die „Tote Wache", und es hatte Opfer gekostet, ihr Andenken zu bewahren. Bis die Körper verfallen waren, hatten das verrottende Fleisch und der Gestank ganze Rudel von Fleckbeißern angelockt. Das Sandvolk hatte eigene Leben opfern müssen, um die Toten zu verteidigen. Doch nun gab es nichts mehr, was Fleckbeißer hätte anlocken können, und so war die Ehrenwache mittlerweile weniger gefährlich.

Heglen-Tur trug die typische Tracht der Männer des Sandvolkes. Knochen und die Fasern der Stachelpflanze bildeten die Grundstoffe seiner Kleidung. Ein Blick auf sein ärmelloses Hemd aus gut durchgekauten Pflanzenfasern bestärkte Heglen-Tur in dem Wunsch, bald ein Weib zu besteigen. Denn musste er als Jungmann den Rohstoff noch selbst bearbeiten, würde das Weib dem gebundenen Krieger die unangenehme Aufgabe des Kauens abnehmen und sie vermutlich weitaus sorgfältiger durchführen. Dieses Hemd jedenfalls war nicht richtig weich und anschmiegsam, ja, es kratzte sogar. Aber Heglen-Tur ertrug es mit stoischer Miene. Er wollte sich vor den Frauen und Mädchen des Clans keine Blöße geben. Das Hemd reichte bis über das Gesäß und ließ die Beine frei. Durch den

Speichel waren die Fasern beim Kauen ausgeblichen, und so hatte das Hemd die Farbe des Sandes, was eine gute Tarnung bot.

Zu dem kragenlosen Oberteil trug Heglen-Tur einen selbst gefertigten Brustpanzer aus Knochen. Meist benutzte man die leicht erhältlichen Gebeine der Sandwühler, aus denen sich ein passabler Panzer fertigen ließ. Sie wurden mittels geflochtener Pflanzenfasern miteinander verbunden und bildeten einen annehmbaren Schutz gegen die Klinge eines Schwertes oder einer Axt, vorausgesetzt, der Hieb wurde nicht allzu kräftig geführt. Lanze und Pfeil hingegen würden ihn durchschlagen, damit musste man sich abfinden, bis man ein passendes Metallteil fand, das den Panzer verstärken konnte. Metall wurde jedoch stets unter dem Knochenpanzer getragen, denn es schimmerte verräterisch und konnte seinen Träger schon auf große Entfernung entlarven.

Es gab einige Stellen in der Wüste, an denen sich das kostbare Erz finden ließ. Diese Orte waren allen Clans bekannt, aber nicht immer waren sie zugänglich, denn es konnte vorkommen, dass die Wüste sie bedeckte. Das Gesetz der Clans schrieb vor, das genommene Erz gerecht zu teilen, und wer etwas fand und mitnahm, bewahrte den Anteil der anderen Heimstätten daran auf, bis der Rat der Clans sich traf. Während die Turikos über die Belange der Clans entschieden, tauschten die Turik das kostbare Metall. Es gab keinen Streit zwischen ihnen, denn kein Clan übervorteilte den anderen. Sie hatten gelernt, im Notfall zusammenzustehen, und so auch das Pferdevolk bezwungen.

In jeder Heimstatt gab es das Zelt des Schmelzers. Es war besonders stabil gebaut und hatte auf seiner Plattform eine besonders große Steinplatte. Auf ihr formte man aus Sand den

Schmelzkegel und brannte ihn. Dann wurde der Kegel beheizt und das Erz von oben hineingegeben. Der Schmelzer und seine Gehilfen achteten viele Sonnen lang auf die richtige Temperatur. Wenn die rechte Zeit gekommen war, zerbrach man den Kegel. Dann hatten sich Schlacke und Metall geschieden, und aus dem Metall wurden Wurmwarner, Messer oder die eisernen Brustplatten der Harnische geschmiedet.

Weitaus wichtiger als der Schutz der Brust war dem Sandvolk der Schutz von Bein und Fuß. An den Beinen hatte Heglen-Tur die knielangen Überzieher aus den unvermeidlichen Pflanzenfasern angelegt, die vor den Stacheln der Pflanzen schützten. Ihre dicken Sohlen bestanden aus der mehrfach gefalteten und vernähten Haut der Sandwühler.

Heglen-Tur trug keinen Helm. Niemand vom Sandvolk tat das. Es war unschicklich, den Schädel zu bedecken, denn es galt als Zeichen mangelnden Mutes. Man bot dem Feind den Schädel dar, mochte er ruhig versuchen, ihn zu nehmen. Allein die Stärke des Kriegers sollte darüber entscheiden, wer am Ende wessen Trophäe nehmen würde.

Der Fünfzehnjährige blickte schweigend zwischen den Hütten des zweiten Kreises der Heimstatt hindurch zum Zentrum hinüber. Einige der Frauen beobachteten ihn, denn sie spürten die Ungeduld, die er verbergen wollte. Ein Sandwühler suchte Schutz vor zwei vergnügt kreischenden Kindern und rannte quiekend zu ihm hinüber. Doch Heglen-Tur ignorierte die kleinen Wesen, die um seine Beine herumtollten, und versuchte sich den Anschein von Gelassenheit zu geben, was ihm jedoch immer schwerer fiel. Als er schon kurz davor stand, mit dem Fuß nach dem störenden Sandwühler zu treten, rannte der Insektenfresser endlich davon, dicht gefolgt von den kreischenden Kindern.

Heglen-Tur spürte ein intensives Jucken zwischen den Beinen, wo einer der plagenden Sandflöhe Unterschlupf vor der Tageshitze gesucht hatte. Auch das Jucken ignorierte er mannhaft, bis sich offensichtlich ein zweiter Sandfloh hinzugesellte und der Reiz übermächtig wurde. Möglichst unauffällig hob Heglen-Tur sein Hemd an und kratzte sich ausgiebig zwischen den Beinen, wobei er auch einen der Flöhe fand und ihn zerquetschte. Errötend bemerkte er eine ältere Frau, die auf sein entblößtes Geschlecht sah und einen anerkennenden Pfiff ausstieß, der sofort die Aufmerksamkeit weiterer Weiber auf ihn lenkte, sodass sich Heglen-Tur beeilte, seine Männlichkeit wieder zu bedecken.

Er tat, als bemerkte er die Blicke und Kommentare der Weiber nicht, und sah erneut zum Schädelhaus im Zentrum der Heimstatt hinüber. Ihm blieb nichts anderes übrig, als zu warten, denn kein Jungmann näherte sich unaufgefordert dem Sitz des Kriegerrates.

Missmutig wechselte er das Pfeilrohr in die andere Hand. Es maß eine halbe Länge, bestand aus kostbarem Holz und war außen mit Fasern der Stachelpflanze umwickelt. Ein Atemstoß reichte aus, um einen Stachelpfeil durch das Rohr zum Feind zu tragen. Und wenn der Atem kräftig war und der Stachel gut und gerade, konnte dieser noch über hundert Längen hinweg sein Ziel finden. Heglen-Tur war stolz auf sein Pfeilrohr, denn er hatte es selbst gefertigt, und es war gut, wie auch seine Stachelpfeile scharf und gerade waren. Neben dem Pfeilrohr trug er noch die schwere Schädelkeule, ein mit Pflanzenfasern an einen langen Oberschenkelknochen gebundener Stein, mit dem man den Schädel eines Feindes zertrümmern konnte. Aber kein guter Clankrieger würde das tun, wenn es sich vermeiden ließ. Die Keule musste vielmehr den Nacken des Gegners treffen, um die Halswirbel zu zertrümmern, damit die kostbare Schädeltrophäe unbeschädigt blieb.

Einzig das gezackte Messer, das in Heglen-Turs aus Pflanzenfasern geflochtenem Gürtel steckte, war aus gutem Metall. Mit ihm ließen sich Tiere ausnehmen, Stachelpflanzen roden und Hälse abschneiden. Sein Messer hatte noch keinen Hals durchtrennt, aber bald, hoffentlich bald, würde auch dies geschehen.

Seine empfindlichen Ohren nahmen ein leises Klingen wahr. Instinktiv wandte er sich um und blickte zwischen dem Außenring der Pfahlzelte hindurch zur nächsten Wachplattform. Aber der Wächter verhielt sich ruhig. Hätte er das Wühlen eines Sandwurms bemerkt oder einer der anderen Wächter Alarm gegeben, so würde er sich anders verhalten haben. Heglen-Tur entspannte sich wieder und blickte erneut voller Ungeduld zum Schädelhaus des Kriegerrates.

Endlich war dort Bewegung zu erkennen.

In dem Heglen-Tur zugewandten Eingang erschien die Gestalt von Bimar-Turik, und als der alte Krieger Heglen-Tur erblickte, hob er einen Arm und winkte ihn heran. Heglen-Tur hatte sich vorgenommen, mit würdevollen Schritten hinüberzugehen, aber seine Aufregung war zu groß, und so verfiel er in den typischen arhythmischen Trab des Sandvolkes, der einen Krieger rasch durch die Wüste zu tragen vermochte. Dabei bemühte er sich, wenigstens den richtigen Schrittwechsel vorzunehmen, damit der alte Krieger keinen Grund zur Kritik fand.

Bald war es so weit, bald würde Heglen-Tur sich endlich Heglen-Turik nennen dürfen.

Der Fünfzehnjährige erreichte einen der aufragenden Pfosten, auf denen das Schädelhaus ruhte, schwang sich behände hinauf und blieb in ehrerbietiger Haltung vor dem Krieger Bimar-Turik stehen. Bimar-Turik bot keinen schönen Anblick. Sein Gesicht wies zahllose Narben auf, denn als Kind war er in eine Stachelpflanze gestürzt, deren Dornen ihn übel zugerichtet hatten. Er hatte viel Spott ertragen müssen, nachdem die Wunden verheilt und hässliche Narben zurückgeblieben waren. Dieser Spott hatte wohl dazu beigetragen, dass der Clankrieger als ebenso humorlos wie mutig galt. Keiner hatte mehr Schädel genommen als Bimar-Turik, wenn man von Heldar-Turiko einmal absah, dessen Namensendung auf seinen Status als Clanchef hinwies.

„Der Turiko will dich sehen", knurrte Bimar-Turik und musterte Heglen ironisch. „Warte einen Moment, bis du nicht mehr so schwer atmest. Hat dich der Anblick der Weiber so erregt oder der kurze Lauf so angestrengt?"

Heglen-Tur errötete ein wenig. „Mein Atem ist leicht wie ein Sandkorn im Wind."

Der ältere Krieger ließ seinen Blick von Kopf bis Fuß über den Jungmann gleiten. „Fehlt es dir an Respekt, oder bist du nur zu dumm, um nicht zu wissen, wann du zu schweigen hast?" Sein Blick wurde kalt. „Noch hast du keinen Schädel genommen und nicht das Recht, deine Stimme einem erfahrenen Krieger gegenüber zu erheben. Und wenn du so laut schnaufst, wirst du nie nahe genug an einen Feind herankommen, um seinen Schädel zu erhalten."

Heglen-Tur schwieg, denn er spürte, dass der alte Krieger ihn auf die Probe stellen wollte. Bimar-Turik zupfte an Heglen-Turs Knochenpanzer und Gurt und klopfte an den Beinschutz. „Wenigstens siehst du halbwegs so aus wie ein Clankrieger der Wüstennager", brummte er. „Also lass uns hineingehen und schnaufe nicht so, damit der Turiko wenigstens glauben kann, er hätte einen künftigen Krieger vor sich."

Der narbige Kämpfer schob den innerlich kochenden Heglen-Tur durch den Eingang in das Schädelhaus. Von der sonnenüberfluteten Hitze des Tages traten sie in den dämmerigen Schatten der riesigen Halbkugel, und Heglen-Turs Augen mussten sich erst auf das seltsame Zwielicht einstellen. Zum ersten Mal betrat er das Haus des Kriegerrates, und der Anblick der vielen Schädel raubte ihm den Atem. So sorgsam waren sie entlang der Wände in die Höhe gestapelt, dass sie die Anwesenden überwölbten, ohne herabzustürzen.

Davor saßen die erfahrensten Krieger des Clans und blickten den Eintretenden ausdruckslos entgegen. Aber Heglen-Tur achtete nicht auf die Kämpfer. Sein Blick galt einzig der imposanten Gestalt in der Mitte des Schädelhauses: Heldar-Turiko, dem Oberhaupt des Nagerclans, der eine lebende Legende des Sandvolkes war.

Als einziger Krieger trug der Turiko einen Helm auf seinem Kopf. Er war hoch, mit einem golden schimmernden Kamm und einer fein gearbeiteten Figur am Stirnschutz. Einst hatte er einem Elfen gehört, der jedoch schon lange keine Verwendung mehr für einen Kopfschutz hatte. Heldar-Turiko hatte Helm und Schädel in einem bemerkenswerten Kampf erfochten. Niemand würde es wagen, den Mut des Turiko anzuzweifeln, und so konnte er den Kopfschutz als Zeichen seiner Würde tragen.

Doch nicht nur der Mut Heldar-Turikos war bemerkenswert. Auch sein Haar war es. Die Menschen des Sandvolkes hatten für gewöhnlich schwarze Haare, doch die des Turiko schimmerten in der Farbe der Sonne, so wie es bei vielen Menschen des Pferdevolkes vorkam. Damals, als das Reitervolk besiegt worden war, hatte man einige ihrer Weiber genommen, denn die eigenen Verluste waren hoch gewesen, und man brauchte neue Krieger. Einige der aus diesen Verbindungen hervorgegangenen Kinder waren ebenso blond gewesen wie der Turiko, doch im Laufe von Generationen waren die Sonnenhaare immer seltener geworden. Es hieß, der Turiko sei der einzige Mann des Sandvolkes, der noch das Sonnenhaar besaß.

„Tritt vor, Heglen-Tur", sagte der Clanchef. Seine Stimme war leise, und doch schien sie das Schädelhaus auf seltsame Weise zu erfüllen.

Bimar-Turik stieß den Jungmann auffordernd an. „Geh schon und zeige deinen Respekt!"

Heglen-Tur trat rasch vor, näherte sich dem Clanchef und sank dann auf die Knie. Respektvoll neigte er sich vor und bot dem Turiko den ungeschützten Nacken dar. „Meine Trophäe gehört dem Turiko im Zeichen des Nagers", sagte er heiser und bemühte sich, seiner Stimme einen festen Klang zu geben.

Heldar-Turiko nahm seine Schädelkeule und legte sie symbolisch in den Nacken des Fünfzehnjährigen. „Dein Schädel sei dir erhalten, damit du dem Clan Ehre machst und viele Schädel in sein Haus bringst."

Die Keule hob sich wieder aus Heglen-Turs Nacken, und er richtete sich langsam auf, ohne jedoch den Blick vom Boden zu nehmen.

Heldar-Turiko sah nacheinander die Männer an, die um ihn herumsaßen. „Ein Jungmann will zum Krieger werden und seinen ersten Schädel lösen. Es ist wohl an der Zeit, ihm diese Ehre zuteil werden zu lassen. Doch zuvor brauchen wir den Beweis, dass er ihrer würdig ist."

Der Clanchef richtete den Blick auf Heglen-Tur. „Willst

du Ehre erlangen, musst du auch Ehre erweisen, Heglen-Tur. Bist du bereit dazu?“

„Meine Trophäe gehört dem Turiko im Zeichen des Nagers“, wiederholte Heglen-Tur ehrerbietig.

Der Clanchef schmunzelte leicht. „Ich frage nicht nach deinem Schädel, sondern nach dem, was du darin hast.“

Einige der Krieger lachten auf, und Heglen errötete. Der Turiko bemerkte die Verlegenheit des Jungmannes und nickte verständnisvoll. „Bevor du den Schädel eines Lebenden als Trophäe nimmst, musst du denen Ehre erweisen, deren Schädel wir einst lösten.“

Heglen-Tur begriff. Der Clanchef meinte damit die „Tote Wache“.

„So kämpften Ross und Mann des Pferdevolkes, bis der letzte Schädel gelöst war“, zitierte der Turiko mit leiser Stimme. „Und sie gereichten dem Volk der Pferde zur Ehre und auch dem Volk des Sandes. So wird es besungen.“

„So wird es besungen“, echoten die Anwesenden.

Heldar-Turiko richtete Heglen-Tur an den Schultern auf. „Einen Zehntag lang wirst du der Wache des Pferdevolkes die Ehre erweisen. Einen Zehntag lang wirst du nichts essen und nur den Saft der Stachelpflanze zu dir nehmen. Einen Zehntag lang wirst du deine Kraft der Ehre der Toten widmen. Dann, Heglen-Tur, wirst du zu den Nagern zurückkehren. Und danach wirst du die Krieger des Clans auf deinem ersten Streifzug begleiten. Nun geh, Heglen-Tur, und erfülle die Pflicht der Ehre. Mögen dir künftig reichlich Schädel beschieden sein. So sei es besungen.“

„So sei es besungen“, murmelten die Versammelten.

Heglen-Tur erhob sich unsicher. Es hatte geklungen, als sei er nun entlassen, und dies bestätigte sich, als der narbige

Bimar-Turik ihn am Arm packte und aus dem Schädelhaus hinauszog.

„Einen Zehntag lang, Heglen-Tur“, brummte der alte Krieger. „Und trödele nicht bei den Weibern herum. Du wirst sie früh genug besteigen können.“ Das Gesicht des Kriegers verzog sich auf grässliche Weise und Heglen-Tur begriff, dass der Turik lächelte. „Glaube mir, Heglen-Tur, du wirst bald merken, dass dies mehr Arbeit bedeutet, als zu leisten dir möglich erscheint. Doch nun geh. Halte dich nicht bei den Zelten auf. Was du brauchst, trägst du am Leibe. Hier, nimm dieses Bündel. Auch das wirst du benötigen. Geh nun und erfülle die Pflicht der Ehre.“

Heglen-Tur nickte und nahm von dem alten Krieger ein fest geschlossenes Bündel entgegen, dann wandte er sich um und sprang mit einem Satz von der Plattform des Schädelhauses auf den Sand hinunter.

„Bist du verrückt?“, schrie Bimar-Turik wütend auf. „Willst du einen Sandwurm herbeirufen?“

Heglen-Tur errötete erneut und bot schuldbewusst seinen Nacken dar. Der alte Krieger nahm die Entschuldigung mit einem verächtlichen Schnauben an und wandte sich wieder der Hütte zu. Der Fünfzehnjährige hingegen ärgerte sich über seine Unachtsamkeit und bemühte sich um so mehr, wieder den typischen Trab des Sandvolkes aufzunehmen, als er vom Schädelhaus aus zwischen den Kreisen der Pfahlzelte hindurchlief, um die Heimstatt zu verlassen.

Er bemerkte die neugierigen Blicke, die man ihm zuwarf, denn natürlich wusste jedes Mitglied des Clans, dass der Jungmann dabei war, ein Krieger zu werden. So bemühte er sich um eine stolze Haltung, um den gleichgültigen Blick des erfahrenen Kriegers, den nichts erschüttern konnte, und um den ungleichmäßigen Schritt des Sandvolkes.

Der schnelle Trab führte ihn aus der Heimstatt und dem Ring der Pfähle mit den Wachplattformen hinaus in die endlos erscheinende Weite der Wüste.

Jeder Angehörige des Sandvolkes war mit der Wüste vertraut, und doch gab es niemanden, der sich *wirklich* in ihr auskannte. Die Wüste war in ständiger Bewegung, so wie auch der Wind in ständiger Bewegung war. Mal blies er stärker, mal schwächer, mal aus der einen, dann aus der anderen Richtung. Der Wind verfing sich in den hohen Sanddünen, ließ sie wandern, verschüttete Bekanntes und deckte Unbekanntes auf. Das Land war in Bewegung, so wie auch seine Bewohner in Bewegung waren.

Es war erst Mittag, und die Sonne stand hoch am Himmel, während der Jungmann über den Sand trabte. Der rasche gleitende Schritt des Trabs hatte zwei große Vorteile. Er brachte den Boden nicht allzu sehr zum Schwingen und lockte daher keine Sandwürmer an, und zudem berührten die Füße dabei den heißen Sand nur flüchtig, was bei der Tageshitze ebenfalls von Vorteil war. Frauen und Kinder hatten dickere Sohlen an ihrem Schuhwerk, aber für einen Jäger kam das nicht in Betracht. Denn die relativ dünnen Sohlen seiner Fußbekleidung erlaubten es ihm, seinerseits Schwingungen im Boden zu erspüren. Das Leben in der Wüste schärfte Sinne, die andere Völker längst verloren hatten.

Heglen-Turs Blicke schweiften rastlos über die staubigen Weiten, wobei sie einige Stachelpflanzen registrierten, die kaum aus einer Sandverwehung aufragten, und hier und da Bewegungen und Spuren im Sand wahrnahmen, die nicht von Wind und Erosion hervorgerufen worden waren. Nach einer Weile verspürte er Hunger und Durst, aber er verdrängte die

Empfindungen und konzentrierte sich auf seinen Lauf. Erst als der Durst übermächtig zu werden schien, hielt er kurz an, zog den wassergefüllten Darm eines Sandwühlers von seinem Rücken, öffnete ihn und trank einen Schluck daraus. Sorgfältig verschnürte er den Wasserschlauch wieder, wobei er darauf achtete, zuvor die Luft herauszudrücken, die das Wasser verräterisch würde schwappen und glucksen lassen, dann hängte er ihn wieder über den Rücken und verfiel erneut in seinen schnellen Trab.

Die Menschen des Sandvolkes waren ausdauernd, und es fiel Heglen-Tur nicht schwer, den Lauf über viele Zehnteltage beizubehalten. Natürlich wurde er nach einer Weile etwas langsamer, aber er wusste, dass seine Kräfte reichten; er schonte sich nur etwas, um genug Reserven für einen Kampf zu haben. Aber kein Fleckbeißer begegnete ihm, lediglich ein wild lebender Sandwühler, den er aber ignorierte, obwohl sein Magen Protest dagegen erhob.

Kurz vor Sonnenuntergang bemerkte er eine spiralförmige Bewegung im Sand. Seine Erfahrung ließ ihn in Schritt verfallen und schließlich stehen bleiben. Noch immer bewegte sich vor ihm der Boden in winzigen kreisförmigen Bahnen. Bald würde die Sonne untergehen, und wenn der Sand seine Tageshitze abgestrahlt hatte, würde es in der Wüste schnell sehr kalt werden. Dies war die Zeit, zu der bestimmte Wüstenbewohner den kühlen Schutz des Sandes verließen und an seine Oberfläche kamen.

Heglen-Tur wusste, dass die Bewegung von einem Sandstecher hervorgerufen wurde. Eigentlich war es für das Tier noch zu früh, an die Oberfläche zu kommen. Vielleicht hatte es die Erschütterungen von Heglen-Turs Schritten gespürt und hoffte auf nahe Beute. Sandstecher töteten auch Tiere, die ungleich größer als sie selber waren. Die Natur hatte sie dazu mit einem sehr starken und schnell wirkenden Gift ausgestattet.

Die Räuber hatten sechs Beine und eine durchscheinenden Haut, durch die man die inneren Organe erkennen konnte. Ihr Hinterleib war nach oben gekrümmt und wies an seinem Ende einen gebogenen tödlichen Giftstachel auf, der in Richtung des Kopfes wies. Das Sandvolk kannte die Gefährlichkeit dieser Tiere, dennoch gab es vor allem unter den Kindern gelegentlich Todesopfer zu beklagen.

Doch die giftigen Wesen stellten auch einen wichtigen Rohstofflieferanten für das Sandvolk dar. Daher nestelte der Jungmann ein kleines Behältnis von seinem Gürtel und öffnete den Verschluss, um dann abzuwarten. Heglen-Tur verharrte reglos, und sein Körper beschattete die Stelle im Sand, wodurch sich dort der Boden abkühlte, bis der Sandstecher schließlich seine Deckung verließ. Es reichte Heglen-Tur, den Ansatz des Stachels zu erkennen; mehr brauchte er nicht, um zu reagieren. Blitzschnell stieß seine Hand vor, und zwei Finger packten das Tier rechts und links des Stachels, noch bevor es zustechen konnte. Heglen-Tur hatte es perfekt zu fassen bekommen und zog es nun aus dem Sand heraus, dann nahm er den kleinen Behälter und drückte den Stachel des Sandstechers gegen die Öffnung. Das Tier zappelte mit den Beinen und krümmte seinen Leib, während der Stachel zu zucken begann. Milchige Tropfen sammelten sich an dessen Spitze und sickerten zäh in den kleinen Behälter.

Heglen-Tur drückte seine Finger behutsam rhythmisch zusammen und regte so den Sandstecher an, auch den letzten Tropfen Gift in den Behälter abzusondern. Dann setzte er das tödliche Tier auf den Sand zurück. Während es sich hastig wieder eingrub, verschloss der Jungmann den Behälter und schüttelte ihn sorgfältig. In der kleinen Röhre befand sich neben dem giftigen Sekret weiterer Sandstecher noch ein Extrakt aus dem Saft der Stachelpflanze, der dafür sorgte, dass das Gift nicht aushärtete, sondern zäh blieb. Durch das Schütteln wurde beides miteinander vermischt.

Heglen-Tur betrachtete seine bisherige Ausbeute und nickte zufrieden.

Bei einem Angriff konnte er die Stachelpfeile seines Pfeilrohres in die Flüssigkeit tauchen. Es reichte aus, die Spitze zu benetzen, und jeder Gegner, der von dem Stachel auch nur geritzt wurde, war des Todes. Aber das Volk setzte diese Pfeile nur gegen Fleckbeißer und Sandwürmer ein, denn es wäre unehrenhaft gewesen, einen zweibeinigen Gegner damit niederzustrecken. Einen Schädel zu nehmen, war nur ehrenvoll, wenn sein Träger auch darum kämpfen konnte.

Bevor es ganz dunkel wurde, suchte sich der Jungmann einen passenden Schlafplatz. Er prüfte die Windrichtung und wählte die dem Wind zugewandte Seite einer Düne aus, um nicht im Schlaf vom Sand bedeckt zu werden. Der Wind würde ihm, zumindest aus der Richtung, aus der er blies, auch den Geruch eines Fleckbeißers zutragen, und seine geschärften Sinne würden Heglen-Tur rechtzeitig wecken. Er zog sein Messer aus der Scheide, steckte diese in den Boden und legte das Messer selbst flach darüber. Auch die Vibrationen eines weit entfernten Sandwurms würden dazu führen, dass die Klinge herunterfiel und ihn zuverlässiger weckte als die Empfindsamkeit seines Körpers.

Schließlich trank er noch etwas Wasser, nahm den Behälter mit dem kostbaren Nass in die Armbeuge und rollte sich zum Schlaf zusammen, um so der Kälte der Nacht zu trotzen. Denn es würde kalt werden, sehr kalt. Schützte man das Wasser nicht mit der Wärme des eigenen Körpers, so konnte es gefrieren und ein gebranntes Gefäß sogar zum Platzen bringen. Wenngleich Heglen-Turs Wasserschlauch dehnbar war, schützte er ihn aus Gewohnheit.

Die Nacht verging ungestört. Nur einmal durchbrach ein fernes Bellen die Stille und ließ Heglen-Tur aus dem Schlaf schrecken. Aber der Fleckbeißer war weit entfernt, und so war der Jungmann wieder eingeschlafen. Früh am Morgen erhob er sich, steckte das Messer wieder ein und nahm zwei Schlucke aus dem Wasserschlauch, bevor er sich wieder auf den Weg machte.

Am frühen Nachmittag erreichte er die Tote Wache, und obwohl er sie schon oft gesehen hatte, fühlte er erneut einen erregenden Schauder, als er die Reihen der toten Reiter vor sich sah. Heglen-Tur verfiel in langsamen Schritt und näherte sich ihnen andächtig. Aus der Ferne schienen die gefallenen Krieger noch immer auf geisterhafte Weise von Leben erfüllt, und Heglen-Tur konnte sich gut vorstellen, wie kraftvoll die Männer des Pferdevolkes einst auf ihren Pferden gewesen sein mussten und welch guten Kampf sie geliefert hatten. Aber je näher er ihnen kam, desto deutlicher waren die Spuren des Verfalls zu erkennen.

Der Fünfzehnjährige rückte das Bündel zurecht, das Bimar-Turik ihm in der Heimstatt überreicht hatte. Es bestand aus sorgfältig aufgewickelten Pflanzenfasern, die Heglen-Tur helfen würden, der Toten Wache Ehre zu erweisen. Knochen und Rüstungsteile von vielen der Skelette hatten sich gelöst, sodass er sie neu würde binden müssen.

„So kämpften Ross und Mann der Pferdemenschen, bis der letzte Schädel gelöst war“, murmelte er andächtig. „Und sie gereichten dem Volk der Pferde zur Ehre und auch dem

Volk des Sandes. So wird es besungen."

Heglen-Tur nahm sich die Zeit, zwischen den Reihen der Toten entlangzulaufen, und staunte wieder einmal, wie groß die Männer auf ihren Pferden gewesen waren. Schließlich öffnete er das Bündel und begann systematisch, die schlimmsten Schäden zu beheben.

Ein Zehntag klang nach einer langen Zeit, aber Heglen-Tur wusste, dass sie rasch vergehen würde, denn es gab viel zu tun. Obwohl das Sandvolk die stützenden Pfähle fest aufgestellt und die einzelnen Teile gut miteinander verbunden hatte, forderte der Wind seinen Tribut. Aber die Mächte des Schicksals hielten ihre schützenden Hände über die Toten. Kein starker Sturm hatte sie je getroffen und ihre Gebeine über die Wüste verstreut. Doch wenn dies einmal geschehen sollte, so berichteten es die Legenden des Sandvolkes, würden die Toten der Pferdemenschen sich erheben und erneut den Kampf aufnehmen. Ein Gedanke, der jeden aufrechten Krieger mit Schrecken erfüllte, denn wie sollte man einen Toten bezwingen, dessen Schädel bereits genommen war? Aber es war wohl nur eine Legende, die entstanden war, damit die Turiks gewissenhaft darauf achteten, dass den Toten Ehre erwiesen wurde. Heglen würde dies tun, so wie die Tradition es verlangte.

Mit geübtem Blick und kundigen Händen widmete er sich seiner Aufgabe, bis er unvermittelt aufschreckte. Er spürte eine schwache Erschütterung des Bodens, und sofort schärften sich seine Sinne.

Behutsam ging er in die Knie und legte das Ohr auf den Sand. Die Erschütterung war nun deutlicher wahrzunehmen, ein rhythmisches Pochen. Es klang fast wie das Graben eines Sandwurms, und doch war es anders. Irritiert versuchte Heglen-Tur das leise Schwingen zu deuten. Doch dann wurde ihm bewusst, dass die Schwingungen nicht aus dem Boden zu ihm drangen, sondern auch durch die Luft an seine Ohren getragen wurden.

Das war kein Sandwurm.

Heglen-Tur richtete sich auf, sah sich überrascht um und erkannte hinter einer Düne im Osten eine aufsteigende Staubfahne, die sich rasch näherte. Automatisch ergriff er die Reste seines Bündels und rannte zu der Düne hinüber, die er überquert hatte, um die Tote Wache zu erreichen. Er lief im schnellen Trab und schob sich dann auf dem Bauch hinter den Kamm. Während er seine Augen gegen das grelle Sonnenlicht abschirmte, versuchte er zu erkennen, was die ungewöhnliche Staubfahne verursachte.

Das Vibrieren und leise Poltern wurde mehr und mehr zu einem harten Dröhnen, das sich rasend schnell zu nähern schien. Heglen-Tur stieß unbewusst einen heiseren Schrei aus, als unvermittelt die Toten zum Leben erwachten.

Männer auf Pferden überzogen die Kuppe der gegenüberliegenden Düne.

Männer mit grünen Umhängen und grünen Rundschilden, mit wehenden gelben Rosshaarschweifen an den Helmen und mit langen Lanzen in den Händen.

Sie verharrten reglos auf der Düne und starrten auf die Tote Wache hinab. Heglen-Tur krallte die Hände in den Sand, wandte den Kopf zur Seite und blickte dann erneut zu der Erscheinung hinüber. Aber seine Sinne täuschten ihn nicht.

Die Pferdemenschen kehrten in ihre alte Heimat zurück.

Es waren nicht so viele Reiter, wie die Tote Wache einst umfasste, aber diese hier mit ihren grimmigen Gesichtern und den großen Pferden machten auf den Jungmann einen furchterregenden Eindruck. Fieberhaft überschlug Heglen-Tur die Anzahl der Feinde und kam auf etwa hundert Reiter und Pferde. Aber wer konnte wissen, ob dies nicht nur eine Vorhut war?

Heglen-Tur wurde plötzlich bewusst, welche Gefahr seinem Clan und allen anderen drohte. Er sah, wie die Männer ihre Pferde antrieben. Nein, diese Reiter kehrten nicht um, sie kamen in die Wüste hinein, vielleicht, um Rache für eine verlorene Schlacht zu nehmen.

Heglen-Tur warf einen letzten kurzen Blick auf den Beritt der Pferdelords, dann rutschte er die Düne hinunter und lief in schnellem Trab der Heimstatt entgegen. Es galt, eine Botschaft zu überbringen. Die Toten lebten wieder.

Die Pferdelords kehrten zurück.

4

Der Baum war alt. Niemand hätte zu sagen vermocht, wie alt er war. Sein Stamm war auch von vierzig Männern nicht zu umfassen, und doch wirkte er schlank, denn er ragte hoch auf. Seine breit ausladenden Äste und Zweige filterten ein seltsames Spiel von Licht und Schatten auf den darunterliegenden Boden. Es gab viele solcher Bäume in diesem ausgedehnten Wald, und hier, im Zentrum des Waldes, waren sie besonders hoch und standen weit voneinander entfernt.

Zwischen den Zweigen einiger Bäume waren ungewöhnliche Strukturen zu erkennen, die sich jedoch harmonisch in das Astwerk fügten, ganz als seien sie auf natürlichem Wege gewachsen und Bestandteil des sie tragenden Baumes. Die Strukturen waren groß und dennoch zierlich, man konnte Wände und Treppen ausmachen, die sich in den einzelnen Baumkronen und sogar zwischen ihnen erstreckten. Kleine Balkone sprangen zwischen den Zweigen hervor und bildeten Plattformen, die einen unvergleichlichen Ausblick boten. Die Balkone, Treppen und Wege wurden von Geländern eingefasst, deren Streben und Stützen sorgsam gedreht und verziert waren und deren Handläufe derart fein gearbeitet und zudem im Verlauf unendlicher Jahre abgegriffen waren, dass sie wie poliertes Steinholz wirkten. Die hölzernen Stege bestanden aus verschiedensten Hölzern, die zu abwechslungsreichen Mustern kombiniert waren. Zahlreiche Fenster waren aus der Nähe zu erkennen, mit doppelten Flügeln und fein gefertigten Rahmen. Nur selten war Metall zu sehen, und warme Farben beherrschten das Bild.

Das Volk der Elfen lebte im Einklang mit der Natur; es nutzte ihre Schönheit, ohne sie zu schädigen, und die Natur schien sich dafür bei den Elfen mit ihrer üppigen Vielfalt revanchieren zu wollen. Zu den Grüntönen der Nadeln und Blätter gesellten sich lange Ranken und Lianen, die verschlungene Muster zu bilden schienen, und das Grün setzte sich in dem Moos und Gras auf dem Boden fort. Pilze und Blumen boten eine prachtvolle Farbenvielfalt, angereichert durch summende Insekten und andere Tiere des Waldes.

Die Tiere schienen ebenso wenig Scheu vor dem elfischen Volk zu empfinden, wie die sie umgebende Natur, in der sie alle lebten. Es war, als wüssten die Tiere, dass die Elfen ihnen nur deshalb Leid zufügten, damit sie selbst überleben konnten. Fleisch gehörte zum Lebensunterhalt des elfischen Volkes, doch machte es nur einen geringen Bestandteil aus, denn die Pflanzenwelt und die nahe Küste boten genug Nahrung.

Die Elfen lebten in großen Gemeinschaften, die sie als Häuser bezeichneten. Neben den Häusern des Waldes gab es die der See, die sich an der Küste befanden. Jedes der Häuser beherbergte viele Angehörige des Volkes und hatte ein eigenes Symbol.

Die Lilie war das Symbol des Hauses Elodarions, eines der ältesten Elfenhäuser. Es war älter als die Bäume, die es beherbergten, und älter als die Geschlechter der Menschen.

Der Elfenmann, der langsam über das Gras zwischen den Bäumen schritt, war groß und schlank und äußerlich in den besten Jahren. Seine Gesichtszüge waren glatt, und nur die Augen gaben einen Eindruck von der Weisheit, die er in vielen Jahrtausenden erlangt hatte. Das Haar des Mannes war weißblond und lang, wie es für Elfen typisch war, und die Haare fielen weit über den Rücken, obwohl sie im Nacken von einer schimmernden Spange zusammengehalten wurden. Die Spange hatte die Form einer Lilie, und auch der schmale Stirnreif des Mannes wies dieses Zeichen auf. Der Elf war barfüßig; er hatte seine Schuhe abgelegt, um das Gras an seinen Zehen spüren zu können. Das seidig schimmernde, geschmeidige Gewand, das er trug, schien seinen Körper zu umfließen, und seine Schultern waren von dem typischen zartblauen Umhang der Elfen bedeckt.

Elodarion plagten sorgenvolle Gedanken, obwohl er sich eigentlich glücklich schätzen konnte. Vor fünfhundert Jahren hatte seine Frau Eolyn zwei Kindern das Leben geschenkt, eine ungewöhnliche Gnade für das geburtenarme Volk, unter dessen Obhut die beiden Geschwister Lotaras und Leoryn herangewachsen waren. Vor Jahren waren die beiden erstmals in Kontakt mit menschlichen Wesen gekommen, und Elodarion hatte befürchtet, dass ihr Wesen dadurch Schaden nehmen könnte, denn die Menschen verweilten so schrecklich kurz auf der Erde, dass ihnen die Abgeklärtheit des elfischen Volkes fehlte. Zudem waren die Geschwister dem Volk der Pferdelords begegnet, dem für Elodarions Empfinden die ohnehin raubeinigeren Menschenwesen angehörten. Als sei dies nicht genug gewesen, waren seine zarten Kinder auch noch mitten in den Kampf zwischen dem Menschenvolk und den Horden der Orks geraten.

Elodarion hatte sie ursprünglich als besondere Geste der Achtung an den Hof des Königs der Menschenwesen schicken wollen. Der König hätte die Bedeutung dieser Geste zu schätzen gewusst. Doch stattdessen hatten die beiden Jugendlichen gegen Orks und Graue Zauberer kämpfen müssen, und so waren ihnen statt sinnlicher Schönheit Blut und Tod begegnet.

Aber sie hatten sich gut bewährt und keinen dauerhaften Schaden genommen. Wenn man von einer gewissen Zuneigung absah, die sie seitdem gegenüber dem Volk der Pferdelords empfanden.

Elodarion wollte seinen Fuß gerade wieder auf das frische Gras senken, als er einen dicken Käfer unter seine Sohle huschen sah. Er hielt inne und setzte das Insekt behutsam auf eine freie Fläche.

Der Kontakt zu den Menschen war gefährlich, auch wenn man den Menschenwesen im Kampf gegen die Legionen des Schwarzen Lords hatte beistehen müssen. Aber wer wirkliche Zuneigung zu den Menschen fasste, der musste auf leidvolle Weise erfahren, wie vergänglich menschliches Leben war. Elodarion hätte seinen Kindern diese Erfahrung lieber erspart, aber das Schicksal hatte es anders bestimmt.

Der Wald war erfüllt vom Summen der Insekten und den Rufen der Tiere, aber von den fast eintausend Elfen, welche das Haus Elodarions umfasste, war kaum ein Laut zu hören. Einige der Männer hielten als Späher Wache an den Grenzen, andere waren auf der Jagd. Die meisten der elfischen Wesen gingen jedoch schweigend ihren täglichen Verrichtungen nach: der Zubereitung der Mahlzeiten und der Wäsche ihrer Kleidung, der Ausbesserung ihres Heims und dem Studium der Natur. Die Meditation war ein fester Bestandteil des elfischen Lebens und bereitete sie auf die Zeit der Schröpfung vor, in der die unsterblichen Elfenwesen die Last der angesammelten Erinnerungen von sich nahmen, indem sie diese zu Papier brachten und dann vergaßen. Doch trotz ihrer stillen Art waren sie kein ungeselliges Volk. Jeder besondere Anlass wurde gerne aufgegriffen, um sich zusammenzufinden und neue Kompositionen oder Gedichte vorzutragen, zu tanzen und zu lachen.

Elodarion vernahm einen tremolierenden Pfiff aus den Tiefen des Waldes. Es war ein harmonischer Dreiklang, der aus drei Kehlen zu ertönen schien und typisch für die Elfen war. Kein anderes Wesen vermochte diesen Klang nachzuahmen, dessen Einzeltöne jeder Elf verschieden modulieren konnte. Jedes der elfischen Häuser hatte einen eigenen Dreiklang, und Elodarion erkannte sofort, das dieser Pfiff von seinem Sohn Lotaras stammte.

Wenig später sah er Lotaras zwischen den Bäumen hervortreten. Der junge Elf hatte ein erlegtes Geweihtier über die Schultern gelegt. Er war ein guter Bogenschütze, einer der besten des elfischen Volkes, das sich ohnehin auf diese Fertigkeit verstand. Lotaras erkannte seinen Vater und winkte ihm mit einer Hand zu. Er trat mit einer Leichtigkeit heran, die nicht verriet, welches Gewicht auf seinen Schultern lastete.

„Es ging rasch, und er hat nicht gelitten", sagte Lotaras lächelnd. „Ich habe bereits seine unsterbliche Seele um Vergebung gebeten, so wird er heute Abend unseren Tisch bereichern können."

Elodarion seufzte leise. „Du solltest auch deine Mutter um Vergebung bitten." Als Lotaras fragend die Stirn runzelte, wies sein Vater auf das erlegte Wild. „Das Blut tropft auf dein Gewand."

„Oh." Verlegen zog Lotaras den blauen Umhang enger um sich.

Elfische Umhänge waren etwas Besonderes. In begrenztem Umfang konnten sie sich dem Hintergrund farblich angleichen und den Träger so an seine Umgebung anpassen, dass dieser nur schwer zu erkennen war. Zudem waren ihre Fasern blutabweisend, und so perlte nun das Blut des von Lotaras erlegten Geweihtieres von den Fasern seines Umhangs ab und tropfte auf den Boden. Der Umhang würde zwar sauber bleiben, nicht jedoch Lotaras Gehgewand, auf dem sich bereits erste dunkle Flecken zeigten.

Automatisch, aber erfolglos wischte der junge Elf über die Flecken und verteilte das Blut nur noch mehr. Elodarion lachte leise auf. „Lass uns lieber das Tier nach Hause bringen, damit deine Mutter sich dem Gewand widmen kann. Zum Ausgleich wirst du dann deine Beute zubereiten."

Lotaras nickte und schritt neben seinem Vater auf das Haus der Eltern zu. „Ich hoffe, Leoryn findet die richtigen Kräuter und kommt rechtzeitig zurück. Sobald sie auf Kräuter, Wurzeln und Pilze stößt, ist sie kaum zu halten."

„Das hat deine Schwester von ihrer Mutter", seufzte Elodarion. „Heilerinnen sind nun einmal so."

Sie standen ein Stück vom Stamm des Baumes entfernt unter einem der starken Äste. Elodarion stieß einen leisen Pfiff aus, und zwischen den Ranken sank eine zierliche Plattform herab. Elodarion sah seine Frau Eolyn über sich und lächelte. „Tritt hinter mich, mein Sohn", sagte er leise. „Sie braucht nicht sofort zu sehen, welche Arbeit du ihr bringst."

„Der Braten wird ihr schmecken", murmelte Lotaras. „Sie mag Geweihtier. Vor allem mit dem Kraut des Myrrgenstrauches. Ich hoffe, Leoryn bringt es mit."

„Blut mag sie dagegen gar nicht. Wenigstens nicht auf den Gewändern."

Sie betraten die Plattform, die sich durch einen verborgenen Mechanismus sofort wieder in Bewegung setzte und sanft emporstieg. Nur Augenblicke später standen die beiden elfischen Männer vor Eolyn. Wie alle elfischen Frauen war sie von makelloser Schönheit. Ihr Name bedeutete Tau, der den Morgen streichelt, und wenn sie und ihre Tochter nebeneinanderstanden, war schwer zu entscheiden, wer von ihnen älter war. Eolyn trug ein luftiges, halb transparentes Gewand und als einziges Schmuckstück einen Stirnreif, der dem ihres Mannes zum Verwechseln ähnlich sah. Ein leicht skeptischer Zug legte sich auf ihr Gesicht, als sie Lotaras ansah.

Ihr Sohn räusperte sich verlegen und schob sich rasch an ihr vorbei, während er den Umhang über die blutigen Flecken zog. „Ich muss noch das Geweihtier ausnehmen."

„Und du wirst es auch zubereiten müssen", sagte Eolyn freundlich. „Damit ich mich unterdessen deinem Gewand widmen kann."

Lotaras dachte anerkennend, dass elfischen Augen nicht viel entging, schon gar nicht denen seiner Mutter. Er nickte schweigend und ging über den Steg hinweg ins Haus. Eolyn lächelte sanft, doch dann wurde ihr Gesicht wieder ernst. Sie legte ihre Hand auf Elodarions Arm. „Hast du mit ihnen gesprochen?"

Elodarion seufzte leise. Wie oft hatte er das an diesem Tag schon getan? Es war kein angenehmer Tag für ihn, denn wieder standen Entscheidungen an, die unerwartete Konsequenzen mit sich führen könnten. „Ja, ich habe mit den Ältesten gesprochen."

„Und?" Auch nach all den unendlichen Jahren konnte Eolyns Gesicht noch immer mädchenhafte Neugier zeigen. „Habt ihr es beschlossen? Werden sie gehen?"

„Ja. Aber lass uns beim Essen darüber sprechen." Elodarion zog sie kurz in seine Arme und streichelte sanft über ihr langes Haar. „Die letzten Jahre waren ereignisreich, und die Dinge entwickelten sich nicht zum Besten. Der Frieden ist trügerisch."

Eolyn schritt mit ihm den leicht schwingenden Steg zu den

Räumen des Hauses entlang, wobei ein sanfter Wind ihr Gewand leicht flattern ließ. Ein bunter Falter verfing sich in einer der sich aufwerfenden Falten, und die Elfin bot dem ängstlichen Wesen ihre Hand, um es dann unbeschadet weiterfliegen zu lassen. „Wenige Menschenjahre ist es nun her, dass die Schlacht vor der weißen Stadt des Menschenkönigs stattfand und die orkischen Legionen des Schwarzen Lords vernichtet wurden. Die Türme des Bösen wurden zerstört", Eolyn sah ihren Gemahl mit sanften Augen an, „aber das Böse selbst wurde dabei nicht vernichtet. Solange es Licht gibt, wird es auch Schatten geben. Beides ist untrennbar miteinander verbunden." Sie lächelte unmerklich. „Doch es sollte mehr Licht als Schatten geben."

Elodarion trat neben sie an das zierlich wirkende Geländer des Steges heran. „Der Schwarze Lord und seine Orks werden wieder stärker. Wir alle spüren es. Erst vor zwei Jahren haben sie das Volk der Zwergenwesen beinahe ausgelöscht. Das Haus der Farne unterhält Handelsbeziehungen mit der grünen Kristallstadt Nal't'rund, und so erfuhren wir, was sich dort ereignete. Die Zwerge konnten nur bestehen, weil Menschenwesen ihnen beistanden."

Eolyn nickte. „Die Pferdelords."

Elodarion seufzte erneut. Der heutige Tag schien für ihn der Tag der Seufzer zu sein. „Ja, die Pferdelords. Seitdem gibt vor allem Lotaras keine Ruhe mehr, da er seine Freunde mit den grünen Umhängen wiedersehen will. Nun, so wird er jetzt die Möglichkeit dazu erhalten."

„Also habt ihr es beschlossen."

„Wir haben es beschlossen, ja." Elodarion blickte nachdenklich nach Osten. Dorthin, wo sich das Land des Schwarzen Lords und seiner Orks befand. „Es gibt keinen anderen

Weg. Wir können ein Haus unseres Volkes nicht zurücklassen, ohne Gewissheit über sein Schicksal zu haben. Zumal es sich um das älteste der Häuser handelt."

„Von dem Elodarions abgesehen", wandte Eolyn leise ein.

Erneut ertönte ein tremolierender Dreiklang, und die beiden Elfen wussten, dass er der Kehle ihrer Tochter entstammte. Elodarion legte seine Hand sanft über die Eolyns. „Lass uns hineingehen und beim Mahl darüber sprechen."

Die Räume des Hauses waren in verschiedenen Ebenen übereinander angelegt. Das Haus selbst lag im unteren Bereich des Baumes, wo der Stamm stark war und der Wind den Baum nicht bewegte. Oben in seiner Krone befand sich lediglich eine kleine Plattform, die der Beobachtung des Landes und der Sterne diente und schon bei schwachem Wind leicht ausschwang.

Das Haus verfügte über mehrere Räume, denn jedes elfische Wesen schätzte die Möglichkeit, sich zurückziehen zu können. Jeder hatte seinen privaten Raum, dazu kamen noch der Gemeinschaftsraum, in dem auch das Essen bereitet wurde, und die Bibliothek, in der sich ein Elf auf die Schröpfung vorbereitete oder sich den Künsten widmete.

Lotaras hatte das Geweihtier bereits von seinem Fell befreit und ausgenommen. Nun war er dabei, das Fleisch mit klarem Wasser zu waschen und es je nach Verwendbarkeit zu zerteilen. Einiges davon schnitt er in lange Streifen, die er danach mit dem Salz abrieb, welches die See-Elfen gewannen, um sie anschließend in eine scharfe Flüssigkeit zu tunken, die er zuvor aus Wasser und Kräutern gefertigt hatte. Die Tinktur war wohlschmeckend und verhinderte zugleich, dass sich Insekten dem Fleisch näherten. Lotaras zog feine Fäden durch die Enden der Fleischstreifen und hängte sie zum Trocknen auf. Sobald sie ihre Feuchtigkeit verloren, würden sie zusammenschrumpfen und zudem äußerst nahrhaft sein, sodass sie gemeinsam mit dem elfischen Brot den Grundbestandteil der Reiseverpflegung bildeten, die typisch für die elfischen Häuser war.

Vier große Fleischstücke bereitete Lotaras für das Essen vor. Die Portionen für die anderen würde er auf dem heißen Stein der Kochstelle gut durchbraten, er selbst bevorzugte es, wenn das Fleisch noch ein wenig blutig war. Er blickte auf, als seine Schwester Leoryn eintrat. „Hast du Myrrgenkraut gefunden?"

Leoryn lachte ungezwungen. „Welche Frage. Der Strauch, an dem man es findet, wächst hier doch überall, und ich weiß, wie sehr Mutter den Geschmack des Krautes liebt. Du hast übrigens dein Gewand beschmutzt."

„Mutter wies mich schon darauf hin." Lotaras nahm etwas Kraut, das auf dem Stamm eines bestimmten Strauches wuchs. Strauch und Kraut waren eine Symbiose eingegangen: Der Strauch ernährte das Kraut, und dieses sonderte einen Duft ab, der Insekten fernhielt. Er sah auf die Sammeltasche seiner Schwester. „Süßholz?"

„Ich weiß doch, wie sehr du es magst." Leoryn holte die Wurzeln hervor, und als Lotaras nach einer von ihnen griff, zog sie das Süßholz rasch zurück. „Nein, nicht jetzt, Lotaras. Du weißt, dass es unser Nachtisch werden soll."

„Ich wollte nur prüfen, ob es etwas taugt."

Leoryn biss spöttisch in eine der Fasern. „Es ist gut. Du kannst mir glauben."

Lotaras blähte empört die Wangen. „Du bist schrecklich grausam, Schwester."

Sie lächelte ihn schelmisch an. „Noch grausamer wäre es, dich kosten zu lassen. Denn dann würdest du es nicht mehr bis zum Essen aushalten. Die Wurzeln sind wirklich schrecklich süß."

Sie mussten beide lachen, und während Lotaras das Fleisch zubereitete, dessen würziger Duft den Wohnraum zu erfüllen begann, zerstieß Leoryn die weichen Wurzeln und vermischte sie mit Pflanzensaft zu einem Brei. Ihre Eltern waren in der Bibliothek, wo sie leise miteinander sprachen, und die Geschwister spürten, dass es Neuigkeiten gab.

Wenig später saßen die vier Elfen um den gedeckten Tisch herum, und noch während sie Braten, Gemüse und den Salaten zusprachen, schielte Lotaras begierig zum Süßwurzelbrei hinüber. Zu trinken gab es gegorenen Beerensaft, dessen Alkoholgehalt einen Angehörigen des Menschenvolkes in kürzester Zeit sturzbetrunken gemacht hätte. Doch die Elfen konnten das sanfte Prickeln des Alkohols genießen, ohne dass er selbst bei hochprozentigen Getränken ihre Sinne oder Reflexe trübte.

„Ihr wisst, dass unser elfisches Volk sich auf die große Reise über das Meer vorbereitet", begann Elodarion unvermittelt und tauchte seine Fingerspitzen zum Säubern in eine Wasserschale. „Es weicht der großen Vermehrung und Ausdehnung der Menschenwesen in den hiesigen Gefilden."

„Und den Gefahren durch den Schwarzen Lord", murmelte Lotaras, was ihm einen mahnenden Blick der Mutter einbrachte.

„Einst waren wir viele und stemmten uns gegen die Gefahr der dunklen Mächte", sagte Elodarion leise. „Doch nun sind wir nur noch wenige, und der Kampf gegen das Dunkle muss von den Menschenwesen weitergeführt werden. Wir stehen ihnen bei, so gut wir es vermögen, Lotaras, aber wir müssen auch an den Fortbestand unserer elfischen Häuser denken. Als wir zum ersten Mal zusammen mit den Menschenwesen gegen die Horden der Orks des Schwarzen Lords antraten, waren unsere Häuser noch zahlreich, und wir brachten Zehntausende von Kämpfern in die Schlacht. Heute jedoch kann man die Zahl unserer Häuser an den Fingern zweier Hände abzählen."

„Also fliehen wir und überlassen die Menschenwesen ihrem Schicksal."

Eolyn wollte Lotaras zurückhalten, aber Elodarion nickte. „So könnte man es sehen. Aber wir tun es nicht aus Gleichgültigkeit den Menschenwesen gegenüber. Unsere Kraft lässt nach, meine Kinder, während die der Menschenwesen größer wird. Ja, sie werden zahlreicher und stärker und treten so in die Spuren unserer Häuser. Oh, das einzelne elfische Wesen ist noch immer stark, aber unsere Zahl verringert sich. Der lange Kampf über so viele Jahrtausende hat viele Leben gekostet, und uns wird nur selten die Gnade der Geburt zuteil." Elodarion sah seine Kinder liebevoll an. „Ihr wisst selbst, welch seltenes Glück ihr für das Haus Elodarions seid."

Eolyn, die den wiederholten Blick des Sohnes zu der Schüssel mit Süßwurzelbrei bemerkt hatte, nickte lächelnd. Lotaras grinste breit und zog die Schüssel zu sich heran. Er liebte Süßspeisen, das hatte sich in den fünfhundert Jahren seines jungen Lebens nicht geändert, und Eolyn lächelte verständnisvoll, als er den Brei verteilte und sich dabei den üblichen Extralöffel auf den Teller gab. Lotaras verschlang den ersten Löffel und sah dann seinen Vater zwinkernd an. „Also hast du mit ihnen gesprochen."

Elodarion lachte bitter auf. „Ja, das habe ich."

Leoryn stieß einen begeisterten Schrei aus. „Dann werden wir sie wiedersehen!"

„Das werdet ihr", versicherte Elodarion und spürte wehmütig die Begeisterung seiner Kinder. Sie waren noch so jung, dass sie noch gar nicht sahen, welche seelische Last das Wiedersehen mit sich bringen würde. „Ihr werdet eure Freunde wiedersehen."

„Die Pferdelords", sagte Lotaras mit breitem Lachen. „Garodem und Larwyn."

„Und den kleinen Dorkemunt", stimmte Leoryn zu. „Und Nedeam. Und Meowyn, die Heilerin."

Elodarion räusperte sich und sah seine Kinder streng an. „Es wird keine Vergnügungsreise werden, meine Kinder. Euer Aufbruch hat einen ernsten Hintergrund und dient einem anderen Zweck. Daran müsst ihr denken, wenn ihr die menschlichen Wesen wiederseht." Er klopfte nachdenklich mit den Fingern auf die polierte Platte aus Steinholz. „Ihr kennt die Legenden des ersten Hauses der Elfen."

„Das Haus des Urbaums", nickte Lotaras. „Das verschollene Haus."

„Es war immer das mächtigste und größte Haus des elfischen Volkes." Elodarion blickte nachdenklich aus dem Fenster. „Weit im Osten liegt es, bei den versteinerten Wäldern. Schon lange haben wir keine Nachricht mehr von ihm erhalten, und unsere Versuche, Kontakt aufzunehmen, sind gescheitert. All unsere Boten sind verschollen, außerdem eine ganze Truppe unseres Hauses." Elodarion sah seine Kinder ernst an. „Aber jetzt, nach so langer Zeit, gibt es Hinweise auf das Haus des Urbaums und darauf, was mit ihm geschehen ist."

Elodarion lehnte sich in die fein geschnitzte Lehne seines Stuhls zurück. „Natürlich ist es nur ein unbewiesenes Gerücht, aber wir müssen jeder Spur nachgehen. Dies ist immerhin die erste seit dreitausend Sonnenjahren. Ihr werdet nach Enderonas an den Hof des Königs der Pferdelords reisen. Dort lebt ein Mann, der Hinweise über das Haus des Urbaums haben soll. Ihr werdet ihn befragen, und zwar möglichst behutsam, denn niemand soll von unseren Plänen erfahren. Deshalb gilt euer Besuch offiziell dem Wiedersehen mit euren Freunden aus der Hochmark."

Leoryn sah ihren Vater fragend an. „Es ist ein weiter Weg von der Hochmark Garodems in die Königsstadt Reyodems. Wenn unser Besuch offiziell nur unseren Freunden aus der Hochmark gelten soll, wie können wir dann die Weiterreise in die Stadt Enderonas begründen?"

„Überhaupt nicht", sagte Elodarion lakonisch. „Denn ihr werdet zunächst nicht über Land, sondern mit dem Schiff in das Reich der weißen Bäume, nach Alnoa, reisen. Von dort aus werdet ihr direkt nach Enderonas gehen, nach den Hinweisen zum Haus des Urbaums forschen und dann zu euren Freunden in die Hochmark weiterziehen. Die umständliche Route werdet ihr mit den Gefahren begründen, die auf dem Landweg drohen, denn der führt durch die Gebiete der Barbaren."

„Mit dem Schiff?" Lotaras empfand Unbehagen.

Sein Vater lachte leise auf. „Nach den fünfhundert Jahren deines jungen Lebens ist es wohl an der Zeit, dass du deine Füße auch einmal auf ein Schiff unseres Volkes setzt."

Leoryn stieß ihren Bruder vergnügt an. „Du solltest dich freuen. Wir werden zum ersten Mal mit einem Schiff reisen und danach unsere Freunde aus dem Volk der Pferdelords wiedersehen."

Lotaras nickte lächelnd. Ja, es würde guttun, den menschlichen Wesen erneut zu begegnen. Und wie er die Pferdelords einschätzte, würde auch sicherlich ein beachtenswertes Abenteuer mit dem Wiedersehen verbunden sein.

5

Der Reiter war von stattlicher Gestalt, und Gleiches galt für das Pferd, auf dem er saß. Der Mann war nicht besonders groß oder muskulös, aber er wirkte durchtrainiert und strahlte Kraft aus. Die Hände auf das Sattelhorn gelegt, blickte er nach Süden, dorthin, wo sich die alte Handelsstraße von der Hochmark zu den anderen Marken der Pferdelords erstreckte. Sein Gesicht wirkte gleichermaßen würdevoll und freundlich und wies die Bräune und die Falten eines Mannes auf, der einen guten Teil seines Lebens auf dem Rücken eines Pferdes verbracht hatte. Nur vereinzelt waren noch blonde Strähnen in seinem Haar zu sehen, das von den Erfahrungen des Lebens und von der Verantwortung, die er trug, schon früh ergraut war. Der Reiter hieß Garodem, der Pferdefürst der Hochmark.

Garodem war Ende fünfzig, und sein Alter bereitete ihm Sorgen, denn mit den Jahren begann ihn der Sattel zu plagen. Doch die Vorstellung, eines Tages nicht mehr reiten zu können, schmerzte ihn noch mehr, weshalb er jede Gelegenheit nutzte, um seinen eisengrauen Hengst zu besteigen.

Er trug die typischen, fast kniehohen Stiefel des Reitervolkes aus gutem rotbraunem Leder und dazu die einfachen hellbraunen Beinkleider der Pferdelords. Der schwere Wollstoff war im Schritt und am Gesäß durch Leder verstärkt und strapazierbar, wie alles, was ein Pferdelord benötigte. Das Leben war immer hart für das Reitervolk gewesen und hatte abgehärtet. Zu den Reithosen trug der Pferdefürst ein einfaches Wams und eine mit Schafwolle gefüllte, abgesteppte Lederjacke, die ihm bis über die Hüften reichte. Es war Sommer, aber hier oben in der Hochmark, die von Gebirgszügen umschlossen war, wehte oft ein schwacher Wind, welcher der Sommersonne die sengende Hitze nahm und unerwartete Kühle brachte. Der Pferdefürst trug keine Rüstung und keinen Helm, doch hing von seinem Schwertgurt das lange Schwert herab, dessen Handgriff einen kunstvoll eingearbeiteten Pferdekopf mit Schmiedehammer zeigte, die alten Symbole der Mark Garodems.

Man sah ihm den Pferdelord an, obwohl er im Augenblick nicht wie ein solcher gekleidet war, denn um seine Schultern hing ein dunkelblauer Umhang mit den eingestickten Symbolen der Mark. Die blaue Farbe war das einzige sichtbare Zeichen seiner Amtswürde, wenn man von den vier Reitern absah, die abwartend eine Pferdelänge hinter ihm verharrten.

Diesen Männern sah man schon von Weitem an, dass sie Pferdelords waren. Sie führten die grünen runden Schilde mit dem blauen Rand der Hochmark und dem weißen Pferdekopf der Pferdelords. Um ihre Schultern hingen die langen grünen Umhänge der Kämpfer des Reitervolkes. Sie führten Bogen und Schwert, und in ihren rechten Händen hielten sie die langen Lanzen aufrecht. An einer der Lanzen flatterte ein langer dreieckiger Wimpel, der wie die Schilde blau eingefasst war, jedoch auf dem grünen Tuch ein springendes weißes Pferd zeigte, das sich dem Feind mit solcher Macht entgegenwarf, wie ihm auch die Lanzen der Pferdelords begegnen würden.

Von den rotbraunen und mit goldenen Leisten verzierten Helmen wehten blau gefärbte Rosshaarschweife aus. Jede der Marken der Pferdelords hatte ihre eigene Farbe, und die der Hochmark war ein kräftiges Blau.

Garodem beschattete seine Augen und blickte wieder auf die Handelsstraße hinunter. Unten im Süden, dort wo die

Straße in die Westmark der Pferdelords führte, war Bewegung zu erkennen. Missmutig stellte Garodem fest, dass sein Augenlicht ebenso nachließ wie die Widerstandsfähigkeit seines Körpers. „Kormund“, brummte er dann, „Eure Augen haben mehr Kraft als die meinen.“

Einer der Reiter, ein stämmiger Mann, der den Wimpel des Beritts führte, lenkte sein Pferd neben Garodem. Kormund war Schwertmann und Scharführer Garodems, was bedeutete, dass er zu der ständig bewaffneten Wache des Pferdefürsten gehörte und berechtigt war, eine Truppe der Pferdelords zu führen. Schon oft hatte er diese Fähigkeit bewiesen. Er senkte den Kopf ein wenig, sodass der Helm seine Augen beschattete.

„Eine Handelskarawane, mein Hoher Lord.“ Kormund verwendete die offizielle Anrede, denn auch wenn Garodem und sein Scharführer gemeinsam manchen Schwertstreich und Lanzenstoß Schulter an Schulter und Pferd an Pferd ausgeteilt hatten, wahrten die Schwertmänner die Tradition. Nur bei seltenen Gelegenheiten fielen die Schranken zwischen ihnen, und sie erlaubten sich die direkte Anrede. „Ich erkenne Packpferde und beladene Wagen. Holz aus den unteren Marken, Hoher Lord. Dreißig bis vierzig Männer, darunter eine Handvoll bewaffneter Begleiter.“

Garodem nickte.

Über ihm und seiner kleinen Eskorte war leises Poltern zu hören. Automatisch blickte der Pferdefürst über sich und sah einen Mann im grünen Umhang am Rand des kleinen Plateaus auftauchen, auf dem sich das äußere Signalfeuer des Südpasses befand. Dieses war lediglich auf einem kleinen Fundament errichtet worden, da man vom Plateau aus einen guten Überblick über die angrenzende Westmark hatte und die fernen Züge des Westgebirges erkennen konnte. Von hier war auch ein Stück der alten Handelsstraße einzusehen, die kurz vor dem Pass, der an dieser Stelle begann und in die Hochmark führte, einen Bogen nach Nordwesten machte, um ins Dünenland zu führen, das einst den Pferdelords gehört hatte und nun von Barbaren beherrscht wurde.

„Handelskarawane aus dem Süden", rief der Posten zu Garodem und seinen Begleitern hinunter. „Wird in einem halben Tag den Pass erreichen."

„Wir haben sie schon längst gesehen", rief Kormund hinauf. „Obwohl unsere Füße dichter am Boden sind als die deinen, Mortwin. Ihr solltet weniger an die Weiber in Eternas denken und stattdessen mehr darauf achten, was sich auf der Straße tut."

Der Pferdelord oben auf der Plattform stieß einen leisen Fluch aus, während Garodem unmerklich lächelte. Die kleinen Reibereien zwischen dem Scharführer Kormund und dem ewig nörgelnden Mortwin waren in der ganzen Mark bekannt, aber im Kampf gab es kaum ein besseres Paar, als diese beiden erfahrenen Pferdelords.

„Reiten wir zurück, guter Herr Kormund", befahl Garodem und zog sein Pferd herum. „Überlassen wir die Begrüßung der Karawane dem guten Herrn Mortwin. Ich will noch vor Ende des nächsten Tages zurück in Eternas sein und mir den Holzeinschlag ansehen."

Die kleine Gruppe des Pferdefürsten ritt in den Pass zurück. Der Zugang wurde hier, an seinem äußeren Ende, durch keine Befestigung geschützt. Es gab nur eine kleine Wachmannschaft für das Signalfeuer, doch diese Vorsichtsmaßnahme reichte aus, denn der Pass konnte leicht geschützt werden. Er war lang und an einigen Stellen sehr schmal, und die Felswände ragten hoch empor und waren nicht zu ersteigen. Man konnte ihn nicht umgehen. Nur oben im Norden gab es einen weiteren Zugang zur Hochmark, von dem aus man direkt in das Tal von Eternas mit seiner Festung gelangte.

Während Garodem mit der kleinen Schar durch den Pass ritt, hallten die Tritte ihrer Pferde hohl von den aufsteigenden Felswänden wider. Hier, zwischen den Felsen, staute sich die Hitze des Tages, und Garodem öffnete die Schlaufen, die sein Wams verschlossen. Vor ihnen richtete sich ein langohriger Wildläufer auf, sah die herantrabenden Reiter einen Moment lang erschrocken an und hoppelte dann hastig ein Stück vor ihnen auf dem Weg entlang, bis er begriff, dass es wohl sinnvoller war, zur Seite auszuweichen, und rasch zwischen einigen Gesteinsbrocken am Wegrand verschwand.

Erleichtert sah Garodem schließlich den Turm des inneren Signalfeuers über der linken Felswand aufragen. Sie hatten das Ende des Passes fast erreicht. Nördlich schlossen sich die Seitentäler und dahinter die Ebene von Eternas an, wo der kühle Gebirgswind Linderung von der Hitze versprach. An dieser Stelle verengte sich der Pass und war kaum noch eine Hundertlänge breit. Auch hier waren die Seitenwände unpassierbar, und nur das wissende Auge vermochte den schmalen und schwer zu erobernden Pfad zu erkennen, der zwischen den aufragenden Felsen hindurch zum Turm hinaufführte.

Garodem hob grüßend die Hand, als seine Schar unter dem Turm vorbeiritt und den Pass verließ. In einem Zehntag würden die Besatzungen der beiden Signalfeuer abgelöst werden und ihren eintönigen Dienst unterbrechen, um für ein paar Tage in Eternas zu entspannen. Aber der Wachdienst war erforderlich, um die Hochmark vor unwillkommenen Besuchern zu schützen.

Zu gut hatten die Männer und Frauen der Pferdelords die

Kämpfe gegen die Orks in Erinnerung, die fast zum Untergang der Hochmark geführt hätten, und sie alle spürten, dass die Gefahr noch nicht vergangen war und die Orks früher oder später zurückkehren würden. Zudem gab es Geächtete, Menschen, die von ihresgleichen verstoßen worden waren und ihr Auskommen nun in räuberischen Überfällen suchten. Schließlich wurden im Norden und Westen immer wieder Barbaren gesichtet, die gelegentlich Streifzüge in das Land der Pferdelords unternahmen.

Obwohl die Hochmark im Gebirge lag, war das Gebiet recht groß. Zu Fuß brauchte man knapp fünf Tage, um vom Südpass nach Eternas zu gelangen. Aber wer im Land der Pferdelords ging schon zu Fuß? Die Pferde würden Garodem und seine Schar in einem guten Tag zur Stadt und Burg tragen.

Sie ritten nun durch ein lang gestrecktes, weites Tal mit dichtem Baumbewuchs am Ostrand. Es waren die üblichen, seltsam verkrüppelt wirkenden Bäume der südlichen Hochmark, die sich nicht mit den riesigen Stämmen vergleichen ließen, die in der Ebene von Eternas zu finden waren. Trotz des dichten Bestandes und der Blätter bot der Wald keinen wirklichen Sichtschutz, wollte sich denn eine Horde übler Gestalten darin verstecken. Ein Stück voraus waren im Wald die Spuren eines älteren Holzeinschlages zu erkennen, wo man das Holz für die Signalfeuer gefällt hatte.

Die Begleiter Garodems spürten, dass der Pferdefürst seinen Gedanken nachhing, und schwiegen respektvoll. Nur gelegentlich tauschten sie eine geflüsterte Bemerkung aus, während ihre Blicke stetig nach Gefahr suchten. Die Hochmark mochte zwar für zweibeinige Wesen nur über die beiden Pässe erreichbar sein, aber dies galt nicht für wilde Tiere, die immer wieder ihren Weg in die Täler und die Ebene fanden. Da war der große, stämmige Pelzbeißer mit seinem dichten Fell sowie den vier scharfen Krallen an seinen Pranken und dem mächtigen Kopf und Fängen, welcher einem Mann mühelos den Arm abreißen konnten. Oder die Raubkralle, ein schlankes und schönes Tier, so groß wie ein Schaf, doch mit tödlichen Krallen und einem mörderischen Gebiss mit langen Reißzähnen versehen. Meist lebten und jagten die gefährlichen Räuber im Rudel von drei oder vier Tieren, und schon manches Schaf oder Rind der Hochmark war ihnen zum Opfer gefallen. Nicht umsonst waren die Herdenwächter der Pferdelords bewaffnet. Schon mancher Räuber hatte unter ihren Pfeilen und Lanzen das Leben verloren, aber es gab auch Fälle, in denen Raubkralle oder Pelzbeißer den Kampf für sich entschieden hatten. So waren auch die Frauen auf den einsam gelegenen Gehöften durchaus wehrhaft und verstanden sich auf den Umgang mit Pfeil und Bogen. Sie mussten Heimstatt und Kinder und auch die kleinen Herden schützen, wenn ihre Männer vom Pferdefürsten durch die Losung gerufen wurden. Diese verpflichtete jeden Pferdelord, sich auszurüsten und sich zu versammeln, um dem Fürsten seiner Mark in den Kampf zu folgen.

Garodem war dieser Tradition immer verpflichtet gewesen, auch damals, als er die Isolation gesucht hatte. Sein Vater, der König, war gestorben und die Königswürde war auf seinen Bruder übergegangen, dem Garodem den Treueid der Pferdelords geleistet hatte. Dann hatten die Horden der Orks die Reiche der Menschenwesen überfallen. Garodem hatte den Treueid erfüllt, doch war er seinem Bruder nicht mehr begegnet, da dieser in der großen Schlacht vor der weißen Stadt des Reiches der weißen Bäume gefallen war. Garodem litt noch immer darunter, sich nicht mehr mit dem Bruder versöhnt zu haben. Bereitwillig verzichtete er auf den Thronanspruch, der damit auf den Sohn seines Bruders überging, und so war nun Reyodem der König der Pferdelords. Garodem vermisste die unteren fruchtbaren Marken des Pferdevolkes nicht, denn hier in der Hochmark hatte er Larwyn kennen und lieben gelernt.

Larwyn war eine Frau von außergewöhnlicher Anmut und Schönheit, die jünger an Jahren war und allein durch den Blick ihrer Augen Frieden und Liebe in sein Herz senkte. Ja, sie war sanft und anmutig, seine Larwyn, doch zugleich auch stark und beharrlich.

Sie war eine echte Frau des Pferdevolkes und scheute vor keiner Auseinandersetzung und keinem Kampf zurück. Manchmal glaubte Garodem, sich nicht wirklich bewusst zu machen, welches Glück er mit ihr gefunden hatte. Sein Herz wurde weich, als er an seinen eigenen Sohn Garwin dachte, den Erben der Hochmark, den Larwyn ihm geschenkt hatte. Garwin würde ein rechter Pferdelord werden, dafür wollte Garodem sorgen. Er war nun fast fünf Jahre alt und erkundete die Welt bereits auf eigenen Füßen. Nicht immer zur Freude seiner Umwelt und oft zur Sorge der Eltern, denn Garwin ließ keine Gelegenheit aus, seine vorwitzige Neugier unter Beweis zu stellen.

Auf halbem Weg nach Eternas erreichten Garodem und seine Schar den Quellweiler. Es war schon fast dunkel, und so beschloss der Pferdefürst, hier zu übernachten. Seine Knochen schmerzten ein wenig, doch er redete sich ein, es würde ihm nichts ausmachen, wie früher unter freiem Himmel zu übernachten. Er sagte sich, dass er den Weiler nur deshalb ansteuerte, um den Bewohnern die Möglichkeit zu geben, von ihren Sorgen und Nöten und von ihren Freuden zu berichten. Er legte sein Ohr gerne an die Lippen der Menschen, um ihre Bedürfnisse zu erfahren, denn er war für sie verantwortlich und fühlte sich ihnen verbunden.

An diesem Abend hatte Garodem die unerwartete Gelegenheit, einer Hochzeit beizuwohnen. Während das Brautpaar traditionell Wasserflasche und Zügel teilte, dachte er an seine eigene Zeremonie zurück, und eine unbändige Sehnsucht nach Larwyn erfüllte ihn.

Vielleicht trieb ihn dies in aller Frühe von der strohgefüllten Bettstatt. Kormund sah seinen Fürsten überrascht an, als dieser zu unerwartetem Zehnteltag in den Wohnraum des Hauses trat, das der Älteste ihnen für die Nacht überlassen hatte. Die meisten Bewohner des Weilers schliefen noch unter der Einwirkung des am Abend zuvor reichlich genossenen Alkohols, und so bat Garodem den Ältesten, die Menschen nochmals von ihm zu grüßen, bevor er dann mit seiner kleinen Schar weiter nach Eternas zog.

Er ritt scharf und konnte es kaum erwarten, wieder zu Larwyn und seinem Sohn Garwin zu kommen. In seinem Rücken knatterte der Berittwimpel an Kormunds Lanze im Reitwind. Erst als sich die Ebene von Eternas vor ihnen öffnete, zügelte Garodem sein Pferd und ließ den Anblick auf sich einwirken.

Die Ebene von Eternas zog sich zwischen den zu beiden Seiten aufragenden Bergrücken entlang. In der Mitte wurde sie durch den Gebirgsfluss Eten geteilt, der in sanftem Bogen von Süden nach Norden floss. Zunächst an der Stadt Eternas vorbei, dann an der gleichnamigen Burg, bevor er am nördlichen Pass die Hochmark verließ. In der Ebene gab es fetten, kostbaren Mutterboden, der zusammen mit dem Wasser des Flusses für fruchtbare Weiden sorgte. Beinahe um die gesamte Ebene zog sich ein dichter Ring der seltenen Gebirgswälder, die unter dem strengen Schutz Garodems standen. Vielleicht wäre dies nun, da die Hochmark Holz aus den anderen Marken erhielt, nicht mehr erforderlich gewesen, aber Garodem wollte unabhängig bleiben. Denn niemand wusste, ob nicht irgendwann ein erneuter Krieg gegen die Orks den Handel zum Erliegen bringen würde und die Hochmark dann wieder auf die eigenen Ressourcen angewiesen war.

Scharführer Kormund trieb sein Pferd neben das des Pferdefürsten, der den stämmigen Pferdelord lächelnd ansah. „Es kommt mir immer wieder wie ein kleines Wunder vor, mein guter Herr Kormund, so tief im Gebirge auf solche Schönheit zu treffen."

„Guter Grund und gutes Wasser, mein Hoher Lord", bemerkte Kormund sachlich. „Und gut zu verteidigen."

Kormund war nun einmal Soldat und sah es pragmatischer als Garodem, der Freude am Wachstum seiner Hochmark empfand. Der Pferdefürst nickte. „Und gute Menschen, mein Freund. Vergesst nicht, dass all dies nicht ohne die Männer und Frauen erreicht worden wäre, die mir hierhin folgten."

„Das ist wohl wahr, mein Hoher Lord." Kormund wies mit der Wimpellanze über die Ebene. „Die Mark ist gewachsen, weitaus stärker vielleicht, als wir erwartet haben." Er sah den Pferdefürsten nachdenklich an. „Vielleicht sogar stärker, als für die Hochmark zuträglich ist."

Garodem trieb sein Pferd an. „Wie meint Ihr das, guter Herr Kormund?"

Kormund gab den anderen drei Reitern einen Wink und ritt an die Seite seines Pferdefürsten. „Immer mehr Menschen leben in Eternas, mein Hoher Lord. Sie alle wollen versorgt sein."

Sie trabten nun durch einige der Felder, die Eternas wie ein goldgelber Ring umgaben. „Die Felder tragen reich und die Vorratskammern sind voll, guter Herr Kormund."

„Das kann sich rasch ändern." Kormund räusperte sich und blickte zu den Häusern am Stadtrand, denen sie sich nun näherten. „Denkt an den Kampf gegen die Legion der Orks, den wir vor Jahren ausgefochten haben. Wir hätten nicht mehr lange bestehen können."

„Ich weiß, mein Freund", brummte Garodem.

Sie erreichten die Häuserreihen, und die Hufe ihrer Pferde klapperten über gepflasterte Straßen. Ein Luxus, der in Eternas zur Notwendigkeit geworden war, denn die Regenstürme des Herbstes und der Winterzeit durchweichten den Boden und machten ihn fast unpassierbar für schwere Wagen, die erforderlich waren, um die Stadt zu versorgen. Inzwischen ließ Garodem auch die Straße, die Eternas mit der Handelsstraße vor dem Südpass verband, mit Steinen auslegen und verstärken, denn die Räder der schweren Fuhrwerke hatten bereits tiefe Furchen in den Boden gegraben. Wenn es regnete, sammelte sich darin das Wasser, wodurch die Wege unbenutzbar wurden. Die Bedeckung mit den sorgfältig behauenen Steinplatten sollte dem Abhilfe schaffen.

Das Pflaster der Straßen verbarg zudem eine Neuerung, die Larwyn auf den Rat der Heilerin Meowyn hatte umsetzen lassen.

Am Anfang, als man die Stadt mit wenigen hundert Menschen errichtete, hatten Mann und Frau sich einfach außerhalb der Häuser erleichtert. Die Gemahlin des Pferdefürsten hatte dafür gesorgt, dass sich das änderte. Sie ließ Rinnen zwischen den Häusern anlegen, die ein geringes Gefälle aufwiesen und seitlich mit Mauern eingefasst waren. doch als mit dem Aufblühen des Handels immer mehr schwere Fuhrwerke durch die Straßen rollten, hatte Larwyn metallene Rohre gießen lassen, die im Boden versenkt wurden und den Unrat zum Fluss ableiteten. Dadurch war es möglich geworden, die wichtigsten Straßen vollständig zu pflastern. Die Ableitung des Unrats hatte für einige Bewohner Eternas einen neuen Broterwerb gebracht. Seit knapp einem Jahr gab es die Dungschlepper, welche die wertvollen Exkremente aus dem Abwasser schöpften und zu den Feldern brachten, wo er als Dünger verwendet wurde.

„Orks", brummte Kormund einsilbig.

Garodem sah ihn verwirrt an, und der Scharführer wies auf ein Haus mit geschwärzten Stellen unter dem Giebel. „Orks, mein Hoher Lord. Damals, als die Legion der Bestien Eternas überfallen und die Stadt genommen hat. Das Haus hat damals gebrannt." Kormund wies auf ein weiter vorne liegendes Haus. „Dort habe ich damals zwei Rundohren erschlagen, als wir den Gegenangriff vortrugen. Ah, das war ein guter Kampf, Garodem, mein Hoher Lord."

„Das ist wohl wahr", bestätigte Garodem. „Aber wir waren zu wenige und hätten ihn beinahe verloren. Aber nun ist das Pferdevolk wieder vereint, und wir haben ein neues Bündnis mit dem Reich der weißen Bäume und den Elfen."

„Und mit den Zwergen", ergänzte Kormund und lachte leise auf. Das Lachen verwandelte sein finster wirkendes Gesicht auf erstaunliche Weise. „Dem tapferen Herrn Balruk und seinen Axtschlägern aus der grünen Kristallstadt Nal't'rund."

Die beiden sahen einander vergnügt grinsend an. Auch der Kampf um die Kristallstadt, bei dem die Pferdelords den Zwergenwesen beigestanden und in ihnen neue Freunde gefunden hatten, war ein guter Kampf gewesen. Nebeneinander trabten der Fürst und sein Scharführer die Hauptstraße entlang, wobei Kormund einmal hastig die Lanze mit dem Wimpel einziehen musste, als sie dicht unter einem Hausvorsprung hindurchritten. Er stieß ein leises Knurren aus und wurde wieder ernst. „Zu viele Menschen."

„Was wollt Ihr damit sagen, guter Herr Kormund?" Garodem sah seinen Scharführer auffordernd an.

„Sie werden wiederkommen. Bald, mein Hoher Lord. Ich spüre es in den Knochen."

„Nichts gegen Eure Knochen, mein alter Freund", seufzte Garodem. „Aber auch ich spüre meine Knochen, und das liegt bestimmt nicht am Nahen der Orks."

„Es ist schon zu lange ruhig, Garodem, mein Herr. Fast drei Jahre lang sind wir ohne guten Kampf gewesen."

Garodem lachte leise auf. „Nichts für einen richtigen Pferdelord, nicht wahr? Euch juckt die Lanze in den Händen."

Kormund nickte und wies mit einer unbestimmten Geste um sich. „Seht Euch um, mein Hoher Lord Garodem. Viel zu viele Menschen, und sie werden satt und träge. Als wir um unser tägliches Brot kämpfen mussten, waren die Menschen hartgesottener. Oh, die Männer und Frauen in den Gehöften und Weilern sind noch immer hart, Garodem, mein Herr. Aber die Menschen hier in Eternas üben sich kaum noch im Gebrauch der Waffen. Sie schätzen nicht mehr die Kraft der Lanze, sondern nur noch die Weichheit der Gewänder und den Genuss des Blutweins aus Malvins Schänke."

Garodem sah den Scharführer nachdenklich an. „Ich verstehe, was Ihr meint, alter Freund. Ihr mögt nicht ganz unrecht damit haben."

Der Pferdefürst blickte freundlich um sich, nickte den Menschen zu und begriff, dass Kormund sie mit anderen Augen sah. Und als Garodem die Bewohner der Stadt nun selbst näher betrachtete, fielen ihm mit einem Mal Veränderungen auf, die er bislang nicht beachtet hatte. Einiges an Kormunds

Worten war nur allzu wahr. Die Menschen von Eternas begannen sorglos zu werden. Garodem musterte die Gebäude. Manche der Türen waren längst nicht mehr so massiv und widerstandsfähig gebaut, wie dies noch vor wenigen Jahren der Fall gewesen war. Sie waren leichter, zierlicher und bequemer zu betätigen. Auch manche der Fensterläden wiesen diesen Makel auf, und Garodem erkannte überrascht, dass in vielen der Fensterklappen nicht einmal mehr Schießscharten vorhanden waren, durch die Pfeile auf einen Angreifer abgeschossen werden konnten.

Der Pferdefürst räusperte sich nachdenklich und sah seinen Scharführer ernst an. „Ich fürchte, an Euren Worten ist mehr wahr, als mir lieb sein kann. Ich werde mit Larwyn darüber sprechen."

Kormund verlor kein Wort darüber, dass sein Pferdefürst ein ernstes Problem mit seiner Gemahlin besprechen wollte. Ein guter Pferdelord besprach alle Probleme mit seinem Weibe, denn schließlich teilten sie nicht nur die Bettstatt miteinander, sondern hatten auch eine gemeinsame Verantwortung für ihr Leben und das ihrer Kinder. Kormund spuckte aus. Vielleicht galt dies für die Bewohner Eternas ja gar nicht mehr. Aber Larwyn war keine Bewohnerin der Stadt, sie war eine rechtschaffene Frau des Pferdevolkes, und es war gut, wenn Garodem sich mit ihr besprach.

Der Scharführer war froh, die bedrückende Enge zwischen den Häusern der Stadt hinter sich lassen zu können, und vielleicht ging es Garodem ebenso, denn der Fürst trieb sein Pferd zu einem raschen Galopp, der die kleine Gruppe über den breiten und mit geebneten Steinen ausgelegten Weg hin zur Burg führte.

Doch zuvor lenkte Garodem sein Pferd noch über die steinerne Brücke an das gegenüberliegende Ufer des Flusses Eten. Kormund bemerkte die überraschten Blicke der Torwache, als sie kurz vor dem Ziel noch einmal abbogen und die kleine Schar Garodem über die Brücke folgte.

Am anderen Ufer erstreckten sich die Baumbestände der Hochmark. Jene Bestände, die aufgrund ihres hohen und geraden Wuchses so wertvoll waren. Gerades und starkes Holz für gute Pfeile und gute Lanzen. Vor den dichten Baumreihen erstreckte sich ein flacher langer Hügel. Ein viel zu langer Hügel, denn seine Erde bedeckte die Opfer der Schlacht um Eternas: Männer, Frauen und Kinder, die im Kampf gegen die Orks gefallen waren.

Garodem stoppte sein Pferd, ließ die Zügel fallen und saß ab. Sein Pferd würde dort selbst im dichtesten Schlachtgetümmel stehen bleiben, bis er es wieder herbeirief, denn es war zum Kampf ausgebildet.

Der Pferdefürst schritt zu dem Hügel hinüber, und seine Gedanken waren bei jenen, die nach dem Glauben des Pferdevolkes nun zwischen den Goldenen Wolken einhereilten.

„In des Lebens Wonne und des Todes Not, soll Eile sein stets das Gebot, in Treue fest dem Pferdevolk, der Hufschlag meines Rosses grollt, soll Lanze bersten, Schild zersplittern, so wird mein Mut doch nie erzittern, ich stehe fest in jeder Not, mit schnellem Ritt und scharfem Tod."

Es war der Treueid des Pferdevolkes, den jeder Pferdelord leistete, wenn er den grünen Umhang erhielt, und Kormund und die anderen Begleiter Garodems lauschten ergriffen den leisen und festen Worten ihres Fürsten. Keiner von ihnen würde diesen Eid jemals brechen oder vergessen, dass die hier ruhenden Toten gestorben waren, um dem Pferdevolk eine Zukunft zu ermöglichen. Kormund wusste, das der Pferdefürst und viele seiner Schwertmänner oft an diese Stätte der Erinnerung kamen, um den Toten Ehre zu erweisen, aber er konnte sich nicht erinnern, in den letzten beiden Jahren einen der Stadtbewohner hier gesehen zu haben, und das erfüllte ihn mit wachsendem Grimm.

Garodem blickte an dem langen Hügel entlang, dann atmete er tief durch und schwang sich wieder auf sein Pferd.

„Zur Burg, alter Freund Garodem?", fragte Kormund mit gesenkter Stimme, noch immer unter dem Eindruck von Garodems Worten.

Der Pferdefürst atmete erneut tief durch und schüttelte den Kopf. „Nein, ich will erst nach dem Holzeinschlag sehen, Kormund, alter Freund." Er legte die Hand in einer kurzen und freundschaftlichen Geste auf Kormunds Arm. „Wir dürfen das hier niemals vergessen."

Kormund wollte Garodem in diesem Moment nicht darauf hinweisen, dass es sehr wohl Menschen gab, die diesen Ort bereits aus ihrem Gedächtnis verbannt hatten. „Das werden wir nicht. Kein wahrer Pferdelord wird das Geschehen jemals vergessen."

Garodem nickte. „Ihr könnt mit den anderen zur Burg reiten. Ich folge euch dann später nach."

Kormund nickte zögernd. Aber zwischen den Bäumen hindurch ertönten das Schlagen von Äxten und die Stimmen von Männern und Frauen, sodass Garodem wohl keine Gefahr durch ein Raubtier mit vier oder zwei Beinen drohen dürfte. Er nickte erneut, winkte dann den anderen Männern, und die kleine Schar trabte über die Brücke zur Burg hinüber, während Garodem sein Pferd zum Holzeinschlag lenkte.

Diesseits der Brücke gab es keine gepflasterten Wege mehr, und so hatten sich hier die Räder der Holztransporter tief in den Boden gegraben. Es war leicht, dem Lärm zu folgen und den Ort zu finden, wo Männer und Frauen aus Eternas die ausgewiesenen Bäume fällten. Garodem sah zu den Wagenspuren und stieß ein missmutiges Knurren aus. Die Abdrücke unterschieden sich und zeigten dem Pferdefürsten, dass hier Fuhrwerke aus der Hochmark neben denen einer anderen Mark gerollt waren. Die Räder der Hochmark hinterließen schmale Furchen, die anderer Fahrzeuge sehr viel breitere. Der Grund lag in der unterschiedlichen Beschaffenheit der Räder. Der einstige Holzmangel der Hochmark hatte zur Entwicklung von stabilen Speichenrädern geführt. Das sparte kostbaren Rohstoff und machte die Räder sehr viel leichter. Die waldreichen anderen Marken des Pferdevolkes benutzten noch immer die traditionellen Scheibenräder aus massivem Holz, die jedoch weniger stabil waren und daher fast doppelt so breit gebaut werden mussten, wodurch sie sehr viel schwerer wurden. Auf diesem Pfad war ein ebensolches Fuhrwerk gerollt, was den Unmut des Pferdefürsten hervorrief, denn es hatte hier nichts zu suchen.

Garodem ließ seinen Hengst im Schritt gehen, und langsam wurde der Lärm der Arbeiter deutlicher. Er vernahm das Schnalzen von Peitschen, Rufe und das Schlagen der Äxte, dazwischen das Knarren und Brechen fallender Stämme, gemischt mit dem Rauschen der Äste, sobald sie mit den Blättern auf den Boden schlugen.

„Aus dem Weg mit dir, willst du erschlagen werden?“, drang ein wütender Zuruf an Garodems Ohren, und ein Mann trat, mit seiner Axt gestikulierend, zwischen den Bäumen hervor. „Der Baum wird gleich fallen.“ Der Holzarbeiter kniff die Augen zusammen und erkannte erst jetzt den Pferdefürsten. Errötend neigte er den Kopf zum Gruß. „Verzeiht, mein

Hoher Lord, ich habe Euch nicht erkannt.“ Er räusperte sich. „Dennoch, geht aus dem Weg, zu Eurer eigenen Sicherheit.“

Der Mann hatte kaum ausgesprochen, als auch schon ein Knarren und Rauschen zu hören war. Der Holzarbeiter trat in den Schutz eines dicken Stammes, und Garodem lenkte sein Pferd zur Seite. Nur ein Stück von ihnen entfernt schlug der gefällte Baum zu Boden. Eine Wolke von Blättern und abspringenden Ästen wirbelte auf, und einige Holzsplitter flogen umher, ohne jedoch jemanden zu verletzen, denn die gewarnten Holzarbeiter hatten sich rechtzeitig in Sicherheit gebracht.

Garodem nickte dem Mann zu, dann stieg er ab, ließ die Zügel hängen und ging in Richtung des gefällten Stamms, von wo erneut das Schlagen von Äxten sowie Stimmen ertönten. Er schritt an einigen Bäumen vorbei, deren Rinde einen kreuzförmigen Schnitt aufwies. Garodem hatte sie persönlich auf diese Weise markiert und sie so zum Schlag freigegeben. An einem der Bäume kletterte gerade ein Mann hinauf, um starke Lederseile am Stamm unterhalb der Krone zu befestigen. Danach würde man an dessen Basis mit Äxten die beiden Kerben schlagen, die den Baum schwächten. Das Setzen der Kerben würde die Fallrichtung bestimmen, und die Männer an den Leinen sollten dafür sorgen, dass sich der Baum beim Sturz nicht drehte oder sich im Geäst benachbarter Stämme verfing.

An dem soeben gefällten Baum waren andere Männer dabei, die Äste abzuschlagen, und Garodem erkannte zufrieden einen seiner Schwertmänner und den alten Schmied Guntram unter ihnen, welche diese Arbeit beaufsichtigten. Die grauen Haare und die etwas gebeugte Körperhaltung des muskulösen Schmiedes waren unverkennbar, ebenso seine spitze Zunge, für die er bekannt war. Er galt als etwas streitsüchtig, und dass sein Mund fast zahnlos war, ging auf einen kurzen, aber intensiven Disput mit dem Ersten Schwertmann von Garodems Wache zurück. Doch trotz seiner zunehmenden Kurzsichtigkeit war er noch immer einer der besten Waffenschmiede in der Hochmark.

Gerade scheuchte Guntram einen der Holzarbeiter vom Stamm zurück. „Bist du den dunklen Abgründen verfallen, du Narr? Siehst du nicht, wie gut dieser Ast gewachsen ist? Er wird eine hervorragende Lanze abgeben, aber du willst den schönen Schaft zerschlagen!“

Der Schmied hatte den Oberkörper entblößt, wie viele der anderen Männer auch, und ließ dabei viele alte Narben sehen, die von vergangenen Verletzungen herrührten. Späne und Blätter klebten auf der schweißnassen Haut und verliehen Guntram das Aussehen eines fremdartigen Wesens. Der neben ihm stehende Schwertmann ertrug die herrschende Hitze mit stoischer Miene. Die Tradition der Schwertmänner verlangte das Tragen des Helms mit Rosshaarschweif und des grünen Umhangs, und kein wahrer Pferdelord hätte mit diesem Brauch gebrochen. Schweiß sickerte unter dem Stirnschutz des Mannes hervor, sammelte sich in seinem dunklen Bart und tropfte von dort auf den Boden. Der Schwertmann runzelte die Stirn, als ein anderer Arbeiter ihm einige kleinere Äste zeigte, sortierte einige von ihnen aus und hielt die anderen Guntram hin. Der alte Schmied führte die Holzstücke dicht vor seine Augen, runzelte ebenfalls die Stirn und seufzte leise.

„Krumm und schief. Das taugt allenfalls für die Pfeile eines orkischen Spitzohrs. Sind ja für ihre schlampige Arbeit bekannt, die Bestien.“ Guntram warf die meisten der Äste achtlos zu Boden und behielt nur drei zurück. „Die hier mögen brauchbare Pfeile abgeben.“ Der Schmied grinste den Kämpfer zahnlos an. „Und wenn ich sie bearbeite, werden sie sogar ganz ausgezeichnete Pfeile abgeben.“

Der Schwertmann blickte über Guntrams Schulter hinweg und sah nun Garodem. Grüßend legte er eine Hand an den Schwertgriff und schlug die andere zur Faust geballt an seine Brust. Guntram wandte sich um und blinzelte kurzsichtig. „Ah, nicht die Herrin Larwyn, oder? Nein, nicht die Herrin.“ Guntram blinzelte erneut und grinste dann. „Ah, seid gegrüßt, Hoher Lord Garodem. Wir werden gute Lanzen und Pfeile bekommen, wirklich gute Pfeile und Lanzen.“

Der Schmied nickte bekräftigend zu seinen Worten und hielt Garodem die Äste entgegen. Garodem betrachtete sie fachkundig und nickte. „Ich kenne die Fertigkeit deiner Hände, guter Herr Guntram. Du machst noch immer die besten Waffen und Rüstungen.“

„Ah, das tue ich gewiss, Hoher Herr. Das tue ich gewiss.“ Guntram wies auf einige der abgeschlagenen Äste. „Gut gewachsenes Holz, und es sind einige schöne gerade Stücke dabei. Der Schaft der Lanze muss dem Wuchs folgen, das macht ihn stabil. Eure Pferdelords werden gute Lanzen von mir bekommen. Hervorragende Schäfte und Spitzen. Und auch erstklassige Pfeile.“ Guntram sah den Schwertmann neben sich grinsend an. „Der gute Herr Schwertmann wird dies bestätigen können, auch wenn ich nicht glaube, dass er ein Ziel mit dem Pfeil zu treffen vermag.“

Der Schwertmann errötete ein wenig. „Macht Ihr nur gerade Pfeile, guter Herr Guntram, dann sorge ich dafür, dass sie ihr Ziel erreichen.“

Garodem merkte, dass der alte Schmied eine Gelegenheit suchte, ein wenig zu streiten, und unterdrückte ein Lächeln. Er blickte den Schwertmann an. „Sagt, guter Herr Haronem, ich sah Spuren eines Wagens aus einer der anderen Marken.“

Der Schwertmann Haronem nickte und wies nach links. „Der Händler Helderim kam mit einem solchen Wagen und einem Mann aus der Westmark. Sie sind dort vorne, direkt am Weg, mein Pferdefürst."

Garodem nickte dankend und schritt in die Richtung, in die sein Schwertmann gewiesen hatte. „Ich glaube nicht, dass Ihr mit dem Bogen trefft", hörte er Guntrams Stimme hinter sich. „Aber vielleicht seid Ihr ja schnell genug, um viele Pfeile in Folge zu lösen, dann erhöhen sich Eure Chancen, zumindest mit einem von ihnen das Ziel zu erreichen."

„Ich vermag Euch allemal zu zeigen, wie schnell meine Finger ihr Ziel erreichen", ertönte die gereizte Antwort Haronems. „Ihr solltet auf Eure drei letzten Zähne achten, guter Herr Guntram, sonst werdet Ihr mit ihnen kein Fleisch mehr reißen können."

Garodem lachte leise auf, während die Stimmen der beiden Streitenden verklangen, je näher er dem Waldweg kam. Der Pferdefürst erkannte die lang gestreckte Silhouette eines Frachtwagens zwischen den Bäumen nahe des Weges, und seine Stimmung verdüsterte sich wieder. Dies war eindeutig ein Fuhrwerk aus einer anderen Mark, das hier nichts verloren hatte. Er würde später unter vier Augen mit Haronem sprechen müssen, denn der Schwertmann hätte den Wagen gar nicht in den Wald hineinlassen dürfen.

Das Gefährt mit den massigen Scheibenrädern wurde von sechs Pferden gezogen und war bereits hoch mit sorgfältig auf Maß gebrachten Stämmen beladen. Geschmiedete Ketten würden die Fracht während der Fahrt auf dem Fahrzeug halten. Der Fahrer saß auf dem schmalen Bock und nickte Garodem gelangweilt zu. Ein Fremder, der den Pferdefürsten wohl für einen der Stadtbewohner Eternas' hielt, und so nickte ihm Garodem nur kurz zu, um sich dann den beiden Männern zuzuwenden, die hinten am Wagen standen und das aufgeladene Holz begutachteten.

Den Fremden kannte Garodem nicht, es war offensichtlich der Händler aus der Westmark, von dem der Schwertmann gesprochen hatte, doch der andere Mann war unverkennbar Helderim, der wohl bekannteste Händler der Hochmark. Im Gegensatz zu seinem Weib Gunwyn wirkte Helderim eher klein und schmächtig, und seine Stimme klang stets ebenso besorgt, wie seine Gesten nervös wirkten. Helderim hielt eindeutig einen Kaufvertrag in der Hand, denn Garodem erkannte die zusammenklappbaren hölzernen Tafeln, die an den Innenseiten mit Wachs beschichtet waren. Die Händler machten auf ihnen ihre Eintragungen, indem sie Zeichen mit einem kleinen Stift in das Wachs ritzten und später ihr Siegel darunterpressten. Beide Vertragsparteien erhielten dann eine Seite des Dokuments, die ein getreues Duplikat der anderen war. Sie benutzten dafür nicht das teure steife Papier aus den Rinden der Bäume, denn sie waren sparsame Männer. Manche nannten sie sogar geizig, denn nach erfülltem Vertrag schmolzen sie das Wachs der Tafeln wieder ein, um es erneut nutzen zu können. Helderim sah Garodem näher treten und errötete ein wenig.

„Mein Hoher Lord Garodem, dies ist der gute Herr Lispan aus der Westmark. Er interessiert sich für unser Holz, mein Hoher Lord.“ Er sah den anderen Händler an. „Gutes und starkes Holz, wie Ihr sehen könnt, guter Herr Lispan, nicht wahr?“

Der Fahrer blickte vom Bock herunter zu den Händlern. „Der Käfer sitzt unter der Borke, Ihr Herren. Wird nicht viel davon übrig bleiben, bis wir die Westmark erreicht haben.“

Helderim schnaufte empört, und Garodem erkannte, dass

der Fahrer seinen Händler gezielt unterstützte. Die beiden waren offensichtlich aufeinander eingespielt und versuchten auf diese Weise den Preis herunterzuhandeln. Helderim trat an einen der aufgeladenen Stämme heran und kratzte über die Rinde. „Da ist kein Käfer", sagte er entschlossen.

„Also ich habe einen gesehen", versicherte der Fahrer.

„Die Stämme sollten geschält sein", stimmte der Händler der Westmark zu. „Das vertreibt den Käfer."

„Welche Käfer? Da sind keine Käfer." Helderim klopfte gegen das Holz. „Hört Ihr den satten Klang? Massives Holz, keine Kriechgänge von Käfern. Bestes Holz der Hochmark."

Garodem hob die Hand und unterbrach die Männer. „Dies ist Holz der Hochmark auf einem Wagen der Westmark. Dem Handel nach gilt, dass die Hochmark Holz aus den anderen Marken bezieht, jedoch keines nach dort verkauft. Wer gab die Erlaubnis, dies zu tun?"

„Die Hohe Dame Larwyn, Hoher Lord", sagte Helderim hastig, der den Unmut in Garodems Stimme bemerkt hatte. „Ich, äh, erzählte der Herrin, wie neidvoll die anderen Marken auf die starken und leichten Räder unserer Hochmark blicken und dass diese nur taugen, wenn sie aus dem Holz der Gebirgsstämme gefertigt werden."

„So, die Hohe Dame Larwyn", brummte Garodem. Dann würde er mit ihr wohl über diese Angelegenheit sprechen müssen. Sie wusste, dass er nicht die Absicht hatte, die wenigen Rohstoffe der Hochmark zu verschwenden, und die Lieferung von Holz in die holzreichen anderen Marken empfand er als eine ebensolche sinnlose Verschwendung. Der Handel mit dem Holz der Hochmark unterlag allein dem Pferdefürsten, und dies war allen Bewohnern der Mark bekannt. Helderim würde niemals riskieren, gegen sein Gebot zu verstoßen, also musste Larwyn ihm tatsächlich die Erlaubnis gegeben haben.

„Es ist ein gutes Geschäft, mein Hoher Lord Garodem", versicherte Helderim rasch. „Nur sehr wenig gutes Holz aus der Hochmark gegen sehr viel gutes Holz aus der Westmark." Helderim schielte zu dem anderen Händler hinüber. „Nun, eher ganz passables Holz aus der Westmark. In jedem Fall ist es ein gutes Geschäft für die Westmark."

Garodem nickte zögernd. „Ja, sicher ein gutes Geschäft für beide Seiten."

Der Pferdefürst wandte sich ab, doch Helderim folgte ihm mit hastigen Schritten. „Mein Hoher Lord Garodem, da wäre noch eine Kleinigkeit, die ich mit Euch besprechen wollte. Es geht um meine Vergrößerungssteine. Ihr kennt doch meine Vergrößerungssteine, nicht wahr?"

Wer in Eternas kannte Helderims Vergrößerungssteine nicht? Vor rund drei Jahren hatten die Orks des Schwarzen Lords das Volk der Zwerge überfallen und es zum Abbau von Schwarzkristall gezwungen. Zugleich hatte ein Grauer Zauberer, in Gestalt eines Händlers, die Hochmark aufgesucht und von den Schmieden Eternas' kleine metallene Rahmen fertigen lassen. Der angebliche Händler hatte ein Musterstück mit einem eingearbeiteten Scheibchen Schwarzkristall mit sich geführt und behauptet, es sei ein im Reich der weißen Bäume begehrtes Schmuckstück. In Wirklichkeit hatte der Schwarze Lord versucht, damit seine tageslichtempfindlichen Orks vor dem grellen Licht der Sonne zu schützen und so ihre Schlagkraft zu erhöhen. Garodems Pferdelords und die tapferen Axtschläger des Zwergenvolkes hatten den Plan der dunklen Mächte zunichtegemacht, und von dem ganzen Spuk waren nur die unzähligen kleinen Metallrahmen übrig geblieben, die die Schmiede Eternas' gefertigt hatten und für welche die

Bestien keine Verwendung mehr gefunden hatten. Doch dann hatte Helderim durch Zufall bei einer Näherin gesehen, wie sie einen Bergkristall benutzte, um die feinen Nähte der Gewänder besser erkennen zu können. Geschäftstüchtig, wie es seinem Wesen entsprach, hatte der gute Helderim erkannt, dass man solche Bergkristalle in die metallenen Rahmen einpassen konnte und dass es einen hohen Bedarf an solchen Instrumenten gab, mit denen man kleine Dinge etwas größer sehen konnte. So waren Helderims Vergrößerungssteine entstanden. Selbst Garodem nutzte gelegentlich einen von ihnen, denn die Zeichen in den Schriften schienen ihm im Laufe der Jahre immer weiter einzuschrumpfen.

„Was ist mit Euren Vergrößerungssteinen, guter Herr Helderim?“

„Oh, es ist alles in Ordnung mit ihnen, mein Hoher Lord, alles in Ordnung“, erwiderte Helderim rasch. Er trippelte aufgeregt neben Garodem her und schien nicht recht zu wissen, in welcher Hand er die Vertragstafeln nun halten sollte. „Die Menschen wissen sie zu schätzen, ja, das tun sie. Selbst meine teure Gunwyn, mein gutes Eheweib, weiß sie zu nutzen. Helderim, mein Guter und Bester, so sagt sie mir immer, Helderim, mein Guter und Bester, deine Vergrößerungssteine sind ein wahrer Segen für die Augen, du solltest sie auch anderen Menschen zugänglich machen. Ja, das sagt sie, meine teure Gunwyn.“

Garodem erkannte sofort, worauf der Händler hinauswollte. „Ihr möchtet sie auch in den anderen Marken vertreiben, guter Herr Helderim?“

Helderim lächelte unsicher. „Nun, der Handel unterliegt Eurer schützenden Hand, Garodem, mein Hoher Lord.“

„Das tut er“, bestätigte Garodem und blickte missmutig zu

dem beladenen Frachtwagen der Westmark zurück. „Und nun wollt Ihr, dass ich Euch den Handel mit den Vergrößerungssteinen gestatte?“

Helderim breitete ehrerbietig die Arme aus. „Es würde den Ruhm der Hochmark mehren, mein Hoher Lord.“

„Und Euren Beutel beschweren, nicht wahr?“ Garodem lächelte verständnisvoll.

Da erklang hinter ihnen ein lauter Schrei, der den Lärm der Holzarbeiten übertönte. Garodem wandte sich um, und auch Helderim blickte erschrocken über seine Schulter und erkannte einen Baum, der sich erst zögernd zu neigen schien, dann jedoch immer schneller und genau in ihre Richtung dem Boden entgegenstürzte. Offensichtlich war eine der stabilisierenden Leinen gerissen. Die andere Leine zog ein paar schreiende Männer hinter sich her, die den Baum nicht mehr zu halten vermochten und schließlich fluchend losließen, während der massige Stamm auf den Pferdefürsten niedersauste.

Garodem spürte den harten Stoß, mit dem der schmächtige Händler sich gegen ihn warf, und instinktiv gab er dem Impuls nach, packte Helderim am Überwurf seines Gewandes und zog ihn mit sich. Beide stürzten übereinander in die Deckung eines Stammes, hörten das rasende Rauschen und spürten dann die Wucht des Schlages, mit dem der Baum auf den Boden prallte. Zweige peitschten ihre Körper und einer von ihnen riss eine blutige Strieme über Garodems Wange. Federnd kam der Baum zur Ruhe, und Männer hasteten herbei, um nach Garodem und dem Händler zu sehen.

Haronem war der Erste, der sich durch die Zweige hindurchkämpfte und sich besorgt über Garodem beugte. „Ist Euch etwas geschehen, Garodem, mein Hoher Lord?“

Helderim sah den Schwertmann giftig an. „Es geht uns beiden gut, danke der Nachfrage."

Guntram blickte über Haronems Schulter. „Ihr seid klein genug, um unter jedem Ast hindurchzuschlüpfen, guter Herr Helderim."

Ein Arbeiter prüfte die Äste, die Garodem und Helderim am Boden hielten. „Habt noch einen Augenblick Geduld, mein Hoher Lord. Nur ein paar Hiebe, und Ihr könnt Euch unbekümmert wieder erheben. Doch wartet, bis ich es Euch sage. Einige der Äste stehen noch unter Spannung, und ein vorschnellender Ast kann einem ausgewachsenen Mann den Kopf abreißen."

Helderim, der eifrig versucht hatte, sich unter dem Baum hervorzuarbeiten, erstarrte erschrocken und ließ sich hastig wieder zu Boden sinken. Garodem blickte den zierlichen Händler ermutigend an. „Sagt, guter Herr Helderim, in welche Mark soll Euch der Handel mit den Vergrößerungssteinen denn führen?"

„Ich dachte an die Ostmark, Garodem, mein Hoher Lord", gestand der Händler. Er ahnte Garodems unausgesprochene Frage. „Dort in der Nähe gibt es ausgedehnte Moore. Der Torf wäre eine gute Handelsware."

Egal, in welcher Lage sich der gute Helderim auch befinden mochte, sein Geschäftssinn würde ihn nie verlassen. Garodem hörte das Schlagen der Äxte und spürte, wie der Druck der Zweige von ihm wich. Er lächelte Helderim freundlich an. „Kommt morgen vor dem Mittag zu mir. Dann werden wir alles in Ruhe besprechen."

Aber zuvor würde Garodem einige Worte mit seiner Larwyn wechseln. Und, wenn er es recht bedachte, durchaus noch mehr als Worte.

6

Eigentlich war es eine richtige Stadt, aber man hatte ihr nie einen eigenen Namen gegeben, sondern nutzte die Bezeichnung des Ortes, an dem sie sich erhob. Die Weißen Sände waren ein fester Begriff für das elfische Volk und erstreckten sich am westlichsten Punkt ihres Landes, unmittelbar am Meer. Es war eine große Bucht, die von einem Strand in der Form eines Halbmondes eingefasst war. Die zum Meer weisenden Enden dieses Halbmondes berührten einander fast, sodass nur ein schmaler Wasserweg das offene Meer mit der geschützten Bucht verband. Der Strand bestand aus feinstem weißen Sand, aus dem die elfischen Sandbrenner besten Klarstein für die zahlreichen Fensteröffnungen in den Behausungen des Elfenvolkes fertigten. Doch obwohl ihn die Sandbrenner schon seit so vielen Jahrtausenden nutzten, spülte das Meer immer wieder genügend davon an, und daher wurde der Sand nicht weniger.

Angrenzend an den Strand erhoben sich schroffe Klippen steil in den Himmel und umgaben die Bucht wie eine schützende Mauer. Zur Landseite hin fielen die Klippen scharfkantig und steil wieder ab, und kein Angreifer konnte hoffen, sie zu erklimmen. Nur die zahlreichen Seevögel nutzten sie, um hier zu nisten und ihren Kot zu hinterlassen. Das elfische Haus, das hier lebte, hatte sich längst an den Schmutz und das Geschrei der gefiederten Segler gewöhnt. An der Innenseite der Klippenwand befanden sich die Häuser des Elfenvolkes. Zierlich und grazil aus feinen Hölzern erbaut, wirkten sie äußerst zerbrechlich. Schmale Treppen verbanden die Häuser untereinander und mit dem Boden, wobei die gedrehten Hölzer ihrer Geländer kaum den Eindruck machten, als könnten sie einem Halt verschaffen. Häuser und Treppen variierten in Größe und Form, sie wirkten willkürlich verteilt und doch auf elfische Weise organisch, als seien die Gebäude aus den Klippen hervorgewachsen, um deren Schroffheit Leben und Harmonie zu verleihen. Kein Rauch kräuselte sich über den Kochstellen der Häuser, denn die Elfen verstanden sich darauf, ihn zu vermeiden. Einige der Häuser waren den Formen der Meerestiere nachempfunden und zeugten von der Verbundenheit des Elfenhauses mit dem Meer. Das größte Gebäude wies die Form einer Muschel auf und diente den hier lebenden Elfen als Versammlungsraum. Die geschwungene Fassade war mit einem Gemisch aus dem Dung der Vögel und dem weißen Sand des Strandes gestrichen, aber der einst unangenehme Geruch war längst verflogen.

Unten am Strand gab es nur in einem begrenzten Bereich Gebäude, denn die Elfen wollten die Schönheit der Weißen Sände nicht unnötig beeinträchtigen. Hier schoben sich lange Stege in das Wasser der Bucht hinaus, an denen die Schiffe des Elfenvolkes lagen. Und hier standen auch die geschwungenen Hallen, in denen Waren gelagert und die Teile der Schiffe gefertigt wurden, bevor man sie am Strand zusammenfügte.

Das Volk der Elfen befuhr schon lange die See, weit länger, als die Menschenwesen dies taten, und sie kannten die Schönheiten und Gefahren des Meeres. Einst hatte die Neugier sie über das Wasser getrieben, um neue Ufer und deren Schönheiten zu entdecken und zu erforschen, aber nach vielen Jahrtausenden war die Neugier schließlich der Erfahrung gewichen, und es gab nicht mehr viel Neues zu entdecken. Deshalb war nun der Handel mit anderen Völkern zum Antrieb ihrer Seefahrt geworden, doch auch dieser war fast zum Erliegen gekommen. Nur die Handelsrouten über Land wurden gelegentlich noch genutzt, während Schiffe inzwischen selten entlang der Küste in die Hafenstadt des Reiches der weißen Bäume segelten.

Der Weg über das Meer war immer gefährlicher geworden, denn in den Zeiten, in denen der friedliche Handel florierte, waren plötzlich die Schwarzen Korsaren aufgetaucht, die es als einfacher empfanden, Waren zu rauben, anstatt sie zu produzieren oder mit ihnen zu handeln. So gehörten die schwarzen Korsarenschiffe bald zu den alltäglichen Gefahren des Meeres, und der Handel war schließlich der Übermacht dieser tödlichen Bedrohung erlegen. Die wenigen Schiffe der Menschenwesen befuhren nur noch die Küstenregionen, um rasch an deren Ufern Schutz finden zu können, lediglich die elfischen Schiffe wagten sich auf das weite Meer hinaus.

Die Weißen Sände waren Hafenstadt und Werft des elfischen Volkes, und noch immer wurden hier Schiffe gebaut. Über Äonen hinweg waren es nur wenige gewesen, aber jetzt wuchs ihre Zahl rasch, sodass ein großer Teil der Bucht mit ihren Rümpfen angefüllt war. Denn das Volk bereitete sich auf die große Reise in die ferne neue Heimat vor.

Für Lotaras und Leoryn, die Geschwister aus dem Hause Elodarions, war der Anblick der Weißen Sände nicht neu, und doch stand dieser Besuch unter einem anderen Zeichen. Er galt nicht einfach der Pflege der Beziehungen zu dem hiesigen Haus, sondern der Fahrt mit einem von dessen Schiffen. In den fünfhundert Jahren ihres jungen elfischen Lebens hatten sie noch keine Fahrt mit einem der Schiffe unternommen, und obwohl das Wesen der Elfen von Natur aus dem Neuen gegenüber aufgeschlossen war, empfand Lotaras instinktiv Scheu vor der unendlich wirkenden Weite des Meeres.

Die Geschwister waren mehrere Tage gereist und hatten dabei den Weg zu Fuß zurückgelegt. Obwohl Elfen hervorragende Reiter waren und gerade die beiden Geschwister nach ihren früheren Erlebnissen mit den Pferdelords gelernt hatten, einen guten Ritt zu schätzen, war es bei den Häusern des Waldes nicht üblich, zu reiten. Zudem reisten sie nur äußerst selten, wenn sie das Gebiet ihres eigenen Hauses verlassen mussten. Im Reich der weißen Bäume würden die Geschwister ein paar gute Pferde erwerben, mit denen sie dann zu ihren Freunden mit den grünen Umhängen reiten würden.

Sie standen ein Stück oberhalb des Strandes auf einer der kleinen Plattformen, die einen wundervollen Ausblick über die Bucht und das Meer boten. Wundervoll vom Standpunkt eines Elfen aus betrachtet, der diesen Anblick gewöhnt war, doch Lotaras fühlte sich dabei überhaupt nicht wohl.

„Es wackelt."

Leoryn riss sich vom Anblick der zahlreichen Schiffe los und sah ihn verwirrt an. „Was wackelt?"

„Das Wasser." Lotaras wies mit einer unbestimmten Geste über die glitzernde Wasserfläche, die in verschiedenen Farbtönen von Grün bis Blau schimmerte.

Seine Schwester lächelte sanft. „Es ist nicht viel anders als die Fahrt mit dem kleinen Boot auf dem Waldsee. Erinnerst du dich?"

Welcher Elf vermochte schon zu vergessen, von der Schröpfung einmal abgesehen? Doch Lotaras hatte noch keine Schröpfung hinter sich und erinnerte sich daher noch sehr gut an die Fahrt mit dem kleinen Boot. Viel zu gut, für seinen Geschmack. „Auch das hat gewackelt."

Leoryn lachte leise auf. Die ungewohnte Wortkargheit ihres Bruders verriet ihr seine Unsicherheit. „Es wackelte, weil du so herumgezappelt hast. Du wolltest sehen, wie ich ins Wasser falle.“ Sie lachte perlend. „Doch dann ist das ganze Boot umgekippt, und wir sind beide nass geworden.“

Lotaras musste in ihr unbeschwertes Lachen einstimmen, doch dann wurde er wieder sehr ernst. „Es hat dennoch gewackelt.“

Der stete Wind, der vom Meer aus übers Land strich, ließ ihre weißblonden Haare wehen und brachte den salzigen Geruch des Wassers mit sich. Leoryn legte ihre Hand kurz über die des Bruders und wies mit der anderen in die Bucht hinab. „Diese Boote dort sind viel größer.“

„Auch sie werden wackeln.“

„Aber sie werden nicht umkippen“, versicherte Leoryn und zog ihn mit sich. „Nun komm schon, Lotaras, was soll das Haus des Seevogels von dem der Lilie halten, wenn die Kinder Elodarions Furcht vor dem Wasser haben?“

Lotaras schob seinen Bogen und den Pfeilköcher gerade, nahm die Provianttasche vom Boden auf und folgte ihr missmutig. „Ich habe keine Furcht vor dem Meer. Ich mag nur nicht, wenn es wackelt.“

Der Weg, dem sie folgten, führte sie an der Steilwand der Klippe entlang zur Mitte der Bucht. Er war aus Hölzern gebaut, zwischen denen hier und da der nackte Fels der Klippe hervortrat, der an diesen Stellen von den unzähligen Füßen, die den Weg zuvor genommen hatten, glatt geschliffen war. Die Streben des schmalen Geländers hatten die Form aufrecht stehender Fische, die farbenfroh schillerten.

Nachdem die beiden jungen Elfen den Grund erreicht hatten, schritten sie über den weißen Sand auf eine Gruppe von Männern zu. Ein schlanker Elf trat aus der Gruppe hervor und winkte freundlich. Auf den ersten Blick ähnelte seine Kleidung jener der Geschwister, aber als Lotaras und Leoryn näher kamen, erkannten sie feine Unterschiede. Der Mann trug den hoch aufragenden Helm des elfischen Volkes mit dem Symbol seines Hauses, einem Seevogel, der seine Schwingen weit ausbreitete. Die Seiten des Helmes waren jedoch fein ziseliert und zeigten die Struktur von Schuppen. Über seinem Gewand trug der Mann einen Panzer aus metallen blitzenden Schuppen, was typisch für die seefahrenden Häuser war, während die des Waldes feste Harnische bevorzugten. Sein Gewand war kürzer als das von Lotaras, wenn auch aus dem gleichen weichen Stoff und mit den gleichen elfischen Symbolen und Stickereien verziert. Er trug einen breiten roten Schwertgurt, an dem das lange, leicht gekrümmte Schwert der Elfen befestigt war. Nur sein blauer Umhang schien mit dem von Lotaras und Leoryn identisch, wenn man einmal von der Spange absah, die ihn zusammenhielt. Bei den Angehörigen des Hauses Elodarions hatte die Spange die Form einer Lilie, bei diesem Mann waren es, wie schon zuvor auf seinem Helm, die Schwingen eines Seevogels.

„Ich bin Herolas aus dem Hause des Seevogels und Kapitän der ‚Sturmschwinge'", sagte er freundlich und neigte grüßend den Kopf.

„Lotaras und Leoryn aus dem Hause Elodarions", erwiderte Lotaras. Sturmschwinge – der Name hatte etwas Unheilvolles an sich. Er blickte seine Schwester ahnungsvoll an. „Es wird wackeln."

Herolas betrachtete die Geschwister verständnislos. „Was wird wackeln?"

„Er meint dein Boot, Bruder Herolas", sagte Leoryn freundlich.

„Es ist ein Schiff und kein Boot“, erwiderte Herolas. „Ein Pfeilschiff, um genau zu sein, denn es schnellt wie ein Pfeil über die Wogen des Meeres hinweg, durchteilt die Stürme und ...“

„Ich will es nicht erwerben“, unterbrach ihn Lotaras unhöflich. In seiner Vorstellung beschworen die bildhaften Worte schreckliche Szenarien herauf. „Wir wollen es nur nutzen.“

Herolas runzelte die Stirn. „Ich verstehe. Mein Bruder aus dem Hause Elodarions ist wohl noch nie zur See gefahren?“ Er lächelte gutmütig. „Seid ohne Sorge, Bruder Lotaras, es mag dir ein wenig schwankend erscheinen, aber es wird euch beide sicher ans Ziel bringen. Aber nun folgt mir. Ich zeige euch die ‚Sturmschwinge‘.“

„Ich sagte dir doch, dass es wackeln wird“, brummte Lotaras seiner erneut auflachenden Schwester zu.

Sie schritten an einer Gruppe elfischer Männer vorbei, die nur leicht bekleidet waren und gerade den Rumpf eines neuen Schiffes fertigten. Herolas bemerkte die neugierigen Blicke der beiden Waldbewohner und deutete zu den Arbeitern hinüber.

„So baut man ein Schiff. Ganz gleich, ob es eines der schnellen Pfeilschiffe, der plumpen, aber fast dreimal so großen Transporter oder der starken Kampfschiffe wird, die den Feuertod über große Entfernung bringen, immer legt man zuerst den Fuß des Schiffes. Er muss fest und biegsam zugleich sein, denn er verschafft dem Schiff Halt, wie es der Fuß eines Mannes auf dem Boden zu Land tut. Die geschwungenen Rippen bieten später den Planken Halt, die den Rumpf außen bedecken. Sie werden von unten beginnend am Skelett des Schiffes befestigt und überlappen einander ein wenig.“ Skelett. Ein Begriff, der in Lotaras erneut ein unbehagliches Gefühl hervorrief. „Die Bretter müssen sorgfältig geglättet werden, damit das Schiff gut gleitet. Wir versehen sie zu diesem Zweck mit einem feinen Goldüberzug. Das Zeug lässt sich leicht verarbeiten und sieht ganz hübsch aus. Zudem verhindert es, dass sich zu viele Muscheln und Algen am Rumpf absetzen. Seht ihr die Stellen, wo sich die Bretter überlappen? Dort gießen wir eine Mischung aus Metall und Wachs in die Fugen. Das macht sie dicht. Das Schiff soll ja nicht voll Wasser laufen, nicht wahr?"

Herolas kam nun langsam in Fahrt, Schiffe waren ganz offensichtlich seine Welt. „Der Bug ist ein wenig stumpf geformt, also wird es eines der großen Transportschiffe. Ich schätze sie nicht besonders, denn sie sind schwerfällig und langsam."

Leoryn zeigte sich weitaus interessierter als ihr Bruder. „Und die aufragende Stange dort, befestigt ihr daran eure Banner?"

Herolas lachte belustigt. „Sie wird später die Segel tragen." Er räusperte sich. „Aber nun lasst uns weitergehen, ich zeige euch jetzt die ‚Sturmschwinge', dann seht ihr mal ein *richtiges* Schiff."

Die bisherigen Schilderungen des Kapitäns hatten Lotaras keineswegs beruhigt, und so folgte er seiner wissbegierigen Schwester und dem elfischen Kapitän nur zögernd zu einem der Stege, an denen die in Dienst genommenen Schiffe festgemacht waren. Die meisten von ihnen wirkten neu und würden wohl dem Transport des Volkes in die künftige Heimat dienen, anderen sah man jedoch das Alter an, denn so sorgsam ihre Rümpfe und Aufbauten auch instand gehalten wurden, ließen sich die Spuren, welche Wind, Wellen und Wetter an ihnen hinterlassen hatten, nicht ganz verdecken.

Herolas führte sie zu einem Schiff, das sich selbst in den ruhigen Wassern der Bucht noch leicht auf den Wellen wiegte.

Lotaras spürte ein merkwürdiges Gefühl in seinem Bauch, während er Leoryn und dem Kapitän folgte. „Das ist die ‚Sturmschwinge'", sagte Herolas stolz und wies auf sein Schiff. „Ein Pfeilschiff, wie ich schon sagte. Ihr werdet staunen, wie schnell es über das Wasser gleitet und die Wogen zerteilt."

„Du erwähntest es schon", brummte Lotaras lakonisch.

Das Pfeilschiff war kaum zehn Längen lang und zweieinhalb Längen breit, und sein Rumpf erhob sich nur eine Länge über das Wasser. Sein Bug war steil nach oben hochgezogen und verlief in eine Spitze, die weit nach vorne zeigte. Dort befand sich das geschnitzte Symbol des elfischen Kapitäns, dem das Schiff anvertraut war. Am flachen Heck befand sich in einer gabelförmigen Halterung ein langes Ruder, das der Steuerung diente.

Insgesamt wirkte das Schiff grazil und fast verspielt, wie es der Eigenart der Elfen entsprach, doch auf Lotaras machte es einen schrecklich unstabilen Eindruck, denn über dem zierlichen Rumpf erhob sich ein ebenso zierlicher Mast von fünfzehn Längen Höhe. Es schien, als müsse der Mast das kleine Pfeilschiff sofort zum Umkippen bringen, was jedoch nicht geschah. Er ragte fast frei auf und wurde den Worten des Kapitäns zufolge nur von einem Sockel tief im Bauch des Schiffes sowie von den vier starken Tauen gehalten, die ihn nach allen Seiten mit dem Schiffsrumpf verbanden. Der Mast befand sich im hinteren Drittel des Schiffes und ließ dessen Bug durch sein Gewicht merkwürdig steil aus dem Wasser ragen, wodurch das Pfeilschiff insgesamt seltsam schief wirkte. Das würde sich jedoch ändern, sobald das Segel sich entfaltete und der Winddruck das Schiff nach vorne presste. Das Segel war unten an einem Längsbalken befestigt, der vom Mast aus nach hinten lief und über das hintere Heck des Schiffes hinausragte.

Es hatte eine dreieckige Form und würde im aufgezogenen Zustand dicht unter der Mastspitze enden. Es war aus bestem elfischem Tuch gefertigt und hielt auch starken Winden mühelos stand. Der Mast selbst wies rechts und links Kerben auf, in die man seinen Fuß setzen konnte, um ihn zu ersteigen. An seiner Spitze befand sich eine zierliche Plattform für den Ausguck des Schiffes, der den Kapitän vor möglichen Gefahren warnen sollte.

„Eine richtige Schönheit, nicht wahr?", sagte Herolas nahezu andächtig.

„Eine wacklige Schönheit", murmelte Lotaras.

Leoryn sah ihn mit gerunzelter Stirn an. „Es ist nun genug, mein Bruder. Die ‚Sturmschwinge' wird uns sicher ans Ziel bringen, nicht wahr, Kapitän Herolas?"

„Das wird sie ganz gewiss", sagte eine unbekannte Stimme hinter ihnen, und als die Geschwister herumfuhren, sahen sie vor ihren Augen einen weiteren Elfen förmlich aus dem Boden des Pfeilschiffes herauswachsen. Erst sah man nur den Kopf, danach erschien sein Oberkörper, und nun erkannten die Geschwister, dass der Mann aus einer winzigen Luke herausstieg, die in den Bauch des Rumpfes führte. Er trug lediglich ein stark gekürztes Beinkleid und war ansonsten vollkommen nackt. Auch seine Füße waren entblößt, und als Leoryn sie näher betrachtete, erkannten ihre kundigen Heileraugen die dicken Schwielen an den Sohlen.

„Was ist mit deinen Füßen, Bruder des Wassers?", fragte sie überrascht.

„Meine Füße?" Der Mann hob irritiert ein Bein und betrachtete seinen Fuß. „Was soll mit ihnen sein?"

Leoryn deutete auf seine Sohlen. „Du hast merkwürdige Verdickungen darunter."

„Verdickungen?“ Der Mann sah sie zunächst entgeistert an und grinste dann breit. „Ah, nun verstehe ich, was du meinst, Schwester des Waldes.“ Er lachte auf. „Auch ihr würdet solche Schwielen bekommen, wenn ihr so viele Jahre lang auf dem Tauwerk des Schiffes balanciert, um die Segel auszurichten.“

„Warum trägst du dann keine Schuhe?“

Der Mann sah sie nachdenklich an. „Das wäre unpraktisch, Schwester des Waldes. Man muss ein Schiff spüren können. Seine Bewegungen im Wasser. Wie es sich auf- und abwiegt, sich zur Seite legt und wieder aufrichtet, wenn es auf den Segeldruck und auf das Ruder reagiert.“ Der Mann blickte an der jungen Elfin vorbei zu Lotaras. „Was ist mit dir, Bruder des Waldes? Ist dir nicht wohl?“

Lotaras war ein wenig bleich geworden. Jetzt schüttelte er nur noch ächzend den Kopf, musterte die „Sturmschwinge“ und glaubte fest daran, dass dieses Schiff seinen Untergang bedeutete.

„Mein Steuermann Gendrion“, stellte Kapitän Herolas den Mann vor. „Es gibt wohl kaum eine Welle des Meeres, die er nicht selbst befahren hat und persönlich kennt. Doch nun kommt an Bord, wir wollen die Reise beginnen.“

Das Pfeilschiff lag dicht am Steg, doch wenn man es mit einem kurzen Sprung erreichen wollte, musste man den Moment abpassen, in dem es sich dem Steg leicht zuneigte. Lotaras sah einige der größeren Schiffe an ihren Liegeplätzen. Bei allen außer bei der „Sturmschwinge“ führten stabile Bretter an Bord, weshalb Lotaras sofort den Steuermann Gendrion im Verdacht hatte, die Planken vorsätzlich beiseitegelegt zu haben, um zu sehen, wie die Waldbewohner ohne sie an Bord gelangen würden. Aber sein Stolz ließ es nicht zu, eine Schwäche zu zeigen, und außerdem waren sein elfisches Auge und seine

Reflexe in Ordnung. Mit einem eleganten Schwung erreichte er das Deck der „Sturmschwinge", hörte ein leises Brummen des Steuermanns und sah, wie dieser die Hand ausstreckte, um Leoryn zu helfen, doch die Elfin lächelte ironisch und folgte ihrem Bruder mit weiblicher Anmut.

„Besatzung an Deck, wir stechen in See", rief Gendrion mit lauter Stimme, und über die kleine Treppe, die ins Schiffsinnere führte, kamen drei Männer herauf, die erstaunliche Ähnlichkeit mit dem Steuermann hatten. Auch sie waren annähernd nackt, und ihre Füße waren ebenso schwielig wie ihre kräftigen Hände. Obwohl ihre Bewegungen auch die Anmut des elfischen Volkes zeigten, wirkten sie in ihrer ganzen Art kraftvoller.

„Geht vor den Mast", brummte Gendrion und schob Lotaras vor sich her, während er dessen Schwester mit einer sanften Bewegung ermunterte, ihnen zu folgen. „Wir müssen den Anker einholen und das Segel setzen." Er sah Leoryn freundlich an. „Der Mastbaum wird ein wenig herumschwingen und das Schiff sich neigen. Doch beunruhigt euch nicht, es kann nichts geschehen."

Einer der Männer hastete zum Bug der „Sturmschwinge" und begann an einer Kette zu ziehen. Als der klobige Metallblock des Ankers aus dem Wasser auftauchte, eilte ein zweiter hinzu und half, ihn sorgsam auf das Deck zu legen und mit einer Leine zu befestigen. Einer der Elfen blieb am Bug stehen, während der andere zum Mast eilte, wo kurz darauf das Segel langsam und unter dem leisen Quietschen der Befestigungsringe aufzusteigen begann. Das zartblaue Segel der „Sturmschwinge" schien zu wachsen und füllte sich mehr und mehr mit der steten Meeresbrise, bis der Winddruck das kleine Schiff zur Seite presste. Als es sich zu neigen begann, konnte

Lotaras nur mühsam ein Krächzen unterdrücken, während er intuitiv die Bewegung mit den Beinen ausglich. Möglichst unauffällig verschaffte er sich zusätzlichen Halt am seitlichen Handlauf des Schiffes.

Leoryn hingegen entfernte sich mit schnellen Schritten von ihm, eilte zum Bug hinüber und blickte mit freudigem Gesichtsausdruck zum Segel empor. „Es zeigt einen Seevogel", rief sie begeistert. „Eine wundervolle Arbeit."

Kapitän Herolas stand neben dem Ruder seines Schiffes, doch seine Kommandogewalt schien sich darauf zu beschränken, die Arme hinter den Rücken gelegt zu halten und seinem Steuermann Gendrion gewichtig zuzunicken. Vielleicht lag es daran, dass Gendrion die festeren Stimmbänder besaß, jedenfalls war seine Stimmkraft gewaltig.

„Hoch mit dem Segel", brüllte er zum Mast hinauf. „Gebt mir Ruderdruck!"

Die „Sturmschwinge" legte sich noch weiter über und begann sich unmerklich vorwärtszubewegen. Der hoch aus dem Wasser ragende Bug senkte sich langsam, und das Schiff schwang überraschend schnell herum, bis Lotaras die Öffnung der Zufahrt vor sich auftauchen sah.

„Gut so", brüllte Gendrion. „Legt es fest!"

„Er ist ein wenig laut", brummte Lotaras und löste sich zögernd vom Handlauf, als die „Sturmschwinge" unerwartet ruhig auf die Hafenausfahrt zuglitt.

„Alles eine Sache der Gewöhnung", meinte Kapitän Herolas. „Lass nur ein wenig Sturm aufkommen, dann wirst du dankbar für seine laute Stimme sein."

„Sturm?" Leoryn kam vom Bug herüber und trat neben den Kapitän. „Du meinst, wir werden einen Sturm erleben?"

„Aber nein, es wird eine ruhige Überfahrt werden." Der

Kapitän lächelte. „Ein wenig Wellengang, nicht mehr."

„Und ob wir einen Sturm bekommen", brummte einer der See-Elfen neben Lotaras. „Gendrion hat es vorhergesagt, und wenn der so etwas prophezeit, dann bekommen wir einen Sturm. Einen richtigen. Einen mit masthohen Wellen, der uns den Atem aus dem Mund reißen wird." Lotaras sah den Mann mit großen Augen an, und der dritte See-Elf lächelte ironisch. „Es wird eine schnelle Fahrt werden, Bruder des Waldes."

Die „Sturmschwinge" passierte die Hafenzufahrt, und die See wurde merklich unruhiger. Starke Wellen hoben und senkten das Pfeilschiff, und Lotaras registrierte mit Erstaunen, dass die Bewegung nicht einmal unangenehm war. Ein wenig kam es ihm vor, als säße er auf einem trabenden Pferd. Man musste die Bewegungen nur etwas ausgleichen.

„Wann werden wir den Hafen von Alneris erreichen?", rief er zu Herolas hinüber.

Der Kapitän sog prüfend Luft ein. „Wenn der Wind hält, schon morgen Mittag." Er blickte seinen Steuermann an, der das Ruder hielt. „Und er wird halten."

„Es wird sogar schneller gehen", brummte Gendrion. „Wir bekommen einen Sturm."

Herolas sah den alten See-Elfen zweifelnd an. „Bist du dir sicher, Bruder Gendrion? Ich rieche nichts."

Gendrion musterte den Himmel, dann den Wellengang und sog schließlich ebenfalls Luft ein. „Ein schwerer Sturm. In einem Zehnteltag ist er da."

Herolas kratzte sich nachdenklich am Kopf. „Ein schwerer Sturm, sagst du?"

Gendrion nickte gewichtig. „Ein sehr schwerer Sturm."

Einer der anderen See-Elfen trat neben Lotaras und prüfte die metallenen Ringe, mit denen das Segel am Mast befestigt war. Er tippte an das Metall, lauschte dem Klang und nickte zufrieden. Lotaras räusperte sich. „Seid ihr sicher, dass es einen schweren Sturm gibt?"

„Einen sehr schweren Sturm", bestätigte der Mann am Mast. „Gendrion hat es gesagt, und so wird es sein." Er sah Lotaras verschwörerisch an. „Du musst wissen, Bruder des Waldes, unser Kapitän fährt kaum tausend Jahre zur See. Er hat noch nicht die Erfahrung und das Gespür Gendrions. Das kann man bei seinem Alter auch nicht von ihm erwarten."

Lotaras fand, es sei jetzt nicht der rechte Zeitpunkt, auf sein eigenes jugendliches Alter hinzuweisen. Daher nickte er nur gewichtig und schob dabei seinen geliebten Bogen auf der Schulter gerade.

Der spitze Bug der „Sturmschwinge" schien das Wasser förmlich zu durchschneiden. Bis über die Wasserlinie schimmerte der Rumpf im hellen Gold des Überzuges, der das Holz schützen sollte. Die darüberliegenden Planken hingegen waren weiß gestrichen und mit den Symbolen des elfischen Hauses des Seevogels bemalt. An einigen Stellen war die Farbe zerkratzt oder ausgeblichen. Hätte Lotaras sich ein wenig vorgebeugt, so hätte er zwei große Meeressäuger erkennen können, die das Schiff in einem spielerischen Wechsel von Schwimmen und Springen begleiteten. Das Rauschen des vorbeigleitenden Wassers und das leise Knarren des Schiffes würde sie nun die gesamte Reise über begleiten.

Kapitän Herolas deutete zu der schmalen Treppe, die in den Rumpf des Pfeilschiffes hinabführte. „Dort unten ist eine Kammer. Sie ist vielleicht nicht sonderlich komfortabel, aber sie erfüllt ihren Zweck." Er sah Leoryn und ihren Bruder freundlich an. „Wenn ihr wollt, könnt ihr euch dort stärken und ein wenig ausruhen."

„Ich bleibe lieber an Deck“, sagte Leoryn unbeschwert. „Ich habe das Meer noch nie auf diese Weise erlebt und möchte den Anblick genießen.“

Herolas lächelte erfreut, und sein Steuermann stieß ein zufriedenes Brummen aus, doch Lotaras, der das genaue Gegenteil empfand, versprach sich Abhilfe für seinen Magen, wenn er das unruhige Wasser nicht mehr vor Augen hatte. Also nickte er dem Kapitän zu und stieg die kleine Treppe hinunter, an deren Ende er auf schmerzhafte Weise feststellen musste, dass man unter Deck nicht aufrecht stehen konnte, und so betrachtete er nun den Innenausbau des Pfeilschiffes in gebückter Haltung.

Das Erste, was ihm auffiel, war der glatte Boden, der mit Hölzern ausgelegt war, zwischen denen es golden hervorschimmerte. Lotaras konnte hier unten keine Lampe entdecken und begnügte sich daher mit dem Licht, das durch die offene Luke hereinfiel und umherwanderte, wenn sich das Segel bewegte oder das Schiff sich neigte, was allerdings für Lotaras' Magen nicht viel erfreulicher war als der Anblick der Wellen. In der Mitte des niedrigen Raumes standen ein Tisch und zwei Bänke, die alle fest mit dem Boden verbunden waren, sowie mehrere Kisten, die wohl die persönliche Habe der Besatzung enthielten. Entlang der Seiten standen mehrere schmale, übereinander errichtete Schlafstätten, die an den Seiten mit hohen, fein gearbeiteten Handläufen versehen waren, welche Lotaras verwundert betrachtete.

Ein Schatten legte sich über die Luke, und Kapitän Herolas blickte herein. „Wegen des Seegangs“, merkte er beiläufig an. „Es kann unruhig werden, wenn wir schlafen, und keiner möchte dann aus seiner Bettstatt fallen. Sie mögen nicht bequem aussehen, aber glaube mir, Bruder des Waldes, wenn man müde ist, so liegt man hier wie im Schoß seiner Mutter."

Lotaras stampfte mit dem Fuß auf den Boden. „Habt ihr Gold hier drunter?"

„Jede Menge." Herolas lachte. „Der Mast ragt hoch auf, und so brauchen wir ein starkes Gegengewicht, damit unsere feine ‚Sturmschwinge' nicht kippt. Der Rumpf ist über seinem Fuß teilweise mit massivem Gold ausgegossen. Es ist schwer, wird nicht vom Wasser angegriffen und hält das Schiff aufrecht."

Der Kapitän machte mit der einen Hand eine unbestimmte Geste und hielt sich mit der anderen am Handlauf der Treppe fest, als das Schiff ein wenig überholte und sich stärker neigte. „Wenn du Durst oder Hunger hast, findest du alles in den Kisten. Sie sind wasserdicht, damit nichts verderben kann, falls wir Wasser aufnehmen."

„Wasser aufnehmen?"

„Du brauchst nicht zu erblassen, Bruder des Waldes. Wenn wir besseren Wind bekommen und die Fahrt schneller wird, kann ein wenig Wasser hereinspritzen."

Lotaras begann sich zu fragen, ob der Aufenthalt auf dem Schiffsdeck nicht sicherer war. „Und wenn zu viel Wasser hereinspritzt?" Er wies auf das glänzende Gold unter seinen Füßen. „Das Metall ist schwer."

Herolas wies zu einer der Streben des Rumpfes. „Dort befindet sich eine Pumpe, mit der man das Wasser herausbefördern kann. Das hält einen richtig warm."

Lotaras hielt sich wankend an einer Strebe fest und fluchte, als er sich erneut den Kopf stieß. Sein Helm wurde nach vorne gedrückt und schob sich über seine Augen. Er hörte das freundliche Lachen des Kapitäns und ärgerte sich über dessen gutmütigen Spott. „Nach einer Weile bekommst du richtige Seefüße, Bruder des Waldes. Man gewöhnt sich an die Bewegungen des Schiffes. Oh, man beginnt sie sogar zu lieben."

„Aha." Lotaras konnte sich das kaum vorstellen. Er liebte diese Bewegungen jedenfalls nicht und sein Magen hasste sie sogar. Er hatte lieber die Kontrolle über seine Beine und nicht gerne das Gefühl, der Willkür eines schaukelnden Schiffes ausgesetzt zu sein.

Die See wurde spürbar unruhiger. Kapitän Herolas nickte Lotaras zu und trat wieder neben seinen Steuermann. „Steuere weiter auf das Meer hinaus", sagte er zu Gendrion. „Falls wirklich ein Sturm kommt, will ich nicht von ihm an die Küste gedrückt werden."

„Sei gewiss, der Sturm kommt", brummte Gendrion.

Das Schiff begann nun auch seitlich zu schwingen. Eine unregelmäßige Folge von Auf- und Abbewegungen und seitlichen Neigungen, die seinem Magen immer weniger behagte, ließ Lotaras erneut nach Halt suchen, als er wieder auf Deck trat. Er versuchte, seinen Blick auf einen Teil des Schiffes zu fixieren, denn immer, wenn er auf das wallende Meer sah, schien sein Magen das Bestreben zu haben, den Bewegungen des Wassers zu folgen.

„Ist es nicht eintönig, so lange Jahre über das Meer zu fahren?", fragte er den See-Elfen neben sich. „Hier gibt es doch nichts außer Wind und Wellen, Wellen und Wind."

„Meinst du?" Der See-Elf lachte. „Beuge dich ein wenig über den Handlauf und schaue ins Wasser hinab, Bruder des Waldes. Dann siehst du, wie sehr das Meer lebt."

Lotaras verzichtete darauf, denn er bemerkte gerade, wie sehr sein Magen zu leben begann.

Der elfische Seemann wies um sich. „Nirgends sonst wirst

du solche Schönheit finden. Sonne und Wolken, ja, selbst ein Sturm verzaubern das Wasser. Immer neue Formen und Reflexe entstehen. Die Wellen bäumen sich auf und fließen ineinander.“

In Lotaras Magen begann sich Ähnliches abzuspielen, aber der See-Elf fuhr ungerührt fort. „In der Nähe des Landes findet man Unmengen von Seevögeln, die auf der Jagd nach Fischen sind, und im Wasser wimmelt es von Leben. Zahllose Fische in den schönsten Farben und Formen. Pflanzen wachsen auf dem Meeresgrund in atemberaubender Vielfalt.“ Der See-Elf lächelte verträumt. „Ihr Elfen des Waldes bekommt ja nur die kleinen Fische zu Gesicht. Aber es gibt auch Wasserbewohner, die weitaus größer sind als unser Schiff, ja, sogar noch größer als die Transporter. Einige besitzen Zähne, andere haben lange Tentakel an ihren Köpfen. Nicht immer geht es unter Wasser friedlich zu, Bruder des Waldes. Auch dort gibt es Jäger und Gejagte. Doch die Schönheit und Vielfalt unter Wasser kann sich sehr wohl mit der des Landes messen. Ja, auf dem Meer findet man alles, was es zum Leben braucht, Bruder des Waldes.“

„Korsaren“, sagte eines der anderen Besatzungsmitglieder.

Lotaras Gesprächspartner nickte. „Ja, gelegentlich auch Korsaren.“

„Das meine ich nicht“, sagte der andere und blickte zum Ruder zurück, wo Leoryn bei Herolas und Gendrion stand. „Korsaren steuerbord voraus“, rief er.

Lotaras Übelkeit verschwand mit einem Schlag. Er blickte in die Richtung, in die der See-Elf gewiesen hatte, und erkannte rechts vor ihnen am Horizont die Silhouette eines Schiffes. Hinter ihm ertönte Kapitän Herolas Stimme. „Rodas, hinauf auf den Mast, ich will wissen, welchen Kurs er nimmt.“

„Welchen wird er wohl nehmen!“, brummte Lotaras’ Gesprächspartner. „Natürlich nimmt er Kurs auf *uns.* Sie finden nicht mehr oft Beute, diese Bastarde.“

Rodas wetzte indes den Mast hinauf. Seine schwieligen und verhornten Füße schienen die ins Holz eingearbeiteten Steigkerben kaum zu berühren. Oben angelangt, ergriff er den Rand der kleinen Aussichtsplattform und schwang sich hinauf. Lotaras folgte ihm mit den Blicken und erbleichte, als er sah, wie sehr der Mast zu schwanken begann. Die kleine Plattform dort oben schien weit überzuholen und befand sich oft genug direkt über dem Meer. Nein, eine Seefahrt war nicht nach seinem Geschmack, da bevorzugte er schon eine fröhliche Metzelei mit ein paar orkischen Rundohren oder Spitzohren. Hauptsache, er hatte guten und festen Boden unter seinen Füßen.

„Zweimaster“, rief Rodas zum Deck hinunter.

„Eines der kleinen Jagdschiffe der Schwarzen Korsaren“, erläuterte Kapitän Herolas, den die Begegnung mit dem Feind nicht sehr zu beunruhigen schien. „Sehr schnell, aber wir sind schneller.“

„Der kriegt uns nie“, stimmte Steuermann Gendrion zu. Er hielt das lange Führungsholz des Steuerruders eher nachlässig zwischen Arm und Körper geklemmt. Beinahe schien es, als döse er dabei, aber Lotaras ahnte, welche Kraft es erforderte, das Steuer so zu handhaben, denn das lange Ruderblatt am Ende des Ruders tauchte tief ins Wasser, und Gendrion musste die Masse des Schiffes durch die Kraft des Segeldrucks und des Ruders auf Kurs halten.

Lotaras blickte wieder zu der dunklen Silhouette hinüber, die am fernen Horizont sichtbar war. Viel konnte er nicht erkennen. Der See-Elf neben ihm schlug ihm freundschaftlich auf die Schulter. „Wenn du willst, Bruder des Waldes, kannst du ruhig zu Rodas hinaufsteigen. Es ist Platz genug dort oben."

Die Festigkeit des Schiffes erschien Lotaras bereits zweifelhaft genug, und er hatte nicht unbedingt Sehnsucht danach, sich auf eine winzige Plattform zu zwängen, die so weit über das Wasser hinausschwang, wenn das Schiff sich neigte. Andererseits waren da die Neugier und der geringschätzige Blick, den Steuermann Gendrion ihm gerade zuwarf.

Lotaras rückte Bogen und Pfeilköcher zurecht, trat an den Mast heran und kletterte hinauf. Nicht mit der Gewandtheit und Eleganz, die Rodas gezeigt hatte, aber mit der Sicherheit elfischer Reflexe, denn dies hier war nicht viel anders, als wenn Lotaras sich in den geliebten Wäldern an einer der Kletterlianen entlangbewegte. Rodas wirkte ein wenig überrascht und nickte anerkennend, als Lotaras sich neben ihm emporschwang.

Der See-Elf wies auf eine Leine, die um die Plattform herumgespannt war. „Eine Hand für dich und eine für das Schiff, so will es der Brauch des Seehauses, Bruder des Waldes. Halte dich gut fest."

Das brauchte Rodas nicht zu wiederholen. Doch als Lotaras sich umblickte, vergaß er mit einem Mal das Schwanken der Plattform, denn der Anblick, der sich ihm bot, war tatsächlich faszinierend. Von hier oben sah das Meer ganz anders aus, was wohl daran lag, dass Lotaras nun erstmals aus der Höhe ins Wasser hineinblickte. Viele Längen tief war es kristallklar, und er sah Schwärme verschiedenster Fische darin schwimmen. Die Farbe des Wassers wandelte sich in dunkles Blau und Schwarz, wo es sehr tief war, doch dazwischen gab es immer wieder Stellen, an denen Lotaras bis auf den Meeresgrund blicken konnte. Sand und farbige Pflanzen sowie bunte Korallenbänke, die der Wasseroberfläche entgegenwuchsen und sich nach dem Schiff zu recken schienen. Lotaras hätte nicht einzuschätzen vermocht, wie tief das Meer unter dem Rumpf der „Sturmschwinge" war, doch die See-Elfen schienen die Gewässer ausgezeichnet zu kennen und machten sich offensichtlich keine Sorgen, dass ihr Schiff auf Grund laufen könnte.

„Die kleinen Zweimaster der Schwarzen Korsaren sind Jagdschiffe", brummte Rodas neben Lotaras und riss ihn aus der Beobachtung der Wasserwelt. „Sie sind flink und wendig und schneller als ein Handelsschiff. Sie versuchen stets das Heck des Opfers anzugreifen, um zunächst das Steuer zu zerstören. Ist das Schiff erst einmal manövrierunfähig, warten die verdammten Bastarde, bis eines ihrer großen Dreimaster heran ist. Und dann beginnt die Metzelei."

Lotaras konzentrierte sich auf den Anblick des Korsarenschiffes, das er nun weitaus besser erkennen konnte als von unten. Der gesamte Rumpf des schnittigen Gefährts war tiefschwarz, und dort, wo die Öffnungen für Ruder oder Waffen waren, wirkte das Schwarz noch dunkler und bedrohlicher. Der Bug war oben gerundet und wirkte eher stumpf und massig, nach unten hingegen lief er in einer langen Spitze aus, die mit dickem Eisenblech beschlagen war: Ein Rammsporn, der sich unter Wasser in den Rumpf eines feindlichen Schiffes bohren und ihn zertrümmern konnte.

Die zwei Masten des Jagdschiffes ragten so hoch auf, wie dessen Rumpf lang war. Es hatte eine Besegelung, wie sie für die elfischen Schiffe typisch war, auch wenn sie sich als nicht so effektiv erwies. Die Masten waren nach vorne und hinten durch ein dickes Tau gesichert, welches vom Bug des Schiffes über die Masten hinweg zum Heck führte. An den Seiten der

Masten führten keilförmige Leinenstränge zum Schiffsrumpf hinunter. Sie sorgten für seitliche Stabilität. Die Segel waren, wie auch der tödliche Rammsporn, tiefrot gefärbt und zeigten die jeweiligen Symbole der Korsarenstämme.

„Wie ist er bewaffnet?", fragte Lotaras neugierig.

„Neben dem Rammsporn haben die großen Schiffe Katapulte und Pfeilschleudern. Mit den Katapulten werfen sie Steine oder Metallstücke, um die Segel des Gegners zu beschädigen oder sein Ruder zu treffen. Mit den Pfeilschleudern verschießen sie übergroße Pfeile, an die Leinen gebunden sind." Rodas spuckte aus und blickte grimmig zum Korsarenschiff hinüber. „Treffen die Pfeile den Rumpf eines anderen Schiffes und verhaken sich darin, lassen sich die Gefährte so nah aneinander heranziehen, dass die Bastarde übersetzen und die Besatzung erschlagen können. Das ist ihnen lieber, als ein Schiff zu versenken, Bruder des Waldes, auch wenn sie keine Skrupel haben, dies notfalls zu tun. Aber die Segler stellen eine wertvolle Beute dar und noch mehr das, was sie in ihren Laderäumen mit sich tragen. Korsaren lieben Schiffe, Beute und Weiber, und zwar genau in dieser Reihenfolge."

Lotaras blickte unwillkürlich auf das Deck hinunter, wo seine Schwester Leoryn noch immer neben dem Kapitän und seinem Steuermann stand. Rodas spürte Lotaras' Sorge und schaute ihn aufmunternd an. „Die bekommen uns nicht. Das hier ist die ‚Sturmschwinge', Bruder des Waldes, ein Pfeilschiff."

Es sah auch ganz danach aus, als sei die Sorglosigkeit der Besatzung gerechtfertigt. Das Schiff der Schwarzen Korsaren bewegte sich fast parallel zu ihnen und begann langsam zurückzufallen. Es war offensichtlich, dass die Korsaren das Elfenschiff nicht einholen konnten.

Doch dann stieß Rodas einen leisen Fluch aus und blickte mit zusammengekniffenen Augen auf das Deck hinunter. „Zweites Jagdschiff voraus! Will uns den Weg abschneiden!“

Auch Lotaras sah nun den hinzugekommenen Zweimaster, der sich jedoch ein gutes Stück vor der „Sturmschwinge“ und seitlich zu ihr versetzt befand. Selbst ihm, als einem mit dem Meer nicht vertrauten Elfen, wurde sofort klar, dass von diesem zweiten Schiff Gefahr ausging. Gischt sprühte an dessen Bug auf und verriet, dass es mit hoher Geschwindigkeit fuhr.

„Es will uns den Weg abschneiden und uns zur Küste treiben“, knurrte Kapitän Herolas grimmig. „Unsere brave ‚Sturmschwinge‘ wird fliegen müssen, um das zu verhindern. Aber wir werden zwischen dem Bastard und der Küste hindurchschlüpfen.“

Gendrion stemmte die Füße aufs Deck und korrigierte die Lage des Ruders. „Das wird sie, Kapitän. Sie wird fliegen.“

Es würde ein knappes Rennen werden, das erkannte selbst Lotaras, denn Gendrion blickte mit grimmiger Miene auf das prall gefüllte Segel der „Sturmschwinge“. Vielleicht wünschte er sich nun neben dem zusätzlichen Satz Stimmbänder, den er offensichtlich besaß, auch ein paar zusätzliche Lungen, um die Segel mit etwas mehr Wind füllen zu können. „Holt die Leinen straff, ihr Brüder der See“, brüllte der Steuermann. „Lasst die ‚Sturmschwinge‘ fliegen!“

Das Pfeilschiff war wirklich schnell. Auch an seinem Bug wurde nun Gischt aufgeworfen, und Wasser sprühte in feinem Nebel über das Vorschiff. Lotaras war unsicher, ob er oben auf der Aussichtsplattform bleiben sollte, die ihm immer wackliger erschien. Zugleich hatte er von hier jedoch einen faszinierenden Überblick über die Ereignisse. Oder besser einen erschreckenden, denn das zweite Jagdschiff der Korsaren kam beständig näher, während das erste immer weiter zurückfiel.

Da hörte Lotaras auf einmal einen hallenden Schlag und fuhr zusammen. Zuerst glaubte er, der aufrüttelnde Laut sei durch das sich nähernde Korsarenschiff ausgelöst worden, aber Rodas wies zum fernen Horizont, wo Meer und Himmel ineinander zu verschwimmen schienen. „Jetzt wirst du bald beide Hände für dich brauchen, Bruder des Waldes. Der von Gendrion prophezeite Sturm kommt auf."

Am fernen Horizont verdunkelte sich der Himmel, und seine Farbe verwandelte sich von einem strahlenden Blau über ein helles Grau rasend schnell in ein tiefes Schwarz. Erneut ertönte der hallende Schlag, und nun sah Lotaras auch einen gewaltigen Blitz über das Firmament zucken, dem ein weiterer folgte. Der Wind wurde nun spürbar stärker, und trotz aller Neugier erschien es Lotaras angebracht, wieder das Deck des Schiffes aufzusuchen. Rodas Blick war keineswegs geringschätzig, als er Lotaras zunickte. „Denke daran, Bruder des Waldes, jetzt gilt für euch Waldbewohner: zwei Hände für euch selbst."

„Und ihr See-Elfen?"

Rodas lachte. „Eine für die ‚Sturmschwinge' und eine für uns. Wer sonst soll den Pfeil übers Wasser führen?"

Plötzlich war der Sturm mit unerwarteter Heftigkeit da.

Lotaras war von seiner Gewalt überwältigt und begriff, warum Rodas ihm geraten hatte, nurmehr seine beiden Hände für sich selbst zu gebrauchen. Der Wind trieb die Wellen hoch und peitschte sie gegen den schlanken Rumpf des Pfeilschiffes, während die See zu kochen schien. Weiße Gischt tobte über die Wellenkämme hinweg, und die „Sturmschwinge" wurde rasend schnell in die Höhe gehoben, nur um Augenblicke später wieder in eine bodenlose Tiefe zu stürzen. Lotaras und Leoryn waren derart beschäftigt, sich immer wieder festen Halt zu verschaffen, dass sie gar keine Zeit fanden, Übelkeit zu empfinden.

Die Leinen und Taue summten unter der Spannung, und das Schiff schien zu ächzen, denn das prall gefüllte Segel trieb es unbarmherzig durch den Sturm, doch weder Herolas noch Gendrion machten Anstalten, die Fahrt zu verringern. Das erste Korsarenschiff war ihren Blicken entschwunden und das zweite, weitaus nähere, tauchte nur gelegentlich in ihrem Blickfeld auf. Es schien wie ein Korken auf den Wellen zu tanzen, aber Lotaras und Leoryn vermuteten, dass ihr Schiff von Ferne wohl denselben Anblick bot.

Der Sturm umtoste sie, und so krampften sie ihre Hände in Handläufe und Leinen, um nur nicht über Bord gewirbelt zu werden. Lotaras sah, wie Gendrion eine kurze Leine nahm und sie um seinen Körper schlang, um sich mit ihr an der Heckreling anzubinden. Kapitän Herolas wies zu der kleinen Treppe hinüber, die ins Innere des Schiffes führte. „Unter Deck, Bruder und Schwester des Waldes. Es wird jetzt ein wenig lebhaft werden."

„Ich möchte sehen, was geschieht", widersprach Leoryn.

Herolas' Gesicht verlor seine Freundlichkeit. „Unter Deck! Alle beide! Oder ich werfe euch eigenhändig hinunter."

Lotaras schaffte es, Leoryns Arm zu ergreifen, und versuchte gegen die Kraft des Sturmes anzubrüllen. „Hinunter mit dir, Schwester. Vertraue den See-Elfen. Sie wissen, was zu tun ist."

Er schob sie zur Treppe hinüber, hatte selber jedoch Mühe, Halt zu finden, und ächzte schmerzerfüllt, als ihn eine abrupte Bewegung des Pfeilschiffes gegen den Mast schleuderte. Er glaubte, seine Rippen brechen zu fühlen, und stieß seine

Schwester fluchend den Treppenabgang hinunter. Im Innern der „Sturmschwinge" waren die Schiffsbewegungen zwar nicht angenehmer, aber man konnte wenigstens nicht über Bord gehen. Wer bei diesem Sturm ins Wasser stürzte, war dem Tode geweiht, für ihn würde es keine Rettung mehr geben.

„Wir müssen reffen und das Segel kürzen", ertönte Gendrions Ruf von Deck. „Die Leinen summen bereits. Sie werden reißen."

„Sie werden halten", brüllte Herolas zurück.

Lotaras und Leoryn wurden im Rumpf von einer Seite zur anderen geschleudert und schrien gemeinsam auf. Lotaras bemerkte verwirrt, dass seine Schwester Vergnügen an dem Abenteuer zu finden schien.

„Sie werden reißen", rief Gendrion erneut. „Lass sie uns kürzen, Kapitän."

„Dann stellt uns das Jagdschiff", erwiderte Herolas. „Sie halten."

„Sie halten nicht!" Gendrions wütender Erwiderung folgte eine unflätige Bemerkung über Kapitäne, die erst lächerliche tausend Jahre zur See fuhren und keine Ahnung vom Meer hätten.

Auf einmal hatte Lotaras das Gefühl, als würde er schweben. Es dauerte nur einen kurzen Augenblick, dann kam der harte Schlag, der ihm die Füße in den Schädel zu treiben schien. Er begriff, dass die „Sturmschwinge" in ein Wellental getaucht und dann wieder nach oben geworfen worden war. Ein Wasserschwall klatschte durch die offene Luke herein, und Leoryn schrie empört auf, als ihr weißgoldenes Haar durchnässt wurde. Das Pfeilschiff neigte sich zur Seite und wieder drang Wasser ins Schiff ein.

Ein See-Elf der Besatzung erschien in der offenen Luke

und blickte auf Lotaras und Leoryn herab. Dann schwang er sich mit einem Satz zu ihnen hinunter und prüfte den Wasserstand im Inneren des Schiffes. „Zwei Handbreit“, brüllte er an Deck hinauf.

„Zu viel. Nimm die beiden Waldelfen und die Pumpe und schaffe es hinaus“, brüllte Herolas zurück.

Der See-Elf sah die beiden Geschwister kurz an und stützte sich instinktiv ab, als das Schiff weit überholte und sich dann wieder zögernd aufrichtete, nur um sich sogleich zur anderen Seite zu neigen. Der Elf trat gegen eine der Stützstreben des Rumpfes, worauf neben der Stütze ein metallener Griff hervorklappte. Der Elf sah die Geschwister auffordernd an. „Auf und ab. Immer auf und ab.“

Der See-Elf drückte den langen Hebel hoch und runter, und ein leises Schlürfen ertönte. Lotaras und Leoryn traten zu ihm und halfen ihm, die Pumpe zu betätigen, die nun irgendwo im Rumpf der „Sturmschwinge“ arbeitete und das eindringende Wasser wieder nach draußen beförderte. Nach kurzer Zeit waren die Geschwister schweißgebadet. Aber das Pumpen hielt sie nicht nur warm, der Hebel verschaffte ihnen auch etwas Halt, wenn das Schiff den Bewegungen des Wassers folgte.

„Gendrion, wir müssen das Segel kürzen“, brüllte Kapitän Herolas. „Die Leinen werden nicht halten!“

„Sag ich doch“, erwiderte Gendrion lautstark, und Lotaras konnte förmlich das mürrische Gesicht des Steuermanns vor sich sehen.

Dann gab es einen peitschenden Knall, der selbst das Tosen des Sturms übertönte. „Zu spät“, brummte der pumpende See-Elf lakonisch. „Herolas hätte auf Gendrion hören sollen.“

„Kürzen“, brüllte Herolas mit Stentorstimme. „Refft das

Segel, aber lasst uns Steuerdruck, sonst macht der Sturm mit uns, was er will. Rodas, schlag eine Ersatzleine an!“

Eine Ersatzleine. Lotaras wusste nicht, welche der vier Leinen, die den Mast stabilisierten, gebrochen sein mochte, aber er schauderte bei dem Gedanken an die Aufgabe, vor der Rodas nun stand. Er musste eine neue Leine vom Mast aus zum Verankerungspunkt an Deck spannen. Aber mit nur einer Hand würde das kaum möglich sein.

Noch bevor Leoryn oder der See-Elf reagieren konnten, hastete Lotaras zur Treppe und schob sich hinauf an Deck. Herolas und Gendrion standen beide am Ruder, krallten ihre Hände in das Holz und die bloßen Füße in die Planken des Decks; sie hatten, in des Wortes wahrstem Sinn, alle Hände voll zu tun und erhoben keinen Einspruch, als Lotaras erschien. Der junge Waldelf umklammerte den Handlauf des Schiffes und sah weit über sich Rodas, der auf halsbrecherische Weise halb unter der Plattform hing. Irgendwie hatte der See-Elf es geschafft, sich mit den Beinen um den Mast zu haken, sodass seine Hände frei waren. Nun schwankte er beinahe stärker als das Schiff, während er mit fieberhaften Bewegungen eine Leine unterhalb der Aussichtsplattform festband. Das Segel war ein gutes Stück herabgelassen worden, bauschte sich aber noch immer unter dem gewaltigen Winddruck. Die „Sturmschwinge“ begann sich indes zu drehen, da nicht genug Segeldruck für das Ruder vorhanden war. Wenn der Sturm sie nun von der Seite packte, konnte er sie umwerfen und zum Kentern bringen. Eile war also geboten.

„Öffne die Sturmschlitze“, brüllte Gendrion gegen den Wind an. „Du musst die Sturmschlitze öffnen!“

Neben Lotaras stand der dritte See-Elf und angelte bereits nach dem frei baumelnden Ende der Leine, um es an der seitlich am Rumpf angebrachten Halterung festmachen zu können. Der Sturm und das Schwingen des Schiffes machten es schwer, das Leinenende zu ergreifen, trotz der elfischen Reflexe, über die der Mann verfügte.

Eher zufällig gelang es schließlich Lotaras, die Leine zu fassen, und während Rodas hoch über ihren Köpfen noch immer unermüdlich arbeitete, kämpften sich Lotaras und der See-Elf zur Halterung hinüber, wobei sie versuchten, der Gewalt des Sturms, so gut es ging, zu widerstehen und die Leine zu verknoten. Dem See-Elf gelang es schließlich, diese mit einem ungewöhnlichen Knoten an der Halterung zu befestigen, dann nahm er einen kräftigen Holzkeil und steckte ihn zwischen die beiden verdrillten Stränge, aus denen die Leine bestand. „Wir müssen sie noch weiter drehen“, brüllte der Mann, „sonst bekommt sie keine Spannung, und der Mast hat keinen Halt.“

Als der Mann das Holz zu drehen begann, packte auch Lotaras mit an und spürte augenblicklich, welche Kraft dazu erforderlich war, denn je mehr sich die Leine spannte, desto schwerer war es, das Holz zu bewegen.

„Nicht loslassen“, brüllte der See-Elf. „Wenn du loslässt, schnellt es zurück, und alles war umsonst.“

Dann schlug der Mann hastig eine Leine um das gedrehte Holz und erst, als diese ebenfalls festgelegt war, nickte der See-Elf zufrieden. „Gut gemacht, Bruder des Waldes. Nun kümmern wir uns um das Segel.“

Sie kämpften sich zum Mast zurück und blickten zu Rodas hinauf, der es irgendwie schaffte, sich wieder auf die Plattform hochzuziehen, und ihnen dann ein Zeichen gab. Lotaras und der andere Mann warfen sich in die Leine, die das Segel aufzog, woraufhin sich dieses augenblicklich wieder füllte. Lotaras spürte kaum die Nässe, die seine Kleidung durchdrungen hatte, er nahm nur wahr, wie die „Sturmschwinge“ wieder auf das Ruder reagierte, und Herolas und Gendrion zufriedene Laute ausstießen, als sich das Pfeilschiff wieder in den Sturm drehte.

„Flieg, meine Schöne“, brüllte der Kapitän begeistert. „Zeige deine Schwingen!“

Und das Schiff zeigte seine Schwingen. Von Rodas kam ein Schrei, den keiner von ihnen zu deuten vermochte, bis der Ausguck ihn wiederholte. „Einer ihrer Masten ist gebrochen und über Bord gegangen!“

„Ha“, brüllte Kapitän Herolas triumphierend. „Niemand nimmt es mit meiner ‚Sturmschwinge‘ auf! Niemand!“ Er bemerkte Gendrions Blick. „Mit unserer ‚Sturmschwinge‘“, verbesserte er sich dann.

Gendrion nickte zustimmend. „Niemand.“

Für einen Moment konnte Lotaras das Jagdschiff der Schwarzen Korsaren erkennen, und er war überrascht, wie nahe es an sie herangekommen war. Keine fünf Hundertlängen entfernt, tanzte es auf den Wellen. Der hintere Mast hatte dem Winddruck nicht standgehalten. Er war nach vorne gestürzt, wobei er das Segel des vorderen Mastes zerfetzte, und dann seitlich vom Schiff gerissen worden. In einem Gewirr von Tauen und Segeltuch hing er nun außenbords und wirkte wie ein Schleppanker, der das schnittige Jagdschiff herumzog und es hilflos der Gewalt des Sturms aussetzte. Lotaras sah auf Deck undeutliche Gestalten, die sich verzweifelt bemühten, die Taue zu kappen und den Mast vom Schiff zu lösen, aber es war zu spät. Eine gewaltige Woge erfasste das Jagdschiff, hob es an und tauchte es in die See, dann war es verschwunden.

Kapitän Herolas nickte zufrieden. „Refft ein wenig, Brüder der See. Wir können den Sturm nun abreiten, die Gefahr ist vorüber."

Als würde auch der Sturm diese Meinung teilen, begann er sich so unerwartet rasch zu legen, wie er aufgezogen war. Die schwarzen Wolken rissen auseinander, und Lotaras sah den klaren Sternenhimmel über dem Schiff, das jetzt wieder ruhig durchs Wasser glitt.

„Nun können wir uns ein wenig entspannen", brummte Steuermann Gendrion. Er sah Lotaras aufmunternd an. „Ich denke, die schnelle Fahrt wird dir in Erinnerung bleiben."

Ja, es war Zeit, sich wieder zu entspannen, und auch Lotaras' Magen schien es so zu sehen, weshalb der junge Waldelf die nächste Zeit weit über den Handlauf gebeugt verbrachte und sich weniger um die Schönheit der See als vielmehr um die Erleichterung seines Leibes kümmerte.

7

„Nichts als Wind und Sand, Sand und Wind." Harold spuckte aus und nahm die hölzerne Wasserflasche vom Sattelknauf. Missmutig schüttelte er sie und lauschte dem leisen Glucksen.

„Geh sparsam damit um, mein Freund." Berittführer Pelegrimm zügelte sein Pferd neben dem seines Scharführers. „Unser Wasser geht zur Neige, und wir wissen nicht, wann wir auf neues stoßen werden."

„Nichts als Wind und Sand, Sand und Wind", brummte Harold. „Und noch dazu kein Wasser. Wir brauchen bald Wasser für uns, vor allem aber für die Pferde."

Vor allem die Pferde. Sie waren Pferdelords, und an erster Stelle kamen ihre Reittiere, die sie in rasendem Galopp dem Feind entgegentrugen und die dem Pferdevolk seine Schlagkraft verliehen. Pelegrimm wandte sich im Sattel um und blickte die Kolonne entlang, die hinter den beiden Freunden zum Stillstand gekommen war und nun schweigend verharrte. Es war heiß, viel zu heiß zum Reden, vor allem, da ihrer aller Kehlen wie ausgedörrt waren. Einige der Männer kauten ein Stück Leder, um wenigstens den Speichelfluss anzuregen, und die Schweife der Pferde bewegten sich und schlugen nach den lästigen Insekten, die in der Wüste so zahlreich zu sein schienen wie Sandkörner.

„Ja, wir brauchen Wasser", bestätigte Pelegrimm leise. Er schob den Helm mit dem gelben Rosshaarschweif der Westmark in den Nacken und blinzelte zur Sonne hinauf, die unbarmherzig über dem Land stand. „Selbst der verdammte

Wind bringt keine Linderung."

„Nein, nur Sand", seufzte Harold und spuckte erneut aus. „Sand, der einem unter die Haut kriecht. Bei den dunklen Abgründen, wie kann man hier nur leben?"

„Auch unser Volk hat einst hier gelebt", erwiderte Pelegrimm. „Es ist unsere alte Heimat, mein Freund. Das Land der Pferdelords."

Harold wischte sich den Schweiß aus der Stirn. „In einem Land ohne unsere grünen Ebenen und Wälder? Wir sollten den verfluchten Barbaren dankbar sein, dass sie uns von hier vertrieben haben. Pelegrimm, mein Freund, ich sage Euch, ich sehne mich nach unseren Ebenen und Wäldern zurück."

Der stete Wind spielte mit den Rosshaarschweifen der Helme und ließ die grünen Umhänge der Männer auswehen. Sie waren, wie die grünen Rundschilde, im Gelb der Westmark eingefasst. Ihre Schilde zeigten die weißen gekreuzten Lanzen des Pferdefürsten Henderonem, denn sie waren seine Schwertmänner und Pelegrimm sein Erster Schwertmann. Dieser führte den Wimpel des Beritts mit dem weißen springenden Pferd darauf, den er nun nachlässig in die Armbeuge legte, während er seine Karte aus der Satteltasche zog.

„Die wird Euch nicht helfen", meinte Harold. „Sie ist alt, und Ihr seht doch, wie das verfluchte Land hier ist. Der Wind bewegt alles, und wir werden nichts wiederfinden, was auf der Karte verzeichnet ist. Ich sage Euch, mein Freund, ich weiß nicht einmal, wo wir jetzt eigentlich sind."

„Fünf Tagesritte von der Grenze unserer Westmark entfernt", entgegnete Pelegrimm lakonisch. „Stetig nach Westen, der alten Stadt entgegen."

Hinter ihnen erklangen Schritte, und einer der Schwertmänner des Beritts trat an sie heran. „Wir brauchen bald Wasser, Erster Schwertmann.“

Pelegrimm erwiderte den Blick des anderen. „Wir werden welches finden, Schwertmann Anteridem.“

Der Angesprochene schniefte kurz und musterte ironisch die Karte, die der Berittführer in Händen hielt. „Mit dieser alten Karte, Hoher Herr Pelegrimm?“

Pelegrimm hob die Achseln, und die Lanze des Berittwimpels zuckte kurz. „Es ist nun einmal die einzige Karte, die wir haben.“

„Nehmt es mir nicht übel, Hoher Herr Pelegrimm“, brummte Anteridem, „aber die Karte taugt nichts. Allenfalls zum Säubern des Gesäßes.“ Er blickte nach Westen, in die Richtung, in welche der Beritt seit Tagen marschierte. „Lasst mich vorausreiten, Berittführer. Mein Horund wittert Wasser schon auf große Entfernung.“ Der Schwertmann lächelte schwach. „Er ist ein großer Säufer und hat immer Durst, der gute Horund. Wenn es hier Wasser gibt, wird er es finden.“

Pelegrimm und Harold musterten den eisengrauen Wallach, den Anteridem am Zügel führte. Schließlich zuckte Pelegrimm erneut die Achseln und nickte. „Nun, wohlan, guter Herr Anteridem. Vertrauen wir uns dem Talent und der Gier Eures Horunds an.“

Der Schwertmann nickte und führte sein Pferd vor Pelegrimm und den neben ihm verharrenden Scharführer Harold, der leise fluchend die ungenutzte Wasserflasche zurück an den Sattel hängte. Pelegrimm blickte die Kolonne der hundert Pferdelords entlang und hob die Lanze. Die Männer saßen auf dieses Zeichen hin auf, und als der Berittführer die Lanze leicht nach vorne stieß, ritten sie an.

Die Schwertmänner übten täglich den Umgang mit Waffen und Pferden und führten ihren Marsch normalerweise in einer präzisen Kolonnenformation durch. Doch als der Beritt nun den beiden Führern und dem vorausreitenden Anteridem folgte, war die Formation aufgerissen und ungeordnet. Männer und Pferde wirkten gleichermaßen erschöpft und von der Hitze ausgedörrt. Im Gegensatz zu den üblichen Gepflogenheiten der Pferdelords würden sie ihre Pferde jetzt nicht zwei Zehnteltage reiten und dann einen Zehnteltag lang führen, sondern es genau umgekehrt halten. Die Kraft der Pferde war wichtiger als die Bequemlichkeit der Reiter, denn die Männer mussten die Tiere ausgeruht genug halten, um notfalls einen schnellen Angriff oder Rückzug vornehmen zu können.

„Nichts als Wind und Sand, Sand und Wind", murmelte Harold betrübt vor sich hin. „Seit wir die Grenze überschritten haben, haben wir kein menschliches Leben mehr gesehen. Nur zwei dieser komischen gefleckten Tiere, die uns zu belauern scheinen."

„Aasfresser", sagte Pelegrimm leise. „Sie warten darauf, dass wir schwach werden."

„Wird nicht mehr lange dauern, mein Freund."

Pelegrimm nickte. „Wir brauchen Wasser, dann sieht wieder alles anders aus. Hofft derweil, dass wir keinem menschlichen Wesen begegnen, solange wir nicht wieder voll bei Kräften sind."

„Der Pferdefürst sagte, das Land würde von Barbaren nur so wimmeln." Harold schnaubte leise.

„Wir werden sie früh genug zu Gesicht bekommen." Pelegrimm kratzte sich voll Unbehagen. Der Wind trieb den Sand unter die Kleidung und rieb auf unangenehme Weise an der Haut. Der Berittführer sehnte sich ein Bad herbei, aber fürs Erste wäre er auch mit genug Wasser zum Stillen seines Durstes zufrieden. „Ich habe die Barbaren einmal erlebt, wie sie einen Streifzug in die Mark unternahmen."

„War es ein guter Kampf?"

Pelegrimm nickte versonnen. „Ein guter Kampf, ja."

Sie befanden sich nun tief im einstigen Land der Pferdelords, und ihre Aufgabe war schwierig. Ihr Pferdefürst Henderonem hatte sie unter dem Siegel der Verschwiegenheit damit betraut, die alte Stadt des Ersten Königs der Pferdelords zu suchen und dort dessen legendäres Banner zu bergen, unter dem das Volk der Pferdelords zum ersten Mal geeint worden war. Pelegrimm blickte zu dem über ihm flatternden dreieckigen Wimpel des Beritts auf. Auch das Banner des Ersten Königs war nicht mehr als ein Stück Tuch in bunten Farben und mit Stickereien darauf gewesen, und er führte nun hundert gute Männer tief in ein Land hinein, in dem es von Barbaren wimmelte. Hundert Männer, die vielleicht ihr Leben wegen dieses bunten Tuches verlieren würden. Diese Aussicht behagte Pelegrimm absolut nicht. Aber er war dem Treueid verpflichtet, also ritten er und seine Männer immer tiefer in die Wüste hinein und womöglich ihrem Tod entgegen.

Das Pferd von Anteridem schnaubte leise und warf den Kopf hoch, die Nüstern weit gebläht. Der Schwertmann wandte sich im Sattel um. „Er wittert etwas", sagte der Pferdelord triumphierend. „Und die Art und Weise, wie er schnuppert, kann nur heißen, dass er Wasser gefunden hat, Hoher Herr Pelegrimm."

„Vielleicht", brummte Harold misstrauisch. „Vielleicht wittert er aber auch Gefahr."

Pelegrimm hob die Lanze über den Kopf und hielt sie in der Waagerechten quer zum Weg. In seinem Rücken reagierten die Männer des Beritts sofort und schwärmten zu einer Doppelreihe aus, die sich hinter den drei Reitern an der Spitze formierte. Automatisch straffte sich die Haltung der Männer. Schwerter wurden in den Scheiden gelockert, Lanzen fester gepackt. Die Müdigkeit der Männer wich neuer Wachsamkeit.

„Es muss dort hinter dem Hügel sein, Erster Schwertmann“, sagte Anteridem und wies in die Richtung, in welche sein Pferd witterte. „Es ist bestimmt Wasser, sonst würde sich Horund nicht derart gebärden.“

Sie brauchten Wasser, unter allen Umständen. Pelegrimm sah seinen Freund Harold an. „Führt Ihr das zweite Treffen, mein Freund. Sehen wir uns an, was Horund gewittert hat.“

Jede der beiden Reihen wurde von den Pferdelords Treffen genannt, denn in diesen geschlossenen Einheiten trafen sie auf den Feind. Harold trabte in die Mitte der hinteren Reihe, während sich Pelegrimm in die vordere eingliederte und dann erneut die Lanze vorstieß. Als seien sie ein einziger Körper, trabten die beiden Reihen geschlossen an, die jetzt zwölf Längen Abstand voneinander hielten, denn falls sie in den Galopp übergingen und ein Reiter der vorderen Reihe stürzte, konnte der nachfolgende in der zweiten Reihe über ihn hinwegsetzen. Die Reiter einer Reihe ritten hingegen dicht nebeneinander, sodass sich ihre Knie fast berührten.

Anteridem ging wohl davon aus, dass er die Spitze halten sollte, oder sein Horund wollte einfach als Erster zum Wasser gelangen. Jedenfalls galoppierten Ross und Reiter den Treffen des Beritts voran den Hang der Düne hinauf, hinter der sich die Ursache für Horunds Aufregung befinden musste.

Horunds Nase führte den Beritt in eine neue Richtung. Statt direkt nach Westen zu reiten, wie sie es all die Tage getan hatten, folgten sie Anteridems Reittier nun nach Norden. Kaum war der Schwertmann auf dem Grat der Düne angelangt, zügelte er hastig sein Pferd, und als Pelegrimm ihn erreichte, tat er das Gleiche und stieß die Lanze hoch, um den Beritt anzuhalten.

Harold trieb sein Pferd unaufgefordert nach vorne neben seinen Freund und blickte hinunter auf das, was sich am Fuß der Düne erstreckte. „Das ist gewiss nicht die Stadt des Ersten Königs.“

„Nein.“ Pelegrimm ignorierte die Tatsache, dass sein Freund seine Kampfposition vorschriftswidrig verlassen hatte. Der Anblick dessen, was er da unter sich sah, zog ihn zu sehr in Bann. „Das muss einer der alten Weiler gewesen sein.“

Er gab das Zeichen mit der Wimpellanze, und der Beritt trabte an. Sie ritten schweigend die Düne hinunter und trabten über die ebene Fläche auf den alten Weiler zu. Dabei hielten sie ihre Lanzen fest im Griff, aber sie spürten, dass ihnen hier keine Gefahr drohte. In grimmigem Schweigen erreichten sie die großen Lücken in den hölzernen Palisaden, die einst den Weiler umgeben und geschützt hatten. Ihre Blicke fielen auf Skelette, an denen noch die Reste von Bekleidung zu erkennen waren, und auch die anderen Spuren menschlichen Lebens, auf die sie stießen, sprachen für sich und erzählten vom Ende des Weilers.

Einst musste er von Leben erfüllt gewesen sein, aber die Barbaren des Sandvolkes hatten nichts Lebendiges zurückgelassen und sogar die Schädel der Toten mitgenommen. Es war ein großer und befestigter Weiler gewesen, denn damals, kurz nachdem die Pferdelords aufgehört hatten, untereinander Krieg zu führen, waren noch alle Siedlungen Wehrweiler gewesen, die mit starken Palisadenmauern und hölzernen Türmen umgeben waren.

Damals hatten Männer auf Türmen und Wehrgängen Wache gestanden oder waren ihrem Tagwerk nachgegangen;

Frauen hatten ihre Familien versorgt, und Kinder waren durch die Gassen getollt, die wie die Speichen eines Rades auf den zentralen Platz mit dem einzigen steinernen Bauwerk des Wehrweilers führten, der letzten Zuflucht.

Eines Tages waren die Barbaren gekommen, und wie es aussah in großer Zahl, denn sie hatten die Pferdelords überrannt und ihre Schädel genommen. Die letzten Verteidiger des Weilers mussten sich zusammen mit den Frauen und Kindern in der Zuflucht verschanzt haben, wo ihnen feste Mauern und ein stabiles Tor, ein Brunnen und Vorräte eine Galgenfrist verschafft hatten. Die Überlebenden hatten gekämpft und gelitten, vielleicht noch viele Tage lang, und jeden Tag in der Hoffnung gelebt, dass ein Beritt am Horizont erscheinen möge, der ihnen Rettung brachte. Aber es war kein Beritt erschienen, und so hatten die Menschen des Wehrweilers ihren letzten Kampf gefochten. Einen tapferen Kampf, in dem sie letztlich unterlegen waren.

Die Spuren davon waren noch überall zu erkennen.

Das Tor des Wehrweilers war aus den rostigen Angeln gestürzt, und ein Teil der Palisaden lag zertrümmert am Boden, halb von dem Sand begraben, der den Weiler zuletzt erobert und dabei viele Spuren des Abschlachtens auf gnädige Weise bedeckt hatte. Doch überall fanden sich noch Knochen, an denen letzte Reste von mumifiziertem Gewebe und verwitterter Bekleidung zu erkennen waren. Ebenso waren noch Überbleibsel von Rüstungen und Waffen zu sehen, und in einem eingestürzten Stallgebäude fanden sich die Skelette zahlreicher Pferde. Die Männer des Weilers hatten dem Feind nicht mehr auf dem Pferderücken begegnen können. Der Angriff schien zu schnell erfolgt zu sein und mit zu großer Übermacht, und so war der Tod über den Weiler gekommen, war bis zur Zuflucht gebrandet und dann auch in diese hineingestoßen.

Vor der Zuflucht, deren massive Tür geborsten in den Angeln hing, lagen die Skelette dicht an dicht, teilweise sogar übereinander, als ob sie im Tode die Nähe des anderen gesucht hätten. Die Pferdelords sahen viele Skelette mit Schädeln und den Überresten knöcherner Panzer und viele andere, denen der Schädel fehlte. Man brauchte die Tradition des Sandvolkes, die Schädel erschlagener Feinde zu nehmen, nicht zu kennen, um die jeweiligen Toten voneinander unterscheiden zu können. Jene, denen man den Kopf abgetrennt hatte, trugen die Reste der Bekleidung des Pferdevolkes, und an vielen der Toten vor dem Turm waren noch Fetzen der grünen Umhänge der Pferdelords zu erkennen. Es waren schlichte grüne Umhänge ohne farbigen Saum gewesen, denn sie entstammten einer Zeit, als die einzelnen Marken der Pferdelords noch nicht existierten.

Harold räusperte sich verlegen und starrte auf die Überreste des Kampfes hinab. „Es ist nicht recht, sie so liegen zu lassen“, brummte er. „Wir müssen sie bestatten und zu den Goldenen Wolken geleiten.“

Zustimmendes Gemurmel war aus den Reihen der Männer zu hören. Pelegrimm reckte sich im Sattel und sah sich um. „Schwertmann Hanik, nehmt zwei Scharen und bezieht Posten um den Weiler herum. Ich möchte nicht vom Feind überrascht werden. Der Rest sitzt ab und versorgt zunächst die Pferde. Ich werde mich mit Harold in der Zuflucht umsehen. Wenn es hier noch Wasser gibt, dann dort. Sobald alle versorgt sind, kümmern wir uns um unsere Toten, doch die Lebenden gehen vor.“

Die Männer des Beritts saßen ab und führten die Pferde zur Seite. Harold und der Erste Schwertmann schritten zwischen den Toten des lange vergangenen Kampfes hindurch auf den steinernen Turm der Zuflucht zu. Harold spuckte aus und sah einen Fetzen Tuch an einer Lanze, die fast ganz vom Sand bedeckt war. Er bückte sich, zerrte an der Lanze und ein rechteckiger Wimpel kam zum Vorschein. Obwohl das Tuch schmutzig, zerrissen und halb zerfallen war und die Farben darauf verblichen, handelte es sich unverkennbar um das Banner eines Pferdefürsten, denn nur ihnen war es erlaubt, diese Form der Feldzeichen zu führen.

„Das Banner eines Pferdefürsten“, bemerkte Harold lakonisch. „Sie haben es einfach liegen lassen.“

„Die Barbaren nehmen sich andere Trophäen, mein Freund.“ Pelegrimm legte eine Hand auf die Schulter des Freundes. „Aber das Banner zeigt mir, dass es der Weiler eines Pferdefürsten war. Irgendwo werden wir hier auch seine Überreste finden.“

Harold brachte es nicht über sich, das grüne Banner mit dem weißen Pferd und der aufgehenden Sonne wieder in den Sand sinken zu lassen. Er richtete die Lanze auf und rammte sie mit ihrem Dorn voran in den Boden. „Wenn wir ihn finden, werden wir das Banner in seine Hand legen.“

„So ist es recht, mein Freund“, sagte Pelegrimm leise, „und so wird es geschehen.“

Sie erreichten die gewaltsam geöffnete Tür, und Pelegrimm rammte die Wimpellanze seines Beritts neben ihr in den Boden, bevor er mit seinem Freund den dahinterliegenden Raum betrat. Es war die unterste Ebene der alten Zuflucht, und auch hier lagen die Überreste der Toten dicht an dicht. Es musste ein erbitterter Kampf gewesen sein, denn die Toten bedeckten auch die Stufen der Treppe, die an einer Seite des Gebäudes nach oben führte.

„Wartet“, hielt der Erste Schwertmann seinen Freund zurück, als dieser hinaufgehen wollte. „Lasst uns erst nach dem Wasser sehen."

Pelegrimm hatte an einer anderen Seite des Raums die hüfthohe Einfassung eines Brunnens entdeckt und ging nun zu ihm hinüber. Auf dem gemauerten Brunnenrand stand ein Eimer, an dem sogar noch das Seil befestigt war, doch war es verrottet und der Eimer halb zerfallen. Pelegrimm stützte sich auf die Einfassung und blickte in den Brunnenschacht hinab. Er schien tief zu sein, und es war kein Wasser zu sehen. Der Erste Schwertmann nahm den Eimer und ließ ihn in den Schacht fallen. Er schaute zufrieden, als er ein vernehmliches Klatschen hörte.

„Wasser", sagte er fast andächtig. „Wir können unsere Vorräte auffüllen."

Harold stand noch immer halb auf den ersten Stufen der gemauerten Treppe. „Vielleicht haben sie Tote in den Brunnen geworfen. Das Wasser könnte vergiftet sein."

Pelegrimm schüttelte den Kopf. „Nicht nach all den Jahren. Die Körper wären zerfallen, und der Brunnen hätte sich schon längst wieder selbst gereinigt." Er seufzte leise. „Außerdem glaube ich nicht, dass die Barbaren das tun würden. Sie brauchen das Wasser ebenso wie wir."

Pelegrimm ging zur Tür. „Der Brunnen ist intakt", rief er nach draußen. „Versorgt die Pferde, füllt die Vorräte auf und stillt euren Durst, Pferdelords der Westmark. Und Ihr, Anteridem, gebt Eurem Horund eine Extraportion Wasser. Die hat er sich verdient." Dann wandte er sich wieder seinem Freund zu. „Gut, nun lasst uns also sehen, welches Grauen der Turm noch in sich birgt."

Sie mussten die Überreste der Erschlagenen zur Seite schieben, um festen Tritt zu finden, und konnten deshalb nur langsam die Stufen hinaufsteigen. Die Treppe führte von rechts nach links an der Innenwand des Turms hinauf und war im Sinne der Verteidiger angelegt worden, denn ein Angreifer, der seine Waffe gewöhnlich in der rechten Hand hielt, konnte auf ihr nicht richtig ausholen, während der Verteidiger den vollen Schwung zur Verfügung hatte. Doch genützt hatte es den Verteidigern letztlich nichts. Ihre skelettierten Leichen lagen bis hinauf in die zweite Ebene, wo die beiden Schwertmänner schließlich auch den Pferdefürsten fanden, dessen Banner sie bereits entdeckt hatten.

Sein Schädel fehlte und der Helm mit dem schwarzen Rosshaarschweif war achtlos auf den Boden geworfen worden. Nur der reich verzierte Brustharnisch wies darauf hin, dass sein Träger einst der Pferdefürst dieses Weilers gewesen war. Die knöcherne Hand war noch immer fest um den Griff der Streitaxt gekrallt, die der Feind dem Toten belassen hatte.

„Wir werden Euch und die Euren ehrenvoll zu den Goldenen Wolken geleiten“, versprach Pelegrimm dem Toten mit belegter Stimme.

Er ging neben dem Skelett in die Hocke und zupfte geistesabwesend die Reste des grünen Umhangs gerade, wobei ihm eine kleine Rolle auffiel, die zwischen dem zerfallenen Gewebe der Bekleidung steckte. Als er sie hervorzog, erkannte er, dass es eine metallene Röhre war, deren Enden von Blechkappen verschlossen wurden. Pelegrimm leckte sich unbewusst über die Lippen, als er sich erhob und die Röhre öffnete. Ein zusammengerolltes Stück feines Leder fiel aus ihr heraus, das er im Reflex auffing. Auf dem Leder waren Symbole und Zeichen zu sehen.

Neben sich hörte er die Schritte Harolds, der ins oberste Geschoss hinaufgegangen war und nun die Treppe mit bleichem Gesicht wieder herunterstieg. „Ich denke, ich habe etwas gefunden“, sagte der Erste Schwertmann und sah seinen Freund an, der sich schwer atmend an die Wand lehnte. „Was ist mit Euch, Harold, mein Freund?“

„Auch ich habe etwas gefunden“, murmelte der Scharführer leise.

Pelegrimms Augen verengten sich. Da Harold keine Anstalten machte, sich zu erklären, steckte der Berittführer die Röhre mit der Schriftrolle in sein Wams und schritt zur Treppe hinüber. Als er die Stufen hinaufsteigen wollte, hielt Harold ihn zurück.

„Tut es nicht, Pelegrimm, mein Freund. Ihr werdet nur den Tod vorfinden.“

Pelegrimm legte die Hand auf die des Freundes. „Ihr wisst, der Tod ist mir nicht neu und erschreckt mich nicht.“

„Dort oben findet Ihr die Alten, die Frauen und auch die … Kinder.“

Sie sahen einander schweigend an und teilten ihren Schmerz.

Harold atmete mehrmals tief durch. „Es waren viele kleine Kinder dabei. Winzige Kinder, versteht Ihr? Wenigstens … wenigstens haben sie ihre Schädel noch.“ Er schlug wütend gegen die Außenwand der Zuflucht. „Diese verfluchten Barbaren. Selbst einigen der Frauen haben sie die Schädel genommen.“

Pelegrimm legte die Hände auf die Schultern des Scharführers. „Das waren jene Frauen, die bis zum Schluss gekämpft haben. Ihr wisst, unsere Frauen verstehen zu kämpfen, mein Freund. Die Barbaren taten es nicht aus Bosheit. Sie wollten sie … ehren. Auf ihre Weise.“

„Wenn ich ihnen begegne, werde ich sie ebenfalls ehren“, schrie Harold wütend auf und schnürte die Hand um den

Griff seines Schwertes, bis die Knöchel weiß hervortraten. „Auf *meine* Weise."

Pelegrimm nickte. „Ihr habt recht, mein Freund. Aber lasst uns jetzt sehen, welche Nachricht der Pferdefürst uns hinterlassen hat."

„Nachricht?" Harold sah seinen Freund verwirrt an. „Was für eine Nachricht?"

Pelegrimm zeigte ihm die Röhre mit dem Schriftstück. Sein Scharführer nickte bedächtig. „So hat es wohl doch sein Gutes, dass Ihr solche magischen Zeichen zu deuten vermögt."

Der Pferdefürst Henderonem hatte einst veranlasst, dass die Führer seiner Beritte Schriftzeichen zu entziffern lernten. Pelegrimm hatte dies eigentlich für überflüssig gehalten. Denn wozu sollte man Zeichen auf ein Papier kritzeln, wenn ein rechter Pferdelord doch Mund und Ohren hatte, um sich zu verständigen? Zudem gab es nicht viele Bücher im Land des Pferdevolkes, die man hätte lesen können. Eigentlich sogar nur jene, welche die Chronik des Volkes zum Inhalt hatten, doch konnte der Erste Schwertmann nicht nachvollziehen, welchen Nutzen es hatte, die Geschichte seines Volkes aufzuschreiben, gab es doch die Lieder und Sagen der Pferdelords, die dies auf ebenso gründliche und weitaus unterhaltsamere Weise taten. Jetzt hingegen war er zum ersten Mal dankbar dafür, dass Henderonem seinem Wunsch genug Nachdruck verliehen hatte. Mühsam nur hatte sich dem Kämpfer das Setzen und Deuten der Zeichen eingeprägt, aber schließlich hatte er es gelernt, und so würde er nun erfahren, was der tote Pferdefürst noch mitzuteilen hatte.

Es fiel nur wenig Licht in die alte Zuflucht, und daher steckte Pelegrimm das Schriftstück erneut ein, um es später zu entziffern. „Lasst uns erst hinuntergehen. Es wird bald

Nacht, und ich denke, wir sollten erst morgen wieder von hier aufbrechen."

„Nachdem wir die Toten bestattet und zu den Goldenen Wolken geleitet haben."

Pelegrimm nickte.

Sie verließen den steinernen Turm, der zur Grabstätte für so viele Menschen geworden war, und der Berittführer rief die Männer zusammen. „Wir werden die Nacht über hier bleiben. Ich will keine unangenehmen Überraschungen erleben. Die Hälfte des Beritts wird wachen und dann von der anderen abgelöst werden. Schaut nach, ob ihr in den Gebäuden noch Brauchbares findet. Alles, was sich zum Transport von Wasser eignet, werden wir füllen und mitführen. Wer weiß, wann wir auf die nächste Wasserstelle stoßen."

Anteridem seufzte vernehmlich. „Mir wäre es lieb, wenn wir außerhalb des Weilers nächtigen würden. Die Nähe all dieser Toten macht mich ein wenig nervös."

„Seit wann machen Euch Tote nervös?", fragte ihn einer der anderen gutmütig. „Die hier sind doch schon lange tot."

„Eben", brummte Anteridem. „Und sie wurden nicht ordentlich zu den Goldenen Wolken geleitet. Ihre Seelen haben noch keine Ruhe gefunden. Nun eilen sie umher und …"

„Ruhe im Beritt", befahl Pelegrimm entschieden und sah die Männer an. „Morgen vor dem Abritt werden wir sie bestatten, wie es die Tradition verlangt. Bis dahin werden sich die Toten sicher noch gedulden können. Auch in dieser Nacht gibt es keine Feuer und keinen unnötigen Lärm, denn wir wollen unsere Köpfe noch ein Weilchen behalten und nicht so enden wie die Menschen dieses Weilers. Also werden wir uns wie Schatten bewegen, um unentdeckt zu bleiben. Und jetzt bereitet Euch auf die Nacht vor, Ihr Schwertmänner der Westmark."

Selbst Pelegrimm behagte die Aussicht nicht sonderlich, die Nacht im Weiler bei den Toten zu verbringen, aber hier fand der Beritt mehr Schutz als in der offenen Landschaft, und es war augenfällig, dass schon lange kein Barbar mehr seinen Fuß an diesen Ort gesetzt hatte. Er kontrollierte mit Harold die Vorbereitungen der Männer und die Versorgung der Pferde, dann trat er an eines der alten Häuser des Weilers heran, das noch gut erhalten war, auch wenn ein großer Teil des Daches eingestürzt war. Doch die Wände wirkten noch recht massiv, wie der Berittführer feststellte, als er gegen das Holz klopfte.

Der Erste Schwertmann betrachtete das Gebäude etwas genauer. Wie die meisten Häuser des alten Weilers war es in der Grundform eines sehr lang gezogenen Rechtecks erbaut und parallel zu den Wegen ausgerichtet worden, die zur Zuflucht und dem zentralen Platz führten. Das Haus war aus massiven Stämmen errichtet, die man in der Art des Pferdevolkes gekerbt und sorgsam ineinandergefügt hatte. Die wenigen Ritzen hatte man mit Pflanzenfasern zugestopft. Das Dach stieg von den Längsseiten steil an, und die Giebelbalken zeigten an den oberen Enden die beiden einander zugewandten Köpfe des Reitervolkes. Da das Dach in einem Teilbereich eingestürzt war, konnte Pelegrimm deutlich erkennen, dass es erst mit hölzernen Bohlen belegt und dann mit ausgestochenen Grassoden bedeckt worden war. Zwei gemauerte Kamine ragten über den First auf und ließen damit erkennen, dass hier mehrere Familien gelebt hatten.

„Sie haben gut gebaut", sagte Harold nachdenklich und trat neben seinen Freund. „Das Holz ist massiv und stark, es bietet guten Schutz gegen Wetter und Feind." Der Scharführer zuckte die Achseln. „Nun, es war wohl nicht genug. Aber in der Tat haben unsere Vorfahren gut gebaut."

Ja, das hatten die einstigen Bewohner des Weilers wirklich. Das gesamte Holz war geschält worden, bevor man es verbaut hatte, damit es nicht von Schädlingen zerstört werden konnte. Im Laufe der vielen Jahrhunderte, die mittlerweile vergangen waren, hatte das einst helle Holz eine stumpfgraue Farbe angenommen und war deutlich verwittert. Wahrscheinlich war das Dach des Hauses nicht einmal durch den Angriff der Barbaren zerstört worden, sondern der Alterung zum Opfer gefallen.

Harold sah zu, wie sein Freund und Kommandeur die Wimpellanze des Beritts vor der Tür aufstellte, damit die Männer wussten, wo ihr Führer war. Das Banner des toten Pferdefürsten flappte im leichten Wind vor dem Zugang des Turms, wie es die Tradition verlangte. Morgen würde es den Pferdefürsten zur letzten Ruhe begleiten. Auch Harold klopfte nun an das Holz. „Ich frage mich, wo sie damals das ganze Holz her hatten, Pelegrimm, mein Freund. Es brauchte eine Menge davon, um all die Häuser und den Pfahlzaun zu errichten."

„Damals sah das Land noch anders aus, alter Freund." Pelegrimm stellte einen umgestürzten Tisch auf und fand auch eine brauchbare Sitzbank. Er ignorierte das Skelett eines Barbaren, das an einer Wand lehnte und dessen bleicher Schädel ihn anzugrinsen schien. „Damals war es unserer neuen Heimat ähnlich. Weite Ebenen wechselten sich mit ausgedehnten Wäldern ab, und es gab nur wenig trockenen Boden. Doch irgendwann fing der Sand zu wandern an, heißt es in den alten Liedern."

„Und mit dem Sand kamen die Barbaren." Harold setzte sich zu seinem Freund an den Tisch und stellte die Provianttasche auf die staubige Platte aus massivem Holz. Er wischte den gröbsten Schmutz zur Seite und hustete, als ein Gemisch aus Sand und Staub aufstieg. „Verdammt. Nichts als Wind und Sand, Sand und Wind."

„Ja, mit dem Sand kamen die Barbaren“, sagte Pelegrimm nachdenklich. „Nun sind sie es, die im alten Land der Pferdelords leben.“

„Möge der verdammte Sand sie endgültig verschlingen.“ Harold nahm Brot, Trockenfrüchte und zwei Streifen Dörrfleisch aus der Tasche und teilte die Vorräte auf. Nahrung hatten sie noch reichlich, denn als Pferdelords waren sie genügsam. Wichtig war das Wasser, doch an diesem Abend musste keiner von ihnen durstig bleiben. „Aber nun lasst hören, was die magischen Zeichen sagen.“

„Sie sind nicht magisch“, korrigierte Pelegrimm, dann biss er in Fleisch und Brot und spülte mit einem kräftigen Schluck Wasser nach. „Selbst ich vermag sie zu zeichnen und zu deuten, und ich bin beileibe kein Zauberer.“

Der Berittführer öffnete die metallene Röhre und zog das beschriebene Lederstück heraus. Es war erstaunlich groß und bestand aus einem sehr feinen hellen Leder, das dicht mit Schriftzeichen bedeckt war. Einige der Zeichen waren trotz des Schutzes des Metallbehälters bereits ausgeblichen und verwaschen.

„Macht mir ein wenig Licht, alter Freund“, murmelte Pelegrimm, während er die Zeichen angestrengt studierte. „Der Pferdefürst führte eine schreckliche Feder.“

Harold nahm eine kleine Dose mit Brennstein aus der Proviantasche, legte einen der Steine auf eine halb zerbrochene Schale, die er vom Boden aufgehoben hatte, und entzündete ihn. Pelegrimm beugte sich dankbar vor und hielt das Schriftstück ins Licht.

An der Tür rumpelte es, und einer der Schwertmänner blickte herein. Pelegrimm bemerkte den Mann kaum, sondern konzentrierte sich darauf, die Zeichen zu deuten. Harold nickte dem Schwertmann zu. „Alles in Ordnung. Der Erste Schwertmann muss ein paar Zeichen deuten. Wir werden das Licht dann löschen.“

Die Wache nickte und ließ die beiden Freunde allein. Harold störte seinen Berittführer nicht, denn er konnte sich denken, wie anstrengend es war, die Zeichen zu deuten. Mochte sein Freund auch behaupten, es habe nichts mit Magie zu tun, es steckte in jedem Fall ein Zauber dahinter, wenn ein Mann in einer längst vergangenen Zeit Zeichen malen konnte, die ein anderer viele Jahrhunderte später zu deuten vermochte.

Schließlich richtete sich der Erste Schwertmann auf. „Er war nicht der Pferdefürst dieses Weilers.“

Überrascht sah Harold den Freund an. „Nicht?“

„Nein.“ Pelegrimm machte eine Kunstpause, um seine nächsten Worte stärker wirken zu lassen. „Er war der Pferdefürst der Stadt des Ersten Königs. Er kam aus Tarsilan, dem Ort, nach dem wir suchen.“

„Tarsilan? Bei den Goldenen Wolken! Sagt, beschreibt er, wie wir die Stadt und das Banner finden können?“ Harolds Aufregung war nicht zu übersehen, als Pelegrimm auf seine Frage hin nickte.

„Ja, er gibt uns Hinweise. Wichtige Hinweise. Sie haben um Tarsilan gekämpft, als die Barbaren es berannten. Aber es wurde schnell klar, dass sie die Stadt nicht würden halten können. Der tote Pferdefürst war der Heerführer des Ersten Königs, der ihm befahl, die Menschen Tarsilans in Sicherheit zu bringen und sie in eine neue Heimat zu führen. Der König hingegen wollte seine Stadt bis zum letzten Blutstropfen verteidigen und die Flucht der Bewohner decken.“

„Ein wahrer Pferdelord“, murmelte Harold ehrfürchtig.

„Der Tote beschreibt den Ort, den der König als letzten

verteidigen wollte, seine Zuflucht. Dort werden wir das Banner des Ersten Königs finden." Pelegrimm schnaubte verächtlich. „Die Barbaren werden es ebenso wenig beachtet haben wie das Banner des toten Pferdefürsten."

Harold wies auf das lederne Schriftstück. „Sagen die Zeichen, wie der Pferdefürst in diesen Weiler gelangte?"

Pelegrimm nickte. „Ja, das tun sie. Die meisten Männer der Wache des Ersten Königs begleiteten die Flüchtlinge aus der Stadt, geführt von ihm, dem Pferdefürsten. Er hieß übrigens Landor, sein Namenszeichen steht unter dem Schriftstück. Nun, die Flüchtlinge kamen nur langsam voran, und die Barbaren waren ihnen dicht auf den Fersen. Aus diesem Grund schickte Landor die meisten der Wachen mit den Stadtbewohnern weiter nach Osten und blieb selbst mit zwei Beritten hier im Weiler zurück. Die Menschen des Weilers wollten nicht fliehen und standen ihm bei. So starben sie am Ende alle, um den anderen das Überleben zu ermöglichen."

„Auch sie waren wahre Pferdelords", murmelte Harold ergriffen. „Und ein wahrlich ruhmreicher Ritt zu den Goldenen Wolken."

„Ja", stimmte Pelegrimm zu. „Morgen werden wir ihnen die letzte Ehre erweisen." Er rieb sich die Augen und reckte sich ächzend. „Doch nun lasst uns für die Nacht ruhen, mein Freund. Ich bin doch rechtschaffen müde."

„Dann streckt Euch aus, Hoher Herr Pelegrimm." Harold lächelte. „Ich selbst bin wohl zu aufgewühlt, um jetzt schon Schlaf zu finden."

Pelegrimm rollte das Schriftstück behutsam zusammen und schob es wieder in die metallene Röhre zurück, die er mit den beiden Klappen verschloss und anschließend in sein Wams steckte. Dann nickte er seinem Freund zu, streckte sich auf der schmalen Sitzbank aus und hüllte sich in seinen grünen Umhang ein. Ein guter Pferdelord vermochte selbst im Sattel zu schlafen, und so begann der Erste Schwertmann der Westmark schon nach kurzer Zeit leise zu schnarchen.

Harold gönnte seinem Kommandeur und Freund die Ruhe und löschte den Brennstein. Dunkelheit breitete sich im Raum aus, doch durch das teilweise zerstörte Dach und die Öffnungen von Tür und Fenstern fiel das Licht der sternklaren Nacht herein. Der Scharführer hörte gelegentlich die leisen Schritte der wachhabenden Pferdelords, die rund um den alten Weiler Posten bezogen hatten. Dazwischen war hin und wieder das leise Schnauben eines Pferdes oder das Schnarchen eines Schläfers zu hören.

Harold war, wie alle Pferdelords, der Tradition des Volkes verbunden, und als Schwertmann der Westmark fühlte er sich besonders berührt von dem tapferen Verhalten der Vorfahren. Er selbst hatte nur ein einziges Mal gegen die Barbaren gekämpft, als diese vor einigen Jahren einen Streifzug in die Westmark unternommen hatten. Es war ihnen gelungen, eine Grenzpatrouille der Schwertmänner aus dem Hinterhalt zu überfallen und alle Männer, bis auf einen, zu töten. Ihn entkommen zu lassen, war ihnen zum Verhängnis geworden, denn die Reiter der Westmark hatten blutige Rache genommen. Sie hatten die rund zweihundert Barbaren gestellt, als sie sich bereits mit ihrer zuvor geraubten Beute auf dem Rückzug ins Dünenland befanden, und nur eine Handvoll von ihnen war in die Wüste entkommen. Fast zweihundert Barbaren waren für ein paar Stämme Holz gestorben, und es waren nicht einmal sonderlich große Stämme gewesen …

Harold wusste nicht, was in den Köpfen des Barbarenvolkes vor sich ging, und es interessierte ihn auch wenig. Sie würden seiner Lanze und seiner blanken Klinge begegnen, und er würde Rache nehmen für das, was sie den Bewohnern dieses Weilers und dem Pferdefürsten Landor angetan hatten.

Harold zog den grünen Umhang mit dem schmalen gelben Saum der Westmark enger um seine Schultern, als ihn fröstelte. Es war erschreckend, wie sehr es des Nachts im Dünenland abkühlte, obwohl es am Tag von sengender Glut erfüllt war. Schließlich fiel auch Harold in einen unruhigen Schlaf.

Als Pelegrimm erwachte, war es früher Morgen, und nur ein schmaler Streifen am Horizont kündete vom Anbruch des Tages, während die Sterne nur zögernd wichen. Es war kalt und der Erste Schwertmann richtete sich fröstelnd auf. Er zog den grünen Umhang fester um seinen Körper und gähnte ausgiebig. Lächelnd entdeckte er Harold, der im Schlaf auf den Tisch gesunken war und leise schnarchte. Sein Atem bewegte eine kleine Feder, die sich von irgendwoher auf die Tischplatte verirrt und in einer Kerbe verhakt hatte. Für einen Moment war Pelegrimm versucht, die Feder zu nehmen und seinen Freund an der Nase zu kitzeln, aber er gönnte Harold seinen Schlaf, und so erhob er sich leise und trat durch die zerstörte Tür des Hauses ins Freie.

Gähnend reckte er sich und ließ seinen Blick über die Teile des Weilers schweifen, die er von hier aus übersehen konnte. Aus dem gegenüberliegenden Haus war das Murmeln zweier Männer zu hören, die ebenfalls schon erwacht waren, sowie das Schnarchen anderer Schläfer. Einer von ihnen grunzte besonders laut, doch dann hörte Pelegrimm einen leisen Schlag und ärgerliches Gemurmel und das Schnarchen verstummte. Der Berittführer lächelte und blickte zu dem Stück der alten Palisade hinüber, das er von seinem Standpunkt aus sehen konnte. Dort war der hölzerne Wehrgang noch intakt, und

Pelegrimm erkannte zwei seiner Pferdelords, die dort Wache hielten. Einer der beiden war über der Palisade zusammengesunken und schlief, von Müdigkeit überwältigt. Aber der andere Mann war wachsam und hielt seine Lanze aufrecht.

Pelegrimm hatte Verständnis für seine Leute und konnte ihnen vertrauen. Niemand seiner Pferdelords würde während der Wache einschlafen, und sei er noch so müde, wenn er dadurch seine Kameraden gefährdete. Nein, der Schläfer auf der Palisade konnte seinem Nebenmann vertrauen, ebenso wie Pelegrimm dies tat. Ein Posten reichte, sollte der andere ruhig noch etwas ruhen, denn der anbrechende Tag würde anstrengend genug werden.

Erneut hörte Pelegrimm ein leises Klatschen und wieder verstummte ein Schnarchen, doch dieses Mal kam es aus einem anderen Gebäude. Der Instinkt ließ Pelegrimm lauschend verharren. Er spürte plötzlich, dass irgendetwas nicht in Ordnung war, obwohl alles normal erschien. Die Pferde waren ruhig und witterten keine Gefahr, und die Wachen waren auf ihren Posten. Dennoch stimmte etwas nicht, das fühlte der Berittführer. Es war ein vages Gefühl, das er nicht greifen konnte, aber seine Sinne waren plötzlich geschärft und die Müdigkeit gänzlich verflogen.

Fröstelnd zog er seinen Umhang enger um die Schultern, als ein kalter Windhauch durch den Weiler zog. Er blickte zum Wehrgang der Palisade hinüber und sah, wie auch der Posten dort seinen Umhang enger zusammenzog. Für einen Moment wehte der grüne Stoff auseinander, und als er sich gerade wieder herumdrehen wollte, stutzte Pelegrimm und verharrte.

Solches Schuhwerk trug kein Pferdelord, und keiner seiner Männer war ohne Beinkleider. Ohne noch zu überlegen, rief er seinen Alarmschrei hinaus. „Zu den Waffen, ihr Pferdelords der Westmark! Der Feind ist eingedrungen! Zu den Waffen, Schwertmänner der Mark!“

Der Posten auf der Palisade wirbelte bei Pelegrimms Schrei herum, ließ die Lanze fallen und ergriff den Bogen des Mannes, der scheinbar schlafend über der Palisade lag und dessen Körper nun leblos zu Boden sackte, während der Mann im Umhang einen Pfeil auf den Bogen legte und ihn mit überraschender Schnelligkeit auf Pelegrimm abschoss. Trotz seiner guten Reflexe war der Erste Schwertmann so überrascht, dass er erst reagierte, als der Pfeil bereits auf ihn zukam, aber er erkannte sofort, dass keine Gefahr bestand. Ein Pferdelord hätte sein Ziel nicht verfehlt, doch der Barbar an der Palisade, der den Umhang der toten Wache trug, war im Umgang mit dem Bogen nicht geübt.

„Zu den Waffen, Ihr Männer der Westmark“, brüllte Pelegrimm erneut, und in dem alten Weiler mischte sich der Lärm erwachender Männer mit dem aufbrandenden Gebrüll vieler Kehlen.

Mit Entsetzen stellte Pelegrimm fest, dass aus einigen der Häuser bereits Barbaren hervorstürmten, welche die dort schlafenden Pferdelords offensichtlich schon überwältigt und ermordet hatten. Er rannte zum Eingang des Hauses zurück, vor dem sein Berittwimpel stand, und rief nach Harold. Ein Mann mit knöchernem Brustpanzer und einer großen Keule in der Hand trat Pelegrimm entgegen, doch der Erste Schwertmann stieß dem Angreifer unverzüglich die Klinge seines Schwertes in den Leib und trat dann kurz gegen die zusammenbrechende Leiche, um seine Klinge rasch wieder zu befreien.

Nun trat auch Harold mit gezücktem Schwert aus dem Eingang hervor, zog die Wimpellanze aus dem Boden und warf sie Pelegrimm zu, der sie mit der freien Hand auffing. Der Scharführer brauchte keine Erklärung, es war zu offensichtlich, dass der Feind schon mitten unter ihnen war. „Zu den Pferden“, schrie Pelegrimm. „Sammelt euch an den Pferden, ihr Pferdelords der Westmark!“

Es musste ihnen gelingen, sich zu den Reittieren durchzuschlagen und sich aus dem Weiler freizukämpfen. Im offenen Bereich außerhalb der zerfallenden Ortschaft würden sie dann ihre Kampfkraft zu Pferde entfalten oder nötigenfalls fliehen können.

Seite an Seite kämpften sich die Männer auf ihre Pferde zu, und je mehr sie sich dem Zentrum des alten Weilers näherten, desto dichter wurde das Kampfgetümmel. Andere Pferdelords schlugen sich den Weg zu Pelegrimms Wimpel frei, der sich deutlich sichtbar über den Köpfen der Kämpfer erhob. Der Berittführer erkannte, dass die Männer, die sich um ihn herum sammelten, nur noch wenige an der Zahl waren. Unter ihnen befand sich keine der Wachen, die vermutlich sofort zu Beginn des Angriffs auf ihren Posten überwältigt worden waren, wenngleich Pelegrimm nicht verstand, wie dies hatte geschehen können. Doch offensichtlich waren auch zu viele der anderen Männer im Schlaf erschlagen oder bereits vom Feind überwältigt worden. Kaum dreißig Mann konnte Pelegrimm noch um seinen Wimpel scharen, und viele von ihnen waren bereits verletzt. Im Fußkampf würden sie gegen die nach seinen Schätzungen zehnfache Übermacht der Barbaren nicht mehr lange bestehen können.

„Wir schaffen es nicht bis zu den Pferden“, stellte Harold grimmig fest, während er den Schlag einer Keule parierte, um dann mit dem Schwert zuzustoßen. Neben ihm deckten zwei Männer mit ihren Rundschilden und Lanzen einen Bogenschützen, der zielsicher seine Pfeile löste. Auch andere Pferdelords setzten ihre Bogen ein, und Barbaren sanken getroffen zu Boden. Aber der Feind war schon zu nah, um ihn mit dieser Waffe noch auf Distanz halten zu können, und so schoben die Schützen ihre Bogen grimmig wieder auf die Rücken und zogen ebenfalls die Schwerter.

Pelegrimm blickte sich um und konnte gerade noch einem Schlag ausweichen, der nun jedoch einen anderen Pferdelord traf und ihn zu Boden schleuderte. Noch bevor der Mann sich wieder erheben konnte, wurde er von der Lanze eines getöteten Pferdelords getroffen, die ein weiterer Barbar geworfen hatte. Pelegrimm fühlte einen Schlag an seiner Wimpellanze und sah dort einen merkwürdigen Stachel, der sich tief in das harte Holz gebohrt hatte.

„Schilde hoch“, rief er wütend. „Deckt euch mit den Schilden, ihr Pferdelords.“

Die Männer der Westmark hatten sich zu dem freien Platz vor der alten Zuflucht durchgekämpft, wo sie nun einen unregelmäßigen Kreis bildeten. Von allen Seiten drangen halbnackte Barbaren auf sie ein. Die Angreifer führten Keulen oder seltsam gezackte Messer, nur wenige hatten Lanzen oder Schwerter, die offensichtlich alle von toten Pferdelords stammten. Dieser Umstand gab den Männern der Westmark einen gewissen Vorteil, da ihre Lanzen und Schwerter eine größere Reichweite hatten. Sie standen nun Schulter an Schulter und deckten sich gegenseitig, die eine Hand am grünen Rundschild während die andere Klinge oder Lanze führte. Die Verluste der Barbaren stiegen an.

Erneut wurde ein Mann neben Pelegrimm zu Boden geworfen, doch bevor er sich wieder erheben konnte, duckte sich ein Barbar unter einer herumsausenden Schwertklinge hindurch, ergriff den Fuß des aufschreienden Schwertmanns und zerrte ihn mit einem Ruck aus dem schützenden Kreis der Kameraden heraus. Gleich mehrere Keulen trafen den Unglücklichen und töteten ihn; die geworfenen Lanzen zweier Pferdelords kamen zu spät. Dann wechselten die Barbaren unvermittelt ihre Taktik.

„Sie ziehen sich zurück", rief Anteridem und reckte triumphierend sein Schwert in Richtung der Angreifer, die tatsächlich langsam zurückwichen.

Pelegrimm, der den Untergang seines Beritts schon vor Augen hatte, schöpfte neue Hoffnung und wollte gerade den Befehl zum Durchstoß geben, als er erkannte, was die Barbaren vorhatten. „Deckt euch!"

Schon sausten die seltsamen Stacheln heran, von denen Dutzende ihr Ziel fanden, denn die Pferdelords konnten mit ihren relativ kleinen Rundschilden nicht den ganzen Körper abdecken, und die Geschosse kamen zudem aus allen Richtungen. Männer kreischten auf und stürzten zu Boden. Einige verstummten, andere brüllten vor Schmerz.

Anteridem verließ stolpernd den Kreis seiner Gefährten und schrie wie am Spieß; zwischen den Fingern seiner vors Auge gepressten Hand ragte einer der Stacheln hervor. Ein Barbar stürmte vor, schlug seine Keule gegen den Hals des Verwundeten, und Pelegrimm glaubte, die Wirbel brechen zu hören. Anteridem stürzte haltlos zu Boden, und der Barbar sah die anderen Pferdelords triumphierend an. Dann griff er in den gelben Rosshaarschweif von Anteridems Helm und riss diesen vom Kopf des Toten. Der Barbar lachte höhnisch auf, und die anderen Pferdelords mussten entsetzt mit ansehen, wie der Mann sein gezacktes Messer in Anteridems Kehle stieß und sie mit einem kreisförmigen Schnitt durchtrennte. Harold stieß einen wilden Wutschrei aus, als der Barbar das bluttriefende Haupt des Toten anhob und es mit heiserem Lachen an den Haaren schwenkte.

Ungeachtet der Gefahr verließ Harold die Deckung des Kreises und stürmte so rasch vor, dass der triumphierende Barbar davon überrascht wurde. Harold ignorierte einen Stachel, der seine Schulter traf, und rammte sein Schwert durch den offenen Mund des Barbaren, sodass die Klinge an dessen Nacken wieder austrat. Mit einem weiteren Wutschrei stieß der Scharführer die Leiche von seinem Schwert und hastete dann zu den anderen Pferdelords zurück. Erneut wurde Harold von einem Stachel getroffen, doch schien er die Verletzung nicht einmal zu spüren. Dann zog Pelegrimm den Freund in den Schutz des Kreises zurück.

Harold stützte sich einen kurzen Augenblick auf die Schulter des Berittführers. „Wir erreichen die Pferde nicht mehr, alter Freund."

„Ihr habt recht." Pelegrimm sah sich um. Die Zahl der Pferdelords nahm beständig ab. Langsam aber sicher schrumpfte der Kreis zusammen, doch noch immer versuchten sie die Formation zu schließen, wenn einer der ihren fiel. „Bei den dunklen Abgründen", murmelte er betroffen. „Ganze siebzehn."

Nur siebzehn seiner Männer kämpften noch. „In die Zuflucht, Männer der Westmark! Wir verschanzen uns dort! Doch schreitet langsam, haltet die Formation und lasst keinen durch!"

Die Pferdelords schoben und drängten sich langsam der steinernen Zuflucht entgegen und stolperten dabei über leblose oder schreiende Leiber. Ein verletzter Barbar versuchte Harold das Messer von unten in den Leib zu stoßen, doch Pelegrimm rammte ihm den stumpfen Bodendorn der Wimpellanze in den Schädel. Das abgerundete Metallteil zertrümmerte den Kopf des Mannes und während sein Körper noch in letzten Reflexen zuckte, stiegen die Pferdelords schon über ihn hinweg. Einer von ihnen stürzte, als er von einer geworfenen Keule am Helm getroffen wurde, doch seine Kameraden ergriffen ihn und schleiften ihn mit sich auf die geborstene Tür des alten steinernen Turms zu.

Nur noch elf Männer erreichten die Zuflucht, und der letzte von ihnen stürzte leblos durch die Türöffnung, den Rücken mit Stacheln gespickt. Sie mussten ihn liegen lassen und verteilten sich entlang der Wände, um dem Ansturm der Barbaren zu begegnen. Harold stützte sich neben Pelegrimm an der Wand ab und starrte zur Türöffnung hinüber. Das Stück des Himmels, das er erkennen konnte, begann sich zu röten. Der Tag zog herauf, aber es würde der letzte Sonnenaufgang für die Männer sein. Sie wussten und akzeptierten es und konnten nun nichts weiter tun, als so viele der Feinde wie möglich mit in den Tod nehmen.

„Die Sonne geht auf, mein alter Freund", murmelte Harold mit schmerzverzerrtem Gesicht. „Wir werden sie das letzte Mal sehen."

„Ja, dies ist unser Ritt zu den Goldenen Wolken", sagte einer der anderen Männer.

Pelegrimm nickte und hörte, wie sich die stampfenden Schritte der Barbaren näherten. „Dann lasst ihn uns ehrenhaft begehen."

Die feindlichen Krieger drangen durch die Tür.

Die Ersten fielen augenblicklich und brachen über dem toten Pferdelord an der Tür zusammen, doch die anderen drängten nach, quollen über die Gefallenen hinweg und brandeten gegen die wenigen verbliebenen Männer der Westmark. Die erste Welle brach sich am Stahl der Pferdelords, wich zurück und drang erneut vor. Der Raum füllte sich mit Lebenden und Toten, bis nur noch Harold, Pelegrimm und ein dritter Pferdelord auf den Beinen standen. Dann waren es nur noch die beiden Freunde, welche die unteren Stufen der Treppe hielten. Schließlich sackte auch Harold zusammen.

„Ein guter … Kampf“, ächzte er leise. „Ich reite voraus, mein … alter … Freund …“

Pelegrimm schleuderte noch die Wimpellanze gegen einen der Barbaren, und die scharfe Spitze der Lanze spießte gleich zwei der Angreifer auf. Ihr Blut tränkte das grüne Tuch und färbte das weiße Pferd. Schläge trafen nun den Berittführer, er stürzte nach hinten, wollte sich wieder aufrichten und spürte dann, wie ein weiterer Schlag seinen Hals traf und die Wirbel brachen.

In den letzten Augenblicken seines Lebens sah Pelegrimm, Erster Schwertmann und Berittführer der Westmark, wie sich ein junges Gesicht über ihn beugte.

Der junge Barbar stieß sein gezacktes Messer durch Pelegrimms Kehle und rammte es in die Halswirbel des Toten. Er griff in den gelben Rosshaarschweif und streifte den Helm vom Kopf des Getöteten. Mit einer Hand drehte Heglen-Tur den Schädel ein wenig zur Seite und begann dann den Schnitt zu setzen.

„Mein erster Schädel“, keuchte Heglen-Tur erregt und trennte den Kopf vom Rumpf, dann hielt er ihn an den Haaren den anderen Kriegern des Nagerclans entgegen. „Mein erster Schädel!“

Bimar-Turik, dessen von Stacheln vernarbtes Gesicht zu einem befriedigten Grinsen verzogen war, nickte. „Dein erster Schädel, Heglen-*Turik.* Nun magst du wohl bald auch dein erstes Weib besteigen, wie?“

Der alte Kämpfer schlug Heglen-Turik anerkennend auf die Schulter und sah den anderen Männern des Sandvolkes dabei zu, wie sie sich ihre Trophäen nahmen. „Nehmt ihre Schädel und dann schlachtet ihre Pferde. Ihr Fleisch wird unsere Vorräte mehren."

Das Volk des Sandes hatte keine andere Verwendung für die Pferde, und so gingen die Krieger dorthin, wo die toten Pferdelords ihre Reittiere angebunden hatten. Doch die Turiks mussten erst mehrere gute Männer verlieren, bevor sie akzeptierten, dass auch die Tiere des Reitervolkes Kämpfer waren. So töteten sie die Pferde mit vergifteten Stachelpfeilen und mussten auf das Fleisch verzichten.

Nur wenig später verließen die Krieger des Nagerclans die Stätte des erneuten Todes.

Wieder lagen die Leiber von Erschlagenen am Boden des Weilers und wieder würde ihr Fleisch langsam zerfallen. Und eines fernen Tages würde niemand mehr die Männer des Beritts von jenen unterscheiden können, die schon so lange Zeit vor ihnen hier umgekommen waren. Die Männer des Sandvolkes hatten nicht mehr als ihre Trophäen mitgenommen. Sie ließen auch ihre eigenen Toten liegen. Man würde um sie trauern und ihrer gedenken, doch dazu benötigte man ihre entseelten Körper nicht. So verließen sie den Ort, und wieder blieb eine kleine metallene Röhre unbeachtet zurück, die den Schlüssel zum Banner des Ersten Königs enthielt. Erneut war die Spur verloren und würde es vielleicht für immer bleiben.

8

Die alte Frau war beraubt worden, die Spuren waren unverkennbar. Der Getreidesack war aufgerissen, und vereinzelte Körner lagen auf dem Boden des Raums, in dem der Räuber noch immer anwesend war. Er war misstrauisch und ahnte die Gefahr, die ihm drohte. Er hatte sich hoch auf die Hinterbeine aufgerichtet, hielt die Vorderläufe kurz vor die Brust und witterte in den dunklen Keller hinein. Nervös zuckten seine Schnurrhaare, und die schwarzen Knopfaugen des Nagers schienen den ganzen Raum abzusuchen. Ein leises Geräusch war zu hören, worauf das Tier herumwirbelte und auf das Loch im Boden zuhetzte, das ihm Deckung versprach, doch es war zu spät.

Der Schlag klang in dem geschlossenen Raum unnatürlich laut, und der Körper des Nagers wurde gegen die Wand geschleudert und durch die Wucht des Aufpralls zerquetscht, nur wenige Zentimeter von dem Loch entfernt, das sein Leben hätte retten können.

Aus dem Halbdunkel weiter hinten im Keller wuchs ein Schatten hervor und nahm feste Konturen an, bis sich schließlich der Körper eines stämmigen Mannes zwischen einigen Säcken und Kisten hervorschob, die ihm als Deckung gedient hatten. Der Mann war dunkelhaarig und wirkte grobschlächtig. Wer ihn sah, traute ihm die schnellen Reflexe nicht zu, die ihm seinen Ruf als bester Nagerjäger von Eternas eingebracht hatten. Aber Barus hatte seine eigene Methode, mit den lästigen kleinen Räubern fertig zu werden. Natürlich verstand er sich auch darauf, Fallen anzufertigen und aufzustellen, doch

Barus bevorzugte seine gewaltige Keule, die er mit großer Wucht und unglaublicher Treffsicherheit zu werfen verstand. Auch dieser Wurf hatte sein Ziel nicht verfehlt, dennoch stieß Barus ein missbilligendes Knurren aus, als er zu dem erlegten Nager hinüberging.

„Verdorben", seufzte er. Der Nagerjäger schob den gewaltigen Holzprügel hinter seinen Leibgurt, hob den Kadaver des Nagers an und betrachtete ihn stirnrunzelnd. „Ah, ich hätte nicht so stark werfen sollen, jetzt ist dein Fell zerrissen und blutig. Dabei hattest du ein so schönes, zartes Fell."

„Ist es gelungen?" Auf den Stufen, die in den Keller hinabführten, erschien eine alte Frau, die sich ächzend auf einem Stock abstützte. „Habt Ihr den widerlichen Räuber erwischt, guter Herr Barus?"

„Natürlich habe ich ihn erwischt, gute Frau", brummte Barus. „Ich bin der beste Nagerjäger von Eternas, ja, sogar von der ganzen Hochmark."

„Ah, guter Herr, Ihr seid auch der Einzige."

Barus lächelte. „Nicht ganz. Obwohl ich den guten Herrn Hardim eigentlich nicht als Konkurrenten betrachte. Er schielt, ist langsam und arbeitet nur mit Fallen."

Die alte Frau blickte auf die Wand, an welcher der Nager den Tod gefunden hat. „Das mag sein, guter Herr Barus. Doch dafür richten seine Fallen nicht solch eine Schweinerei an. Die ganze Wand ist voll von ekligem Blut."

„Nur ein kleiner Spritzer", beschwichtigte Barus. „Bei dem Licht kaum zu sehen. Ihr müsst außergewöhnlich scharfe Augen haben, gute Frau", schmeichelte der Nagerjäger, „dass Ihr diesen winzigen Spritzer erkennen könnt."

„Ah, balzt nicht so herum, guter Herr Barus", lachte die alte Frau laut auf. „Am Ende wollt Ihr mir noch gar Zügel und Wasserflasche bieten?“

Barus hatte keineswegs vor, sich mit einem Weib zu verbinden, schon gar nicht mit einem so alten und wenig ansehnlichen. Er räusperte sich. „Ich werde Euch für den Räuber nichts berechnen, gute Frau.“

„Er ist auch recht klein“, sagte die Alte gedehnt.

Barus wies auf den Boden. „Aber sein Hunger und sein Magen waren recht groß. Doch ich will mich mit seinem Fell begnügen.“

Die Alte grummelte. „Und was ist mit der Wand? Wer säubert sie mir nun?“

„Den winzigen Spritzer?“ Barus holte tief Luft, doch dann kam ihm die richtige Idee. „Ihr solltet ihn an der Wand belassen, gute Frau.“

„Dort belassen?“ Die Alte sah ihn entgeistert an. „Seid Ihr dem dunklen Abgrund verfallen, guter Herr Barus?“

„Nun, gute Frau, Ihr erkennt den winzigen Spritzer doch nur, weil Eure Augen so ausgezeichnet sind. Aber seht, gute Frau, andere Nager werden folgen. Das tun sie immer, die kleinen frechen Biester. Sie würden Euch den Keller leer fressen, gute Frau, das könnt Ihr mir glauben. Aber nun werden sie das Blut an der Wand sehen, und was meint Ihr, wie sie da erschrecken werden.“

Die Alte kratzte sich verwirrt am Nacken und sah Barus zweifelnd an. „Meint Ihr?“

„Ich verstehe mich auf Nager, das wird Euch jeder bestätigen, gute Frau“, bekräftigte Barus und wandte sich rasch zur Treppe. „Ihr dürft das Blut nicht abwischen, verstanden?“

Barus schob sich an der alten Frau vorbei. „Und wenn es die Nager nicht erschreckt?“, rief sie ihm skeptisch hinterher. „Was soll ich dann tun? Kann ich auch anderes Blut nehmen, um die Biester abzuschrecken?“

„Ah, ruft mich, wenn es so weit ist“, erwiderte Barus. „Ich werde dann rasch frisches Blut besorgen.“

Der stämmige Mann verließ hastig das kleine Haus, das am Ortsrand von Eternas lag, und eilte davon, den Nager noch immer in der Hand haltend. Er schritt über einen der ungepflasterten Wege zum Ostrand der Stadt, wo sein eigenes kleines Haus stand. Freundlich nickte er entgegenkommenden Stadtbewohnern zu und achtete darauf, dass sie den toten Nager erkennen konnten, denn ein wenig Werbung für seine Erfolge im Nagerjägerhandwerk konnte nicht schaden.

Er ging an der kleinen Töpferei vorbei, in welcher der Lehm des Flussufers zu Tellern und Kannen geformt und dann gebrannt wurde. Zwei Frauen saßen dort an ihren Gestellen, ihre Füße wirbelten herum und drehten die Platten, auf denen sie den Lehm zu Gefäßen formten. Barus fand es erstaunlich, wie aus weichem Lehm so schöne Krüge entstehen konnten. Viele der geformten Gefäße wurden anschließend mit Mustern und Motiven versehen, welche die Frauen mit feinen Nadeln in das Material ritzten. Oft zeigten sie Szenen aus dem Leben des Pferdevolkes. Besonders beliebt waren Pferde in jedweder Haltung, aber es wurden auch Pelzbeißer oder Raubkrallen dargestellt. Auf einem Brett stand eine Reihe gebrannter Becher. Sie zeigten als Motiv ein blaues Hufeisen. Barus leckte sich über die Lippen. Vor Malvins Schänke, dem „Donnerhuf“, hing ein Schild, das ebenfalls ein blaues Hufeisen zeigte. Möglicherweise ließ der Schankwirt die Becher für sich und seine Gäste fertigen. Er warf einen kurzen Blick auf den mit Dungfladen geheizten Brennofen und wandte sich dann ab.

In der Nähe der Töpferei stand sein eigenes Heim, vor dem

Fallen und Schlageisen hingen. Die Felle einiger toter Nager waren an einem Rahmen zum Trocknen aufgespannt.

Barus stellte seine Keule neben die Tür, zog ein Messer aus seinem Stiefel und setzte sich an den kleinen Tisch, der vor dem Haus stand. Mit wenigen Schnitten zog er dem Nager das Fell ab und betrachtete es seufzend. „Ah, kleiner Freund, du hättest vielleicht mehr essen sollen. Nicht einmal eine Handspanne, das lohnt kaum den Aufwand."

Er warf den Kadaver weit von sich auf eines der umliegenden Felder. Das Fleisch der kleinen Nager schmeckte fade und taugte höchstens für einen Eintopf, aber aus dem Fell konnte man wundervoll weiche Pelze für den Winter fertigen. Natürlich brauchte man schon für eine Weste eine ganze Menge der kleinen Biester, aber die konnten ohnehin zu einer wahren Plage werden, denn die Felder und Vorratskammern der Stadt boten reichlich Nahrung, und die Nager vermehrten sich ungeheuer rasch.

Barus schabte sorgfältig die letzten Fleischreste von dem Pelz, dann wusch er ihn aus und spannte ihn schließlich zu den anderen an den Rahmen. Seufzend blickte er an der Töpferei vorbei zur Stadt hinüber. Es war schon spät am Mittag, Zeit, um eine Kleinigkeit zu essen und sich mit etwas flüssigem Brot eine ausreichende Stärkung zuzuführen. Der Schankwirt Malvin braute einen recht ordentlichen Gerstensaft, und Barus fand es angebracht, dem Wirt des „Donnerhufes" einen Besuch abzustatten. Er schob das Messer in den Stiefel zurück und nahm seine Keule wieder auf, ohne die er keinen Schritt zu machen pflegte.

Während er den Weg entlangging, blickte er zu den Feldern hinüber. Die Höfe und Getreidefelder der Bauern erstreckten sich einige Tausendlängen zu den Seiten der Stadt Eternas, und zwischen den voll tragenden Äckern konnte man die abgeernteten Brachen der Vorjahre erkennen, die man erst in späteren Jahren erneut bepflanzen würde, um den Boden nicht auszulaugen. Die Höfe lagen in der Nähe der Bachläufe und jedes Jahr gab es gute Ernten. Die Vorratslager der Stadt und der Burg waren voll, und das zog die kleinen Nager an, die wohl stets dem Pfad der Menschen folgten. Neben dem Kampf gegen die Unbilden der Natur erwies sich derjenige gegen die Nager als besonders schwierig. Nicht wenige der Bürger von Eternas trugen ihn in ihrem Haus mit mehr oder weniger raffinierten Methoden aus. Der Erfolg war jedoch meist zweifelhaft, und so waren viele der geplagten Menschen froh, auf Barus' Dienste zurückgreifen zu können.

Barus' Weg führte durch einen Teil des Handwerkerviertels der Stadt. Man hatte deren Betriebe von Beginn des Stadtbaus an in die Außenbezirke gelegt. Die Gründe dafür wurden einem rasch ersichtlich, wenn man die Vielfalt der Geräusche und Gerüche wahrnahm, welche die kleinen Betriebe wie eine Dunstglocke umgaben. Da gab es die Häuser der Gerber, in denen Männer und Frauen Häute und Felle säuberten und dann weich machten. Dort stank es stets nach Urin, dem besten Gerbmittel, wie behauptet wurde. Von den Eisenschmieden her war das helle Klingen der Schmiedehämmer zu hören. Die Schmiede verarbeiteten das Metall der Hochmark zu den unterschiedlichsten Produkten, an denen Bedarf bestand. Vieles, was in den anderen Marken des Pferdekönigs aus Holz gefertigt war, wurde in der erzreichen Hochmark aus Metallen geschmiedet und oftmals liebevoll verziert.

Zwei der Schmieden hatten sich auf eine Arbeit spezialisiert, die erst in den letzten zwei Jahren guten Gewinn versprach, denn sie fertigten die schmalen Speichenräder der

Hochmark und verkauften sie an Händler, die sie in den anderen Marken der Pferdelords anboten. In diesen Schmieden gab es Gehilfen, die die hölzernen Räder fertigten, während die Schmiede selbst die eisernen Reifen vorbereiteten, die glühend heiß auf das Holz aufgezogen wurden, solange das Metall noch gedehnt war, damit es sich, wenn es abkühlte, stramm um das Rad zusammenzog. Lärm und Funkenflug drangen aus den Schmieden, während in ihrem Innern große Blasebalge aus vernähten Tierhäuten Luft in die Feuer der Essen trieben.

Barus nickte dem alten Schmied Guntram zu, der hastig aus seiner Schmiede trat. „Barus, guter Herr, wollt Ihr Euer Handwerk nicht endlich etwas verfeinern?"

Der Nagerjäger musterte den fast zahnlos grinsenden Schmied irritiert. „Verfeinern?"

„Seht einmal, guter Herr Barus, Ihr werft Eure Keule mit großem Geschick, das will ich wohl zugeben. Aber wäre es nicht weitaus kraftsparender, wenn Ihr dazu eine scharfe Klinge nähmt?"

Barus schüttelte den Kopf und klopfte vielsagend an die Keule, die von seinem Leibgurt herabhing. „Es geht nichts über eine solide Keule, guter Herr Guntram."

„Ich würde Euch eine Klinge ganz nach Euren Maßen und Wünschen fertigen", meinte Guntram. „Und überdies zu einem guten Preis."

Barus schüttelte erneut den Kopf. „Eine Klinge ruiniert mir nur die Felle."

Der Nagerjäger ging weiter. „Die Klinge kann ich sehr fein machen", rief der Schmied ihm nach. „Man würde die Schnitte gar nicht sehen, so winzig wären sie. Und ich mache Euch einen wirklich guten Preis, Freund Barus. Nahezu geschenkt, fast schon ein Verlustgeschäft für mich!“

Die Stimme Guntrams verklang hinter Barus, der vergnügt grinste. Was für ein Gedanke. Der Nagerjäger Barus ohne seine Keule. Eher würden die Himmel über dem Volk der Pferdelords einstürzen und die dunklen Abgründe sich öffnen. Ach, der Fußmarsch machte durstig, dachte Barus und leckte sich über die Lippen. Ein Gerstensaft käme ihm jetzt wirklich gelegen.

Ein Stück voraus konnte er bereits den „Donnerhuf“ erkennen, doch zuvor musste er noch an den Betrieben der Schneiderinnen und Schuhmacher vorbei. Er hatte gewiss nichts gegen Schneiderinnen oder Schuhmacher. Auch nichts gegen Schuhmacherinnen, die die weichen Stiefel des Pferdevolkes fertigten. Harte, doch nicht zu feste Ledersohlen, an welche die Oberteile mit feinen Lederriemen festgenäht wurden. Während die Stiefel der Männer meist sehr schlicht und rein funktionell waren, wiesen die der Frauen oft feine Prägungen und Stickereien auf. Die Schuhmacher fertigten auch beste Gürtel oder Waffenscheiden, die sie mit Metallbeschlägen verzierten, wie etwa die Schwertscheiden aus gutem roten Leder. Nein, Barus hatte wirklich nichts gegen Schuhmacherinnen im Allgemeinen. Aber es gab da eine ganz besondere, eine, die ihm schöne Augen zu machen begann und deren Stimme er auch jetzt wieder zu hören glaubte, während er sich dem „Donnerhuf“ näherte. Ach, bei den dunklen Abgründen, es war tatsächlich ihre Stimme.

Der „Donnerhuf" lag nahe dem Ortseingang von Eternas und wurde von Malvin, einem ehemaligen Pferdelord, betrieben. Malvin servierte seinen Gästen erstklassigen Wein. Zumindest bei den ersten Bechern. Später, wenn sie schon ein wenig benommen waren, sah er keinen Anlass, die beste Qualität noch zu verschwenden. Malvin hatte die Fähigkeit, stets Neuigkeiten und Geschichten an den Mann oder die Frau zu bringen. Er erzählte auf eine langatmige und zugleich interessante Weise, die den Durst der Gäste förderte, ohne deren Geduld allzu sehr zu strapazieren.

Barus gehörte zu jenen Gästen, die Malvin besonders gerne sah. Nicht, weil er so viel getrunken hätte oder die Nager im „Donnerhof" die Überhand gewannen. Vielmehr lag es an Barus' legendärem Umgang mit der Keule, mit der er einst einen Ork erschlug und ein paar Jahre später noch einen Grauen Zauberer, der versucht hatte, die Hohe Dame Larwyn zu ermorden. Die Art, in der Malvin die Ereignisse immer wieder neu zu schildern wusste, ließ Barus und seine Keule zur Legende werden und den Durst der Gäste steigen. Der „Donnerhuf" war in den letzten zwei Jahren vergrößert worden, da Eternas und seine Einwohnerschaft gewachsen waren und Malvin seine Schänke den neuen Erfordernissen anpassen musste. Er hatte den gemauerten Vorbau etwas verbreitert und auch die Überdachung vergrößert, die auf vier gemauerten Säulen ruhte, in welche Metallringe eingelassen waren. Gäste konnten dort die Zügel ihrer Pferde festbinden und so darauf hoffen, dass zumindest ihre Reittiere später mit ihnen den Heimweg fanden. Barus sah dort zwei Pferde stehen. Bei einem hingen die Zügel lose herab, und der Nagerjäger wusste sofort, dass es sich um das Reittier eines Pferdelords handelte, das für den Kampf ausgebildet war und deshalb getreulich auf seinen Reiter warten und seinen Standplatz mit Hufen und Zähnen verteidigen würde.

Ursprünglich hatte Malvin die Säulen aus Holz errichten lassen, da es nicht mehr so teuer war und eher der Tradition der Pferdelords entsprach. Doch unglücklicherweise hatten zwei seiner Gäste eine heftige Diskussion miteinander begonnen, in deren Verlauf einer von ihnen durch das Fenster und gegen die Säule geflogen war. Malvin hatte diese daraufhin erneuern lassen müssen, sie jedoch kaum vier Zehntmonde später erneut geborsten vorgefunden. Den Übeltäter hatte man nicht finden können, obwohl er drei passable Schneidezähne im Holz zurückgelassen hatte. Der geplagte Wirt hatte danach kurzerhand die Holzbalken durch die gemauerten Säulen ersetzt. Gelegentlich musste ein wenig Blut davon entfernt werden, aber ansonsten nahmen sie keinen Schaden.

Ja, mit der steigenden Anzahl der Gäste war auch die Zahl handfester Debatten angestiegen, sodass sich die Wache der Schwertmänner dem „Donnerhuf" meist nur noch in Gruppen näherte, dann nämlich, wenn es galt, die Ordnung wiederherzustellen. Von den leidvollen Erfahrungen der Ordnungsmacht zeugten auch die beiden Türflügel, die nun ebenfalls aus massivem Metall bestanden. Sie wirkten schwer und stabil, wie die Tore der Burg von Eternas, aber einer von ihnen war bereits ein wenig verbeult. Der Helm des Schwertmanns der Wache, der dies verursacht hatte, hatte sich jedoch als weitaus weniger stabil erwiesen.

Man hätte nicht behaupten können, dass Malvins „Donnerhuf" einen schlechten Ruf besaß. Im Grunde hatte kein Mensch des Pferdevolkes etwas gegen einen unterhaltsamen Abend einzuwenden, und viele kamen, um eben einen solchen zu erleben. Auch Malvin empfand ein gewisses Maß an handgreiflicher Argumentation durchaus als förderlich für Durst und Umsatz, sofern seine Einrichtung nicht darunter litt. Dennoch hatte er sich fügen müssen, als ihm der Pferdefürst Garodem zur Auflage gemacht hatte, den „Donnerhuf" zur Mitte der Nacht zu schließen. Malvin war zunächst ein wenig betroffen gewesen, doch er und die Gäste lernten rasch, dass man nun eben ein wenig schneller argumentieren und trinken musste.

Barus gehörte zu den Stammgästen aus alten Tagen, in denen die Diskussionen im „Donnerhuf“ noch eine gewisse Intimität besessen hatten. Inzwischen gab es viele neue Gesichter, und so blickte der Wirt hinter seinem Tresen hervor und verzog sein Gesicht zu einem erfreuten Lächeln, als der Nagerjäger die beiden Türflügel aufstieß.

„Barus, mein guter Herr und Freund, tretet ein. Ihr mögt sicher einen frischen Gerstensaft, nicht wahr?“ Der geschäftstüchtige Wirt legte den Lappen ab, mit dem er die Steinholzplatte seines langen Tresens poliert hatte, holte Barus' persönlichen Krug aus dem Regal hinter sich und füllte ihn rasch mit dem goldgelben Getränk, während sich der Nagerjäger noch zwischen den anderen Gästen hindurchschob. „Auf Euer Wohl, Barus.“

Der Nagerjäger hatte Durst und leerte den Krug hastig. Während er sich den Schaum vom Mund wischte, beugte er sich ein wenig zu Malvin vor. „Sagt, Malvin, mein Freund, habt Ihr den guten Herrn Toslot irgendwo gesehen? Ich bin gerade an seinem Feld vorbeigekommen, und ich sage Euch, es wimmelt dort nur so von Nagern.“

„Toslot?“ Malvin verdrehte die Augen. „Nun, Barus, mein Freund, ich fürchte, da kommt Ihr ein wenig spät.“

„Er ist also schon wieder fort?“ Barus rülpste genießerisch und ließ sich nachfüllen. „Das ist aber ungewöhnlich. Um diese Zeit ist er normalerweise doch immer hier bei Euch, guter Herr Malvin.“

„Ah, ist er auch, ist er auch“, seufzte der Wirt. „In gewisser Weise, Ihr versteht?“

Er wies seufzend zu einer Ecke des Tresens, und Barus folgte der Geste mit seinem Blick. Stirnrunzelnd erkannte er zwei Füße, die hinter der Ecke des Tresens hervorragten und eindeutig verrieten, dass sich ihr Besitzer in der Waagerechten befand. Barus sah Malvin an. „Toslot?"

„Er kam heute etwas früher als üblich und hatte großen Durst." Malvin zuckte die Achseln. „Ihr wisst ja, er verträgt nicht viel. Zwei Gerstensaft und …"

„… den Schaum vom dritten", vollendeten mehrere der Männer am Tresen.

Malvin nickte. „Ja, und den Schaum vom dritten." Toslots geringes Standvermögen war den anderen Gästen wohlbekannt. Erneut zuckte Malvin bedauernd die Achseln. „Hätte ich gewusst, dass Ihr Euch mit dem guten Herrn Toslot besprechen wollt, so hätte ich seinen Gerstensaft ein wenig verdünnt. Das hätte ihn vielleicht ein wenig länger auf den Beinen gehalten."

Einer der Männer am Tresen beugte sich vor und hielt seinen Krug gegen das Licht. „Verdünnt? Ach, guter Herr Malvin, wie wollt Ihr Wasser noch verdünnen?"

„Indem der gute Herr Malvin es mit seinem Blutwein mischt", ertönte eine Stimme aus dem Hintergrund.

Der Blutwein war Malvins begehrtestes Getränk. Ursprünglich hatte er zu Ehren der Pferdelords „Blut der Hochmark" geheißen, doch bei den zahlreichen Bestellungen war der lange Begriff rasch durch das kürzere Wort Blutwein ersetzt worden. Der Wein bestand aus dem Saft wilder Beeren, der vergoren und mit einem Ferment versetzt wurde, dessen Zusammensetzung Malvin geheim hielt. Böse Zungen behaupteten spöttisch, er uriniere hinein, um den Geschmack aufzubessern, doch solange das Getränk guten Absatz fand, waren solch üble Nachreden dem Wirt egal.

Barus verschluckte sich und prustete ein Gemisch von Gerstensaft und Schaum über den Tresen. Er sah Malvin mit geweiteten Augen an. „Esyne?“

„Wer sonst“, brummte Malvin mit gesenkter Stimme und wischte rasch über den Tisch. Er blickte in die Richtung, aus der die Stimme erklungen war. „Im ‚Donnerhuf‘ findet Ihr nur besten Blutwein und Gerstensaft, gute Frau Esyne. Ihr wisst, dass ich nicht mit Wasser pansche.“

„Ah“, tönte es kampflustig zurück. „Dann streckt Ihr das Zeug mit etwas anderem?“

Barus hatte es geahnt, nein, er hatte es gewusst! Er hatte ihre Stimme ja schon auf der Straße gehört. Das hätte ihn warnen müssen. Aber in der Zwischenzeit war sie verstummt gewesen, ein Umstand, der ihn in falscher Sicherheit gewiegt hatte. Er machte sich ein wenig kleiner, was bei seiner mächtigen Gestalt nicht leicht war.

Einer der Männer am Tresen sah Malvin verschwörerisch an. „War das nicht dieses blonde Weib? Wie heißt es noch gleich?“

„Das wollt Ihr nicht wirklich wissen, mein guter Herr“, flüsterte Barus und vermied es, in Esynes Richtung zu blicken.

Der Mann reckte sich und blickte sich suchend um. „Ah, und ob. Habt Ihr nicht ihre Figur gesehen? Ein Weib wie aus den alten Legenden, sage ich Euch.“

„Ihr müsst fremd in Eternas sein“, seufzte Barus. „Oder Ihr seid todesmutig.“

„Nun, ich bin Handelsgehilfe und kam mit meinem Herrn aus der Südmark herauf“, bestätigte der Mann. Er sah Barus abschätzend an und runzelte die Stirn, als er die ausgeprägten Muskeln und die dicke Keule des Nagerjägers bemerkte. „Erhebt Ihr etwa Anspruch auf das Weib, guter Herr?“

„Ich?“ Barus erblasste ein wenig. „Ihr werdet in der ganzen Hochmark keinen Mann finden, der das tun würde.“

„Warum nicht?“, fragte der Mann verblüfft. Seine Augen verengten sich. „Sie, nun, sie ist doch nicht erkrankt? Oder hat gar etwas Ansteckendes?“

„Nein“, erwiderte Malvin an Barus’ Stelle und beugte sich nun ebenfalls ein wenig vor. „Sie ist ein Bild von einer Frau, nicht wahr? Mit langen blonden Haaren und hervorragenden weiblichen Attributen. Hervorragend und groß, ihr versteht?“

Und ob der Mann verstand. Barus war versucht, Malvins Putzlappen unter den offenen Mund des Mannes zu halten, um dessen Speichelfluss aufzufangen. Was bezweckte Malvin? Wollte er den armen Kerl in den sicheren Tod hetzen? Verwirrt lauschte Barus Malvins Worten. „Ach, ich kann Euch verstehen, guter Herr aus der Südmark, so gut verstehen. Ihr Anblick bringt in jedem Mann den Wunsch auf, heftig mit ihr auf der Bettstatt zu knarzen. Man müsste dem Leben schon länger entsagt haben, um ihrer Figur und ihrem Antlitz nicht zu verfallen, ist es nicht so?“

Barus schätzte, dass die Zunge des Mannes sicher bald den Tresen berühren würde.

„Aber, mein guter Herr aus der Südmark“, Malvin seufzte leise, „ihre Schönheit schwindet augenblicklich, wenn die gute Frau Esyne den Mund aufmacht.“

„Schlechte Zähne?“ Der Mann lachte. „Guter Herr Wirt, ich bin nicht scharf auf ihre Zähne.“

„Nein, nein, ihre Zähne sind in Ordnung.“ Malvin sah den Mann abschätzend an. „Oh, sie hat sogar wunderschöne Zähne. Blendend und in tadelloser Ordnung, und zudem hat die gute Esyne einen ausgesprochen kräftigen Biss. Nolwin, einer meiner Gäste, vermag Euch dies jederzeit zu bestätigen.“

Der Mann sah den Wirt fragend an, und Barus grinste, als Malvin lakonisch fortfuhr: „Die gute Frau Esyne hat dem armen Herrn Nolwin bei einer Diskussion ein ordentliches Stück vom rechten Ohr abgebissen. Ja, unsere gute Esyne versteht sich aufs Argumentieren."

Der Handelsgehilfe aus der Südmark sah Malvin für einen Moment ausdruckslos an, dann begann er schallend zu lachen.

„Ah, Ihr habt eine gute Geschichte?" Barus blähte die Backen, als er Esynes Stimme hörte. „Ich bin für gute Geschichten zu haben. Heute ist nicht viel los im ‚Donnerhuf'." Die Stimme erklang nun näher, und Barus sah die blonden Locken der Schuhmacherin zwischen den Köpfen der Gäste auftauchen. „Ich glaube, dem guten Herrn Malvin gehen die Geschichten aus. Es lohnt kaum noch, hierherzukommen."

Die bildschöne Schuhmacherin hatte nun den Tresen erreicht, und ihre Augen weiteten sich kurz, als sie Barus erkannte, der sich erfolglos zu ducken versuchte. „Barus, alter Nagerjäger, ich habe Euch gar nicht kommen sehen." Esyne schob sich an zwei Gästen vorbei und trat zwischen Barus und den Mann aus der Südmark. Sie sah den Fremden beiläufig an. „Macht ein wenig Platz, guter Herr." Sie runzelte die Stirn. „Ist das eigentlich ansteckend? Ihr habt da seltsamen Schaum vor dem Mund."

Der Mann hätte sich einfach abwischen und verschwinden sollen, aber er kannte die hübsche Schuhmacherin nicht, und seine Hirnfunktionen waren wohl von weiter unten liegenden Regionen übernommen worden. Immerhin wischte er sich den Mund ab und grinste dann Esyne an, wobei er zwei prachtvolle Reihen lückenloser Zähne zeigte. „Euch würde ich gerne mal die Zügel reichen, gute Frau."

„Oh, oh", ächzte Barus. Das Grinsen des Mannes würde

wohl schon sehr bald weitaus weniger prachtvoll wirken als bisher.

„Was?“ Esyne erstarrte und sah den Mann fragend an. „Was meintet Ihr?“

„Ich bin nur noch heute in Eurer Mark“, erwiderte der Mann lächelnd. „Was haltet Ihr davon, wenn wir die Zeit mit ein wenig Geknarze verbringen, gute Frau?“

Sie alle kannten das schon. Vor allem der leidgeprüfte Herr Malvin, dessen Schänke gelegentlich darunter litt. Es war wie bei einer guten Fleischsuppe, die von unten her zu kochen beginnt. Auch bei Esyne konnte man erstaunlich gut verfolgen, wie ihr die Röte ins Gesicht stieg. Barus registrierte, dass der Mann noch immer über einen vollen Satz Zähne verfügte. Esyne ließ offensichtlich nach. Oder wollte sie einen besonders kraftvollen Anlauf nehmen?

Malvins Blick huschte über den Tresen, um zu sehen, wie viele zerbrechliche Krüge wohl in Esynes Reichweite standen und wie weit der Mann fliegen würde, wenn sie etwas nachhalf.

Es geschah jedoch etwas bedeutend Schlimmeres, als Malvin und Barus es erwartet hätten. Esyne wandte sich dem Nagerjäger zu, und ein unerwartet sanftmütiges Lächeln glitt über das Gesicht der blonden Frau. „Wenn ich mir eines Tages jemanden zum Knarzen erwähle, dann wird es der gute Herr Barus sein.“

Diesmal war es Malvin, der sich verschluckte. Hastig hielt er sich das Putztuch vor den Mund und sah seinen Freund mit aufgerissenen Augen an. Esyne schien eine Erwiderung des Nagerjägers zu erwarten, aber der war viel zu schockiert, um zu reagieren. Der Mann aus der Südmark half ihm aus seiner Verlegenheit.

Er legte seine Hand auf Esynes Schulter und zog sie zu sich herum. „Ach, kümmert Euch nicht um jenen da, gute Frau Esyne", raunte er. „Der Mann versteht es vielleicht, seine Keule zu schwingen, aber ..."

Der Fremde verstummte und wurde leichenblass. Denn die blonde Frau hatte ihre Hand in einer blitzschnellen Bewegung an eine strategisch bedeutsame Stelle des Mannes gelegt, und es war ihm offensichtlich klar, dass sie diese nicht zu kraulen beabsichtigte. „Gute Frau", ächzte er, „wenn Ihr vielleicht die Güte und Freundlichkeit hättet ..."

Doch sie war weder gütig, noch freundlich. Sie war Esyne. Der Mann schrie auf, und alle, die den Vorgang mitbekamen, konnten seine Schmerzen nachempfinden. Instinktiv versuchte der Händlergehilfe auszuweichen und stieß dabei gegen den benachbarten Gast, dessen Blutwein verschüttet wurde. „He", rief der Geschädigte empört aus.

Malvin reagierte dank seiner Erfahrung rasch und entschlossen. „Ich gebe Euch sofort einen neuen Blutwein, guter Herr."

„Aber die da bezahlt es", knurrte der Gast und wies auf Esyne. „Eigentlich hat sie ihn vergossen."

„Ich vergieße gleich etwas anderes", erwiderte daraufhin die blonde Schuhmacherin und ließ den Händlergehilfen los, der sich zusammenkrümmte und stöhnend auf den Boden sackte.

„Schon gut, gute Frau Esyne. Ich will keinen Streit mit Euch. Eure Hand war wohl ein wenig zittrig. In Eurem Alter mag das schon angehen", meinte der Gast versöhnlich, aber für Versöhnung war es zu spät.

Den großen Krug konnte Malvin gerade noch an sich reißen, aber für die Becher reichten seine beiden Hände nicht aus. Esyne stieß den Gast nach hinten, und sein Halt suchender Arm wischte den Tresen leer. Empörte Schreie anderer Gäste waren zu hören, worauf der Gestürzte wütend zurückbrüllte und auch Esyne sich mit erregter Stimme einschaltete. Mehr brauchte es nicht, um die bisher eher langweilige Versammlung in eine durchaus beschwingte Veranstaltung zu verwandeln.

Barus tauchte sofort nach unten ab und bewegte sich rasch auf den Ausgang zu, wobei er dem Handelsgehilfen aus der Südmark begegnete, der hastig über den Boden kroch. Der Mann sah Barus entsetzt an und überholte ihn dann. Hinter ihnen steigerte sich der Lärm erregter Stimmen zu wüstem Geschrei. Zum Klirren zerbrechender Krüge gesellte sich nun auch das vernehmliche Knarren, unter dem sich die Gäste Stuhlbeine als zusätzliche Argumentationshilfen verschafften. Barus glaubte nicht, dass jemand ernstliche Schäden davontragen würde. Jedenfalls keine, die die Heilerin der Hochmark, die gute Frau Meowyn, nicht wieder richten oder nähen konnte, und es gab auch so schon viele Bürger der Stadt, die nicht mehr alle ihre Zähne in ein Stück Fleisch graben konnten. Nein, die guten Leute würden ihren Eifer bestimmt nicht übertreiben.

Barus folgte dem Händlergehilfen durch die Flügeltür nach draußen, wo er erleichtert aufatmete. Neben ihm knallte jemand von innen gegen das mit einem Schafdarm bespannte Fenster, das sich darauf nach außen beulte, sodass Barus für einen Moment die entsetzten Augen eines Mannes und dahinter Esynes blonden Haarschopf erkennen konnte. Barus wurde nach vorne gestoßen, als Malvin ihm durch die Tür folgte.

„Sie ist aber heute wirklich ein wenig empfindlich, die gute Esyne“, keuchte der Wirt atemlos und knetete das Tuch in seinen Händen.

Barus war froh, seine brave Keule in Sicherheit zu wissen, und blickte auf die Tür. „Habt Ihr bemerkt, wie sie mich angesehen hat, Malvin?“ Barus leckte sich über die Lippen. „Dieser Blick war angsteinflößend.“

Malvin legte dem Nagerjäger die Hand auf die Schulter. „Seid ohne Sorge, guter Freund Barus. Euch wird sie nichts tun. Ich glaube gar, sie hat sich ein wenig in Euch verguckt, die gute Esyne.“

„Esyne? In mich?“ Barus erblasste abermals. „Ihr wollt mir Angst machen, Malvin, nicht wahr?“

„Unsinn, Barus, mein Freund.“ Malvin lächelte flüchtig. „Ihr seid ihre erste Wahl. Wundert Euch das? Ein starker und stattlicher Mann wie Ihr … ach, Ihr solltet Euch übrigens den Schaum vom Gerstensaft aus dem Bart wischen … Wo war ich? Ja, also, Ihr seid nun einmal ein stattlicher Mann und in einem anerkannten Beruf erfolgreich. Ja, es würde mich nicht wundern, wenn die gute Esyne ein Auge auf Euch geworfen hätte.“

Das Fenster beulte sich erneut aus, und diesmal gab es nach. Einer der Gäste schlug auf dem Boden des Vorbaus auf und blieb ächzend liegen. Der Lärm war nun noch deutlicher zu hören.

„Ruft die Wache, ruft die Schwertmänner Garodems“, rief Malvin aufgeregt. „Bei den dunklen Mächten, die nehmen mir meinen armen ‚Donnerhuf‘ auseinander.“

Als sei dies das Stichwort, erklang weiter unten auf der Straße Hufgetrappel, aber es kam nicht von der von Malvin herbeigesehnten Wache der Schwertmänner. Ein einzelner Reiter trabte heran, blickte einen Augenblick irritiert zur Schänke herüber, aus welcher der Lärm noch anschwoll, und ritt dann kopfschüttelnd weiter.

„Es herrscht nur eine fröhliche Stimmung", rief Malvin dem Reiter nach, „und es geht etwas lebhafter zu. Doch Ihr werdet bei mir den besten Wein und Gerstensaft finden, guter Herr! Versäumt nicht, bei mir einzukehren." Erneut krachte es im Innern der Schänke. „Vielleicht ein wenig später, guter Herr, wenn es etwas ruhiger geworden ist?"

Der Wirt befürchtete wohl, der potenzielle Kunde werde von dem Krach abgeschreckt, und seufzte erneut, als der Reiter ohne Erwiderung am Ende der Straße verschwand. „Er hätte wohl ohnehin nicht viel getrunken, der gute Herr."

Barus kratzte sich an seinem schwarzen Vollbart. „Irgendwie kam mir der Mann bekannt vor, guter Freund Malvin. Ich könnte schwören, dass ich ihn schon einmal gesehen habe."

An dem Reiter war nichts Besonderes gewesen. Er war wie sein Pferd von Staub bedeckt, was auf einen langen Ritt hinwies, und trug, wie so viele andere, die inzwischen die Hochmark besuchten, den braunen Umhang der einfachen Bürger. Zum Schutz gegen die grelle Sonne hatte er die Kapuze weit über den Kopf gezogen. Malvin musste jedoch zugeben, dass das edle Reittier des Fremden nicht so recht zu seiner schlichten Kleidung passte. Erneuter Hufschlag ertönte, und dieses Mal kam er aus der richtigen Richtung.

Malvin nickte erleichtert und lauschte den Schreien und den Geräuschen von berstendem Holz, die aus dem „Donnerhuf" drangen. „Die Schwertmänner kommen hoffentlich noch zur rechten Zeit. So wie die gute Frau Esyne sich erregt, wird die Wache viel zu tun bekommen."

Fünf Schwertmänner der Wache ritten heran und zügelten die Pferde. Der Scharführer blickte griesgrämig auf den Eingang des „Donnerhufes" und musterte dann Barus und Malvin eindringlich. „Esyne?"

„Wer sonst?“

Der Scharführer gab seinen Männern einen Wink, und die Wache saß ab. „Es wird Zeit, dass die gute Frau Esyne einmal ordentlich beknarzt wird“, brummte der Pferdelord und zog seinen Schwertgurt straff. „Dabei könnte sie ihre Kräfte sinnvoller einsetzen.“

Malvin warf Barus einen vielsagenden Blick zu. „Die Zeit mag kommen“, orakelte er, und der Nagerjäger wurde merklich blass. „Doch wenn Ihr nun die Freundlichkeit hättet, guter Herr Scharführer? Mein ‚Donnerhuf‘ leidet ein wenig unter Esynes Temperament.“

Die fünf Schwertmänner verschwanden in der Schänke, und der Lärm nahm nochmals zu. Barus sah nachdenklich über die Straße. „Habt Ihr schon von Helderim und seiner Tat gehört, Malvin, mein Freund?“

„Helderim?“ Malvin wechselte das Tuch von einer Hand in die andere. Im „Donnerhuf“ herrschte plötzlich eine Unheil verkündende Stille. „Was ist mit dem guten Herrn Helderim?“

„Er soll dem Pferdefürsten das Leben gerettet haben.“

Malvin riss die Augen auf und trat unbewusst zur Seite, als ein Schwertmann durch die Tür geflogen kam, sich überschlug und dann stöhnend auf der Straße liegen blieb. „Helderim hat Garodem das Leben gerettet? Ah, bei den dunklen Abgründen, das klingt nach einer interessanten Geschichte.“

Barus nickte. „Schade, dass Esyne jetzt den ‚Donnerhuf‘ auseinandernimmt. Ihr hättet heute Abend sicher eine gute Geschichte und durstige Gäste gehabt.“

Malvin seufzte entsagungsvoll. „Verfluchte Esyne.“

Dem stimmte Barus aus ganzem Herzen zu.

In bemerkenswerter Eintracht standen die beiden Freunde nebeneinander und seufzten gemeinsam.

9

Der Reiter in dem schlichten braunen Umhang verließ die Stadt und ritt langsam auf die Burg Eternas zu. Ein einziges Mal erst hatte er sie gesehen, und zwar vor fünf Jahreswenden, als die Legionen der Orks die Hochmark überfallen hatten. Er war schlank und hochgewachsen, und seine Haltung im Sattel war straff und passte nicht so ganz zu einem einfachen Stadtbewohner. Ein Windstoß erfasste den Umhang und öffnete ihn, wodurch unter dem braunen Tuch ein grünes Wams sichtbar wurde, in das mit goldenen Fäden das Pferdekopfsymbol der Pferdelords eingestickt war. Hastig raffte der Mann den Umhang enger um seinen Körper und verdeckte das lange Schwert wieder, das an seiner Seite hing. Es war ihm ungewohnt, ohne Lanze und Schild zu reiten, und selbst den sonst üblichen Helm trug er diesmal nicht. Der Mann fühlte sich unwohl und ungeschützt, und er war froh, bald wieder die gewohnte Rüstung anlegen zu können.

Er trabte langsam auf das Haupttor der Festung zu und musterte die Anlage mit fachmännischem Blick. Als er sie das letzte Mal gesehen hatte, waren die Schäden durch den Angriff der Orks noch unübersehbar gewesen.

Massiv und aus kantigen Felsquadern errichtet, ragte die Burg Eternas in stumpfem Grau in den Himmel. Ihre hohen und mit Zinnen bewehrten Mauern wurden nur noch von den beiden Ecktürmen und dem Hauptturm überragt. Als der Reiter sie damals erblickt hatte, waren Haupttor und Ostturm zerstört gewesen, und dazwischen hatte eine breite Bresche geklafft. Dort hatten sich Garodem und seine Pferdelords zum letzten Kampf aufgestellt, um jene Menschen mit ihrem Leben zu schützen, die in den unterirdischen Höhlen unter der Burg Zuflucht gesucht hatten. Jetzt waren Türme und Mauern wieder instand gesetzt, das große Tor stand offen, und das gewaltige schmiedeeiserne Fallgitter war hochgezogen. Der Reiter runzelte anerkennend die Stirn, als er die Veränderung am Tor erkannte. Normalerweise öffneten sich die Flügel nach innen in die Festung hinein, doch hier in Eternas war es andersherum. Der Mann erkannte sofort den Vorteil, den dies bot. Es würde einem Angreifer weitaus schwerer fallen, das Tor aufzurammen, da es der Rammstoß nun gegen die Auflagen der Mauer pressen würde. Er nahm sich vor, darüber einmal mit seinem Herrn zu sprechen, denn es erschien ihm lohnend, diese Bauweise auch für die eigenen Tore zu verwenden.

Der Reiter hatte das große Tor nun fast erreicht, und die beiden wachhabenden Pferdelords in ihren grünen Umhängen traten in seinen Weg und kreuzten ihre Lanzen. „Was ist Euer Begehr, guter Herr?“

„Ein Besuch unter Freunden“, erwiderte der Reiter und streifte die Kapuze nach hinten. „Unter guten Freunden.“

Einer der Pferdelords kniff die Augen zusammen und musterte betroffen die langen blonden Haare des Reiters. „Kommandeur Torkelt?“

„Macht kein Aufheben um meinen Besuch, ihr guten Pferdelords“, erwiderte der Reiter und lächelte freundlich. „Ich möchte keine Aufregung.“

Torkelt war der Erste Schwertmann des Königs Reyodem und zugleich der Befehlshaber aller Pferdelords, wenn diese den Eid erfüllten und für den König in den Kampf zogen. So war es auch gewesen, als die Beritte der anderen Marken der

Hochmark einst zu Hilfe geeilt waren und die Orks geschlagen hatten.

Die beiden Wachen nahmen Haltung an und legten ihre Lanzen straff an die Schultern. „Passiert, Hoher Herr, und seid willkommen."

Torkelt lenkte sein Pferd unter dem massiven Bau des Torbogens hindurch. Schatten fielen über ihn, während die Hufe des Pferdes hohl auf dem Pflaster klangen. Er konnte sich gut vorstellen, welches Aufsehen sein unerwarteter Besuch erregen würde, zumal er seinen Gastgebern nicht die Zeit für das traditionelle Zeremoniell lassen konnte. Aber seine Mission verlangte Zurückhaltung, und er wollte nicht zu viel Aufmerksamkeit auf seinen Besuch lenken.

Torkelt sah die neugierigen Blicke einiger Wachen, die auf den Mauern patrouillierten. In einem der Tore, die zum inneren Hof führten, blieb eine Wäscherin stehen und musterte ihn. Sie hielt ein kleines Mädchen an der Hand, welches den Fremden mit großen Augen ansah. Auch wenn die Stadt und ihre Bewohner inzwischen öfter Besuch aus den anderen Marken erhielten, war es doch immer noch eher selten, dass sich jemand zur Burg begab, es sei denn, es gab einen Handel mit dem Pferdefürsten zu besprechen oder wichtige Neuigkeiten auszutauschen.

Halb links erhob sich die große Steinstatue des Ersten Königs der Pferdelords. Torkelt sah die Statue grimmig an. Der Erste König und sein Banner, sie waren der Grund seines Besuches, und er war gespannt, wie Garodem auf den Wunsch des Königs reagieren würde.

Vor der Statue befand sich der Hauptbrunnen der Burg, der nach den Vorstellungen der Hohen Dame Larwyn gestaltet war. Er besaß eine niedrige Einfassung von achteckiger

Form, die ein drei Längen messendes Becken umgab, in das ein springendes Pferd aus seinem Maul Wasser spie. Der Kommandeur lenkte sein Reittier zum Brunnen hinüber, während zwei Schwertmänner von Garodems Wache unter dem Vorbau des Haupthauses hervortraten und sich ihm näherten.

Torkelt saß ab und ließ sein Pferd saufen, während er den beiden Männern entgegenblickte. „Habt die Freundlichkeit und meldet dem Pferdefürsten Garodem, dass der Hohe Herr Torkelt sich freut, ihn wiedersehen zu dürfen."

Die beiden Wachen glotzten ihn überrascht an, doch noch bevor sie reagieren konnten, trat ein Mann aus dem Haupthaus heraus, der eine verblüffende Ähnlichkeit mit Torkelt aufwies, wenn man davon absah, dass seine Haare tiefschwarz waren. Auch er trug ein grünes Wams unter seinem Waffengurt, auf dem das Symbol der Hochmark eingestickt war. Ein freudiges Lächeln glitt über das Gesicht des Mannes.

„Torkelt, Hoher Herr, was für eine Freude, Euch zu sehen." Tasmund, der Erste Schwertmann der Hochmark, legte seine Schwerthand grüßend auf Torkelts Schulter.

Torkelt bemerkte, wie Tasmund dabei für einen Moment schmerzhaft das Gesicht verzog. „Die Freude ist auf meiner Seite, Hoher Herr Tasmund. Immer noch Eure Schulter?"

Tasmund nickte. Als die Burg Eternas vor Jahren beim Angriff der Orks fast gefallen wäre, hatte er sich eine üble Verletzung an der rechten Schulter zugezogen, und nur die Kenntnisse der elfischen Heilerin Leoryn hatten ihm damals die Kraft seines Armes bewahrt. „Für die Lanze taugt sie nicht mehr, aber ich habe inzwischen gelernt, das Schwert in der Linken zu führen."

Torkelt merkte, wie Tasmund sich den Schwertmännern zuwenden wollte, und hielt ihn zurück. „Nein, kein Zeremoniell, Hoher Herr. Ich will nicht den Klang von Hörnern, der die Menschen von Eternas nur aufschrecken würde. Lasst uns in aller Stille den Herrn der Mark aufsuchen."

Vor der Wäscherei und dem Badehaus am südlichen Rand des inneren Burghofes erklang das aufgeregte Geschrei von kleinen Kindern, die nun auf Torkelt aufmerksam wurden und neugierig zu ihm herüberstarrten.

Der Kommandeur der Pferdelords und Erste Schwertmann des Königs blickte zum Eingang des Haupthauses hinüber. Es war ein massiger Bau mit drei Stockwerken, der relativ groß war, da die führenden Schwertmänner und Scharführer über einen eigenen Wohnraum und ein Schlafgemach verfügten. Das Erdgeschoss war ein wenig zurückgesetzt, sodass die Obergeschosse eine Art Vordach für den Eingangsbereich bildeten. Sie wurden durch schwarze Säulen aus Stein abgestützt, zwischen denen breite Stufen zum Haupteingang des Hauses führten. Hier, am Eingang zum Sitz des Pferdefürsten, standen zwei weitere Schwertmänner. Sie legten die aufragenden Lanzen grüßend an die Schulter an, als Tasmund und Torkelt die Stufen betraten.

„Ich muss mich bei Euch entschuldigen, Hoher Herr Tasmund. Ich hätte nicht ohne Ankündigung erscheinen sollen."

Tasmund erlaubte sich ein leises Lächeln. „Ihr habt sicher einen besonderen Grund für Euren unerwarteten Besuch, Hoher Herr", sagte er dann leise.

„Ein schlichter Freundschaftsbesuch", erwiderte Torkelt höflich. Er sah Tasmunds verständnisvollen Blick und erlaubte sich einen informellen Zusatz. „Zumindest offiziell."

„Ich verstehe."

Sie standen vor dem zweiflügeligen Hauptportal, neben dem noch eine weitere, massiv wirkende Tür in der Front des

Haupthauses zu sehen war. Diese führte in ein schmales Treppenhaus, welches an der mittleren Wehrmauer endete. Über der Dachschräge des Haupthauses erhob sich der mehrere Längen hoch aufragende Turm des Signalfeuers.

Tasmund öffnete den Doppelflügel des Hauptportals, und die Kühle des Hauses umfing Torkelt auf wohltuende Weise. Ihre Schritte hallten in dem schmalen Flur wider, der direkt in die große Halle der Burg Eternas führte.

„Der Hohe Herr Torkelt“, meldete Tasmund und nahm, der Tradition gehorchend, Haltung an, legte eine Hand auf den Griff des Schwertes und die andere an seine Brust. „Kommandeur der Pferdelords im Namen des Königs Reyodem.“

„Ihr seid willkommen, Hoher Herr Torkelt. Tretet näher.“ Die volltönende Stimme des Pferdefürsten Garodem erfüllte den großen Raum.

Die Versammlungshalle von Eternas bot sicher nicht den gleichen imposanten Anblick wie die Halle des Königs, doch sie diente auch nicht nur rein zeremoniellen Zwecken. Im Gegensatz zu dem Schwarz, Grün und Gold der Königshalle wirkte diese hier kühl. Säulen aus schwarzem Stein erhoben sich vor grauen Mauern, doch trotz der Kapitelle und Verzierungen wirkten sie nüchtern. Die winzigen Fenster, die eher Schießscharten ähnelten, ließen von der Westseite nur trübes Licht in die Halle fallen. Erst wenn man die riesigen Leuchter unter der Decke entzündete, würde dieser Raum wirklich erhellt. Zwischen den von den Säulen gestützten Bögen standen die dreieckigen Wimpel der Beritte mit ihren Lanzen aufgereiht, und an der Stirnseite hing als Farbtupfer ein riesiges grünes Tuch mit den Insignien der Hochmark. Entlang der Wände standen Bänke und Tische, die jedoch nur bei Festlichkeiten Gebrauch fanden. Am riesigen gemauerten Kamin der rechten Wand vorbei führte eine Treppe zum Amtsraum des Pferdefürsten hinauf.

Jetzt jedoch standen Garodem und seine Gemahlin Larwyn vor ihren gepolsterten Sitzen, direkt unter dem großen Banner der Hochmark.

Kommandeur Torkelt trat vor, ging mit langsamen Schritten auf den Pferdefürsten zu, neigte sein Haupt und legte grüßend die Hand an den Schwertgriff. Nur vor dem König würde er das Knie zu beugen haben.

Garodem lächelte. „Willkommen in der Hochmark", wiederholte er freundlich und fügte hinzu: „die nicht vergisst, was sie Euch zu verdanken hat."

„Ich kann mich gut an den Klang Eurer Hörner erinnern", stimmte Larwyn zu. „Wir werden immer in Erinnerung bewahren, wie Ihr die Beritte in die Schlacht führtet, Hoher Herr Torkelt."

Torkelt erwiderte den Blick der Gemahlin Garodems. „Es wird mir eine Ehre sein, eines Tages den Klang des Horns der Hochmark an meiner Seite zu hören."

Die Pferdelords benutzten zur Signalübermittlung Hörner, die traditionell aus dem Kopfschmuck ihrer Rinder gefertigt wurden. Doch Garodem hatte mit dieser Tradition gebrochen und für die Hochmark ein Horn aus reinem Metall eingeführt, dass einen sehr viel helleren Ton hervorbrachte.

„Es hat seinen eigenen Klang", lachte Garodem auf. „Doch Ihr scheint es zu scheuen, Hoher Herr Torkelt, denn es durfte nicht zu Eurer Begrüßung erschallen." Der Pferdefürst wurde auf einmal ernst. „Ihr müsst einen guten Grund haben, alte Traditionen zu missachten."

Der Kommandeur machte eine entschuldigende Geste. „Ich muss Euch um Verzeihung dafür bitten, Euch nicht die

Gelegenheit für das übliche Zeremoniell gegeben zu haben. Doch mein Besuch sollte nicht zu auffällig sein, Hoher Lord Garodem."

„Ich verstehe." Garodem blickte zu der Reihe der Wimpellanzen hinüber. „Dann lasst uns in meinen Arbeitsraum hinaufgehen. Dort ist es ein wenig behaglicher." Er sah Torkelt abschätzend an. „Ich denke, wir werden den Klang der Hörner früher vernehmen, als ich es soeben noch gedacht habe."

Torkelt schwieg zu dieser Bemerkung, und sein Schweigen ließ Larwyn für einen Moment erblassen. Doch dann schritt sie neben ihrem Gemahl zu dem großen Kamin und der danebenliegenden Treppe hinüber, die ins Obergeschoss zu Garodems Amtsraum und seinen Gemächern führte. Sie war schmal und leicht zu verteidigen, und vor der massiven, eisenbeschlagenen Tür des Obergeschosses würde eine Ehrenwache postiert werden, sobald der Pferdefürst in den oberen Räumen weilte, denn so verlangte es die Tradition.

Torkelt und Tasmund folgten dem Paar und traten durch die Tür in den dahinterliegenden Amtsraum. Er wurde beherrscht von einem massiven Schreibtisch, auf dem eine Reihe beschriebener Schriftstücke lag. Einige waren gerollt, wie es der Tradition entsprach, andere waren nach elfischer Art und Weise gefaltet, wie Torkelt überrascht feststellte. Weiterhin fiel ihm eine tiefe Kerbe in der Tischplatte auf, die wohl vom Hieb eines Schwertes oder einer Streitaxt herrührte. Neben einem aus Lehm gebrannten Topf mit Schreibflüssigkeit lagen zwei Federn.

Der Raum erstreckte sich über die volle Breite des Haupthauses und war entsprechend groß. An seinen Längswänden befanden sich die hohen Rundbögen der Fenster, die man zum Schutz gegen die Witterung mit dicken Stoffen verhängen konnte. Halterungen verrieten außerdem, dass man sie gegen Pfeilbeschuss auch mit hölzernen Platten bedecken konnte.

An der Wand, in der sich die Tür befand, stand ein schweres Holzregal. Es war mit feinen Schnitzereien versehen, und Torkelts Blick fiel auf eine Reihe von darin aufbewahrten Schriftrollen und gebundenen Büchern, die er hier nicht erwartet hätte. Zwar beherrschte jeder Pferdefürst die Schriftzeichen und führte die Chronik seiner Mark, doch die große Zahl der Bücher war für Torkelt unerwartet. Er zählte fünf Stück, eine unglaubliche Menge, wenn man bedachte, dass es selbst am Hofe des Königs Reyodem, der sehr belesen war, nicht mehr als die fünffache Zahl davon gab.

Die der Tür gegenüberliegende Seite hinter dem Schreibtisch war nicht gemauert, sondern bestand aus sorgfältig bearbeiteten Hölzern. Zwischen zwei Fensterbögen hing an der nach Süden zeigenden Wand eine große Landkarte, deren ungewöhnliche Machart den Kommandeur der Pferdelords abermals überraschte.

Automatisch fuhren seine Finger über das glatte Material. „Elfisch?“

„Ein Geschenk unserer elfischen Freunde Lotaras und Leoryn“, bestätigte Larwyn.

Sie war nicht aus dem gewohnten Pergament, welches man bemalte und ölte, damit es witterungsbeständig wurde, sondern aus einem Material, das Torkelt nicht kannte. Es erinnerte an die feinen Stoffe der elfischen Gewänder, doch war es hart und fest und schimmerte sanft. Interessiert betrachtete er die Markierungen auf der Karte.

Sie verzeichnete die einzelnen Marken der Pferdelords und die an sie angrenzenden Länder, doch war sie weitaus detaillierter als die Karte, über die König Reyodem verfügte. Im Norden der Hochmark waren die Züge des Nordgebirges wiedergegeben. Man erkannte die wichtigsten Pässe, und Torkelt sah einen grünen Farbfleck in den Bergen, der wohl nachträglich aufgetragen worden war.

„Naltrund", las er zögernd ab. „Zwerge?"

„Die grüne Kristallstadt Nal't'rund, die Stadt unseres Freundes, des guten Königs Balruk." Garodem lächelte bei seinen Worten. „Wir standen ihm in schwieriger Lage bei und unterhalten seitdem rege Handelsbeziehungen mit dem Zwergenvolk."

„Wir hörten davon", gestand Torkelt. „Ungewöhnlich. Die kleinen Wesen gelten als sehr scheu."

„Sie sind uns Menschenwesen in vielen Dingen ähnlich", erwiderte Garodem und schauderte ein wenig, als er an das Blor des Zwergenvolkes dachte, ein Getränk, das jeden Blutwein in seiner sinnestrübenden Wirkung übertraf. Er hatte den Handel damit zu Malvins Bedauern verboten. „Wir halfen Balruks Axtschlägern, als sie Schwierigkeiten mit den Orks hatten."

„Wer hat die nicht", murmelte Torkelt vor sich hin. Er fuhr auf der Karte mit dem Finger weiter nach Norden. „Das Land der Nordbarbaren. Und dort, im Nordwesten, die Häuser der Elfen."

Im Osten verzeichnete die Karte die gewaltig ausgedehnten versteinerten Wälder, in denen sich, zumindest der Sage nach, ein verschollenes Haus der Elfen verbergen sollte. Dahinter begann das Reich der dunklen Mächte. Das Land des Schwarzen Lords, das größer schien als die Gebiete aller anderen Wesen zusammengenommen und bei Weitem unwirtlicher war. Dort wuchsen die Horden der Orks mit ihren Rund- und Spitzohren, und dort wurden sie zu Legionen von Kriegern ausgebildet, die allem Leben feindlich gegenüberstanden. Im Süden war das Reich der weißen Bäume eingezeichnet. Das Reich Alnoa mit seiner weißen Hauptstadt Alneris. Noch weiter südlich lag das uralte und zerfallene Erste Reich der alten Könige, ein sagenumwobenes Land, das der Zerstörung und der Barbarei zum Opfer gefallen war.

Torkelt ließ seinen Finger auf der Karte ruhen und blickte die Anwesenden ernst an. „Das Dünenland der Sandbarbaren, die alte Heimat unseres Volkes."

Garodems Augen verengten sich. „Ihr sagt dies mit einer besonderen Betonung, Hoher Herr Torkelt."

„Es ist der Grund meines Besuches, Hoher Lord. Inoffiziell. Offiziell besuche ich Euch aus einem anderen Anlass, nämlich um einen Eurer Beritte dazu aufzurufen, an einer Übung der Pferdelords teilzuhaben."

Tasmund runzelte die Stirn. Solche Übungen waren selten, aber nicht ungewöhnlich. Gelegentlich versammelte der König Beritte aus allen seinen Marken zu einer gemeinsamen Kriegsübung. Sie dienten der Schulung des Zusammenspiels großer Einheiten. Tasmund warf Garodem einen vielsagenden Blick zu. Der Pferdefürst wies auf die Stühle und Schemel, die im Raum standen, und setzte sich hinter seinen Schreibtisch, wo er die Fingerspitzen der Hände aneinanderlegte und Torkelt scharf ansah. „Und was ist der inoffizielle Anlass Eures Besuches, Kommandeur Torkelt?"

„Ein verschwundener Beritt, Hoher Lord." Torkelt löste sich von der Karte und schritt zu einem der Schemel hinüber.

„Ein Beritt verschwindet nicht so einfach", wandte der Erste Schwertmann Tasmund ein.

Garodem bat ihn mit einem Wink, zu schweigen. „Der Beritt verschwand in unserer alten Heimat?"

„So ist es. Seit drei Zehntagen ist keine Nachricht mehr von ihm eingetroffen."

Garodem lehnte sich ein wenig im Stuhl zurück. „Nun gut, Hoher Herr Torkelt, habt bitte die Freundlichkeit uns zu erklären, was es mit dem Beritt auf sich hat und was Ihr von den Pferdelords der Hochmark erwartet. Und seid so freundlich", er beugte sich erneut vor und sah Torkelt ernst an, „direkt und ohne Umschweife zu sprechen."

Kommandeur Torkelt sah die Anwesenden mit Unbehagen an. „In gewisser Weise hängt alles mit Euch zusammen, Hoher Lord."

„Mit Garodem?"

Torkelt erwiderte Larwyns Blick und nickte. „Mit Eurem Gemahl, Hohe Dame, ja." Er zuckte die Achseln. „Genauer gesagt, mit seiner Abstammung vom Königshaus." Torkelt sah den Pferdefürsten an und seufzte leise. „Seht es mir nach, Hoher Lord, aber ich bin nur ein einfacher Pferdelord, und es fällt mir schwer, Euch dies zu berichten."

Garodem lächelte aufmunternd. „Sprecht nur frei heraus, wie es sich für einen Pferdelord gebührt, mein Freund. Für den Moment soll der Rang hier keine Rolle spielen, sondern allein die offen vorgetragene Meinung."

„Wie Ihr wünscht, Hoher Lord." Torkelt nahm dankbar einen Becher mit Wein an, den Larwyn ihm reichte. „Ihr stammt aus dem Geschlecht des Königs, und als Euer Bruder in der Schlacht vor der weißen Stadt Alneris fiel, hättet Ihr Anspruch auf die Krone gehabt. Ihr habt jedoch darauf verzichtet, und Reyodem, der Sohn Eures Bruders, wurde stattdessen zum König gekrönt."

„Ich schwor ihm ungetrübten Herzens den Treueid", sagte Garodem freimütig. „Und dieser Eid gilt, solange ich die Kraft finde, Lanze und Schild im Namen des Königs zu führen."

„Dessen ist sich König Reyodem gewiss", versicherte Torkelt. Er zögerte und nippte an seinem Wein, um etwas Zeit zu gewinnen. „Leider sind nicht alle dieser Meinung. Aber es hat nichts mit Euch zu tun, Garodem, Pferdefürst. Niemand bezweifelt Eure Treue zum Eid. Allerdings bestreitet der Pferdefürst der Ostmark Reyodems Herrschaftsanspruch und will Euch, Garodem, stattdessen zum König berufen."

„So ein Unsinn." Garodem richtete sich halb auf und sank dann wieder in seinen Stuhl zurück. Er lachte leise. „Ein gegebener Eid gilt. Ihn zu brechen hieße, die Ehre zu verlieren."

„Der Pferdefürst der Ostmark verweigert König Reyodem die Treue. Nicht dem Eid der Pferdelords, dem gewiss nicht, aber dem König selbst."

„Dann lasst mich in die Ostmark reiten und ihrem Pferdefürsten den Treueid in Erinnerung bringen", brummte Garodem. „Wenn er sich dann noch immer weigert, werde ich ihn die Bedeutung des Eids mit der Klinge lehren."

„Kein Pferdelord soll das Blut eines anderen Pferdelords vergießen", sagte Larwyn leise. „So steht es geschrieben, seit Anbeginn des Volkes."

„Seit jener Zeit, da der Erste König alle Pferdelords unter seinem Banner vereinte", korrigierte Torkelt.

„Wer den Eid nicht anerkennt, ist kein Pferdelord", erhitzte sich Garodem. „Dazu braucht es kein Banner. Es ist eine Sache der Ehre."

„Bulldemut, der Pferdefürst der Ostmark, hält die Grenze zum Reich des Schwarzen Lords, und er ist dem Pferdevolk treu", sagte Torkelt eindringlich. „Nein, Garodem, Pferdefürst, Bulldemuts Loyalität gegenüber dem Treueid steht außer Frage. Aber Ihr steht in direkter Blutlinie zum alten König, noch vor dem Sohn Eures Bruders."

„Was hat das mit den verschwundenen Männern des Beritts zu tun?", warf Larwyn ein.

„König Reyodem will keinen Streit unter den Pferdefürsten. Er will die Hohen Herren zusammenrufen und unter dem Banner des Königs den Treueid in feierlicher Zeremonie erneuern. Zu diesem Zweck hat Reyodem den Beritt ausgesandt. Er sollte nach dem Banner suchen, das in der alten Heimat verschollen ist."

„Eine recht kostspielige und riskante Geste, will mir scheinen", knurrte Tasmund grimmig. „Reyodem schickt hundert gute Pferdelords in den sicheren Tod ... nur wegen einer Geste, eines Symbols?"

Garodem hatte zu dem Ausbruch Tasmunds nur genickt und sah Torkelt nun ernst an. „In der Tat, ein hoher Preis. Warum muss es ausgerechnet das Banner des Ersten Königs sein? Reyodem hat sein eigenes Königsbanner, das meines Bruders."

„So ist es." Torkelt stellte den geleerten Becher zurück. „Das Banner Eures Bruders. Nicht das des Ersten Königs, das unser Volk vereinte."

Larwyn spürte den wachsenden Unmut der Männer und erhob sich lächelnd, um ihnen nachzuschenken und durch ihre Sanftmut zu versuchen, die frostiger werdende Stimmung aufzulockern. „Reyodems Banner *ist* das Banner des Königs, Ihr guten Pferdelords. Wozu ein altes nehmen, das seit so vielen Jahren verschollen und sicher schon verrottet ist?"

„Das Banner des Ersten Königs ist ein Symbol für die Einigung unseres Volkes." Torkelt wies zu der elfischen Karte hinüber. „Der Erste König war es, der unsere Stämme vereinte und uns unter seinem Banner zu einem Volk werden ließ."

„So ist es", bekräftigte Garodem.

„Zudem gilt Reyodems Sorge nicht vornehmlich dem Banner.“ Torkelt trat erneut an die Karte und leckte sich über die Lippen. „Sondern den hundert guten Pferdelords, die irgendwo hier“, er fuhr mit der Hand über das Gebiet des Dünenlandes, „verschwunden sind, weil sie das Banner suchten. Hundert gute Pferdelords der Westmark.“

„Der Westmark?“ Garodem runzelte die Stirn. „Warum kein Beritt der Königsmark?“

„Reyodem wollte kein Aufsehen.“ Torkelt lächelte dünn. „Wir Ihr wisst, Garodem, Pferdefürst, überfallen die Barbaren aus dem Dünenland immer wieder die Westmark. Wir sagten uns daher, dass niemand Anstoß nehmen würde, wenn ein Beritt der betroffenen Mark ausrückt, um die Barbaren in ihre Schranken zu verweisen.“

„*Ein* Beritt?“ Garodem lachte spöttisch. „Einst haben die Barbaren unser Volk aus seiner Heimat vertrieben, und der König sendet einen einzigen Beritt? Schreibt die Männer ab und erweist ihnen Ehre, sie sind längst tot.“

„Ihr Auftrag war es nicht, zu kämpfen.“ Torkelt machte eine entschuldigende Geste. „Sie sollten heimlich durch das Land der Barbaren ziehen, das Banner suchen und es heimbringen. Sie sollten keine Schlacht schlagen.“

„Vielleicht hättet Ihr das auch den Barbaren sagen sollen“, rief Tasmund wütend. „Vielleicht hätten sie das Banner freiwillig herausgerückt. Es hat keinen Wert für sie. Doch jetzt sind hundert gute Männer tot.“

„Das ist nicht sicher.“ Torkelt trat erregt vor. „Der Beritt ist verschollen, aber das heißt nicht, dass die Männer starben. Sie könnten in großer Not sein und auf Hilfe warten.“

„Das ist wahr“, stimmte Garodem zu. „Dann schickt Männer aus, die den Beritt suchen.“

„Eben dies hat der König vor."

Larwyn sah den Kommandeur der Pferdelords betroffen an. „Einen Beritt der Hochmark."

„Einen weiteren Beritt der Westmark zu entsenden, würde Unruhe hervorrufen und die Mark zudem sehr schwächen. Einen Beritt des Königs können wir nicht schicken, auch das würde zu sehr auffallen. Daher ruft der König nun alle Beritte zur Übung, und jener der Hochmark soll dabei möglichst unauffällig vom Wege abkommen und nach den Verschollenen suchen."

„Und nach dem Banner."

Torkelt nickte. „Und nach dem Banner."

Garodem und Tasmund sahen einander kurz an. Der Pferdefürst blickte für einen Moment auf seine Rüstung, die hinter dem Schreibtisch an der Wand stand. Über viele Jahre hatte sie ihm nur zu zeremoniellen Zwecken gedient, bis vor fünf Jahren die Schlacht um Eternas entbrannt und er seinem Bruder zu Hilfe geeilt war. Dann hatte er sie vor drei Jahren erneut angelegt, als seine Pferdelords dem Zwergenvolk beigestanden hatten. Und nun sah es so aus, als werde er sie ein weiteres Mal benutzen, denn für Garodem stand fest, dass niemand anderer als er selbst den Beritt der Hochmark anführen würde.

Brust- und Rückenplatte des Harnischs waren aus rotbraun lackiertem Metall und zeigten das Symbol des Pferdevolkes in Gold. Es war derselbe Panzer, den auch sein Bruder in der Schlacht getragen hatte. Einst hatte ihr Vater beide Rüstungen in Enderonas für seine Söhne fertigen lassen. Dazu wurden Arm- und Schulterschutz getragen, die ebenfalls aus rotbraun lackiertem Metall bestanden. Der dazugehörige Helm war rund, wie alle Helme der Pferdelords, und zeigte auf dem dunklen Metall goldene Verzierungen und einen flachen

Kamm. Ursprünglich hatte Garodem keinen Rosshaarschweif am Helm geführt, aber nachdem er beobachtet hatte, wie freudig sein Sohn mit den langen Pferdehaaren an den Helmen der Schwertmänner spielte, hatte er dies ändern lassen, und Garwin hatte sich dankbar gezeigt. Der Helm schützte den gesamten Schädel bis hinunter zum Nacken, ließ das Gesicht jedoch, mit Ausnahme des Nasenschutzes, frei. Der Kamm auf dem Helm diente dem Schutz gegen den Hieb eines Schwertes. Statt Helm und Schädel des Trägers zu spalten, sollte der Kamm den Schlag abgleiten lassen.

Larwyn sah ihren Gemahl betroffen an. „Garodem!"

„Wer sonst soll den Beritt führen?", sagte er leise und erwiderte ihren Blick.

„Tasmund kann es tun", antwortete sie heftig, und der Erste Schwertmann nickte bereitwillig.

Doch Garodem schüttelte den Kopf. „Ich weiß, dass er dazu fähig und bereit ist. Aber dies ist meine Aufgabe, und ich denke, ihr wisst das auch."

Tasmund nickte widerwillig, während Larwyn ihren Gemahl entrüstet ansah. Garodem tat, als bemerke er ihren stillen Widerspruch nicht. Er blickte zu Torkelt hinüber.

Der Erste Schwertmann des Königs und Kommandeur der Pferdelords erwiderte den Blick. „Ihr werdet also reiten?"

„Übermorgen, Kommandeur Torkelt. Wir müssen einige Vorbereitungen treffen. Es ist üblich, zu den Übungen des Königs nicht nur die Schwertmänner der Wache zu entsenden, sondern auch einige Pferdelords einzuberufen. In diesem speziellen Fall will ich sie besonders sorgfältig auswählen. Morgen sende ich Boten in die Weiler und berufe die Männer ein, übermorgen reiten wir dann. Doch an diesem Abend wollen wir uns mit den Schwertmännern zusammensetzen und ein paar

Becher Wein leeren. Ein paar fröhliche Lieder und herzhafte Geschichten werden uns allen guttun, Hoher Herr Torkelt. Tasmund, seid so freundlich und ruft für den Abend die Schwertmänner in die Halle. Es soll ein Gelage geben. Wir haben Anlass dazu." Garodem räusperte sich. „Es findet zu Ehren des Hohen Herrn Torkelt statt. Ich denke, Freund Tasmund, über das Dünenland sollten wir noch kein Wort verlieren."

Der Pferdefürst der Hochmark sah seinen Gast grimmig an. „Seid gewiss, Hoher Herr Torkelt, dass mir dies nicht gefällt. Meine Pferdelords haben das Recht, die Wahrheit zu kennen, wenn sie meinem Banner folgen."

„Dann sagt es ihnen, bevor Ihr die Grenze der Westmark überschreitet."

„Das werde ich tun, Kommandeur Torkelt. Aber Ihr kennt unsere Männer. Ihr wisst, dass ich in das Dünenland reiten werde und meine Männer mir dorthin folgen. Ihr zwingt mich zu einem Handeln, das meiner Auffassung von Ehre widerspricht. Meine Männer haben mir die Treue geschworen und sind mir verpflichtet, so wie ich auch meinen Männern gegenüber verpflichtet bin."

„Aber Ihr seid auch dem König verpflichtet, Hoher Lord Garodem", erwiderte Torkelt entschieden.

„Daran braucht Ihr mich nicht zu erinnern", gab Garodem eisig zurück. „Schließlich entspreche ich Reyodems Wunsch. Aber seid gewiss, Torkelt aus der Königsmark, danach stehe ich nicht mehr in Eurer Schuld."

Garodem sagte dies mit solcher Entschlossenheit, dass alle wussten, er würde keinen Widerspruch dulden. Eine spürbare Spannung herrschte in dem Raum. Die beiden Ersten Schwertmänner erhoben sich, und der Kommandeur neigte steif den Kopf, bevor er in Begleitung des grimmig dreinblickenden Tasmund den Raum verließ.

Larwyn umrundete den Schreibtisch und trat neben Garodem. „Du könntest Tasmund entsenden“, sagte sie leise und legte ihren Arm um seine Schulter. „Du musst nicht selbst ausziehen, mein geliebter Mann.“

Garodem sah sie sanft an. „Du weißt, dass ich es muss. Es geht mir nicht um Torkelt oder ein altes Banner. Die Autorität des Königs wird angezweifelt, und das kann nicht hingenommen werden. Wir wissen beide, dass Reyodem durchaus den Beritt einer anderen Mark entsenden könnte. Nein, der König wusste, dass ich selbst gehen werde.“

Larwyn biss sich auf die Unterlippe. „Er könnte versuchen, auf diese Weise einen Rivalen loszuwerden.“

Garodems Gesicht verfinsterte sich. „Wie kannst du es wagen, dergleichen auch nur zu denken?“ Der Pferdefürst seufzte leise, erhob sich und erwiderte ihre Umarmung. „Ich verstehe deine Sorge, Larwyn, mein geliebtes Weib. Aber zweifle deshalb nicht an Reyodems Ehre. Du kennst mich, nicht wahr? Hältst du mich für ehrenhaft?“

„Was für eine Frage.“ Sie lächelte. „Ich kenne keinen ehrenhafteren Pferdelord als dich, mein geliebter Gemahl.“

„Dann hab auch Vertrauen in Reyodem. Unser Vater erzog mich und meinen Bruder nach denselben Idealen, und so wie ich sie an unseren Sohn Garwin weitergebe, hat mein Bruder sie auch an den seinen weitergegeben. Reyodem ist so ehrenhaft wie ich, geliebte Larwyn.“

„Verzeih, du hast sicher recht.“ Larwyn löste sich von ihm und trat an die elfische Karte heran. „Es ist die Sorge um dich, die mir solch verzweifelte Gedanken eingibt.“

Garodem trat hinter sie und umfasste sie sanft. Er spürte das Schlagen ihres Herzens durch das dünne Gewand hindurch. Zärtlich schob er ihre blonden Locken zur Seite und küsste ihren Nacken.

Larwyn lachte und wandte sich ihm zu. „Dein Bart kitzelt, Garodem, mein einziger und wahrer Pferdelord."

„Ah, das ist meine Larwyn, wie ich sie liebe." Er stimmte in ihr Lachen ein. „Komm, lass uns nach unserem Sohn Garwin sehen. Er wird bestimmt eine Menge Unsinn anstellen und die armen Schwertmänner und Mägde plagen. Danach werden wir in die Halle gehen, das wird dir helfen, die trüben Gedanken zu überwinden."

Sie küssten sich sanft und hielten einander einen Moment lang fest, bevor sie sich aufmachten, ihren Sohn zu suchen.

Er war leicht zu finden, denn sein fröhliches Toben drang von der Plattform des Signalturms herunter. Das Herrscherpaar der Hochmark trat durch die Tür in der hölzernen Wand, welche Amtsraum und Privaträume trennte, folgte einem kurzen Gang und erreichte die Treppe, die auf den Turm hinaufführte.

Der dortige Wachtposten hielt den kleinen Garwin auf den Armen und erklärte ihm die Funktion des Feuers, obwohl sich der Fünfjährige mehr für den blauen Rosshaarschweif des Helmes interessierte. Als der Mann Garodem und Larwyn heraufkommen hörte, setzte er den protestierenden Garwin mit errötendem Gesicht ab, doch Larwyn schenkte der Wache ein bezauberndes Lächeln, das der Mann bereitwillig erwiderte.

An diesem Abend brannten die großen Brennsteinleuchter und erfüllten die Halle mit ihrem warmen Licht. Man hatte die Tische und Bänke in die Mitte der Halle gestellt, und die Speisen der Hochmark türmten sich auf ihnen. Saftige Bratenstücke vom Rind sowie Keulen und Brüste von Kratzläufern, dazu frisches Brot, Gemüse und Kräuter, der scharf schmeckende Schafskäse der Hochmark und wilde Beeren. All dies wurde mit reichlich Gerstensaft und Wein hinuntergespült, von durcheinanderwirbelnden Stimmen begleitet. Auf den Bänken hatten die meisten der Schwertmänner Garodems Platz genommen, die nun ungeachtet ihres Rangs nebeneinandersaßen. Ihre Versuche, sich gegenseitig die besten Bratenstücke zu nehmen, glichen einem wilden Gemetzel, bei dem Messer und Finger gleichermaßen durcheinanderfuchtelten, ohne dass es zu ernstlichen Verletzungen kam.

Zu Beginn des Abends hatte Garodem die Becher erheben lassen, um der Toten zu gedenken, so wie es die Tradition befahl. Dann hatte er den Lebenden einen Trinkspruch gewidmet. Und nun, zu fortgeschrittenem Zehnteltag, war jeder Vorwand recht, die Becher zu erheben. Die meisten der Anwesenden hatten dem Alkohol reichlich zugesprochen, und noch immer eilten Knappen und Mägde geschäftig umher, brachten neue Krüge herbei und trugen die geleerten Speiseplatten fort. Eine kleine Gruppe der Männer hatte die Saiteninstrumente des Pferdevolkes hervorgeholt und spielte nun einige der Balladen, in welche die Feiernden begeistert einstimmten.

Auch Garodem wirkte ausgelassen und fröhlich, und nur Larwyn bemerkte die Blicke, mit denen er die Anwesenden beobachtete. Niemand brauchte ihr zu sagen, welche Gedanken ihren Gemahl plagten. Welcher der fröhlichen Zecher würde Garodem am übernächsten Tag in das Barbarenland folgen, und wer von ihnen würde wieder zurückkehren?

Larwyn legte für einen Moment ihre zarte Hand über die seine, und die beiden sahen einander an und fühlten, welche Gedanken den anderen bewegten.

In dieser Nacht schmiegte Larwyn sich eng an seinen Rücken und legte ihre Hand an seine Brust, als wollte sie sich vergewissern, dass sein Herz noch schlägt.

10

Herebrant zügelte sein Reittier und genoss den Anblick der Wildpferde, die vor ihm auf der weiten Ebene grasten. Braune, graue und schwarze sowie solche mit geflecktem Fell. Er selbst ritt einen Apfelschimmel aus der Zucht der Königsmark. Die meisten Städte und Weiler unterhielten eigene Herden, um den Nachwuchs für ihre Pferde heranzuziehen. Besonders die großen Braunen waren begehrt und wurden gezielt gezüchtet. Daher waren sie größer und stärker als ihre frei lebenden Artgenossen. Aber man fing immer wieder einige Wildpferde ein, um damit das Blut der Zuchten aufzufrischen. Herebrant konnte eine trächtige Stute erkennen und ein wenig abseits einen tiefschwarzen Hengst, der gerade gegen einen Rivalen kämpfte. Die beiden traten mit ihren Vorderhufen und versuchten einander zu beißen. Der Schwarze war ein noch junges Tier und gerade erst in dem Alter, in dem er sich für Stuten zu interessieren begann, und so war ihm der Leithengst der Herde überlegen. Herebrant beobachtete, wie der Schwarze schließlich Reißaus nahm und im gestreckten Galopp davonpreschte. Ein sehr schönes und kraftvolles Tier, das erneut seine Chance suchen und sie irgendwann auch finden würde.

Herebrant trieb sein Pferd an und setzte seinen Ritt über die weite Ebene fort. Er liebte das Land, das dem Pferdevolk zur Heimat geworden war. Gewaltige Ebenen, die nun, im Sommer, mit fruchtbarem Gras bedeckt waren, zwischen dem würzige Kräuter wuchsen, welche die Pferde stark und schnell heranwachsen ließen. An einigen Stellen, wo der Boden nicht von Gras bedeckt war, sah man das nackte Erdreich und gelegentlich das Glitzern einer Wasserstelle. Vor Kurzem hatte Herebrant einen kleinen Bach überquert, der nach Osten hin im Boden versickerte, als scheue er sich, sein Wasser bis in das Land des Schwarzen Lords zu tragen.

In den großen Ebenen erhoben sich auch riesige Wälder. Sie versorgten das Pferdevolk mit dem Baumaterial, aus dem es seine Weiler und Städte errichtete. Das Land des Pferdevolkes war reich und fruchtbar, zumindest in den großen Ebenen, in denen die Südmark, die Königsmark und die Nordmark lagen. Die Westmark lag zum Teil außerhalb des Schutzes der nördlichen und südlichen Gebirge, die das Land der Pferdelords nach Osten hin abgrenzten. Der westliche Teil der Westmark grenzte an das Dünenland, jene Wüste, deren Ausbreitung man mit Sorge verfolgte. Jedes Jahr schob sich der Sand ein paar Längen tiefer in das Land des Pferdevolkes hinein. Nur ein paar Längen, gewiss, und es würde noch viele Menschenleben dauern, bis die Westmark ernstlich gefährdet wäre, weil zu viel fruchtbarer Boden verloren ging. Aber man sah die Veränderung bereits, so gering sie auch sein mochte. Wenn man hingegen die Grenzen zur Ostmark überschritt, spürte man, wenn auch zunächst nur unbewusst, eine andere Art der Veränderung. Ganz allmählich schwanden die großen Wälder und machten kleinen Hainen Platz, die nur noch vereinzelt in den Ebenen standen. An vielen Stellen war der Boden feucht und kündete davon, dass man sich den großen Sümpfen näherte, die das Land des Pferdevolkes von dem der dunklen Mächte trennten. Schon jetzt waren vereinzelt Schilffelder zu sehen, die Herebrant zeigten, wo der Untergrund feucht und tückisch war. Sicher hatte auch die Ostmark ihre Reize, aber Herebrant fühlte sich zunehmend unwohl, je weiter er nach Osten ritt.

Sein Ziel war die Stadt Merdonan, Sitz und Festung des Pferdefürsten der Ostmark. Die letzte Bastion der Menschenwesen an der Grenze zum Reich der Orks und ihres dunklen Fürsten. Hier war schon mancher Vorstoß der Orks gescheitert. An den Sümpfen vor der Stadt und den Waffen der Pferdelords. Einst hatte es sogar eine gewaltige Schlacht gegeben, zu einer Zeit, als der alte Bund zwischen Menschen und Elfen noch bestand. Damals war die Streitmacht des Bundes bis in das dunkle Reich vorgedrungen, dessen Legionen sich ihr in den Sümpfen entgegengestellt hatten. Es hieß, die Schlacht habe zehn Sonnen und Monde lang getobt und es habe keinen Sieger gegeben, außer dem Tod. Nur wenige seien damals zurückgekommen, um von der Schlacht berichten zu können, und ihre Augen seien leer und ihre Gesichter bleich gewesen, gleich ob Mensch oder Elf. Niemals wieder waren Truppen des Bündnisses in die Sümpfe hineinmarschiert, und es hatte auch sehr lange gedauert, bis erneut Orks an der Ostgrenze erschienen waren. Aber jetzt sicherte die Stadt Merdonan mit ihren Pferdelords die Grenze.

Weiter unten im Süden befand sich das Königreich Alnoa, das Reich der weißen Bäume, dessen Truppen und Festungen ebenfalls das Menschenreich schützten. Alnoa war der einzige Verbündete aus dem Menschenvolk, der noch aus dem alten Bund geblieben war. Das letzte Überbleibsel der sieben Königreiche der Menschen, die schon lange zerfallen waren. Nur das Pferdevolk und Alnoa standen noch gegen den Schwarzen Lord, wenn man von den elfischen Wesen einmal absah, die dem erneuerten Bund wieder beigetreten waren. Aber man munkelte, dass die Zeit der Elfen vorüber sei, so seltsam dies bei unsterblichen Wesen auch klingen mochte. Es hieß, sie bereiteten sich auf eine große Wanderung über das Meer in eine neue Heimat vor, die vielleicht die alte war, denn man wusste, dass die Elfen einst über das Meer gekommen waren. Aber noch waren sie da, wie auch die Städte der Zwergenwesen, die in den Gebirgen verborgen lagen. Zumindest eine ihrer Städte war mit den Menschen verbündet, dies hatte man von den Pferdelords der Hochmark erfahren.

Herebrant machte sich seine Gedanken um die Zukunft der Menschengeschlechter. Weitaus mehr, als dies bei einem Angehörigen seines Volkes üblich war, der seine Gedanken eher alltäglichen Dingen widmete. Aber Herebrant las viel in den Chroniken des Pferdevolkes, und wenn er dann bedachte, was einst gewesen war und was dereinst werden könnte, dann machte er sich Sorgen um die künftigen Generationen seines Volkes. Es stand ihm zu, sich solche Gedanken zu machen, denn immerhin war Herebrant nicht nur Schwertmann der Königsmark, sondern auch Bote des Königs Reyodem.

Schild und Umhang waren golden eingefasst, und goldenes Pferdehaar zierte seinen Helm. Auf dem grünen Rundschild waren die beiden Pferdeköpfe in weißem Metall eingelegt, und in Gold waren sie in sein dunkelgrünes Wams gestickt. Herebrant trug keinen Harnisch, denn er war Bote und ritt nicht in den Kampf. Dennoch glitt sein Blick aufmerksam über die Umgebung, und je näher er der Stadt und der Grenze kam, desto vorsichtiger wurde er instinktiv.

Er war erleichtert, als er in der Ferne die Silhouette der Stadt Merdonan auftauchen sah. Hinter ihr ragten die Ausläufer des gewaltigen östlichen Gebirgsmassivs auf, das die Länder der Menschenwesen vom Reich des Schwarzen Lords trennte. Es schien wie eine dunkle, drohende Mauer, so wie alles aus dem Land des Schwarzen Lords dunkel und drohend wirkte.

Dass Herebrant sie von hier in dieser Größe sehen konnte, verriet die gewaltigen Dimensionen der Gebirgskette. Nur wenige Pässe führten zwischen den Bergen hindurch in das Land der dunklen Mächte, und Herebrant strebte nicht danach, sie jemals zu beschreiten.

Seit der großen Schlacht vor fünf Jahren, in welcher der alte König der Pferdelords vor der weißen Stadt Alneris gefallen war, schien es ruhig geworden zu sein. Zahlreiche Legionen der Orks waren damals vernichtet worden, und vielleicht hatte man die Bestien ja endgültig bezwungen. Aber das hatte man schon vor Tausenden von Menschenjahren gehofft, als der erste Bund sie schlug. Nein, Herebrant glaubte eigentlich nicht daran, dass der Schwarze Lord besiegt war, auch wenn noch immer Frieden an den Grenzen herrschte. Zudem gab es Berichte, Pferdelords aus der Hochmark hätten vor drei Jahren erneut gegen die Orks gekämpft.

Die Hochmark Garodems. Eine kleine und doch so starke Mark, die nun den Norden sicherte.

Der Bote des Königs blickte nachdenklich auf die langsam näher rückende Stadt. Kaum war es ruhiger an den äußeren Grenzen, kam Zwietracht unter den Pferdefürsten auf. König Reyodem war in Sorge um das Gebaren des Herrn der Ostmark. Dieser bezweifelte die Rechtmäßigkeit der Thronfolge, was unter den anderen Pferdefürsten Unruhe stiftete. Vielleicht verhalf die gemeinsame Übung der Beritte zu erneuter Einigkeit, aber das würde Herebrant bald erfahren, denn die Übung war der Grund seines Besuches in der Ostmark.

Die Stadt Merdonan war in vielerlei Hinsicht außergewöhnlich. Man erkannte sie schon aus großer Entfernung, denn hoch über die Stadt erhob sich die nadelförmige Silhouette des Großen Turms, der das Wahrzeichen Merdonans war und sich als Symbol auf den grünen Rundschilden der Pferdelords der Ostmark wiederfand. Der Turm war ungewöhnlich groß und auch ungewöhnlich alt. Es hieß, er sei zu Zeiten der alten Königreiche entstanden, und wer ihn sah, wagte nicht daran zu zweifeln. An seiner Basis maß der Turm gut zwanzig Längen im Durchmesser und stieg mehr als hundert Längen auf, bevor er sich an seiner obersten Spitze zu einer Plattform von kaum vier Längen verjüngte. Unten gab es nur eine schmale Türöffnung, die von einer schweren Metalltür verschlossen wurde, und ab der zweiten Turmebene zogen sich enge Schießscharten um seine fünf Seiten herum. Das Mauerwerk bestand aus großen Quadern, die sorgfältig behauen und einst fugenlos zusammengefügt worden waren. Doch die Zeit und die Witterung hatten dem Großen Turm zugesetzt, sodass die Steine nun angegriffen wirkten. Gelegentlich zeigten sich Risse in den Wänden, und hier und da rankten Pflanzen über viele Längen an den Steinen empor. Aber der Turm stand noch immer fest und erfüllte seine Aufgabe.

Man bezeichnete ihn auch als Ostwache, denn von ihm herunter hatte man einen weiten Ausblick über das Land. Vor allem nach Osten hin, wo sich das Land der dunklen Mächte erstreckte. Von der obersten Plattform der Ostwache konnte man im Norden die versteinerten Wälder erkennen, im Nordosten die weißen Sümpfe und im Osten selbst die Ausläufer des mächtigen Gebirges, hinter dem sich die Macht des Schwarzen Lords verbarg. Von der Plattform aus, die einem immerwährenden Wind ausgesetzt war, würde man erkennen können, wenn sich im Osten die Macht des Bösen erhob und das Land der Menschen bedrohte. Dann würde man das vorbereitete Signalfeuer entzünden, das die Menschen zur Schlacht rief und sie vereinte.

Der Große Turm hatte schon vielen Herren als Wache gedient. Zunächst den Ersten Königen, dann dem Volk der weißen Bäume und nun gehörte er den Pferdelords. Selbst die Orks hatten ihn schon besetzt gehalten, als sie die Menschen einst zurückdrängten, aber diese nahmen ihn sich wieder. Doch niemand hatte den Großen Turm zerstört, da er jedem seiner Herren gut gedient hatte.

Genau 1654 ausgetretene Stufen führten auf die Plattform hinauf. Die steinerne Treppe, die sich innen an den Wänden des Großen Turms emporschraubte, war nur mühsam zu besteigen, und daher verlangte es niemanden danach, sie häufiger zu erklimmen, zumal der Abstieg nicht weniger mühsam und gefahrvoll war als der Aufstieg. Schon mancher Mann war dabei zu Tode gestürzt. Aber der Große Turm war die Ostwache, man brauchte die Aussicht, die er bot, und so stiegen alle vier Tage neue Pferdelords zu seiner Plattform hinauf, mit Nahrungsmitteln und Wasser sowie ihren Umhängen ausgestattet, welche sie nur notdürftig gegen die Kälte der Nacht und den Wind schützten.

Die Posten der Ostwache hatten Herebrant sicher schon vor geraumer Zeit erspäht, und der Bote des Königs fragte sich, ob die Männer seine Ankunft bereits angekündigt hatten. Wahrscheinlich nicht, denn ihre Aufgabe war es, eine Gefahr zu melden und das Signalfeuer zu entzünden, und ein einzelner Reiter war sicher keine Bedrohung für die Ostmark. Herebrant glaubte nicht, dass sich einer der Männer die Anstrengung zumuten würde, die vielen Treppenstufen des Turms hinunterzueilen, um ihn zu melden, und dann den beschwerlichen Weg zurück auf die Plattform anzutreten. Wie meldeten die Wachen wohl einen herannahenden Feind? Warfen sie eine Nachricht nach unten? Nein, wahrscheinlich würden sie ein

Hornsignal geben, das die Pferdelords Merdonans alarmierte.

Die Stadt selbst war fast ebenso ungewöhnlich wie der sie dominierende Große Turm, in dessen Schatten sie stand. Ihre Gründung ging auf den Zusammenschluss einzelner Gehöfte zu einem Weiler zurück, der jedoch wegen der Nähe zum Ostgebirge als befestigter Grenzweiler angelegt worden war. Damals hatte noch eine hölzerne Palisade die Gebäude umgeben. Sehr schnell war der Weiler dann zu einer Stadt gewachsen, die man jedoch nicht mit einer hölzernen Befestigung umbaut hatte, wie es für eine Siedlung der Pferdelords üblich war, sondern mit einer steinernen Stadtmauer. Diese war vier Längen hoch und von einem überdachten Wehrgang umgeben. In regelmäßigen Abständen fanden sich Plattformen, auf denen kleine Katapulte standen, und breite Aufgänge führten zur Mauerkrone hinauf. Lediglich das Haupttor im Westen wurde von zwei massigen Wehrtürmen flankiert.

Das zweiflügelige Tor aus schweren Holzbalken stand offen, und im Schatten des Torbaus sahen zwei Pferdelords dem Boten entgegen. Herebrant erkannte die schwarzen Ränder der Rundschilde und die gleichfarbigen Säume der Umhänge sowie die langen schwarzen Pferdehaare an den Helmen, die sie als Pferdelords der Ostmark auswiesen. Das weiße Symbol des Großen Turms wirkte seltsam grell auf den grünen Schilden. Die Männer stellten sich ihm mit gekreuzten Lanzen in den Weg.

„Herebrant aus der Königsmark“, sagte der Bote und zügelte sein Pferd. „Mit Botschaft des Königs Reyodem für den Herrn der Ostmark.“

Die Lanzen glitten auseinander. „Passiert, Herebrant aus der Königsmark, Ihr seid willkommen.“

Herebrant ritt unter dem Torbogen hindurch und staunte

über die Dicke der Mauer, die Merdonan umgab. Sie bestand aus massiven Felsquadern, und Herebrant fragte sich, welche Arbeit es gekostet hatte, all diese großen Steinblöcke im Gebirge zu schlagen und hierherzubringen. Eine schwere und langwierige Arbeit, welche die Menschen der Ostmark jedoch aus gutem Grund auf sich genommen hatten, denn die Mauer bot bei einem Angriff Schutz, doch naturgemäß nur für jenes, was sich innerhalb des Walls befand. Da Merdonan mehr als zweitausend Menschen ein Heim bot, war die Stadt trotz ihrer Ausdehnung eng bebaut, denn keiner der Bürger wollte auf den Schutz der Mauer verzichten. Die Folge dessen war für Herebrant offensichtlich, als er unter dem Torbau hervor in die Stadt hineinritt und der geraden Straße, die in ihr Zentrum führte, folgte. Die Häuser waren schmal und bis zu drei Ebenen hoch, und die Gassen zwischen ihnen waren eng. Nur die breite Hauptstraße, die vom Stadttor zum Zentrum und bis zum Großen Turm an der Ostmauer führte, bildete eine Ausnahme.

Die hohe Bevölkerungsdichte Merdonans machte die Stadt gleichermaßen stark und verwundbar, denn derart viele Menschen brauchten auch viel Wasser und Nahrung. Die Wasserversorgung war unproblematisch, denn durch die Nähe zum Sumpfland stand das Grundwasser hoch, und es war ebenso leicht, einen Brunnen zu graben, wie es schwierig war, ein stabiles Fundament in den Boden zu setzen. Die Versorgung mit Nahrungsmitteln erfolgte durch die Gehöfte im Umland der Stadt. Die Ostmark bot guten Weidegrund und Ackerboden, und es gab große Herden von Rindern und Schafen sowie einige ausgedehnte Getreidefelder im Westen des Landes. Im Falle einer Belagerung war man jedoch vom Nachschub abgeschnitten, und so achtete der Pferdefürst darauf, dass die

Nahrungsspeicher der Stadt stets gut gefüllt waren. Die unansehnlichen und plumpen Speicher standen rechts und links des Stadttores, damit der Transport des Lagergutes nicht durch die Stadt erfolgen musste.

Da man die Steine der Stadtmauer unter erheblichem Aufwand aus dem Gebirge hatte heranschaffen müssen, waren die Häuser vorzugsweise aus dem reichlich vorhandenen Holz der kleinen Haine errichtet worden. Um eine mehrgeschossige Bauweise zu ermöglichen, hatte man bei jedem Haus eine Art Stützgerüst aus Stein errichtet und dieses dann mit Holz gefüllt. Zur Straße hin kragten die Gebäude mit jedem Stockwerk weiter aus, was der Verdauung und nachfolgenden Erleichterung der Bewohner geschuldet war, und so schienen sich die gegenüberliegenden Häuser mit den Giebeln fast zu berühren.

Entlang der Stadtmauer waren die Handwerksbetriebe untergebracht. Dies hatte zwei praktische Gründe. Zum einen befanden sich hier die Schmieden mit ihren glühenden Essen, deren Funkenflug sich nicht so gut beherrschen ließ wie der einer ummauerten Kochstelle. Da sich die Handwerksbetriebe mit den Rückseiten an die steinerne Stadtmauer schmiegten und sie von der Stadt durch eine ringförmig verlaufende Straße getrennt waren, die dem schnellen Verlegen von Truppen diente, war damit die Gefahr einer Brandausweitung reduziert. Zum anderen lagen die Betriebe damit in direkter Nähe zum Wehrgang, sodass jede neu gefertigte Waffe und jeder Pfeil unverzüglich zu den Verteidigern der Mauer gelangte.

Natürlich waren alle Holzgebäude der Stadt mit dem Blut von Rindern gestrichen, damit sie einem Feuer länger widerstanden, und jedes Haus musste ein mit Wasser gefülltes Fass vor der Tür bereithalten, zur Bekämpfung eines Feuers oder des gelegentlich herabregnenden Dungs. Die Nähe zu den vielen Brunnen erleichterte das Nachfüllen, und die Pferdelords der Stadtwache achteten darauf, dass dies auch rasch geschah. Die Häuser waren teilweise mit Farben bemalt und wiesen Schnitzereien auf. Über dem Türsturz wurde das Zeichen der Familie angebracht und gelegentlich auch durch den Hinweis auf eine besondere Ruhmestat oder Fertigkeit seines Besitzers ergänzt.

Es gab in Merdonan keine Kanalisation wie in Eternas, und so stank es in der Stadt erbärmlich, auch wenn die Bewohner redlich versuchten, den Schmutz in den Griff zu bekommen. Dennoch konnten sich Bürger, die durch die Straßen gingen, manchmal nicht rechtzeitig vor dem herabstürzenden Dung in Sicherheit bringen.

Schließlich hatte der Pferdefürst der Ostmark die Anweisung erlassen, dass man sich tagsüber nur noch zu bestimmten Zeiten erleichtern dürfte. In regelmäßigen Abständen gab nun ein Hornbläser der Stadtwache das Signal, sodass die einen sich entleeren und die anderen sich davor in Sicherheit bringen konnten. Es funktionierte, zumindest für jene Menschen, die hier lebten oder das Signal kannten, aber auch nur dann, wenn sich die Verdauung eines Stadtbewohners an die vorgegebenen Zeiten hielt.

Merdonan ähnelte durchaus den anderen Städten des Pferdevolkes, und doch spürte der Bote des Königs einen wesentlichen Unterschied. Es lag nicht an der Stadt selbst, sondern an ihren Bewohnern. Diese gingen geschäftig ihren täglichen Verrichtungen nach, aber Herebrant vermisste das dabei übliche Geschrei und Lachen. Eine ungewöhnliche Anspannung schien über Merdonan zu liegen, und der Bote fragte sich, ob dies an der Nähe zur Grenze lag.

Er lächelte den Menschen aufmunternd zu und erntete nur selten eine Erwiderung. Die meisten sahen ihn nur neugierig an und wandten sich dann rasch wieder ihrer Arbeit zu. Was für ein Ort war dies, wo ein Angehöriger des Pferdevolkes nicht begierig auf Neuigkeiten aus den anderen Marken war? Aber vielleicht machte sich Herebrant auch einfach nur zu viele Gedanken.

Im Zentrum der Stadt befand sich der Versammlungsplatz, auf dem gerade Markt abgehalten wurde. Zahlreiche Stände waren errichtet worden, an denen Bauern und Züchter aus dem Umland ihre Waren und Tiere anboten. Einige hatten einfach Decken auf dem Boden ausgebreitet und boten darauf ihre Erzeugnisse feil, wie etwa Kleidung und Lederwaren oder die vielen Dinge des täglichen Bedarfs. Auch hier herrschte eine ungewöhnliche Ernsthaftigkeit, und Herebrant vermisste das lautstarke Feilschen, das jeden anderen Markt begleitet hätte. Er sah eine Gruppe von Männern, die durch ihr lautes Lachen auffiel, und spürte instinktiv, dass dies Händler aus einer anderen Mark sein mussten. Ihre Fröhlichkeit erschien dem Boten aufgesetzt, auch diese Männer gewahrten wohl die bedrückende Anspannung und versuchten auf ihre Weise damit umzugehen.

Herebrant ritt zwischen den Menschen und Ständen vorbei, und während er der breiten Straße weiter folgte, orientierte er sich an dem Großen Turm, an dessen Fuß sich auch der Sitz des Pferdefürsten der Ostmark befand. Im Gegensatz zu den anderen Pferdefürsten verzichtete der Herr der Ostmark auf eine eigene Burg, denn die Stadt selbst war ja bereits befestigt. Allerdings war das Haus des Pferdefürsten sehr groß und bestand, wie Mauer und Turm, aus massivem Stein. Im Erdgeschoss gab es nur ein großes Portal und keine Fensteröffnungen oder Schießscharten. Dafür boten zahlreiche Öffnungen in den beiden Obergeschossen die Möglichkeit, einen Angreifer mit Pfeilen zu beschießen. Die Außenwände des Hauses ragten lotrecht auf, und das Dach war flach und mit Steinplatten bedeckt. Auch auf ihm erhoben sich zwei kleine Katapulte. Das Gebäude wirkte auf Herebrant bedrückend, obwohl seine Besitzer es im Laufe der Jahrhunderte mit zahlreichem Zierrat versehen hatten. Kleine Statuen waren in die Mauern eingearbeitet und zeigten Szenen aus dem Leben der Pferdelords. Einige der Steinbilder waren beschädigt, wo feindliche Geschosse oder die Witterung ihnen zu sehr zugesetzt hatten, und eines wurde gerade von einem Steinschläger und seinem Gehilfen ausgebessert, die es von einem hölzernen Gerüst am Haus aus bearbeiteten. Das schwere Eingangsportal war mit dicken Säulen aus schwarzem Stein eingefasst und besaß zwei Flügel aus bestem Eisen, in die das Symbol der Pferdelords eingearbeitet war. Die Köpfe der beiden Pferde blickten dabei zur Mitte, die von einer symbolischen Darstellung des Großen Turms eingenommen wurde.

Auch hier standen zwei Pferdelords. Die Schwertmänner der Wache des Pferdefürsten blickten Herebrant ohne Freundlichkeit an. Was, bei den dunklen Abgründen, ging in der Ostmark vor?

„Herebrant aus der Königsmark", stellte er sich abermals vor. „Mit Botschaft von König Reyodem für den Herrn der Ostmark."

Einer der Schwertmänner wandte sich zum Portal. „Herebrant aus der Königsmark, mit Nachricht für Bulldemut."

Kein Willkommen, nicht einmal das Angebot, abzusitzen und sich zu erfrischen. Herebrant unterdrückte seinen aufsteigenden Ärger. Ein Flügel des Portals wurde nun geöffnet, und ein weiterer Schwertmann erschien. Er hielt den Helm nachlässig in der Armbeuge, und sein flammend rotes Haar war sichtbar. Er kam nicht einmal die wenigen Stufen herab, sondern blieb im geöffneten Türflügel stehen, eine Unhöflichkeit, die Herebrants Unmut noch steigerte. Immerhin wahrte er ein Mindestmaß an Etikette, indem er sich vorstellte.

„Harunt, Erster Schwertmann des Hohen Lords Bulldemut. Was wollt Ihr, Herebrant aus der Königsmark?"

„Das ist für die Ohren des Hohen Lords bestimmt", sagte Herebrant mit schärferer Stimme, als er es beabsichtigt hatte. „Bringt mich also zu ihm, Hoher Herr."

Harunt runzelte die Stirn und schwieg einen Moment. Schließlich zuckte er die Achseln. „Nun gut, dann steigt ab und folgt mir, Herebrant aus der Königsmark. Obwohl ich nicht wüsste, warum Ihr es nicht ebenso mir anvertrauen könnt." Er lächelte, und es war ein Lächeln ohne Wärme. „Es würde Euch ein wenig Aufwand ersparen."

Herebrant saß ab und unterdrückte seine Wut mit Mühe. Er hätte sein Pferd am hängenden Zügel stehen lassen können, aber die Unhöflichkeit, die ihm an diesem Ort entgegenschlug, ließ ihn die Zügel wortlos in die Hand einer der Wachen drücken. Schweigend stieg er die wenigen Stufen zum Portal hinauf, wo der Erste Schwertmann Harunt die Achseln zuckte und dann das Haus seines Herrn betrat.

Herebrant folgte und bemerkte dabei, dass Harunt das linke Bein ein wenig nachzog. Die unverfrorene Art des Mannes provozierte ihn zu einer beleidigenden Frage. „Vom Pferd gefallen?"

Für einen Pferdelord gab es kaum eine schwerwiegendere Beleidigung, es sei denn, man bezweifelte seine Ehre. Natürlich stürzte jeder Reiter auch einmal vom Pferd. Selbst ein

Pferdelord, vor allem, wenn die neuen Pferde zugeritten wurden. Unter den eigenen Gefährten nahm man den gutmütigen Spott dann auch hin. Aber niemand tat dies gegenüber einem Fremden.

Der Erste Schwertmann Harunt stockte in der Bewegung, und für einen Moment sah er Herebrant auf eine Weise an, als wolle er seine Klinge ziehen. Dann huschte ein breites Grinsen über sein Gesicht. „Nein, Herebrant aus der Königsmark. Von der Treppe. Gebt also Acht, dass Euch nicht Gleiches geschieht."

Sie waren einem langen Gang gefolgt, von dem eine Reihe Türen abging und der schmal und schmucklos war. Einige Brennsteinfackeln standen flackernd in ihren Halterungen und warfen ein unruhiges Licht in den Gang, der ansonsten dunkel war. Der grinsende Harunt wies ein Stück vor sich. „Da mir dieses Missgeschick einst unterlief, werdet Ihr sicher Verständnis haben, Herebrant aus der Königsmark, wenn ich Euch den weiteren Weg allein gehen lasse. Ihr werdet den Hohen Lord Bulldemut oben finden."

Herebrant begriff.

Er sah den Aufgang und die ersten steilen Stufen. Sie standen am Fuß des Großen Turms, und offensichtlich befand sich der Pferdefürst der Ostmark oben auf der Plattform. 1654 Stufen galt es zu überwinden, und Herebrant wusste nun, warum Harunt die Beleidigung hingenommen hatte. Der Erste Schwertmann fand seine Genugtuung darin, dass der Bote des Königs nun bis auf die Aussichtsplattform hinaufsteigen musste. Er ignorierte das leise Auflachen des Ersten Schwertmanns und machte sich daran, die Ostwache zu besteigen.

Schon bald verfluchte er den Pferdefürsten. Es war ungebührlich, von einem Boten des Königs Reyodem den beschwerlichen Aufstieg zu verlangen. Andererseits war es vielleicht nicht weniger ungebührlich, von Bulldemut zu erwarten, zu dem Boten herunterzusteigen, um sich dann womöglich wieder hinaufbegeben zu müssen. Vielleicht hätte Herebrant einfach darauf warten sollen, bis der Pferdefürst von allein wieder herunterkam, doch nun blieb keine andere Möglichkeit mehr, als die schier endlosen Stufen zu erklimmen.

Als guter Pferdelord war Herebrant keine langen Fußmärsche gewöhnt. Oh, er führte sein Reittier regelmäßig am Zügel, wie jeder gute Pferdelord, aber dabei überwand er nicht solche Höhen. Vor allem seine Schenkel begannen bald zu schmerzen. Am Anfang blickte er gelegentlich durch die schmalen Schießscharten nach draußen, um zu sehen, wie hoch hinauf er inzwischen gekommen war, aber nach einigen Ebenen konzentrierte er sich nur noch darauf, oben anzugelangen. Als er endlich durch eine eiserne Klappe auf die Plattform hinaustrat, rang er keuchend nach Atem und spürte seine Beine kaum noch.

Drei Pferdelords hielten auf der Plattform Wache. Ein schlanker Mann in der Tracht der Schwertmänner wandte sich ihm zu, und nur das reich bestickte Wams zeigte Herebrant, dass er endlich dem Herrn der Ostmark gegenüberstand. Das rechte Ohr des Pferdefürsten fehlte zum größten Teil, was sicher nicht von einem Treppensturz herrührte.

Der Mann kniff die Augen zusammen und musterte den nach Luft schnappenden Herebrant mit einem ironischen Lächeln. „Die Anzahl der Stufen ist beeindruckend, nicht wahr, guter Herr Pferdelord? Doch das ist nichts gegen die Aussicht, die sich Euch von hier oben aus bietet. Sie entschädigt für die Mühsal. Tretet näher und seht selbst."

Bulldemut schob den schnaufenden Herebrant am Stapel des vorbereiteten Signalfeuers vorbei zur östlichen Einfassung der Plattform hinüber. „*Das* ist beeindruckend, nicht wahr?“

Der Pferdefürst wies mit einer ausholenden Geste vor sich, und Herebrant konnte den sichtlichen Stolz des Mannes verstehen. Er ignorierte den scharfen Wind, der ihm hier oben entgegenblies, und sah fasziniert auf die Landschaft, die sich seinen Blicken darbot. Die Aussicht war in der Tat überwältigend, und es wurde offensichtlich, dass ein Angreifer kaum unentdeckt bleiben würde.

„Niemand kann sich der Ostmark unbemerkt nähern“, sagte Bulldemut lächelnd. „Selbst in der Nacht ist dies kaum möglich. Seht Ihr die ausgedehnten Flächen der weißen Sümpfe, guter Herr? In der Nacht sind sie von einem sanften Glühen erfüllt. Die Leute sagen, es seien die Seelen der dort erschlagenen Männer. Sie würden versuchen, zu den Goldenen Wolken aufzusteigen, doch seien sie unter dem Wasser des Sumpfes gefangen. Aber wahrscheinlich ist es nur Sumpfgas.“

Der Pferdefürst lachte leise. „Wie dem auch sei, das Glühen belässt nichts im Verborgenenen. Schleicht jemand durch den Sumpf, ist seine Silhouette vor dem Widerschein zu sehen. Nur in den frühen Zehnteltagen des Morgennebels reicht die Sicht nicht weit genug. Aber diese Spanne ist zu kurz, als dass ein Angreifer den Sumpf unentdeckt durchqueren könnte.“

Die weißen Sümpfe, an deren westlichsten Grenze Merdonan lag, breiteten sich über viele Tausendlängen nach Norden, Süden und Osten hin aus. Sie bildeten eine unheilvoll wirkende Fläche aus grauem Schlamm und schwarzem Morast, zwischen dem hier und da glitzernde Wasserflächen zu erkennen waren. Das Wasser schien nicht tief zu sein, denn Schilfrohre ragten an vielen Stellen auf. Selbst jetzt, da die Sonne am Himmel stand, konnte Herebrant keine Spur trockenen Grundes erkennen. Kein Pfad schien durch den Sumpf zu führen. Dennoch gab es ihn, aber er war schmal, schwer zu finden und sehr gefährlich. Man musste ihn in einer Reihe hintereinander beschreiten und zudem Abstand halten, um den Grund nicht allzu sehr zu belasten. Es dauerte sehr lange, auf ihm eine nennenswerte Truppe durch die weißen Sümpfe zu führen. Viele Zehnteltage. Tagsüber konnte der Feind eine solche Truppe schon auf große Entfernung erkennen, und in der Nacht würden die Sterne für ausreichende Sicht sorgen. Doch selbst wenn sie verschwanden, tauchte der seltsam phosphoreszierende Nebel, der aus den Sümpfen aufstieg, alles in ein unwirkliches Glühen. Nein, niemand konnte sich durch die Sümpfe hindurch unbemerkt nähern. Ihre Schrecken waren gleichermaßen Bedrohung und Schutz für Merdonan.

Unvermittelt schwand das Lächeln aus Bulldemuts Gesicht, und er sah Herebrant scharf an. „Und nun sagt mir, wer Ihr seid, guter Herr Pferdelord, und was Euer Begehr ist. Euer Wams zeigt mir, dass Ihr aus der Königsmark kommt. Ein Mann des Hofes?"

„Herebrant", ächzte dieser, der langsam seinen Atem wiederfand. „Ich bringe Nachricht von Reyodem, dem König."

„Reyodem, dem König", wiederholte Bulldemut und lächelte erneut. „Und was will Euer König?"

Euer König? Herebrant errötete. „Der König der Pferdelords beruft die Beritte der Marken zur gemeinsamen Übung in die Königsmark."

Bulldemut lachte auf. „So, tut er das?"

„Hoher Lord, Ihr wisst, es ist üblich dies zu tun", erwiderte Herebrant, um einen höflichen Ton bemüht. „Und Ihr wisst, es ist üblich, dem Ruf zu folgen."

Der Pferdefürst der Ostmark sah ihn nachdenklich an. „Die Ostmark wird Reyodem keinen Beritt stellen, bevor nicht über die Rechtmäßigkeit von Reyodems Anspruch entschieden ist. Richtet das Eurem König aus."

Herebrant legte unwillkürlich die Hand an den Schwertgriff, und Bulldemut streckte blitzschnell die eigene Hand vor, um die des Boten mit unerwarteter Kraft festzuhalten. „Ihr verweigert dem König die Treue", keuchte Herebrant empört.

„Nicht dem König", korrigierte Bulldemut mit kalter Stimme. „Erst muss entschieden werden, wer der rechtmäßige König der Pferdelords ist."

Er stieß Herebrant abrupt von sich. „Sagt dies Eurem Herrn Reyodem. Garodem hat der Krone nicht vor dem Rat der Pferdefürsten entsagt. Reyodem soll die Versammlung einberufen, die dann endgültig über die Thronfolge entscheiden mag. Ich werde Reyodems Anspruch anerkennen, wenn Garodem öffentlich vor dem Rat verzichtet."

Die beiden Männer sahen einander an, und man spürte die Spannung zwischen ihnen. Herebrant sah die Blicke der Schwertmänner des Pferdefürsten, die ihn aufmerksam beobachteten. So sehr es ihn auch danach verlangte, den Pferdefürsten mit der blanken Klinge an seinen Treueid zu erinnern, musste er doch einsehen, dass dies nicht der Moment dazu war.

„Ich werde dem König die Nachricht überbringen", sagte er schließlich, nur mühsam beherrscht.

Bulldemut nickte. „Wem auch immer. Tut es und reitet schnell, denn es wird bald dunkeln."

Es war ein glatter Hinauswurf, und Herebrant wandte sich wütend ab, um wieder ins Erdgeschoss hinunterzusteigen. Das Lachen Bulldemuts schien ihn die Treppe hinab zu verfolgen, und das breite Grinsen, mit dem Harunt ihn unten empfing, ließ Herebrant die Erniedrigung noch stärker empfinden.

Noch nie zuvor war ein Bote des Königs der Pferdelords auf solche Weise behandelt worden, und in Herebrant kochte noch immer die Wut, als er die Stadt Merdonan hinter sich ließ. Er trieb sein Pferd zu raschem Trab und würde nicht ruhen oder rasten, bis Reyodem Kunde von dem empörenden Benehmen Bulldemuts erhalten hatte. Reyodem musste nun entscheiden, ob Worte oder Lanzen seine Antwort darauf übermitteln sollten.

11

Garodems Schädel fühlte sich schwer an und war von einem Pochen erfüllt. Der Pferdefürst der Hochmark stützte den Kopf missmutig in seine Hände, während er an seinem Schreibtisch saß und den Worten Tasmunds lauschte. Torkelt, der Kommandeur der Pferdelords, hatte sich ohne viel Aufhebens verabschiedet und war am frühen Morgen in dem Umhang eines einfachen Stadtbewohners aus der Burg geritten. In zwei Tagen würde der Beritt der Hochmark ihm folgen. Scheinbar auf dem Weg zur Übung in der Königsmark würden die Männer dann an den Furten des Eisen zum Land der Barbaren einschwenken.

Garodem ächzte leise. „Wir hatten nur Wein und Gerstensaft, Tasmund, mein Freund, aber mir scheint, als wäre das Blor des Zwergenvolkes gereicht worden."

Tasmund nickte schmerzerfüllt. Immerhin blickten seine Augen etwas klarer, was darin begründet lag, dass er seinen dröhnenden Schädel zuvor lange Zeit unter den Wasserstrahl des Hauptbrunnens gehalten hatte. Das eisige Nass hatte ihn erfrischt, aber auch der Erste Schwertmann hätte bereitwillig geschworen, dass der alte Schmied Guntram gerade dabei war, Tasmunds Schädel mit einem besonders schweren Hammer zu bearbeiten.

„Ein Beritt von hundert guten Männern, Garodem, Pferdefürst", wiederholte der Erste Schwertmann. „Ich werde die besten Schwertmänner auswählen. Diejenigen, die keine Gefahr scheuen und jede Waffe beherrschen. Aber wir werden zusätzlich einige Pferdelords aus den Weilern und Gehöften einberufen müssen. So ist es üblich, wenn der König einen Beritt aufruft."

„Wählt die Männer gut aus, Tasmund, mein Freund. Es wird nicht einfach sein, denn wir brauchen erfahrene Kämpfer, und die Männer müssen glauben, es gehe nur zu einer Übung. Du weißt selbst, wie unsere braven Pferdelords auf den Ruf zu einer Übung reagieren."

Tasmund nickte lächelnd und verzog sofort schmerzhaft das Gesicht. „Sie werden jeden Grund vorschieben, ihr fernzubleiben. Die Schafschur, die in Wahrheit längst beendet ist, ausgerissene Rinder, die sie suchen müssen, Pferde, die es zu beschlagen gilt." Tasmund seufzte. „Ah, Garodem, mein Pferdefürst, wenn wir nur die Losung geben könnten ... Wenn die Pferdelords wüssten, dass es gilt, den Eid zu erfüllen und die Waffen aufzunehmen, niemand würde einem guten Kampf fernbleiben."

„Wir können die Losung aber nicht geben", knurrte Garodem. „Der wahre Zweck unseres Aufbruchs muss verborgen bleiben, bis wir abgerückt sind."

„Wir?"

Garodem lächelte. „Macht Euch keine Hoffnung, guter Freund. Ihr werdet in der Hochmark bleiben und Larwyn treu zur Seite stehen."

„Ihr könntet meine Lanze und mein Schwert sehr wohl brauchen."

„Das weiß ich", räumte Garodem ein. „Aber die Hochmark braucht sie ebenso. Ich will den besten Kämpfer an Larwyns Seite wissen, falls der Mark Gefahr droht."

„Die Grenzen sind ruhig und sicher, Garodem, mein Hoher Lord."

„Die Grenzen mögen ruhig sein", warf dieser lächelnd ein.

„Aber sie sind niemals sicher, Hoher Herr Tasmund."

Der Erste Schwertmann brummte unwillig, aber er wusste, dass Garodem sich nicht erweichen lassen würde, ihn mit in das Barbarenland zu nehmen. „Wir müssen die Pferdelords einzeln auffordern, ihnen vielleicht einen verstohlenen Fingerzeig geben, dass ihre Waffen geschärft sein sollten. Für die ‚Übung' des Königs."

Garodem strich sich über den Bart. „Es müsste aber ein sehr verstohlener Fingerzeig sein."

„Ich werde meinen Finger im Umhang verbergen", erwiderte Tasmund grinsend.

„Ihr wollt es selbst tun?"

Der Erste Schwertmann nickte. „Je weniger Männer den wahren Grund kennen, desto sicherer bleibt er verborgen. Ihr kennt doch unsere Pferdelords, Garodem, mein Hoher Lord. Wenn es eine gute Geschichte zu erzählen gibt, können sie sich nicht mehr halten."

Garodem lachte auf. „Ja, da könnte man es gleich dem guten Herrn Malvin auf die Nase binden." Er wurde ernst. „Ihr habt sicher überlegt, wen Ihr ansprechen wollt, nicht wahr?"

„In jedem Fall den guten Herrn Dorkemunt. So klein er auch sein mag, ich kenne keinen besseren Pferdelord."

„Dorkemunt, ja." Der Pferdefürst nickte und rieb sich ächzend den Nacken. „Doch wenn Ihr Dorkemunt einberuft, mein guter Freund Tasmund, dann wird sich Nedeam kaum abweisen lassen."

Nedeam, jener Knabe, der im Alter von nur zwölf Jahren seinem Herrn Garodem heimlich in den Krieg gegen die Orks gefolgt war und sich so tapfer geschlagen hatte, dass er der jüngste Angehörige des Pferdevolkes wurde, der den grünen Umhang der Pferdelords erhielt und den Treueid leistete. Vor drei Jahren hatte er eine entscheidende Rolle gespielt, als die Männer Garodems dem Zwergenvolk beistanden. Nun war Nedeam ein siebzehnjähriger Mann, der mit seinem älteren Mentor Dorkemunt ein untrennbares Gespann bildete.

„Der eine wird nicht ohne den anderen gehen", bekräftigte Garodem. „Beruft Ihr Dorkemunt, so wird Nedeam folgen. Ebenso wäre es umgekehrt. Wahrhaftig, Tasmund, mein Freund, jeder von ihnen würde gewiss eigenhändig die Mauern dieser Burg niederreißen, würden wir ihm die Teilnahme verweigern."

„Also beide."

„Also beide", bestätigte Garodem. „Aber Ihr wisst, mein guter Freund, was dies bedeutet. Meowyn wird versuchen, Euch die Augen auszukratzen."

Meowyn, die hübsche blonde Heilerin der Hochmark, hatte einst mit ihrem Mann Balwin und dem Sohn Nedeam ein kleines Gehöft bewirtschaftet, doch dann waren die Orks in die Hochmark eingefallen. Balwin war getötet und Meowyn verletzt worden, doch Nedeam hatte seine Mutter retten und nach Eternas bringen können. Die elfische Heilerin Leoryn hatte die blonde Frau durch ihr enormes Wissen über den Verlust des Gemahls hinweggetröstet, denn Meowyn war sehr wissbegierig und verschrieb sich schon bald der Heilkunst. Inzwischen war sie die anerkannte Heilerin Eternas', aber noch immer die Mutter Nedeams, der nun das Gehöft zusammen mit Dorkemunt weiterführte. Meowyn würde nicht begeistert sein, wenn ihr Sohn erneut einer Gefahr entgegenritt, und gerade Tasmund würde es schwerfallen, ihr dies begreiflich zu machen. Denn der eher wortkarge und Frauen gegenüber schüchterne Tasmund hatte sich in Meowyn verliebt und sich bereits, wie Larwyn Garodem berichtet hatte, der blonden

Heilerin erklärt. Bislang war es jedoch nicht dazu gekommen, dass Tasmund und Meowyn Zügel und Wasserflasche teilten, obwohl die anderen Bewohner der Burg dies sehr begrüßt hätten. Doch es lag nicht in der Macht des Pferdefürsten, die Herzen zweier Menschen einander zuzuwenden.

Tasmund seufzte ergeben. „Meowyn, die Hohe Frau Heilerin, ich weiß."

Garodem spürte die widerstreitenden Gefühle, die seinen Freund und treuen Ersten Schwertmann bewegten. Er hätte ihm gerne geholfen oder ihm einfach in freundschaftlicher Geste die Hand auf die Schulter gelegt, aber er wahrte Distanz, denn er wusste, dass seine Anteilnahme nichts an Tasmunds gefühlsmäßigem Leid ändern konnte. Meowyn hing noch immer an ihrem verstorbenen Gemahl, was Garodem als ungewöhnlich empfand. Die Trauer um einen Angehörigen war zwar normal, aber man musste weiterleben und durfte sich nicht in der Erinnerung verlieren, wie Meowyn dies tat. Sie hätte sich längst einen neuen Gefährten erwählen sollen, um wieder glücklich werden zu können, und der brave Tasmund wäre beileibe nicht die schlechteste Wahl.

Ach, die beste Art, einen Pferdelord aus seinen trüben Gedanken zu reißen, war immer noch die Aussicht auf einen guten Kampf. „Tasmund, alter Freund, wann werdet Ihr reiten, um die Auserwählten zu benachrichtigen?"

„Noch in diesem Zehnteltag, Garodem." Tasmund blickte kurz zu der Karte an der Wand hinüber. „Ich denke, Ihr solltet neben siebzig Schwertmännern der Wache auch dreißig Pferdelords der Weiler und Gehöfte nehmen. Das entspräche dem üblichen Anteil bei einer Übung des Königs."

„Gut. Dann macht es so. Achtet aber darauf, dass niemand zu früh erfährt, woum es wirklich geht. Ich will keine Geschichten, die Unruhe hervorrufen.“

„Ihr kennt unsere Pferdelords, mein Fürst. Selbst unsere Schwertmänner wissen noch nicht, welches Ziel der Beritt haben wird. Aber ich bin mir sicher, sie ahnen es bereits.“

Garodem seufzte. „Gute Pferdelords sind wie trainierte Pferde. Sie wittern einen Kampf.“

Tasmund nickte. „Und unsere Männer sind gute Pferdelords, Garodem, mein Hoher Lord.“

Ihre Ahnungen hätten die beiden sofort bestätigt gefunden, wenn sie vom Haupthaus der Burg Eternas hinüber zur Unterkunft der Schwertmänner gegangen wären.

Diese hatte zwei Geschosse und lag an der Ostmauer der Burg, schräg gegenüber dem Haupthaus. Sie war gleichermaßen Unterkunft und Aufenthaltsraum. In den gemauerten und erstaunlich trockenen Kellergewölben lagerten unbenutzte Bettstätten, Truhen und Lederzeug. Im Erdgeschoss führten drei Stufen zu der schmalen Tür hinauf, die sich direkt in den kombinierten Schlaf- und Aufenthaltsraum öffnete. Bei einem Alarm waren die Schwertmänner rasch auf den Mauern, die sie zu schützen hatten, oder bei den Pferden, wenn es galt, hinauszureiten.

In der Mitte des Raumes standen Tische und Bänke aus schwerem Holz, deren Risse und Kerben auf häufige Benutzung hindeuteten. Entlang der Wände waren die zweigeschossigen Betten aufgereiht, die schmal und niedrig waren, aber mit den strohgefüllten Matratzen ihren Zweck erfüllten. An den Betten befanden sich Truhen für jeden der Schwertmänner. Sie enthielten Ersatzkleidung und die persönliche Habe. Letztere bestand aus Gegenständen, die nur selten materiellen Wert besaßen, oftmals jedoch mit wertvollen Erinnerungen behaftet waren. Andenken an alte Freunde und vergangene

Schlachten, an Frauen und lange Ritte, die einen wichtigen Teil ihres Lebens ausmachten. Die Schwertmänner der Pferdelords waren ungebundene Männer, die nur dem Treueid verpflichtet waren und ihre Gedanken voll auf den Kampf konzentrieren konnten, ohne von der Sorge um die zurückbleibende Familie abgelenkt zu werden. Bei den Pferdelords, die im Kriegsfall durch die Losung einberufen wurden, war dies anders.

Die Schwertmänner waren stolz auf ihren Status, aber es gab Fälle, in denen die Liebe einen von ihnen mit einem Weib zusammenführte. Dann stand es ihm frei, den Dienst in Ehren zu verlassen, um sein Leben als Pferdelord mit der Gefährtin zu teilen. Ebenso konnte ein Pferdelord eines Weilers oder Gehöftes sich den Schwertmännern verpflichten. Diese Möglichkeit des Wechsels vom Status eines Schwertmanns zu dem eines Pferdelords und umgekehrt wurde allgemein begrüßt, denn die Ausbildung zum Schwertmann beförderte die Wehrhaftigkeit der Männer.

Es gab keine Brennsteinleuchter in der Unterkunft. Stattdessen standen kleine Brennsteinbecken auf den Tischen, die im Fall eines Angriffs schnell zu löschen waren. Zum vorderen Burghof hin hatte die Unterkunft kleine Fenster, die hoch angebracht und niedrig waren, sodass man bequem mit einem Bogen in den Hof schießen konnte, wenn man eine Sitzbank unter die Fenster stellte, es aber einem Angreifer zugleich schwerfallen würde, einen Pfeil in den Raum hineinzuschicken. An der Rückseite, welche die Ostmauer der Burg bildete, gab es im Erdgeschoss keine Öffnungen. Seitlich der Tür waren Halterungen für die Lanzen der Männer angebracht und neben den beiden Brennsteinöfen, welche die Unterkunft im Winter heizten, standen zwei Regale für ihre Schwerter. Das Schwert war das Symbol des Schwertmanns, ebenso wie der typische Rosshaarschweif an seinem Helm. Die Pferdelords der Weiler führten hingegen nur selten ein Schwert. Ihre bevorzugten Waffen waren, neben der Lanze, die jeder Kämpfer führte, Pfeil und Bogen und die langstielige Streitaxt, die man mit großer Wucht vom Pferderücken aus schwingen konnte.

Das Erdgeschoss war ein einziger großer Raum, von dem aus eine schmale Treppe ins Obergeschoss hinaufführte. Das Dach stieg von der Außenmauer zum Burghof hin leicht an, um auftreffende Pfeile über den Hof hinwegzulenken. An der Hofseite konnte man gerade noch aufrecht stehen, doch an der Rückseite war dies nur an einer Stelle möglich. Dort war ein hölzerner Verschlag in das Dach eingelassen, der wie eine Nase aus der Südmauer hervorragte. Es gab eine ganze Reihe solcher Vorsprünge in den Außenmauern der Burg. An ihnen konnte man sich erleichtern und seinen Dung auf das Vorfeld fallen lassen.

Einen Teil des Gebäudes hatte man vor einigen Jahren abgeteilt und umgebaut. Dort befand sich nun das kleine Hospital der Burg, das von der Heilerin Meowyn betreut wurde. Auch hier gab es im Erdgeschoss einen Aufenthaltsraum, welcher der Heilerin als Sprechzimmer, Behandlungsraum und Operationsbereich diente. Er war nach den Bedürfnissen der Heilerin hergerichtet worden. So hatte man zwei Regale und einen Tisch aufgestellt, in denen die Utensilien der Heilerkunst Platz fanden. Tiegel und Töpfe, irdene und metallene Gefäße mit Kräutern, Wurzeln, Körnern, Salben und vielen Dingen, deren Zweck all jenen verborgen blieb, die der Heilkunst nicht mächtig waren.

Zwei kleine Räume im Kellerbereich des Hospitals dienten den Forschungen der blonden Heilerin. Hier lagerte sie Moose, Kräuter und zahlreiche Pulver, mit denen sie experimentierte und deren Wirkung sie untersuchte. Man hätte vielleicht sagen können, dass die Heilerin im Keller zusammenbraute, was sie im Erdgeschoss anwandte, um dann im Obergeschoss die Wirkung dessen zu studieren, denn dort standen die Betten, in denen ihre Patienten genasen. Aber kein Pferdelord hätte eine solche Rede geführt, denn man schätzte Meowyn sehr.

Auch Mortwin gehörte zu den Bewunderern der hübschen Heilerin, doch im Augenblick kümmerte sie sich um eine delikate Stelle seines Leibes, was den gutmütigen Spott des Schwertmanns Haronem hervorrief, der mit verschränkten Armen neben der Tür des Hospitals lehnte und dabei zusah, wie der verletzte Pferdelord versorgt wurde.

„Glaubt mir, Hohe Frau Meowyn, ich konnte wirklich nichts dafür", ächzte der auf dem Bauch liegende Mortwin. „Der Pfad vom vorderen Signalfeuer in den Pass hinab ist steil, wirklich steil, und zudem sehr rutschig." Mortwin ächzte schmerzerfüllt. „Ah, seid ein wenig behutsam, Hohe Frau Heilerin."

„Haltet still, guter Herr Mortwin", wies Meowyn ihn zurecht. „Wenn Ihr so zappelt, nähe ich Euch versehentlich noch etwas anderes zusammen als die Wunde."

„Ihr habt eine mächtig große Nadel, Hohe Frau", seufzte der Verletzte.

„Ihr habt ja auch ein mächtig großes Hinterteil", warf der grinsende Haronem ein. „Stellt Euch nicht so an, mein Freund, es ist nur ein kleiner Riss."

„Aber die Nadel unserer Hohen Frau Meowyn ist um so größer", knurrte Mortwin. „Ich möchte Euch sehen, wenn sie Euer Gesäß zersticht."

„Haltet still, guter Herr Mortwin, ich habe noch ein kleines Steinchen entdeckt", sagte Meowyn leise. „Ich muss es entfernen, damit die Wunde sauber ist.“

Mortwin krallte die Hände um die Kante des Behandlungstisches, während die Heilerin eine Pinzette nahm und etwas Schmutz aus der Wunde entfernte. Der Pferdelord errötete, als er spürte, wie sie den Wundbereich sorgsam begutachtete.

„Er hat es nicht so mit Blättern“, sagte Haronem.

Mortwin errötete noch stärker. „Ich putze mein Gesäß ebenso wie Ihr. Aber zieht Ihr Euch einmal Blätter durch die Falte Eures Gesäßes, wenn es so verstümmelt ist.“

„Es ist nur ein kleiner Riss“, korrigierte Meowyn. „Habt Euch nicht so, guter Herr Mortwin. Die Wunde ist jetzt sauber. Ich werde sie nun verschließen, danach eine heilende Salbe auftragen und sie dann verbinden. Euer Gesäß wird rascher und gründlicher wieder ganz sein als Euer Beinkleid.“

Mortwin grunzte. „Ich bin einfach ausgerutscht. Die verdammten Steine haben mir die Hose ruiniert. Eine wirklich gute Hose, Hohe Frau Meowyn. Bestes Tuch und Leder. Ich werde sie ausbessern müssen.“

„Haltet still, denn noch bin ich dabei, Euer Gesäß auszubessern.“

Mortwin hatte lediglich etwas Pech gehabt. Der Pfad, der vom Signalfeuer hinabführte, war von einem Regenguss ein wenig aufgeweicht worden. Mortwin war ausgerutscht und den Pfad ein gutes Stück auf seinem Gesäß hinabgerutscht. Hose und Hinterteil hatten darunter gelitten, und der Pferdelord hatte sich einen tiefen Riss in einem der Gesäßmuskel zugezogen. Der Heimritt nach Eternas war für ihn zu einer Tortur geworden, zumal er noch den Spott der anderen hatte ertragen müssen.

„Vernäht es nur gut“, ächzte Mortwin. „Morgen will ich wieder auf dem Rücken meines Pferdes sitzen.“

Meowyn nahm einen kleinen Tiegel und strich eine übel riechende Salbe auf die Wunde. „Damit werdet Ihr noch eine Weile warten müssen, guter Herr Mortwin. Wenn Ihr Euch zu früh aufs Pferd schwingt, könnte die Naht reißen und die Wunde wieder aufbrechen."

Mortwin stieß ein missbilligendes Knurren aus. „Dann näht noch ein zweites Mal darüber, Hohe Frau Meowyn. Es muss einfach halten. Morgen reitet der Beritt Garodems, und ich mag dabei nicht fehlen."

Haronem musterte seinen nörglerischen Freund mit einem Lächeln. „Es ist nur eine Übung, alter Freund."

„Unsinn." Mortwin erwiderte Haronems Blick. „Das ist keine einfache Übung. Es wird ein Waffengang, das sage ich Euch."

Meowyn runzelte die Stirn und legte einen Wundverband über das verletzte Gesäß. „Wie meint Ihr das, guter Herr Mortwin? Man sagt, es sei eine vom König einberufene Übung der Pferdelords. Wie kommt Ihr darauf, dass ein Waffengang daraus würde?"

Mortwin bemerkte die verstohlene Geste nicht, die sein Freund Haronem machte. „Glaubt mir, Hohe Frau Heilerin, mein Gesäß mag gelitten haben, nicht jedoch mein Schädel. Wir stellen Extraverpflegung zusammen, und jeder Mann soll zwei Wasserflaschen mit sich führen. Nein, Hohe Frau Meowyn, wir mögen zum König reiten, aber sicher nicht für eine Übung."

Die Heilerin sah die beiden Pferdelords nachdenklich an. „Zwei Wasserflaschen und Extrarationen?"

Haronem hüstelte und blickte beschwörend zu seinen Freund, und als nun auch Meowyn den Schwertmann forschend musterte, errötete Haronem verlegen.

„Und zusätzliche Rationen für die Pferde", bestätigte Mortwin. „Zudem werden die Pfeilköcher voll aufgefüllt und zusätzliche Pfeile aus der Waffenkammer geholt."

„Ich denke, Euer Gesäß ist nun gut genug vernäht", bemerkte Haronem heiser. „Ihr solltet Euch jetzt darum kümmern, dass auch Euer Beinkleid geflickt wird, oder wollt Ihr mit nacktem Gesäß vor den König treten?"

Mortwin drehte sich und verzog kurz das Gesicht, als er auf dem Behandlungstisch zu sitzen kam. „Habt Dank für Eure Mühe, Hohe Frau Meowyn. Wenn Ihr so gut seid und mir mein Beinkleid reicht?"

Meowyn hob die zerrissene Hose auf, die noch zusätzlich hatte leiden müssen, als die Heilerin das Beinkleid aufgetrennt hatte, um die Verletzung besser versorgen zu können. „Ihr glaubt also nicht, dass es nur eine Übung ist? Versteht mich recht, Ihr guten Pferdelords, aber mein Sohn Nedeam will mit dem Beritt ausreiten."

Mortwin räusperte sich verlegen, als er begriff, was sein Freund Haronem ihm hatte signalisieren wollen. „Ah, sicher, Hohe Frau Meowyn, es wird eine Übung. Ihr kennt ja die Ersten Schwertmänner der Marken. Die sind doch nie damit zufrieden, wie ein Beritt die Ordnung hält. Zudem haben schon lange keine Beritte mehr zusammen geübt. Beritte aus verschiedenen Marken, meine ich."

Mortwin schwieg verlegen, und Meowyn sah ihn mit zusammengekniffenen Augen an. „Wisst Ihr zufällig, wo sich der Hohe Herr Tasmund gerade befindet?"

Haronem zuckte verlegen die Achseln. „Er wollte zu den Weilern reiten, um ein paar Pferdelords für den Beritt zu rekrutieren."

„Der Erste Schwertmann selbst?" Meowyn fand dies ungewöhnlich. Normalerweise übernahm einer der Schwertmänner diese Aufgabe.

„Er wird froh sein, wieder einmal auf dem Pferd sitzen zu können", sagte Haronem eine Spur zu rasch. Der Schwertmann verfluchte innerlich Mortwins Geschwätzigkeit. Sie beide spürten, dass der Beritt nicht nur zu einer Übung auszog. Alle Schwertmänner spürten das. Natürlich wurden die Rüstungen auf Hochglanz gebracht, wie es für eine gemeinsame Übung üblich war. Keine Mark wollte vor der anderen zurückstehen, und so wurde die Ausrüstung sorgfältig ausgebessert. Waffen, Harnische und Lederzeug waren zwar immer in Ordnung, denn ein Pferdelord war stets kampfbereit. Aber an der ein oder anderen Stelle hatte ein Schild vielleicht etwas Farbe verloren oder war ein zierendes Beiwerk stumpf geworden, und so beseitigten die Schwertmänner an diesem Morgen auch solche Schönheitsfehler. Wohl alle Männer spürten, dass es bei dem Einsatz um weitaus mehr ging, als nur gut auszusehen. Leder und Steine wurden besonders sorgfältig über die Klingen gezogen, um diese zu schärfen, jedes Teil wurde kritisch auf seine Festigkeit überprüft und jeder einzelne Pfeil begutachtet.

„Wartet, Ihr guten Herren Pferdelords, ich werde Euch begleiten." Meowyn schloss sorgsam den Tiegel mit der Salbe, warf die benutzten Instrumente in eine Schale mit heißem Wasser und wandte sich dann zur Tür. „Ich denke, ich werde einige Worte mit dem Ersten Schwertmann wechseln."

Die beiden Pferdelords sahen einander missvergnügt an, und Mortwin seufzte schwach, als er die wenigen Stufen in den Hof hinabhumpelte.

Meowyn blickte zum Stall hinüber. Pferde standen in langen Reihen vor den Stallungen, und Männer waren zwischen ihnen zu sehen, die jedes der Tiere genau überprüften, wobei sie ihr besonderes Augenmerk den Hufeisen widmeten. Guntram, der alte Schmied, stand neben einer kleinen Esse und war dabei, einige der Pferde zu beschlagen. Dies war normales Tagewerk, doch Meowyn erkannte als erfahrene Frau des Pferdevolkes den kleinen, aber wesentlichen Unterschied. Denn für die bereits beschlagenen Pferde fertigte Guntram zusätzliche Eisen an, wie es nur erforderlich war, wenn man damit rechnete, unterwegs abgenutzte Eisen wechseln zu müssen. Bei einem Ritt in die Mark des Königs wäre dies nicht erforderlich gewesen, denn es gab genug Weiler, wo man die Eisen hätte austauschen können.

Meowyn sah Mortwin und Haronem mit umwölkter Stirn an, und die beiden Pferdelords nickten ihr hastig zu, um dann mit schnellem Schritt in die Unterkunft der Schwertmänner zu eilen. Die blonde Heilerin beachtete sie nicht weiter, denn sie hatte die schlanke Gestalt Tasmunds ausgemacht, der am Vorratshaus der Burg stand.

Es war ein plumper Bau mit massiven Wänden ohne Fenster. Hier lagerten die gesamten Vorräte der Burg in dunklen, trockenen Räumen, die man stets gut verschlossen hielt, damit keine Nager eindringen konnten. Trockenfleisch, Mehl, Gemüse und Obst wurden hier aufbewahrt und regelmäßig daraufhin überprüft, ob etwas verdorben war. Die Vorräte dienten dazu, der Bevölkerung über einen langen Winter hinwegzuhelfen oder im Fall einer Belagerung die Ernährung sicherzustellen.

Nun stand die dicke Bohlentür des Gebäudes offen, und man erkannte Männer, die im Schein von Fettlampen und kleinen Brennsteinbecken durch die Regalreihen gingen und Vorräte in lederne Satteltaschen und Proviantbeutel füllten.

„Hoher Herr Tasmund, erlaubt mir ein paar Worte."

Der Erste Schwertmann zuckte zusammen, als er Meowyns Stimme hinter sich hörte, und wandte sich zu ihr um. „Hohe Frau Meowyn. Ich hörte, Ihr musstet des guten Herrn Mortwins Gesäß vernähen?"

Meowyn ging auf seine Frage nicht ein und deutete auf das geschäftige Treiben im Vorratshaus. „Ein wenig viel Trockenfleisch, Beeren und Hartbrot für einen Übungsritt, meint Ihr nicht, Hoher Herr Tasmund?"

Tasmund zuckte die Achseln. „Ihr kennt doch unsere Pferdelords, gute Frau Meowyn. Sie sind immer hungrig."

„Ja, und immer begierig auf einen Kampf", fügte sie hinzu und musterte Tasmund forschend.

Der Erste Schwertmann errötete ein wenig. „Ja, schade nur, dass ihre Erwartungen diesmal enttäuscht werden. Übungen sind zwar hart, aber doch eher langweilig. Man fuchtelt viel mit der Klinge herum, ohne sie in Blut tauchen zu können."

„So, so." Meowyn deutete zu den Stallungen, wo das Klingen des Schmiedehammers zu hören war. „Extraeisen, Extrarationen, Extrafeldflaschen und Extrapfeile … Ich vermag selbst, eine Waffe zu führen, Hoher Herr Tasmund, also versucht nicht, mich zu täuschen."

Tasmunds Gesichtsröte verstärkte sich. „Seht es mir bitte nach, Hohe Frau Meowyn. Ihr wisst, ich würde niemals versuchen …"

Meowyn sah ihn an und legte dem verdutzten Tasmund plötzlich ihren Finger auf die Lippen. „Schweigt, guter Freund. Bringt Euch nicht in Verlegenheit. Ihr würdet mich sehr wohl täuschen, wenn Garodem dies von Euch verlangte."

Sie zog ihren Finger zurück, und die beiden sahen einander für einen Moment schweigend an. Schließlich seufzte Tasmund leise. „Es ist nur eine Übung“, brummte er. „Offiziell. Mehr darf nicht über meine Lippen kommen.“

„Ich verstehe.“ Meowyn beobachtete einen Stallburschen dabei, wie er Tasmunds gesatteltes Pferd heranführte. „Ihr reitet zu den Weilern und Gehöften, Hoher Herr Tasmund?“ Sie lächelte ironisch. „Um ein wenig zu … üben?“

Er schwieg, und Meowyn musterte ihn nachdenklich. „Lasst mich raten, Hoher Herr Tasmund. Ihr werdet nur die Besten einberufen, nicht wahr?“ Er schwieg noch immer, was die blonde Heilerin in ihrem Verdacht bestätigte. „Dorkemunt und … Nedeam?“

Tasmund nickte dem Stallburschen zu und ergriff die Zügel seines Pferdes. „Verzeiht, Hohe Frau Meowyn, doch ich muss nun reiten, die Zeit drängt.“

Er saß auf, und Meowyn legte ihre Hand auf die seine. „Sagt es mir, guter Freund Tasmund. Werdet Ihr Dorkemunt und Nedeam einberufen?“

Tasmund leckte sich über die Lippen, dann nickte er zögernd und trieb sein Pferd hastig an. Meowyn trat zurück und sah dem Ersten Schwertmann nach, während sie dem geschäftigen Treiben in der Burg lauschte. Sie kannte die Pferdelords ebenso, wie sie Tasmund kannte. Er vermochte nicht, sie zu täuschen. Der Beritt würde weitaus mehr tun, als nur mit den Klingen zu fuchteln. Er rückte aus, um sie in Blut zu tauchen. Der Beritt mit Nedeam, ihrem Sohn. Sie kannte ihn und seinen Mentor Dorkemunt. Nichts würde die beiden davon abhalten, mitzugehen, denn sie waren Pferdelords mit jeder Faser ihres Körpers. Meowyn spürte, wie sie gleichermaßen Stolz und Sorge empfand.

12

Verflucht, halt ihn fest, er keilt wie eine läufige Stute“, knurrte Dorkemunt wütend und zog hastig das Schurmesser zurück. „Ich hätte ihm fast das Gehänge gekürzt, dann wäre es nichts mehr mit neuen Lämmern. Halt ihn endlich fest.“

Nedeam versuchte es ja, aber der Schafbock fürchtete wohl um seine Männlichkeit, was Nedeam beim Anblick des Schurmessers durchaus nachvollziehen konnte. Dabei hatte der Bock sich nur eine eitrige Entzündung zugezogen, welche die beiden Schafzüchter und Pferdelords nun versorgen wollten. Doch sie waren sich mit dem Bock nicht einig, und das Tier zappelte und keilte heftig, während Nedeam versuchte, es in den Griff zu bekommen.

Nedeam war mit seinen siebzehn Jahren ein schlanker Mann, dessen Körper vom Leben in der Hochmark durchtrainiert war. Er hatte das dunkle Haar seines verstorbenen Vaters Balwin und dessen Stärke geerbt, dazu die Reflexe und die Entschlossenheit seiner Mutter Meowyn. Trotz seiner jungen Jahre zählte er bereits zu den erfahrenen Pferdelords, und was ihm nicht schon sein Vater hatte vermitteln können, war ihm von seinem Mentor Dorkemunt beigebracht worden. Da seine Mutter nach dem Tod des Vaters als Heilerin in Eternas geblieben war, bewirtschaftete Nedeam das Gehöft gemeinsam mit seinem älteren Freund. Die Schafherde war nur klein, aber sie bot eine ausreichende Lebensgrundlage, und die beiden Männer waren genügsam. Nedeam trug die Beinkleider und Stiefel der Pferdelords und das einfache braune Wams eines Schafhüters. Im Gürtel steckte ein langes Messer, doch seinen geliebten Bogen hatte er am Pferd belassen, denn er brauchte alle Beweglichkeit, um den Bock zu halten.

Endlich gelang es dem Siebzehnjährigen, den Lederriemen um die Läufe des sich sträubenden Tieres zu schlingen. Ächzend zog er die Riemen fest und drückte den Bock auf den Boden. „Ich habe ihn."

Dorkemunt brummte zustimmend und öffnete die eitrige Geschwulst des Bocks. Das Tier blökte schmerzerfüllt und bäumte sich auf, sodass Nedeam sich fast darüber werfen musste. „Ich werde ihm den Hintern rasieren, damit kein Fell in die Wunde gelangt und ihm ein wenig von Meowyns Salbe auftragen. Das wird ihm nicht gefallen."

Nedeam grinste. „Würde es mir auch nicht."

„Aber die Salbe ist gut", brummte Dorkemunt und zog die scharfe Klinge behutsam durch das Fell. „Sicher, sie brennt ein wenig, aber sie hemmt die Entzündung. Ist eine gute Heilerin, deine Mutter."

„Ich weiß." Nedeam lächelte stolz. Er hielt den Bock mit einer Hand nach unten und kratzte sich mit der anderen im Gesicht.

Dorkemunt lachte freundlich. „Du solltest dich endlich entscheiden, ob du einen wirklichen Bart tragen willst. Das kurze Stachelgewächs an deinem Kinn mag ich nicht einen Bart nennen. Der muss lang und wallend sein."

Nedeam schüttelte den Kopf. „Ich schätze es nicht, wenn man am Bart erkennt, welche Speisen sein Träger zu sich genommen hat."

„Was ist dagegen einzuwenden?", brummte Dorkemunt. „Wir brauchen uns unserer Speisen nicht zu schämen."

„Du solltest dir Bartzöpfe flechten, wie es die guten Herren Zwerge tun", lachte Nedeam auf. „An dem deinen kann ich ja sogar noch erkennen, was wir vor einem Zehntag zu essen hatten."

Sein Gegenüber errötete ein wenig. „Du übertreibst. Erst vorgestern habe ich ihn ausgebürstet."

Dorkemunt war ein Pferdelord von ungewöhnlich kleiner Statur. Ohne seinen grünen Umhang hätte man ihn von hinten wohl für einen nicht besonders großen Knaben gehalten. Seine Gestalt wirkte auf dem Rücken seines starken Wallachs wie die eines Zwerges, zumal er eine Streitaxt bevorzugte, die seinen Oberkörper noch zu überragen schien. Doch wenn man den Pferdelord ins Antlitz blickte, erkannte man sofort den erfahrenen Kämpfer. Sein Gesicht war faltig und vom Alter und der Witterung zerfurcht. Von der rechten Wange zog sich eine Narbe bis zu seinem Kinn, und sein Lächeln wirkte auf einen unbefangenen Betrachter stets ein wenig verzerrt und fast bösartig. Dabei war Dorkemunts Gutmütigkeit in der ganzen Hochmark bekannt.

Der kleine Pferdelord stammte aus der Ostmark, wo er Rinderhüter gewesen war. Bei einem Überfall der Orks auf seine Familie war nur er entkommen. Erfüllt von Trauer und Zorn hatte er einen einsamen Rachefeldzug begonnen, um seine Lieben zu rächen und endlich Frieden zu finden. Während er durch das von Orks heimgesuchte Land zog, stieß er auf den damals zwölfjährigen Nedeam, der den Pferdefürsten Garodem suchte. Der Mut und Eifer des Jungen hatte Dorkemunt beeindruckt, und so hatte er sich seiner angenommen. Gemeinsam waren sie schließlich mit den Beritten der Pferdelords in die Hochmark zurückgekehrt, gerade rechtzeitig, um Eternas vor dem Untergang zu retten. Nedeam war damals von Garodem zum Pferdelord gemacht worden. Eine außergewöhnliche Geste, da dies eigentlich erst mit dem sechzehnten Lebensjahr geschehen durfte, und der Pferdefürst hatte dies eher als Anerkennung gemeint. Niemand hatte ernsthaft erwogen, den Knaben zusammen mit den Pferdelords in einen Kampf ziehen zu lassen. Aber wenige Jahre später war genau das geschehen, und Dorkemunt und Nedeam hatten schließlich eine entscheidende Rolle beim Kampf um die Zwergenstadt Nal't'rund gespielt. Jetzt war Nedeam mit seinen siebzehn Jahren einer der erfahrensten Kämpfer, und Dorkemunt war von Stolz auf seinen Schützling und Freund erfüllt.

Der kleinwüchsige Pferdelord war nicht mehr in die Ostmark zurückgekehrt, die für ihn mit schmerzlichen Erinnerungen verbunden war, sondern in der Hochmark geblieben, um Nedeams Mentor und schließlich dessen Freund zu werden, denn die beiden lernten einander bald zu schätzen. Zweimal schon hatten sie Seite an Seite gegen die Orks gekämpft, und keinem von ihnen gefiel der Gedanke, einmal ohne den anderen in einem Kampf zu stehen.

„Gut, du kannst ihn laufen lassen", sagte Dorkemunt auflachend. „Die Wunde wird heilen. Allerdings wird er in der nächsten Zeit eine Dame nur beeindrucken können, wenn er seinen nackten Hintern vor ihr versteckt."

Nedeam stimmte in Dorkemunts Lachen ein und öffnete den Lederriemen. Der Bock blökte empört, rappelte sich auf und hetzte dann hastig zu den anderen Schafen hinüber, die sich in Gruppen über das kleine Seitental verteilt hatten. Dorkemunt reinigte das scharfe Schurmesser, indem er es einige Male in den Boden stieß und danach an seiner Hose abwischte. Dann gingen sie zu ihren Pferden hinüber und saßen auf.

Dorkemunt bevorzugte einen grobknochigen Wallach als

Reittier, was ihn von manchen Pferdelords unterschied, die kraftvolle Hengste schätzten. Aber er wollte nicht, dass sein Reittier von einer rossigen Stute abgelenkt wurde. Nedeam hingegen ritt den großen braunen Hengst, den ihm einst sein Vater geschenkt hatte. Das Tier hatte einen lang gezogenen weißen Fleck auf seiner Stirn, was ihm zu seinem Namen Stirnfleck verholfen hatte. Beide Pferde waren für den Kampf trainiert und wussten Gebiss und Hufe als Waffen zu gebrauchen. Während Nedeam auf seinem Stirnfleck einen stattlichen Anblick bot, schien der kleine Dorkemunt auf seinem ungewöhnlich großen Wallach sogar noch zu schrumpfen.

Nahezu gleichzeitig richteten die beiden Pferde ihre Köpfe zum Eingang des Seitentals und schnaubten leise. Instinktiv zog Nedeam seinen Bogen von der Schulter und legte einen Pfeil auf, während Dorkemunt seine Hand an den Griff der Streitaxt legte. Ein Reiter tauchte vor ihnen auf, und Nedeam ließ die Waffe sinken. „Ein Schwertmann."

Dorkemunt beschattete seine Augen gegen das grelle Sonnenlicht. „*Der* Schwertmann, mein Freund. Es ist der Erste Schwertmann."

„Tasmund?" Nedeam blinzelte überrascht.

„Eben der." Dorkemunt trieb seinen Wallach den Hang hinunter. „Es muss schon einen besonderen Grund haben, wenn der gute Herr Tasmund uns besuchen kommt. Komm, lass uns hören, was er zu sagen hat."

Schafe stoben blökend auseinander, als die drei Pferdelords aufeinander zuritten und sich fast in der Mitte des kleinen Tals trafen. Der Erste Schwertmann und sein Pferd waren staubbedeckt, was einen raschen Ritt verriet. Dorkemunt war der Ältere, aber da offiziell Nedeam das Gehöft gehörte, war es an ihm, den Ankömmling zu begrüßen.

„Seid gegrüßt und willkommen, Hoher Herr Tasmund." Nedeam legte die Schwerthand zum Gruß an die Brust. „Was führt Euch zu uns?"

„Seid gegrüßt, Ihr guten Herren. Ich danke Euch für das Willkommen." Tasmund nahm den Helm mit dem blauen Rosshaar ab und wischte sich den Schweiß von der Stirn. „Der Hohe Lord Garodem wird mit einem Beritt in die Königsmark ausrücken, um an einer Übung teilzunehmen. Ich dachte mir, Ihr fändet vielleicht Interesse daran, teilzunehmen."

Nedeam wies mit ausholender Geste um sich. „Ihr kommt ungünstig, Hoher Herr Tasmund. Wir haben die Spuren eines Pelzbeißers entdeckt und werden nun die Schafe schützen müssen."

Dorkemunt musterte den Ersten Schwertmann und legte eine Hand auf Nedeams Arm. „Ah, warte, Nedeam, mein Freund, die Spuren sind recht alt. Eine Übung, sagtet Ihr, Hoher Herr Tasmund?"

Tasmund lächelte. „Eine sehr interessante Übung."

Nedeam hatte noch nicht das Gespür seines älteren Freundes. „Was vermag an einer Übung interessant zu sein?"

„Man lernt andere Länder und Leute kennen", brummte Dorkemunt und sah den Ersten Schwertmann forschend an. „Oder täusche ich mich, Hoher Herr Tasmund? Wie interessant wird die Übung?"

„Doppelte Rationen und zwei Wasserflaschen pro Pferdelord und Pferd." Tasmund blickte auf seine Fingernägel. „Ein paar Extrapfeile könnten nicht schaden."

Dorkemunt grinste und lehnte sich im Sattel vor. „Gar ein paar Ersatzeisen für die Hufe?"

„Wären bestimmt nicht überflüssig."

Nedeam sah die beiden älteren Pferdelords mit offenem

Mund an. Plötzlich begriff er, was die beiden Männer da andeuteten. „Die Losung?"

Tasmund schüttelte den Kopf. „Nicht die Losung, guter Herr Nedeam. Nur ein Beritt mit verlesenen Pferdelords, der zu einer Übung des Königs reitet."

„Ich denke, die Spuren des Pelzbeißers sind furchtbar alt. Eigentlich sind sie kaum erwähnenswert", sagte Dorkemunt mit gedehnter Stimme. „Das Tier dürfte inzwischen gar an Altersschwäche gestorben sein. Ja, ich glaube, unsere Schafe werden auch eine Weile ohne uns auskommen."

Nedeam nickte zögernd. „Wir könnten die Leute von Halfars Gehöft bitten, ein Auge auf sie zu haben."

Halfar und seine Familie hatten das benachbarte Gehöft bewirtschaftet, waren aber von Orks erschlagen worden. Inzwischen hatte eine andere Familie das Gehöft übernommen, und die beiden erwachsenen Söhne der neuen Besitzer würden über die kleine Herde Nedeams und Dorkemunts wachen und sie nötigenfalls mit der eigenen vereinigen.

„Eilt Euch, Ihr guten Herren", sagte Tasmund und setzte den Helm wieder auf. Er schüttelte den Kopf, als blau gefärbte Pferdehaare sein schweißbedecktes Gesicht kitzelten. „Ich muss noch weiter zum Horngrundweiler und dann zum Quellweiler."

„Die Besten der Besten, nicht wahr?", brummte Dorkemunt und nickte. Er sah Nedeam kurz an. „Wer zuletzt am Gehöft ist, muss die Rüstung des anderen polieren!"

Übergangslos trieb der kleine Pferdelord seinen Wallach an und preschte davon. Nedeam stieß einen kurzen Schrei aus, und Stirnfleck folgte bereitwillig. Tasmund lachte nur und ritt dann ebenfalls an, um die Weiler aufzusuchen.

Es war ein kleiner freundschaftlicher Wettbewerb zwischen Nedeam und Dorkemunt. Kein Pferdelord würde es zulassen, dass sich ein anderer der eigenen Rüstung oder Waffen annahm. Ein jeder war selbst für seine Ausrüstung und deren Pflege verantwortlich.

Dorkemunts Wallach war groß und machte weite Sprünge, doch Stirnfleck war kraftvoller und etwas schneller. Dennoch hatte Dorkemunt zunächst die Nase vorn, denn der kleinwüchsige Pferdelord war leicht und belastete sein Tier nicht so sehr. Aber über längere Distanzen machte sich Stirnflecks größere Kraft bemerkbar. Staub wirbelte unter den Hufen auf und wurde zu einer dünnen Fahne, die sich hinter den Reitern in die Luft hob und zögernd wieder verflüchtigte.

Die beiden Reiter preschten durch das Seitental und durch ein weiteres hindurch, in dem der Hufschlag ihrer Pferde von den Felsen wiederhallte. Ein Scharfschnabel schwang sich empört vom Aas eines Wildläufers hoch und schwebte krächzend über den beiden Reitern, bis sie vorüber waren, um dann flügelschlagend wieder zu seiner Mahlzeit hinabzusinken.

Vor den Reitern öffnete sich nun das kleine Tal, in dem sich Balwins Gehöft befand, und die beiden Pferde galoppierten nahezu Kopf an Kopf. Der kleine Dorkemunt schrie vergnügt und schien im Sattel seines Wallachs auf- und abzuhüpfen, während Nedeam in den Steigbügeln stand. Das Gehöft kam rasend schnell näher, während die Hufe über den Boden trommelten und den Staub aufwirbelten.

Das Gehöft bestand aus dem Haupthaus, einem kleinen Verschlag, der in der Nähe eines Bachlaufes stand und aus einer Koppel, in der sich Ersatzpferde oder Schafe unterbringen ließen.

Ein Stück vom Haus entfernt lag die kleine Koppel, in deren einer Ecke sich ein offenes Mauergeviert befand, das mit

Grassoden und Steinen gedeckt war. Wenn im Winter die schweren und gelegentlich auch mit Eiskörnern vermischten Regenstürme einsetzten, konnten sich die Pferde dorthin zurückziehen.

Einige Längen vor dem Haus stand die Tränke, und Nedeam stieß einen Jubelschrei aus, als Stirnfleck sie als Erster erreichte. Dann zügelte er seinen Hengst und blickte siegesgewiss zu Dorkemunt, der ihn angrinste und an ihm vorbeipreschte.

„Ich bin Erster", rief der kleinwüchsige Pferdelord triumphierend und ließ einen überraschten Nedeam hinter sich.

Dorkemunt zügelte seinen Wallach an dem kleinen Verschlag, der neben dem Bachlauf stand, und sprang aus dem Sattel. Er grinste den Siebzehnjährigen breit an, schob das Fell vor dem Zugang zur Seite und verschwand mit einem Satz in dem Verschlag, in dem man sich erleichtern konnte, ohne das Haus mit unangenehmen Gerüchen zu füllen.

Nedeam saß kopfschüttelnd ab, führte Stirnfleck ein paar Runden um die Tränke herum und ließ ihn dann saufen. Als Dorkemunt mit erleichtertem Gesichtsausdruck wieder hervortrat, sah Nedeam ihn mit gespieltem Zorn an. „Du hast mich überlistet. Wir reiten immer nur bis zur Tränke."

„Im Krieg und in der Notdurft ist alles erlaubt", erwiderte Dorkemunt lachend und versorgte seinen Wallach. „Komm, lass uns unsere Sachen packen. Der Hohe Herr Tasmund sagte ja, es eile."

Sie öffneten die massive Tür und hängten ihre grünen Umhänge an die dafür vorgesehenen eisernen Haken. Balwins Haus bestand aus dem Wohnraum, der einstigen Kammer der Eltern, die nun Nedeam nutzte und Dorkemunts Kammer. Dicke Schaffelle hingen vor den Zugängen der Kammern, in denen die mit Lederriemen gebundenen Bettstätten standen.

Der Wohnraum war behaglich eingerichtet und enthielt einen großen Tisch mit einer Bank und drei Schemeln aus gutem Holz. An der einen Wand standen zwei große eisenbeschlagene Truhen, in denen Nedeam und Dorkemunt ihre Rüstungen und Waffen aufbewahrten. Nur die grünen Rundschilde lehnten neben der Tür an der Wand.

Die beiden ungleichen, doch unzertrennlichen Pferdelords schlangen hastig eine kalte Mahlzeit hinunter, dann gingen sie sofort zu ihren Truhen, öffneten sie und zogen ihre Ausrüstung hervor.

Nach drei Jahren legte Nedeam nun wieder seine Rüstung an, um dem Aufruf Tasmunds zu folgen. Er hatte sie in dieser Zeit regelmäßig gepflegt, sie allerdings auch ändern müssen, denn er war gewachsen und hatte an den richtigen Stellen zugelegt. Nedeam zog sein Wams aus, streifte das Kettenhemd über und legte dann sein dickes Lederkoller um. Als Waffen gürtete er einen kurzen Dolch und das Schwert seines verstorbenen Vaters Balwin. Er hatte in den vergangenen Jahren unermüdlich geübt und konnte inzwischen recht geschickt damit umgehen. Die Waffe war für einen einfachen Pferdelord ungewöhnlich, anders als der Bogen, den er vortrefflich einzusetzen wusste. Nur Nedeams Handhabung der Stoßlanze bereitete Dorkemunt noch immer ein wenig Sorge. Sein junger Freund legte auch jetzt noch nicht genügend Kraft hinter die Lanze, um die dicke Rüstung eines Rundohrs durchstoßen zu können. Sie hatten es zwar oft geübt, doch seltsamerweise schien Nedeam die traditionelle Waffe der Pferdelords nicht zu behagen. Dafür fanden seine Pfeile jede schwache Stelle im Panzer eines Rundohrs.

Nedeam schlang sich den langen grünen Umhang der Pferdelords um die schmalen Schultern und schloss die Spange mit den gekreuzten Pferdeköpfen vor seinem Hals. Dann nahm er sein grünes Rundschild auf, das als Symbol in weißer Farbe die Tatze eines Pelzbeißers zeigte.

Zum Abschluss setzte er den halbrunden Helm mit dem rotbraunen Lederbezug auf den Kopf und nickte dann zufrieden zu Dorkemunt.

Dieser trug kein Kettenhemd und keine metallene Rüstung, denn er scheute das Gewicht einer solchen Panzerung, die ihn nur einengte und schwerfällig machte. Lieber verließ er sich auf die Kraft seiner Arme und auf seine ungewöhnlich große Streitaxt. Aber der lederne Brustharnisch war aus sehr hartem Material und passgenau. Auch Dorkemunt setzte den lederbezogenen Metallhelm auf seinen Kopf und legte dann den grünen Umhang um seine Schultern.

Sie packten Verpflegung in ihre Provianttaschen und füllten ihre Wasserflaschen auf. Beide besaßen nur jeweils eine der aus Ton gebrannten und mit Leder bezogenen bauchigen Flaschen, und so zog Dorkemunt schweigend zwei Schafdärme aus seiner Truhe hervor. Sie füllten die Flaschen und Därme an der Tränke, und Dorkemunt sah Nedeam neugierig an.

„Was glaubst du, Nedeam, mein Freund, wohin der Beritt reiten wird?"

„Dem Feind entgegen", antwortete Nedeam.

„Das denke ich auch." Dorkemunt hielt die gefüllten Wasserbehälter vor Nedeams Gesicht. „Und wo werden wir diesen Feind finden können?"

Nedeam blähte die Backen und kratzte sich am Bart. Plötzlich glitt ein Lächeln über sein Gesicht. „Ich verstehe, worauf du hinauswillst. Zwei Wasserflaschen, nicht wahr? Im Land des Pferdevolkes und auch in dem der Zwerge lässt sich überall Wasser finden. Das Dünenland?“

Dorkemunt grinste. „Es kann nicht anders sein. Aber schweige darüber. Es wird Tasmund und unserem Pferdefürsten nicht behagen, wenn man zu früh darüber spricht. Also, halte die Zunge im Gehege deiner Zähne.“

Sie hängten die Wasserbehälter und Futtersäcke für die Pferde an die Sättel, dann befestigten sie die Rundschilde an den Sattelknäufen und saßen auf.

„Ich glaube, es könnte wirklich eine interessante Übung werden“, lachte Nedeam.

Dorkemunt grinste breit. „Ich denke, da hast du recht. Schneller Ritt ...“

„... und scharfer Tod“, vervollständigte Nedeam die Losung der Pferdelords.

Dann trieben sie ihre Pferde an, um dem Ruf Garodems zu folgen.

13

Es war früh am Abend, als Barus den „Donnerhuf“ erreichte und durch die beiden Türflügel in den Schankraum trat. Es war bemerkenswert ruhig. In einer Ecke spielten drei junge Leute die traditionellen Instrumente des Pferdevolkes, und eine junge Frau sang dazu eine der alten Balladen. Offensichtlich gefiel es den Gästen, denn die meisten lauschten dem Gesang und stimmten begeistert in den Refrain ein. Barus bemerkte die blonde Schuhmacherin Esyne unter ihnen und stellte überrascht fest, dass sie eine sehr schöne Stimme hatte, solange sie sich nicht ereiferte.

Barus schob sich hastig auf den Tresen zu und hob beschwichtigend die Hand, als Malvin ihn freudestrahlend begrüßen wollte. Der Schankwirt verzichtete auf die Begrüßung und nickte verständig, als Barus den Tresen erreichte. „Sie singt wirklich gut, nicht wahr? Man spürt förmlich, wie die alten Pferdelords in ihre Schlachten reiten. Ihr hättet sie vorhin hören sollen. Die Ballade vom alten Pelzbeißer. Barus, mein Freund, da steht mir noch jetzt das Wasser in den Augen. Gerstensaft?“

Barus nickte und wies mit dem Daumen hinter sich zu der Gruppe der musizierenden jungen Leute. „Seit wann interessiert Ihr Euch für alte Balladen, Malvin, mein Freund?“

Malvin beugte sich verschwörerisch vor und schenkte Barus ein. „Ach, die Balladen sind mir nicht so wichtig. Aber sieh dir die Sängerin an, mein Freund. Eine schöne Stimme, schöne Beine und auch sonst stimmt alles an ihr.“

Barus schmunzelte. „Sucht Ihr nach einem Weib, mit dem

Ihr knarzen könnt? Ich meine, Ihr seht mir nicht nach einem Mann aus, der gleich Zügel und Wasserflasche teilen will.“

„Ihr habt ganz recht“, brummte Malvin lächelnd. „Warum die Manneskraft an ein einzelnes Weib verschwenden, wenn man doch so viele glücklich machen kann?“

Malvin hatte in den Jahren an Umfang gewonnen, und es fiel Barus schwer, sich vorzustellen, wie der Wirt ein Weib wohl glücklich machen wollte. Malvin griff unter dem Tresen nach einem kleinen Krug Blutwein, der nur für ihn selbst bestimmt war. Er bemerkte den interessierten Blick eines Gastes und zuckte die Achseln. „Mir bleiben nur die Reste, guter Herr. Euch schenke ich natürlich den Besten aus, aber ich will den unwürdigen Bodensatz nicht verkommen lassen.“

Er schenkte sich ein, nippte an seinem Krug und schüttelte sich demonstrativ. „Ah, den kann ich Euch wirklich nicht zumuten, guter Herr.“ Malvin stellte den kleinen Krug zurück und griff nach dem großen, der für den Ausschank bestimmt war. „Kommt, guter Herr, ich schenke Euch nach, wie ich sehe, ist Euer Becher leer.“

„Vielleicht möchte ich lieber von dem kleinen Krug unter dem Tresen, guter Herr Wirt“, meinte der Gast und wies unter die Theke.

Malvin errötete ein wenig. „Ich kann das nicht verantworten, guter Herr. Am Ende müsste ich gar die Hohe Frau Heilerin rufen, weil der Inhalt Euch nicht bekommt.“

Der Gast grinste. „Aber Euch bekommt er, guter Herr Wirt?“

Malvin zuckte die Achseln. „Mein Magen ist dagegen abgehärtet, guter Herr. Das bringt mein Beruf so mit sich. Ach, was muss ich nicht alles vorkosten, bevor ich es Euch ausschenken kann.“

Die junge Sängerin stimmte ein schnelles Lied an, und der Gast warf Malvin noch einen skeptischen Blick zu, bevor er sich auf die Sängerin konzentrierte.

Der Wirt beugte sich zu Barus. „Gibt es keine guten Geschichten, so gibt es eben gute Lieder. Stimme und Anblick dieses Weibes steigern jedenfalls den Umsatz."

Hinter Barus ertönte ein Poltern, und er vernahm Toslots Stimme, die von der Tür herübertönte. „Gerstensaft, guter Herr Malvin, und zwar rasch, ich verdurste, ebenso wie meine Felder."

Einige Gäste fuhren herum und ermahnten den schmächtigen Bauern grimmig zur Ruhe. Toslot zuckte die Achseln und trat neben Barus, während Malvin ihm einen Gerstensaft einschenkte.

„Eine fürchterliche Hitze heute", seufzte der Bauer. „Ich hoffe, es gibt bald einen guten Regensturm. Die Felder trocknen aus. Wir müssen Eimer und Fässer hinüberschleppen und Rinnen graben, damit wir die Pflanzen wässern können." Er ächzte. „Eine Plackerei bei der Hitze, das sage ich Euch."

Er nahm dankbar den Becher entgegen und leerte ihn hastig. „Schenkt nach, Malvin, guter Freund."

Barus grinste. „Nehmt Euch Zeit, guter Herr Toslot."

„Ich bin durstig", erwiderte der Bauer und schob den Becher zu Malvin, der schulterzuckend nachschenkte. „Es ist wirklich heiß."

Barus nickte. „Aber es wird abkühlen. Noch ein halber Zehnteltag bis zum Sonnenuntergang."

Malvin sah zu, wie Toslot trank, und grinste. „Toslot sicher auch. Das ist jetzt schon der zweite Gerstensaft, und Ihr wisst ja, er verträgt nicht viel."

Die Ballade endete mit einem tremolierenden Akkord, und

die Gäste schlugen applaudierend mit den Fäusten auf die Tische oder stampften mit den Füßen. Offensichtlich wollten die jungen Leute nun eine Pause einlegen, denn die Gäste verteilten sich wieder im Schankraum. Barus bemerkte, wie sich Esyne im Raum umsah, und wollte sich schon ducken, doch war es bereits zu spät. Ein ungewohnt strahlendes Lächeln zeigte sich auf ihrem Gesicht, und sie kam zielstrebig zum Tresen herüber.

„Guter Herr Barus, alter Nagerjäger“, sie schlug ihm freundschaftlich auf die Schulter und sah dann den Gast neben sich an. Es war Nolwin, dessen rechtes Ohr arg verstümmelt war. Eine kurze, aber verbissene Diskussion mit Esyne war der Grund für seinen Verlust, und er hatte kein Verlangen nach weiteren Einbußen. Daher setzte er ein schiefes Lächeln auf und machte rasch Platz. Esyne trat neben Barus und strahlte ihn an. „Es erfreut mich, Euch zu sehen.“

Toslot und Malvin rissen ihre Augen auf und sahen Esyne betroffen an, bis Malvin grinste und Barus ein verstohlenes Zeichen gab, das erheblich zu seiner wachsenden Unruhe beitrug. „Nun denn“, brummte der Nagerjäger verlegen.

Esyne lächelte und zeigte ihre makellosen Zähne. „Warum so wortkarg? Ihr braucht nicht scheu zu sein, Barus. Ich unterhalte mich gerne mit Euch.“ Sie strich mit der Hand über seinen kräftigen Oberarm. „Ihr seid anders als die meisten Gäste, die den ‚Donnerhuf‘ aufsuchen. Die schielen alle auf meine Figur, aber sie trauen sich nie, sich mit mir zu unterhalten.“

Meist verliefen Esynes Unterhaltungen ja auch recht handgreiflich, dachte Barus mit Unbehagen. Er befand sich jetzt im besten Mannesalter, war aber einer Frau noch nie zuvor so nahe gekommen. Er war ohne Mutter bei seinem Vater aufgewachsen, und seine Kenntnisse über weibliche Wesen beschränkten sich auf die wenigen kargen Bemerkungen seines Vaters und die selten tiefschürfenden Ausführungen der meist angetrunkenen Gäste des „Donnerhufes“.

„Ich muss gestehen, guter Herr Barus, dass Ihr der einzige Mann seid, der mich interessieren könnte“, gurrte Esyne und lächelte freundlich. Dieses Lächeln schien die Schuhmacherin auf erschreckende Weise zu verändern. Zumindest auf eine für Barus erschreckende Weise, der nun spürte, wie er errötete. „Sagt, guter Herr Barus, habt Ihr schon einmal mit dem Gedanken gespielt, Euch zu verbinden?“

Es war seltsam. Obwohl sie nicht sehr laut gesprochen hatte, schienen alle Gäste des „Donnerhufes“ diese Frage gehört zu haben. Eine ungewöhnliche Stille hatte sich sofort über den Schankraum gesenkt. Nur Toslot stieß ein leises Ächzen aus, bevor er in sich zusammensackte, doch im Augenblick schien sich niemand dafür zu interessieren, ob der dritte Gerstensaft oder ein Schock den schmächtigen Bauern niedergestreckt hatte.

Barus starrte Esyne verlegen an und wusste nicht, wie er reagieren sollte. Und ausgerechnet sein alter Freund Malvin streute dann noch Salz in die klaffende Wunde, als er sich grinsend vorbeugte, über den Tresen wischte und laut seinen Kommentar abgab. „Ich glaube, das klingt nach Zügeln und Wasserflasche.“

Barus stieß ein ersticktes Ächzen aus.

„Offensichtlich ist der gute Herr Barus ein wenig schüchtern“, warf einer der Gäste spöttisch ein. „Oder er hat Angst, mit Euch zu knarzen, gute Frau Esyne.“

Die blonde Schuhmacherin drehte sich langsam um. „Wie meint Ihr das, guter Herr?“, fragte sie gedehnt.

Der Gast errötete ein wenig und suchte nach einem Weg,

ungeschoren davonzukommen. „Ach, nichts weiter, gute Frau Esyne. Nichts weiter."

Ein anderer grinste breit. „Der gute Herr Barus sollte froh sein, dass er noch beide Ohren hat. Er muss sich nur einmal den armen Herrn Nolwin anschauen."

Esynes Augen verengten sich.

Eigentlich war Barus froh darüber, dass es ein wenig lebhafter wurde. Denn es gab ihm die Gelegenheit, seine geliebte Keule zu ergreifen und den „Donnerhuf" zu verlassen, bevor sich Esynes Aufmerksamkeit erneut auf ihn richtete. Sicher, er verließ den Schankraum vielleicht ein wenig rascher als gewöhnlich, aber schließlich war es schon spät, und er wollte ja vor Anbruch der Dunkelheit zu Hause sein.

14

Die Stadt des Königs der Pferdelords war schon von Weitem erkennbar. Enderonas war auf einem Hügel errichtet worden, dessen Flanken erst flach und dann immer steiler anstiegen. Die Stadt beherbergte Tausende von Menschen, und doch wirkte sie ungewöhnlich weitläufig, denn ihre Erbauer hatten weit vorausgeplant.

Zunächst hatte man die Burg des Königs errichtet, in die sich die Bewohner Enderonas notfalls zurückziehen konnten und die sich über die gesamte, steil ansteigende Kuppe des Hügels erstreckte. Ihre Mauern folgten dem Verlauf der Kuppe, wodurch ihre Seiten ungleichmäßig und ein wenig verwinkelt waren. An jedem dieser Winkel ragte ein gedrungener Wehrturm in den Himmel, auf dessen Plattform ein kleines Katapult stand. Die Mauer selbst war relativ niedrig, da die Hänge der Kuppe bereits recht steil waren. Nur an den etwas flacheren Stellen hatte man den Erdboden abtragen müssen. Das Tor der Burg Enderonas zeigte nach Süden und war mit einem massiven Wehrturm überbaut, der alle anderen Gebäude überragte, denn auf seiner Plattform erhob sich das vorbereitete Signalfeuer von Enderonas. Um den verwinkelten Innenhof der Burg herum zogen sich die zahlreichen Gebäude mit Lagern, Ställen, Unterkünften und dem Haus des Königs. Aber Enderonas bestand nicht nur aus der Burg, auch wenn sie das Wahrzeichen der Stadt war und die Macht des Königs verkörperte.

Zeitgleich mit der Burg hatte man auch mit der Errichtung der Stadt begonnen, wobei die Erbauer darauf geachtet hatten, dass alle Häuser auf den Hängen des Hügels standen. Und da dieser groß war, fanden viele Gebäude Platz, darunter sogar einige Gehöfte. Die Häuser bestanden größtenteils aus Holz, und ihre Dächer waren mit Steinplatten bedeckt, über die man zusätzlich Grassoden gelegt hatte. Es gab genügend Holz, und so waren die Gebäude aus massiven Stämmen errichtet, die, sorgfältig ineinandergelegt, den Häusern große Festigkeit verliehen. Alle stützenden Giebel der schrägen Dachkonstruktionen wiesen die Symbole des Pferdevolkes auf. Für eine Königsstadt wirkten die Gebäude unerwartet schlicht. Man sah nur wenig Farbe, auch wenn es reichlich Schnitzwerk gab. Der südliche Hang war überwiegend den Handwerksbetrieben vorbehalten, was an den hier dicht an dicht aufsteigenden Rauchsäulen der zahlreichen Brennsteinfeuer zu erkennen war. So schlicht die Stadt auch wirkte, so beeindruckend sauber war sie, denn ihre Erbauer hatten sich die Hanglage zunutze gemacht und früh eine Kanalisation geschaffen, welche die Abwässer zum Fuß des Hügels hinunterleitete, wo sie von einem kleinen Fluss aufgenommen wurden. Unterhalb des Zuflusses war das Wasser daher besonders reich an Nährstoffen, was an der Vielfalt von Wasserpflanzen erkennbar war, die hier wuchs. Zudem erhob sich Schilf an den Ufern, und Gruppen von Bäumen hatten sich angesiedelt. Dennoch schien das Wasser sauber genug zu sein, denn der Fluss war reich an Fischen.

Um die Basis des Hügels herum zog sich die Stadtmauer von Enderonas. Im Gegensatz zur Burg bestand sie lediglich aus einem steinernen Fundament, das sich kaum über den Boden erhob und auf dem man eine starke hölzerne Palisade errichtet hatte, die von ebenfalls hölzernen Türmen überragt wurde.

Die Stadtmauer war stark genug, um einem Angriff so

lange widerstehen zu können, dass sich die Bewohner der Stadt in den Schutz der Burg zurückziehen konnten. Allein das war ihre Funktion. Hölzerne Wehrmauern konnte man rasch errichten und noch schneller einreißen, und sobald die Bevölkerung in der Burg in Sicherheit war, konnten die eigenen Katapulte die Angreifer erfassen, denn es gab keine steinerne Mauer, die dem Feind Schutz geboten hätte.

Zwischen den Häusern der Stadt führten mit Steinplatten ausgelegte Wege hindurch, die sich ungeordnet um den Hügel schlängelten, und eine breite, ebenfalls mit Platten belegte und durch große Absätze unterbrochene Treppe führte vom Haupttor zur Burg hinauf. An den Außenseiten jeder dieser Absätze stand eine überlebensgroße Statue, die einen Kämpfer aus der Geschichte der Pferdelords zeigte. So folgte man mit den Stufen der Treppe zugleich auch der ruhmvollen Vergangenheit des Pferdevolkes, wenn man den Weg zur Königsburg beschritt.

Das beeindruckendste Gebäude der Burg schloss die Anlage nach Osten hin ab. Es war von einem Dach aus massivem Gold überspannt, das schon auf große Entfernung sichtbar war. Man nannte die Halle des Königs nicht umsonst die Goldene Halle, doch war ihr Wert eher ein ideeller, denn hier versammelte sich der Rat der Pferdefürsten und von hier aus regierte der König das Pferdevolk.

Die Halle maß zwanzig Längen in der Breite, zehn in der Höhe und fast fünfzig in der Länge. In ihre steinernen Flanken war als einziger Schmuck an jeder Seite das Symbol des Pferdevolkes weithin sichtbar eingearbeitet. In schwarzem Stein hoben sich die Pferdeköpfe vom Grau der Wände ab. Die Halle war ein ungeteilter großer Raum, der von zwei langen Säulenreihen durchzogen wurde. Die Säulen bestanden ebenfalls aus schwarzem Stein und stützten die inneren Bögen der hölzernen Dachkonstruktion. Die glatt polierten Säulen wiesen eine feine Maserung auf, deren Farbe zwischen einem Weiß und einem hellen Grau changierte. Zwischen den Säulen standen rechts und links Reihen von Tischen und Bänken, an denen die Pferdelords gelegentlich mit dem König ihre zwanglosen Gelage abhielten. Zu einem offiziellen Anlass rückten die Tische in den Hintergrund, und die Bänke wurden in einem Karree aufgestellt, das zum Thron des Königs hin geöffnet war. Der Sockel des Throns bestand wieder aus schwarzem Marmor, in den das Zeichen des Pferdevolkes nun in Weiß eingelegt war. Der Thron selbst war aus schweren Hölzern gearbeitet. Seine geschnitzten Armlehnen besaßen die Form vorwärtsspringender Pferde. Sitzfläche und Rückenlehne waren mit feinem rotbraunem Leder bezogen, und die Rückseite der Lehne war einem Umhang nachempfunden und im dunklen Grün der Pferdelords gehalten.

Hinter dem Thron hing das Banner des Königs von der Wand, das selbst am hellen Tage von zwei Brennsteinbecken angestrahlt wurde. Es zeigte das Pferd auf grünem Grund, das der aufgehenden Sonne entgegensprang, welche die Goldenen Wolken symbolisierte. Die Sonne war mit feinen Goldfäden gestickt, das Pferd hingegen mit dem filigranen weißen Garn der Elfen. Das Banner hatte eine rechteckige Form, wie alle Fahnen der Könige oder Pferdefürsten, und war an drei Seiten mit goldenen Fransen besetzt. Nur der zur Lanze zeigende Saum endete glatt, doch das Banner war noch nicht auf eine Lanze gezogen, was erst dann geschehen würde, wenn der König die Pferdelords in den Kampf führte.

Es war das Königsbanner, aber nicht dasjenige des Ersten Königs, das noch immer in der alten Heimat verschollen war.

So ging nun dieses neue Symbol der Macht von einem König auf den nächsten über.

An den Längsseiten der Halle standen die Lanzen mit den Wimpeln der Beritte der Königsmark und zwischen ihnen die Trophäen vergangener Kämpfe, darunter die riesigen schwarzen Banner von bezwungenen Legionen der Orks und sogar der Schädel eines riesigen Pelzbeißers, den der frühere König einst, nur mit einem Dolch bewaffnet, bezwungen hatte.

Reyodem stand unter dem ausgestopften Schädel des Pelzbeißers und starrte grimmig auf die riesigen Zähne der Bestie, die sein Großvater einst bezwang. „Ich hätte fürwahr nicht wenig Lust, auch Bulldemuts Schädel in die Reihe der Trophäen zu stellen."

Die Erregung des Königs schwang in seiner Stimme mit, und die hinter ihm versammelte Gruppe schwieg. Sie bestand aus dem Kommandeur Torkelt, des Königs Boten Herebrant und der Gemahlin des Königs, der Hohen Dame Taramyn.

Aus dem Halbdunkel zwischen den Säulen erklang nun eine sanfte Stimme. „Ein wirklich verlockender Gedanke, Reyodem, König des Pferdevolkes." Die Stimme nahm einen nachdenklichen Klang an. „Obwohl ich mich frage, wie viele Schädel guter Pferdelords dem Bulldemuts folgen würden."

Der Besitzer der ruhigen Stimme trat nun ins Licht hinaus. Es war ein schlanker Mann mit einem jungen Gesicht, in dem jedoch Augen blitzten, die schon viele Menschenalter gesehen hatten. Der Mann trug schlohweißes Haar, das weit über das graue Gewand fiel, welches seine Gestalt lose bedeckte. Ein geflochtener Ledergürtel mit einer Reihe von Ledertaschen daran war um die Taille des Mannes gelegt.

„Glaubt mir, Reyodem, König des Pferdevolkes, es ist weise, Zurückhaltung zu üben. Ihr braucht Bulldemut und die Ostmark, so wie Bulldemut Euch braucht.“ Der Mann in dem grauen Kapuzenumhang trat näher und stützte sich dabei ein wenig auf einen mannshohen Stab, den er in der rechten Hand hielt. Der Stab war aus geschnitztem Holz und wirkte verschlungen und knotig, seine Spitze hatte die Form eines springenden Pferdes.

„Ich weiß, Weiser Herr Marnalf“, brummte Reyodem missmutig. „Es darf keinen Zwist zwischen den Marken der Pferdelords geben.“ Reyodem sah den Grauen Zauberer an und lächelte flüchtig. „Aber es befreit, mit dem Gedanken zu spielen, den verdammten Kerl in seine Schranken zu weisen.“

Marnalf, der Graue Zauberer, wies zu den aufgereihten Bannern der Orks hinüber. „Glaubt mir, Ihr Männer des Pferdevolkes, die alte Gefahr ist noch nicht bezwungen. Der Schwarze Lord und seine Orks wurden in ihre Schranken gewiesen … für den Moment. Aber sie werden zurückkehren und zwar bald. Sehr bald.“

„Sprecht nicht in Rätseln, Marnalf, mein weiser Freund.“ Reyodem wandte sich endgültig von dem ausgestopften Pelzbeißer ab und ging zu seinem Thron hinüber. Begleitet von einem leisen Seufzen, ließ er sich in die Polster sinken. „Wir wissen, dass der Schwarze Lord noch nicht bezwungen ist, aber Ihr sprecht, als pochte er schon wieder an unser Tor.“

„Habt Ihr Kunde von anderen Grauen?“, fragte Torkelt und wippte nervös auf den Absätzen seiner Stiefel.

Marnalf schüttelte bedauernd den Kopf. „Seit den Tagen der großen Schlacht vor den Toren der weißen Stadt geht Seltsames in unseren Reihen vor sich. Ihr wisst, Reyodem, König der Pferdelords, wir Grauen waren immer Freunde der Menschenwesen, und ich bin es noch immer, aber die alte Verbindung, die wir Grauen stets untereinander gespürt haben, ist abgebrochen. Ich vermag nicht zu sagen, was mit den Wesen meiner Art oder den großen Weißen Zauberern geschehen ist. Viele mögen tot sein oder sich verborgen halten."

„Nicht alle von ihnen sind Freunde der Menschen", sagte Reyodem mit Unbehagen.

„Nein, nicht alle", stimmte Marnalf lächelnd zu. „Ich weiß, dass viele Wesen meiner Art sich gegen die Menschen wandten und sie mit ihrem Zauber bekämpften. Aber glaubt mir, Reyodem, König der Pferdelords, ich werde meine bescheidenen Kräfte allein zum Schutz Eures Volkes verwenden."

„Ich glaube Euch, Marnalf, mein Grauer Freund", versicherte Reyodem.

Die Hohe Dame Taramyn legte ihre Hand auf die des Gemahls. „Deine Treue steht für uns außer Zweifel, Weiser Herr Marnalf."

„Ich danke Euch." Marnalf neigte kurz sein Haupt, und eine Strähne seiner weißen Haare fiel in sein Gesicht. Er strich sie mit einer anmutigen Bewegung zurück und sah erst Torkelt, dann Herebrant an. „Wenn ich Euch einen Rat geben darf, Reyodem, König der Pferdelords?"

„Euer Rat ist mir immer willkommen, mein Freund."

„Entsprecht dem Wunsch des Pferdefürsten Bulldemut." Marnalf machte eine beschwichtigende Geste, als Kommandeur Torkelt zu einer grimmigen Erwiderung ansetzte. „Beruft den Rat der Pferdefürsten in die Goldene Halle von Enderonas ein. Lasst den Treueid wiederholen." Er gab seiner Stimme einen drängenden Unterton. „Und tut dies rasch, Reyodem."

Torkelt sah den König auffordernd an, und Reyodem machte eine bejahende Geste. „Sprecht nur, Hoher Herr Torkelt. Ihr seid der Kommandeur der Pferdelords und mein Erster Schwertmann. Ihr habt das Recht, Eure Meinung kundzutun."

Torkelt räusperte sich und sah Marnalf skeptisch an. „Ich bin nicht der Meinung des weisen Herrn Marnalf mein König. Bulldemuts Forderung nachzugeben, wäre ein Zeichen der Schwäche. Gebt mir einen Beritt, und ich werde den widerspenstigen Bulldemut hierher bringen."

„Und ihn notfalls an den Haaren vor den König schleifen, nicht wahr, Hoher Herr Torkelt?" Marnalf seufzte. „Selbst wenn Kommandeur Torkelt dies gelänge, was ich bezweifele, würde es nur Unmut hervorrufen. Unter Euch Männern des Pferdevolkes gilt es, die Form zu wahren, nicht wahr?"

„Bulldemut hat die Form zuerst verletzt", knurrte Torkelt grimmig.

Reyodem hob beschwichtigend die Hand. Der König war noch jung an Jahren, und er trug den Eifer der Jugend in sich. Aber er war zugleich klug genug, auf den Rat erfahrener Männer zu hören. Er war von schlankem Bau, hatte braunes Haar, wie einst sein Vater auch, und war schlicht gekleidet. Er trug einfache Reitstiefel und grüne Hosen sowie ein gewöhnliches braunes Wams, und er verzichtete auf jeden Schmuck. Nur der Siegelring an einem Finger der linken Hand und die schmale Krone wiesen auf seine Königswürde hin. Von seinem roten Schwertgurt hing das klobig wirkende Schwert seines Vaters herab.

„Es mag nun an uns sein, sie wiederherzustellen", sagte Reyodem leise. „Indem wir den ersten Schritt tun und unseren Traditionen Ehre erweisen. Ich glaube, der Weise Marnalf hat recht. Herebrant, Ihr wart in Merdonan und habt die Ostmark gesehen. Was sahen Eure Augen und, das ist mir noch wichtiger, was fühlte Euer Herz?"

Marnalf nickte zufrieden. Es waren die richtigen Fragen, die der junge König stellte.

Herebrant leckte sich kurz über die Lippen und überlegte. Der König wollte keine weitschweifigen Beschreibungen, sondern einen knappen Bericht darüber, was er wirklich gesehen hatte. Viel hing davon ab, wie Reyodem über seine Beobachtungen urteilen würde, das spürte Herebrant.

„Eine düstere Stimmung liegt über Merdonan. Etwas Bedrückendes, ja, fast Bedrohliches. Vielleicht ist es die Nähe zur Grenze, mein König. Die Stadt ist gerüstet, die Schwertmänner sind gut aufgestellt und bewaffnet. Man kann sagen, Merdonan ist für den Kampf bereit." Herebrant zögerte kurz. „Ich glaube, die Menschen dort spüren, dass es bald einen Kampf geben wird."

„Gegen die Orks oder gegen den König?", warf Torkelt grimmig ein.

Reyodem bedachte Torkelt mit einem mahnenden Blick. „Steht er zum Eid, guter Herr Herebrant? Was meint Ihr?"

Herebrant zögerte mit der Antwort. Schließlich nickte er. „Ich glaube, dass er es tut, mein König. Er fühlt sich dem Treueid verpflichtet. Aber er bezweifelt die Rechtmäßigkeit Eurer Herrschaft, Reyodem, mein König."

„Dann lasst mich ihn Rechtmäßigkeit lehren."

„Torkelt!" Reyodem sah seinen Ersten Schwertmann und Kommandeur scharf an. „Es ist genug. Der Erste König hat unser Volk nicht vereint, damit ich es nun entzweie."

Erneut nickte Marnalf lächelnd. Er sah Torkelt an, der errötend schwieg.

„Ich werde den Rat der Pferdefürsten in die Goldene Halle einberufen", sagte Reyodem entschieden. „Garodem wird vor dem Rat auf seinen Anspruch verzichten, und wir werden den Treueid erneuern. Dann wird es keinen weiteren Zwist zwischen den Pferdelords mehr geben." Reyodem erwiderte den Druck der Hand seiner Gemahlin Taramyn. „Herebrant, Ihr werdet in die Ostmark aufbrechen und Bulldemut die Botschaft überbringen, und ich bitte Euch, wählt Eure Worte mit Bedacht. Ihr, Torkelt, mein Freund, werdet Reiter in die anderen Marken entsenden, um die dortigen Pferdefürsten zum Rat einzuberufen."

„Garodem wird nicht erscheinen können", wandte Torkelt ein. „Sein Beritt wird auf dem Weg sein, bevor die Nachricht ihn erreicht."

Reyodem schloss kurz die Augen. „Dann muss die Hohe Dame Larwyn an seiner Stelle kommen. Ihr Wort gilt ebenso wie das ihres Gemahls Garodem. Wenn sie dem hohen Rat versichert, dass Garodem auf den Anspruch verzichtet, so gilt dies."

„Es stellt sich die Frage, ob Bulldemut das ebenso sieht."

Reyodem sah Torkelt erneut scharf an. „Gemahl und Eheweib sind eins, so will es das Recht der Pferdelords. Es mag zwar Uneinigkeit herrschen zwischen Bulldemut und uns, Torkelt, mein Freund, doch Bulldemut ist noch immer ein Pferdelord."

Der Erste Schwertmann schürzte für einen Moment die Lippen, und man sah ihm seine Zweifel an. Aber er legte die Schwerthand grüßend an die Brust und neigte sein Knie. „Es wird geschehen, wie Ihr befehlt, Reyodem, mein König."

Torkelt und Herebrant wandten sich um, und ihre Schritte hallten in der Goldenen Halle wider.

Marnalf, der weise Zauberer, folgte ihnen mit den Blicken und seufzte dann hörbar. „Ihr Menschen seid sehr heißblütige Wesen, Reyodem, König der Pferdelords." Er lächelte flüchtig. „Und nicht umsonst heißt es, die Pferdelords seien dies besonders."

Reyodem erwiderte das Lächeln und wurde wieder ernst. „Marnalf, mein weiser Freund, da wäre noch etwas, das wir berücksichtigen müssen."

Marnalf nickte verständig. „Ich weiß, Reyodem, König der Pferdelords. Ich werde mich im Hintergrund halten, wenn die Pferdefürsten eintreffen. Mein Anblick mag Zweifel in ihnen hervorrufen."

Der Graue Zauberer neigte andeutungsweise sein Haupt und folgte dann den anderen Männern aus der Halle hinaus. Reyodem und seine Gemahlin Taramyn blickten ihm nach.

„Ich glaube, er leidet", sagte die Königin leise. „Er leidet darunter, dass so viele Wesen seiner Art den finsteren Mächten des Schwarzen Lords verfallen sind."

Reyodem nickte. „Ja, er ist ein einsames Wesen. Doch das waren die Weißen und Grauen Zauberer schon immer. Man sagt, die Zeit heile alle Wunden. Doch wie vermag sie die Wunden eines unsterblichen Wesens zu heilen?"

Darauf wussten sie beide keine Antwort.

15

Seht nur, gute Frau, wie sehr dieser Stoff Euch kleidet. Feinste Qualität aus der Reitermark." Gunwyn beugte sich mit verschwörerischer Miene vor. „Ich dürfte es Euch ja gar nicht sagen, aber der Stoff geht weit unter Preis. Ich glaube gar, mein guter Helderim hat die Kosten falsch berechnet. Aber weil Ihr es seid, gute Frau, will ich ihn Euch gerne zu diesem Preis geben. Seht nur die feine Verarbeitung." Gunwyns Hand glitt über den Stoff hinweg. „Seht wie filigran die Ziernaht gesetzt ist. Gar, als sei dies von elfischer Hand geschehen, nicht wahr? Oh, zeigte ich Euch schon die Vergrößerungssteine meines Gemahls? Sie werden Euch die Nähte ganz dicht vor die Augen holen. Ihr werdet staunen, gute Frau."

Bevor die Kundin reagieren konnte, wandte sich Gunwyn, die Frau des Händlers Helderim, dem Regal zu, das hinter dem Verkaufstresen stand, und griff in eine kleine Schachtel auf einem der Einlegeböden. Sie holte einen kleinen viereckigen Metallrahmen hervor, an dem sich ein Handgriff befand. In den Rahmen war ein Kristall eingearbeitet, den Gunwyn nun über den Stoff schob.

Die Kundin schüttelte den Kopf. „Wer kennt sie nicht, die Vergrößerungssteine Eures Gemahls. Aber meine Augen sind noch gut genug, ich brauche sie nicht."

„Aber gewiss sind Eure Augen gut." Gunwyn sah die Kundin freundlich an. „Sie sind sicherlich ganz ausgezeichnet und – erlaubt mir die Feststellung – von einem wunderschönen Braun."

Die Kundin errötete verlegen, und Gunwyn hob den Vergrößerungsstein. „Aber gerade weil Eure Augen so ausgezeichnet, ja, so vortrefflich sind, gute Frau, solltet Ihr den Vorteil von Helderims Vergrößerungsstein zu schätzen wissen. Seht, gute Frau, schwache Augen sehen mit ihm besser, und Eure so schönen und klaren Augen – erwähnte ich schon, dass sie ein wundervolles Blau haben? – Eure Augen werden damit sogar noch unübertrefflich besser sehen. Schaut nur, wie die Feinheiten der Nähte förmlich in die Augen springen."

Die von Gunwyns Redeschwall sichtlich überrumpelte Kundin beugte sich tiefer über den Stoff und nahm zögernd den Halter mit dem vergrößernden Bergkristall in die Hand. „Ja, gewiss, gute Frau Gunwyn, ich sehe, was Ihr meint." Die Frau deutete auf eine Stelle des Stoffes. „Mir scheint allerdings, dass der Stoff nicht sauber verarbeitet ist. Da löst sich eine Naht."

„Unmöglich." Gunwyn beugte sich ebenfalls über den Stoff und nahm der Kundin den Vergrößerungsstein aus der Hand. „Zeigt her. Oh, dies hier meint Ihr? Ach, ein winziges Fädchen, das nur ein wenig vorsteht, es hat nichts zu bedeuten. So winzig, dass man es ohne den Vergrößerungsstein nicht einmal erkennen könnte."

Die Kundin richtete sich auf und schüttelte den Stoff. „Nein, schadhaften Stoff will ich nicht erwerben."

„Nur ein winziges Fädchen, und es steht kaum vor", sagte Gunwyn hastig. „Ich werde Euch den Preis noch ein wenig nachlassen."

Die Kundin zuckte die Achseln. „Nein, nein, behaltet den Stoff. Aber Ihr könnt mir den Vergrößerungsstein geben. Er erscheint mir doch recht nützlich."

„Nur vier Schüsselchen, gute Frau", sagte Gunwyn lächelnd. „Eine gute Wahl. Helderims Vergrößerungsstein wird Euch vortrefflichen Nutzen bringen."

„Vier Schüsselchen? Ich hörte, der Stein koste lediglich drei Schüsselchen."

„Ach, gute Frau", seufzte Gunwyn. „Ihr müsst verstehen, die Nachfrage ist groß, und mein guter Gemahl Helderim kann seine Vergrößerungssteine kaum so rasch beschaffen, wie sie ihm aus den Händen gerissen werden." Sie sah den skeptischen Blick der Kundin. „Aber weil Ihr es seid, gute Frau, und wegen Eurer wundervollen grauen Augen, will ich Euch den kostbaren Stein noch für drei Schüsselchen belassen."

Sie schob den Vergrößerungsstein über den Tresen, doch die Kundin schüttelte den Kopf. „Nein, gebt mir einen anderen. Der hier ist schon benutzt."

„Ah, wie es Euch beliebt, gute Frau."

Gunwyn seufzte erleichtert, nachdem die Kundin ihr die drei Schüsselchen in die Hand gedrückt und mit Helderims Vergrößerungsstein den Laden verlassen hatte. Schade, dass die Frau den Stoff nicht mehr hat nehmen wollen, aber wenigstens hatte sie einen der Vergrößerungssteine erworben. Gunwyn legte die drei Schüsselchen in die Metallschachtel unter dem Tresen.

Seit Anbeginn des Menschengeschlechtes hatten die Menschen ihre Waren untereinander getauscht und Rohstoffe oder Produkte miteinander verrechnet. In einer kleinen Gemeinschaft war dies problemlos möglich. Aber je weiter sich das Menschengeschlecht ausbreitete und je mehr Weiler und Städte entstanden, desto mehr weitete sich auch der Handel der Menschen untereinander aus. Bald war der Punkt erreicht, an dem ein Händler nicht mehr tauschen wollte, da er schon genug von einer reichlich vorhandenen Ware besaß, und eine seltene nicht dafür hergeben wollte. Man suchte nach einer Lösung und fand sie, indem man den Wert von Waren mit einer bestimmten Menge an Rohstoffen bezifferte. Ein noch immer wertvoller Rohstoff war das Eisenerz, das meist mühevoll geschürft werden musste und nicht überall vorhanden war. Zunächst handelte man die Waren gegen unbearbeitete Erzbrocken, aber das erwies sich schnell als unpraktisch, und so schmolz man Eisen und Kupfer in kleine Platten um. Einen guten Zuchtbullen etwa konnte man für zwei Eisenplatten erwerben. Gold und Silber besaßen hingegen kaum einen Wert, da sie reichlich vorhanden waren. Gelegentlich überzog man die rostanfälligen Eisenplättchen jedoch mit einem feinen Goldüberzug, da dieser witterungsbeständig war. Diese Plättchen waren jedoch rasch zerkratzt, da mancher misstrauische Händler am Überzug schabte, um zu sehen, ob sich darunter auch genug kostbares Eisen befand.

Vor wenigen Jahren wurde das System der Metallplättchen durch eine Erfindung des Königreiches der weißen Bäume revolutioniert. Der König des Reiches Alnoa ließ daumenbreite Goldstücke schmelzen, die mit seinem königlichen Siegel beschlagen wurden. Der Schlag mit dem Siegelhammer ließ die Goldstücke eine typische Beule aufweisen, weshalb man ihnen den Namen Schüsselchen verliehen hatte. Das Siegel des Königs machte diese eigentlich wertlosen Münzen wertvoll, denn der König stand mit seinem Namen für einen Gegenwert in Waren. Nun konnte man jeder Ware einen Gegenwert in des Königs Schüsselchen zurechnen. Diese waren klein und leicht zu transportieren, und das System breitete sich aus. Sie standen zudem unter dem Schutz des Königs von Alnoa, und wer versuchte, sie selbst herzustellen, hatte härteste Strafen zu befürchten, da außer dem König niemand sonst dessen Siegel benutzen durfte. Eigentlich waren die Schüsselchen nur für die Verbreitung im Reich der weißen Bäume gedacht gewesen, aber sie hatten sich als so praktisch erwiesen, dass sie sich in den letzten Jahren selbst bis in das Zwergenreich verbreitet hatten.

Gunwyn schüttelte die metallische Schachtel und nickte erfreut. Der Handel blühte, und die Schüsselchen in der Schachtel mehrten sich. Seufzend faltete sie den Stoffballen wieder zusammen und blickte sich dann lächelnd im Laden um, den sie und Helderim gemeinsam betrieben. In den letzten Jahren war das Geschäft aufgeblüht, und da der Platz begrenzt war, waren die Regale in die Höhe gewachsen und nun mit Waren aus den anderen Marken angefüllt.

Die robusten Stoffe aus den Gebieten der Pferdelords und die feinen Tuche, die aus dem Reich der weißen Bäume stammten, wobei die Gewebe aus Alnoa weit farbenfroher wirkten als die aus den Marken des Pferdevolkes. Inzwischen begannen viele der Stadtbewohner Eternas' die feineren Tücher zu schätzen. Ebenso wie Gunwyn, die schließlich etwas auf sich und ihre gesellschaftliche Stellung hielt. Es gab Stoffballen und auch fertige Kleidung, doch Letztere schätzte Gunwyn nicht besonders. Oft saß sie nicht richtig und kniff an den falschen Stellen.

Helderim hatte es verstanden, die meisten Schmiede von Eternas davon zu überzeugen, ihre Waren über seinen Laden anzubieten, sodass sein Sortiment inzwischen Metallwaren aller Art umfasste. Von fein geschmiedeten Nadeln über Töpfe und Pfannen bis zu den verschiedensten Haushaltsgegenständen, Brennsteinbecken und Lampen. Lediglich den Handel mit Waffen und Rüstungen hatten sich die Schmiede selbst vorbehalten, aber darüber war Gunwyn sogar froh, denn ein Harnisch nahm viel Raum ein, und Raum war kostbar geworden.

Auch feine Lederwaren gehörten zu den Handelsgütern. Leider weigerte sich ausgerechnet die störrische Schuhmacherin Esyne, ihre Stiefel über Helderim anzubieten. Esyne hatte zweifellos ein schreckliches Mundwerk, aber die geschicktesten Hände, wenn es darum ging, die Stiefel des Pferdevolkes zu fertigen.

Gunwyn ordnete einige Waren in den Regalen und verharrte, als sie ein vernehmliches Poltern aus den hinteren Räumen hörte, wo sich die Wohnräume des Händlerpaares befanden. „Helderim, mein Guter und Bester, ist dir nicht wohl? Bist du gar gestürzt?"

Besorgt schob sie den Vorhang zur Seite, der den Verkaufsraum von den Privaträumen trennte, und blickte in den kleinen Flur, von dem Wohn- und Schlafgemach abgingen. Erneut erklang das Poltern, doch es kam eindeutig von oben. Im Flur führte eine schmale Stiege ins Obergeschoss hinauf, und Gunwyn seufzte betrübt. Die Stiege war alt und schmal und ächzte bedenklich, als Gunwyn ihre Füße auf die Stufen setzte. Helderim hätte das Holz längst austauschen und eine neue Treppe bauen lassen sollen, aber er scheute seit Jahren davor zurück. Ihn störte das Knarren nicht, aber Helderim war auch ein eher schmächtiger Mann. Gunwyn hingegen war eine stattliche Frau und stark an Leib und Seele. Das heftige Knarren der Stufen bewog sie schließlich, auf halber Strecke zu verharren.

„Helderim, mein Guter und Bester, bist du da oben?"

Es rumpelte abermals heftig, und Gunwyn stieß einen erschrockenen Schrei aus, als oben an der Treppe Staub aufwirbelte. „Helderim, so sag doch etwas! Ist dir etwas geschehen, mein Guter und Bester?"

Gunwyn hörte ein unterdrücktes Husten, und endlich erschien Helderim an der Treppe. „Gunwyn, meine Teure, was quälst du dich die steile Treppe herauf?"

„Das fragst du noch?", erwiderte sie pikiert. „Es klingt hier unten, als würdest du unser schönes Dach einreißen. Ich bin in Sorge um dein Wohlergehen."

„Mir geht es wohl." Helderim hustete erneut. „Doch die Bettstatt hat gelitten. Ich glaube, sie war doch ein wenig zu alt."

Gunwyn, sein holdes Eheweib, schlief tief und lautstark, sodass der schmächtige Helderim es gelegentlich vorzog, die Nacht auf einer alten Bettstatt oben auf dem Dachboden zu verbringen. Gunwyn hatte sich damit abgefunden, obwohl sie fand, dass die eheliche Bettstatt breit genug für sie beide war, zumal Helderim wirklich nicht viel Raum für sich in Anspruch nahm. Auch seinen Hinweis auf die geplagten Ohren ließ sie nur widerwillig gelten. Sie hatten schließlich genug feine Stoffe, die Helderim sich in die Ohren stopfen konnte, wenn er seine Ruhe finden wollte. Sie hatte ihn eher in Verdacht, dass er sich nachts mit sorgenvollen Gedanken plagte und daher keinen rechten Schlaf fand. Ach, er machte sich immer sorgenvolle Gedanken, der gute Helderim. Um die Gesundheit seiner Gunwyn und die Größe seines Ladens.

„Komm herunter, mein Guter und Bester. Die Nacht dort oben ist dir nicht bekommen. Du hast dir sicher eine Erkältung geholt."

Helderim hustete erneut und wedelte mit der Hand vor seinem Gesicht. „Nein, nein, Gunwyn, meine Teure, es staubt nur ein wenig."

Helderim war nicht der reinlichste, wenn es um die Säuberung der Räume ging, und überließ dies bereitwillig seinem fleißigen Eheweib. Da Gunwyn jedoch vor der Treppe zurückscheute, sammelte sich immer wieder ein wenig Staub auf dem Dachboden. Sie sah ihrem Mann zu, der endlich begann, die Treppe herabzusteigen. Irritiert sah sie auf den Gegenstand in seinen Händen.

„Helderim, mein Guter und Bester, waren wir uns nicht einig, dass dieser grässlicher Gegenstand dort oben bleiben solle?"

Ach, dieser schreckliche alte Bogen. Einst hatte Helderims Ahn den Bogen im Land der Südbarbaren erbeutet und als Trophäe mit in die Mark gebracht. Aber er war alt und zudem zerbrochen, ein nutzloses Stück Holz, und Gunwyn begriff nicht, warum Helderims Herz so daran hing. „Helderim, er ist zerbrochen und nutzlos, und außerdem schrecklich schmutzig", rief sie anklagend. „Versprich mir, dass du ihn fortwerfen wirst. Du wirst ihn doch fortwerfen, nicht wahr?"

Helderim errötete ein wenig. Gunwyn trat von der Treppe zurück und stemmte die Hände in ihre Hüften. „Helderim?"

Der gute Herr Helderim zuckte ein wenig zusammen. Die Stimme seines Weibes hatte wieder diesen Unterton, der jedem vernünftigen Pferdelord signalisierte, dass man nun besser das Pferd zügelte. „Weißt du, Gunwyn, mein teures Weib, wir sollten das nicht tun. Es gibt Kunden, die seinen Anblick zu schätzen wissen."

Gunwyn seufzte. „Pferdelords. Was nutzt es, wenn er den Pferdelords gefällt und sie ihn bestaunen? Pferdelords haben nur wenige Schüsselchen und lassen sie kaum in unserem Laden. Aber die braven Bürger von Eternas nehmen sicherlich Anstoß an dem schmutzigen Ding."

„Wir sind das Volk der Pferdelords, und was ist dagegen einzuwenden, wenn der Bogen an die ehrenvollen Taten meines Ahns erinnert?“

Helderim strich nachdenklich über das gesplitterte Holz, und Staub blieb an seinen Fingern zurück. Gunwyn schüttelte den Kopf. „Da siehst du es. Er ist alt und schmutzig, nutzlos und hässlich. Wirf ihn endlich fort, Helderim.“

„Dein hölzernes Geschirr haben wir auch bewahrt“, entgegnete er störrisch.

Das hölzerne Essgeschirr war ein Erbstück von Gunwyns verstorbenen Eltern gewesen. Es war zwar sorgsam geschnitzt, doch mit dem Verfall der Holzpreise besaß es inzwischen nur noch nostalgischen Wert.

„Das ist etwas anderes“, erwiderte Gunwyn und sah Helderim mit jenem Blick an, der Sorgenfalten in sein Gesicht rief, denn es war nicht gut, wenn seine teure Gemahlin sich so erregte. Sie war tief errötet und begann nun heftig zu schnaufen. „Das Geschirr ist von meinen Eltern.“

„Der Bogen ist von meinem Vater“, beharrte Helderim. „Er war ein guter Pferdelord.“

„Du bist aber kein Pferdelord.“

„Ich habe dem Pferdefürsten Garodem das Leben gerettet“, entgegnete er stolz. „Das ist beinahe so, als sei ich ein Pferdelord.“

Gunwyns Gesichtszüge durchliefen eine erstaunliche Wandlung und wurden weich. „Ja, das ist es, mein Guter und Bester.“ Sie breitete ihre Arme aus, und Helderim eilte zu ihr hin und nahm so viel von ihr in seine Arme, wie er zu umschlingen vermochte. „Du bist ein tapferer Mann, mein Helderim.“ Sie lächelte freundlich. „Daher brauchst du auch den Bogen nicht, um es zu beweisen.“

„Er gefällt den Pferdelords“, wiederholte Helderim.

„Aber Helderim, es sind nicht die Pferdelords, welche die

Schüsselchen mitbringen und uns Wohlstand verschaffen."

„Aber sie schützen uns."

„Und wovor?" Gunwyn schüttelte den Kopf. „Es herrscht Frieden in den Marken. Hast du den Pferdefürsten vor einem Ork gerettet? Nein! Ein stürzender Baum war es, der sein Leben bedrohte. Mögen die Pferdelords mit ihren grünen Umhängen stolz einherschreiten, aber die Zeiten, in denen wir sie wirklich brauchten, sind vorbei. Die Grenzen sind sicher und der Handel blüht."

Helderim errötete. „Die Grenzen sind sicher, weil die Pferdelords sie schützen."

„Helderim!" Ihre sonst so liebreizende Stimme nahm nun jenen anklagenden Ton an, den der schmächtige Händler immer dann zu hören bekam, wenn Gunwyn ihren Kopf durchsetzen wollte, und das geschah recht oft und eigentlich immer mit Erfolg.

„Nun gut, ich werde ihn vorerst in die große Truhe legen", brummte er. „Dort ist er vor Schmutz und weiterem Zerfall geschützt."

„Aber wickle ihn zuvor in einen sauberen Lappen, damit er die anderen Sachen nicht beschmutzt", sagte sie in versöhnlichem Tonfall.

Nun, da eine Regelung gefunden war, die Gunwyns sensibles Gemüt besänftigte, musterte die brave Händlerin ihren Ehemann etwas genauer. „Warum trägst du deine alten Reithosen, Helderim, mein Guter und Bester? Aber ja, du wolltest sicher dein gutes Gewand nicht beschmutzen, während du den Bogen holtest ..."

Sie sprach immer langsamer und verstummte dann. Kritisch musterte sie Helderim, dessen Röte sich vertiefte. „Nicht?" Erneut holte sie tief Luft. „Warum trägst du das alte Beinkleid? Und sogar noch die alten Stiefel. Helderim!"

„Sie sind bequem", sagte er hastig. „Ich kann sehr gut darin laufen."

„Zieh sie sofort aus! Was sollen die Kunden denken, wenn wir feine Stiefel anbieten und du in diesen entsetzlichen alten Dingern herumläufst."

Helderim leckte sich nervös über die Lippen. „Sie werden es nicht sehen. Ich reite mit den Pferdelords."

„Du tust was?" Gunwyn sah ihn schockiert an, und für einen Moment stockte ihr der Atem, und ihre Stimme versagte. „Ist dir nicht wohl?", ächzte sie schließlich. „Helderim, mein Guter und Bester, du bist ein guter Händler, aber doch kein Pferdelord. Du bist nicht mehr der Schnellste, und deine Kraft lässt rasch nach, das weißt du selbst. Deine Schläfen sind ergraut und deine Augen werden trübe. Wieso willst du mit den Pferdelords reiten?"

„Nun, eigentlich will ich ja nicht wirklich mit ihnen reiten", erwiderte er rasch. „Ich will in die Marken des Königs hinunter. Den Handel ausweiten, du verstehst, Gunwyn, meine Teure?"

Den Handel ausweiten, den Umsatz und die Zahl der Schüsselchen steigern … Diese Sprache verstand die brave Frau Gunwyn. „Helderim, mein Guter und Bester, ich bin in großer Sorge. Warum nur solche Umstände? Wir könnten den Laden vergrößern, ein neues Haus mit mehr Raum bauen. Du musst nicht in die anderen Marken reisen."

„Du weißt doch, Gunwyn, meine Teure, dass der Handel den Pferdefürsten obliegt. Sie entscheiden, ob jemand handeln darf und mit welchen Waren. Nun, Garodem, unser Hoher Lord, erwies sich als dankbar und hat mir gestattet, meine Vergrößerungssteine in den anderen Marken anzubieten." Helderims Augen leuchteten auf. „Kannst du dir das vorstellen, Gunwyn, meine Teure? In allen Marken werden sie bekannt. Helderims Vergrößerungssteine."

Ach, Gunwyn konnte es sich vorstellen. „Wir werden aber ein größeres Haus brauchen, Helderim, mein Guter und Bester. Ein großer Händler mit großem Handel braucht ein ebensolches Haus."

„Natürlich, Gunwyn, meine Teure." Helderim spürte, dass ihre sanfte Seite endgültig die Oberhand gewonnen hatte. Vielleicht hätte er in diesem Augenblick sogar durchsetzen können, seinen geliebten Bogen wieder in den Verkaufsraum hängen zu dürfen, aber er wollte das Glück nicht überstrapazieren.

„Morgen reitet der Pferdefürst mit einem Beritt zu einer Übung des Königs aus", sagte er und streichelte ihren Arm. „Ich werde mich ihnen anschließen, um sicher zu reisen."

„Ich sollte einmal mit der Hohen Dame Larwyn sprechen", sinnierte Gunwyn. „Sie genehmigt die Standorte für die neuen Häuser. Wir werden einen großen Baugrund benötigen. In guter Lage, damit die Kunden uns leicht finden können."

„Ich werde natürlich einige Zehntage fortbleiben", führte Helderim an. „Aber zuvor müssen wir ein paar Dinge zusammenpacken. Warenproben, Verpflegung, Bekleidung …"

„Sicher, Helderim, mein Guter und Bester." Sie lächelte. „Ach, vielleicht wirst du gar den König sehen."

„Nun, ich wollte zuvor einige der anderen Marken besuchen", wandte Helderim ein.

„Unsinn. Natürlich musst du zuerst in die Königsmark", erwiderte Gunwyn entschlossen. „Dorthin reitet ja auch Garodem."

„Gunwyn, meine Teure, ich sprach vor einigen Tagen mit

einem anderen Händler und habe entschlossen, zuerst in die Ostmark zu reisen."

„In die Ostmark?" Gunwyn erschauerte. „Man sagt, dort gingen unheimliche Dinge vor sich. Erst gestern war der Gehilfe eines Händlers der Südmark im Laden und erwarb ein paar feine Stiefel. Er sagte, die Menschen in der Ostmark seien seltsam."

„Du brauchst dir keine Sorgen zu machen, Gunwyn, meine Teure", versicherte Helderim. „Du sagtest doch selbst, die Marken seien sicher."

Gunwyn zuckte verlegen die Achseln. „Nun, da hast du wohl recht."

Die brave Frau des Händlers half ihrem Gatten, die Sachen für die Reise zu packen, doch sie fühlte sich zunehmend unwohl. Es waren zwar nur Gerüchte, aber alle Besucher der Ostmark berichteten, dass es eine düstere Mark sei.

„Helderim, mein Guter und Bester", sagte sie schließlich zögernd, „vielleicht sollte ein anderer für dich auf Reisen gehen. Der Ritt wird dich anstrengen. Und du weißt, wie rasch das Wetter umschlagen und ein Regensturm heraufziehen kann. Bedenke nur, wie rasch du dich erkältest."

Helderim sah sie erstaunt an und nahm sie in die Arme. „Sei unbesorgt, Gunwyn, meine Teure. Ich werde sicher reisen. Es ist das Land der Pferdelords, und die Grenzen sind geschützt. Zudem werde ich ein gutes Wams tragen."

Ach, er hatte sicherlich nichts zu befürchten, und doch wuchs in Gunwyn die Unruhe. Es gab Gerüchte über die Ostmark und sogar über Garodems Beritt. Malvin, der Schankwirt des „Donnerhufes", behauptete, die Pferdelords schärften ihre Klingen. Er habe es aus zuverlässiger Quelle, von einem betrunkenen Stallburschen aus der Burg, der es wiederum von einer Magd erfahren haben wollte, welche die Unterkunft der Schwertmänner säuberte. Das klang eher nach Vorbereitungen auf einen Kampf, und Gunwyn begann sich zu fragen, ob die Mehrung der goldenen Schüsselchen ein solches Risiko wert war.

16

Garwin hatte die Beharrlichkeit seines Vaters. Während Garodem sich bemühte, die Riemen und Schnallen seines Harnischs zu schließen, zupfte der Fünfjährige an der Schnalle des Schwertgurtes, um sie erneut zu öffnen. Larwyn ergriff schließlich den Sohn und zog ihn von Garodem zurück.

Der Pferdefürst lächelte. „Es scheint mir fast, als wolle Garwin mich nicht gehen lassen."

„Mir geht es ebenso wie ihm", erwiderte Larwyn, und ihr Lächeln hatte etwas Schwermütiges. „Ich weiß, dass du reiten musst. Aber das macht es mir nicht leichter. Mein Herz ist schwer und voller Sorge, Garodem, mein geliebter Gemahl."

Garodem hatte endlich die letzte Schnalle geschlossen und ihren Sitz überprüft. Er sah stattlich aus in seiner vollen Rüstung und wünschte, er hätte sich ebenso gut gehalten wie diese. „Ich habe ein wenig zugelegt", brummte er missmutig, „und daher die Schnallen und Riemen etwas länger einstellen müssen. Das bequeme Leben bekommt mir nicht."

„Es bekommt dir sehr wohl", sagte Larwyn und strich über den Brustpanzer. „Du bist noch immer ein stattlicher Mann."

Garodem zog sie an sich und bedauerte, dass sein Panzer sie so unbarmherzig voneinander trennte. Schweigend hielten sie sich einen Moment lang fest, bis Garwin sich zwischen sie drängte. Garodem beugte sich hinunter und zog seinen Sohn auf die Arme. „Du bist nun der junge Lord der Hochmark, mein kleiner Garwin. Ich hoffe sehr, du wirst gut auf deine Mutter achten."

Garwin nickte ernsthaft und zog am Griff des Schwertes, der aus Garodems Scheide ragte, während Larwyn lächelnd seine Hand festhielt. „Das hat noch Zeit, Garwin. Nun gib deinem Vater einen dicken Kuss und lass ihn ziehen. Denn umso schneller wird er wieder bei uns sein."

Garodem lachte leise, als er seine feuchte Wange abwischte und Larwyn an sich zog, um sie ebenfalls zu küssen. Durch die Fenster von Garodems Arbeitsraum drang der Lärm aus den Burghöfen herauf, wo sich der Beritt sammelte und Männer und Frauen der Burg aus den Gebäuden traten, um die Reiter zu verabschieden.

„Gib gut auf dich acht, Garodem, mein geliebter Mann", sagte Larwyn leise.

„Das werde ich, Larwyn, mein geliebtes Weib." Garodem sah sie ernst an. „Es sind gute Männer, die mit mir reiten, die Besten der Hochmark. Ich lege Eternas nun wieder in deine bewährten Hände. Schütze die Mark, wie du es immer für mich und die Menschen getan hast."

„Schütze du dein Leben, Garodem, und komm bald zu uns zurück."

Garodem lächelte warm, nahm seinen Helm aus der Halterung und klemmte ihn unter den Arm. Dann nickte er seiner Familie zu und verließ den Raum. Larwyn blieb mit Garwin zurück, sie würde ihn nicht im Hof verabschieden, sondern ihm nur vom Fenster aus zuwinken, denn ihr Herz war schwer. Sie spürte die Gefahr, der Garodem entgegenritt, und wollte nicht, dass jemand ihre Tränen sah. Als Garodems Schritte auf der Treppe verklangen, ergriff sie Garwin und zog ihn an sich, als könne er ihr Halt geben. Doch vielleicht tat der Fünfjährige das auch, denn ihr Gesicht wirkte entspannt, als sie mit dem Sohn an das Fenster zum vorderen Burghof trat.

Unten in der Halle des Haupthauses begrüßten der Erste Schwertmann Tasmund und drei weitere Männer ihren Pferdefürsten.

Die drei Männer waren Kormund und Baromil, zwei bewährte Schwertmänner und Scharführer der Hochmark, sowie ein weiterer, sehr kräftiger Schwertmann der Wache Garodems. Der etwas ältere Baromil ritt nur selten aus, denn er war für die Ausbildung der Schwertmänner und Pferdelords verantwortlich, und seine Aufgaben waren vielfältig. Ihm oblag es, die erforderliche Anzahl an Waffen produzieren und einlagern zu lassen, diese regelmäßig zu überprüfen und außerdem das Training der Männer anzuleiten, um sicherzustellen, dass sie auch damit umgehen konnten. Doch diesmal hatte er Garodem gedroht, sämtliche Waffen verrosten zu lassen, wenn er nicht mitreiten dürfe, und so hatte der Pferdefürst mit einem Schmunzeln eingewilligt.

Der andere Scharführer war Kormund, der stämmige Veteran, der in jeder Schlacht an Garodems Seite gestanden hatte. Der zynisch wirkende Mann hatte einst einen Orkpfeil in die Brust bekommen, die Verletzung aber dank der Hilfe der elfischen Heilerin Leoryn überlebt. Inzwischen war das Gewebe vernarbt, aber gelegentlich schmerzte die Narbe noch und behinderte den Scharführer. Dennoch wäre es Garodem nicht eingefallen, ohne den braven Kormund hinauszureiten.

Der kräftige Schwertmann neben den beiden Scharführern war Garodems Bannerträger. Er würde das Zeichen des Pferdefürsten führen und nicht von Garodems Seite weichen, bis es wieder in seiner Halterung in der Halle von Eternas stand oder einer von beiden den Tod gefunden hatte.

Tasmund tat einen Schritt zurück, und Garodem trat an die beiden dreieckigen Berittwimpel und sein rechteckiges Banner heran, zog die Lanzen aus den Halterungen und reichte sie den drei Männern. Sie senkten die Lanzen und neigten Garodem die Spitzen entgegen, sodass dieser sie mit seiner Hand berühren konnte. Mit fester Stimme sprach der Pferdefürst den Treueid der Pferdelords.

„In des Lebens Wonne und des Todes Not, soll Eile sein stets das Gebot, in Treue fest dem Pferdevolk, der Hufschlag meines Rosses grollt, soll Lanze bersten, Schild zersplittern, so wird mein Mut doch nie erzittern, ich stehe fest in jeder Not, mit schnellem Ritt und scharfem Tod." Garodem atmete tief durch und gab dann die Losung. „Schneller Ritt ..."

„... und scharfer Tod", nahmen die Männer sie auf.

Es war eine kleine Zeremonie und doch ein ergreifender Moment für die anwesenden Pferdelords. Sie richteten die Lanzen auf, und Garodem musterte sie der Reihe nach. „Ihr wisst, Ihr guten Herren, dass dies ein Ritt auf Leben und Tod sein wird. Aber die Männer sollen es erst erfahren, wenn wir die Furten des Eisen erreicht haben und in die Westmark einschwenken."

„Was die Männer noch nicht wissen, spüren sie bereits", murmelte Kormund und erwiderte den Blick Garodems. „Sie sind Pferdelords, mein Hoher Lord, und es sind die Besten. Keiner von ihnen wird weichen, bevor die Aufgabe erfüllt ist."

Garodem legte seine Schwerthand nacheinander auf die Schultern der Lanzenträger. Danach sah er Tasmund an. „Eure Aufgabe ist es nun, Eure Hand schützend über die Hochmark zu halten und der Hohen Dame Larwyn zur Seite zu stehen."

„Ich werde dies getreulich tun, Garodem, mein Hoher Lord." Tasmunds Gesicht verzog sich zu einem grimmigen Lächeln. „Seid unbesorgt."

Die fünf Männer verließen die Halle und traten, mit dem Pferdefürsten an der Spitze, auf den Burghof hinaus.

Die Männer des Beritts hatten sich in vier langen Reihen hintereinander formiert. Die Zügel des links von ihnen stehenden Pferdes in der linken Hand, hielten sie die rechte am Griff ihrer Waffen. Die Spitzen der Stoßlanzen ragten senkrecht über den Männern auf. Rechts am Sattelknauf hingen die grünen Rundschilde. Da sich in den beiden vorderen Reihen ausschließlich Schwertmänner befanden, prangte dort auf den Rundschilden das weiße Symbol der Hochmark. In den hinteren Reihen standen die Männer, die nicht den Rosshaarschweif der Schwertmänner trugen und deren Schilde die Zeichen der Weiler zeigten, von denen sie gekommen waren. Die weißen Wellenlinien des Quellweilers, das gedrehte Horn des Horngrundweilers und verteilt zwischen ihnen die Embleme der kleinen Gehöfte.

Garodem und seine Begleiter saßen auf, während Tasmund vor die kleine Ehrenwache trat, die am Tor der Burg stand. Dann nickte Garodem den Männern des Beritts zu.

„Ich sehe mit Stolz die Besten der Hochmark versammelt. Wir werden Eindruck machen auf die Pferdelords der anderen Marken. Scharführer, lasst aufsitzen. Wir rücken ab."

Es gab keinen Jubel und keine anfeuernden Reden, denn offiziell würde der Beritt zu einem Freundschaftsbesuch und Manöver in die Königsmark reiten. So saßen die Männer schweigend auf, und die Ehrenwache grüßte die Wimpel des Beritts. Garodem ritt den Männern voran, dann folgten sein Bannerträger und ein Signalbläser mit dem metallenen Horn der Hochmark und schließlich die Scharführer mit den Reitern in Viererkolonne.

Für einen flüchtigen Augenblick hob Garodem die Hand

und grüßte Larwyn, die den Sohn Garwin auf die Fensterbrüstung gestellt hatte. Ein wenig wehmütig sah sie der Pferdefürst seinem Blick entschwinden, dann schaute er nach vorne und setzte ein freundliches Gesicht auf, denn die Menschen mussten sehen, wie entspannt der Pferdefürst war und dass es keinen Grund zur Sorge gab.

Tasmund stieg eine der breiten Treppen auf den Wehrgang der Südmauer hinauf und fand hier die Heilerin Meowyn. Verlegen trat der Erste Schwertmann neben sie, doch die blonde Frau sah ihn nicht an, sondern folgte mit den Blicken den Männern des Beritts, unter denen sich auch Nedeam und Dorkemunt befanden.

„Eine Übung", sagte sie schließlich mit spöttischem Ton. „Ich habe Nedeams und Dorkemunts Gesichter gesehen und die Gerüchte gehört. Sie folgen dem Banner Garodems in eine Schlacht."

„Garodem will keine Schlacht", erwiderte Tasmund leise. „Er wird die Männer auf verborgenen Wegen führen und alles dafür tun, dass sie sicher zurückgelangen."

„Wenn man ihn lässt", sagte Meowyn grimmig. „Garodem ist ein Pferdelord wie die anderen Männer auch. Sie werden einem Kampf nicht ausweichen." Meowyn blickte finster auf die Stadt, wo der Beritt nun im Gewirr der Straßen verschwand. „Oh, ich habe ihre Gesichter gesehen, Hoher Herr Tasmund. Sie wollen kämpfen, und sie werden es tun. Als könntet ihr Pferdelords dem Leben nur dadurch etwas abgewinnen, dass ihr eure Lanzen in Blut taucht." Ihre Stimme klang bitter, als sie sich zu Tasmund umdrehte. „Deshalb werde ich mich auch keinem Pferdelord mehr zuwenden. Mein Leben ist dem Heilen gewidmet, Tasmund, Erster Schwertmann Garodems. Das Eure dem Töten."

Sie sah ihn für einen Moment zornig an, dann verließ sie den Wehrgang. Tasmund blickte ihr betroffen nach, dann schlug er wütend die Faust gegen eine Mauerzinne. War das der Grund, warum die hübsche Meowyn ihr Herz vor ihm verschloss? Hatten der Verlust ihres Ehemannes Balwin und die Sorge um den Sohn Nedeam ihr Herz mit Hass gegen die Pferdelords erfüllt? Oder sprach nur die Furcht aus ihr, erneut das Liebste zu verlieren?

Wieder schlug Tasmund hilflos gegen die Zinne. Garodem ritt nun ins Barbarenland, der Gefahr entgegen. Er hatte Tasmund und Larwyn eingeschärft, dass niemand ihnen folgen dürfe. „Wenn auch unser Blut den Boden der alten Heimat tränken sollte, so will ich nicht, dass wegen eines Stückes Stoff noch mehr Leben geopftert werden", hatte Garodem mit eindringlicher Stimme gesagt.

Tasmund kniff die Augen zusammen. Drei Zehntage würde er warten. Wenn er bis dahin nichts von Garodem und den Männern des Beritts hörte, würde er die Hohe Dame Larwyn bitten, die Losung der Pferdelords zu geben. Kein Pferdelord der Hochmark würde sich weigern, den Eid zu erfüllen und Garodem beizustehen oder ihn zu rächen. Sie würden begierig sein, ihre Lanzen in das Blut der Barbaren zu tauchen.

Der Erste Schwertmann stieß ein leises Seufzen aus und sah zu der Treppe hinüber, über die Meowyn die Mauer verlassen hatte. Wenn er es recht bedachte, so mochte ihr Vorwurf durchaus zutreffend sein. Vielleicht dachte er als Pferdelord wirklich zu schnell ans Töten …

Der Beritt trabte inzwischen durch die Straßen der Stadt Eternas. Neugierige traten vor die Häuser und beobachteten die Reiter. Einige der Menschen winkten den Männern grüßend zu, aber Garodem bemerkte, dass viele der Gesichter ungewohnt gleichgültig wirkten. Wurden die Menschen der Hochmark wirklich langsam satt und träge? Nahmen sie keinen Anteil mehr am Schicksal ihrer Pferdelords? Oder lag es an der harmlosen Übung, zu welcher der Beritt angeblich ausrückte? Garodem begann die Sorge Kormunds zu teilen, aber er verdrängte die unheilvollen Gedanken und nickte den Bewohnern der Stadt freundlich zu.

An einer Nebenstraße schloss sich ihnen ein Reiter an, der ein Packpferd mit sich führte. Scharführer Kormund trieb sein Pferd neben das seines Fürsten. „Garodem, mein Hoher Lord, ich meinte gerade den Händler Helderim erkannt zu haben."

Garodem nickte bestätigend. „Er schließt sich uns an, guter Herr Kormund."

„Er schließt sich uns an?"

Garodem blickte kurz zu seinem alten Freund und nickte. „Wir reiten zu einer harmlosen Übung, vergesst das nicht. Verdammt, Kormund, alter Freund, Ihr wisst selbst, welche Gerüchte kursieren. Was wirkt da beschwichtigender, als einem Händler zu erlauben, uns zu begleiten?"

„Ich verstehe." Kormund kratzte sich am Nacken. „Er wird uns aber doch nicht wirklich begleiten, oder?"

„An den Furten des Eisen werden sich unsere Wege trennen. Der gute Herr Helderim will in die Ostmark hinüber und wird kaum darauf achten, welchen Weg wir einschlagen. Ihr kennt ihn, Freund Kormund. Er wird damit beschäftigt sein, in Gedanken seine Schüsselchen zu zählen."

„Ja", brummte Kormund grimmig. „Er ist ein richtiger Stadtbewohner."

Garodem sah seinen alten Kämpfer nachdenklich an. Kormund schien es zu beschäftigen, dass sich die Kluft zwischen den Bewohnern der Stadt und ihren Beschützern langsam öffnete. Der Pferdefürst nahm sich fest vor, nach seiner Rückkehr mit Larwyn zu besprechen, wie man die Entwicklung stoppen könnte.

Kurz nachdem der Beritt die letzten Häuser der Stadt hinter sich gelassen hatte, führte ein stämmiger Mann sein Pferd an die Formation der Reiter heran. Dorkemunt, der neben Nedeam am Ende der Kolonne ritt, wandte sich dem Neuankömmling überrascht zu. „Guter Herr Barus, was macht Ihr mit einem Pferd?“

Der Nagerjäger lief, eine klapprige Mähre am Zügel führend, neben ihnen her und sah die beiden verlegen an. „Nehmt es mir nicht übel, ihr guten Pferdelords, aber ich will mit euch reiten.“

„Das geht nicht“, erwiderte Dorkemunt lächelnd. „Ihr seid kein Pferdelord.“

„Ich bitte Euch, lasst mich mitkommen.“ Barus sah die beiden flehend an. Einige der anderen Reiter wurden auf die Szene aufmerksam und sahen sich um. „Ich muss unbedingt mitkommen, versteht Ihr? Undedingt.“

„Was ist los, guter Herr Barus?“, rief einer der Vordermänner zum Nagerjäger gewandt. „Gehen Euch in Eternas die Nager aus?“

Barus ignorierte den Spötter und legte seine Hand in einer verzweifelten Geste an Dorkemunts Schenkel. „Ich bitte Euch, guter Herr Dorkemunt, lasst mich mitreiten. Esyne sitzt mir im Nacken.“

Dorkemunt und Nedeam lachten schallend auf, und weitere Reiter wandten sich zu ihnen um. Barus sah die Männer errötend an. „Ihr habt gut lachen, ihr guten Herren. Ihr kennt Esyne nicht.“

„Oh doch, wir kennen sie, die gute Frau Esyne", brachte Dorkemunt hervor, der vom Lachen zusammengekrümmt auf seinem Wallach saß. „Wer tut das nicht?"

Einer der Reiter grinste gutmütig. „Ich kann Eure Not verstehen, guter Herr Barus. Wahrhaftig, ich habe das Weib erlebt. Aber Garodem würde es nie gestatten, dass Ihr mit uns reitet."

„Helderim ist doch auch mit von der Partie", ächzte Barus. „Und ihm sitzt Esyne nicht im Nacken."

Nedeam beugte sich zu seinem Freund Dorkemunt hinüber. „Barus ist ein guter und tapferer Mann. Er hat schon gegen Orks gekämpft und ist siegreich geblieben."

Der kleingewachsene Pferdelord kratzte sich im Nacken. „Ja, das ist wohl wahr. Aber Garodem wird es dennoch nicht erlauben."

„Barus hat immerhin den Grauen Gestaltwandler erschlagen", gab ein anderer Pferdelord zu bedenken. „Damals, in Malvins ‚Donnerhuf'. Hat das unheimliche Wesen einfach mit der Keule niedergestreckt."

„Auch das ist war. Guter Herr Barus, mein Freund, Euer Mut ist unbestritten. Aber der Ritt, den wir auf uns nehmen, ist mühsam und gefährlich."

„Esyne ist auch gefährlich."

„Da habt Ihr allerdings recht", stimmte Dorkemunt ihm zu. Er kratzte sich erneut. „Aber es bleibt dabei, Ihr seid kein Pferdelord."

Nedeam stieß seinen Freund an. „Aber er hat das Herz eines solchen."

Dorkemunt seufzte und sah den Nagerjäger ächzend an. „Ach, verflucht, ich werde es bereuen. Wir alle werden es bereuen, sage ich euch. Nun gut, Barus, dann reiht Euch eben ein. Aber haltet Euch bedeckt, guter Freund, damit die Scharführer und Garodem nichts bemerken."

„Habt Dank, ihr Freunde", schnaufte der stämmige Barus erleichtert und bestieg umständlich sein Pferd. „Habt Dank."

Dorkemunt stieß ein leises Knurren aus und sah die anderen Reiter an. „Seht nicht ständig zu ihm hin, ihr Pferdelords, sonst erfahren es noch alle." Der kleine Pferdelord musterte Barus und dessen Reittier. „Ah, wir werden es bereuen, sage ich euch. Er kann kaum reiten, und das Pferd ist so schwach, dass es nicht einmal einen Huf vor den anderen bringt."

Nedeam grinste vergnügt. „Aber Barus hat seine Keule dabei."

Sein Freund und Mentor blickte andächtig zum Himmel empor. „Immerhin etwas, das von Nutzen ist. Und nun hört endlich mit dem dämlichen Grinsen auf, ihr Pferdelords."

Nedeam sah Barus von der Seite an. Der erleichterte Blick des Nagerjägers ließ auch ihn in das Lachen der Männer einstimmen, das sich durch die Kolonne hindurch bis zur Spitze des Beritts fortpflanzte.

Der ahnungslose Kormund sah Garodem an und nickte befriedigt. „Ihr hört, Garodem, mein Hoher Lord, die Männer sind guten Mutes und vergnügt. Ich sage Euch, gebt einem Pferdelord ein anständiges Pferd, eine scharfe Lanze und einen guten Kampf, und er wird Euch überallhin folgen."

Garodem hörte das unbeschwerte Lachen der Männer und nickte nachdenklich. „Es wird allerdings kein Vergnügen werden, wenn wir den Barbaren begegnen, guter Herr Kormund, alter Freund. Aber Ihr mögt recht haben, ein Kampf wird uns vielleicht guttun und der Hochmark Ehre bringen."

Helderim, der Händler, ritt im vorderen Drittel der Kolonne und zog das Packpferd mit sich. Auch er vernahm das Lachen der Männer und war nach all den Gerüchten, die er gehört hatte, erleichtert. Das Vergnügen der Männer stimmte ihn zuversichtlich, dass er auf seiner Reise keiner Gefahr begegnen würde.

17

Der Empfang war kühl, auch wenn diesmal wenigstens die Form gewahrt wurde. Man versorgte Herebrants Pferd und bot ihm selbst eine Erfrischung an, während er auf den Pferdefürsten der Ostmark wartete. Besonders erleichterte es den Boten des Königs, dass er nicht erneut auf den Großen Turm der Ostwache mit seinen unzähligen Stufen hinaufsteigen musste.

Man hatte ihm keine Sitzgelegenheit angeboten, aber immerhin stand er nun trocken und warm. Sein grüner Umhang war schwer und nass, denn ein Regensturm war über ihn hereingebrochen, kurz bevor er die Stadt Merdonan erreicht hatte und unter ihren Dächern Schutz finden konnte. Es war einer der typischen Regenstürme, die gelegentlich über das Land des Pferdevolkes hinwegtobten und nur schwer vorhersehbar waren. Der Regen war stark und verwandelte den Boden in zähen Schlamm, wo er nicht dicht mit Gras bedeckt war.

Wasser sammelte sich am Saum von Herebrants Umhang und tropfte von dort auf den Boden des Raumes hinab, wo sich allmählich eine kleine Pfütze bildete.

Es war einer der seltenen Augenblicke, in denen Herebrant die einfachen Stadtbewohner beneidete. Ihre Umhänge waren nicht in den Farben ihrer Marken gesäumt, sondern wurden am unteren Rand einfach abgeschnitten. Die Menschen der kleinen Gehöfte und Weiler faserten den schweren Wollstoff unten sogar ein wenig auseinander. Der Grund hierfür war praktischer Natur. An einem umgenähten Saum sammelte sich das Wasser, während es an den losen Fasern herablief, sodass

Umhang und Träger nicht allzu sehr unter dem Regen zu leiden hatten. Der Bote des Königs hätte sich gerne einen Augenblick gesetzt oder zumindest seinen Umhang abgenommen, um ihn und das durchnässte Wams am Kamin zu trocknen, aber er fühlte die Blicke der beiden Schwertmänner auf sich lasten, die rechts und links der Tür standen und ihn beobachteten. Herebrant vertrat des Königs Sache, und er wollte sich vor den Männern der Ostmark keine Blöße geben.

Pferdefürst Bulldemuts Amtsraum war spartanisch ausgestattet. Die glatten Steinwände trugen keinen Zierrat, und selbst der Kamin mit seinem lodernden Feuer schien kalt und abweisend. Ein Schreibtisch mit einem Stuhl dahinter stand an einer der Wände und ein Waffenständer an einer anderen. Mehr gab es hier nicht. Herebrant fragte sich unwillkürlich, wie das Gemüt eines Mannes beschaffen sein mochte, der seinen Raum auf diese Weise einrichtete. Der einzige Farbtupfer war das grüne Banner des Pferdefürsten mit dem schwarzen Saum und dem weißen springenden Pferd des Pferdevolkes. Dieses weiße Pferd schien Herebrant das einzig Freundliche zu sein, das ihm bislang in der Ostmark begegnet war.

Schritte erklangen auf dem Flur, und die beiden Schwertmänner der Wache Bulldemuts nahmen Haltung an, als der Pferdefürst hereingeeilt kam. Auch Bulldemuts Umhang war durchnässt, und der Pferdefürst nahm ihn mit einer raschen Bewegung ab und warf ihn einer der Wachen zu, die ihn vorsichtig an den wärmenden Kamin hängte.

„Des Herrn Reyodems Bote“, sagte Bulldemut und musterte Herebrant abschätzend.

„Herebrant aus der Königsmark“, sagte dieser bestimmt und unterdrückte seinen Zorn. „Mit Nachricht …“

Bulldemut hob seine Hand und unterbrach den Boten. Sein

Lächeln wirkte distanziert. „Schon gut, ich kenne Euch. Sagt, was es zu sagen gibt."

„König Reyodem beruft den Rat der Pferdefürsten in die Goldene Halle von Enderonas ein", sagte Herebrant und bemühte sich um Beherrschung.

Um Bulldemuts Mundwinkel spielte ein zufriedenes Lächeln. „Nun, die Botschaft vernehme ich gerne. Und wann soll die Zusammenkunft stattfinden?"

„So schnell die Pferde den Rat versammeln können."

Bulldemut nickte. „Eine solche Entschlusskraft hätte ich Reyodem nicht zugetraut." Herebrants Hand krallte sich für einen Moment um den Griff seines Schwertes, aber Bulldemut schien dies nicht zu bemerken. „Nun, wie dem auch sei. Berichtet Reyodem, dass ich schon morgen aufbrechen werde." Er sah Herebrant amüsiert an. „Ihr werdet ihm meine Botschaft sicher unverzüglich überbringen wollen. Ihr dürft Euch entfernen, Herebrant."

Es war ein grober Hinauswurf, aber Herebrant fühlte Erleichterung, als er sein Pferd aus der Stadt hinaus und in den peitschenden Regensturm trieb. Nein, er konnte nichts Erfreuliches an der Ostmark oder ihren Bewohnern finden.

18

Garodem spürte die Unruhe in sich. Er glaubte nicht, dass er eine Chance hatte, den verschollenen Beritt der Westmark zu finden oder die Männer gar retten zu können, und doch klammerte er sich an jenen winzigen Hoffnungsschimmer, der immer blieb, solange man nicht Gewissheit hatte.

Kein Pferdelord ließ einen anderen Pferdelord im Stich, und so trieben Hoffnung und Unruhe Garodem voran, und der Beritt folgte ihm. Die Männer ritten die erste Nacht hindurch und passierten am frühen Morgen den Zugang des Südpasses. Kein Murren erhob sich, als Garodem die Männer weiter nach Süden führte, wo der Beritt der alten Handelsstraße folgte, die den anderen Marken der Pferdelords entgegenführte.

Sie ritten durch die Ausläufer des Gebirges und waren froh, dass die aufsteigende Sonne Wärme brachte und die über Nacht feucht und klamm gewordene Kleidung zu trocknen begann. Während sich die Morgennebel lichteten, stieg auch der Dunst der trocknenden Kleidung empor und hüllte den Beritt in einen seltsamen Nebel, der erst zerfaserte, als die Sonne höher am Himmel stand.

Gegen Mittag erreichten sie die Ruinen der alten Festung, die hier seit unendlichen Zeiten zu stehen schien.

Doch der Beritt stoppte nicht, sondern trabte mit dem flatternden Banner Garodems und den beiden Wimpeln der Scharführer an der Spitze unbeirrt weiter nach Süden.

Sie hatten nun die Grenze der Reitermark erreicht, aber abgesehen von einigen dünnen Rauchfahnen, die in der Ferne gen Himmel stiegen, war kein Anzeichen von menschlichem Leben zu erkennen. Vor ihnen war das hoch aufragende Südgebirge mit der alten Königsfestung der Pferdelords auszumachen, und zu ihrer Linken breiteten sich die weiten Ebenen des Pferdevolkes aus.

Das Grau der gebirgigen Landschaft wandelte sich nun zusehends in das saftige Grün der Wälder, an denen entlang die Handelsstraße nach Süden führte. Diese war rechterhand von den Wäldern und auf der linken Seite vom Flusslauf des Eisen begrenzt, der vom Gebirge in die Ebene hinabfloss.

Über den Wipfeln der Bäume ragte eine merkwürdige Silhouette in der Form eines riesigen Schmiedehammers auf, deren Gestalt sich jedoch nicht veränderte, egal aus welchem Blickwinkel man sie betrachtete. Es war der Hammerturm, in dem einst einer der großen Weißen Zauberer gelebt hatte. Dieser war nun Vergangenheit, aber sein Turm stand noch immer und strahlte auch jetzt noch eine seltsame Bedrohung aus. Noch vor wenigen Jahren hatte sich das Bauwerk auf einem kreisförmigen, unbewachsenen Areal erhoben, dessen Durchmesser wohl zwei Tausendlängen betrug, doch nun war der untere Teil des Turms vom Grün überwuchert und dicht von Pflanzen umrankt.

Nur wenige Zehnteltage noch, und es würde dunkeln, aber in dieser Nacht würde Garodem seine Männer ruhen lassen. Denn bald würden sie die Furten des Eisen erreichen und dort ihr Nachtlager aufschlagen.

An den Furten, an denen sich der Fluss stark verbreiterte und über kiesbedeckte Bänke lief, gabelte sich die alte Handelsstraße, die schon zur Zeit der alten Könige existierte. Ein Abzweig führte nach Norden und zog an der Hochmark vorbei zu den nördlichen Ländern der Zwerge, Elfen und Eisbarbaren. Nach Westen führte der Weg in die Westmark und dann weiter in das alte Land der Pferdelords, und nach Osten verlief sie ein Stück weit durch die Reitermark, bevor sie sich erneut gabelte und mit einem ihrer Abzweige in die Königsmark und das Reich der weißen Bäume und mit dem anderen in die Ostmark führte.

Schon viele Reisende und Handelswagen hatten die Furten genutzt, und daher war es nicht weiter verwunderlich, dass einige Bewohner der Reitermark dort ein großes Gehöft mit einer Schänke errichtet hatten, in der Reisende sich erfrischen konnten.

Garodem war erleichtert, als die Furt und die Gebäude der Station vor ihnen auftauchten, denn er musste sich eingestehen, dass eine durchrittene Nacht sein Wohlbefinden nicht gerade steigerte. Er war überrascht, dass selbst der Händler Helderim nicht geklagt hatte, aber als Garodem den Beritt zur Station einschwenken ließ, hörte er ein erleichtertes Seufzen des Händlers. Die Hufe der Pferde ließen das Wasser aufspritzen, als der Beritt die Furten durchquerte. Am jenseitigen Ufer angelangt, ritten die Männer zur Station hinüber.

Das Gehöft war in Form eines lang gestreckten Gevierts errichtet. Das große Hauptgebäude stand parallel zum Fluss, und seine lange Front mit den Schießscharten bot die Möglichkeit, die Furten mit Pfeilen zu bestreichen. Gegenüber dem Haupthaus stand ein schmaleres Gebäude, das als Herberge für die Reisenden diente. An der einen Schmalseite befand sich ein niedriger Stall, an den sich eine Koppel anschloss. Neben dem Stall erklang das Hämmern eines Schmieds, der offensichtlich gerade ein Pferd beschlug.

Es gab keine Befestigungen in Form eines Walles, einer Palisade oder von Türmen. Aber die Gebäude waren aus den massiven Stämmen des hier reichlich vorhandenen Holzes errichtet, die man zum Schutz gegen Feuer mit Rinderblut bestrichen hatte. Die Dächer ragten ungewöhnlich weit über die Wände hinaus und ruhten auf Stützen. Zudem waren sie mit Grassoden bedeckt.

Kormund nickte anerkennend, als er die Konstruktion betrachtete. „Die Grassoden schützen gegen Feuerpfeile, und das tief gezogene Dach erschwert es einem Bogenschützen, die Wände aus der Ferne zu erreichen. Er muss nahe herankommen und setzt sich so dem Beschuss der Verteidiger aus."

Garodem nickte. „Sie haben hinzugelernt, guter Herr Kormund. Ich kann mich noch erinnern, wie die Orks vor fünf Jahren die Station niederbrannten. Heute würde es ihnen schwerer fallen."

Kormund neigte sich im Sattel und spuckte aus. „Damals hatten die Orks allerdings die verfluchten Grauen Zauberer auf ihrer Seite. Deren Flammzauber vermögen auch solche Dächer nicht zu widerstehen."

Wagen und Packpferde einer Handelskarawane standen im Hof der Station, und einige Männer und Frauen traten aus den Gebäuden und sahen dem Beritt neugierig entgegen. Als sie das Banner eines Pferdefürsten erkannten, trat der Stationsleiter hastig vor die anderen. Ein paar Kratzläufer stoben gackernd auseinander, als Garodem sein Pferd vor dem Mann zügelte.

„Eine wirkliche Ehre, Hoher Lord, dass Ihr uns mit Eurem Besuch beschenkt", sagte der Mann eifrig und wies sogleich zum Haupthaus hinüber. „Ihr und Eure Männer seid uns willkommen."

„Habt Dank dafür, guter Herr", erwiderte Garodem und gab dem Beritt das Zeichen, abzusitzen. „Wir werden für eine

Nacht bleiben. Macht Euch keine Sorgen um Unterkunft, aber für eine warme und reichhaltige Mahlzeit werden meine Männer Euch dankbar sein."

„Daran soll es nicht fehlen, Hoher Lord." Der Mann wandte sich kurz um. „Schlachtet zwei der Rinder und bereitet einen guten Braten zu. Und holt zwei Fässer Gerstensaft."

Garodem merkte, wie Kormund zusammenfuhr. Auf einem Kriegsmarsch wurde kein Alkohol getrunken. Doch offiziell zogen sie zu einem Manöver, und es könnte Aufmerksamkeit erregen, wenn sie den Gerstensaft ablehnten. Andererseits glaubte Garodem nicht, dass sich einer seiner Pferdelords betrinken würde. Er zwinkerte dem Scharführer zu und nickte freundlich. „Das wird meinen Männern munden, guter Herr. Sagt mir, wie viel Schüsselchen Ihr verlangt, es soll nicht Euer Schaden sein, uns zu bewirten."

Der Mann blinzelte, aber dann schüttelte er seinen Kopf. „Ach, ich kann es verstehen, guter Pferdefürst Garodem. Es waren so viele von uns, Ihr werdet mich kaum erkennen." Der Mann bemerkte Garodems fragenden Blick. „Ich lebte einst in der Stadt Eodan in der Ostmark. Ihr habt uns damals gerettet und in Eure Hochmark geführt. Ich verlor meine Tochter, das arme Ding", seufzte der Stationsleiter, doch dann strahlte er wieder. „Nein Garodem, Pferdefürst der Hochmark, Ihr habt mein Leben vor den Orks gerettet, so lasst mich nun Euch und Eure Männer wenigstens vor dem Hunger bewahren."

„Habt Dank für diese Freundlichkeit." Garodem saß ab und reichte dem Signalbläser die Zügel seines Pferdes. „Ihr habt Euch hier niedergelassen?"

Der Mann nickte. „Die Station war abgebrannt, Hoher Lord. Aber die Furten des Eisen werden weiterhin genutzt. Und seitdem der Handel wieder floriert, wirft auch die Station genügend Schüsselchen ab. Doch tretet ein, Garodem, Pferdefürst, und lasst Euch bewirten."

„Nicht mehr als zwei Gerstensaft pro Mann", raunte Garodem seinen beiden Scharführern zu.

Baromil und Kormund nickten und traten zu ihren Scharen. Die Männer des Beritts waren abgesessen und versorgten ihre Pferde, wie es die Tradition des Pferdevolkes war. Erst kam das Pferd, dann das Wohl des Reiters. „Nehmt die Sättel herunter, Ihr guten Pferdelords", befahl Kormund. „Wer weiß, wie lange die Tiere sie später werden tragen müssen. Nehmt die Lochpfeile und leint sie an. Gebt ihnen gutes Futter und Wasser."

Einer der Pferdelords sah den Scharführer beleidigt an. „Ich saß schon zu Pferde und versorgte es richtig, als Ihr noch Euer Tuch beschmutzt habt, guter Herr Scharführer."

Kormund musterte den Mann scharf. Unter dem Rundhelm des Pferdelords war schlohweißes Haar zu erkennen, aber trotz seines hohen Alters war er ein kraftvoller Mann. Kormund zuckte die Achseln. „Seht es mir nach, guter Herr, ich weiß, Ihr alle versteht, mit den Pferden umzugehen."

Der alte Pferdelord brummte zustimmend. Die Männer der Hochmark versorgten die Tiere und nahmen ihnen die Sättel ab. Kormund hatte dies aus zwei Gründen angeordnet. Auf einem Kriegsmarsch wurden nur die Sattelgurte gelockert, damit man sie im Notfall rasch festziehen und zum Kampf aufsitzen konnte. Dass die Sättel nun abgenommen wurden, sollte die Harmlosigkeit des Ritts betonen. Zudem wusste keiner von ihnen, wie lange die Tiere die Sättel in der nächsten Zeit tragen mussten. Die Reittiere sollten nicht sattelwund werden, denn solche Druckstellen konnten sich rasch entzünden.

Die Pferde wurden getränkt und anschließend in langen

Reihen aufgestellt. Dann nahmen die Pferdelords kleine metallene Pflöcke von den Sätteln und drückten sie in den Boden, um danach die Zügel der Tiere durch Öffnungen der Lochpfeile zu führen und sie festzubinden. Alle Pferde waren für den Kampf trainiert, weshalb die Maßnahme eigentlich nicht erforderlich war. Aber Kormund wusste nicht, ob sich eine rossige Stute in der Station befand, und er kannte die Hengste der Hochmark so gut, wie er seine Pferdelords kannte.

Die Männer würden die Nacht bei ihren Pferden verbringen. Sie waren das leise Schnauben und Stampfen der Hufe gewöhnt, und auch ihre Tiere hatten sich an die nächtlichen Laute der Schläfer gewöhnt.

Kormunds Berittwimpel bewegte sich durch die Gruppe der Männer und zeigte auf, wo sich der Scharführer gerade befand. Er trat zu Baromil. „Ich will, dass in der Nacht eine kleine Schar Wache hält."

Baromil grinste. „Schon eingeteilt, Kormund, mein Freund. Hier wird kein zweibeiniger Feind lauern, aber es mag ein Pelzbeißer herumstreifen oder gar ein Rudel Raubkrallen."

„Sie würden sich nicht an uns heranwagen", erwiderte Kormund. „Wir würden ihnen zu viele Zähne zeigen."

Baromil nickte. „Ist Euch der Mann in Dorkemunts Gruppe aufgefallen?"

„Ihr meint den Stämmigen?" Kormund seufzte. „Ich frage mich, warum der gute Herr Tasmund ihn auswählte. Er ist ein miserabler Reiter, und sein Pferd taugt noch weniger."

„Gut, dann sind wir uns einig." Baromil blickte zur Station hinüber, wo einige Männer gerade Gestelle errichteten, um die beiden Rinder für den Braten vorzubereiten. „Ich werde zu dem guten Herrn gehen und ihn zurückschicken."

„Lasst nur, Baromil, mein Freund. Der Mann gehört zu

Dorkemunts Gruppe, und das ist meine Schar. Also werde ich den Pferdelord selbst nach Hause senden. Es wird ihm nicht gefallen."

Kormunds Blick suchte den stämmigen Mann und fand ihn in einer Gruppe mit Dorkemunt und Nedeam. Als die Männer bemerkten, dass Kormund sich ihnen näherte, zuckte der stämmige Pferdelord zusammen und hüllte sich enger in seinen grünen Umhang. Der Scharführer erkannte aus der Nähe, dass der grüne Umhang des Mannes nicht den farbigen Saum eines Pferdelords aufwies. Ein Bruch mit der Tradition, ebenso wie die Tatsache, dass der Mann eine solche Schindmähre ritt. Kormunds Gesicht wurde grimmig, als er die Männer erreichte. „Auf ein Wort, Ihr guten Herren."

„Stöhne ein bisschen", zischte Nedeam dem Nagerjäger leise zu.

Barus sah den jungen Pferdelord irritiert an. „Was soll ich tun?"

„Stöhnen", knurrte Dorkemunt und stieß Barus in die Seite. „Aber achte auf das richtige Maß. Nicht zu viel und nicht zu wenig."

Barus hatte keine Ahnung, was das richtige Maß sein könnte, aber er hüllte sich geduckt in seinen Umhang und fing gehorsam an, leise vor sich hinzustöhnen. Sofort nahm Kormunds grimmiges Gesicht einen besorgten Ausdruck an.

„Was ist mit dem guten Herrn, dort?" Der Scharführer musterte Barus, der erneut stöhnte und den Saum des Umhangs vor seinen Mund hob, sodass sein Gesicht halb bedeckt war. „Er wird doch nicht krank sein?"

„Nein, nein, Kormund, alter Freund", sagte Dorkemunt rasch und lächelte freundlich. „Es ist der Magen. Er hat sich den Magen schrecklich verdorben."

„Genau", stimmte Nedeam zu. „Er hat vor dem Abritt etwas Verdorbenes gegessen, schrecklich verdorben muss es gewesen sein."

„Dann kann er nicht mit uns reiten", brummte Kormund.

„Oh, es geht ihm schon wieder besser", wandte Dorkemunt rasch ein. „Eigentlich schon sehr viel besser."

„Ihr hättet sein Stöhnen heute Morgen hören sollen", seufzte Nedeam. „Ach, es war grässlich."

„Genau." Dorkemunt sah den Scharführer treuherzig an. „Nun geht es ihm schon viel besser, dem guten Herrn. Ihr werdet sehen, Kormund, alter Freund, wenn wir morgen losreiten, wird er wie ein wahrer Pferdelord im Sattel sitzen."

„Und auch nicht mehr so stöhnen", versicherte Nedeam.

Kormund stützte sich mit beiden Händen auf seine Wimpellanze und knurrte leise. „Dorkemunt, Ihr steht mir mit Eurer Ehre dafür ein, dass der Mann morgen reiten kann. Sonst werdet ihr *beide* in die Hochmark zurückkehren."

„Er wird reiten können, ganz gewiss", beteuerte Dorkemunt und stieß Barus in die Seite. „Nicht wahr, mein guter Herr Pferdelord?"

Barus stöhnte und nickte gleichzeitig, und Nedeam musste sich ein Lachen verkneifen. Kormund blähte die Wangen und ließ die Luft langsam wieder entweichen. „Nun gut, so sei es denn." Er sah Dorkemunt scharf an. „Aber er soll sich ein anderes Pferd nehmen. Seines wird spätestens an der Grenze zusammenbrechen."

„Er wird einen wahren Pferdelord auf einem erstklassigen Pferd abgeben", versicherte Dorkemunt.

Kormund schien noch etwas sagen zu wollen, aber dann zuckte er die Achseln und wandte sich ab. Nachdem er sich entfernt hatte, ließ Dorkemunt ein erleichtertes Schnaufen hören und sah Barus grimmig an. „Fürwahr, guter Herr Barus, Ihr bringt mich in große Schwierigkeiten. Kormund steht zu seinem Wort, und ich bin ihm nun verpflichtet. Bei den Abgründen, worauf habe ich mich da nur eingelassen?“

Barus sah den kleinwüchsigen Pferdelord dankbar an. „Ich werde es Euch nie vergessen, guter Herr Dorkemunt, und Euch auch nicht, guter Herr Nedeam. Sollten Euch einmal die Nager plagen ...“

„Zunächst wird uns der gute Herr Kormund plagen.“ Dorkemunt kratzte sich im Nacken. „An Eurer Reitkunst werden wir so rasch nichts ändern können, guter Herr Barus. Lasst uns also sehen, ob wir wenigstens ein passables Pferd auftreiben können. In der Station gibt es einige Wechselpferde für die Karawanen. Darunter sollte sich ein brauchbares finden lassen, das wir erwerben können.“ Er beäugte Barus' Reittier. „Niemand wird so dumm sein, ein gutes Pferd gegen Eure Mähre einzutauschen. Wo habt Ihr das bedauernswerte Geschöpf überhaupt her?“ Als Barus zu einer Antwort ansetzte, hob Dorkemunt die Hand. „Nein, sagt es mir lieber nicht. Ich will es gar nicht wissen.“

Nedeam vergewisserte sich, dass Kormund weit genug entfernt war. „Kommt, lasst uns nach einem geeigneten Pferd Ausschau halten, bevor der Braten fertig ist.“

Es roch verführerisch nach gegrilltem Fleisch, und als ein paar Männer der Station die versprochenen Fässer mit Gerstensaft aus dem Haus rollten, erhob sich zustimmendes Gemurmel und Gelächter bei den Pferdelords des Beritts. Baromil und Kormund, die beiden Scharführer, sahen einander in stillem Einvernehmen an und grinsten.

„Nicht mehr als zwei Becher Gerstensaft pro Mann“, ordneten sie an. Kormunds Blick glitt über die Männer. „Wer morgen nicht wie ein wahrer Pferdelord im Sattel sitzt, oder wer gar schielt, den lasse ich im Fluss saufen, bis er wieder bei Verstand ist."

Keiner der Männer hätte dieser harschen Worte bedurft. Niemand würde sich betrinken, das wusste Kormund, und er war stolz auf jeden seiner Reiter. Sorge bereitete ihm nur jener stämmige Pferdelord, der in Dorkemunts Gruppe war. Der Mann ritt miserabel und hielt die Stoßlanze, als wäre sie eine Mistgabel. Zudem ließ sein Stöhnen nichts Gutes ahnen. Es musste schon ein guter Freund des kleinen Herrn Dorkemunt und Nedeams sein, dass diese sich derart für den Mann einsetzten. Irgendwie kam der Stämmige Kormund bekannt vor. Sehr bekannt sogar, aber er konnte ihn nicht einordnen.

Der Pferdefürst Garodem saß inzwischen zusammen mit dem Leiter der Station im Schankraum und plauderte mit ihm über die alten Zeiten, in denen Garodem den Flüchtlingstreck aus der Stadt Eodan in die Hochmark geführt hatte. Neben ihnen saß der Händler Helderim, und Garodem stellte zufrieden fest, dass der schmächtige Mann in ein Gespräch mit einem anderen Händler vertieft war. Helderims Gedanken galten nun ganz dem Handel, und so würde er nicht so sehr auf das Verhalten des Beritts achten. Als es Zeit für ihn war, erhob Garodem sich, klopfte Helderim freundlich auf die Schulter und dankte dem Stationsleiter für die Bewirtung.

„Wir werden früh am Morgen aufbrechen", sagte Garodem und reckte sich ein wenig. „Ich will Euch also viel Erfolg für Euren Handel wünschen, guter Herr Helderim."

„Oh, wir können noch ein Stück des Weges gemeinsam reiten", sagte Helderim mit schwerer Zunge. Er hatte dem Wein der Station gut zugesprochen und dem anderen Händler freigiebig davon spendiert, um ein paar Tipps für den Handel in der Ostmark zu erhalten.

„Ihr habt Euch den Schlaf verdient, guter Herr Helderim“, entgegnete Garodem. „Und Ihr habt wacker mitgehalten, das muss ich anerkennen. Aber ich will meine Pferdelords früh aufscheuchen, sonst verweichlichen sie mir noch. Also, habt eine geruhsame Nacht, Ihr guten Herren.“

Vor dem Stationsgebäude traf Garodem auf Baromil und Kormund. Es war ruhig, die meisten der Pferdelords schliefen bereits oder taten zumindest so. Sie wussten, dass es nicht zu einer Übung ging, und viele würden ihren Gedanken nachhängen. Gedanken, die den Liebsten galten oder dem, was in den kommenden Tagen geschehen mochte.

„Weckt die guten Herren einen Zehnteltag vor Sonnenaufgang“, sagte Garodem leise. „Wir wollen früh auf dem Weg sein, damit uns nicht zu viele Augen beobachten.“

„Sie werden es aber an den Spuren erkennen“, murmelte Kormund.

„Keine Sorge, Kormund, mein Freund. Ich habe dem Schankwirt erzählt, wir würden einen kurzen Abstecher in die Westmark machen, um meinen alten Freund, den dortigen Pferdefürsten, zu besuchen.“

Garodem erblickte sein Banner, das im Licht der sternklaren Nacht an der aufgerichteten Lanze gut zu erkennen war, und ging zu seinem Schlafplatz hinüber. Der Signalbläser schnarchte leise, während der Bannerträger Garodem kurz zunickte und sich dann wieder auf die Seite rollte. Garodem ließ sich auf die Decke sinken und hüllte sich in seinen grünen Umhang. Während er auf dem Rücken lag, verschränkte er die Hände im Nacken und blickte zu den Sternen auf. Was würde die Zukunft ihm und den Männern des Beritts bringen? Würde er sie alle wieder heimführen können? Garodem versuchte, sich zu entspannen. Gelegentlich drang das leise Schnauben eines Pferdes und das Stampfen von Hufen an sein Ohr, und dazwischen das Schnarchen von Schläfern. Hin und wieder war leises Murmeln zu hören und die Schritte von einer der Wachen. Garodem schloss die Augen und schlief schließlich ein.

Der Pferdefürst erwachte, als Kormund neben ihm niederkniete und ihn sanft anstieß. „Es ist an der Zeit, mein Hoher Lord. Die Männer sind wach und bereit."

„Dann lasst sie satteln und aufsitzen, guter Herr Kormund", ordnete Garodem an und richtete sich seufzend auf. „Und lasst es leise geschehen."

Garodem zog die Riemen und Schnallen seiner Rüstung fest, faltete seine Decke und legte sie auf den Rücken seines Pferdes. Er spürte seine Knochen und ärgerte sich darüber. Aber wenn er erst eine Weile im Sattel saß, würden die Beschwerden wohl nachlassen. Neben ihm trafen die Männer des Beritts diszipliniert und wortlos ihre Vorbereitungen. Die Sicherheit der Bewegungen verriet die Übung der Männer und ihre Motivation. Garodem legte den Sattel auf, schnallte die Riemen und den Bauchgurt fest und saß auf.

Leises Knarren war zu hören, als die Pferdelords seinem Beispiel folgten.

Es war noch zu früh, als dass der Morgennebel aufgestiegen wäre. Die Sterne standen noch klar am Himmel und Garodem sah an den Reihen der Männer entlang. Dann hob er schweigend die Faust, und kurz darauf begannen Hufe über den Boden zu pochen, als die Männer sich hinter Garodems Banner formierten. Wasser spritzte auf, als sie die Furten des Eisen durchquerten und die Station hinter sich ließen. Sie hatten nun die Reitermark verlassen und die Westmark erreicht, und nachdem sie einen Zehnteltag geritten waren, begann sich der Himmel zu röten.

Garodem stieß erneut die Faust in die Höhe und ließ den Beritt halten, der sich in langer Kolonnenformation über die Straße bewegte. Der Pferdefürst trabte die Kolonne entlang, um auf halber Höhe zu stoppen. Die Männer wandten sich ihm aufmerksam zu. Langsam begann der Morgennebel aufzusteigen und die Hufe der Pferde in seinen Dunst zu hüllen.

„Pferdelords der Hochmark“, sagte Garodem mit volltönender Stimme. „Ich danke Euch für Eure Bereitschaft, mir zu folgen. Ihr alle ahnt längst, dass wir nicht zu einer Übung des Königs reiten. Der Zweck unseres Rittes musste bis jetzt vor Euch geheim gehalten werden, und ich durfte auch keine Losung geben, der Ihr verpflichtet wärt. Dennoch seid Ihr gekommen, weil Ihr spürt, dass Eure Fähigkeiten als Pferdelords benötigt werden.“ Er beugte sich leicht im Sattel vor. „So will ich Euch, Ihr guten Herren, nun sagen, worum es geht.“

Garodem wies in westliche Richtung. „Dort, im Westen, liegt das alte Land unseres Pferdevolkes. Ein Beritt der Westmark rückte dorthin aus. In das Land der Dünen und der Barbaren. Die Männer ritten auf Geheiß des Königs Reyodem, um das Banner des Ersten Königs zu finden und es heimzubringen. Auch wir rücken nun in das Dünenland vor. Doch nicht des Banners, sondern des Berittes wegen, der dort verschwand.“ Garodem legte eine kurze Pause ein. „Dessen Männer mögen längst tot sein, aber unsere Aufgabe ist es, ihr Schicksal aufzuklären. Die Westmark kann keinen zweiten Beritt stellen, und so hat der König stattdessen uns dazu aufgefordert. Euer Treueid gilt dem Pferdevolk, und Ihr müsst ihn erfüllen, wenn es gilt, die Heimstätten unseres Volkes gegen den Feind zu verteidigen. Nun jedoch sind wir es, die in sein Land eindringen. Daher seid Ihr dem Eid nun nicht verpflichtet, Ihr

Pferdelords der Hochmark, und es ist Eure freie Wahl, mir zu folgen oder zurückzukehren."

Seinen Schwertmännern konnte Garodem befehlen, ihm überallhin zu folgen, doch die Pferdelords der Weiler hatten das Recht, den Kriegsdienst zu verweigern, wenn bei dem Einsatz die Grenzen des Pferdevolkes überschritten wurden.

„Es wird wenig Ruhm geben und viel Blut fließen, nicht wahr?", erhob sich Mortwins Stimme aus den Reihen.

„Es sind Pferdelords in Not", meinte ein anderer.

„Sie könnten längst tot sein."

„Dann ist es jetzt an uns, ihre Körper heimzubringen." Das war die Stimme Dorkemunts, und beifälliges Gemurmel war zu hören.

Neben ihm meldete sich Nedeam zu Wort. „Garodem, Pferdefürst, wir verlieren Zeit, wenn wir hier verharren."

Einige Männer lachten, und Garodem nickte. „Also will keiner von Euch umkehren? Jeder kann dies in Ehren tun, das wisst Ihr."

„Eile sei nun das Gebot", rief eine Stimme aus der Mitte der Reiter.

Garodem schloss kurz die Augen. Das waren sie, seine Pferdelords, und er hätte sein Blut für jeden Einzelnen von ihnen vergossen. Er nickte den Männern zu, zog sein Schwert und reckte es hoch in die Luft. „Schneller Ritt …"

„… und scharfer Tod", stimmte der Beritt ein.

Die Pferdelords der Hochmark ritten in den Krieg.

19

Herebrant war ein viel beschäftigter Mann. Als Bote des Königs war es seine Aufgabe, die Beschlüsse Reyodems dem Pferdevolk mitzuteilen. Meist geschah dies, indem er auf dem großen Platz der Stadt Enderonas verkündete, was der König beschlossen hatte. Galt es jedoch, die anderen Marken der Pferdelords zu benachrichtigen, teilte sich Herebrant diese Aufgabe mit einigen Schwertmännern der Wache, damit die Botschaft schnell überbracht werden konnte. Einige Male war Herebrant sogar in das Reich der weißen Bäume gereist und hatte dessen König in Alneris Kunde von Reyodem gebracht. Herebrant war es gewöhnt, zu reisen, und er tat dies im Sattel, wie es sich für einen Angehörigen des Pferdevolkes gehörte. Aber die letzten Zehntage waren anstrengend für ihn gewesen. So oft und lange war er nie zuvor geritten, und seine Schenkel und sein Gesäß begannen langsam wehzutun. Immerhin führte ihn sein Weg nun zum ersten Mal in die Hochmark des Pferdefürsten Garodem, und trotz des schmerzenden Körpers genoss er den Anblick der ungewohnten Landschaft. Er war die fruchtbaren Ebenen und weiten Wälder der unteren Marken gewohnt, und es überraschte ihn, welche Schönheit sich selbst hier oben im Gebirge seinen Augen bot.

Er hatte den Südpass und die Seitentäler hinter sich gelassen und die Ebene von Eternas erreicht. Das Verhalten der Bewohner hier unterschied sich deutlich von dem der Menschen in der Ostmark. Das Zeichen der Königsmark auf seinem Wams erregte die Neugier der Leute, die ihm immer wieder Fragen zuriefen. Ein freundlicher Schankwirt reichte ihm gar einen Krug mit sogenanntem Blutwein und forderte ihn auf, doch einzukehren, sich zu erfrischen und ein paar Neuigkeiten vom Hof zum Besten zu geben. Herebrant hatte Mühe, sich all der Freundlichkeiten zu erwehren, und war ein wenig erleichtert, als er sein Pferd unter den Torbogen der Burg von Eternas hindurchlenkte.

„Herebrant aus der Königsmark“, meldete er den Wachen, „mit Botschaft von König Reyodem.“

„Steigt ab, guter Herr Herebrant“, sagte eine der Wachen und winkte einen Stallburschen heran. „Ihr seid willkommen. Der Erste Schwertmann wird sich Eurer annehmen.“

Ein Mann eilte über den Burghof auf das Hauptgebäude zu, während eine Magd zu Herebrant trat und ihm einen Becher mit kühlem Wasser reichte. Der Bote hatte ihn noch nicht geleert, als auch schon der Erste Schwertmann Tasmund aus dem Hauptgebäude schritt und zu Herebrant herüberkam.

„Seid willkommen, guter Herr. Ihr bringt Nachricht vom König?“

„Sie ist für den Hohen Lord Garodem bestimmt, Hoher Herr.“

Tasmund nickte. „Der Hohe Lord ist nicht in der Mark. Ich werde Euch zur Hohen Dame Larwyn führen. Sie entscheidet in seinem Namen.“

Herebrant folgte dem Ersten Schwertmann an den salutierenden Wachen vorbei ins Hauptgebäude. Nach der Hitze des Sommertages umfing ihn die angenehme Kühle des Gebäudes. Sie gingen die Treppe hinauf und traten dann in das Arbeitszimmer Garodems, wo Larwyn an dem großen Schreibtisch saß und einige Schriftstücke prüfte.

„Der gute Herr Herebrant aus der Königsmark“, meldete Tasmund. „Mit Nachricht von König Reyodem.“

Larwyn blickte von den Dokumenten auf und wies auf einen der Schemel. „Setzt Euch, guter Herr. Ihr seht aus, als hättet Ihr einen langen und schnellen Ritt hinter Euch. Wollt Ihr Euch zunächst ein wenig erfrischen?“

Herebrant schüttelte den Kopf. Welch ein Unterschied zu der Unfreundlichkeit der Ostmark. „Nein, Hohe Dame Larwyn, mir liegt daran, die Nachricht rasch zu überbringen. Sie gilt Eurem Gemahl Garodem.“

„Er ist unterwegs, guter Herr. Nehmt also mit mir vorlieb, ich spreche im Namen Garodems.“

Herebrant räusperte sich. „Ich weiß, Hohe Dame. Ich bin über den Auftrag Eures Gemahls informiert und hoffte, dem Beritt noch zu begegnen.“

„Ihr unterschätzt die Schnelligkeit Garodems und unserer Pferdelords.“ Larwyn lächelte. „Also sprecht, guter Herr. Was ist Reyodems Begehr?“

„Er beruft den Rat der Pferdefürsten in die Goldene Halle von Enderonas ein. Er soll über die Rechtmäßigkeit des Anspruches Reyodems auf die Krone entscheiden.“

„Ich bin über den Disput des Königs mit dem Pferdefürsten Bulldemut im Bilde.“ Larwyn blickte auf die Karte an der Wand und seufzte leise. „Wann soll der Rat denn zusammentreten?“

„So rasch die Pferde die Mitglieder des Rates heranzutragen vermögen.“

Die Herrin der Hochmark nickte. „Dann muss ich meinen Gemahl vertreten und in seinem Namen sprechen.“ Sie musterte Herebrant. „Sprecht, guter Herr, und seid ganz offen. Wird Bulldemut dies akzeptieren?“

Herebrant zögerte kurz, doch dann nickte er. „Das wird er. So ist es Brauch von Anbeginn gewesen, und mit der Tradition des Pferdevolkes wird er nicht brechen."

Larwyn sah Tasmund an. „Dann ist es beschlossen. Hoher Herr Tasmund, ich gebe die Aufsicht über die Mark in Eure bewährten Hände. Ich werde mit dem guten Herrn Herebrant nach Enderonas reiten. Gebt der Hohen Frau Meowyn Bescheid, dass sie mich begleiten wird." Sie sah Tasmunds Stirnrunzeln. „Ich tue dies mit Bedacht, Hoher Herr Tasmund. Die Gehilfen der Heilerin werden in der Lage sein, die Hohe Frau vorübergehend zu vertreten."

Tasmund neigte sein Haupt. „Wie Ihr wünscht, Herrin. Ich werde der Hohen Frau Meowyn Nachricht geben und eine Schar als Eskorte einteilen."

„Das wird nicht erforderlich sein", erwiderte Larwyn lächelnd. „Es herrscht Friede in den Marken, und wir stehen unter dem Schutz des guten Herrn Herebrant."

Sie nickte dem Boten freundlich zu, der ihr Lächeln erwiderte. „Hoher Herr Tasmund, eines noch, bevor ich die Reise vorbereite. Wenn Ihr Nachricht erhaltet ..."

Tasmund biss sich auf die Unterlippe und lächelte unmerklich. „Es wird der schnellste Reiter sein, der Euch Nachricht bringt, Hohe Dame Larwyn."

Einen Zehnteltag später ritten die beiden Frauen in Herebrants Begleitung aus der Burg Eternas. Tasmund stand auf der Wehrmauer über dem Tor und sah ihnen nach, bis sie seinen Blicken entschwunden waren. Nun lastete die Verantwortung für die Mark auf seinen Schultern, doch dies bereitete ihm keine Sorge. Er blickte nach Westen und schlug mit der Faust auf eine der Zinnen, dann wandte er sich ab, um sich den Geschäften der Hochmark zu widmen.

20

Sie waren nun schon drei Tage lang damit beschäftigt, zwischen der Toten Wache umherzulaufen und zu prüfen, wo sich Rüstungsteile oder Knochen gelöst hatten, um diese dann sorgsam mit frischen Fasersträngen festzubinden. Der Turiko des Nagerclans hatte sie zu zweit ausgesandt, und Klar-Turik war ein wenig beleidigt, dass er dazu bestimmt worden war, Heglen-Turik zu begleiten. Der frisch gebackene Turik ging Klar-Turik inzwischen nachhaltig auf die Nerven. Nun hatte die Sonne ihren höchsten Stand erreicht, und sie beide beschlossen, eine Pause einzulegen.

Klar-Turik konnte das gespreizte Verhalten des jungen Kriegers durchaus nachvollziehen und betrachtete es mit einem, wie er meinte, noblen Gleichmut. Auch er war einst mit stolzgeschwellter Brust durch die Heimstatt des Nagerclans gegangen, nachdem er seinen ersten Schädel genommen hatte, und Heglen-Turik hatte immerhin gleich zwei Trophäen erbeutet. Klar-Turik glaubte allerdings, dass dies eher dem Glück als den Fähigkeiten Heglen-Turiks zu verdanken war. Ja, auch Klar-Turik hatte es einst kaum erwarten können, die Kriegerweihe zu empfangen und sein erstes Weib zu besteigen, dennoch machte ihn der überschwängliche Stolz des jungen Kämpfers allmählich wütend.

„Lauf nicht ständig wie ein aufgeschreckter Sandschnüffler herum“, grunzte Klar-Turik schließlich. „Sonst scheuchst du noch einen Sandwurm auf.“

Heglen-Turik verharrte in der Bewegung und hockte sich dann neben Klar-Turik, der als der Ältere den Anspruch auf die Führung hatte. Klar-Turik brummte zufrieden, doch war er sich bewusst, wie schwach seine Position war. Er hatte erst einen Schädel genommen, und zudem war seine eigene Kriegerweihe erst ein Jahr zuvor erfolgt. Dennoch war er der Ältere und musste darauf achten, dass der junge Turik neben ihm dies nicht vergaß.

„Landra-far-Saswa lässt sich gut besteigen", meinte Heglen-Turik schließlich, nachdem sie eine Weile geschwiegen hatten. „Sie hat schöne Brüste und kräftige Schenkel. Hast du sie auch schon bestiegen?"

Klar-Turik lächelte herablassend. „Wer hat das nicht? Glaubst du, es ist etwas Besonderes, Saswa-Turiks Weib zu besteigen? Viele haben es vor dir getan, und viele werden es nach dir tun." Klar-Turik lachte auf. „Saswa-Turik ist ein großzügiger Mann, was die Schenkel und die Leidenschaft seines Weibes angeht."

Heglen-Turik errötete. Er war stolz darauf, dass die Frau des erfahrenen Kriegers Saswa ihn für seine erste Besteigung akzeptiert hatte. Die Krieger schätzten Landras Fertigkeiten, und Saswa-Turik seinerseits war stolz, wenn die Kämpfer die Künste seiner Frau lobten. Heglen-Turik blickte die Düne hinab zu der Toten Wache des Königs der Pferdelords.

Klar-Turik folgte seinem Blick und schnaubte leise. Er musterte die langen Reihen der skelettierten Reiter in ihren verwitterten Rüstungen. „Wenn du deine Ehrenwache nicht abgebrochen hättest, müssten wir jetzt nicht hier herumsitzen, und ich könnte nun ein Weib besteigen."

„Ich habe die Wache nicht abgebrochen", verteidigte sich Heglen-Turik. „Jedenfalls nicht freiwillig. Ich musste ja melden, dass Pferdelords in unser Land einfielen."

„Jetzt leben sie nicht mehr", knurrte Klar-Turik und wies auf die Tote Wache. „Die sind jetzt genau so tot, wie die dort unten.“ Er grinste. „Wir hätten sie dazustellen sollen.“

„Das wäre unehrenhaft“, wandte Heglen-Turik ein. „Ein Kämpfer muss dort zerfallen, wo sein Blut ein letztes Mal den Sand berührte. Selbst wenn er ein Pferdelord war.“ Er sah Klar-Turik grinsend an. „Zwei Schädel habe ich genommen.“

„Ja, ja, ich weiß“, knurrte Klar-Turik griesgrämig. „Zwei Schädel, ich weiß.“

„Einer gehörte ihrem Häuptling“, fügte Heglen-Turik hinzu. „Er führte das bunte Tuch an der Lanze.“

„Ich hätte mir seinen Schädel selbst geholt“, brummte der andere Krieger. „Doch ich kam nicht rasch genug durch die Tür des Turms. Ich hasse die Bauten der Pferdelords. Sie sind einfach zu eng und passen sich nicht dem Wind an.“

„Du hast keinen einzigen Schädel genommen“, sagte Heglen-Turik und genoss es, dass der arrogante Klar errötete.

„Es gab nicht genug von ihnen für uns alle“, erwiderte Klar-Turik erregt. „Wir waren zu viele Turiks und sie zu wenige Pferdelords.“ Er musterte den grinsenden Heglen. „Du hättest einen deiner Schädel einem anderen Krieger überlassen können.“

Heglen-Turik zuckte die Achseln. „Du hättest schneller sein können.“

„Du hast dich vorgedrängt“, behauptete Klar. „Die Tür war zu schmal, um gleichzeitig hindurchzugelangen.“

„Ich wäre dennoch schneller gewesen.“

Sie schwiegen erneut. Heglen-Turik spürte den Neid des anderen Kriegers und gönnte es ihm. Klar war für seine Überheblichkeit bekannt, und obwohl er kaum ein Jahr älter war als Heglen, führte er sich auf, als gehöre er dem Ältestenrat an. Es war Pech, dass er seine Ehrenwache ausgerechnet zusammen mit Klar beenden musste, aber Bimar-Turik hatte es so beschlossen. Der Krieger hatte sein von Stacheln zernarbtes Gesicht zu einem hässlichen Grinsen verzogen, als er die beiden jungen Turiks zu der Toten Wache entsandte. Einen halben Mond lang würde Heglen nun Klars Überheblichkeit ertragen müssen.

Er zog die Konturen eines Kopfes in den feinen Sand. „Jedenfalls habe ich zwei Schädel genommen."

Klar zuckte die Achseln. „Aber ich bin der Ältere."

Dem konnte Heglen nichts entgegensetzen.

So saßen die beiden Turiks des Nagerclans missmutig nebeneinander und starrten wieder auf die Tote Wache des Königs der Pferdelords hinunter, die vor so langer Zeit bezwungen worden war und welche sie nun zu ehren hatten. Inzwischen waren die herabgefallenen Knochen, Rüstungsteile und Waffen wieder, so gut es ging, befestigt. Es gab eigentlich nichts mehr zu tun, und die Tage bis zum halben Mond würden sich eintönig dahinziehen, begleitet nur von den besserwisserischen Weisheiten Klars, der dem Jüngeren gegenüber auf sein höheres Alter und sein Weisungsrecht pochen würde.

„Klopfe nicht so auf den Sand", brummte Klar-Turik. „Du lockst noch einen Sandwurm an."

„Ich klopfe nicht", erwiderte Heglen-Turik und hob lauschend den Kopf. Er merkte, wie Klar-Turik neben ihm erneut zu einer Bemerkung ansetzte und hob die Hand. „Hör selbst."

Sie lauschten nun beide, und Heglen-Turik fühlte sich auf unheimliche Weise an das Erscheinen der Pferdelords vor einigen Zehntagen erinnert. Dann hörten sie beide das leise Wiehern und sahen einander überrascht an.

„Ich kenne dieses Geräusch", sagte Heglen-Turik hastig und senkte seine Stimme. „Das Gleiche habe ich damals auch gehört. Es sind Pferdelords."

„Die sind tot, wir haben sie erschlagen und ihre Schädel genommen."

„Es müssen andere sein", erwiderte Heglen-Turik und ergriff Klar-Turiks Arm. Dann zerrte er den widerstrebenden Jungkrieger die Düne hinauf und warf sich mit ihm hinter den Kamm. „Dort, sieh genau hin."

Am gegenüberliegenden Dünenkamm tauchten nun Reiter auf, und im ersten Moment hatte Heglen-Turik den beklemmenden Eindruck, als wären jene Pferdelords, die sie in dem alten Wehrweiler erschlagen hatten, wiederauferstanden. Aber dann konzentrierte er sich auf die Unterschiede. Die Rosshaarschweife hatten eine andere Farbe, ebenso die Säume der grünen Umhänge und die Ränder der Schilde. Sie waren blau statt gelb. Heglen-Turik zählte zudem drei Lanzen, an denen bunte Tücher flatterten, zwei dreieckige und ein rechteckiges. Die anderen Pferdelords hatten nur ein einzelnes dreieckiges Tuch geführt. Vielleicht bedeutete dies, dass der Gruppe auf der gegenüberliegenden Düne noch mehr Reiter folgen würden.

„Komm, Klar-Turik, Heldar-Turiko und der Clan müssen davon erfahren."

Klar-Turik nickte. „Ja, lass uns eilen."

Heglen-Turik grinste den anderen Krieger breit an. „Jetzt kommst du doch noch zu deinem Schädel."

„Ich hätte ihn mir schon vorher genommen, wenn du dich nicht vorgedrängt hättest."

„Diesmal werde ich dir den Vortritt lassen."

Automatisch verfielen sie in den leichten, schnellen Schritt des Sandvolkes und eilten dem Heim des Nagerclans entgegen. Erneut waren die Pferdelords in das Dünenland zurückgekehrt, und erneut würden ihre Schädel als Trophäen dienen.

21

Für Larwyn und Meowyn bot die Stadt des Königs einen vollkommen neuen, überwältigenden Anblick. Enderonas war ungleich größer als Eternas und bedeckte den gesamten Hügel, der von der alles andere überragenden Burg mit dem Signalturm und der Goldenen Halle gekrönt wurde. Als die beiden blonden Frauen etwas später neben Herebrant durch die Straße ritten, waren sie fasziniert von dem Leben, das die Stadt erfüllte.

„Ich habe immer gedacht, unser schönes Eternas sei schon etwas beengt", gestand Larwyn flüsternd, „aber dieses Gedränge ist beängstigend. Hier leben Tausende von Menschen, wie können sie alle versorgt werden?" Sie sah Herebrant an. „Die Felder vor der Stadt reichen dafür doch gar nicht aus."

„Ihr habt recht, Hohe Dame Larwyn. Jeden Tag bringen Fuhrwerke Getreide und Mehl in die Stadt, und die umliegenden Weiler versorgen uns mit Fleisch. Zudem bietet uns der Fluss viele Fische. Aber ohne die vielen Weiler und den Handel könnte Enderonas nicht überleben."

Larwyn überschlug den täglichen Bedarf an Lebensmitteln und schüttelte den Kopf. „Gibt es Vorräte für den Krieg?"

„Kaum." Herebrant zuckte die Achseln. „Genug, um die Festung eine Weile zu halten, aber die Bewohner der Stadt müssten wir bei einem Angriff in Sicherheit bringen. Wenn Gefahr droht, werden sie in die Bergfestung des Königs gebracht. In der Klamm finden sie Schutz und Vorräte."

„Mir erscheint Eternas sicherer", sagte Larwyn entschieden. „Verzeiht, guter Herr Herebrant, wenn ich Euch das sage, doch Eternas ließe sich leichter verteidigen."

Herebrant lächelte. „Eternas ist eine Mark an der Grenze. Enderonas und die Königsmark sind das Herz unseres Landes, umgeben von schützenden Marken. Wir haben mehr Zeit, zu reagieren, wenn Gefahr droht. Zeit, die Menschen in Sicherheit zu bringen und die Pferdelords zu versammeln." Er deutete den steilen Hügel hinauf zur Burg des Königs. „Denkt an das Signalfeuer. Ihr wisst, wie rasch es die Beritte zusammenruft."

Die beiden Damen in Begleitung Herebrants riefen nur wenig Aufmerksamkeit hervor. Man war den Anblick des Boten gewöhnt, und blonde Frauen waren nicht ungewöhnlich im Land des Pferdevolkes. Zudem trugen Larwyn und Meowyn normale Gewänder, und nichts verriet Larwyns Würde als Herrin der Hochmark, wenn man von ihrem Stirnreif einmal absah. Doch viele der Frauen in Enderonas trugen ähnlichen Schmuck. Larwyn fiel auf, dass sich die Menschen der Stadt offenkundig an den Frieden gewöhnt hatten. Die Häuser waren unbefestigt und schlecht zu verteidigen und hatten niedrig liegende, große Fenster, die zwar viel Licht, aber auch den Feind einlassen konnten.

Über die Steinplatten der Gassen ritten sie im Schritt bergauf und erreichten schließlich jene Straße, die in Stufen zur Burg hinaufführte. Neugierig betrachteten sie die übergroßen Statuen, die ihren Weg säumten. Die würdevollen Gesichter waren ihnen unbekannt, lediglich Kleidung und Rüstung gaben ihnen Anhaltspunkte. Einige der steinernen Figuren zeigten Gewänder und Waffen, die auf die Zeit des alten Bündnisses hinwiesen. Larwyn wusste, dass hinter jeder dieser Figuren eine Geschichte stand, und die lange Doppelreihe der Statuen bewies, wie viele Geschichten und Legenden sich um das Pferdevolk rankten.

Oben in der Burg war ein Signalhorn zu hören, und am

Haupttor entstand Bewegung. Eine Ehrenwache der Schwertmänner Reyodems formierte sich, um die beiden Frauen zu grüßen. Herebrant blieb eine Länge hinter ihren Reittieren, denn der Ehrengruß galt der Herrin der Hochmark und nicht seiner Person.

Es war gegen Mittag, und die massige Konstruktion des Torturms mit dem Signalfeuer warf kaum einen Schatten auf die Ankömmlinge, als sie in den Burghof einritten. Larwyn fand es ungewöhnlich, dass es nur einen Burghof gab. Sie nickte den angetretenen Männern freundlich zu und erkannte eine wartende Gruppe, die vor der Goldenen Halle stand.

Larwyn und Meowyn saßen ab, und zwei Stallburschen eilten herbei, um die Pferde zu übernehmen. Die Herrin der Hochmark sah zur Goldenen Halle hinüber, die das Symbol der Regentschaft des Königs war. Ihre Blicke glitten zu einem der riesigen Embleme, die in schwarzem Stein in die Wände der Halle eingelassen waren. Die beiden einander zugewandten Pferdeköpfe erinnerten sie an das Zeichen der Hochmark, das Garodem im vorderen Hof der Burg Eternas in den Boden hatte einlegen lassen. Für einen kurzen Moment schweiften ihre Gedanken zu ihrem Gemahl, dann lächelte sie Meowyn zu und nickte.

„So lasst uns also dem König des Pferdevolkes gegenübertreten, Meowyn, meine gute Freundin."

Während Meowyn ihr in gebührendem Abstand folgte, trat Larwyn auf die Wartenden zu.

Ein schlanker junger Mann mit einem dunkelgrünen Wams, in dessen Brustteil das Symbol des Pferdevolkes eingestickt war, stand in der Mitte und kam nun die wenigen Stufen der Halle hinunter, um Larwyn entgegenzutreten. Larwyn wollte automatisch das Knie beugen, aber Reyodem schüttelte lächelnd den

Kopf und reichte ihr die Hand nach der Art der Pferdelords.

„Seid willkommen in Enderonas, Hohe Dame Larwyn. Ich biete Euch den Schutz und die Wärme meines Hauses."

„Ich nehme dies dankend an und versichere Euch der Treue Eurer Hochmark, Reyodem, mein König." Larwyn wies auf Meowyn, die ein Stück hinter ihr stand. „Dies ist die Hohe Frau Meowyn, die Heilerin von Eternas. Ich erbitte auch für sie Schutz und Wärme Eures Hauses."

„Es sei ihr mit Freuden gewährt." Reyodem nickte Meowyn zu und wies dann zu der hinter ihm stehenden Gruppe. „Der Rat wird erst dann zusammentreten, wenn alle Pferdefürsten versammelt sind. Bis dahin werden wir das Zeremoniell auf das Notwendigste beschränken." Er zwinkerte Larwyn zu. „Es war schon die Eigenheit meines Vaters, und man berichtete mir, auch Euer Gemahl schätze die einfache Art unseres Volkes. Ich hoffe sehr, ihn bald einmal persönlich kennenzulernen. Wir werden viel zu besprechen haben. Doch jetzt lasst mich Euch jene vorstellen, die Euch ebenfalls willkommen heißen. Den Ersten Schwertmann und Kommandeur der Beritte kennt Ihr ja bereits."

Torkelt neigte grüßend sein Haupt, und Larwyn erwiderte seinen Gruß, während sie an Reyodems Seite die Stufen weiter hinaufschritt.

„Dies ist meine Gemahlin, die Hohe Dame Taramyn, und neben ihr seht Ihr unseren Hohen Herrn Lermogud, den Heiler von Enderonas, der gewiss begierig sein wird, seine Erfahrungen mit Eurer Hohen Frau Meowyn auszutauschen."

Sie standen nun oben auf dem Sockel der Goldenen Halle, und Larwyn grüßte freundlich die Anwesenden. Da trat ein schlanker Mann mit einem jungen Gesicht und den Augen eines Greises aus dem Schatten der Halle ins helle Sonnenlicht.

Er hatte langes schlohweißes Haar, das über das graue Kapuzengewand fiel, welches seine Gestalt lose bedeckte. Während er näher kam, stützte er sich ein wenig auf den mannshohen Stab, den er in der rechten Hand hielt.

Larwyn zuckte zusammen und stieß instinktiv ein leises Ächzen aus.

Reyodem wies auf den Mann und lächelte ihm freundlich zu. „Und dies ist der Weise Herr Marnalf, der mir stets ein guter Ratgeber ist."

„Ein Grauer", stieß Larwyn schockiert hervor und sah den König entsetzt an. „Ein Grauer Zauberer an Eurem Hof, Reyodem, mein König?"

Marnalf, der Graue Zauberer, trat auf Larwyn zu und sah sie verständnisvoll an. „Ich kann Eure Sorge verstehen, Hohe Dame Larwyn, aber seid gewiss, dass ich immer ein Freund der Menschenwesen war und sein werde."

Larwyn warf einen raschen Blick auf Meowyn, in deren Gesichtszügen sich das Entsetzen ihrer Herrin widerspiegelte. Ein Grauer Zauberer am Hof des Königs. Einst Freunde der Menschen, hatten sich viele von ihnen mit dem Schwarzen Lord verbündet. Graue Zauberer hatten Garodem angegriffen und sogar die Hochmark heimgesucht. Einige von ihnen besaßen die Fähigkeit, die Gestalt anderer Wesen anzunehmen, und ein ebensolcher Gestaltwandler hatte auch versucht, Larwyn und Meowyn zu ermorden.

Den beiden Frauen aus der Hochmark verhieß das Erscheinen des Grauen Marnalf Gefahr. Das Gefühl der Sicherheit, das sie empfunden hatten, war schlagartig verschwunden, und Larwyn spürte, dass Worte nicht die einzige Bedrohung bei der Ratsversammlung sein würden.

22

Die Männer standen noch immer unter dem Eindruck, den die Tote Wache des Ersten Königs auf sie gemacht hatte. Der Beritt Garodems war schweigend verharrt, und die Pferdelords hatten von der Düne auf die endlos scheinenden Reihen hinabgestarrt. Sie hatten kaum einen Blick für die altmodisch wirkenden Waffen und Rüstungen, die sich in einigen Details von den ihren unterschieden. So besaßen die verfallenen Umhänge keinen farbigen Saum, und die grünen Schilde waren mit einfachem Eisen eingefasst. Auch waren die Lanzen dort, wo die knochigen Hände sie hielten, merkwürdig verdickt, eine Eigenheit, die man schon lange aufgegeben hatte. Die Helme besaßen keinen Nasenschutz und ließen so nur deutlicher erkennen, dass sie nicht von Schädeln, sondern von hölzernen Stützen getragen wurden. Was die Pferdelords jedoch erschütterte, war die große Zahl der toten Reiter. Zwanzig Beritte waren es, die vor langer Zeit von den Barbaren erschlagen worden waren und nun hier aufgereiht standen. Was vermochte da ein einziger Beritt zu bewirken?

Die unwirtliche Landschaft tat ein Übriges, die Stimmung der Männer zu trüben. Garodems Beritt trabte in Zweierkolonne durchs Dünenland, in dem die Sonne gnadenlos auf Mann und Pferd herniederbrannte. Nach dem Anblick der vielen Skelette hatte es keiner Worte mehr bedurft, um die Pferdelords zur Wachsamkeit zu ermahnen. Der Beritt bewegte sich in Kriegsformation, was bedeutete, dass zwei Reiter in Sichtweite vorausritten und zwei weitere die Flanken der Kolonne vor einem Überraschungsangriff schützten.

„Ein verfluchtes Land“, knurrte Scharführer Baromil und versuchte den Schweiß zu ignorieren, der ihm übers Gesicht lief und unablässig in den Augen brannte. „Ewiger Wind und ewiger Sand. Ich kann dem nichts abgewinnen.“

Der neben ihm reitende Bannerträger nickte. „Ich glaube nicht, dass wir den Beritt der Westmark noch lebend finden werden. Die Wüste oder die Barbaren werden sie umgebracht haben. Ich glaube nicht einmal, dass wir den Beritt überhaupt noch finden. Hier sieht doch alles gleich aus. Sandhügel folgt auf Sandtal folgt auf Sandhügel. Sand, und nichts als Sand.“

„Und dazu der verfluchte Wind.“ Kormund sammelte Speichel und spuckte aus. Es war nicht zu ändern. Mit der einen Hand am Zügel und der anderen an der Lanze, blieb keine Möglichkeit, den Mund zu bedecken, und so mussten sie alle akzeptieren, dass der ewige Wind ihnen den Sand zwischen die Zähne trieb. „Ich mag den Wind unserer Mark. Er weht vielleicht ein wenig kräftig, aber er trägt nicht diesen Sand mit sich. Das Zeug kriecht einem überall hinein.“

Länge um Länge trabte der Beritt dahin. Sie saßen regelmäßig ab und führten die Pferde zu deren Erholung, um dann wieder aufzusitzen. Tausendlänge um Tausendlänge legten sie zurück. Es war, wie der Bannerträger gesagt hatte. Der Beritt folgte einer endlos scheinenden Reihung von Sanddünen, zwischen denen sich ebene Flächen erstreckten. Gelegentlich stießen sie auf Pflanzen, welche die doppelte Höhe eines Mannes erreichten und unzählige Stacheln aufwiesen. Sie wuchsen in Gruppen und bedeckten bisweilen auch größere Flächen dicht an dicht.

Die Pferdelords und ihre Pferde schienen daneben die einzigen lebenden Wesen zu sein.

„Hier gibt es nicht einmal Wildläufer.“ Der Bannerträger

starrte auf Garodems Rücken, der scheinbar unbewegt voraus-ritt, und war froh, nicht in einem vollen Harnisch zu stecken. Ihre Träger mussten in der Hitze unter den Panzern regelrecht gebraten werden. „Bei uns wimmelt es von Wildläufern."

Unter dem Sand lugten gelegentlich Knochen hervor, die ausgeblichen und im Zerfall befindlich waren. Sie stammten von kleineren und größeren Tieren, und einmal kamen sie an einer einstigen Kampfstätte vorbei, an der sieben Skelette zu erkennen waren, von denen zwei der Schädel fehlte. Die Bekleidungsreste verrieten, dass auch hier Pferdelords gegen Barbaren gestanden und verloren hatten.

„Der Sand bedeckt hier alles", sagte Kormund gedehnt. „Vielleicht hat er auch schon den Beritt der Westmark unter sich begraben."

Garodem wandte sich im Sattel um. „Lasst anhalten, guter Herr Kormund. Wir legen Rast ein und versorgen die Pferde. Zwei Schlucke für jeden Mann. Lasst die Wasservorräte überprüfen und achtet auch darauf, dass die Männer sparsam sind, Kormund."

„So wird es geschehen, Hoher Lord." Er hob den Arm und legte die Lanze quer. Der Beritt hielt an, und der Bannerträger stieß einen leisen Pfiff aus, woraufhin auch die Männer der Vorhut ihre Pferde zügelten, und zum Beritt zurückblickten, ohne jedoch ihren Posten zu verlassen.

Kormund trabte an den restlichen Männern vorbei, die, von der Hitze ausgelaugt, absaßen. „Zwei Schlucke Wasser für Euch und einen Helm für das Pferd. Geht sparsam mit dem Wasser um, Ihr Pferdelords."

Die Männer rammten die Enden der Lanzen in den Sand und nahmen ihre Helme ab. Die Pferde schnaubten leise, als Wasser in die Helme gegossen wurden, und soffen gierig. Nachdem die Männer ebenfalls ihre Ration getrunken hatten, setzten sie den Kopfschutz wieder auf und genossen die Kühle, welche die Restfeuchtigkeit ihnen kurz gewährte.

Kormund trat zu Mortwin, der seufzend an seinem Pferd lehnte und schmerzvoll das Gesicht verzog. „Wie geht es Eurem Gesäß, Mortwin?“

Der Schwertmann lächelte gequält. „Ich hielt die Nadel unserer Hohen Frau Meowyn bereits für übel, doch dieser Ritt quält mich noch weitaus mehr. Der verfluchte Sand gerät mir in die Beinkleider und schmirgelt mir den Rücken.“

Kormund nickte verständnisvoll. „Ihr müsst Euer Gesäß zwischendurch immer wieder gut fetten. Nicht dass sich die Wunde entzündet.“

Das Pferd des Scharführers schnaubte und versuchte, mit seinem Schweif die lästigen Flugstecher zu vertreiben. Mortwin brummte. „Die Mistviecher gibt es wohl überall. Sie lassen sich auch durch das Dünenland nicht abschrecken. Verfluchte Blutsauger.“

Einer der anderen Schwertmänner lachte auf. „Außer uns werden sie hier nicht viel Blut finden. Ich wette mit Euch, alle Flugstecher des Dünenlandes sind nun auf dem Weg zu uns und freuen sich auf eine reichhaltige Mahlzeit.“

„Haltet die Augen offen, Ihr Pferdelords“, sagte Kormund lakonisch. „Auch die Barbaren könnten uns nachstellen.“

Mortwin zuckte die Achseln. „Einem Barbaren kann ich mit der Klinge begegnen. Aber nicht diesem Sand und den verfluchten Flugstechern.“ Er spuckte aus und blickte über das Land. „Selbst die Barbaren wird es hier nicht halten. Wahrscheinlich sind sie längst fortgezogen.“

„Es ist ihre Heimat, sie leben hier.“ Kormund überlegte, ob er ebenfalls trinken sollte, aber er entschied sich dagegen.

Sein Durst war groß, doch er ließ sich noch beherrschen. „Keine Sorge, Mortwin, mein Freund, die Barbaren sind hier irgendwo."

„Die Sache gefällt mit nicht", seufzte ein Pferdelord mit dem Symbol des Quellweilers am Rundschild. „All die Skelette der Erschlagenen, und wie sie aufgestellt waren. Als wären sie noch immer von unheilvollem Leben erfüllt."

„Ja, auch wenn allen die Schädel fehlten", stimmte Mortwin zu. „Aber ansonsten waren ihre Knochen noch an der richtigen Stelle. Die meisten zumindest." Er sah Kormund an, und der Scharführer nickte.

„Ich weiß, was Ihr meint, Mortwin. Ich habe die frischen Pflanzenfasern gesehen, mit denen einige der Knochen gebunden waren. Die Barbaren sind gewiss in der Nähe und beobachten uns."

„Warum greifen sie dann nicht an?", brummte Mortwin.

Kormund blickte zu der grellen Sonne empor und beschattete seine Augen. „Weil sie schlau sind und weil sie einen Verbündeten haben."

„Einen Verbündeten?"

„Die Sonne." Kormund lachte grimmig. „Sie werden warten, bis wir erschöpft sind und die Sonne uns gebraten hat. Dann erst werden sie kommen."

Mortwin spuckte aus. „Das wäre nicht ehrenhaft. Ein Kampf ist nur recht, wenn man die Klingen kraftvoll kreuzen kann."

Kormund zuckte die Achseln. „Darum werden wir sparsam mit dem Wasser sein und unsere Kräfte schonen. Wir werden den Barbaren einen harten Bissen zum Kauen geben."

„Die erschlagenen Pferdelords waren sicher auch ein harter Bissen", sagte einer der Männer. „Dennoch haben die Barbaren ihn verschlungen. Genauso wie den Beritt der Westmark."

Kormund lächelte grimmig. „Aber wir sind Pferdelords der Hochmark, Ihr Männer. An uns werden sie sich die Zähne ausbeißen."

Er nickte den Männern zu, da Garodem das Zeichen zum Aufbruch gab, und trabte wieder nach vorne. Der Ritt begann die Männer zu zermürben. Seit einem Zehntag befanden sie sich nun schon im Dünenland und ritten stetig nach Westen, während sich die Wasservorräte allmählich dem Ende zuneigten. Wenn sie in drei Tagen kein Wasser finden würden, hätten sie gerade noch genug für den Rückmarsch. Es musste hier irgenwo Wasser geben, doch bislang war ihre Suche ohne Erfolg geblieben. Ein paar der Männer hatten sogar in der Nähe einer der stacheligen Pflanzen gegraben, da sie hofften, dort auf Wasser zu stoßen. Aber nach einer Länge rutschte so viel Sand nach, dass sie es schließlich aufgaben. Die Wurzeln der Pflanze mussten ungewöhnlich tief in den Boden hinabreichen. Vielleicht ließ sich Saft aus den Pflanzen pressen, aber das würde mühselig sein, und noch war der Durst nicht groß genug, um es zu versuchen.

Als Kormund nach vorne zu Garodem aufschloss, sah der Pferdefürst ihn ernst an. „Wie ist die Stimmung unter den Männern, Kormund, mein Freund?"

Der Scharführer ritt dicht an Garodem heran und senkte seine Stimme. „Sie sind bereit zum Kampf, Garodem, mein Pferdefürst. Aber die Hitze zermürbt sie, und sie sehen keinen Feind, in den sie ihre Lanzen senken können."

Garodem nickte. „Noch zwei Tage, vielleicht drei, dann werden wir umkehren müssen."

„Wir brauchen Wasser, mein Hoher Lord."

Der Pferdefürst klopfte an die lederne Tasche, die hinter

seinem Rundschild hing. „Übermorgen erreichen wir einen der alten Weiler. Ich habe die elfische Karte nachgemalt, die sehr genau ist. Wenn wir immer exakt Richtung Westen reiten, werden wir den Weiler übermorgen finden. Dort gibt es sicherlich Wasser."

„Und wenn nicht?"

„Bleibt uns nur die Umkehr."

Zehnteltag um Zehnteltag ritten sie weiter durch die Wüste, und die Hitze laugte die Reiter immer mehr aus, bis selbst ihre Flüche und geflüsterten Bemerkungen verstummten. Als es auf den Abend zuging, wies Garodem zu einer der Dünen. „Wir werden hier für die Nacht rasten. Ich will doppelte Vorposten auf den Dünen, Kormund, mein Freund."

Der Beritt saß ab und bereitete sich auf die Nacht vor. In der Nähe wuchsen eine Menge Stachelpflanzen, vielleicht ließ sich daraus ein Feuer machen, überlegten sie, aber Garodem untersagte es. „Ein Feuer wäre über viele Tausendlängen sichtbar. Vermutlich wissen die Barbaren längst, wo sie uns finden, aber ich will sie nicht auch noch extra einladen, uns besuchen zu kommen."

Die Pferdelords wussten inzwischen, wie schnell die Temperatur in der Nacht sank und wie empfindlich kalt es wurde. Vielleicht wäre es sinnvoller gewesen, in der Hitze des Tages zu rasten und in der Kälte der Nacht zu marschieren, aber sie scheuten davor zurück. Auch wenn die Nächte in der Wüste sternklar waren und man weit sehen konnte, verschwammen doch viele Details, und man konnte rasch in einen Hinterhalt der Barbaren geraten. Nein, die Pferdelords wollten das Licht des Tages nutzen, wenn sie ihre Lanzen gegen den Feind richteten.

So lockerten die Männer die Sattelgurte der Pferde, legten

sich auf ihre Decken und hüllten sich zum Schlaf in ihre grünen Umhänge. Die Wachtposten saßen auf den umliegenden Dünen und spähten über das Land, doch kein Feind ließ sich blicken.

Und dennoch war da ein Feind.

Kein Krieger des Sandvolkes zwar, aber ein ebenso tödliches Wesen, wenngleich es auch sehr viel kleiner war.

Sie stellten es am frühen Morgen fest, als sie sich erhoben, um ein karges Frühstück zu sich zu nehmen und dann den Ritt fortzusetzen.

„Halim ist tot", meldete ein Pferdelord bestürzt.

Überrascht drängten sich Garodem und die Scharführer durch eine Gruppe von Pferdelords, die einen der ihren umringten, der dort am Boden lag. Das Gesicht des Mannes war schmerzverzerrt, seine Augen waren weit aufgerissen und die Hände in den Umhang gekrallt. Er schien einen schweren Tod gehabt zu haben.

„Wie konnte das geschehen?", fragte Baromil unsicher. „Er lag in der Mitte einer Schar, kein Feind konnte an ihn heranschleichen."

„Dieses Land ist verflucht", murmelte einer der Umstehenden. „Keine Axt zertrümmerte seinen Schädel, keine Klinge durchstieß seinen Leib, und auch seine Kehle ist unberührt." Der Mann machte ein magisches Abwehrzeichen. „Es muss ein Zauber gewesen sein."

„Vielleicht haben die Barbaren einen Bund mit den Grauen Zauberern", vermutete ein anderer. „Oder sie beherrschen diese Kunst gar selbst."

Unruhiges Gemurmel erhob sich. Garodem zog sein Schwert und trat an den Toten heran. „Haltet ein, Ihr guten Herren. In diesem Land leben Feinde, von denen wir nicht viel wissen. Ich denke nicht, dass der gute Herr Halim einem Zauber zum Opfer fiel."

Garodem schob den Umhang mit der blanken Klinge auseinander, und als einer der Männer sich zögernd bückte, um seinem Pferdefürsten zu helfen, hielt Garodem ihn zurück. „Nein, warte. Berühre ihn noch nicht."

Der Umhang öffnete sich ein wenig, und plötzlich fiel der zerdrückte Leib eines sechsbeinigen Tieres aus den Falten. Durch die durchscheinende Haut des Wesens waren seine Organe erkennbar. Die Männer betrachteten das tote Wesen voller Abscheu, während Garodem es mit der Schwertklinge herumdrehte.

„Seht Ihr den nach oben gekrümmten Hinterleib und den schwarzen Dorn? Das verfluchte Wesen wird sehr giftig sein, denn Halim konnte nicht einmal einen Schrei ausstoßen. Aber Halim scheint sich in seinen Krämpfen gewunden und seinen Mörder mit sich in den Tod genommen zu haben."

Die Männer sahen einander betroffen an. Keinem gefiel die Aussicht, in der Nacht von einem solchen Tier getötet zu werden. „Sie sind schon am Tag nur schwer zu erkennen, diese mörderischen Biester", knurrte Kormund. „In der Nacht werden sie nahezu unsichtbar sein."

„Wir können nur die Augen offen halten und hoffen, dass es nicht viele davon gibt", entgegnete Garodem und stieß sein Schwert einige Male in den Sand. „Bereitet den armen Halim vor, damit wir ihm Ehre erweisen und ihn zu den Goldenen Wolken geleiten können."

Einige der Männer stocherten misstrauisch mit ihren Lanzenspitzen im Sand, bevor sie sich daranmachten, eine flache Grube auszuheben. Sie hoben den Toten hinein, hüllten ihn in seinen grünen Umhang und legten ihm die Klinge des Schwertes in die Hände. Dann bedeckten sie Halim mit Sand. Unter bedrücktem Schweigen traten die Männer des Beritts an die Grube heran.

Garodem sprach mit getragener Stimme den Treueid der Pferdelords, dann sah er die Männer an. „Lasst uns den Toten nun ehrenvoll zu den Goldenen Wolken geleiten."

Die Pferdelords rammten die Lanzen aufrecht in den Sand, zückten die blanken Klingen und begannen, sie rhythmisch gegen ihre Rundschilde zu schlagen. Erst war es ein leises und langsames Pochen, das jedoch anschwoll und zu einem rasenden Dröhnen wurde, das dem Hufschlag galoppierender Pferde ähnelte, um schließlich mit einem letzten Schlag zu verstummen. Der Tradition gehorchend, ließ Garodem das Horn der Hochmark zum gestreckten Galopp blasen, dann war die Zeremonie vorbei.

Vielleicht hatten das Schlagen der Waffen und das Hornsignal den Feind nun endgültig auf den Beritt aufmerksam gemacht, aber Garodem spürte, dass die Barbaren ohnehin wussten, wo sich die Männer der Hochmark befanden. Sie schienen die Zeit und die Wüste gegen sie arbeiten lassen zu wollen. Jeder weitere Tag würde den Beritt weiter von der Hochmark fortführen und ihn schwächen. Es war an der Zeit, die Lanzen in gegnerisches Blut zu tauchen. Auch wenn Halim nicht durch einen Barbaren getötet worden war, wollte keiner der Männer, dass er umsonst gestorben war. Garodem gab das Zeichen, und die Männer saßen schweigend auf.

Immer tiefer ritten sie in das Dünenland hinein, doch nun ließen sie ihren ersten Toten hinter sich zurück.

23

Helderim hatte sich dem guten Herrn Baransi angeschlossen, einem Händler, der aus dem Reich der weißen Bäume stammte und das Land der Pferdelords bereiste, um dort seine Waren anzubieten. Er hatte den Händler in der Station an den Furten des Eisen kennengelernt und lange mit ihm geplaudert, und je mehr Wein sie dabei getrunken hatten, desto besser verstanden sie sich.

Helderim kam sich ein wenig schäbig neben dem Mann vor, der seinen Laden in Alneris hatte, der Hauptstadt des Königreiches der weißen Bäume. Sein langes Gewand war aus feinstem Tuch und mit vornehmen Stickereien verziert, ebenso wie der lange rote Umhang, den der Mann trug. Der Leibgurt Baransis war aus allerbestem rotem Leder, das mit wertvollen Eisenplättchen besetzt war. Im Gürtel steckte ein Dolch mit Scheide, der ebenso kostbar wie unnütz aussah. Helderim kannte die Dolche der Pferdelords und der Baransis schien nicht einmal dafür zu taugen, einen weichen Käse zu durchteilen.

Helderim trug seine schlichte Kleidung und den einfachen braunen Umhang der Stadtbewohner Eternas'. Nur die fein gearbeitete Spange, welche den Umhang schloss, und die kleinen Taschen an seinem geflochtenen Ledergürtel passten nicht zu einem gewöhnlichen Städter. Sein eigener Dolch sah nicht besonders hübsch aus, aber er stammte von Guntram. Helderim vermutete, dass er mit seinem Dolch das Zierstück von Baransi glatt würde durchschneiden können.

Dem fremden Händler gehörte eine Karawane mit zwei Fuhrwerken und einigen Packpferden. Begleitet wurde er von vier bewaffneten Wachen und sieben Handelsgehilfen, die sich um das Wohl der Waren und Tiere, aber vor allem um das Baransis zu kümmern hatten. Dieser war sichtlich überrascht darüber, dass Helderim allein reiste und lediglich ein Packpferd mit sich führte.

„Ihr treibt wohl nicht viel Handel in Eurer Hochmark, guter Herr Helderim", hatte Baransi mit gerunzelter Stirn festgestellt. „Da wird Euer Warenangebot wohl hinter dem meinen zurückstehen."

Das war vielleicht der Grund, warum der Händler aus dem Reich Alnoa nichts dagegen einzuwenden hatte, dass sich ihm Helderim mit seinem Packpferd anschloss. Helderim ärgerte die Geringschätzung des Mannes, aber er war doch froh, nicht allein reisen zu müssen, denn die unteren Marken waren ungewohnt für ihn. Er hatte immer geglaubt, die relative Enge des Gebirges würde ihn bedrücken, und stellte nun überrascht fest, dass dies eher für die unendlich wirkenden Weiten der unteren Ebenen galt.

Sie waren am späten Vormittag aufgebrochen, da eines von Baransis Packpferden neu beschlagen werden musste. Helderim hatte erst durch die Bemerkung eines Karawanenwächters erfahren, dass Garodems Beritt nicht in die Königsmark abgerückt war, sondern zur Westmark hinüberritt. Doch er hatte nur die Achseln gezuckt, denn weitaus mehr interessierte ihn, was sein Konkurrent Baransi im Angebot führte.

„Das übliche Sortiment an Waren", hatte der korpulente Händler geantwortet. „Stoffe und Steingut, Schmuck für die Damen und natürlich unseren berühmten Klarstein."

Bestimmte Handwerker in Alneris verschmolzen feinsten Sand und eine geheime Zutat miteinander und fertigten aus dieser Masse den flachen, durchsichtigen Stein, den man im

Reich der weißen Bäume anstelle von Schafdärmen in die Fenster einsetzte. Selbst in den Marken des Königs Reyodem war der durchsichtige Stein nicht unbekannt.

„Der Klarstein wird nicht trübe und lässt sich leicht abwischen“, schwärmte der Händler. „Er ist nur ein wenig empfindlich. Daher transportiere ich ihn gut gepolstert auf dem Wagen. Wirklich, guter Herr Helderim, der Klarstein findet erfreulichen Zuspruch. Selbst im Land der Pferdelords breitet er sich aus.“

Helderim gestand bereitwillig ein, dass der Klarstein seine Vorteile hatte. Er ließ weitaus mehr Tageslicht in einen Raum hineinfallen als die Fensterbespannungen aus Schafdarm, und so erwog er ernstlich, zwei oder drei dieser Klarsteine für die Fenster seines Ladens zu erwerben. Aber das musste gut bedacht sein. Der Klarstein würde mehr Licht einlassen und Helderims Laden erhellen, aber zugleich wussten die Bewohner Eternas' auch, dass der Stein einige Schüsselchen kostete. Sie könnten sich fragen, woher der gute Herr Helderim all die Schüsselchen für den Stein hatte, und womöglich argwöhnen, dass Helderim seine Waren ein wenig zu teuer anbot, um den Gewinn zu steigern, was natürlich nicht der Fall war. Helderim schätzte inzwischen die Schüsselchen, wenn auch nicht in dem Maße wie seine geliebte Gunwyn. Aber noch mehr erfreute ihn die Zufriedenheit seiner Kunden, denn nur sie stellte sicher, dass sie auch in seinen Laden zurückkehren würden, um weitere Käufe zu tätigen.

„Und welche Ware führt Euch in die Ostmark, guter Herr Helderim?“

Helderim zog ein Muster seiner Vergrößerungssteine hervor und zeigte sie dem Mann. Baransi schnaufte überrascht, aber dies mochte auch an seiner Leibesfülle liegen. Er nickte anerkennend und führte den Stein über den Ärmel seines Gewandes. „Das ist ein erstaunliches Ding“, gestand er ein. „Ihr mögt recht haben, dass sich damit gute Schüsselchen verdienen lassen.“

Die kleine Karawane bewegte sich direkt nach Osten und würde bald die dortige Mark erreichen. Die Straße war gepflastert, aber nicht besonders gut gepflegt. Hier und da hatten sich einzelne der verschieden großen Steinplatten angehoben oder sich gesenkt, sodass Kanten entstanden waren, gegen welche die eisenbeschlagenen Räder der Fuhrwerke immer wieder stießen und dabei jedes Mal ein jammervolles Seufzen des Händlers hervorriefen, der sich um seine Klarsteine sorgte.

Vor der Karawane tauchten am Horizont zwei Reiter auf, und die vier Wachen Baransis trieben ihre Reittiere nach vorne, um sich einer möglichen Gefahr entgegenzustellen. Allerdings glaubte niemand ernstlich, dass die beiden Reiter so verrückt sein würden, eine Karawane mit vier Bewaffneten und einem Dutzend Helfer anzugreifen.

„Bei uns gibt es Gesetzlose, die sich zu kleinen Banden zusammengeschlossen haben“, seufzte Baransi. „Sie rauben die reisenden Händler aus und bringen gelegentlich einen der unseren um.“ Der Händler schnaufte betrübt. „Sie treten dann selbst als Händler auf und bieten die gestohlenen Waren überall an. Glücklicherweise entsendet der König in letzter Zeit verstärkt Kavalleriepatrouillen, welche die Banden aufspüren und vernichten sollen. Acht Schüsselchen kosten mich meine vier Wachleute auf jeder Reise, könnt Ihr Euch das vorstellen, guter Herr Helderim? Ach, wie friedvoll müssen doch Eure Marken sein, wenn Ihr sogar allein reisen könnt.“

„Ein Pferdefürst mit einem Begleiter“, meldete eine der Wachen. „Ich kann ein rechteckiges Banner erkennen. Muss der

Herr der Ostmark sein."

„Dann zeigt dem Hohen Lord Respekt", sagte Baransi hastig. „Schließlich führt uns die Reise in seine Mark."

Die beiden Reiter waren nun herangekommen, und die Wachen Baransis präsentierten ihre Waffen, während er selbst sein Pferd nach vorne trieb und sich höflich verneigte. „Baransi aus der weißen Stadt Alneris, Hoher Lord. Ich bin auf dem Weg in Eure Mark, um dort Handel zu treiben."

„Bulldemut, Herr der Ostmark", sagte der schlanke Pferdefürst, „in Begleitung von Harunt, meinem Ersten Schwertmann." Der Rothaarige neben ihm schwieg, seine Augen huschten forschend über die Karawane hinweg. „Ihr reist weit, um Eure Waren anzubieten, guter Herr Baransi."

„Nur auf diese Weise bleibt der Handel lebendig und bringt neue Waren", gab der Händler schnaufend zurück.

Bulldemut nickte. „Nun denn, versucht Euer Glück, guter Herr."

Der Pferdefürst trieb sein Pferd an, und sein Erster Schwertmann folgte in raschem Trab. Baransi blickte den Reitern hinterher. „Er ist recht wortkarg, der Herr der Ostmark. Hoffentlich sind die Bewohner seiner Hauptstadt ein wenig beredsamer." Er sah Helderim an. „Ein guter Handel braucht auch Worte."

Helderim nickte. „Da sprecht Ihr Wahres, guter Herr. Man muss die Schönheit und den Nutzen einer Ware auch anpreisen können."

Baransi lächelte. „Und den Kunden auf jene Dinge aufmerksam machen, die seinem Auge entgehen könnten."

Die beiden Händler nickten einander zu. So unterschiedlich sie als Menschen auch sein mochten, die Prinzipien des Handels waren überall gleich. Baransi gab das Zeichen, und die Karawane setzte sich erneut in Bewegung. Die Hufe pochten über die Straße, begleitet vom Rumpeln der Wagen und den Flüchen der Begleiter. Helderim betrachtete die Landschaft. Ja, er war die weiten Ebenen der unteren Marken nicht gewohnt, aber er konnte sich an dem frischen Grün der riesigen Flächen kaum sattsehen. Dazu gab es hier Wälder, wirkliche Wälder voll bestem Holz.

Eine der Wachen, welche die Karawane nun wieder in Form eines Gevierts umgaben, trabte heran. „Es wird einen Sturm geben, Ihr guten Herren.“

„Einen Sturm?“ Baransi sah sich besorgt um. „Seid Ihr sicher, guter Mann?“

„Prüft es selbst, man kann es schon riechen.“

Die beiden Händler sogen Luft ein und schnupperten. Helderim nickte. „Er hat recht, guter Herr Baransi. Ich kenne diesen Geruch. Ich glaube, es wird einen Gewittersturm geben.“

Jeder kannte die schweren Regenstürme, die vor allem im Herbst hereinbrachen und in kürzester Zeit unglaubliche Mengen an Wasser brachten. Dann schwollen kleine Bachläufe zu reißenden Strömen an, wertvoller Mutterboden wurde ausgeschwemmt und eine ganze Ernte konnte vernichtet werden. Im Gebirge konnten sogar gefährliche Steinrutsche durch das fließende Wasser ausgelöst werden. Gewitterstürme hingegen brachten meist weniger Wasser, doch dafür fuhren viel mehr grelle Blitze vom Himmel herab, die ein Lebewesen töten oder einen Brand entfachen konnten.

Baransi sah sich zögernd um. „Dort drüben ist ein Wald. Wir sollten hinüberfahren und uns unterstellen.“

„Verzeiht, guter Herr Baransi“, wandte die Wache ein. „Aber wenn ein Gewittersturm aufzieht, und ich zweifle nicht daran, dass es ein heftiger sein wird, dann schlagen seine Blitze gerne in hohe Bäume ein. Wir sollten ihnen also fernbleiben, guter Herr.“

Baransi schnaufte unsicher und sah erneut zu Helderim, der sich zu fragen begann, wie viele Reisen der brave Händler wohl schon unternommen hatte. Gab es denn im Reich der weißen Bäume keine solchen Stürme? „Ihr seid zum ersten Mal im Land des Pferdevolkes?“

Der Wachmann grinste, während der Händler zögernd nickte. Helderim musterte den Himmel. „Folgt dem Rat Eures Wachmanns, guter Herr Baransi. Zudem wird nicht mehr genug Zeit sein, die Bäume zu erreichen. Seht nur.“

Helderim wies über die Ebene, und die anderen folgten seiner Geste. Am Himmel begannen sich Wolken zusammenzuziehen und sich zu hohen Bänken aufzutürmen, die rasend schnell eine dunkle Färbung annahmen und sich bedrohlich schnell näherten.

Helderim wies auf die Wagen. „Leint die Pferde an. Wenn die Blitze herabfahren und der Donner kracht, werden sie sich mächtig erschrecken. Macht sie also gut fest, damit sie sich nicht losreißen können.“

Noch während er sprach, kam ein heftiger Wind auf, der die Umhänge der Männer flattern ließ. Hastig trieben die Helfer Lochpfeile in den Boden und banden die Zügel der Packpferde daran fest. Baransi umkreiste aufgeregt die Karawane, während die Landschaft in Finsternis gehüllt wurde. Man sah nur wenig, so dunkel wurde es, bis plötzlich ein gleißendes Licht über die Ebene hinwegzuckte, das für einen Moment alles in blendende Helligkeit tauchte. Wie auf Kommando setzte nun auch der Regen ein, dessen dicke Tropfen beinahe schmerzhaft herniederprasselten und sofort alles zu durchtränken schienen.

„Bleibt an den Wagen, sie bieten Euch Halt und Schutz“, schrie Helderim gegen die Gewalt des Sturms an. Finsternis und Helligkeit begannen einander abzuwechseln, als immer mehr Blitze über den Himmel zuckten. Gegen den Lärm des Sturms und das Prasseln des Regens waren die Stimmen der Männer und das verschreckte Wiehern der Pferde kaum noch zu hören.

Helderim war von seinem Reittier gesprungen und schlang dessen Zügel hastig um einen der Metallhaken im Boden. Baransi tat es ihm gleich und sah dann seinen Kollegen aus der Hochmark erschrocken an. „Geschieht das öfter in Euren Ländern?“

„Gelegentlich“, räumte Helderim ein. „Meist jedoch im Herbst. Ihr könnt froh sein, dass Gewitterstürme jetzt, im Sommer, nur selten vorkommen.“ Er lauschte dem Hallen des Donners und dem Krachen der Blitze. „Unsere Legenden sagen, es sei der Zorn toter Pferdelords, die nicht den Weg in die Goldenen Wolken gefunden hätten. Sie richten ihren Unmut nun gegen die Erde. Denn sie sind nicht ehrenhaft gestorben und dazu verurteilt, auf ewig in dunklem Zorn zu grollen. Es heißt, die Blitze seien das Funkeln ihrer Waffen.“

Der Händler aus dem Reich der weißen Bäume sah Helderim mit weit aufgerissenen Augen an. „Was Ihr nicht sagt, guter Herr.“

Helderim spürte wie die Nässe seine Kleidung durchdrang. „Beunruhigt Euch nicht, mein guter Baransi, es ist bloß eine Legende. Sie wird sicher nur deshalb von den Müttern erzählt, damit ihre Kinder tapfer werden und als wahre Pferdelords zu den Goldenen Wolken reiten.“

„Ja, gewiss“, schnaufte Baransi. „Nur eine Eurer Legenden. Euer Land ist ja reich daran, wie ich hörte. Aber wahrhaftig, einen solchen Sturm habe ich nie zuvor erlebt. Es mag etwas Wahres an Euren Legenden sein.“

In dem Wald, dessen zweifelhaften Schutz sie nicht aufgesucht hatten, schlug ein Blitz ein, sofort gefolgt von zwei weiteren. Die getroffenen Bäume schienen förmlich zu explodieren. Mit aufgerissenen Augen verfolgte Baransi, wie einer von ihnen auseinanderbarst. Äste und Laub wirbelten brennend durch die Luft, und Flammen loderten auf.

Der Wachmann, der den Rat gegeben hatte, die Bäume zu meiden, musterte Baransi mit einem verächtlichen Gesichtsausdruck und grinste Helderim dann an. Dieser hatte keine Ahnung, wie der fremde Händler mit seinen Angestellten umging, doch er schien nicht sonderlich beliebt zu sein, denn offenbar amüsierte es den Wachmann, Salz in Baransis Wunde zu reiben. „Wir scheinen Glück zu haben, Ihr Herren, der Sturm kommt mir nicht besonders stark vor.“

Baransis Augen wurden noch größer. „Nicht?“

Helderim unterdrückte ein Schmunzeln. „Ich denke, Euer Wachmann hat recht, guter Herr“, schrie er gegen das Tosen des Sturms an. „Ich habe da schon ganz anderes erlebt.“

Was durchaus stimmte. Ein herbstlicher Gewittersturm im Gebirge konnte noch weitaus eindrucksvoller sein. Helderim hatte so etwas zwar schon erlebt, dabei aber immer ein festes Dach über dem Kopf gehabt. Er musste sich eingestehen, dass auch er sich in diesem Moment nicht besonders wohlfühlte.

„Ich glaube, es lässt nach“, brüllte der Wachmann.

Tatsächlich wurden Blitze und Donnergrollen seltener, doch der schwere Regen stürzte unvermindert herab.

Baransi war, wie die anderen Männer auch, bis auf die Haut durchnässt. Verzweifelt sah er zu den Bäumen hinüber, wo sich der Brand trotz des starken Regens auszuweiten begann.

Vielleicht würde er das Gehölz sogar ganz verschlingen.

„Vielleicht können wir uns nun unter die Bäume stellen?“ Er sah hoffnungsvoll auf Helderim und den Wachmann.

„Der Regen lässt bereits nach“, brummte die Wache. „Es wird sich nicht lohnen. Gleich kommt die Sonne wieder hervor und trocknet unsere Kleider.“

Endlich wurde auch der Regen schwächer. Baransi seufzte erleichtert und zupfte an seinem nassen Gewand. Die Wache hob indes lauschend den Kopf. „Eigentlich müsste der Sturm doch abziehen“, murmelte der Mann. „Aber ich höre noch immer den Donner, und er kommt wieder näher.“

Auch die anderen lauschten, und Helderim schüttelte den Kopf. „Das ist kein Donner. Es hört sich an, als würde ein Beritt der Pferdelords herangaloppieren. Nein, sogar mehrere Beritte.“

Sie sahen in die Richtung, aus welcher das Donnern zu hören war, und erblickten einen dunklen Streifen am Horizont. „Das sind keine Pferdelords“, schrie der Wachmann auf. „Rennt zu den Bäumen, Männer, so schnell Euch Eure Füße tragen.“

Baransi sah den Wachmann verwirrt an. „Zu den Bäumen? Aber ich dachte …“

„Lauft, guter Herr.“ Der Wachmann packte den Händler, drehte ihn zu den Bäumen hin und gab ihm einen kräftigen Stoß. „Lauft um Euer Leben!“

Der Streifen war zu einer dunklen Masse geworden, die immer näher kam, und das Dröhnen unzähliger Hufe ließ den Boden erbeben. Instinktiv löste Helderim die Zügel seiner Pferde, schwang sich in den Sattel, ergriff auch die Zügel seines Packpferdes und trieb die Tiere hastig dem Wald entgegen. Das Dröhnen füllte nun die Luft, während der Boden zu schwingen schien, und Helderim spürte nur noch Angst, als er mit den Pferden auf den Wald zujagte.

Auch die anderen Männer rannten, so schnell sie es vermochten. Zwei der Wachen, die ebenfalls auf ihren Pferden saßen, hatten den dicken Händler rechts und links gepackt, und hielten ihn wie einen Sack in ihrer Mitte, während sie im gestrecken Galopp auf den Schutz der Bäume zuhielten.

Rinder, Tausende von Rindern preschten in blinder Panik heran. Es war eine der gewaltigen, frei lebenden Herden, die vermutlich beim Einschlag eines Blitzes in ihrer Nähe aufgeschreckt worden war. Jedenfalls bewegten sie sich rasend schnell auf die Wagen der Karawane zu und schossen schließlich darüber hinweg.

Nichts konnte dieser Gewalt widerstehen. Vielleicht hatten die vorderen Tiere noch versucht, den Wagen auszuweichen, aber die Nachdrängenden schoben sie einfach vor sich her, sodass es kein Ausweichen mehr gab. Es war nur die Masse von Rindern zu erkennen, welche die Fuhrwerke unter sich begrub.

Baransi stand jammernd und händeringend unter den Bäumen, und Helderim konnte den Mann gut verstehen. Man sah, wie eines der Fuhrwerke kurz hochgerissen wurde und dann unter der vorwärtsdrängenden Masse der Tiere verschwand. Auch eines der Packpferde, welche die Helfer nicht hatten losbinden können, wurde überrannt.

Während Baransi laut schluchzte, sahen die anderen Männer einfach nur betroffen zu und waren froh, nicht selbst Opfer der Herdenpanik geworden zu sein. Die Herde strömte an dem Wald vorbei, wo die Menschen die Wärme des sich ausbreitenden Feuers in ihrem Rücken spürten, während ihnen die unzähligen wild gewordenen Rinder den Weg nach vorn versperrten. Aber dann zeigten sich immer mehr Lücken zwischen den rasenden Tieren, bis nur noch vereinzelte Rinder kamen und die Herde schließlich ganz vorüber war. Irgendwo würde sich ihre geballte Kraft verlieren, die Tiere würden sich beruhigen und wieder zu grasen beginnen, bis sie das nächste Mal aufgeschreckt wurden.

Einige Rinder, die von ihren Artgenossen totgetrampelt worden waren, lagen vertreut auf der Ebene, aber Baransi hatte kein Auge für sie. Während die Sonne erneut mit Macht herniederzubrennen begann, umkreiste er schreiend und schluchzend die Reste seiner beiden Fuhrwerke."

„Die sind hin", sagte der Wachmann lakonisch. „Ebenso wie die Klarsteine."

„Erstaunlich, wie wenig von den Wagen übrig geblieben ist", stellte Helderim fest.

Kaum ein Teil von ihnen war noch ganz. Selbst die massiven Scheibenräder waren geborsten und zertreten worden.

„Ihr habt Glück, guter Herr Helderim." Der Wachmann wies zu Helderims Pferden hinüber. „Eure Vergrößerungssteine werden nicht gelitten haben."

Diese Feststellung würde den armen Baransi allerdings nur wenig trösten.

24

Vor der Goldenen Halle von Enderonas stand eine Ehrenformation der Schwertmänner. Die Metallverzierungen ihrer Rüstungen und Waffen blitzten, und selbst die goldenen Rosshaarschweife der Helme waren sorgfältig ausgekämmt worden. Jeder Zweite von ihnen führte die Lanze eines Berittwimpels, und die Anzahl der dreieckigen Wimpel bewies die Stärke der Königsmark. Die anderen Schwertmänner hatten ihre Klingen blankgezogen und mit der Spitze auf den Boden gestellt.

Der Rat der Pferdefürsten war einberufen worden, und die Pferdelords der Königsmark erwiesen ihm nun die Ehre. Auch innerhalb der Halle standen die Schwertmänner entlang der Längswände zwischen den Säulen, welche die Deckenkonstruktion trugen. Die kleinen Fenster der Halle und die entzündeten Brennsteinleuchter füllten den Raum mit einem angenehmen Licht.

Doch trotz der zahlreichen Ehrenwachen wirkte die Halle leer, denn neben den Pferdefürsten durfte nur eine Handvoll auserwählter Begleiter an der Versammlung teilnehmen. Jeder der Anwesenden trug die volle Rüstung, wie es die Tradition verlangte. Ein wenig versetzt hinter dem Thron des Königspaares stand ein kleiner Schemel zwischen den Säulen, auf dem der Weise Marnalf saß, welcher der Versammlung ebenfalls beiwohnen sollte.

Entlang des Mittelganges standen die Pferdefürsten der Marken in einer einzelnen Reihe. Fünf Männer und eine Frau, welche die Ländereien des Pferdevolkes vertraten, nur Reyodem selbst fehlte noch, der gleichermaßen für seine Mark und als König sprechen würde.

Die Pferdefürsten waren von Beritten begleitet worden, die sich jedoch nun zur gemeinsamen Übung vor den Toren von Enderonas versammelt hatten. Der Herr der Westmark war nur von einer kleinen Schar eskortiert worden, und Bulldemut aus der Ostmark hatte lediglich seinen Ersten Schwertmann mitgebracht, der jedoch unverzüglich wieder in die Mark zurückgekehrt war. Es war ungewöhnlich, dass ein Pferdefürst ohne jegliches Gefolge kam. Man konnte sich fragen, ob dies eine Schmähung des Königs war oder ein besonderer Vertrauensbeweis Bulldemuts.

Dem Thron am nächsten stand Bulldemut, der Pferdefürst der Ostmark, der scheinbar unbewegt auf das Erscheinen Reyodems wartete. Neben ihm harrte Henderonem, der stämmige alte Herr der Westmark, dessen Vollbart und Augenbrauen buschig waren, was seinem Gesicht einen finsteren Ausdruck verlieh. Es folgte der stets kühl abwägende Bormunt, Pferdefürst der Reitermark, neben dem Larwyn als Vertreterin der Hochmark stand. In ihrem festlichen Gewand wirkte sie seltsam deplaziert zwischen den gerüsteten und bewaffneten Männern. Sie trug ein schlichtes langes Gewand in der Farbe des Pferdevolkes. Ihr einziger Schmuck waren der Stirnreif und ein verzierter Dolch in dem geflochtenen Gürtel, der locker um ihre Taille lag. Dargonnem, der skeptische Herr der Nordmark, und Welderonem, der Pferdefürst der Südmark, vervollständigten den Rat.

Sie alle warteten schweigend auf den Herrn der Königsmark. Mit ihrer linken Hand hielten sie die grünen Rundschilde mit den Symbolen ihrer Marken und mit der rechten die gezückten Schwerter, die sie aufrecht auf den Boden gestellt hatten. Larwyn, die an Garodems Stelle stand, hielt ihren Dolch vor ihre Brust, und auch seine Klinge war blank.

Das große Portal wurde erneut geöffnet, und die Stimme eines Schwertmanns ertönte. „Reyodem, Pferdefürst der Königsmark und Gleicher unter Seinesgleichen."

Nicht der König betrat jetzt die Goldene Halle, sondern ein Pferdefürst wie sie alle, ohne besondere Rechte, aber mit denselben Pflichten. Die Zeremonie, welcher der König sich nun zu unterwerfen hatte, war so alt, wie die Geschichte der Pferdelords. Versammelte ein Pferdefürst seine Scharführer und Schwertmänner zum Eid, so musste er sich ihrem Urteil stellen. Eben dies galt auch für den König, wenn er den Rat versammelte. Er kam zuletzt und ungerüstet, und setzte sich dem Urteil und den Waffen der Versammelten schutzlos aus.

Reyodem schritt langsam an der Reihe entlang auf das große Banner der Königsmark und seinen Thron an der Stirnseite des Raumes zu. Er wandte den Anwesenden die Seite, dann den Rücken zu, wobei er bewusst langsam ging und sich den Klingen der Pferdefürsten darbot. Seit den Tagen des Ersten Königs galt dies als Vertrauensbeweis des Herrschers seinen Fürsten gegenüber.

Die Pferdefürsten, an denen Reyodem vorbeigeschritten war, begannen einer nach dem anderen, mit dem Griff ihres Schwertes gegen ihr Schild zu schlagen. Anschwellendes Dröhnen füllte die Goldene Halle, der Vertrauensbeweis für den König. Larwyn musste sich mit einem Neigen ihres Hauptes begnügen, neben ihr begann auch Henderonem an sein Schild zu schlagen. Dann erreichte Reyodem den Herrn der Ostmark.

„Ich entziehe Euch den Schutz meines Schildes", sagte Bulldemut mit grimmiger Stimme und legte die Klinge seines Schwertes an den Rücken Reyodems.

Schlagartig war es still in der Goldenen Halle, und man hörte nur den erregten Atem der Anwesenden. Reyodem versteifte sich ein wenig, dann schritt er zu seinem Thron hinüber, wandte sich um und blickte die Anwesenden an.

„Ihr ehrenwerten Pferdefürsten des Pferdevolkes", sagte er mit fester Stimme, „ich habe Euch hier versammelt, weil der Rat der Pferdefürsten sich bereden und eine Entscheidung fällen muss. Ich bitte Euch, Ihr ehrenwerten Lords, nun Platz zu nehmen und frei zu sprechen."

Die Männer und Larwyn setzten sich auf die geschwungenen Schemel, die entlang des Ganges standen.

Nun stieß Bulldemut die Spitze seines Schwertes auf den Boden. Es geschah ohne große Kraft, aber das Pochen war deutlich zu vernehmen. Reyodem nickte ihm zu. „Sprecht frei, Hoher Lord Bulldemut aus der Ostmark."

Bulldemut erhob sich wieder und sah die anderen herausfordernd an, bevor er sich Reyodem zuwandte. „Ich bezweifle die Rechtmäßigkeit Eures Anspruchs auf die Krone, Hoher Lord Reyodem aus der Königsmark."

Henderonem aus der Westmark stieß ein missbilligendes Schnauben aus, setzte sein Schild vernehmlich auf den Boden, und Reyodem gab ihm das Wort. Der alte Pferdefürst erhob sich und sah Bulldemut scharf an. „Reyodem ist der Sohn des toten Königs und trägt sein Blut in sich. Sein Anspruch ist rechtens."

Die anderen Pferdefürsten schlugen zustimmend an ihre Schilde. Erneut bat Bulldemut um das Wort. „Reyodem hat das Blut des toten Königs in sich, das bezweifle ich nicht. Doch der Hohe Lord Garodem ist der leibliche Bruder des toten Königs. Sein Blut steht in direkterer Linie zum Ersten König, und daher gebührt die Krone ihm."

Es klang ein wenig kläglich, als Larwyn mit dem Dolch an die Seite des Schemels pochte, doch ihr standen Schild und Schwert nicht zu. „Ich, die Hohe Dame Larwyn aus der Hochmark, stehe hier für meinen Gemahl, den Pferdefürsten Garodem, und spreche in seinen Namen. Garodem entsagt jedem Anspruch auf die Königswürde und bietet dem König Reyodem Lanze und Schild."

Henderonem stieß die Klinge auf den Boden und erhob sich. „Wir haben die Worte der Hohen Dame Larwyn vernommen. Sie spricht im Namen des Hohen Lords Garodem und erklärt seinen Verzicht. Somit ist der Anspruch des Hohen Lords Reyodem auf die Krone bestätigt." Er sah die Anwesenden grimmig an. „Lasst uns also den Eid erneuern und uns dann anderen Dingen zuwenden." Er sah Bulldemut scharf an. „Dingen, welche ernsthafter zu betrachten sind."

Das Pochen an Schilde erklang, aber Bulldemut lächelte schmallippig. „Ich will dies von Garodem selbst hören."

Reyodem runzelte überrascht die Stirn, und der alte Henderonem reckte wütend das Schwert. „Ihr bezweifelt die Ehre der Hohen Dame Larwyn, Bulldemut?"

„Nicht ihre Ehre." Bulldemut reckte sich. „Reyodems Ehre ist es, die ich bezweifle."

Reyodem und die Pferdefürsten sprangen gleichzeitig auf. Doch bevor die anderen Pferdefürsten Stellung nehmen konnten, hob Reyodem, um Ruhe bittend, die Hand. „Ihr brecht die Tradition, Hoher Lord Bulldemut. Die Ehre der Hohen Dame und ihr Wort stehen außer Zweifel. Da sie versichert, dass Garodem verzichtet, müsst Ihr meinen Anspruch anerkennen."

„Dafür stehe ich mit meiner Klinge und meinem Schild", rief Henderonem erregt. „Mag Bulldemut von beidem kosten, wenn er es in Frage stellt."

Welderonem, der Pferdefürst der Südmark, stieß die Klinge auf den Boden. „Ihr Hohen Lords, vergesst Euch nicht. Der Hohe Lord Bulldemut hat sich schon oft wacker für das Pferdevolk geschlagen und ihm stets Ehre gemacht. Ich mag nicht glauben, dass er solch beschämende Worte ohne Grund spricht."

Der alte Henderonem sah ihn überrascht an. „Was soll das, Welderonem? Eure Mark liegt sicher zwischen der Königsmark und dem Reich der weißen Bäume. Doch meine Westmark grenzt an das Land der Barbaren. Meine Gebiete sind nicht so sicher wie die Euren. Ich will meine Kraft nicht an solchen Unsinn verschwenden, wie Bulldemut ihn von sich gibt."

Bulldemuts Hand umkrampfte den Griff seines Schwertes. „Und meine Mark grenzt an das Land der dunklen Mächte, Hoher Lord Henderonem. Wollt Ihr in Frage stellen, dass ich Lanze und Schild dem Pferdevolk zum Schutz gereiche?" Er wies anklagend auf Reyodem. „Ich tue dies aus gutem Grund, Ihr Hohen Lords des Pferdevolkes. Garodems Anspruch steht höher als der von Reyodem. Warum hat Reyodem den Hohen Lord Garodem fortgeschickt, sodass er nicht am Rat teilnehmen kann? Ich will es Euch sagen. Weil die Stimmen des Rates Garodem überzeugen würden, an Reyodems statt die Krone anzunehmen."

Larwyn sprang erregt auf. „Das würde Garodem niemals tun!"

Erregtes Stimmengewirr setzte ein.

„Das Wort der Hohen Dame gilt", brüllte Henderonem. „Wer es bezweifelt, soll meine Klinge spüren."

„Glaubt Ihr, ich hätte Furcht vor Eurer Klinge?", erwiderte Bulldemut erregt.

Es schien schon so, als wollten die beiden Pferdefürsten tatsächlich ihre Klingen kreuzen, da sprang Reyodem vor und trat zwischen die erregten Männer. „Bewahrt die Ruhe", sagte er heiser. „Bei diesem Rat wird kein Blut eines Pferdelords vergossen!" Er sah die Männer scharf an. „Da die Gemüter so erhitzt sind, schlage ich vor, dass wir sie für den heutigen Tag abkühlen lassen und erst morgen wieder zusammenkommen."

Der Pferdefürst der Westmark musterte Bulldemut mit gerötetem Gesicht und senkte zögernd sein Schwert. „Nun gut, so soll es sein."

Eher zufällig traf Larwyns Blick den Grauen Zauberer Marnalf, der ein Stück seitlich des Throns stand und den Vorfall aufmerksam beobachtete. Sie sah das Lächeln des Grauen Wesens, und dieses Lächeln mochte ihr gar nicht gefallen.

25

Am folgenden Tag würde Garodems Beritt auf den alten Weiler stoßen, der in der Karte eingezeichnet war, zumindest hofften sie alle darauf. Aber da Garodem seine Karte von einer elfischen Vorlage abgezeichnet hatte, würden sie den Ort und das ersehnte Wasser auch finden, wenn sie nur die Richtung hielten.

Der Beritt hatte für die Nacht in einer Senke haltgemacht, und die Wachen hatten ihre Posten bezogen. Es würde wieder empfindlich kalt werden, und einige der Männer waren zu Garodem gekommen und hatten auf den Rand der Senke gewiesen, wo ein paar vertrocknete Bäume aus dem Sand ragten. Garodem ging davon aus, dass die Barbaren ohnehin genau wussten, wo sich der Beritt befand, und so hatte er den Männern erlaubt, kleine Feuer anzuzünden, damit sie in der Nacht etwas Wärme fanden.

Garodem staunte selbst, wie kalt es in der Wüste werden konnte. Wer die unbarmherzige Hitze des Tages kannte, mochte es kaum glauben, bis er es selbst erlebte. Die Decken und Umhänge würden wieder nur einen erbärmlichen Schutz bieten, und Garodem war versucht, ebenfalls die Wärme eines Feuers aufzusuchen. Die Männer hatten an diesem Morgen feststellen müssen, dass das Wasser in ihren Flaschen gefroren war. Zwei der letzten Reserveflaschen aus gebrannter Erde waren noch prall gefüllt gewesen und daher geborsten. Die anderen Wasserbehälter waren leer genug gewesen, um die Eiseskälte ohne Schaden zu überstehen. „Ich hätte nichts dagegen einzuwenden, in der Nacht ein wenig zu frieren“, brummte

Mortwin und ging mit Dorkemunts Gruppe zu den verkrüppelten Bäumen hinüber, „wenn mir dann am Morgen ein wenig Eis bliebe, aus dem sich Wasser schmelzen ließe."

„Wir werden den alten Weiler und auch genug Wasser finden", erwiderte Nedeam überzeugt. „Wir haben die Richtung gehalten, und Garodems Karte ist gut."

Es war eine unbarmherzige und trockene Kälte, die keinen Tau zurückließ, den sie hätten sammeln können. Noch besaßen sie Wasser, aber ihre Reserven waren geschwunden, und wenn sie am nächsten Tag den Weiler nicht fanden, würden sie unverrichteter Dinge umkehren müssen.

„Ein verfluchtes Land", grummelte Mortwin und brach einige der trockenen Äste ab. „Selbst das Holz taugt nichts."

„Es ist trocken und wird uns wärmen", erwiderte Nedeam optimistisch.

„Es sind nur wenige Äste, und wir, die wir uns daran erwärmen wollen, sind viele", meinte Mortwin. „Wir werden uns eng nebeneinanderlegen müssen. Ah, das Feuer wird so klein werden, dass wir uns mit dem Rücken hineinlegen könnten, ohne uns zu verbrennen."

„Gebt Ihr nur acht, dass Ihr Euer Gesäß nicht hineinlegt."

Die anderen Männer lachten auf, und Mortwin griff sich automatisch an sein verlängertes Rückgrat. „Ihr habt gut reden. Euch hat man es nicht vernäht."

„Ihr habt ja recht, guter Herr Mortwin." Dorkemunt schlug dem seufzenden Pferdelord tröstend auf die Schultern. „Es wird sicher bald verheilt sein."

Nedeam musterte die wenigen verkrüppelten Hölzer. „Ich hätte nicht gedacht, hier überhaupt einen Baum zu finden."

„Das ist kein Baum", korrigierte Mortwin. „Das war höchstens mal einer."

„Es muss hier also einmal richtige Wälder gegeben haben.“ Nedeam wies über die Dünen. „Vielleicht sogar fruchtbare Ebenen.“

„So ein Unsinn.“ Mortwin lachte auf. „Hier gibt es nur Wind und Sand. Und das war bestimmt schon immer so.“

„Nein, Nedeam hat recht“, erklang Scharführer Kormunds Stimme. „Einst war dieses Land wirklich voller Wälder und fruchtbarer Ebenen. Damals, als es noch das Land des Pferdevolkes war. Aber das liegt lange zurück. Sehr lange, Ihr guten Herren.“

Scharführer Kormund kam heran und musterte das Holz, das die Männer sammelten. „Legt die Feuerstellen weit auseinander. Wer weiß, wer oder was in der Nacht herumschleicht. Feuer können Euch zu einem guten Ziel machen. Also, haltet sie klein.“

Mortwin streckte dem Scharführer die Äste entgegen, die er gesammelt hatte. „Wie soll man damit ein rechtes Feuer machen? Selbst das Holz taugt hier nichts.“

Kormund erwiderte nichts. Er hatte den stämmigen Pferdelord entdeckt, der ihm schon an den Furten des Eisen aufgefallen war. Er stapfte durch den Sand zu dem Mann hinüber, der erschrocken hüstelte und sein Gesicht halb mit dem grünen Umhang bedeckte.

„Immerhin habt Ihr nun ein besseres Pferd gefunden, guter Herr“, sprach Kormund den Pferdelord an. „Aber Eure Gesundheit gefällt mir noch immer nicht.“

Nedeam hastete heran und trat zwischen die beiden. „Seinem Magen geht es jetzt wieder besser, guter Herr Kormund. Aber die Kälte der Nacht bekommt ihm nicht. Er ist ein wenig erkältet, der gute Herr Pferdelord.“

Barus hüstelte erneut, und Kormund kniff die Augen zusammen. „Er scheint mir ein wenig anfällig zu sein, der gute Herr Pferdelord.“ Er sah Nedeam kurz an und musterte dann Barus. „Wo sind Euer Helm und das Schild mit dem Wappen des Weilers?“

Kormund schob Nedeam zur Seite und langte an Barus grünen Umhang, um ihn zu öffnen. Barus hustete nun verzweifelt, doch der Scharführer zog den Umhang von seinem Gesicht und musterte ihn grimmig. „Ihr solltet etwas von der Fettsalbe nehmen, die Mortwin für sein Gesäß nimmt, guter Herr Barus. Ich denke, Eures schmerzt auch nicht schlecht. Ihr seid das Reiten nicht gewöhnt und hängt wie ein Sack Getreide auf Eurem Pferd.“

Barus nickte hastig und sah Kormund mit großen Augen an. „Es schmerzt sehr“, gestand er. „Vor allem zwischen den Beinen.“

Nedeam seufzte. „Ihr wisst es schon länger, guter Herr Kormund?“

„Erst nachdem wir die Furten verließen“, knurrte der Scharführer und rammte seine Wimpellanze in den Sand. „Sonst hätte ich den guten Herrn Barus zurückgeschickt. Was habt Ihr Narren Euch dabei gedacht, ihn mitzunehmen? Er ist kein Pferdelord und kann nicht einmal richtig reiten!“

„Er kann kämpfen.“

Barus nickte erneut und öffnete den Umhang, sodass Kormund die Keule des Nagerjägers erkennen konnte. „Ich habe meine Keule dabei, guter Herr Kormund.“

„Er versteht es, sie zu gebrauchen.“ Nedeam lächelte freundlich.

„Wir jagen hier keine Nager.“

„Er hat die Keule auch schon am Schädel eines Orks geprüft“, meldete sich Dorkemunt zu Wort, der mit Mortwin heranskam. „Und gar am Schädel eines Grauen. Barus' Keule erwies sich stets als stabiler", sagte er lakonisch. „Seine Kraft könnte uns von Nutzen sein."

Barus sah den Scharführer flehend an. „Ihr werdet mich doch nicht zurückschicken, oder? Ich bitte Euch, guter Herr Kormund."

„Ihr Narren." Kormund sah Nedeam, Dorkemunt und Barus kopfschüttelnd an. „Ihr wisst, ich kann ihn nicht zurückschicken. Wir können keinen Mann entbehren und dürften den guten Herrn Barus nicht ohne Begleitung zurückreiten lassen. Wenigstens trägt er nicht den Umhang eines Pferdelords." Er sah sie der Reihe nach an. „Hätte er das getan, so würde ich Euch die Euren von den Schultern reißen und die Köpfe von den Hälsen schlagen."

Kormund wollte noch weitaus mehr sagen, aber er kam nicht mehr dazu.

Ein Stück von ihnen entfernt befand sich eine der Feuerstellen, die bereits brannten, und eine kleine Gruppe Pferdelords hatte sich um die munteren Flammen versammelt, um sich aufzuwärmen. Die Männer sprangen erschrocken auf, als plötzlich der Boden unter ihnen zu vibrieren begann. Verwirrt starrten sie auf den Sand und beobachteten, wie dessen Körner immer stärker tanzten, bis sich der Untergrund in Wellen zu bewegen begann. Instinktiv wichen die Männer zurück und stießen warnende Schreie aus, als der Boden um die Feuerstelle herum aufbrach, und die brennenden Scheite im Schlund eines Körpers verschwanden, der einem Albtraum entsprungen schien.

Der Sandwurm war dem Beritt schon lange gefolgt, tief unter der Erde und unentdeckt. Das Pochen der Hufe hatte ihn angelockt und versprach Beute. Aber er war unentschlossen gewesen, denn die Erschütterungen, die er gespürt hatte, waren stark gewesen. Zu stark für eine einfache Mahlzeit. Eher zögernd war er den Vibrationen gefolgt. Als es langsam kalt im Boden wurde, verebbten die Erschütterungen und waren dann gar nicht mehr wahrzunehmen. Gerade hatte er seine Futtersuche wieder aufnehmen wollen, als das verlockende Klopfen und Pochen wieder durch den Boden drang. Erneut war er ihm gefolgt, erneut war das Vibrieren schwächer geworden. Doch dieses Mal registrierte der Wurm die Wärme eines lebenden Objektes an der erkalteten Oberfläche. Eine Wärme, wie sie von einer reichlichen Mahlzeit ausgestrahlt wurde.

Der Sandwurm zog seine hornigen Hautfalten rhythmisch zusammen, stieß sein kegelförmiges Maul vor und begann sich mit überraschender Geschwindigkeit durch sein Reich zu bohren, der lockenden Wärmequelle entgegen. Ein Stück weit unter der Oberfläche öffnete er sein Maul, und in dem gewaltigen Trichter legten sich die dreieckigen Kränze aus Zähnen frei. Der Wurm schluckte nun Unmengen von Sand, während er sich weiter nach oben drückte. Das Erdreich wurde von den Halslappen aufgenommen, die sich wie der ganze Leib unentwegt streckten und zusammenzogen, und wieder ausgeworfen, nachdem der Zungenring es nach schmackhaften Nährstoffen durchsiebt hatte. Doch in dem Sand gab es noch nichts, was sich in den Magen zu schieben lohnte. Die Wärme wurde nun immer intensiver und versprach ein orgiastisches Mahl, als der Sandwurm die Oberfläche durchstieß.

Heißes und hartes Material rutsche zwischen den Zahnreihen entlang und wurde von den Hautlappen hastig wieder ausgeschieden, aber dazwischen war auch etwas wundervoll Weiches, Feuchtes und Nahrhaftes, das der Zungenring gierig in den Schlund hinunterbeförderte.

„Bei den Mächten der Finsternis“, keuchte Kormund entsetzt und betrachtete das gewaltige Wesen, das sich vor seinen Augen an die Oberfläche schob.

Schon fünf Längen ragte das Wesen an jener Stelle auf, wo zuvor das Feuer gewesen war, an dem einige Pferdelords gesessen hatten. Zwei der Männer waren in dem gewaltigen Maul der Bestie verschwunden, in das ein Reiter auf seinem Pferd bequem hätte einreiten können. Keinem der Männer verlangte verständlicherweise danach. Sie warfen sich herum und versuchten, dem Ungetüm zu entfliehen.

Der Körper schien, abgesehen von dem mit einer Unzahl dreieckiger Zähne bewehrten Maul, nur aus hornigen Ringen zu bestehen, die sich beständig dehnten und zusammenzogen. Am Kopf war eine Anzahl dicker Haare zu erkennen, doch keine Augen.

Während die meisten Männer eilig davonkrabbelten, zischte von einer der Dünen ein Pfeil heran. Schockiert sahen die umstehenden Pferdelords, wie das Geschoss von den hornigen Ringen abprallte.

Mehr Pfeile flogen zu dem Wesen hinüber, das sich immer weiter aus dem Loch emporschob und nun schon fast zehn Längen maß. Der Körper schien kein Ende zu nehmen, doch plötzlich schrumpfte der lange Leib und zog sich zusammen. Zwei Pferdelords schrien triumphierend auf und stürzten dem Wesen mit vorgereckter Lanze entgegen, aber dann dehnte sich der Körper wieder, und einer der Männer verschwand im Maul der Kreatur, während der andere viele Längen weit durch die Luft gewirbelt wurde. Bevor er sich vom Boden erheben konnte, war das Maul über ihm. Man hörte ein unheimliches Schmatzen und Schlürfen, während an einer merkwürdigen Falte hinter dem Maul des Wesens blutige Reste der

Bekleidung und Rüstungen ausgespuckt wurden.

„Versucht eine weiche Stelle zu finden, Ihr Pferdelords“, brüllte Garodem. „Deckt ihn mit Pfeilen ein und kommt ihm nicht zu nahe.“

Kleine Gruppen von Pferdelords formierten sich. Während die vorne stehenden Männer dem Monstrum ihre Lanzen entgegenreckten, schossen die hinter ihnen befindlichen Bogenschützen ihre Pfeile ab. Doch die spitzen Geschosse prallten wirkungslos von den wulstigen Ringen der Bestie ab.

Nedeam erinnerte der dicke Panzer der Kreatur an die Rüstung eines Rundohrs. Auch sie waren stark und wurden nur durchdrungen, wenn ein Pfeil genau senkrecht auftraf. Es sei denn, man erwischte die Schwachstellen der Rüstung, dort, wo sie dünn gearbeitet war, damit ihr Träger beweglich blieb. Nedeam beobachtete die Bewegungen des Sandwurms, und ihm fiel auf, dass sich zwischen den hornigen Ringen weniger geschützte Bereiche zeigten, wenn die Bestie sich streckte.

„Zielt auf die Stellen zwischen seinen Ringen“, rief Nedeam den anderen Männern zu. „Dort scheint sein Panzer schwach und dünn zu sein.“

Noch immer prallten die meisten Pfeile wirkungslos von dem dicken Horn der Ringe ab, doch einige von ihnen trafen in die schmalen Kerben. Der Sandwurm blieb stumm, vielleicht konnte er nicht schreien, aber er bäumte sich auf und warf sich in die Richtung, aus der die Pfeile gekommen waren, die ihn verletzten. Sein Körper war nun ganz aus dem Loch heraus und maß gute fünfzehn Längen, war jedoch, abgesehen vom Schädel, kaum eine Länge dick. Das Biest erwies sich als unglaublich schnell, sein Körper zog sich zusammen, schnellte vor, zog sich wieder zusammen … Die Pferdelords vor seinem Maul rannten um ihr Leben, und Pferde galoppierten wiehernd vor dem Ungetüm davon. Nichts schien den gewaltigen Wurm aufhalten zu können.

Auch Nedeam löste seine Pfeile. Sie besaßen scharfe Spitzen, und er selbst hatte die Kraft, sie mit großer Wucht abzuschießen. Doch es machte dem Sandwurm offenbar nichts aus. Das Wesen wandte sich nun Nedeam und Dorkemunt zu, wobei Nedeams Pfeil eher zufällig in das offene Maul der Kreatur drang. Für einen Moment wirkte das Wesen wie erstarrt, ganz als überlege es, ob es ernstlich getroffen sei. Nedeam schoss fluchend einen Pfeil nach dem anderen ab, während der Sandwurm halb aufgerichtet in seine Richtung zu starren schien.

Dorkemunt riss eine Lanze aus dem Sand, holte aus und schleuderte sie in das aufgerissene Maul hinein, ein anderer Pferdelord tat es ihm gleich. Eine der Lanzen traf schräg, und als der Sandwurm sein Maul mit einer ruckartigen Bewegung schloss, verkeilte sich der Schaft zwischen den Zahnreihen des Ungetüms. Das Wesen zuckte, aber dann gab die Lanze nach und zerbrach.

Dennoch schien die Kreatur nun genug zu haben. Mit einer ruckartigen Bewegung warf sie sich herum, scheuchte noch einige Männer davon, die sich ihr von hinten hatten nähern wollen, und tauchte dann, mit dem Schädel voran, in das Loch, aus dem sie gekommen war. Sand rieselte und rutschte nach, als sich das Loch wieder schloss. Zurück blieb nur noch eine flache Mulde.

Schweigen senkte sich über den Kampfplatz. Man hörte den schweren Atem der Männer und das Schnauben der Pferde, dazwischen ertönte das schmerzerfüllte Stöhnen einiger Verletzter. Knisternd und knackend sackte eines der Feuer in sich zusammen, und die Männer blickten erschrocken zu der Mulde hinüber, voller Angst, dass sich dort erneut die Erde auftun würde.

„Versorgt die Verletzten", erklang Garodems Stimme. „Aber haltet die Waffen bereit, die Bestie könnte wiederkommen."

„Bei den finsteren Mächten und den dunklen Abgründen", murmelte Dorkemunt. „Habt ihr dieses Maul und diese Zähne gesehen?"

„Einige haben sie gar gespürt", versetzte Mortwin lakonisch und humpelte zu einem Mann hinüber, der reglos am Boden lag. „Packt einmal mit an, er ist schwer gestürzt. Hoffentlich ist nicht zu viel in ihm zerbrochen."

Drei Tote und vier Verletzte hatte die Begegnung mit dem Sandwurm sie gekostet. Nur einen der Getöteten konnten sie am Morgen bestatten. Nachdem sie ihren Kameraden Ehre erwiesen und sie zu den Goldenen Wolken geleitet hatten, ließ Garodem die Männer aufsitzen.

Schweigend trabte der Beritt weiter in Richtung Westen. Mortwin wandte sich im Sattel um und blickte zurück auf die drei Gräber, an denen die Lanzen der Toten aufgestellt waren. Zwei der Gräber waren leer, nur die Reste von Bekleidung und Rüstung, die man gefunden hatte, waren dort symbolisch bestattet worden.

„Es ist ein verfluchtes Land, sage ich euch. Wind und Sand, und Kreaturen, die zu klein oder zu groß sind, um sie bekämpfen zu können. Vier gute Männer haben wir schon verloren und noch keinen einzigen Barbaren zu Gesicht bekommen."

Dorkemunt nickte betrübt. „Ich hoffe, das geht nicht so weiter."

Nedeam brachte es für sie auf den Punkt. „Die Barbaren haben uns dieses Land einst genommen. Doch es gefällt mir nicht. Sollen sie es also ruhig behalten."

26

Der Abend hatte keine Abkühlung für die erhitzten Gemüter gebracht. Reyodem hatte eine Gesellschaft gegeben und allerlei Darbietungen angekündigt, welche die Anwesenden erfreuen sollten. Im Haupthaus der Burg befand sich eine Halle, ähnlich jener in Eternas. Sie diente wohl ebenfalls der Zusammenkunft Reyodems mit seinen Schwertmännern. Es war eine freitragende Halle, ohne stützende Säulen, deren Decke stark gewölbt war, sodass sich die Steine der Abdeckung gegenseitig stützten. Diese Halle war für den Abend vorbereitet worden.

Brennsteinleuchter und Brennsteinfackeln spendeten ein warmes, nicht zu helles Licht, und an einer Längswand der Halle befand sich ein riesiger Kamin, in dem ein Feuer loderte. Tische und Bänke waren in einem offenen Geviert aufgestellt worden. Die Stirnseite wurde von den Vertretern der Marken eingenommen, an den Längsseiten saßen ausgewählte Schwertmänner und wichtige Personen aus der Burgverwaltung. Reyodem war in Begleitung seiner Gemahlin Taramyn, den anderen Pferdefürsten waren Damen des Hofes zugewiesen worden. Ihr Anblick sollte wohl die Augen erfreuen und die Gemüter beruhigen. Larwyn hatte das Angebot Reyodems angenommen, ihre Heilerin Meowyn an ihre Seite zu laden. Die beiden Frauen aus der Hochmark warfen immer wieder verstohlene Blicke auf den Grauen Zauberer Marnalf, der zwischen den Schwertmännern saß.

Auch Marnalf hatte zum Abendprogramm beigetragen und die Gäste mit seiner Darbietung erfreut. Zumindest jene

Gäste, die nicht aus der Hochmark stammten. Larwyn und Meowyn sahen ungerührt zu, als der Graue Zauberer mit seinem Knotenstab kleine Feuerfiguren in die Luft des Saales zauberte, ein paar panische Wildläufer unter dem Wams eines erstaunten Schwertmannes hervorlockte und zum Abschluss bunte Flammen aus seinen Fingerspitzen hervorschießen ließ. Die anderen taten ihre Begeisterung mit heftigem Klopfen auf die Tische kund, doch Meowyn und Larwyn hatten Mühe, ihre wahren Gefühle zu verbergen.

Danach trat eine Gruppe von Tänzerinnen und Tänzern aus der Stadt auf, die den traditionellen Rundtanz des Pferdevolkes zeigte, anschließend erschienen drei Männer, die auf wunderliche Weise mit den Eiern von Kratzläufern jonglierten. Höhepunkt und Abschluss bildete jedoch eine Gruppe, die mit den Zupfinstrumenten des Volkes die alten Balladen zum Besten gab. Die Anwesenden stimmten begeistert in die Lieder ein. Larwyn bemerkte den prüfenden Blick, den Reyodem Bulldemut während der Vorstellung zuwarf. Sollten die alten Weisen den Pferdefürsten an seine Pflicht dem Pferdevolk gegenüber ermahnen? Jedenfalls fiel Bulldemut nicht in den Refrain ein.

Erst spät in der Nacht beendete Reyodem das Fest, und man begab sich zur Ruhe.

Nun war es später Vormittag, aber Larwyn schien es, als habe sich Finsternis über die Goldene Halle von Enderonas gesenkt. Die Missstimmung zwischen den Pferdefürsten war zu offensichtlich, daran hatte auch der vergangene Abend nichts geändert. Vor allem Bulldemut und der alte Henderonem begegneten sich mit nur mühsam unterdrücktem Zorn.

Selbst Reyodem schien daran zu zweifeln, dass der aufgekommene Zwist noch gütlich geregelt werden konnte, bevor er in offener Gewalt eskalierte. Wohl zur Beschwichtigung der

Gemüter hatte er seine Gemahlin Taramyn aufgefordert, als Beobachterin an der Versammlung teilzunehmen, und so saß die Königin des Pferdevolkes zur Linken ihres Gemahls und versuchte durch ihr Lächeln, die verhärteten Fronten der Pferdefürsten zu lockern.

Marnalf stand wieder ein Stück hinter dem Thron auf seinen knotigen Stab gestützt und schien den Disput amüsiert zu verfolgen. Seine Anwesenheit störte Larwyn weitaus mehr als Bulldemuts beharrliche Weigerung, Reyodem vorbehaltlos anzuerkennen.

„Es gibt nur einen Weg für mich, Garodems Verzicht anzuerkennen", sagte Bulldemut und schlug die Spitze seines Schwertes derart hart auf den Boden, dass Funken sprühten. „Erst wenn der Rat der Pferdefürsten ihm die Krone angeboten hat und er sie persönlich ablehnt, vermag ich Reyodem anzuerkennen."

„Reyodem ist längst anerkannt, verdammter Narr", erwiderte Henderonem. „Garodem schwor ihm den Treueid, die Hohe Dame Larwyn hat dies erklärt."

„Weil Garodem keine Wahl hatte", sagte Bulldemut hitzig. „Es war die Zeit des Kampfes gegen die Orks, und er hat sich schnell entschieden. Zu schnell."

„Aber er hat sich entschieden", brüllte Henderonem.

Welderonem, der Pferdefürst der Südmark, pochte heftig mit dem Schwert auf den Boden. „Bewahrt die Form, Ihr Hohen Lords."

Bulldemut und Henderonem sahen einander giftig an und verneigten sich dann kurz vor dem Königspaar. Larwyn blickte zu dem ausgestopften Pelzbeißer hinüber. Die beiden Pferdefürsten schienen ähnlich unversöhnlich, wie diese großen Räuber es waren.

Dargonnem stieß nun die Klinge auf den Boden. „Wir sollten die Rückkehr des Pferdefürsten Garodem abwarten und dann entscheiden."

„Worüber?", brüllte Henderonem. „Es ist längst entschieden. Reyodem ist König!"

Larwyn hatte noch nie eine derartige Auseinandersetzung unter den Pferdefürsten erlebt. Nach Garodems Schilderungen waren ihre Zusammenkünfte stets von formaler Höflichkeit geprägt, denn es galt, die Traditionen des Pferdevolkes zu wahren. Bei dieser Versammlung des Rates hingegen schien es ihr, als seien Trunkenbolde in einer Schänke aneinandergeraten. Sie wäre in diesem Moment lieber bei Meowyn gewesen, die mit dem Heiler der Königsmark, dem Hohen Herrn Lermogud, in Rezepte von Salben und Tinkturen vertieft war.

Für einen Augenblick herrschte Schweigen in der Goldenen Halle, und es erschien Larwyn wie die Ruhe vor einem heftigen Sturm. Ungewöhnlich laut war dann erneut ein Pochen zu hören. Aber es stammte nicht von der Spitze eines Schwertes, das gegen den Boden gestoßen wurde. Vielmehr kam es von dem großen Portal her, an dem zwei Schwertmänner der Ehrenwache standen, die der Versammlung bislang mit unbewegten Gesichtern gefolgt waren, und nun die schweren Türflügel öffneten.

Larwyn sah die weißblonden Haare der beiden eintretenden Gestalten und erkannte sie, noch bevor die Wache sie gemeldet hatte.

„Die elfischen Wesen Lotaras und Leoryn aus dem Hause Elodarions", rief der Schwertmann.

Larwyn schloss kurz die Augen. In der Düsternis, die sie hier in Enderonas zu umgeben schien, waren soeben zwei Freunde aufgetaucht.

27

Sie trieben die Packpferde unter dem großen Tor Merdonans hindurch, während Baransi noch immer neben der Torwache stand und über das Unglück jammerte, das ihn getroffen hatte. Helderim war froh, dass Baransis Worte nun auf andere Ohren einströmten, denn er wurde das Gefühl nicht los, dass dieses Jammern das Leben des Händlers fortwährend begleitete. Hinter dem Tor blieben sie stehen und warteten auf den Händler. Dabei betrachteten sie die Straßen und Häuser der Stadt.

Mor, so hieß der Führer der Karawanenwachen, betrachtete die steinerne Wehrmauer mit der aufgesetzten Palisade und die davorliegenden Handwerksbetriebe, deren Rückseiten sich an die Mauer schmiegten.

Helderim wies hinter sich, wo die Stimme Baransis zu hören war. „Hört er jemals auf zu jammern, guter Herr Mor?"

Der Wachmann zuckte die Achseln. „Nur, wenn er Atem holen muss. Entweder, er schwatzt, um einen Kunden zu gewinnen, oder aber er jammert über die Verluste, die er dabei erleidet."

Helderim schüttelte den Kopf. „Wie haltet Ihr das nur aus, guter Herr? Schließlich müsst Ihr ihn über lange Zeit begleiten."

Mor grinste flüchtig. „Gelegentlich stopfe ich mir etwas Moos in die Ohren. Das hilft ein wenig." Die Karawanenhelfer hinter ihnen lachten. Offensichtlich teilten sie Mors Erfahrung. „Er zahlt überdies recht ordentlich. Auch das hilft, guter Herr Helderim."

Der Wachmann wies zu den Handwerksbetrieben. „Ihr seid recht vorsichtig an Euren Grenzen, Ihr Leute vom Pferdevolk. Habt Ihr nicht irgendwann einmal genug Waffen?“

Helderim blickte zu den Handwerkern hinüber. Mor hatte recht. Zumindest in den Werkstätten, die man erkennen konnte, wurde eifrig geschmiedet. Das Klingen der Hämmer mischte sich mit dem Zischen von glühendem Stahl, der in Wasser oder Öl gestoßen und dann erneut bearbeitet wurde. Doch die wenigsten Schmiede fertigten Hufeisen. Helderim erkannte bei genauerem Hinsehen Unmengen von Klingen und Rüstungsteilen, und während er sich nachdenklich im Nacken kratzte, trugen mehrere junge Burschen körbeweise Pfeile auf den Wehrgang hinauf.

Mor hielt einen der Knaben auf. „Sagt, junger Herr, bereitet Ihr Pferdelords von Merdonan Euch auf einen Krieg vor? Ihr fertigt unzählige Pfeile und andere Waffen.“

Der Knabe sah Mor abschätzend an und wies dann in Richtung des Großen Turms der Ostwache. „Vom Turm aus sieht man nachts das Glühen.“

„Das Glühen? Was für ein Glühen?“

„Vom Sumpf her.“ Der Knabe schnäuzte sich und wischte die Finger an seinem Wams ab. „Der glüht immer besonders hell, bevor sie kommen.“

„Bevor wer kommt?“

„Orks“, sagte der Knabe, als sei dies selbstverständlich. „Vor zwei Nächten hat es begonnen.“

„Orks?“ Ausgerechnet in diesem Moment trat Baransi zu ihnen, der bei der Erwähnung der Orks prompt blass wurde. „Was wollt Ihr damit sagen?“ Er schüttelte den Knaben, der sich aus dem Griff löste und zurücktrat.

„Was will ich damit schon sagen?“, knurrte der Junge. „Sie

werden wohl bald kommen, doch wir sind vorbereitet. Meist erscheinen ja nur kleine Trupps der Bestien. Die Geister im Sumpf haben uns immer rechtzeitig gewarnt. Man muss das Glühen nur zu deuten wissen."

Helderim fühlte sich ein wenig unwohl. Er kannte die Orks, denn er war mit ihnen konfrontiert worden, als sie einst die Hochmark überfielen, und hatte kein Verlangen danach, ihnen erneut zu begegnen. „Sagt, junger Herr", begann er freundlich und drückte dem Knaben ein Stück Süßwurzel aus seinem Proviant in die Hand. „Habt Ihr gestern den schweren Regensturm erlebt? Als die ehrlosen Pferdelords zürnten? Ich meine, es war doch der Zorn der Ehrlosen, der den Himmel grollen ließ und feurige Lanzen zur Erde sandte, nicht wahr?"

Der Junge nahm die Süßwurzel und biss herzhaft hinein. „Das weiß doch jeder."

„Nun, habt Dank für Eure Auskunft, junger Herr", seufzte Helderim, und als der Junge zurück zu einer der Werkstätten eilte, nickte er. „Es ist, wie ich schon vermutet habe. Nichts als Aberglaube." Er lächelte Baransi an. „Die Ostmark ist ein wenig verrufen. Man sagt, die Leute hier seien ein wenig seltsam. Unfreundlich und abergläubisch, Ihr versteht?"

Mor sah seinen Arbeitgeber aufmunternd an. „Seid froh, guter Herr, dass sie so viele Waffen produzieren."

Baransi schluckte. „Ihr meint, der Kampf wird sehr schlimm, guter Herr Mor?"

„Bah." Mor spuckte aus. „Aber wenn sie so viele Waffen produzieren, guter Herr Baransi, dann fertigen sie nicht so viele gute Töpfe und Pfannen, nicht wahr?"

„Oh." Das Gesicht des Händlers nahm einen überraschten Ausdruck an. „Dann werden sie vielleicht gute Töpfe und Pfannen benötigen. Wer kann schon in einem Harnisch kochen? Ach, mein Sortiment. Die Töpfe und Pfannen habe ich ja vor dem Sturm gerettet."

Außer seiner Leibesfülle hatte Baransi selbst eigentlich nichts gerettet. Seine Helfer und die Wachen waren es gewesen, welche die Packpferde in Sicherheit gebracht hatten, von jenem einen unglücklichen Tier abgesehen. Baransi rieb sich die Hände und sah sich um. „Wir sollten eine gute Herberge finden und einen Lagerraum für unsere Waren. Schon morgen können wir auf den Markplatz gehen und sie anbieten. Ah, sie werden Töpfe und Pfannen brauchen, die guten Leute von Merdonan."

„Folgen wir der Hauptstraße", schlug Mor vor. „Sie führt zum Sitz des Pferdefürsten, an ihr werden wir eine Herberge finden."

Ein Stück die Straße hinunter hing vor einem Haus ein Schild, auf dem ein Pferd zu sehen war, das auf der Hinterhand saß und in seinen Vorderläufen einen Krug hielt. Mor leckte sich über die Lippen und wies auf das Gebäude. „Ich denke, Ihr guten Herren, hier sind wir richtig. Es sieht recht gastlich aus."

Bevor Baransi etwas entgegnen konnte, schob der kräftige Wachmann seinen fülligen Herrn durch die Tür in das Gebäude hinein. Es war eine Schänke mit einem großen Schankraum und einem Tresen, hinter dem ein mächtiger Mann stand, der zwar weniger Haare als Baransi, aber dafür noch mehr Leibesfülle als dieser aufwies.

Für einen Moment sah er die eintretenden Männer überrascht an, bevor ein breites Lächeln über sein Gesicht glitt und er eilfertig hinter dem Tresen hervortrat. „Seid mir willkommen in meinem ‚Pferdekrug', Ihr guten Herren. Ihr seht aus, als hättet Ihr eine lange und beschwerliche Reise hinter euch.

Ihr werdet eine Stärkung nötig haben. Ich braue den besten Gerstensaft der ganzen Ostmark. Selbst Eodan bringt nichts dergleichen hervor."

Der Mann ließ seinen Lappen eifrig von Hand zu Hand gleiten. Er musterte das feine Gewand Baransis, gegen welches das von Helderim sehr schlicht wirkte. „Ihr seid sicher ein berühmter Händler aus dem Königreich der weißen Bäume. Kommt Ihr gar aus Alneris?" Er ergriff Baransi am Arm und zog ihn zum Tresen hinüber. „Ach, Ihr müsst mir erzählen, welche Neuigkeiten es gibt. Hier erfährt man ja nur wenig. Nicht viele Leute reisen in unser schönes Merdonan."

Helderim enthielt sich eines Kommentars. Er fand die Stadt wenig reizvoll, aber es war das Recht eines Menschen vom Pferdevolk, sein Heim in Schutz zu nehmen. Mor räusperte sich. „Guter Herr Wirt ..."

„Josrum", sagte dieser rasch. „Josrum vom ‚Pferdekrug', unter diesem Namen kennt und schätzt man mich."

„Also, guter Herr Josrum, wir brauchen einen Stall für die Pferde und ein Lager für unsere Waren."

„Oh, das kann ich Euch bieten, Ihr guten Herren. Zu meinem ‚Pferdekrug', der besten Schänke Merdonans, gehört ein Gebäude an der Stadtmauer. Ich lasse es Euch zeigen, werte Herren."

„Und wir werden Unterkunft brauchen", warf Helderim ein. „Wohl für ein oder zwei Nächte."

„Ihr habt wahrlich Glück, Ihr guten Herren." Josrum lächelte. „Der ‚Pferdekrug' ist zugleich die beste Herberge, die ihr in Merdonan finden könnt. Ja, Josrum und sein ‚Pferdekrug', so kennt und schätzt man mich."

„Hoffentlich hält der Gerstensaft, was der Mann verspricht", brummte einer von Baransis Karawanenhelfern. „Nach den

Schrecknissen der letzten Tage kann ich einen guten Schluck wohl gebrauchen."

An Gerstensaft und Essen gab es nichts zu bemängeln. Beides war gut und reichlich, und so sprachen die Männer dem Angebot auch ausgiebig zu. Vor allem dem Gerstensaft. Helderim war froh, dass wenigstens Mor halbwegs nüchtern blieb. Waren und Pferde standen inzwischen sicher im Lagerhaus des „Pferdekrugs". Baransi erlebte nicht viel von dem geselligen Abend, denn trotz seiner Leibesfülle vertrug er nur wenig von dem Gerstensaft. Zwei der sichtlich angetrunkenen Helfer versuchten zwar noch, den Sturzbetrunkenen die schmale Treppe zu den Kammern hinaufzubugsieren, aber schließlich gaben sie es auf, und so ließ man den dicken Händler vernehmlich und sorgenfrei auf einer Bank, die Josrum bereitgestellt hatte, vor sich hin schnarchen.

Auch Helderim fühlte sich schließlich müde. Er selbst hatte nicht viel getrunken, denn er wollte am kommenden Tag frisch sein, wenn er den Menschen von Merdonan seine Vergrößerungssteine anbot. Er war gerade dabei, die Stiege hinaufzusteigen, als die Tür zum Schankraum aufgestoßen wurde und ein halb bekleideter Stadtbewohner hereinstürzte.

„Feuer, Josrum, Feuer!", keuchte der Mann. „Die Wache befiehlt alle zum Löschen."

Josrum hatte ebenfalls dem Gerstensaft zugesprochen und blinzelte müde. „Ach, seht Euch meine Gäste an. Sie haben dem Gerstensaft zugesprochen, dem besten von ganz Merdonan, und stehen nun ein wenig neben sich. Ich kann die armen Herren doch nicht sich selbst überlassen."

„Aber es ist Euer Lager, das brennt", erwiderte der Mann. „Oder wenigstens das Haus daneben."

„Mein Lager?" Josrum krampfte die Hände in sein Tuch.

„Ihr sprecht vom besten Lager ganz Merdonans?“

„Das weiß ich nicht“, knurrte der Mann. „Jedenfalls brennt es bei dem Euren.“

Von der Straße her drangen das Signal eines Horns, aufgeregte Rufe und das Trappeln von Füßen durch die offene Tür. Helderim dachte an seine Vergrößerungssteine. Sie hatten den Gewittersturm schadlos überstanden, sollten sie nun etwa einem Feuer zum Opfer fallen? Der Händler aus Eternas stöhnte auf und hastete die Treppe hinunter, um dem Melder und Josrum zu folgen. Der Wachmann Mor war bereits vorausgeeilt.

Helderim wurde von den Menschenmassen auf der Straße mitgerissen. Trotz des späten Zehnteltages waren die Stadtbewohner überraschend schnell aus ihren Häusern gekommen, wobei viele von ihnen nur notdürftig bekleidet waren. Doch niemand nahm daran Anstoß, denn ein Feuer war eine Bedrohung für die ganze Stadt.

Es kam vor, dass Brennstein oder Fett einer Lampe oder Kochstelle unbeaufsichtigt blieben und nicht erloschen, sondern brennbares Material entzündeten. Auch konnten die Funken einer Schmiedeesse einen Brand entfachen, ebenso wie gelagertes Stroh oder trocknende Dungfladen, die von den ärmeren Leuten als Brennstoff genutzt wurden. Gestapeltes Stroh oder Fladen konnten sich selbst erhitzen, wie viele Bauern aus leidvoller Erfahrung wussten. Es gab viele Möglichkeiten, wie ein Brand entstehen konnte, und oftmals genügte schon ein einziger Funke, um ein kleines Feuer zu entfachen, das bei dem vielen verbauten Holz reichlich Nahrung fand und sich ungeheuer rasch ausdehnen konnte. Die dichte Bebauung einer Stadt trug ihr Übriges dazu bei, jeden entstehenden Brand zu einer ernsten Gefahr werden zu lassen.

In der Nähe des Haupttores von Merdonan erhellte der

Widerschein des Brandes den Nachthimmel. Helderim und die anderen beschleunigten ihre Schritte noch, als sie erkannten, wie hoch die Flammen bereits aufschossen. Als sie endlich die Ringstraße erreichten, welche die Stadtmauer mit den Handwerksbetrieben von den anderen Gebäuden Merdonans trennte, war offensichtlich, wie verheerend der Brand bereits wütete. Es war wohl eine glückliche Fügung, dass der gute Herr Baransi nichts davon mitbekam, denn sein armes Herz hätte ihm sicher den Dienst versagt.

Über den breiten Wehrgang der Stadtmauer hasteten Schwertmänner und Stadtbewohner mit gefüllten Wassereimern und versuchten, die Dächer der vom Brand bedrohten Werkstätten nass zu halten. An einer Stelle hatte die Überdachung des Wehrganges ebenfalls Feuer gefangen, woraufhin die Schwertmänner diesen Teil niedergerissen und einfach über die Mauer gekippt hatten. Auch auf den Dächern anderer Häuser waren Menschen zu erkennen, die Wasser auf die Dächer schütteten oder versuchten, mit feuchten Tüchern oder Kleidungsstücken die vom Brandherd aufsteigenden Funken zu ersticken.

Es war nicht das Lager des Schankwirtes Josrum, das brannte, aber eines der angrenzenden Gebäude, und Helderim war sofort klar, dass seinen Vergrößerungssteinen ernstlich Gefahr drohte. Das hölzerne Lagerhaus brannte vollständig, und die Hitze verhinderte, dass die Menschen nahe genug herantreten konnten, um das Wasser aus den Eimern bis in das Feuer zu schütten. Das Lager war verloren, und so konzentrierte man sich darauf, ein Übergreifen auf die anderen Gebäude zu verhindern.

Die dem Feuer zugewandte Seite von Josrums Lager war bereits geschwärzt, und der feine Rauch eines entstehenden

Brandes begann aufzusteigen. Funken von dem brennenden Lager trieben mit der Hitzewelle über die Stadt. Helderim zuckte zusammen, als aus dem Gebäude eine Folge krachender Schläge ertönte und Brandgut aufwirbelte.

„Ausgerechnet ein Holzlager“, stöhnte einer der Stadtbewohner. „Erst gestern brachten wir frisch geschlagene Stämme hinein.“

Kein Wunder, dass es krachte. Das frische Holz war noch voller Saft, der nun durch die enorme Hitze verdunstete und sich im Holz schlagartig ausdehnte. Der Dampfdruck ließ das Holz dann förmlich explodieren.

Einige beherzte Männer hatten die Pferde aus den angrenzenden Lagerhäusern befreit und führten sie hastig in Sicherheit. Helderim erkannte auch sein Packpferd und sein Reittier, aber beide waren ohne Last, da er ihnen Waren und Sattelzeug im Lager abgenommen hatte.

Helderim wurde in eine Reihe von Männern und Frauen geschoben. „Nehmt die vollen Eimer an und reicht sie weiter“, brüllte ein Schwertmann der Wache, dessen Umhang bereits vom Feuer angesengt war und dessen schwarzer Rosshaarschweif ebenfalls erheblich gelitten hatte. Das Gesicht des Mannes war gerötet, doch ließ sich nicht sagen, ob vor Aufregung oder vor Hitze.

Eimer mit Wasser wurden von einem Brunnen durch die lange Reihe gereicht, vorne auf das Feuer geschüttet und die leeren Eimer dann von der gegenüberstehenden Kette zurück zum Brunnen gegeben. Eine stete Folge von Eimern lief die beiden Reihen entlang, doch es half nur wenig.

Mor stand neben Helderim und stieß ihn kurz an, bevor er den nächsten Eimer entgegennahm und weiterreichte. „Seht einmal dort zu dem Dach hinauf, guter Herr Helderim. Dergleichen habe ich noch nie gesehen."

Helderim blickte zu dem gegenüberliegenden Hausdach, welches dem Brand am nächsten war und auf dem sich mehrere Männer und Frauen abmühten, ein Übergreifen zu verhindern. Soeben waren weitere Männer auf dem Dach erschienen, die eine merkwürdige Konstruktion durch die Dachluke nach oben zerrten. Es schien ein gebogenes Rohr zu sein, welches sich an einer Seite stark verjüngte und an der anderen kräftig nach oben gekrümmt und weit offen war.

Von den Männern stieg Dunst auf, und Helderim erkannte, dass ihre Umhänge von Wasser durchtränkt waren. Sie trugen keine metallenen, sondern lederne Helme, die ebenfalls mit nassem Tuch bedeckt waren. Die Männer schleppten die gebogene Metallröhre zur Kante des Daches, wo sie sie sorgsam auszurichten schienen. Andere schleppten Eimer heran und schütteten das Wasser in die weite Öffnung des Rohres. Für ein paar Sekunden schoss ein dünner Strahl aus der sich verjüngenden Öffnung, der, wie Helderim registrierte, bis zum Feuer reichte. Es war nicht viel mehr als ein Spritzer, aber die Röhre hatte eine größere Reichweite, als die Menschen auf der Straße das Wasser werfen konnten. Ein Teil des eingeschütteten Wassers spritzte auch zu den Männern zurück, die hastig Eimer auf Eimer in das seltsame Rohr gaben.

Immer mehr Menschen beteiligten sich an den Löscharbeiten, und es war ein Segen, dass der Grundwasserspiegel Merdonans so hoch war und es daher zahlreiche Brunnen gab. Der Rauch trieb durch die Straßen, ließ die Menschen husten und nahm ihnen den Atem. Immer wieder mussten die Helfer ihm weichen, sich zurückziehen, um dann erneut vorzudringen, wenn der Qualm dies zuließ. Eine Reihe von Männern und Frauen wurde von anderen Stadtbewohnern versorgt. Sie hatten unter dem Rauch gelitten oder Brandverletzungen davongetragen. Helderim wandte den Kopf ab, als einem Mann die Reste verbrannter Kleidung vom Leib gezogen wurden und man den Unglücklichen dann mit Wasser übergoss.

Helderim war solche körperliche Arbeit nicht gewöhnt, und seine Arme wurden ihm schwer. Aber die Sorge um seine kostbaren Vergrößerungssteine ließ ihn durchhalten, bis ein kräftiger Stadtbewohner ihn nach hinten schob.

„Lasst es gut sein, Ihr seid nun erschöpft, und ich bin noch bei Kräften“, sagte der Mann freundlich und trat an Helderims Stelle.

Auch Mor wurde abgelöst und trat zusammen mit anderen Menschen aus der Eimerkette zurück. Erschöpft wankte Helderim zu einem benachbarten Gebäude und nahm dankbar einen Krug Wasser entgegen, den eine Frau ihm reichte.

Allmählich bekamen die Menschen Merdonans das Feuer in den Griff. Zwar brannten drei Lagerhallen vollständig nieder, doch ein weiteres Ausbreiten konnte verhindert werden. Helderim seufzte erleichtert, als er feststellte, dass Josrums Lager zwar erheblich gelitten hatte, aber noch immer stand.

Mor klopfte ihm aufmunternd auf die Schulter. „Habt Euch brav gehalten, guter Herr Helderim, und das mag auch für Eure Vergrößerungssteine gelten. Wartet, bis alles heruntergebrannt ist, dann werden wir nach ihnen sehen können.“ Mor lächelte flüchtig. „Ich fürchte, mein guter Herr Baransi hatte mit seinen Waren nicht so viel Glück.“

Helderim blickte zu dem glosenden Haufen, in dem der größte Teil von Baransis restlichen Waren gelagert hatte. Ja, es war wohl gut, dass der dicke Händler nichts von dem Brand mitbekommen hatte. Man würde es ihm schonend beibringen müssen.

28

In der Ebene vor der Stadt des Königs hatten die Beritte geübt, und viele der Stadtbewohner waren zu den erhöhten Stellen auf dem Hügel Enderonas geströmt, um die zahlreichen Pferdelords bei ihren Formationen zu beobachten. Die Fertigkeiten der Männer wurden diskutiert, und es fiel auf, dass nur die Hälfte der Marken ihre Reiter entsandt hatten. Das Fehlen der Beritte aus der Westmark, der Ostmark und der Hochmark war ungewöhnlich, und man fragte sich, was dies zu bedeuten hatte, denn die Grenzen waren ruhig. Auch als die Nacht sich über die Stadt des Königs gesenkt hatte und die Männer der Beritte in ihren Lagern waren, fanden viele der Bewohner von Enderonas noch keine Ruhe. In der Stadt selbst gab die Übung der Beritte Anlass zu Neugier und erregten Gesprächen, die den Schänken der Stadt regen Zulauf brachten. Bei den Pferdelords der Beritte saßen die Menschen in ihren Zeltlagern zusammen, tauschten Erfahrungen aus, rätselten über die Zusammenkunft ihrer Pferdefürsten und warum so viele Freunde aus den anderen Marken fehlten. In der Burg des Königs Reyodem hätte man viele der Fragen beantworten können, doch hier war eher der Disput der Pferdefürsten Gegenstand von Gerüchten, die durch die Gänge der Burg zu rasen schienen.

Lotaras und Leoryn hingegen interessierte keine dieser Fragen. Die beiden elfischen Geschwister folgten dem Grauen Zauberer Marnalf eine schmale Stiege ins Dachgeschoss der Burg Enderonas hinauf. Auch sie waren von einer Frage bewegt, die jedoch nichts mit den Menschenwesen zu tun hatte, und erhofften sich nun von Marnalf Antwort.

Lotaras fiel die mächtige Decke auf, die Ober- und Dachgeschoss des Hauptgebäudes voneinander trennte. Sie war fast eine halbe Länge stark, was mehr als ungewöhnlich war, zumal man sie aus massiven Steinquadern errichtet hatte. „Sagt, Weiser Herr Marnalf, kennt Ihr den Grund, warum die Decke so ungewöhnlich stark gebaut ist?“

Marnalf verharrte auf den oberen Stufen der steinernen Treppe und wandte sich zu den Geschwistern um. „Ursprünglich war dies das Dach der Burg. Euch wird aufgefallen sein, dass die unteren Geschosse aus Stein errichtet sind, das Dachgeschoss jedoch vollständig aus Holz besteht. Auch die Obergeschosse einiger anderer Gebäude sind lediglich aus Holz. Die Gebäude wurden nachträglich erweitert und ausgebaut, als Enderonas wuchs.“ Marnalf erlaubte sich ein Lächeln. „Enderonas ist recht alt. Hier lebten schon viele Könige des Pferdevolkes. Man behauptet, es gäbe hier verborgene Gänge und Kammern aus den Zeiten der alten Könige.“

„Verborgene Gänge und Kammern?“

Marnalf lachte leise. „Es rankt sich ein Gerücht um König Barnelm.“

„Barnelm?“ Lotaras überlegte. „Ich entsinne mich. Mein Vater erzählte von einem König der Pferdelords, der eines Tages spurlos verschwand. Niemand weiß, wo er geblieben ist.“

Marnalf nickte. „Die Menschen von Enderonas erzählen, er sei verrückt geworden und bei Nacht und Nebel aus der Burg geschlichen.“ Er lachte erneut leise. „Doch es gibt auch andere Gerüchte, die Königin Helemyns beschuldigen.“

„Barnelms Gemahlin.“

„Man erzählt, die Königin habe dem Pferdevolk keine Ehre gemacht.“ Marnalf zuckte die Achseln. „Natürlich sagt niemand dies laut, aber es heißt, sie habe ihren Gemahl betrogen und ermordet."

„Eine Frau des Pferdevolkes?" Leoryn runzelte die Stirn. „Unmöglich."

„Sie war keine Frau des Pferdevolkes. Helemyn stammte aus dem alten Reich der weißen Bäume. Damals erstreckte es sich noch weit nach Süden. Sie reichte Barnelm Zügel und Wasserflasche im Treueschwur des Pferdevolkes. Doch es war wohl eine Verbindung der Vernunft und nicht der Leidenschaft." Marnalf winkte den Elfen zu und stieg die Treppe weiter hinauf. Sie folgten ihm, während er weitersprach. „Helemyn soll ihre Leidenschaft mit anderen geteilt haben, so sagt man. Barnelm misstraute ihr und ließ deshalb die geheimen Gänge und Kammern anlegen. Man soll sich in ihnen angeblich durch das ganze Haupthaus bewegen und jeden Raum beobachten können."

Die beiden elfischen Geschwister beschlich ein unheimliches Gefühl, und sie sahen einander betroffen an. Marnalf bemerkte ihr Unbehagen und lachte freundlich. „Keine Sorge, Ihr elfischen Wesen. Niemand vermag mehr zu sagen, wo diese Gänge sind und wie man sie betritt. Nun, Barnelm wollte seine untreue Gemahlin auf frischer Tat erwischen, um sie zur Rede zu stellen, aber Helemyn erfuhr von seiner Absicht. Als der König in einem der Gänge unterwegs war, ließ sie den Zugang vermauern, und ihr Gemahl war eingeschlossen. Danach ließ Helemyn sich von den Arbeitern besteigen, und angeblich musste der unglückliche König dabei zusehen. Es heißt, sein Schreien und Klopfen habe man noch lange hören können."

Marnalf zuckte die Achseln. „Natürlich ist es nur eine der zahllosen Geschichten, die sich das Pferdevolk erzählt. Ihr wisst, dass es solche Geschichten liebt."

Marnalf stampfte mit dem Fuß auf den massiven Boden. „Immerhin, es soll diese Gänge geben, und niemand weiß mehr, wo sie verlaufen. Eine interessante Vorstellung, nicht wahr?“

Leoryn folgte Marnalf und ihrem Bruder einen schmalen Gang entlang. „Was geschah mit Helemyn?“

„Sie starb noch in jungen Jahren, und keiner kennt die Ursache. Vielleicht hat Barnelms Geist sie verflucht? Auch solche Geschichten lieben die Menschen des Pferdevolkes.“

Sie erreichten eine schlichte hölzerne Tür, die metallen eingefasst und beschlagen war. Marnalf stieß seinen Knotenstab sanft auf den Boden, und die Tür schwang auf. „Tretet ein, ihr elfischen Wesen, und seid mir in meinem bescheidenen Heim willkommen.“

Das bescheidene Heim erwies sich als überraschend groß. Dennoch war der Raum beengt, denn Marnalf hatte ihn mit den verschiedensten Gegenständen angefüllt. An einer Wand stand ein kleiner, von zahlreichen Schriftrollen bedeckter Tisch, mit zwei einfachen gepolsterten Schemeln daneben. Auf dem Tisch befand sich eine Brennsteinlampe, die Marnalf nun mit einem Wink seines Knotenstabes entzündete. Als er die Blicke der Elfen bemerkte, lachte er freundlich.

„Gönnt mir dies kleine Vergnügen. In der Anwesenheit der Menschenwesen tue ich dergleichen nicht, es sei denn, Reyodem bittet mich an einem vergnüglichen Abend darum. Ansonsten verberge ich meine Fertigkeiten, da sie vielen Menschenwesen unheimlich sind. Doch vor Euren Augen muss ich sie nicht verstecken. Ihr elfischen Wesen kennt die Künste meiner Art sehr wohl.“

An den Wänden standen Regale, die mit Schriftstücken und weiteren Schriftrollen angefüllt waren. Kein Menschenwesen verfügte über eine solche Anzahl von Dokumenten und Büchern, aber die Elfen waren davon nicht beeindruckt. Ihre Häuser bewahrten das Wissen unzähliger Jahre in ihren Büchern auf. Marnalf räumte ein paar Schriftrollen von einem der Schemel und stellte ihn neben den anderen. Während er sich auf die Bettstatt setzte, welche an der Schmalseite des Raumes stand, wies er auf die beiden Sitzgelegenheiten. „Setzt euch, ihr elfischen Wesen. Nun finden wir die Zeit, in Ruhe zu sprechen. Ich weiß, was euch zu mir führt."

„Das verschollene Haus", sagte Lotaras mit ruhiger Stimme und war auf Marnalfs Reaktion gespannt.

„Ja, das Haus des Urbaums." Der Graue Zauberer nickte bedächtig. „Das älteste Haus der Elfen. Älter noch als das Haus Elodarions, dem ihr angehört."

„Man sagt, Ihr hättet Informationen über das Haus des Urbaums, Herr Marnalf", hakte Lotaras nach.

Marnalf ignorierte die Unhöflichkeit des Elfen, der ihn nicht als Weisen Herrn bezeichnet hatte. Das Misstrauen von Lotaras und Leoryn war beinahe körperlich spürbar, und selbst hier, im Haus des Königs Reyodem, hatte Lotaras den Bogen nicht abgelegt. Die meisten der Menschen schrieben dies einer elfischen Sitte zu, doch Leoryn wusste es besser. Auch sie konnte sich noch gut an die Angriffe der Grauen Zauberer auf Garodems Hochmark erinnern, und Marnalf war unzweifelhaft einer von ihnen. Sie verstand Lotaras Vorsicht und ließ den Mann nicht aus den Augen.

Marnalf seufzte leise. „Über lange Zeiten haben wir Zauberer unsere schützende Hand über die Völker dieser Welt gehalten. Jedem von uns Grauen war dabei eine bestimmte Aufgabe zugeteilt, und unsere Großmeister, die Weißen Zauberer, achteten darauf, dass wir sie erfüllten. Wie ihr elfischen Wesen auch haben wir beobachtet und immer nur dann eingegriffen, wenn die Mächte der Finsternis den Lauf der Geschichte zu ändern suchten."

„Bis Ihr selbst den dunklen Mächten verfallen seid", stellte Lotaras fest.

„Vielen von uns Grauen Zauberern ist dies geschehen, und selbst die Großmeister sollen der Macht des Schwarzen Lords erlegen sein." Marnalf seufzte leise. „Ich vermag es nicht besser zu sagen, denn das Band, das uns Graue Wesen und die Weißen immer miteinander verband, wurde durchtrennt. Ich kenne den Grund dafür nicht. Früher konnten wir Grauen uns auf große Entfernung erkennen, heute vermag ich die Anwesenheit von meinesgleichen nicht mehr zu spüren."

„Warum seid Ihr nicht der Macht des Schwarzen Lords erlegen, Herr Marnalf?", fragte Leoryn leise. „Oder seid Ihr es doch und versteht es nur, die Menschenwesen zu täuschen?"

Das junge Gesicht mit den alten Augen sah sie an, und sie glaubten, Trauer in dem Blick zu erkennen. „Ich vermag es nicht zu sagen. Oh, ich bin den finsteren Mächten nicht verfallen, dessen seid gewiss, elfische Wesen. Aber den Grund kenne ich nicht. Es mag eine höhere Bestimmung sein, so wie wir alle einer höheren Bestimmung unterliegen."

Die beiden Elfen schwiegen, und man spürte ihre Zweifel. Marnalf seufzte. „Ich merke, dass Worte euch nicht zu überzeugen vermögen. Zu viele meiner Art haben wohl den rechten Weg verlassen."

Marnalf zuckte die Achseln und erhob sich, schritt zu einem der Regale und zog eine Schriftrolle hervor. „Aber der Grund eures Besuches ist nicht meine Person. Ihr wollt vom Haus des Urbaums erfahren."

Marnalf entrollte das feine Leder, das dicht an dicht mit Zeichen bedeckt war, und die Elfen beugten sich interessiert vor. Der Graue Zauberer lächelte. „Ich weiß von dem Wunsch eures Volkes, über das Meer zu gehen, ihr Elfen aus dem Hause Elodarions. Daher sucht euer Volk das verschollene Haus des Urbaums, um mit ihm vereint zu sein, wenn es über das große Wasser geht. Das Haus des Urbaums war immer das größte und stärkste des elfischen Volkes." Marnalf nickte nachdenklich zu seinen Worten. „Ja, immer das größte und stärkste." Er sah die Geschwister an. „Und doch wurde es bezwungen."

Leoryn sah ihn schockiert an. „Es wurde bezwungen? Das Haus ist … untergegangen?"

Marnalf nickte. „Ja, wenn auch nur in gewisser Hinsicht."

Lotaras sah den Grauen mit verengten Augen an. „Erklärt uns das, Herr Marnalf."

„Es befindet sich in tiefem Schlaf", sagte Marnalf ruhig. Er lächelte freundlich. „Doch könnte man es vielleicht wieder daraus erwecken."

„Wie?"

Marnalf seufzte und rollte das Schriftstück zusammen. „Seht es mir nach, elfische Wesen, doch es ist spät geworden, und ich bin alt genug, den Schlaf schätzen gelernt zu haben. Wir werden morgen darüber sprechen."

„Erzählt es jetzt", drängte Lotaras.

Marnalf schüttelte den Kopf. „Ihr Elfen habt schon so lange keinen Kontakt mehr zum Haus des Urbaums, dass ihr nun keine ungebührliche Hast zeigen müsst, guter Herr Lotaras aus dem Hause Elodarions."

Marnalf erhob sich und machte eine Bewegung zur Tür hin, die sich unvermittelt öffnete. „Ihr elfischen Wesen habt nicht die Sterblichkeit der Menschen. So übt euch noch ein wenig in Geduld. Es hat seinen Grund, und alles wird sich zur rechten Zeit ineinanderfügen."

Lotaras und Leoryn sahen einander kurz an, dann erhoben sie sich, nickten Marnalf zu und verließen den Raum. Mit leisem Knarren glitt die Tür zu, und für einen kurzen Moment fiel noch der Lichtschein der Brennsteinlampe unter dem Türschlitz hindurch, bevor er dann erlosch.

Leoryn sah ihren Bruder zweifelnd an. „Glaubst du dem Grauen Wesen?"

Lotaras lachte freudlos auf. „Was bleibt uns übrig? Im Grunde hat er nicht viel gesagt. Ein paar Andeutungen, die uns nicht weiterbringen. Ich hoffe, er weiß mehr und wird es uns sagen, sonst wäre unsere Reise umsonst gewesen."

Leoryn lächelte. „Nicht ganz. Immerhin sind Larwyn und Meowyn hier."

„Sie sind bedrückt", murmelte Lotaras. „Die Pferdefürsten sind sich uneins."

Sie gingen die Treppe hinunter, um ihren Schlafraum aufzusuchen. Über einen Gang, in dem zwei Brennsteinlampen leuchteten und ein Schwertmann Wache stand, betraten sie schließlich den Raum, den man ihnen zugewiesen hatte.

„Ich spüre Gefahr, Lotaras, mein Bruder", sagte Leoryn leise.

Der Bruder erwiderte ruhig ihren Blick. „Dann geht es dir wie mir."

29

Der Beritt erreichte den Kamm der Düne und schwärmte auf Garodems Zeichen hin aus. Kormund und Baromil ritten mit ihren Wimpeln vor die beiden Treffen, und der Pferdefürst, flankiert von seinem Bannerträger und dem Signalbläser der Hochmark, gab das Zeichen. Sie ritten an, dem alten Weiler entgegen, der auf Garodems Karte verzeichnet war. Dennoch hätten sie ihn fast verfehlt, wenn jener Geruch nicht gewesen wäre, den jeder erfahrene Pferdelord kannte. Der süßliche Gestank des Todes. Die Pferde hatten ihn zuerst gewittert, lange noch, bevor die Reiter ihn wahrnahmen. So hatten die Nasen der Pferde die Reiter des Beritts auf den Hügel hinaufgeführt.

„Es sieht so aus, als hätten wir den Beritt der Westmark gefunden“, brummte Mortwin, der mit Dorkemunt und Nedeam im vorderen Treffen des Beritts trabte. „Dort müssen viele Tote liegen.“

„Ruhe im Treffen“, befahl Scharführer Kormund, ohne sich im Sattel umzuwenden. „Haltet die Augen offen und die Lanzen bereit.“

Sie trabten dem alten Wehrweiler entgegen, und je näher sie kamen, desto deutlicher wurde der Geruch.

„Atmet durch den Mund und nicht durch die Nase“, empfahl Kormund. „Lasst die Hände an Schild und Lanze und nehmt es hin. Jeder Mann sei kampfbereit.“

„Hier werden wir nichts Lebendes mehr finden“, sagte Mortwin leise.

Etwas Lebendes gab es doch. Als der Beritt den Weiler fast

erreicht hatte, huschte ein merkwürdig geflecktes Tier zwischen eingestürzten Palisadenteilen hervor, sah zu den sich nähernden Reitern hinüber, stieß einen bellenden Laut aus und rannte dann mit einem merkwürdig schaukelnden Gang zu den gegenüberliegenden Sanddünen. Drei weitere der Tiere erschienen und beeilten sich, dem ersten nachzufolgen. Es waren offensichtlich Aasfresser, und niemand erhob Einwand, als Pfeile auf die fliehenden Tieren abgeschossen wurden und sie zu Boden streckten. Nur das erste entkam, blickte vom Kamm einer Düne zum Beritt herüber und stieß ein lang gezogenes Heulen aus, bevor es endgültig verschwand.

„Das zweite Treffen bezieht Posten um den Weiler. Blick nach außen", befahl Garodem.

Die anderen Männer folgten Garodem durch die Lücken der Befestigung in den Weiler hinein.

Sie hatten den verschollenen Beritt gefunden. In grimmigem Schweigen betrachteten sie die toten Körper von Barbaren und Pferdelords.

„Pferdelords der Westmark", sagte Garodem schließlich düster und blickte auf die gelb gesäumten grünen Umhänge der toten Männer. Helme mit gelben Rosshaarschweifen lagen am Boden. Teilweise waren Körper und Gegenstände vom ewigen Wind des Dünenlandes mit Sand bedeckt worden und nur stellenweise sichtbar. Garodem wies um sich. „Und ihre toten Feinde. Die Männer der Westmark haben einen guten Kampf gefochten."

„Aber sie haben ihn verloren", murmelte Mortwin und erntete einen strafenden Blick Kormunds.

Garodem blickte zu seinen Männern zurück. „Sitzt ab und führt die Pferde zur Seite, sie sollen nicht in dem Gestank verbleiben", befahl er ihnen.

Sie saßen ab, und Mortwin brummte etwas von seiner eigenen Nase, das jedoch niemand beachtete. Grimmig schritten sie zwischen den entseelten Leibern umher. „Seht überall nach", befahl der Pferdefürst. „Vielleicht gibt es doch noch einen Überlebenden. Und schaut nach Wasser."

Niemand glaubte ernsthaft, dass ein Pferdelord den Kampf überlebt hatte, der hier vor mehreren Zehntagen getobt haben musste. Die Männer durchkämmten den alten Wehrweiler, und die Spuren verrieten ihnen, wie Pelegrimms Beritt sein Ende gefunden hatte.

„Sie wurden in der Nacht oder am frühen Morgen überrascht", knurrte Dorkemunt grimmig, der mit Nedeam auf dem alten Wehrgang stand und die kopflose, halb verweste Leiche eines Postens betrachtete. „Einige wurden in den Häusern erschlagen, und die anderen versuchten sich in der alten Zuflucht zu sammeln. Immerhin, sie haben eine Menge der verdammten Dreckskerle erwischt und ihnen einen guten Kampf geliefert."

Kormund stand mit Garodem vor dem steinernen Turm der alten Zuflucht und betrachtete das rechteckige Banner eines schon lange toten Pferdefürsten, das halb aus dem Sand ragte. „Ein verfluchter Ort, Garodem, mein Hoher Lord. Es scheint die Bestimmung dieses Weilers zu sein, alles Leben zu vernichten. Seht all die Skelette aus alten Tagen und nun die vielen Erschlagenen des letzten Kampfes. Wir sollten diesen Ort möglichst bald verlassen."

Garodem nickte. „Sobald wir unsere Wasservorräte aufgefüllt haben." Er wandte sich mit erhobener Stimme an die Männer, die über den Weiler verteilt waren. „Tragt die Toten vor dem Weiler zusammen, wo wir sie ehrenvoll bestatten können. Nehmt die Wasserflaschen an Euch, falls ihr welche findet, Ihr guten Herren, sie werden von Nutzen sein."

„Und seht Euch die toten Barbaren genau an", fügte Kormund hinzu.

Mortwin stieß mit dem Fuß gegen eine der halb verwesten Leichen. „Keine Sorge, Scharführer, die sind tot."

„Das weiß ich selber", erwiderte Kormund scharf. „Seht Euch ihre Waffen und Rüstungen genau an. Es kann uns noch nützlich sein, wenn wir ihren lebenden Genossen begegnen."

Garodem schlug Kormund anerkennend auf die Schulter. „Wohl gedacht, Kormund, alter Freund. Kommt, lasst uns die Zuflucht untersuchen. Sie war die letzte Stellung. Wenn wir einen Hinweis finden, dann dort."

Sie fanden die verrottenden Körper von Pferdelords und Barbaren zwischen den uralten Skeletten und auch den Brunnen mit dem lebensnotwendigen Wasser. Kormund zog die Lanze eines Berittwimpels mit dem blutbefleckten Tuch zwischen den Toten hervor und stellte ihn auf. „Einer der Männer muss der Berittführer gewesen sein."

Garodem nickte und machte sich daran, die Toten näher zu untersuchen. Es war eine grauenvolle Arbeit, da die Körper zerfielen und der Gestank einem den Atem raubte. Zudem fehlte allen Pferdelords der Schädel. Garodem musste sich immer wieder abwenden und versuchte, durch den Mund zu atmen. Schließlich fand er im Wams einer Leiche eine metallene Röhre, die er mit erleichtertem Blick hervorzog. „Wenn es einen Hinweis gibt, wird er hierin zu finden sein. Denn was mit einer solchen Röhre geschützt wird, muss von einigem Wert sein. Lasst uns vor die Zuflucht treten, ich brauche etwas frische Luft."

Kormund rief einige Männer herbei und trug ihnen auf, die toten Pferdelords der Westmark zu bergen und die Wasservorräte aufzufüllen. Dann rammte er den Berittwimpel der Westmark neben den des toten Pferdefürsten in den Boden und sah neugierig zu, wie Garodem die Metallröhre öffnete und das eng beschriebene Schriftstück hervorzog.

Baromil stapfte durch den Sand heran. „Unsere Aufgabe scheint mir erfüllt, wenn wir die Toten zu den Goldenen Wolken geleitet haben."

Garodem schüttelte geistesabwesend den Kopf, während er hastig die Zeichen zu lesen begann. „Ich fürchte nicht, guter Herr Baromil."

„Und warum nicht?"

„Dies Dokument ist sehr alt, guter Herr Baromil. Es enthält Hinweise auf das Banner des Ersten Königs." Garodem nickte gedankenversunken. „Hätte ich dieses Dokument nicht gefunden, würde ich den Beritt nun heimführen, glaubt es mir. Aber was hier steht, lässt mich hoffen, dass wir das Banner tatsächlich finden können. Allerdings muss es schnell gehen, denn der Weg führt uns noch tiefer in das alte Land hinein."

„Mitten zwischen die Barbaren", stellte Baromil sachlich fest. Der Scharführer stützte sich auf die Lanze seines Wimpels und sah auf die Männer, welche die Toten zusammentrugen, um sie auf die Bestattung vorzubereiten. „Ein Beritt fiel ihnen bereits zum Opfer, Garodem, mein Pferdefürst."

Kormund konnte die Bedenken seines Freundes gut nachvollziehen, aber er spürte auch Garodems plötzliche Entschlossenheit, das Banner zu finden. „Ich weiß nicht, mein Freund, ob wir das Ziel erreichen und zurückkehren werden. Aber ich weiß, dass wir den Pferdelords Ehre machen werden."

Baromil schwieg. Er war nicht sicher, ob ein altes Banner dies wert sein würde.

30

Unter den Orks des Schwarzen Lords gab es durchaus Rivalitäten. Eine quasi natürliche bestand zwischen den Rundohren, die dem Feind mutig entgegentraten, und den Spitzohren, die den Schutz der Rundohren zu schätzen wussten. Es gab aber auch Rivalitäten untereinander, bei denen Spitzohr gegen Spitzohr und Rundohr gegen Rundohr stand. Stärke, Reflexe oder Verschlagenheit halfen, in der Hierarchie der Orks aufzusteigen.

Einohr verstand es, das System zu seinem Vorteil zu nutzen. Noch vor drei Jahren war er nur der Führer einer Kohorte von Bogenschützen in einer der Legionen gewesen. Er hatte die Position erlangt, weil man ihm ungewöhnlichen Mut nachsagte. Ungewöhnlich für ein Spitzohr. Man erzählte sich, sein Ohr sei von dem Pfeilschuss eines Elfen zerfetzt worden, und er habe persönlich mehrere Axtschläger des Zwergenvolkes bezwungen. Nur Einohr selbst kannte die Wahrheit, doch behielt er sie für sich. Als das Zwergenvolk dann mithilfe der Pferdelords seine Legion vernichtete, fiel auch der Legionsführer Blutfang, und Einohr wurde vom Schwarzen Lord überraschend zum Kommandeur einer neuen Legion ernannt.

Nie zuvor hatten die zwei Kämme eines Legionsführers den Helm eines Spitzohrs geziert, und so trug Einohr sie voller Stolz. Aber auch voller Vorsicht, denn er hatte Neider. Oh, er wusste, dass er Neider hatte. Vor allem Rundohren, die sich nicht damit abfinden wollten, dass ein Spitzohr die Legion befehligte.

Fangschlag war der schlimmste von ihnen, wie Einohr

wusste. Es hätte sich sicherlich eine Gelegenheit ergeben, bei der das Rundohr versehentlich in einen der Schmelzöfen gestolpert wäre, aber Einohr wusste, dass er ihn brauchte, um die anderen Rundohren im Zaum zu halten. Dass der Schwarze Lord Einohr zum Legionsführer gemacht hatte, bedeutete nicht, dass der Herr der dunklen Mächte seine schützende Hand über ihn hielt. Nein, Einohr war vorsichtig. Er achtete darauf, niemandem ungedeckt den Rücken zuzuwenden. Er hatte zwei Spitzohren gefunden, die dumm oder eitel genug waren, seinen Versprechungen, er werde sie rasch befördern, zu glauben. Sie schützten seinen Rücken und kosteten seine Mahlzeiten vor, und bislang hatte er keinen der beiden verloren.

Die Mission, die Einohr zu erfüllen hatte, behagte weder ihm, noch dem Rundohr Fangschlag, aber Einohr war der Legionsführer und erhielt seine Befehle direkt vom Schwarzen Lord. Niemand widersetzte sich dessen Wünschen. Zumindest niemand, der noch am Leben hing. Der Schwarze Lord konnte loben, aber auch tadeln, und es hieß, er könne dies selbst über große Entfernung tun.

Einen Beweis dafür hielt Einohr in der Hand. Er war noch immer fasziniert von dem Anblick, den der Sprechstein bot. Ein ovaler schwarzer Stein, flach und von einer Größe, dass er genau in die Fläche einer menschlichen Hand passte. In dem schwarzen Stein war nun Bewegung zu erkennen. Orangefarbene Schlieren wanderten durch das harte Material und verliehen ihm ein unwirkliches Leben.

Einohr legte die freie Hand auf die Oberfläche des schwarzen Ovals, machte die magischen Zeichen und fühlte die Wärme, die der Stein plötzlich ausstrahlte. Als er die Hand zurückzog, wurde das orangefarbene Wallen stärker, breitete sich aus und schien alle Farben des Spektrums zu durchlaufen, bis es langsam feste und deutliche Formen annahm und sich in dem Stein ein Bild abzuzeichnen begann. Es zeigte eine Halle aus schwarzem Glas, in deren Mitte eine schwarze Gestalt stand. Sie hob sich scharf vom Hintergrund ab, obgleich doch alles schwarz in schwarz gehalten war, und wurde größer, bis nur noch das ebenmäßige schwarze Gesicht das Oval des Steins ausfüllte.

„Berichte."

Das Wort schien seltsam zu vibrieren und mehr in seinem Kopf als in seinen Ohren zu schwingen.

Einohr räusperte sich und nickte unwillkürlich. „Allerhöchster Lord, wir haben das Land der Zwerge bereits durchquert und stehen nun an der Grenze des Dünenlandes im Westen."

„Wurdet ihr entdeckt?"

„Nein, mein Allerhöchster Lord." Einohrs verbliebene Ohrspitze zuckte ein wenig, und er hoffte, der Schwarze Lord werde es nicht bemerken. Eine Gruppe von fünf Axtschlägern des Zwergenvolkes war ihnen begegnet, aber sie hatten die kleinen Wesen rasch überwältigt. Da Tote nicht mehr sprechen können, war dies ebenso, als sei die Legion überhaupt nicht bemerkt worden. „Wir haben uns verborgen gehalten, wie Ihr es befohlen habt."

„Gut." Das Wallen wurde schwächer und verstärkte sich erneut. „Der Sprechstein wird dich an dein Ziel führen. Enttäusche mich nicht!"

Wieder wurde das Leuchten schwächer, und nun verschwand es ganz. Der Stein wurde leblos, und Einohr seufzte erleichtert. Als er ihn gerade wieder unter seinen ledernen Harnisch schob, trat Fangschlag näher. Das gepanzerte Rundohr schlug unruhig sein Schlagschwert gegen die Beinschiene der Rüstung. „Was hat er gesagt?"

„Das geht dich nichts an", versetzte Einohr bissig. „Ich bin der Führer der Legion und nicht du."

Fangschlags Finger zuckten nervös am Griff seiner Waffe. „Und ich führe die Rundohren. Ich muss wissen, was er gesagt hat."

„Deine Rundohren hätten uns beinahe verraten", zischte Einohr. „Sei froh, dass der Schwarze Lord nicht davon erfuhr. Deine Schlagschwerter hätten sich beherrschen müssen."

„Sie hatten schon lange kein gutes Fleisch mehr gehabt", brummte Fangschlag. „Auch wenn die Zwerge nicht viel hergaben." Das mächtige Rundohr spähte missmutig auf die endlos scheinende Sandfläche, die sich vor ihnen ausbreitete.

Der Marsch der Legion war langwierig und beschwerlich gewesen. Der Schwarze Lord hatte Einohr eingeschärft, um jeden Preis unentdeckt zu bleiben, sonst würde er als Madenfutter enden. So war der Legion nichts anderes übrig geblieben, als einen weiten Umweg zu machen, um ihr Ziel zu erreichen. Sie waren vom Reich des Schwarzen Lords aus in Richtung Norden marschiert, waren dann oberhalb der versteinerten Wälder nach Westen abgebogen und hatten ihren Weg durch das Nordgebirge finden müssen. Hundertfünfzig Kämpfer hatten sie währenddessen verloren, fast eine ganze Kohorte. Schließlich hatten sie das unwirtliche Land des Zwergenvolkes durchquert und standen jetzt an der Westflanke des Gebirges, von wo aus sie auf das Land hinunterblickten, welches das Ziel ihrer Reise war.

„Wir werden den ganzen Weg wieder zurückmüssen", knurrte Fangschlag und hieb erneut das Schlagschwert gegen die Beinschiene. Sein Kopf mit dem dicken Helm, auf dem sich der einzelne Kamm eines Unterführers erhob, wandte sich Einohr zu. „Wir werden weitere Maden verlieren."

„Der Rückweg wird einfacher", versicherte Einohr.

„Was hat er gesagt?"

„Der Allerhöchste Lord? Er ist recht zufrieden." Einohr sah Fangschlag spöttisch an. „Doch nur, weil ich ihm verschwieg, dass deine Rundohren versagt haben."

„Sie haben nicht versagt", brüllte Fangschlag auf. „Sie haben die Zwergenwesen erschlagen."

„Dein Glück", erwiderte Einohr kalt. „Sonst wärst du längst Madenfutter."

Er sah zurück, wo die Kohorten der Legion noch halb in dem Pass standen, auf dem sie hergefunden hatten. Der Weg schien Teil einer alten Handelsstraße zu sein, die früher offenbar stark benutzt worden war, denn stellenweise war er noch mit behauenen Steinplatten gepflastert. Die Kohorten standen in wohlgeordneten Reihen, die gepanzerten Rundohren vorne und die Spitzohren mit ihren Bogen dahinter. Über den Köpfen der Rundohren erhoben sich die langen Spieße mit den gefährlichen Spitzen, und über allem wehte ein riesiges schwarzes Banner von seiner Querstange. Es war das Feldzeichen von Einohrs Legion und zeigte im Rot des Menschenblutes ein stilisiertes Ohr. In der Schlacht überragte es die Reihen der Kämpfer und zeigte ihnen, wo Einohrs Legion sich sammeln musste.

„Wenigstens werden wir es wärmer haben", knurrte Fangschlag. „In den Bergen war es kalt."

Als Orks waren sie in der Hitze der Bruthöhlen aufgewachsen und liebten daher die Wärme. Bei Kälte wurden ihre Reaktionen langsamer, und wenn es zu kalt wurde, konnte ein ungeschützter Ork regelrecht erstarren. Einohr dachte an das, was der Schwarze Lord ihm eingeschärft hatte. „In der Nacht wird es auch im Dünenland kalt werden."

Fangschlag leckte sich über die schwarzen Lippen und blinzelte gegen die grelle Sonne. „Die Wärme wird uns guttun, aber die Sonne ist grell und blendet."

Die rötlichen Augen der Orks waren ein wenig lichtempfindlich. Das gab ihnen die Fähigkeit, in der Nacht gut zu sehen, doch am Tag war es von Nachteil.

Einohr sah Fangschlag eindringlich an. „Schärfe den Maden ein, auf Barbaren zu achten."

Fangschlag grinste und zeigte dabei seine spitzen Fangzähne. Erneut schlug er mit seinem Schlagschwert an die Beinpanzerung. „Sie werden uns nicht entkommen."

„Ihr dürft sie nicht töten", zischte Einohr. „Zumindest nicht sofort. Wir müssen den Plan des Schwarzen Lords erfüllen, schärfe das den Maden ein. Kein Barbar wird getötet oder gefressen, ist das klar?"

„Und wenn sie uns angreifen?"

„Auch dann nicht. Wir müssen erst mit ihnen reden." Einohr zuckte die Achseln. „Schick am besten ein paar Maden voraus, die entbehrlich sind."

Einohr hob den Arm und gab das Zeichen, woraufhin sich die Kohorten der Legion wieder in Bewegung setzten. Nach so vielen Jahren demonstrierte der Schwarze Lord dem Dünenland des Westens seine Macht. Fast zweitausend Rundohren und Spitzohren trugen sein Banner in das Land der Barbaren.

31

Welderonem schlief unruhig. Der Pferdefürst der Südmark führte ein recht bequemes Leben und hatte sich so sehr an seine eigene Schlafstatt gewöhnt, dass es ihm schwerfiel, in einem ungewohnten Raum zu nächtigen. Zudem sorgte er sich wegen der Uneinigkeit der Pferdefürsten.

Er hielt den Zwist für überflüssig und stimmte innerlich dem alten Henderonem aus der Westmark zu. Reyodem war der rechtmäßige König des Pferdevolkes. Aber das Land des Pferdevolkes brauchte starke Pferdefürsten, die sich einig waren, und es brauchte die Ostmark, die an den Grenzen zum Reich des Schwarzen Lords lag. Welderonem war erfahren genug, den Wert beschwichtigender Worte über den einer scharfen Klinge zu stellen. Blut ließ sich rasch vergießen, und war es erst geflossen, folgte meist noch mehr davon nach. Nein, kein Streit durfte die Herren der Marken entzweien.

Welderonem hatte gehofft, wenn er Bulldemut Gehör verschaffte und dem Pferdefürsten der Ostmark die Empfindung gab, er stünde nicht allein, werde dies eine sachliche Auseinandersetzung befördern. Bislang hatte sich diese Hoffnung jedoch nicht erfüllt, und er fragte sich, warum Bulldemut so sehr auf seinem Standpunkt beharrte. Er zweifelte nicht an Bulldemuts persönlichem Mut und auch nicht daran, dass er dem Pferdevolk treu verbunden war. Doch seine Art, sich Reyodems Autorität zu widersetzen, entsprach in keiner Weise dem Ehrenkodex der Pferdefürsten.

Welderonem wälzte sich auf der Bettstatt herum und

seufzte schwer. Nachdenklich verschränkte er die Hände im Nacken und blickte zur Decke hinauf. Es war dunkel, und nur wenig Licht fiel durch das kleine Fenster des Gemachs herein. Nur undeutlich war der gelöschte Brennsteinleuchter an der Decke zu erkennen. Der Pferdefürst der Südmark spürte, dass er in dieser Nacht keinen Schlaf mehr finden würde, und überlegte, ob er nicht einfach aufstehen sollte, statt sich unruhig auf der Bettstatt zu wälzen. Es mochte noch ein Zehnteltag bis zur Morgendämmerung sein. Selbst die Mägde in der Küche würden noch schlafen, und nur die Wachen der Schwertmänner würden unermüdlich ihre Runden machen. Er seufzte leise und zupfte unentschlossen an der wollenen Bettdecke.

Ein leises Knarren war zu hören.

Zunächst beachtete Welderonem es nicht. Es war normal, dass die Hölzer eines Hauses in der Nacht ein wenig knarrten. Das Holz reagierte auf die Temperatur und passte sich an. Aber dann knarrte es erneut, allerdings in der Nähe der Tür. Welderonem lauschte konzentriert, ob sich das Geräusch wiederholte, und tatsächlich knarrte es nach einer Weile erneut. Diesmal schien es Welderonem, als rühre das Geräusch vom Fuß eines Mannes, der sein Gewicht verlagerte.

Natürlich gab es auch in der Burg von Enderonas Nager. Aber sie hätten schon sehr fett sein müssen, um ein solches Geräusch hervorzurufen. Das Knarren wurde von einem weitaus schwereren Gegenstand verursacht. Welderonem richtete sich auf die Ellbogen auf und blickte zur Tür des Gemachs hinüber. Im Gang brannten einige Brennsteinlampen, damit die Wachen genügend sahen. Wahrscheinlich stammte das Geräusch von einem Wächter, der vor Welderonems Tür stand und sich bemühte, den Schlaf des Mannes nicht zu stören, über den er wachte.

Der Pferdefürst seufzte leise. Er konnte ohnehin nicht schlafen. Vielleicht war es lohnend, ein paar Worte mit dem Schwertmann zu wechseln. Welderonem schätzte das Gespräch mit den Pferdelords. Er selbst war nun schon lange Jahre nicht mehr in den Kampf geritten, und die Gespräche mit den Schwertmännern brachten ihm geliebte Erinnerungen an vergangene Tage zurück.

Welderonem schwang die Füße von der Bettstatt und zuckte zusammen, als sie die kalten Steinplatten des Bodens berührten. Ach, es war wohl so, wie Bulldemut vor einigen Abenden gesagt hatte. Die Südmark war sicher, und er, Welderonem, war zu bequem geworden. Vielleicht musste er wirklich wieder einmal die Stoßlanze in der Hand haben und den Klang des Horns vernehmen, das den Beritt zum Angriff trieb …

Er glaubte, ein leises Kratzen an der Tür zu hören. Der gute Schwertmann würde doch nicht etwa, von Müdigkeit überwältigt, gegen die Tür gesunken sein?

Welderonem schlüpfte in seine Beinkleider, befestigte sein Hemd daran und zog sich die Stiefel über. Das leise Stampfen, mit dem er in sie hineinglitt, rief an der Tür ein erneutes Knarren hervor, das weitaus lauter war als zuvor. Er blickte zur Tür und sah, wie sie sich einen Spalt weit öffnete. Eine undeutliche Gestalt war zu erkennen, die den Helm eines Schwertmannes trug.

„Habt keine Bedenken, guter Herr“, sagte Welderonem freundlich. „Ich bin ohnehin erwacht, und so mögen wir ein paar Worte wechseln.“

Die Tür glitt weiter auf, und Welderonem sah nun den Schwertmann gegen das schwache Licht im Flur. Die Farben der Mark waren nicht zu erkennen, aber der Pferdefürst bemerkte überrascht, dass der Mann seine Lanze zum Stoß bereithielt. „Was soll das, guter Herr?“, fragte er heiser. „Hier gibt es keinen ...“

Mit einer blitzartigen Bewegung stieß der Schwertmann die Lanze vor, und Welderonem war selbst überrascht, wie schnell er reagierte und sich zur Seite warf. Der Stoß ging haarscharf an ihm vorbei, und der Pferdefürst spürte ein Brennen, als die Spitze seine Haut ritzte und sein Hemd zerfetzte. Instinktiv ergriff er den Lanzenschaft und zog. Ein wenig von den alten Reflexen des Pferdelords war noch immer in ihm, wie er befriedigt registrierte, als der Schwertmann den Halt verlor und einen Moment wankte.

„Verdammt, was soll das?“, schrie Welderonem wütend. „Wie könnt Ihr es wagen?“

Der Mann erwiderte nichts, sondern ließ abrupt die Lanze los, sodass Welderonem, der noch immer an ihr zog, hintenüberstolperte und rücklings auf das Bett stürzte. Er hörte das typische Klirren, mit dem eine Klinge aus der Scheide fuhr, und schrie entsetzt auf.

„Schwertmänner der Wache, zu mir! Ein Überfall“, brüllte er und rollte sich herum.

Stahl fuhr krachend auf die Bettstatt nieder und hackte dort durch die Matratze ins Gestell, wo Welderonem gerade noch gelegen hatte. Der Pferdefürst rollte sich mit der Lanze in der Hand weiter herum und versuchte, auf die Beine zu kommen. Wieder fuhr die Klinge nieder und schlug diesmal einen Teil des Pfostens von der Bettstatt. Den nächsten Schlag konnte Welderonem nur mühsam mit der Lanze parieren.

„Schwertmänner zu mir!!!“

Sein Schrei gellte, als das Schwert die Lanze traf und sie zur

Seite fegte. Welderonems verzweifelter Ausruf wurde schmerzerfüllt und erstickte, während der Angreifer zufrieden grunzte, als er das blutige Schwert zurückzog.

Auf dem Gang waren Rufe und eilige Schritte zu hören. Welderonem sah, wie der Angreifer ihn kurz anblickte, als sei er sich nicht sicher, ob er abermals zustoßen solle, sich dann aber hastig umwandte und aus der Tür rannte. Für einen kurzen Augenblick glaubte der Pferdefürst schwarzes Rosshaar zu erkennen. Stöhnend sackte er auf die Knie und presste die Hände auf die Wunde, die das Schwert ihm zugefügt hatte.

Zwei Schwertmänner des Königs drangen nun mit gezogener Klinge in den Raum und sahen den verletzten Pferdefürsten schockiert an. Einer von ihnen wandte sich um. „Holt den Heiler! Der Pferdefürst der Südmark wurde verletzt! Alarmiert die Wachen, ein Feind ist in der Burg!"

Weitere Schritte näherten sich, während sich der andere Schwertmann zu Welderonem hinunterbeugte und ihn stützte. „Ihr seid in Sicherheit, Hoher Lord. Wartet, lasst mich etwas Tuch auf Eure Wunde pressen." Der Mann faltete ein Stück seines eigenen Umhangs und drückte es kraftvoll auf die Verletzung. „Ihr blutet wie ein angestochenes Rind", brummte der Schwertmann, „aber das bekommt unser Heiler wieder hin. Ein paar ordentliche Stiche, und Ihr seid wie neu."

Kommandeur Torkelt betrat nun den Raum, direkt gefolgt von Reyodem. „Bei den finsteren Abgründen", fluchte Torkelt. „Verständigt die elfische Heilerin. Ihre Kunst wird hier gebraucht."

„Wer war das?", knurrte Reyodem grimmig. „Wer hat Euch dies angetan, Hoher Lord Welderonem? Wer brach den Frieden meines Hauses?"

„Ost...mark“, war das Einzige, was der verletzte Pferdefürst noch flüstern konnte, dann schwanden ihm die Sinne.

Der Schwertmann ließ den Verletzten sanft auf den Rücken gleiten, wobei er die Wunde verschlossen hielt, so gut er es vermochte. Torkelt trat heran und half ihm. „Was sagte er? Seine Stimme war so leise, ich konnte es nicht verstehen.“

„Ostmark, Ihr guten Herren“, murmelte der Schwertmann benommen. „Er sagte nur dieses Wort: Ostmark.“

„Bulldemut?“, stieß Reyodem ungläubig hervor. „Ich mag nicht glauben, dass er diese Ehrlosigkeit beging.“

Wieder waren Schritte zu hören, und Reyodem und Torkelt blickten den Neuankömmling, der nun durch die Tür trat, grimmig an.

Pferdefürst Bulldemut wirkte überrascht. „Was ist hier geschehen?“

„Das frage ich Euch“, erwiderte Reyodem scharf. „Man hat den Herrn der Südmark niedergestochen, und er beschuldigte Euch des Überfalls.“

Bulldemut errötete. „So ein Unsinn.“

Reyodem trat misstrauisch an den Pferdefürsten der Ostmark heran. „Der gute Herr Torkelt und ich wurden von den Rufen wach. Wir konnten uns kaum bekleiden. Wieso seid Ihr in voller Rüstung, Bulldemut?“

Zwei Schwertmänner Reyodems legten ihre Hände an die Schwerter und sahen Bulldemut voller Argwohn an, während Meowyn und die elfische Heilerin Leoryn hereineilten und sich an den Männern vorbeidrängten.

„Ihr seid nicht bei Sinnen“, keuchte Bulldemut, als er die Blicke der Schwertmänner bemerkte. „Warum hätte ich das tun sollen? Verdammte Narren, Welderonem ist mein Fürsprecher. Der Einzige unter Euch, der meinen Worten Verständnis entgegenbringt. Ich habe keinen Grund, eine solche ehrlose Tat zu begehen. Das scheint mir eher für Euch zu gelten, Reyodem."

Reyodem richtete wutentbrannt sein Schwert gegen Bulldemut, der behände zurückwich und die eigene Klinge zog, aber ein Schwertmann der Wache schlug sie ihm mit einem schnellen Hieb aus der Hand, woraufhin zwei andere den Pferdefürsten ergriffen und festhielten.

Meowyn, die sich bereits mit Leoryn um den Verletzten bemühte, richtete sich auf und trat zwischen die Männer. „Bevor ihr weiteres Blut vergießt, ihr Hohen Lords, bedenkt, dass Welderonems Wunden noch nicht geschlossen sind. Zudem", sie sah Bulldemut scharf an, „vermag ich kein Blut an des Hohen Lord Bulldemuts Kleidung zu erkennen."

Reyodem starrte Bulldemut an und senkte dann den Blick. Bulldemuts Gewand war sauber.

Torkelt trat neben ihn. „Er könnte es gewechselt haben."

„Nicht in der Kürze der Zeit", brummte Reyodem. „Und wie Welderonems Wunde beschaffen ist, müsste Bulldemuts Gewand voller Spritzer sein." Der König atmete mehrmals tief durch und gab den Wachen einen Wink. „Lasst ihn los. Ich mag mich getäuscht haben."

Bulldemut und Reyodem starrten einander in grimmigem Zorn an, bis Meowyn sie auseinanderschob. „Ihr könnt dies klären, wenn Welderonem versorgt ist. Doch nun lasst uns unsere Arbeit verrichten. Der Hohe Lord muss ins Hospital geschafft werden, und zwar schnell."

Reyodem nickte zögernd. „Gut, so soll es geschehen, Hohe Frau Heilerin." Er sah dem Pferdefürsten der Ostmark unverwandt in die Augen. „Ich werde Euch beobachten, Bulldemut aus der Ostmark."

Erst als Männer heraneilten, um den verletzten Welderonem auf eine Trage zu legen und ihn zum Hospital zu tragen, trennten sich Bulldemut und Reyodem.

Jeder der Anwesenden spürte die Unversöhnlichkeit der beiden Männer.

32

Der Beritt Garodems trabte in Kriegsformation, bei der einige Männer vorausritten und weitere die Flanken deckten. Die Gesichter der Pferdelords wirkten erschöpft. Schweiß bedeckte ihre Haut, Sand verklebte Augen und Nasen, und zwischen den Zähnen knirschte es. Zehnteltag um Zehnteltag ritten sie gen Westen, jenem Ort entgegen, an dem sich die Stadt des Ersten Königs der Pferdelords befinden sollte.

„Was interessiert mich das alte Banner des Ersten Königs?“, brummte Mortwin und reckte sich seufzend im Sattel. „Ein Fetzen Stoff, der längst verrottet ist.“

„Das alte Banner des Königs mag Euch nicht interessieren“, erwiderte der neben ihm reitende Dorkemunt, „aber es ist das Banner Garodems, das uns führt und dem wir folgen.“

Mortwin zuckte die Achseln. „Dieses Land bringt Unglück. Es ist ein Land des Todes.“

„Und ein Land des Windes und des Sandes“, meldete sich Nedeam hinter ihnen zu Wort.

Mortwin nickte. „Auch das.“

Keinem von ihnen behagte, was sie im Dünenland bisher gesehen und erlebt hatten. Immerhin verfügten sie wieder über einen ausreichenden Wasservorrat. Sie hatten an einer Stelle des alten Wehrweilers eine Reihe von Wasserflaschen entdeckt, die den Barbaren wohl entgangen waren und ihren Vorrat nun vergrößerten.

„Seht Euch den Himmel an, Ihr guten Herren. Dort im Süden.“ Nedeam wies zur Seite, und die Männer blickten nach

Süden, wo sich der Himmel verfärbte. „Dorkemunt, was ist das?"

Der kleinwüchsige Pferdelord legte seine Streitaxt an die andere Schulter und klemmte die Stoßlanze zwischen Arm und Körper, um seine Augen beschatten zu können. „Ich weiß nicht recht. Wären wir in unserer Hochmark, so würde ich sagen, dass sich dort ein Gewittersturm bildet."

„Es ist aber braun und nicht schwarz", brummte Mortwin. „Und woher sollte in diesem verfluchten Land so viel Wasser kommen, dass es gar vom Himmel fällt?"

„Ihr habt sicher recht, guter Herr Mortwin." Dorkemunt wiegte den Kopf. „Dennoch scheint es mir ein Sturm zu sein. Die Wolken sehen wirklich komisch aus. Sie haben die Form eines auf der Spitze stehenden Kegels."

„Er steht aber nicht", stellte Nedeam fest, der ebenfalls die Augen beschattete. „Er scheint sich zu drehen, und zwar sehr schnell."

Mortwin leckte sich über die aufgesprungenen Lippen. „Und mir scheint, er kommt auf uns zu."

„Bei den finsteren Abgründen", murmelte Dorkemunt betroffen. „Ich fürchte, Ihr habt recht." Er wandte sich wieder nach vorne. „Guter Herr Kormund, habt die Güte, einmal nach Süden zu sehen", rief er dem an der Spitze reitenden Scharführer zu. „Was meint Ihr, was das ist?"

Der Beritt verlor an Tempo, als immer mehr Pferdelords nach Süden schauten, und einige sogar die Pferde zügelten. Schließlich befahl Garodem, zu halten, und ritt an der Kolonne entlang zu der Gruppe um Kormund, der auf das seltsame Gebilde wies. „Der gute Herr Dorkemunt meint, ein Sturm käme auf."

Garodem musterte den sich drehenden Trichter, der sich

immer weiter auf sie zubewegte. „Es ist kein Gewittersturm. Aber ich glaube, Dorkemunt hat recht. Ein Sturm wird es wohl sein, und ich denke, er könnte uns gefährlich werden."

Dorkemunt blickte über die Landschaft. „Unterschlupf werden wir hier nicht finden. Kein Wald, keine schützenden Felsen."

„Also können wir uns nur selbst Schutz geben", sagte Garodem entschlossen und hob die Stimme. „Schließt auf und bildet eine Kreisformation. Es scheint einen Sturm zu geben. Steigt ab und nehmt die Pferde in die Mitte. Macht sie fest und haltet sie zusätzlich. Der Wind wird heftig blasen."

„Und sicher viel Sand umherwirbeln", knurrte Mortwin.

Die Prophezeiung des Pferdelords erfüllte sich.

Noch während die Männer die Pferde in die Mitte trieben und sie umringten, kam Wind auf, der Sand mit sich führte und rasch an Stärke gewann. Durch die wirbelnden Sandkörner hindurch konnte man den Trichter erkennen, der über das Land wanderte.

„Wir haben Glück", schrie Dorkemunt gegen den aufbrandenden Lärm. „Der Sturm trifft uns nicht direkt. Er zieht ein Stück entfernt von uns vorbei."

Der Sturm begann heftig an ihrer Kleidung zu zerren, und sie hatten Mühe, auf den Beinen zu bleiben. „Runter", brüllten Garodem und die Scharführer. „Kniet Euch zu Boden, zieht die Pferde nach unten und haltet sie fest. Bietet dem Wind keine Angriffsfläche."

Einige der Pferde versuchten auszubrechen und konnten nur mühsam gebändigt werden. Die Männer rafften die Umhänge fest um ihre Körper, um weniger Fläche zu bieten, dennoch wurden einige erfasst und zu Boden geworfen. Der Sturm wurde immer stärker und brachte jetzt Unmengen von

Sand mit sich, der schmerzhaft auf der Haut stach. Die Männer bedeckten ihre Köpfe mit den Umhängen, während sie versuchten Halt zu finden und Luft zu bekommen, denn der Sand nahm ihnen den Atem und verstopfte Mund und Nase, sodass die Männer husteten und würgten. Sand verklebte ihre Augen und machte sie blind. Eines der Pferde riss sich los, rannte aus dem engen Kreis heraus, blindlings auf den Trichter zu, und Nedeam und Dorkemunt glaubten zu sehen, wie es von einer unsichtbaren Kraft angehoben und durch die Luft gewirbelt wurde. Aber sie waren sich nicht sicher, denn die wirbelnden Sandmassen des Sturms gaben nur selten den Blick frei.

„Wenigstens sind wir so vor einem Überfall sicher“, schrie Dorkemunt und spuckte Sand aus.

„Aber nicht vor dem Sturm“, brüllte Mortwin zurück. „Der nimmt den Barbaren die Arbeit ab.“

„Schreit nicht so herum“, erklang Kormunds verzerrte Stimme von irgendwo hinter ihnen. Er hustete vernehmlich. „Sonst fangt Ihr zu viel Sand mit Euren Zähnen.“

Nedeam stemmte sich gegen den Sturm und versuchte mit aller Kraft, ihm zu widerstehen, doch dann stürzte er unvermutet vornüber.

Anderen Männern ging es nicht viel besser und verwirrte Rufe ertönten. Der Sturm war an ihnen vorübergezogen und der Wind versiegt, als sei er mit einem Messer abgeschnitten worden. Männer richteten sich auf oder mussten sich teilweise aus dem Sand graben, der sie halb verschüttet hatte. Pferde wieherten, als sie wieder auf die Beine gezogen wurden.

„Verfluchter Sand“, keuchte Mortwin und spuckte, wie alle anderen, aus. „Nichts als dieser verdammte Wind und der verdammte Sand.“

Nedeam stand mit verzerrtem Gesicht im Sand, öffnete sein Wams und ließ den Sand herausrieseln. „Ja, und als einzige Abwechslung kriegen wir noch mehr Wind und noch mehr Sand."

Dorkemunt ließ sich zu Boden sinken und schüttelte seine Stiefel aus. „Ich denke, ich gebe Euch recht, Mortwin, mein Freund. Die Barbaren sollen dieses Land behalten."

Nur langsam kam wieder Ordnung in die Reihen der Männer. Die Pferde wurden abgesattelt und kostbares Wasser geopfert, um Augen, Nasen und Nüstern wieder frei zu waschen. Dann tränkten die Männer die Pferde, und nachdem sie sich selbst die Münder ausgespült hatten, beruhigten und striegelten sie ihre Tiere, bevor sie ihnen die Sättel wieder auflegten.

„Achtet darauf, dass keine Stelle wund gescheuert ist", ordnete Kormund an.

„Mein Gesäß ist wund gescheuert", meldete sich Mortwin zu Wort.

Kormund lachte auf. „Dann kommt her und lasst es Euch ebenfalls striegeln."

Die Männer stimmten in das Lachen ein und waren froh, den Sturm ohne nachhaltige Schäden überstanden zu haben. Der Beritt begann sich wieder zu formieren, und Garodem ließ aufsitzen. Einer der Pferdelords neben Nedeam stellte den Fuß in den Steigbügel, zog sich in den Sattel und stürzte rücklings zu Boden. Ein paar Männer kicherten schadenfroh und einer von ihnen war derart amüsiert, dass er sich im Sattel nach vorne krümmte und seinen Leib hielt. Er neigte sich immer weiter vor und fiel schließlich kopfüber vom Pferd. Nedeam und Dorkemunt erstarrten für einen Moment, als sie begriffen, was dies zu bedeuten hatte.

„Ein Angriff, Ihr Pferdelords“, brüllte Kormund auch schon. „Formiert Euch und stellt ihm Euch entgegen.“

Männer schrien auf, stürzten oder krümmten sich zusammen und hielten sich nur mühsam auf ihren Pferden, während die anderen Reiter sich verwirrt und grimmig nach den Angreifern umsahen. Aber nichts war zu erkennen, und immer wieder wurden Pferdelords getroffen. Es waren die langen und spitzen Stacheln der Dünenlandpflanzen, die auf den Beritt abgeschossen wurden.

„Dort auf dem Kamm“, brüllte einer der Pferdelords und wies mit der Stoßlanze zu einer der umliegenden Dünen. Er legte die Lanze zum Stoß ein und trieb sein Pferd an.

Jetzt erkannten auch andere Männer die Bewegungen im Sand. Weitere Reiter folgten dem ersten, der sich bemühte, auf den Hang der Düne hinaufzugelangen. Sand rutschte und machte das Vorankommen schwierig. Nur langsam erklommen die Pferdelords den steilen Hang. Wieder stürzten Reiter aus den Sätteln, und Dorkemunt schrie wütend auf.

„Komm, Nedeam, mein Freund, wir packen die Bastarde von der Seite“, rief der kleinwüchsige Pferdelord und ritt an. „Um die Düne herum, und dann lassen wir sie unsere Lanzen spüren.“

Nedeam lenkte, wie Dorkemunt auch, sein Pferd nur mit den Schenkeln und legte einen Pfeil auf die Sehne des Bogens. Mortwin und Barus schlossen sich ihnen an, und die vier Pferdelords lösten sich aus dem Beritt und preschten ein Stück des Weges zurück, um die Düne zu umrunden und an ihre Rückseite zu gelangen.

Die kleine Gruppe, die den Hang frontal angriff, kam nicht auf Lanzenweite heran. Ein Reiter nach dem anderen sank getroffen vom Pferd, obwohl nun ein ganzer Pfeilhagel von den

Männern des Beritts gelöst wurde. Aber die Angreifer waren kaum zu erkennen, sie verschmolzen fast mit dem sie umgebenden Sand.

Nicht umsonst nannten sie sich das Volk des Sandes, denn die Männer der Clans verstanden sich darauf, ihn als Deckung zu nutzen, wobei ihre Kleidung sie beinahe unsichtbar machte. Nur die Bewegungen, mit denen sie immer wieder neue Stachelpfeile in ihre Pfeilrohre einführten, waren schemenhaft zu erkennen. Sie setzten die Rohre kurz ab, schoben die Stacheln in die Endstücke und führten die Rohre an ihre Münder. Dann atmeten sie durch die Nasen ein, hielten, während sie das Ziel anvisierten, die Luft an, um sie schließlich explosionsartig durch den Mund wieder auszustoßen. Die Stachelpfeile wurden mit erstaunlicher Wucht durch die Pfeilrohre gepresst, und viele von ihnen fanden ihr Ziel. Selbst die Kettenhemden, die viele der Pferdelords trugen, schützten nur unvollkommen, denn die Stacheln fanden oft die Lücken zwischen den metallenen Ringen, welche lediglich die breitere Spitze eines Pfeiles aufzuhalten vermochten. Nur die dicken Lederkoller und metallenen Harnische boten wirkungsvollen Schutz.

Garodem erkannte dies rasch und sah nur zwei Möglichkeiten, zu reagieren. Er konnte den Rückzug befehlen oder zum Angriff blasen, und so entschied er sich für die Art der Pferdelords. „Baromil, eine Schar Schwertmänner reitet gegen den Feind und deckt dessen Stellung mit Pfeilen ein!"

Scharführer Baromil führte die Männer selbst. Er hielt die Wimpellanze aufrecht und ignorierte einen Stachel, der sich mit leisem Schlag in seinen Rundschild bohrte. „Schneller Ritt ...", gab er die Losung.

„... und scharfer Tod", erwiderten seine Schwertmänner.

Aber der Tod hielt Ernte in ihrer dünnen Reihe, als sie Schenkel an Schenkel versuchten, den Hang zu erklimmen. Sie schrien aus Zorn und Wut und mussten den Beschuss doch hilflos hinnehmen, während sie versuchten, auf Lanzenweite heranzukommen. Dann schienen ihre Schreie jenseits der Düne erwidert zu werden.

„... und scharfer Tod“, brüllte nun auch Dorkemunt, als sie am gegenüberliegenden Hang hinaufpreschten. Hier war die Düne nicht ganz so steil, und sie konnten zudem die Barbaren besser erkennen. Sie hatten ein Ziel vor Augen, und die drei Pferdelords und der Nagerjäger mühten sich ab, es zu erreichen.

Einige der Barbaren wandten sich überrascht um, als sie die Schreie hinter sich hörten, und Nedeam sah, wie einer von ihnen ein kurzes Rohr an den Mund hob. Instinktiv löste er den Pfeil und legte schon den zweiten an die Sehne, als der erste sein Ziel kaum erreicht hatte. Der Barbar bäumte sich auf, als das Geschoss den knöchernen Brustpanzer durchschlug, und stand dann für einen Augenblick seltsam erstarrt da, bevor Nedeams nächster Pfeil ihn nach hinten warf.

Dorkemunt schrie heiser, als erst ein Stachel, dann ein zweiter seinen Schild traf, und war endlich am Feind. Mit langem Schwung ließ er seine Streitaxt kreisen, um sie dann von oben auf den Barbaren herabzuwuchten. Die mächtige Klinge spaltete den Schädel des Mannes und drang bis in seinen Rumpf. Dorkemunt spürte den Ruck, mit dem die Axt wieder freikam, und wandte sich schon dem nächsten Feind zu.

Hinter ihnen stürzte Barus mit einem Schrei vom Pferd. Doch der Nagerjäger war nicht getroffen, sondern fiel seinen fehlenden Reitkünsten zum Opfer. Wütend erhob er sich, ergriff seine mächtige Keule und stürmte durch den rutschenden Sand auf die Barbaren zu. Nedeams Pfeil tötete einen von ihnen, und Barus brüllte angriffslustig, als ein anderer Barbarenkämpfer seine eigene Keule zog und sich Barus entgegenstellte. Der Zorn gab Barus enorme Kraft, und der Schlag seiner Keule zertrümmerte die des Angreifers und zerschmetterte dessen Schädel gleich mit.

Mortwin warf seine Lanze, da er seinen Gegner nicht rasch genug erreichte. Sie drang durch den Leib des Mannes und trat an seinem Rücken wieder aus. Der Getroffene keuchte und torkelte einen Moment lang durch den Sand, bis Mortwin heran war und seinem Leben mit blanker Klinge endgültig ein Ende bereitete.

Von der anderen Seite tauchten nun Baromils Reiter auf, und so überraschend der Angriff begonnen hatte, so schnell endete er nun. Ein Krieger des Sandvolkes hob abwehrend die Hände und schien sich ergeben zu wollen, aber die Pferdelords waren nicht in der Stimmung, Gnade zu gewähren, und gaben kein Pardon.

Für einige Momente hörte man nur die Schreie der Männer und das Hacken der Klingen, das leise Schmatzen, mit dem sich Lanzen aus toten Körpern lösten, und das erregte Schnauben der Pferde, dann senkte sich Stille über die Kampfstatt, während Blut den Sand der Düne tränkte.

„Sammelt Euch und versorgt die Verwundeten", ächzte Baromil erleichtert und stemmte den Fuß gegen einen leblosen Leib, um seine Wimpellanze daraus zu befreien. Das dreieckige Tuch war vom Blut des Sandmenschen durchtränkt. „Und gebt acht, dass nicht noch mehr dieser Barbaren auf uns lauern."

Mortwin zog bedächtig mehrere Stacheln aus seinem Rundschild, und Dorkemunt stapfte durch den Sand zu ihm hinüber, nahm einen der Stacheln und betrachtete ihn eingehend. „Wenigstens haben die Barbaren sie nicht mit irgendwelchem Mist bestrichen. Diese kleinen Dinger sind schon gefährlich genug."

Er und seine kleine Gruppe hatten keine Verluste erlitten, ja sie waren nicht einmal verletzt worden, aber der Beritt hatte Opfer zu verzeichnen.

Garodem betrachtete grimmig seine Pferdelords, die sich um tote und verletzte Kameraden kümmerten. „Kormund, wie hoch ist die Rechnung des Schlachters?"

Der Scharführer spuckte aus und sah seinen Pferdefürsten achselzuckend an. „Viele wurden getroffen, doch die meisten Verletzungen sind nur leicht. Aber zwölf der Männer sind tot, Garodem, mein Pferdefürst." Er blickte zum Hang hinauf. „Ein hoher Preis für eine Handvoll erschlagener Barbaren."

Garodem nickte betrübt. „Diese Art des Kampfes ist nicht die unsere. Es würde anders verlaufen, wenn sie sich uns in offener Schlacht stellen würden."

Kormund nickte bedächtig. „Sie verstehen sich darauf, ihr Land zu nutzen."

„Einst war es unser Land, Kormund, mein Freund."

„Jetzt ist es das ihre." Der Scharführer spuckte erneut aus. „Und sie sollen es ruhig behalten."

Baromil hatte sich mit Dorkemunt genähert, der seine blutbefleckte Streitaxt an die Schulter gelegt hatte.

„Ihr habt einen guten Kampf gefochten", sagte Garodem anerkennend.

Baromil lächelte dem kleinwüchsigen Dorkemunt und seinen Begleitern zu. „Ohne die tapferen Herren Dorkemunt und Nedeam wäre meine Schar nicht an sie herangekommen."

Mortwin räusperte sich vernehmlich, und der Scharführer

nickte ihm zu. „Und auch der gute Herr Mortwin hat sein Teil beigetragen."

Garodem lächelte. „Wie auch dieser brave Pferdelord." Er trat an Barus heran und kniff die Augen zusammen. Barus' Gesicht war vom Blut der Barbaren bedeckt, wodurch es verfremdet wirkte, aber Garodem zog den grünen Umhang zur Seite, den der Nagerjäger hastig schließen wollte.

Alle warteten auf die scharfe Reaktion Garodems, der für einen Moment wie erstarrt schien. Doch dann schloss der Pferdefürst den Umhang mit langsamen, bedächtig wirkenden Bewegungen. Erst als er wieder von Barus zurücktrat, sprach Garodem den Nagerjäger an. „Wie ich sehe, war Euch die Keule wieder von großem Nutzen, guter Herr Barus."

Barus schluckte schwer und nickte verlegen.

Garodem musterte die Umstehenden und ließ dann seine Blicke auf zwei bestimmten Personen ruhen. „Lasst mich raten, guter Herr Dorkemunt und guter Herr Nedeam. Dies war Euer Werk, nicht wahr?" Der Pferdefürst lächelte unmerklich. „Wer sonst sollte es gewesen sein? Bei Euch, Herr Nedeam, habe ich noch Verständnis für einen solchen Streich. Ihr seid noch jung. Aber Ihr, Herr Dorkemunt, was könnt Ihr als Entschuldigung anführen? Ich dachte, Euer Alter gereiche Euch zu mehr Erfahrung und Weisheit."

„Verzeiht, Hoher Lord Garodem", warf Barus hastig ein. „Diese guten Herren konnten nichts dafür. Es ist wegen Esyne geschehen."

„Esyne?" Garodem sah Barus fassungslos an. Widerstreitende Gefühle spiegelten sich in seinen Gesichtszügen, dann begann er schallend zu lachen. Das Lachen wirkte befremdlich und verstummte rasch. Dann schüttelte der Pferdefürst den Kopf. „Ich habe schon von mancherlei Gründen gehört, in einen Kampf zu ziehen, aber eine blonde Schuhmacherin?" Er schüttelte nochmals den Kopf und sah anschließend Dorkemunt an. „Ihr bringt mich in große Verlegenheit, Dorkemunt. Niemand darf einem Beritt angehören, der kein Pferdelord ist. Das ist unehrenhaft."

„Dann macht Barus zu einem der unseren." Nedeam sah den Pferdefürsten lächelnd an. „Er hat doch das Herz eines Pferdelords."

„Auch wenn seine Waffe ungewöhnlich sein mag", fügte Dorkemunt hinzu.

Selbst Mortwin nickte. „Er hat sich wacker geschlagen, Garodem, mein Pferdefürst."

Garodem gab seinen Scharführern Baromil und Kormund einen Wink und ging ein paar Schritte abseits. „Mir behagt es nicht, auf solche Weise überrumpelt zu werden."

Baromil nickte und sah empört zu der Gruppe um Barus hinüber. Kormund hingegen nahm seinen Helm ab, betrachtete nachdenklich den Rosshaarschweif und zögerte mit der Erwiderung. Garodem sah ihn auffordernd an. „Sprecht frei, Kormund, mein Freund."

„Es mag die Legenden beschädigen, wenn Ihr ihn nicht zum Pferdelord macht", brummte der erfahrene Kämpfer. „Einst zog der Beritt ins Dünenland, ein Nagerjäger ihm zur Seite stand", improvisierte Kormund.

Garodem nickte. „Ich verstehe, was Ihr meint, mein Freund."

Nur wenig später war der Beritt versammelt, und der kleine Dorkemunt sowie der verlegen wirkende Barus standen vor der Front der Reiter. Garodem sah die beiden zögernd an, doch dann fügte er sich der Notwendigkeit, Ehre und Tradition zu wahren. Er trat mit Kormund vor.

„Wer bürgt mit seiner Ehre für die Ehrenhaftigkeit dieses künftigen Pferdelords?”

Dorkemunt erwiderte fest Garodems Blick. „Ich, Dorkemunt, des Dorims Sohn, verbürge mich.”

„Wer gibt Euch dieses Recht, Dorkemunt, Sohn Dorims?”, fuhr Garodem fort.

„Die Hochmark des Königs und meine Ehre als Pferdelord.“

„So tritt denn vor, Barus”, sagte Garodem. Er wandte sich zur Seite, und Kormund reichte ihm den grünen Umhang eines Pferdelords der Hochmark. Garodem legte ihn um Barus' breite Schultern. „So trage nun, als sichtbares Zeichen der Ehre, den grünen Umhang der Pferdelords, Barus.”

Garodem nahm den Waffengurt mit Schwert, der aus den Reserven stammte, von Kormund entgegen und legte ihn Barus um die Taille. Einige Männer grinsten, als es dem Pferdefürsten nur mit Mühe gelang, den Gurt zu schließen, weil Barus seine unvermeidliche Keule am Leibgurt führte. „So trage nun auch die Waffe der Pferdelords, damit du deren Ehre immer verteidigen kannst. Und nun sprich den Eid.”

„In des … Lebens Wonne und des Todes Not, soll Eile sein stets das Gebot, in Treue fest dem Pferdevolk, der Hufschlag meines Rosses grollt, soll Lanze bersten, Schild zersplittern, so wird mein Mut doch nie erzittern, ich stehe fest in jeder Not, mit schnellem Ritt und scharfem Tod.”

„So sei es, Barus, Pferdelord.“

Die Männer des Beritts schlugen zustimmend mit den Waffen gegen ihre Schilde und nahmen so den Nagerjäger in ihre Reihen auf. Garodem trat vor und legte ihm die Hand auf die Schulter. „Bereitet dem Umhang Ehre und befolgt den Eid, Barus, wie es sich für einen rechten Pferdelord gebührt, denn ab diesem Moment seid Ihr einer der unseren."

„Das will ich wohl tun, Hoher Lord", erwiderte Barus eifrig. Er räusperte sich. „Garodem, mein Herr ... Ich kann doch weiter Nager jagen, nicht wahr?" Sein Blick wurde verlegen. „Ich vermag mit dem Schwert oder der Lanze nichts anzufangen, guter, nein, Hoher Lord Garodem. Aber mit der Keule vermag ich wohl zu schlagen, Ihr versteht?"

Garodem lächelte. „Den Rest wird Euch der gute Herr Dorkemunt gerne beibringen, und der gute Herr Nedeam wird ihm dabei helfen, nicht wahr, Ihr guten Herren?"

Die Angesprochenen nickten eifrig. Was blieb ihnen übrig? Letztlich waren sie es gewesen, die Barus' Teilnahme am Ritt ermöglicht hatten. Barus war nun ein Pferdelord, auch wenn dies nicht so geplant gewesen war. Aber nun hatte er auch die Pflichten eines Pferdelords, und Dorkemunt und Nedeam waren verpflichtet, ihm die Fertigkeiten eines solchen zu vermitteln.

Kormund reichte Garodem die Zügel von dessen Pferd, und sie saßen auf. „Es kommt mir nicht recht vor, den guten Herrn Barus zum Pferdelord zu machen, Garodem, mein Pferdefürst. Er ist wahrhaftig nicht dafür geschaffen, vom Pferde aus zu kämpfen."

Garodem zuckte die Achseln. „Er muss es lernen, Kormund, mein Freund. Wir werden den Barbaren bald erneut begegnen, und dann werden wir Schulter an Schulter reiten, Pferdelord neben Pferdelord."

„Die Barbaren kämpfen anders als wir."

Garodem legte seine Hand auf den Arm des erfahrenen Kämpfers. „Wir müssen eine Möglichkeit finden, ihnen unsere Kampfweise aufzuzwingen."

„Das werden sie nicht zulassen."

Garodem lächelte. „Ich erwarte nicht, dass die Barbaren dem freiwillig zustimmen. Dennoch werden sie nicht umhinkönnen."

„Ihr habt einen Plan, Garodem, mein Pferdefürst?"

Garodems Lächeln vertiefte sich.

33

Helderim war in Mors Begleitung in den „Pferdekrug“ Josrums zurückgekehrt, obwohl das Feuer noch nicht gelöscht war. Aber Helderim war ausgelaugt und erschöpft, und da von dem Brand keine ernstliche Bedrohung mehr auszugehen schien, war der Händler auf die Bettstatt gesunken und in einen tiefen Schlaf gefallen. Er erwachte durch ein heftiges Beben und laute Schreie. Es fiel ihm schwer, zu sich zu finden, doch als der Schlaf wich, wurden seine Sinne klarer. Schließlich richtete er sich stöhnend auf und erkannte den Händler Baransi, der ihn heftig an der Schulter rüttelte.

„Oh, guter Herr Helderim, erwacht endlich. Furchtbares ist geschehen“, Baransi stieß weiter gegen Helderims Schulter. „Mor berichtete mir von einem entsetzlichen Feuer, das die Stadt verschlungen hat. Oh, guter Herr, erwacht und …

„Hört endlich auf, mich durchzuschütteln“, knurrte Helderim missmutig. „Ich bin längst wach, und wenn Ihr weiter derart an mir zerrt, werde ich noch meinen Arm verlieren.“

„Verzeiht“, murmelte Baransi erschrocken und ließ Helderim endlich los. „Ach, es ist furchtbar. Ein grausiger Brand hat … Aber sagt einmal, guter Herr, warum seid Ihr so geschwärzt im Gesicht? Und auch Euer Gewand ist voll Ruß!“

Helderim schaffte es endlich, sich aufzurichten und die Füße von der Bettstatt zu schwingen. Die Kammer im Obergeschoss des „Pferdekrugs“ war klein und spartanisch eingerichtet. Außer der Bettstand befanden sich nur eine Truhe für die persönliche Habe und ein winziger Tisch mit einem Schemel in dem Raum. Auf dem Tisch standen eine metallene Waschschüssel und ein irdener Krug mit Wasser. Das letzte Detail des Mobiliars bestand aus einem Haken an der Tür, an den Helderim seinen rußigen Umhang hätte hängen können. Müde, wie er gewesen war, hatte er jedoch vollständig bekleidet genächtigt.

Er tappte zu der Schüssel, goss Wasser hinein und spritzte sich davon ins Gesicht, um endgültig wach zu werden.

„Bei den finsteren Abgründen, guter Herr Helderim, Ihr seht aus, als wäret Ihr selbst im Feuer gewesen“, stammelte Baransi, der händeringend neben Helderim trat. „Sagt nur, wisst Ihr, was mit meinen Waren geschehen ist?“

„Euren Männern und den Pferden geht es gut“, erwiderte Helderim und dachte seufzend an die polierte Metallplatte, die daheim in der Schlafstube hing. Aber vielleicht war es nur gut, sich nicht allzu genau betrachten zu können. Er musste verheerend aussehen, das konnte er an seinem verschmutzten Gewand erkennen.

„Sagt mir lieber, was mit meinen Waren geschehen ist“, jammerte Baransi. „Oh, meine schönen Waren. Was soll ich nun den armen Menschen der Stadt zum Kauf anbieten?“

Zum ersten Mal empfand Helderim einen heftigen Widerwillen gegen den Mann. So sehr er inzwischen auch die goldenen Schüsselchen zu schätzen wusste, so gingen ihm lebende Wesen doch weit vor toten Waren. „Eure Töpfe und Pfannen werden geschmolzen sein“, sagte er nicht ohne Schadenfreude und hörte das entsetzte Keuchen des alnerischen Händlers. „Aber vielleicht könntet Ihr sie ja noch als Rohmetall veräußern.“

Die jammernden Schreie Baransis verfolgten Helderim die Treppe hinunter. Die Helfer des Händlers waren nicht im Schankraum, nur der Wachmann Mor saß an einem der Tische und trank etwas heißes Wasser, in dem einige Blätter Minze schwammen. Der intensive Wohlgeruch der Blätter erfüllte den Raum. Mor nickte Helderim freundlich zu und grinste.

„Ihr seht aus, als hättet Ihr in Eurem Wams genächtigt, guter Herr."

Josrum, der eifrig die Platte seines Tresens polierte und überraschend ausgeruht wirkte, sah Helderim besorgt an. „Ach, guter Herr Helderim, derart könnt Ihr Eure Waren aber nicht anbieten. Ich kann Euch ein anderes Gewand besorgen, und für Euer Gesicht habe ich etwas, um den Ruß fortzuwischen."

Der Schankwirt zog eine Metalldose unter dem Tresen hervor. „Asche und Fett, gut vermischt mit etwas feinstem Sand." Er lächelte Helderim verschwörerisch zu. „Ich bekomme damit selbst den stärksten Schmutz von meinem Tresen hier. Glaubt mir, es wird helfen, Euer Gesicht wieder ansehnlich zu machen."

„Ein anderes Gewand habe ich noch in meinem Gepäck", seufzte Helderim. „Aber Euer Wundermittel will ich gerne ausprobieren."

Mithilfe des Mittels, reichlich warmen Wassers und einiger Tücher gelang es Helderim endlich, sich von dem Ruß zu befreien. Als er den Schankraum erneut betrat, hatte seine Haut jede Schwärzung verloren, dafür jedoch einen roten Ton angenommen. Helderim hoffte, dass er vom kräftigen Reiben kam und sich rasch verlieren würde.

„Baransi ist zum Brandort gegangen." Mor schlürfte genießerisch das heiße Wasser. „Er will nach den Waren sehen. Viel wird ihm nicht geblieben sein."

Helderim musterte den erfahrenen Wachmann. „Sagt, guter Herr Mor, ich habe Euren Herrn nun etwas besser kennengelernt. Mir scheint, die Schüsselchen sind ihm ein wenig zu wichtig. Hättet Ihr nicht Lust, in meine Dienste zu treten?“

Der Gedanke war Helderim ganz spontan gekommen. Der Wachmann gefiel ihm in seiner ruhigen Art.

Mor sah ihn nachdenklich an und kratzte sich dann im Nacken. „Ich weiß Euer Angebot wohl zu schätzen, guter Herr Helderim.“

„Aber?“

„Seht, guter Herr, ich bin dem Händler Baransi verpflichtet. Zudem will ich ihn in dieser Lage nicht allein lassen. Meine Pflicht ist es, ihn wohlbehalten zurück ins Reich der weißen Bäume und nach Alneris zu geleiten.“

Mors Worte bestärkten Helderim nur in dem Beschluss, den Wachmann in seine Dienste aufzunehmen. „Ihr seid ein Mann von Ehre, Mor, wie ein rechter Pferdelord. Was haltet Ihr davon, in meinen Dienst zu treten, wenn Ihr Eure Pflicht erfüllt habt?“

Der Wachmann schwieg nur einen Moment, dann nickte er bedächtig. „Das will ich mit Freuden tun, guter Herr Helderim.“

Helderim lächelte zufrieden. „Es wird Euer Schaden nicht sein, guter Herr Mor. Die Hochmark wird Euch gefallen. Und Ihr solltet erst mein braves Weib Gunwyn kennenlernen, die treue Seele. Ihr werdet Euren Entschluss gewiss nicht bereuen.“

Josrum brachte Helderim ein Schüsselchen mit heißem Wasser und den duftenden Blättern. Helderim nippte an dem würzigen und ein wenig scharf schmeckenden Getränk und verbrannte sich prompt die Lippen. Dann pustete er rasch über die Schale, um sie abzukühlen. Josrum stellte indessen Brot, Käse und Fleisch auf den Tisch. Helderim merkte jetzt, welchen Hunger er hatte, und langte kräftig zu. Als er fertig war, nickte er dankbar zu Josrum und seufzte wohlig.

Mor wies mit dem Daumen zur Tür hinüber. „Ich will einmal sehen, wie es dem Herrn Baransi geht. Sicher hat er beim Anblick seiner Waren einen heftigen Schreck bekommen und wird nun stark schnaufen."

„Auch ich sollte wohl einmal nach meinem Sortiment sehen", stimmte Helderim zu. „So lasst uns gemeinsam gehen."

Sie verließen den „Pferdekrug" und gingen die Straße entlang zum südlichen Außenbezirk der Stadt. Obwohl die meisten Bewohner Merdonans während des Feuers nicht geruht hatten, war viel Betrieb, denn es sollte Markt abgehalten werden. Menschen und Tiere strömten vom Randbezirk her dem Zentrum entgegen, andere waren nur neugierig und wollten wie Helderim und Mor nach dem erloschenen Feuer sehen. Noch immer hing Brandgeruch in der Luft, und die Spuren der Brandbekämpfung wurden immer deutlicher, je näher man dem südlichen Stadttor kam.

Als sie die Ringstraße erreichten, trafen sie auf eine Anzahl Neugieriger, die sich vor den niedergebrannten Gebäuden versammelt hatten und von einigen Schwertmännern der Wache davon abgehalten wurden, die Trümmer zu durchsuchen. Die Sorge der Schwertmänner galt nicht etwa der Möglichkeit, jemand könnte brauchbare Gegenstände aus dem Brandschutt rauben. Denn fremden Besitz zu entwenden, war nicht ehrenhaft und eines Angehörigen des Pferdevolkes unwürdig. Niemand hier brauchte seine Tür zu verschließen, es sei denn, der Feind stand davor.

Als sich Helderim mit Mor durch die Menge der Neugierigen drängte, trat ihm ein Schwertmann entgegen und stellte seine Lanze quer. „Hier geht es nicht weiter, Ihr guten Herren. Seid verständig, Ihr könnt den Bereich nicht betreten. Noch immer herrscht Hitze, und es gibt Glutherde, über die wir wachen. Zudem droht jenes Lager dort einzustürzen."

„Zu eben jenem Lager muss ich, guter Herr Schwertmann." Helderim wies hinüber. „Meine Waren lagern dort, und ich will sehen, was mir geblieben ist."

„Gehört Ihr zu diesem Mann dort?" Die Lanze des Schwertmanns wies zu einem Schutthügel, vor dem eine laut jammernde Gestalt auf und ab rannte und ihr Schicksal beklagte. Der Schwertmann spuckte aus. „Wir verloren drei gute Männer, und der dort klagt über Töpfe und Pfannen."

„Lasst es gut sein, Schwertmann", rief eine Stimme aus der Schar der Neugierigen. „Ich habe die beiden in der Nacht gesehen. Sie haben wacker bei den Löscharbeiten mitgeholfen, und keiner von ihnen hat geklagt."

Andere murmelten Zustimmung, und das abweisende Gesicht des Schwertmannes wurde freundlicher. „Nun, es sind Eure Waren, und ich will Euch nicht davon abhalten, sie in Augenschein zu nehmen."

„Habt Dank dafür, guter Herr Schwertmann. Mögen Eure toten Pferdelords ihren Weg zu den Goldenen Wolken gefunden haben."

Der Schwertmann nickte. „Seid vorsichtig. Die Seitenwand des Lagers ist schwer beschädigt, sie mag über Euch zusammenbrechen."

Helderim und Mor ignorierten den jammernden Baransi und näherten sich dem Lager, in dem Helderims Waren untergebracht waren. Es war offensichtlich, dass dieses Gebäude unter dem Brand gelitten hatte. Insgesamt schienen drei der kleinen Lagerhäuser den Flammen zum Opfer gefallen zu sein. Die Gebäude waren relativ klein, und zwischen ihnen führten lediglich schmale Treppen zum Wehrgang hinauf, sodass sie praktisch Wand an Wand standen. Jedenfalls hatten diese engen Aufgänge das Feuer nicht daran hindern können, auf die benachbarten Lager überzugreifen. Auch die Palisade des Wehrgangs hatte in diesem Bereich erheblichen Schaden genommen. Doch obschon der Brandschutt noch schwelte, waren Handwerker und Schwertmänner bereits dabei, die Verteidigungsanlage instand zu setzen. Da es reichlich Holz gab, löste man die Verbindungen der angesengten oder verkohlten Pfähle, brach sie aus dem Verbund heraus und setzte neue in die Fuge der Wehrmauer ein.

Helderim und Mor erreichten das Lager Josrums, dessen Tür weit offen geblieben war, als man die Pferde in Sicherheit gebracht hatte. Die dem Brandherd zugewandte Seite war teilweise verkohlt, zudem waren zwei Stützen der Dachkonstruktion gebrochen, und das Dach selbst hing schräg in den Raum hinein. Der Schwertmann hatte durchaus recht mit der Befürchtung, es könne ganz in sich zusammenstürzen. Brandgeruch hing in der Luft, gemischt mit einem ätzenden Gestank.

„Riecht Ihr das, guter Herr Helderim?", fragte Mor und schnüffelte. „Es riecht nach verbranntem Fleisch. Ich dachte, man hätte alle Pferde gerettet?"

Helderim, dessen sorgenvoller Blick den Traglasten der Packpferde galt, nickte geistesabwesend. „Ja, so ist es."

Die Packen waren an einer Seite angesengt, und ihr Leder war brüchig und geschwärzt. Helderim hoffte, dass die empfindlichen Kristalle und die geschmiedeten Halter der Hitze widerstanden hatten.

„Wenn es keine verbrannten Pferde sind", knurrte Mor, „was stinkt dann derart erbärmlich?"

„Was meint Ihr?" Helderim riss sich vom Anblick der Packlasten los.

„Den Gestank.“ Mor schnupperte erneut und ging dabei durch den Raum. „Riecht Ihr das denn nicht?“

Helderim schnüffelte nun ebenfalls und nickte. „Ihr habt recht, guter Herr Mor. Es mag vom benachbarten Lager her kommen. Oder zumindest aus der Richtung“, fügte er unsicher hinzu.

Mor schüttelte den Kopf und beäugte misstrauisch das schief liegende Dach, dann trat er vorsichtig unter die labile Konstruktion. „Es scheint mir eher aus dieser Ecke hier zu kommen.“

Zögernd trat Helderim neben den Wachmann. Vor ihren Augen lagen Teile der Dachabdeckung, zudem teilweise verkohlte Strohballen und versengtes Lederzeug von den Pferdegeschirren, die auf einen Haufen übereinandergestürzt waren. Mor schielte erneut zum Dach hinauf, dann bückte er sich und begann die Teile vorsichtig auseinanderzuzerren. „Es kommt von hier, guter Herr Helderim. Hier muss etwas Totes liegen, ich kenne den Geruch.“

„Alle Pferde wurden gerettet“, murmelte Helderim und erblasste dann. „Meint Ihr, dort liegt ein toter Mensch?“

„Es kann nichts anderes sein“, erwiderte Mor heiser und hustete. Der Gestank von angesengtem Fleisch wurde intensiver. „Ich fürchte, die Schwertmänner haben ihren vierten Toten zu beklagen.“

Helderim musste unwillkürlich würgen. „Vielleicht ist es ja auch einer der Männer, die bei der Brandbekämpfung halfen.“

Mor stieß einen grimmigen Laut aus. „Helft mir, guter Herr. Hier liegt er. Ohne Zweifel war dies ein menschliches Wesen.“

Helderim würgte erneut, als Mor den schrecklich verbrannten Körper eines Menschen freilegte. Der Leib des Mannes war verkohlt, und die Zähne schimmerten seltsam weiß aus dem schwarz verschrumpelten Gesicht. Helderim würgte zum dritten Mal und wandte sich zur Seite. Mor sah verständnisvoll zu ihm hinüber, als der Händler sich übergab.

„Lasst es gut sein, guter Herr Helderim, ich brauche Euch hierfür nicht. Geht an die frische Luft und ruft ein paar Männer herbei."

Helderim nickte mühsam und schleppte sich zum Eingang des Lagers, wo er sich an das offene Tor lehnte und gierig nach Luft schnappte. Doch der üble Gestank wollte nicht aus seiner Nase weichen. Der Schwertmann, der Helderim und Mor zunächst hatte zurückhalten wollen, wurde auf ihn aufmerksam und kam zögernd näher. Er fuhr erschrocken zusammen, als Mor erschien, der den übel verbrannten Körper auf einer angekohlten Satteldecke mit sich schleifte.

„Bei den finsteren Abgründen", murmelte der Schwertmann, als er den Körper sah.

Helderim warf nur einen kurzen Blick auf die Leiche und wandte sich ab.

„Er ist fürchterlich verbrannt", knurrte Mor. „Ich vermag nicht zu sagen, ob er einer Eurer Pferdelords war, guter Herr Schwertmann, denn auch seine Kleidung ist verbrannt."

Helderim zuckte zusammen und sah den Toten nochmals an. Tatsächlich, an dem Toten waren keine Reste von Bekleidung zu erkennen. „Das kann nicht sein", murmelte er. „Es müsste Reste von Kleidung geben. Zumindest Fetzten verkohlten Stoffes sollten zu erkennen sein, und auch die Schnallen können nicht vollständig verbrannt sein."

„Mir scheint, der Mann war nackt", brummte Mor.

„Niemand läuft unbedeckt durch die Gegend", warf der

Schwertmann der Wache ein.

Helderim lehnte keuchend am Tor und schüttelte den Kopf. „Holt einen Heiler, Ihr guten Herren."

Der Schwertmann nickte mitfühlend. „Der Anblick setzt Euch zu, ich kann es wohl verstehen."

„Nicht für mich, guter Herr." Helderim wies auf den Toten. „Für jenen dort."

„Er benötigt die Hilfe eines Heilers nicht mehr", gab der Schwertmann heiser zurück. „Er ist verbrannt, und kein Heiler kann ihn mehr zurück ins Leben holen."

„Ich weiß", ächzte Helderim. Er zwang sich dazu, die Leiche zu betrachten, und je länger er sie ansah, desto stärker drängte sich ihm ein entsetzlicher Verdacht auf. „Seid so gut und holt mir einen Heiler, guter Herr Schwertmann." Er sah den Mann eindringlich an. „Und glaubt mir, es ist wichtig."

„Nun, wenn Ihr unbedingt meint, so werde ich nach Baralf schicken", stimmte der Schwertmann skeptisch zu.

Helderim sah auf den Toten hinunter und hoffte von ganzem Herzen, dass sich sein Verdacht nicht bestätigen werde.

34

Heldar-Turiko strich sich durch sein Sonnenhaar und sah die Versammlung der erfahrenen Krieger an. Die Turiks des Nagerclans hatten sich im Schädelhaus zusammengefunden und lauschten jetzt den Worten eines Kriegers des Fleckbeißerclans. Er kniete ehrerbietig vor dem Turiko, dessen symbolischen Nackenstreich er entgegengenommen hatte, und erfüllte nun die Mission, die ihm der Turiko seines eigenen Clans aufgetragen hatte.

„Wir haben die Horde der Orks vor einem Halbmond erspäht und beobachten sie seitdem. Sie müssen aus dem Land des Zwergenvolkes gekommen sein und marschierten zunächst gen Westen. Jetzt haben sie ihre Richtung geändert und bewegen sich auf die Clanheime zu. Ihre Rüstungen sind schwer und mächtig. Stachelpfeile vermögen sie nicht zu durchdringen, und die Helme sind stark und schützen ihre Nacken. Es wird schwierig, ihre Schädel zu nehmen. Unser Turiko hat an alten Waffen ausgegeben, was unser Clan noch besaß. Lanzen und Schwerter aus vergangenen Tagen, aber es sind zu wenige, und wir brauchen mehr davon." Der Krieger leckte sich über die Lippen. „Auch wenn wir die Clanhäuser vereint in den Kampf führen, wird es schwierig und verlustreich werden, die Orks aufzuhalten. Unser Turiko macht den Vorschlag, die Waffen der Toten Wache zu verwenden."

„Niemals!" Bimar-Turik, der erfahrene Kämpfer des Nagerclans, sprang erregt auf. „Das wäre nicht ehrenhaft! Wir dürfen die Totenruhe nicht stören!"

„Ohne metallene Waffen werden wir die Horde nicht aufhalten können“, erwiderte der Krieger des Fleckbeißerclans entschieden. „Wir brauchen die Waffen der toten Pferdelords.“

Heldar-Turiko hob die Schädelkeule in seiner Hand und gebot Schweigen. „Die Ehre der Toten ist unantastbar. Sie bleiben, wo ihr Blut den Boden berührte, und ihre Hände müssen die Waffen halten. So ist das Gesetz des Sandvolkes, und wir werden es nicht brechen.“

„Dann nehmt meinen Schädel, Turiko des Nagerclans“, rief der Krieger des befreundeten Clans. „Denn ohne die Metallwaffen der alten Zeit werden wir den Orks nicht widerstehen können.“

„Auch wir haben Waffen aus jenen Tagen, als wir noch Metall schmiedeten“, sagte Heldar-Turiko leise. „Zudem haben wir Eisen, aus dem wir neue fertigen können.“

„Auch das wären noch zu wenige.“

„Dann werden wir mehr davon besorgen müssen.“ Heldar-Turiko sah die Versammelten eindringlich an. „Ein Beritt der Pferdelords ist in unserem Land. Wenn wir sie bezwingen, ohne dass es zum Kampf kommt, haben wir das Recht, ihre Waffen an uns zu nehmen. Sie haben außerdem Packpferde mit zusätzlichen Waffen dabei.“

Bimar-Turik wandte dem Turiko sein vernarbtes Gesicht zu. „Sie aus der Ferne mit vergifteten Stacheln töten? Daran ist nichts Ehrenvolles, Turiko. Wir dürften nicht einmal ihre Schädel nehmen.“

„Aber ihre Waffen.“ Der Turiko seufzte leise. „Es gefällt mir selbst nicht, dergleichen zu tun, aber wir brauchen die Schwerter und Lanzen der Pferdelords, um die Rüstungen der Orks zu brechen.“ Er musterte den Krieger des Fleckbeißerclans. „Sage deinem Turiko, dass wir sie beschaffen werden. Heute noch werden die Wüstennager aufbrechen, um sie zu erbeuten.“

Der Krieger nickte. „Die anderen Clans sammeln sich zwischen den Heimstätten und der Horde. Wir beobachten die Orks und halten uns bereit. Wenn ihr die Waffen nicht rechtzeitig besorgt, werden viele Turiks bei der Verteidigung der Heime sterben müssen."

Heldar-Turiko nickte und entließ den Krieger. Nachdem der Mann das Schädelhaus verlassen hatte, erhob sich der Turiko des Nagerclans. „Es ist nicht ehrenhaft, den Feind aus der Ferne zu töten. Es ist auch nicht ehrenhaft, ihm die Waffen zu nehmen und die Schädel zu belassen. Aber es wäre ebenso wenig ehrenhaft, den alten Toten die Waffen zu rauben." Er hob die Schädelkeule über seinen Kopf. „Doch dafür werden wir Ehre erlangen, wenn wir den Orks Schädel an Schädel begegnen. Schädel an Schädel!"

Die Krieger erhoben sich. „Schädel an Schädel!", riefen sie wie mit einer Stimme.

Der Turiko stülpte sich den Helm über sein sonnengelbes Haar. „Versammelt die Turiks der Nager. Noch in diesem Zehnteltag brechen wir auf, um uns die Waffen der Pferdelords zu nehmen. Bimar-Turik wird mit einem Trupp zurückbleiben und die Heimstatt schützen."

Der alte Krieger stieß ein missbilligendes Grunzen aus, und der Turiko sah ihn ernst an. „Da nur wenige Krieger verbleiben, um die Heimstatt zu schützen, muss der erfahrenste von uns sie führen."

Bimar-Turik nickte widerwillig. „Es ist ohnehin wenig Ehre daran, aus der Ferne mit Gift zu töten."

„Dann ist es beschlossen und so sei es besungen."

„So sei es besungen."

Der Clan der Nager zog in den Krieg.

35

Die Nase des Mannes tropfte bedenklich, und immer wieder wischte er sie mit dem Ärmel seines Gewandes ab. Missmutig sah er Helderim an. „Ich weiß nicht recht, was ich hier noch tun soll. Der arme Kerl ist verbrannt und so tot, wie ein Mensch nur sein kann."

„Ich bitte Euch, Hoher Herr Heiler, seht ihn Euch genauer an." Helderim stand vor dem Haus des Heilers und sah die skeptischen Blicke, die der Mann aus der offenen Tür warf. Hinter Helderim standen Mor und zwei Schwertmänner, welche die Decke trugen, in die man den verbrannten Leichnam gehüllt hatte. Auch die Decke konnte den üblen Geruch nicht zurückhalten.

„Er ist tot und wird mir mit seinem Gestank nur den ganzen Raum verpesten."

Helderim langte in seine Tasche und zog zwei Schüsselchen deraus hervor. „Es wird Euer Schaden nicht sein, Hoher Herr Heiler."

Baralf, der Heiler der Stadt Merdonan, seufzte leise, aber sein Blick haftete auf den beiden goldenen Schüsselchen, die Helderim ihm entgegenstreckte. „Warum wollt Ihr dafür zahlen, dass ich den Tod eines Mannes bestätige, in dessen Leib ganz offensichtlich kein Leben mehr steckt?" Er zuckte die Achseln und wischte sich erneut über die Nase. „Nun, es sind Eure Schüsselchen, guter Herr."

„Jetzt sind es die Euren." Helderim drückte dem Heiler die Münzen in die Hand, der sie in den Tiefen seines Gewandes verschwinden ließ und zögernd die Tür freigab. Er machte

Mor und den anderen ein Zeichen, und sie folgten ihm ins Haus.

Der Heiler trat an den großen Tisch, der in der Mitte des Raumes stand und stark verschmutzt war. Blutflecken, Reste von Stoff und Rückstände von Tinkturen und Salben waren auf der zerkratzten Platte zu erkennen. Der Heiler schob den Ärmel, mit dem er sich zuvor bereits die Nase geputzt hatte, über den Handballen, und wischte grob über den Tisch. „Legt ihn hier herauf. Seht mir nach, dass es hier ein wenig unreinlich wirkt, aber in der Nacht gab es viel zu tun. Viele gute Menschen, die meiner Hilfe bedurften. Es war ein wirklich übles Feuer." Er sah auf den Toten hinunter, der nun auf den Tisch gehoben wurde. „Der da vermag es zu bezeugen", sagte der Heiler und grinste verzerrt. „Ah, nur gut, dass meine Nase ein wenig verstopft ist. Es dämpft mir den üblen Geruch."

Baralf wedelte mit der Hand vor seinem Gesicht, als die Decke geöffnet wurde. „Ach, ein übler Anblick. Der arme Kerl wurde wohl vom Feuer überrascht." Zögernd beugte der Heiler sich vor und beäugte den verbrannten Leichnam. „Ja, nun, er ist tot." Er sah Helderim an. „Soll ich es Euch noch schriftlich bestätigen? Ich vermag die Zeichen zu setzen."

„Seht ihn Euch genauer an", drängte Helderim. „Der Tote ist nackt."

Baralf schniefte und blinzelte überrascht. „Ja, in der Tat. Das ist ungewöhnlich."

Er wischte sich über die Nase. „Seine Haltung ist auch ungewöhnlich", brummte er. Mit erwachendem Interesse beugte er sich weiter vor und nahm eine metallene Pinzette zur Hand, um die Leiche näher zu untersuchen. „Das ist seltsam." Er sah Helderim und die anderen an. „Ein Leib krümmt sich im Feuer zusammen, dieser hier liegt jedoch flach auf dem Rücken."

„Seht Euch die Verbrennungen näher an, Hoher Herr Heiler. Sie erscheinen mir eigenartig.“

„Findet Ihr?“ Der Heiler zupfte an einigen Stellen mit der Pinzette. „Ah, ich sehe, was Ihr meint, guter Herr.“

Baralf drehte sich herum, nahm eine scharfe Klinge von einem der Regale und beugte sich wieder über den Toten. „Tretet ein wenig zurück, Ihr Herren, es könnte nun ein wenig unappetitlich werden.“

Mor und die beiden Begleiter wussten nicht, wonach der Händler da suchen ließ. Helderim selbst verspürte Übelkeit, aber sein Verdacht ließ ihn durchhalten, und er sah zu, wie Baralf den verbrannten Körper mit der Klinge öffnete. Schon nach wenigen Augenblicken sah der Heiler die anderen Männer verwirrt an.

„Das war ein merkwürdiges Feuer, Ihr Herren. Seht Euch an, wie es durch den Leib gegangen ist. Ich verstehe das nicht. Ein Feuer wirkt von außen auf den Körper und so schlägt die Hitze auch von außen in den Körper hinein. Doch dieser arme Kerl hier ... Als sei das Feuer von innen gekommen. Ich kenne nichts, was derartige Verletzungen bewirken könnte.“

„Ich schon“, stöhnte Helderim auf. „Ich habe von solchen Dingen gehört.“

Die anderen sahen den Händler überrascht an, und Baralf beugte sich leicht vor. „Erklärt mir das, guter Herr. Wo habt Ihr Ähnliches gesehen?“

Nun, da sich sein Verdacht bestätigt hatte, begann Helderim zu berichten. Von den Grauen Zauberern, die so lange Zeit Freunde der Menschenwesen gewesen waren und sich nun gegen sie gewandt hatten, und von ihren mannigfaltigen Fähigkeiten.

Es gab den Wuchtzauber, durch den sie Objekte mit großer Gewalt fortschleudern konnten, manche von ihnen besaßen auch die Fähigkeit, ihre Gestalt zu verwandeln, sodass sie äußerlich einer beliebigen Person glichen, doch sie alle beherrschten den Flammzauber. Durch ihn konnten die Grauen Wesen Gegenstände entzünden und sogar Menschen verbrennen. Dabei entstand die Hitze im Innern der Körper und verbrannte sie.

„Ein Grauer Zauberer", ächzte Baralf entsetzt, als Helderim geendet hatte. „Ich habe von solchen Wesen gehört, doch noch nie eines von ihnen zu Gesicht bekommen."

„Seid froh, guter Herr." Helderim sah den Leichnam traurig an. „Der dort hat eines erblickt, und es ist ihm nicht bekommen. Die Grauen Wesen können ihren Zauber nur dann ausüben, wenn sie das entsprechende Objekt auch sehen können. Ich fürchte, Ihr habt nun eines von ihnen mitten in Eurer Stadt, Ihr guten Herren."

Die Schwertmänner der Wache erblassten. „Wie sollen wir es nur finden, guter Herr Helderim?"

Helderim sah den Toten unverwandt an. „Ich fürchte, er hat die Gestalt des armen Wesens hier angenommen und sich seiner Kleidung bemächtigt. Sie vermögen den Körper eines Menschen zu kopieren, nicht jedoch dessen Gewand. Wenn wir in Erfahrung bringen könnten, wer hier vor uns liegt, wüssten wir, wessen Gestalt das Graue Wesen angenommen hat."

„Niemand wird vermisst", knurrte einer der Schwertmänner. „Vielleicht war es ein Besucher der Stadt, der zum Markt wollte und dann sein schreckliches Ende fand."

Baralf beugte sich erneut über den Toten, hebelte den Mund mit seiner Klinge auf und seufzte. „Ich fürchte, ich weiß, wer das hier ist. Vor einem Zehntag entfernte ich zwei faulige Zähne aus dem Gebiss. Doch wartet, ich muss mich vergewissern."

Baralf setzte die Klinge an der Hüfte des Toten an und schnitt bedenkenlos durch das verbrannte Gewebe. Er stöhnte leise auf und zog dann ein metallenes Objekt aus der Wunde hervor. „Einst wurde der Tote von einem Pfeil getroffen, doch damals konnte ich die Spitze nicht entfernen. Sie saß zu tief und hatte sich im Knochen verhakt. Daher hat er fortan ein wenig gehinkt. Ja, ihr guten Herren, es mag euch nicht gefallen, aber ich denke, dies hier ist Harunt."

„Der Erste Schwertmann", stieß einer der Männer entsetzt hervor. „Bei den finsteren Abgründen, seid Ihr Euch sicher, Baralf?"

„Dies hier ist Harunt, der Erste Schwertmann unseres Pferdefürsten Bulldemut", bestätigte Baralf entschieden.

„Das kann nicht sein", meldete sich Mor zu Wort. „Wir trafen den Ersten Schwertmann auf unserem Weg zur Stadt. Er begleitete Euren Pferdefürsten nach Enderonas."

Helderim nickte betrübt. „Wenn der Tote hier der Erste Schwertmann ist …"

„Er ist es, dessen seid gewiss", sagte Baralf schniefend.

„… dann war es nicht der Erste Schwertmann, der Euren Pferdefürsten begleitete."

Mor nickte und legte die Hand an seinen Schwertgriff. „Sondern ein Graues Wesen in seiner Gestalt."

36

Heldar-Turiko nickte zufrieden. Die Pferdemenschen waren entweder dumm oder aber verängstigt. Keiner ihrer Männer schützte die Flanken oder ritt ihnen voraus. In einer ungeordneten Kolonne zogen sie berharrlich nach Westen, was dem Turiko des Nagerclans die Möglichkeit gab, seinen Hinterhalt aufzubauen. Dreihundert Krieger waren nun bereit, die Männer auf den Pferden zu vernichten. Der Turiko wollte sichergehen, dass keiner der Reiter entkam, und hatte daher seine Krieger in zwei Gruppen geteilt. Die Pferdelords würden bald zwischen zwei lang gezogenen Dünen entlangreiten, und genau dort, zwischen den Dünen, würde sie der Tod ereilen. Heldar-Turiko hatte erwogen, seine beiden Gruppen auf den Dünenkämmen in Stellung zu bringen, sich dann aber dagegen entschieden.

Wenn die Reiter dem Beschuss der einen Gruppe auswichen, konnten sie sich der anderen zu sehr nähern, und es würde zum offenen Kampf kommen. Das Gesetz der Ehre verlangte, dass den Streitern dann die Waffen belassen würden, doch in diesem besonderen Fall musste dies unbedingt verhindert werden.

Also hatte der Turiko des Nagerclans seine beiden Gruppen mit jeweils hundertfünfzig Kriegern entlang derselben Düne postiert und zwischen beiden Einheiten einen größeren Abstand gelassen. Die erste Gruppe würde die Pferdelords fast vollständig passieren lassen und erst dann ihre vergifteten Stachelpfeile auf sie abzuschießen. Die Hänge waren sehr steil, und die Reiter würden keine Chance haben, sie zu erklimmen.

Wenn sie es doch probierten, würden sie sehr rasch sterben. Also konnten sie nur versuchen, nach vorne auszubrechen, womit sie in die Reichweite der zweiten Gruppe gelangen würden. Und der würde keiner von ihnen mehr entkommen.

Klar-Turik und Heglen-Turik waren in jener Gruppe, die sich den Pferdelords als Erste stellen würde. Klar-Turik beobachtete missmutig den Beritt der Pferdelords, der sich von Osten her näherte. „Es ist nicht richtig. Wir dürfen nicht einmal ihre Schädel nehmen."

Heglen-Turik grinste ihn an. „Du wirst dich noch gedulden müssen, bis du deinen zweiten Schädel bekommst."

Klar grunzte missmutig. Die Pferdelords kamen nur langsam näher. An der Spitze flatterten ein rechteckiges und ein dreieckiges Banner im Wüstenwind, ein zweiter Wimpel befand sich in der Mitte der Kolonne. „Wenn das zweite dreieckige Tuch auf unserer Höhe ist, greifen wir an."

„Das hast du nicht zu entscheiden."

„Ich bin der ältere Turik."

Heglen-Turik wies mit dem Daumen hinter sich. „Aber Saswa-Turik ist noch älter, und er ist es, der hier befiehlt."

Saswa kam gerade im Sichtschutz der Düne herangestapft und schob sich zwischen die beiden. „Haltet euch ruhig. Ihr zappelt herum wie zwei junge Sandwühler. Gebt acht, dass die Reitermenschen euch nicht bemerken."

Gemeinsam beobachteten sie die Kolonne. Die Krieger ihrer Gruppe waren in drei Reihen hintereinander gestaffelt, doch nur die vordere Reihe hatte Gift für die Stachelpfeile. Sie alle hatten ihre Vorräte gesammelt und an die besten Schützen gegeben. Man würde viele Stacheln in kurzer Zeit ausblasen müssen, wenn man die Pferdelords rasch bezwingen wollte. Niemandem von ihnen behagte, dass es zu keinem ehrenvollen

Kampf kommen würde, doch sie sahen ein, dass die Metallwaffen der Reiter nun wichtiger waren als die Trophäen, die ihnen entgehen würden.

Auf einmal stieß Saswa-Turik einen grimmigen Fluch aus. „Diese verdammten Pferdemenschen, sie weichen aus."

Er biss vor Wut beinahe in den Sand, und die anderen konnten seine Erregung gut verstehen. Die Kolonne der Reiter schwenkte ab. Wenn sie die neue Richtung beibehielt, würde sie noch immer zwischen den Dünenkämmen entlang in den Hinterhalt reiten, aber nun nicht mehr über die Talsohle, sondern fast am Hang des gegenüberliegenden Hügels entlang.

„Narren, sie ermüden so ihre Pferde", brummte Saswa-Turik.

„Aber so sind sie kaum noch in Reichweite der Pfeilrohre", stellte Heglen-Turik fest.

Saswa nickte widerwillig. „Lasst uns genau sehen, was vor sich geht. Vielleicht haben sie uns entdeckt."

„Das glaube ich nicht", warf Klar-Turik ein und beobachtete den Beritt. „Dann würden sie brüllen und ihre Lanzen nach uns strecken. Du kennst doch die Pferdereiter. Das tun sie immer, wenn sie einen Feind sehen. Es ist ihre Art."

Heglen-Turik lachte leise. „Als wärest du schon so vielen der Pferdemänner begegnet."

„Genug, um das zu wissen", fauchte Klar.

„Seid still." Saswa spähte vorsichtig über den Dünenkamm. „Ich glaube nicht, dass sie etwas gesehen haben. Aber vielleicht spüren sie etwas. Wer vermag schon zu sagen, was in ihren Köpfen vor sich geht."

„Lasst sie uns öffnen und nachsehen", brummte Klar und fingerte an seiner Schädelkeule.

Saswa-Turik legte seine Hand auf die des anderen. „Wir

töten sie mit den Giftstacheln. So ist es beschlossen. Halte deinen Eifer im Zaum."

Der erfahrene Krieger gab Zeichen mit der Hand, und die vordere Reihe der Schützen schob sich in Position. Die Pferdelords ritten jetzt fast außerhalb der Reichweite ihrer Rohre. Aber nur fast. „Ihr müsst besonders kräftig blasen", raunte er und ließ die Anweisung durch die Reihen laufen. „Und seid schnell, dann werden wir sie schon erwischen."

Auch Saswa-Turik schien sich an dem Wimpel in der Mitte der Kolonne zu orientieren. Neben dem Wimpelträger ritt ein ungewöhnlich klein gewachsener Pferdelord, der damit eher einem Zwerg oder einem kleinen Kind glich. Heglen-Turik konzentrierte sich auf diesen Reiter, während er auf das Zeichen wartete.

Klar-Turik neben ihm konnte dagegen nicht abwarten. Der Eifer ließ den arroganten Jungkrieger überstürzt handeln, und als das Zischen des ausgestoßenen Giftstachels zu hören war, verschossen auch andere Krieger automatisch ihre Stachelpfeile. Wütend über Klars Handeln, gab Saswa-Turik wenig später endlich den Befehl.

Massen an Stachelpfeilen zischten nun zu den Pferdelords am gegenüberliegenden Hang hinüber, doch Heglen-Turik schätzte, das nicht einmal die Hälfte der Giftstacheln ihr Ziel erreichte. Aber drüben schrien Männer auf und stürzten von den Pferden, und Heglen nickte befriedigt, als der winzige Pferdelord die Arme in die Luft warf und rücklings mit seiner gewaltigen Streitaxt in der Hand vom Pferd fiel. Auch der Wimpel wankte und ging zu Boden.

Die vordere Hälfte der Kolonne verharrte und unter die Schreie der sterbenden Pferdelords mischten sich die Befehle anderer Reiter. Die Pferdelords begannen sich unbeholfen zu formieren, und einige wenige Pfeile fuhren ziellos durch die Luft, während weitere Reiter zu Boden gingen.

„Holt euch ihre Schädel“, brüllte Klar-Turik auf. „Holt sie euch.“

Heglen sah den Jungkrieger verwirrt an, und Saswa streckte die Hand aus, um den voreiligen Krieger aufzuhalten, aber Klar stemmte sich auf die Beine und warf dem überraschten Heglen einen spöttischen Blick zu, bevor er ihm kraftvoll gegen das Schienbein trat. Während Heglen mit einem Schmerzenslaut zu Boden ging, sprang Klar bereits den Hang hinunter. „Jetzt hole ich mir meinen zweiten Schädel“, brüllte er triumphierend. „Und meinen dritten noch dazu.“

Andere Krieger folgten Klar-Turiks Beispiel, ohne sich um Saswa zu kümmern, der versuchte, sie zurückzuhalten. Erst einzeln, dann in Gruppen zogen sie ihre Schädelkeulen und rannten Klar hinterher die Düne hinab. Was der Turiko ihnen zuvor befohlen hatte, war verdrängt von der Vorfreude auf die Schädel der Pferdelords.

Der halb formierte Beritt unter ihnen geriet nun endgültig in Panik. Einzeln oder in Pulks wendeten die Reiter ihre Pferde von den herannahenden Kriegern ab und versuchten verzweifelt, den gegenüberliegenden Dünenhang hinaufzugaloppieren. Heldar-Turiko erkannte, dass seine zweite Gruppe die fliehenden Pferdelords nicht mehr würde stellen können, und musste zusehen, wie seine Krieger einen Moment lang zögerten, bevor sie kampfeslüstern dem Beispiel der anderen folgten.

Von zwei Seiten rannten die Krieger des Sandvolkes nun zu der Stätte hinunter, an welcher der Beritt sein Ende gefunden hatte. Fast vierzig Pferdelords lagen im Sand verstreut, dazwischen einige getroffene Pferde, andere rannten schrill wiehernd umher.

„Mein zweiter Schädel", brüllte Klar-Turik begeistert. „Mein zweiter Schädel!"

Was zählten die Metallwaffen der Pferdelords, wenn es galt, ihre Schädel zu nehmen und Ruhm und Ehre zu erlangen? Klar stürmte durch den Sand auf jenen bärtigen Reiter zu, der den Wimpel geführt hatte und nun ausgestreckt im Sand lag. Neben ihm her stapften andere Clankrieger. Zwei oder drei der Pferdelords rührten sich schwach, aber niemand schoss noch einen Giftstachel ab. Nun war die Zeit der Keulen gekommen, um die Schädel der Feinde zu nehmen.

Klar schrie triumphierend, reckte sich über dem toten Wimpelträger, dessen Hand noch immer die Lanze umkrampfte, und holte zum Schlag gegen die Halswirbel aus.

Doch nun bewegte sich Kormunds Wimpellanze, und als Klar sich vorbeugte, stieß deren Spitze durch seinen Leib. Klar schrie wie ein angestochener Sandwühler, während die Lanze bis zum Tuch durch seinen Körper drang. Der Jungkrieger stierte den Pferdelord an, der sich mit bösartigem Gesichtsausdruck aufrichtete.

„Schneller Ritt …"

„… und scharfer Tod."

Plötzlich begannen die Toten sich zu bewegen, zumindest die meisten von ihnen, und waren auf unerklärliche Weise wieder von Leben erfüllt.

Dorkemunts Axt hatte zu kreisen angefangen und trennte gerade den erhobenen Arm und den Kopf eines Sandkriegers vom Rumpf. Blut spritzte auf den Sand. Lanzen stießen zu, Klingen wurden gezogen, und den heranstürmenden Kriegern des Sandvolkes blieb nichts anderes übrig, als sich dem Zorn der Pferdelords zu stellen. Waffen prallten auf Rüstungen und auf menschliche Leiber, während Schreie und Stöhnen die Luft erfüllten.

„Schließt die Reihen“, brüllte Kormund mit Stentorstimme und stieß mit dem Fuß gegen Klar-Turiks Leib, um die Lanze freizubekommen. Ein Barbar wollte sich auf ihn stürzen, aber Nedeams Pfeil warf ihn zu Boden, und schon hielt der Scharführer Wimpel und Schwert wieder kampbereit. „Schließt die Reihen und steht fest!“

Die Pferdelords rückten zusammen und versuchten sich gegenseitig Deckung zu geben. Dennoch würde ihre Niederlage unvermeidlich sein, denn kaum dreißig der Männer standen gegen eine fast zehnfache Übermacht. Sie kämpften tapfer und mit dem Tod vor Augen, denn obgleich immer mehr der feindlichen Krieger fielen, starben auch Pferdelords, einer nach dem anderen. Ein Pferdelord spießte einen Krieger mit der Lanze auf, bekam die Spitze aber nicht schnell genug frei. Sofort warfen sich drei Barbaren auf den Mann und schlugen mit den Keulen auf ihn ein, bis seine Bewegungen erstarben. Ein anderer Reiter, dessen Bein zertrümmert war, war auf die Knie gesunken und hackte mit dem Schwert um sich, bis ein Krieger seinen ungeschützten Rücken erreichte und ihm mit einem Keulenschlag den Hals brach. Einem weiteren Pferdelord war das Gesicht von einer Keule zertrümmert worden, Blut nahm ihm die Sicht, und zwei andere Männer versuchten verzweifelt, ihn zu schützen und in den Ring der Pferdelords hineinzuziehen, der sich um Kormunds Wimpel geschart hatte. Doch sie schafften es nicht, obwohl auch Barus und ein anderer Mann noch herbeieilten. Der Nagerjäger hielt seine Keule mit beiden Händen, und seinen wuchtigen Schlägen widerstand kein Barbar.

Dass etwas nicht stimmte, merkten die Krieger des Nagerclans erst, als es viel zu spät war.

Knie an Knie brachen Garodems scheinbar geflohene Männer plötzlich von hinten in die Reihen der Turiks ein. Lanzen stießen zu, wurden gedreht und aus toten Leibern herausgezogen, bevor sie sich dem nächsten Ziel entgegenreckten, und Klingen hackten von Pferderücken herab.

„Tod! Tod! Tod!", brüllten die Männer von den Pferden herab und holten ihre Ernte ein.

Nur wenige der Sandkrieger hatten sich bei ihren Streifzügen jemals einem Pferdelord stellen müssen, der vom Pferd aus kämpfte, und sie alle begriffen nun, wie tödlich dieser Gegner war. Die Männer in den grünen Umhängen schienen auf ihren großen Rössern unbezwingbar. Und als sei dies nicht genug, bissen diese auch noch und keilten mit den Hufen aus. Hin und wieder sank ein Reiter getroffen vom Pferd, aber gegen die Übermacht der Pferdelords kamen die überrumpelten Krieger des Nagerclans nicht an, und so wandten sie sich schließlich zur Flucht. Aus dem zähen Ringen wurde nun ein wildes Schlachten, denn die Pferdelords setzten nach und kämpften, bis ihre Arme die blutigen Klingen kaum noch zu halten vermochten und ihre Pferde erschöpft waren.

„Blast zum Sammeln", brüllte Garodem schließlich. „Die erste Schar formiert sich neu, die zweite kümmert sich um die Verwundeten. Versichert euch, dass keiner der Barbaren mehr am Leben ist."

Klingen stießen in die Kehlen von verwundeten Feinden, während ein Dutzend der Pferdelords den fliehenden Wüstenkriegern ihre Pfeile nachsandte und noch einige von ihnen tötete, sodass nur noch wenige entkamen.

Kormund stützte sich erschöpft auf seine Wimpellanze und sah Garodem schwer atmend, aber mit zufriedenem Gesichtsausdruck an. „Ein guter Kampf, Garodem, mein Freund. Das war ein wahrhaft guter Kampf."

Sie überblickten das Schlachtfeld. Garodem nickte langsam, saß von seinem Pferd ab und stieß sein blutiges Schwert in den Sand, um es zu reinigen. „Nun haben sie eine Kostprobe unserer Kampfesweise erhalten", sagte er mit einem schmalen Lächeln, „und sie hat ihnen nicht geschmeckt."

„Ja, dieses Mal mussten sie nach unserer Art kämpfen", stimmte Kormund zu.

Dorkemunt beäugte misstrauisch einen Stachel, der sich in seinem Umhang verfangen hatte, und zog ihn mit spitzen Fingern heraus. „Vergiftet", stellte er lakonisch fest. „Das ist keine ehrenvolle Art, zu kämpfen. Das ist die hinterlistige Art der Orks." Er spuckte aus.

„Gebt acht mit den Stacheln", rief Kormund über den Kampfplatz. „Sie sind vergiftet. Verletzt Euch nicht an ihnen, Ihr Pferdelords."

Dorkemunt seufzte leise. „Viele von uns haben den letzten Ritt zu den Goldenen Wolken angetreten. Wir haben wohl zwanzig Männer verloren."

„Ein bitterer Sieg", stimmte Garodem zu. „Dennoch haben wir gewonnen."

Sie hatten fast zweihundert der Barbaren erschlagen, ein überwältigender Triumph, der jedoch blutig bezahlt worden war.

„Noch einen solchen Sieg werden wir uns nicht leisten können, Garodem, mein Pferdefürst", murmelte Mortwin. „Wir haben nun kaum noch fünfzig kampfbereite Männer, neben zwölf Verwundeten, die nur bedingt kämpfen können."

Garodem nickte. „Sie werden unseren weiteren Marsch verlangsamen."

„Ihr wollt weitermarschieren?" Kormund seufzte schwer.

„Bei allem Respekt, mein Hoher Lord Garodem, doch das wird nicht einfach. Wir haben den Barbaren zwar ordentlich zugesetzt, aber auch unsere Verluste sind hoch."

Garodem sah den Scharführer nachdenklich an. „Wenn die Beschreibung in dem Schriftstück korrekt ist, woran ich nicht zweifle, ist das Ziel nur einen Tagesritt entfernt. Jetzt sind die Barbaren geschwächt, aber sie werden sich bald wieder sammeln und neu formieren. Diese Zeit will ich nutzen, um unser Ziel zu erreichen." Er hob die Hand, als Kormund widersprechen wollte. „Ich werde nur mit einer kleinen Gruppe vorstoßen. Ihr, Kormund, mein Freund, werdet mit einer Handvoll guter Männer und den Verwundeten in die Hochmark zurückkehren. Ich glaube nicht, dass sich Euch jemand auf dem Weg zur Grenze entgegenstellen wird."

Kormund spürte, wie entschlossen Garodem war. „Dann übertragt Mortwin den Befehl über die Rückkehrer und lasst mich mit Euch reiten."

„Nein, Kormund, mein Freund. Ihr werdet die Verwundeten in Sicherheit bringen. Und dabei werdet Ihr auch Dorkemunt und Nedeam an Eurer Seite haben." Er lächelte flüchtig. „Und den guten Herrn Barus."

„Dann seid Ihr zu sehr geschwächt, Garodem, mein Hoher Lord", protestierte der Scharführer.

„Was vierzig gute Pferdelords nicht vermögen", knurrte Garodem, „vermag auch eine Handvoll weiterer Männer nicht zu ändern. Selbst wenn sie so gut kämpfen wie Dorkemunt und Nedeam."

„Vertraut die Verwundeten dem guten Herrn Dorkemunt an, mein Hoher Lord, und lasst mich mit Euch reiten." Kormund sah Garodem eindringlich an. „Wie soll ich vor das Antlitz Eurer Hohen Dame Larwyn treten, wenn Euch etwas zustößt und ich Euch nicht mit meiner Lanze schützen konnte?“

Garodem seufzte leise. Schließlich nickte er zögernd. „Gut, so soll Dorkemunt die andere Gruppe führen. Doch auch ihm wird das nicht behagen.“

Sie geleiteten die Toten zu den Goldenen Wolken, und keiner der Männer fühlte sich wohl, als der Beritt sich trennte.

Nur Nedeam schien dem etwas abgewinnen zu können. Er sah seinen Freund Dorkemunt schmunzelnd an. „Eigentlich bist du nun ja so etwas wie ein Scharführer“, flüsterte er ihm zu. „Du müsstest jetzt eigentlich eine Lanze mit einem Wimpel daran führen.“

Dorkemunt machte ein entsetztes Gesicht. „Eine Lanze? Ich vermag eine Lanze zu führen, wie du weißt, aber meine Waffe ist und bleibt meine brave Axt. Sie hat mich noch nie im Stich gelassen.“ Der kleinwüchsige Pferdelord lächelte flüchtig. „Zudem will ich nicht Scharführer werden. Es reicht mir, wenn ich mich mit dir herumschlagen muss.“

„Spracht Ihr vom Schlagen?“ Barus schloss zu ihnen auf.

Nedeam lachte. „Ich sagte dem Herrn Dorkemunt, er müsse nun eigentlich die Wimpellanze eines Scharführers führen, doch er will lieber die Axt schwingen.“

Barus nickte ernsthaft. „Das kann ich gut verstehen. Es ist zwar nur eine Axt, aber sie ist fast so gut wie eine Keule.“

Hinter ihnen lachte Mortwin schallend auf. „Immerhin habt Ihr beide Eure Waffen wohl geschwungen, Ihr guten Herren. Doch mir sind Lanze und Schwert weitaus lieber.“

Nedeam gab dazu keinen Kommentar. Sie alle waren gute Pferdelords, gewiss, doch mit dem Bogen vermochte keiner der anderen recht umzugehen.

37

Welderonem, der Pferdefürst der Südmark, verdankte sein Leben einzig der Fähigkeit der elfischen Heilerin Leoryn. Meowyn musste neidlos anerkennen, dass ihre eigenen Kenntnisse einfach nicht ausgereicht hätten, den Mann zu retten. Auch Lermogud, der Heiler des Königs, hatte Leoryns geschickten Händen bewundernd zugesehen.

„Wer auch immer die Klinge führte", hatte Leoryn schließlich erschöpft und mit zufriedenem Gesichtsausdruck gesagt, „er hat eine beeindruckende Wunde hinterlassen, ohne jedoch ein wichtiges Organ zu verletzen. Das Schwert drang zwar einige Zentimeter tief ein, doch der Hohe Lord Welderonem hat einen passablen Bauchspeck." Welderonem schlief noch unter der Einwirkung eines Mittels, das die Elfin ihm eingeflößt hatte, sonst hätte er sicherlich protestiert. „Ich musste einige Reste seines Hemdes aus der Wunde ziehen und diese dann säubern, aber nun ist sie ordentlich vernäht und wird heilen, wenn der Blutverlust den Fürsten nicht zu sehr geschwächt hat."

„Hohe Frau Heilerin, warum habt Ihr die Wunde nicht ausgebrannt?" Lermogud beäugte nachdenklich die Naht, die Leoryn gesetzt hatte. „Zudem nehmt Ihr ein merkwürdiges Garn. Es scheint mir kein guter, fester Zwirn zu sein."

Meowyn spürte, dass der elfischen Heilerin ein paar scharfe Worte auf der Zunge lagen, doch die so jung wirkende Frau beherrschte sich und lächelte den alten Heiler freundlich an. Lermogud hatte sich in den letzten Zehnteltagen der Nacht als wenig hilfreich erwiesen. Offensichtlich war er ein wenig pikiert darüber, dass er sein Hospital der elfischen Heilerin hatte überlassen müssen, die zudem all seine gut gemeinten und bewährten Ratschläge verwarf. Natürlich hatte Lermogud schon von den sagenhaften Heilkünsten der Elfen gehört, aber auch er war ein Mann von Erfahrung und immerhin der Heiler des Königs.

„Hoher Herr Lermogud, es mag Gelegenheiten geben, da sich ein glühendes Eisen als nützlich erweist. Doch wir Elfen haben gelernt, dass es weitaus schonender für das Leben ist, wenn ein verletztes Gefäß sorgsam vernäht wird. Zudem würdet auch Ihr es nicht schätzen, wenn man Euch ein heißes Eisen in den Bauch steckte. Der Faden besteht aus den Fasern einer Pflanze, die in unseren Wäldern wächst. Er wird sich nach einiger Zeit auflösen und spurlos verschwinden."

„Verschwinden? Bei den finsteren Abgründen, wenn es aber zu früh geschieht!" Lermogud sah die Heilerin schockiert an. „Der Leib des Hohen Lords Welderonem würde sich wieder öffnen." Der Heiler schüttelte den Kopf. „Hohe Frau Elfin, ein stabiler Faden erscheint mir doch ein wenig angebrachter." Er zuckte die Achseln. „Wen stört es schon, wenn später ein wenig Faden aus dem Leib ragt? Man kann ihn abschneiden, nicht wahr?"

Meowyn bedeckte sorgsam den Wundbereich des Pferdefürsten und räusperte sich. „Wo kann der Hohe Lord Welderonem sich erholen? Wir sollten ihn nicht zu weit tragen, denn die Naht ist noch frisch."

Lermogud nickte und wies in den hinteren Bereich seines kleinen Hospitals. „Ich habe hier eine gute Bettstatt, auf die wir ihn legen können. Vielleicht sollten wir abwechselnd bei ihm wachen, falls es Komplikationen gibt oder sich der seltsame Faden zu früh auflöst.“

„Das wird er nicht“, widersprach Leoryn entschieden. „Aber Ihr habt recht, Hoher Herr Lermogud, wir sollten ein Auge auf den Herrn Welderonem haben. Wie schlagt Ihr vor, ihn weiter zu versorgen?“

Lermogud leckte sich über die Lippen. Er mochte es nicht sonderlich, wenn ein anderer Heiler ihm ins Handwerk fuhr. Andererseits waren die enormen Heilkünste der elfischen Wesen legendär. „Nun, er sollte rasch wieder zu Kräften kommen“, sagte er bedächtig. „Er hat viel Blut verloren, und sein Körper muss gestärkt werden. Brühe vom Kratzläufer würde ich empfehlen.“

„Eine gute Entscheidung“, stimmte Leoryn zu, und der alte Heiler nickte erfreut. „Wächst bei Euch das rote Bethankraut?“

„Oh ja, ich habe es unten in meinem Kräutergarten“, versicherte Lermogud ihr. „Wir nehmen es zum Einfärben von Gewändern.“

„Es hat noch eine andere Wirkung, Hoher Herr. Wenn man seinen Saft verabreicht, hilft es dem Körper, die eigenen Säfte zu erneuern.“

„Oh.“ Lermogud neigte den Kopf ein wenig zur Seite. „Nun, wenn Ihr meint, dann werde ich etwas von dem Kraut sammeln und zu einem Saft pressen.“

„Ich weiß den Herrn Welderonem bei Euch in guten Händen“, sagte Leoryn versöhnlich.

Der alte Heiler nickte zustimmend. „Das ist er bestimmt, Hohe Frau Elfin.“

Vor der Tür des kleinen Hospitals erklang ein leises Scharren. Doch kündete es nicht von Gefahr. König Reyodem hatte zwei Schwertmänner der Wache abgestellt, um über

Welderonem zu wachen.

„Man hat einmal versucht, ihm das Leben zu nehmen“, hatte der König angeführt, „und vielleicht wird man es ein weiteres Mal versuchen.“

Inzwischen war der Tag heraufgedämmert, und die beiden Heilerinnen spürten ihre Müdigkeit. Die unterbrochene Nachtruhe, die Aufregung um den Mordanschlag und die Versorgung des verletzten Pferdefürsten machten sich nun bemerkbar.

Der alte Heiler sah die beiden Frauen freundlich an. „Ihr solltet Euch noch etwas zur Ruhe begeben, Ihr guten Frauen. Ich selbst bin schon in einem Alter, da ich nicht mehr so viel Schlaf benötige.“

Er errötete ein wenig, als ihm bewusst wurde, dass Leoryn zwar wie eine junge Frau aussah, jedoch wesentlich älter war als er. Die Elfin nickte ihm lächelnd zu und verließ dann mit Meowyn das Hospital. An den beiden Schwertmännern vorbei traten sie in den Flur, der durch das Erdgeschoss des Haupthauses führte.

An der breiten steinernen Treppe trennten sich ihre Wege. Leoryn ging die Stufen zum Obergeschoss hinauf, in dem sich die Kammer befand, die sie sich mit ihrem Bruder Lotaras teilte. Meowyn hingegen hatte einen Raum im Untergeschoss erhalten. Sie wollte sich auf den Weg dorthin machen, entschloss sich aber dann spontan, noch einmal in Welderonems Kammer vorbeizuschauen. Eigentlich wusste sie selbst nicht, was sie dazu brachte, denn es gab keine wichtigen Spuren zu entdecken, und zudem wurde die Kammer gerade von einigen Mägden gesäubert und frisch hergerichtet.

Die blonde Frau betrat den Gang, von dem die Räume abzweigten, in denen Welderonem und auch der Pferdefürst Bormunt Quartier bezogen hatten. Der Pferdefürst der Reitermark war durch den Aufruhr aufgeschreckt und hatte lange mit Reyodem und den Wachen gesprochen, bevor er sich wieder in sein Gemach zurückzog. In dieser Nacht hatte kaum jemand viel Schlaf gefunden, und bereits in einem halben Zehnteltag würde das Horn der Burg Enderonas zum Wecken ertönen.

Der feige Anschlag auf Welderonem und auch die mangelnde Nachtruhe würden die Stimmung in der Ratsversammlung nicht gerade positiv beeinflussen, dessen war sich Meowyn sicher.

Noch immer flackerten die Brennsteinlampen in dem Gang, und Meowyn konnte die Blutflecken entlang des Weges erkennen, auf dem man Welderonem zum Hospital getragen hatte. Sie achtete darauf, nicht in das frische Blut zu treten, während sie ihrem Raum entgegenging, und stutzte.

Das Blut war frisch. Eigentlich viel zu frisch, um von Welderonem stammen zu können. Und wo waren die Schwertmänner der Wache?

Meowyn erstarrte, und ein kalter Schauder lief ihr über den Rücken. Vielleicht wäre es ihr nicht aufgefallen, wenn sich nicht zuvor die schreckliche Bluttat ereignet hätte. Aber jetzt waren ihre Instinkte erwacht. „Schwertmänner der Wache?“

Ihre Stimme hallte durch den steinernen Gang, doch es war ihr gleichgültig, ob sie dadurch einen Bewohner der Burg aus dem Schlaf riss. Schlaf konnte man nachholen, ein verlorenes Leben jedoch nicht.

„Schwertmänner der Wache?“

Sie hörte ein leises Poltern, das aus jenem Raum zu kommen schien, in dem der Pferdefürst Bormunt ruhte. Meowyn hastete zu dem Raum hinüber. „Hoher Lord Bormunt, seid Ihr wohlauf?“

Auf ihrem Weg kam sie an einer anderen Kammer vorbei, unter deren angelehnter Tür Blut hervorsickerte. Entsetzt stieß Meowyn sie auf und erkannte einen Schwertmann der Wache, der mit durchschnittener Kehle auf dem Boden lag. Instinktiv bückte sie sich und zog das Schwert des Toten aus der Scheide. Sie war eine Tochter der Pferdelords und im Umgang mit Waffen geübt. Das Schwert war ihr nicht besonders vertraut und lag ungewohnt in ihrer Hand, als sie wieder in den Gang hinaustrat und zu Bormunts Kammer weiterrannte.

„Schwertmänner der Wache! Ein Mörder ist in der Burg!"

Sie stand nun vor der Kammer des Pferdefürsten, und auch diese Tür war nur angelehnt. Wieder hörte sie das Poltern und ein vernehmliches Ächzen. Vielleicht schlief der Hohe Lord Bormunt nur schlecht und würde erbost sein, dass eine Frau ihn mit gezückter Klinge aus dem Schlaf riss. Aber für Meowyn klang es eher, als würden zwei Menschen schweigend und verbissen miteinander kämpfen und viel zu angestrengt ringen, um laut schreien zu können. Meowyn stieß die Tür auf und sah zwei Männer, die ineinander verschlungen über den Boden rollten.

„Feiger Mörder", rief Meowyn wütend. „Stellt Euch meiner Klinge."

Die eine Gestalt war unverkennbar der Pferdefürst Bormunt, die andere hingegen nur schwer zu identifizieren. Der Angreifer trug den einfachen Umhang eines Stallburschen und hatte die Kapuze über den Kopf gestreift. Als er nun erkannte, dass Meowyn in den Raum gestürzt war, trat er dem aufstöhnenden Bormunt kraftvoll in den Leib und erhob sich dann mit einer gleitenden Bewegung. Der Unbekannte hechtete so schnell auf Meowyn zu, dass sie ihr Schwert instinktiv nach vorne stieß.

Aber der Mann wich ihr aus, und ihre Klinge verfing sich in seinem Umhang. Er schleuderte sie zur Seite und stürzte zur Tür hinüber. Das Reißen von Stoff war zu hören, und der Unbekannte geriet ins Straucheln, fing sich aber am Türrahmen ab. Indessen wurden auf dem Gang Schritte und Stimmen hörbar. Für einen winzigen Augenblick verrutschte die Kapuze des Umhangs, und Meowyn schrie wütend auf, als der Fremde aus dem Raum hastete. Sie richtete sich auf, doch als sie die Tür erreichte, war er bereits verschwunden.

Schwertmänner rannten mit gezückter Klinge herbei, und Meowyn wies mit dem Schwert den Gang hinunter. „Der feige Mörder ist dort entlanggelaufen. Gebt Alarm! Er trägt den braunen Umhang eines Stallburschen, und dieser Umhang ist zerrissen."

„Habt Ihr ihn erkannt, Hohe Frau Heilerin?", fragte der Scharführer erregt, während die anderen Männer die Verfolgung aufnahmen.

Meowyn blickte zu Bormunt und sah erleichtert, dass der Pferdefürst der Reitermark unverletzt war und sich nun ächzend aufrichtete. „Ich vermochte sein Gesicht nicht zu erkennen, aber ich könnte schwören, dass ihm das rechte Ohr fehlte."

Kommandeur Torkelt hastete heran. „Das rechte Ohr? Bulldemut!", stieß er grimmig hervor. „Nun mag ihm auch bald das linke fehlen." Er sah den Scharführer an. „Gebt den Befehl, dass der Pferdefürst Bulldemut aus der Ostmark festzunehmen ist!"

Torkelt legte Meowyn lächelnd die Hand auf die Schulter. „Gut gemacht, Hohe Frau Meowyn. Jetzt kennen wir den feigen Mörder."

38

Es war ein schmaler und dunkler Gang. An seinem Ende war undeutlich das gedämpfte Licht einer Brennsteinfackel zu erkennen, und gelegentlich drang auch ein leises Klirren und seltsames Stöhnen in den Gang hinein. Ein sanftes Wallen begann das Dunkel des Gangs zu erhellen und umgab den schwarzen Stein in der Hand des Mannes mit einem orangen Glühen. Der Mann wartete, bis sich die Konturen eines Gesichts formten, und neigte dann ehrerbietig sein Haupt. „Mein Allerhöchster Lord."

„Berichte."

Der Mann erwiderte den Blick des Schwarzen Lords für einen Moment, bevor er sprach. „Es geschieht alles nach Plan, Allerhöchster Lord. Zwietracht breitet sich unter den Menschenwesen aus."

„Sind sie geschwächt?"

„Geschwächt, aber noch immer kampfeswillig. Ich will den Keil des Misstrauens tiefer zwischen sie treiben."

„In vier Zehntagen werden die Legionen marschieren. Versage nicht!"

„Ich werde nicht versagen, mein Allerhöchster Lord."

Das Wallen erlosch, und der schmale Gang der Burg wurde erneut in Dunkelheit getaucht. So wie auch die Burg von Enderonas und das gesamte Menschengeschlecht in Dunkelheit versinken würden.

39

Vor zwei Tagen hatte sich der Beritt getrennt. Garodem war mit den vierzig Männern, die ihn noch begleiteten, unbeirrt weiter nach Westen geritten. Bislang hatte er recht behalten. Keiner der Barbaren hatte sich blicken lassen, obwohl jeder der Pferdelords sich sicher war, dass die Wüstenkrieger sie beobachteten. Offenbar waren sie jedoch zu schwach, um einen erneuten Angriff zu wagen, oder warteten auf eine günstige Gelegenheit für einen erneuten Hinterhalt. Es musste ihnen relativ leicht fallen, einen weiteren Überfall vorzubereiten, denn Garodem blieb nichts anderes übrig, als nach Westen vorzudringen, dorthin, wo die alte Stadt des Ersten Königs liegen sollte. Der Pferdefürst der Hochmark hatte sich dagegen entschieden, einen Umweg zu nehmen, denn er fürchtete den Zeitverlust und die Gefahr, die Stadt zu verfehlen. Nun jedoch zerschlugen sich alle Zweifel, denn das Ziel lag vor ihren Augen.

„Tarsilan“, sagte Garodem andächtig. „Die erste Stadt der Pferdelords.“

Einst hatte die Stadt Tarsilan in einer fruchtbaren Ebene gelegen, umgeben von dichten Wäldern. Doch von der Ebene und den Wäldern war nun schon lange nichts mehr zu sehen. Der Sand hatte zu wandern begonnen und sich immer weiter ausgebreitet, er hatte die Ebene bedeckt, und dabei auch die Wälder und die Stadt Tarsilan nicht verschont, die er zunehmend verhüllte, bis sie verschwunden war, um dann das Leichentuch aus feinen Körnern wieder von ihr zu nehmen. Tarsilan war die Stadt des Ersten Königs der Pferdelords, und es war eine tote Stadt.

Auch wenn der Sand die meisten Spuren der Kämpfe gnädig verbarg, legte der Wind gelegentlich Skelette frei, welche die mumifizierten Reste von menschlichem Gewebe und Bekleidung trugen. Sie stammten von Angehörigen des Pferdevolkes, aber auch des Sandvolkes, das von den Pferdelords als Barbaren bezeichnet wurde. Man konnte dies verstehen, wenn man auf die Skelette von Frauen und Kindern stieß, aber zumeist waren es die Überbleibsel von Männern, welche die Stadt verteidigt hatten, während die meisten ihrer Bewohner geflohen waren.

Tarsilan hatte einen kreisförmigen Grundriss, wie er für die alten Städte und Weiler typisch gewesen war. Noch immer war die Stadt von einer hohen Mauer aus schweren Steinblöcken umgeben. Sie hatte nun viele Risse und war an einigen Stellen zusammengestürzt. Viele der Zinnen, welche den breiten Wehrgang überragten, waren abgebrochen, und die Mehrzahl der steinernen Wehrtürme war verfallen. An einigen Stellen war der Sand auf eine Weise angeweht worden, dass man auf ihm bequem die alte Mauer besteigen konnte.

Viele Häuser Tarsilans waren aus Holz errichtet worden und daher unter dem Gewicht des Sandes zusammengebrochen. Oft konnte man nur noch erahnen, welche Form und Größe sie einst besessen hatten. Die vielen Häuser der Stadt waren in konzentrischen Kreisen um den Palast des Königs herum angeordnet, der das Zentrum Tarsilans bildete. Damals, als die Stadt fiel, war Holz noch reichlich vorhanden gewesen, und so hatte das Sandvolk es nicht mitgenommen. Doch nun waren die Stämme spröde geworden und hielten kaum noch das eigene Gewicht.

Der Palast des Ersten Königs stand noch immer, auch wenn

zwei seiner Seiten eingedrückt und zusammengebrochen waren. Die Ecken des Gemäuers waren durch aufrecht stehende Pferde verziert worden, aber nur eines von ihnen reckte noch die Vorderhufe in den Himmel. Durch die eingebrochenen Wände hindurch konnte man einen großen Innenhof erkennen, den ursprünglich wohl ein Gebäudegeviert umgeben hatte. In dem Innenhof stand ein ausgetrockneter Brunnen von gewaltigen Ausmaßen, der ebenfalls von vier springenden Rössern umgeben war.

Auch das Stadttor war einst von zwei riesigen springenden Pferden eingefasst worden, deren Hufe und Köpfe sich berührten, doch nun war eines der Pferde zerbrochen und auch das große zweiflügelige Tor war geborsten. Niemand hätte noch zu sagen vermocht, ob dies durch die Stöße eines Rammbocks oder die Naturgewalten verursacht worden war.

An vielen Mauern fanden sich die Spuren von Bränden oder Waffen, die gegen den Stein schlugen, als die Stadt und ihre Besatzung noch um ihr Überleben kämpften. Nun waren ihre Verteidiger tot, und Tarsilan war es ebenso.

Aber dennoch war es noch immer die Stadt des Ersten Königs, der sie verteidigt hatte und hier gestorben war. So wachte nun die tote Stadt über den toten König und auch über dessen Banner.

Garodem gab das Zeichen, und so ritten nach langen Zeiten erneut Pferdelords in ihre Mauern ein.

40

Heldar-Turiko nahm die Schale mit Wasser aus den Händen seiner Frau Nescha-far-Heldar und dankte ihr. Während er mit bedächtigen Schlucken trank, musterte er die Krieger, die mit ihm im Schädelhaus des Nagerclans saßen. Er nutzte den Moment, um seine Männer sehr genau zu betrachten, wobei er besonders auf ihre Mienen und die Gesten achtete, die sie einander zuwarfen, und ihren gemurmelten Bemerkungen lauschte. Die Frustration der Turiks sprach aus ihnen, und der Turiko teilte ihre Gefühle. So schlürfte er das Wasser langsam, während er nach den richtigen Worten suchte. Endlich setzte er die leere Schale ab, und die Männer verstummten und sahen ihn erwartungsvoll an.

„Die alten Lieder besingen die Kraft des Pferdevolkes", sagte er leise. „Sie besingen die Stärke ihrer Waffen und ihrer Pferde. Sie besingen die Stärke ihrer Herzen." Heldar-Turiko ließ den Blick über die Runde schweifen. „Aber die alten Lieder besingen auch, dass wir das Pferdevolk bezwangen."

Er ließ die Worte auf sie einwirken und sah zufrieden, dass einige der Männer zustimmend nickten. Er schaute Bimar-Turik an. Der Kämpfer mit dem narbigen Gesicht erwiderte den Blick des Clanführers und stieß seine Schädelkeule auf den Boden. Die Augen der anderen wandten sich ihm zu. „Nach allem, was ich hörte, haben die Männer des Pferdevolkes gut und tapfer gekämpft. Ihre Metallwaffen und Pferde waren so stark wie ihre Herzen. Das Schicksal hat den Sieg in ihre Hände gelegt, so war es bestimmt. Aber die Pferdemänner sind geschwächt."

„Wie wir auch“, murmelte einer der anderen Männer. „Fast zweihundert Schädel haben wir verloren. Fast zwei Drittel unserer Turiks.“

„Nur weil diese Ausgeburt von einem Sandwühler einen weiteren Schädel wollte“, fluchte ein Krieger, dessen Arm gebrochen war. „Seine Gier hat uns den Sieg gekostet.“ Niemand weinte Klar-Turik eine Träne nach. „Er hat einem Älteren den Gehorsam verweigert. Er sei verflucht und möge seinen Schädel für immer behalten.“

„Andere sind ihm bereitwillig gefolgt“, brummte Saswa-Turik. Er zuckte die Achseln. „Auch ich habe es schließlich getan.“

Heldar-Turiko gebot Schweigen. „Es ist nun einmal geschehen. Wir alle folgten Klar, denn am Ende gab es keinen anderen Weg mehr. Es war ehrenhaft.“

„Es war ehrenhaft“, stimmte der Mann mit dem gebrochenen Arm zu. „Aber es kostete uns viele Schädel.“

„Uns ist kaum die Hälfte an Kriegern verblieben“, seufzte Bimar-Turik. „Zudem wissen wir nicht, wo sich die Pferdemänner nun befinden. Wir ließen Späher zurück, doch sie fielen einem Rudel Fleckbeißer zum Opfer.“

„Sie sind Richtung Westen gezogen“, sagte Heldar-Turiko leise. „Der alten Stadt entgegen, so wie sie es die ganze Zeit taten. Ja, sie sind weiter gen Westen geritten.“

„Wir allein sind nicht stark genug, um ihre Schädel zu nehmen“, sagte Bimar-Turik sachlich. „Nur mit den anderen Clans vereint können wir sie bezwingen.“

Heldar-Turiko lächelte. „Es gibt noch andere, welche die Pferdemänner bezwingen können.“ Er wies mit einer unbestimmten Geste hinter sich. „Jene Unaussprechlichen, die ebenfalls in unser Land eingedrungen sind.“

„Die Orks“, ergänzte Bimar-Turik kalt. „Metallwaffen und Rüstungen gegen Metallwaffen und Rüstungen. Ja, das könnte mir gefallen.“

Heldar-Turiko schlug seine Schädelkeule auf den Boden. „Wir brechen noch in diesem Zehnteltag auf und vereinen uns mit den Clans. Wir werden vor den Pferdemännern und den Orks zurückweichen, wie der Sand dem Wind weicht. Ein Bote des Fleckbeißerclans berichtete, dass die Orks Richtung Süden marschieren. Auch sie wollen offenbar die tote Stadt des Pferdevolkes erreichen. Dort werden sie sich dann mit den Pferdemenschen schlagen.“

„Es sind nicht mehr viele Pferdemenschen“, wandte Bimar-Turik ein. „Es werden also viele Orks übrig bleiben.“

„Ja, wahrscheinlich.“ Heldar-Turiko zuckte die Achseln. „Die Orks erkannten die Späher des Fleckbeißerclans, setzten aber keine Waffen ein. Es mag sein, dass sie nicht auf unsere Schädel aus sind. Wir haben schließlich keinen Streit mit dem Schwarzen Lord.“

Bimar-Turik wiegte nachdenklich den Kopf. „Aber noch nie zuvor marschierten seine Legionen durch unser Land. Ich traue den Orks einfach nicht.“

„Sie sind sicher nicht unsere Freunde“, stellte der Turiko fest. „Aber in diesem besonderen Fall könnten sie unsere Verbündeten sein. Wenn auch vielleicht nicht ganz freiwillig. Wir werden uns sammeln und dann sehen, welche Lieder dereinst gesungen werden.“

Die Krieger nickten zustimmend, dann erhoben sie sich, um abermals in den Kampf zu ziehen. Ihre Streiftrupps hatten schon öfter gegen die Pferdelords gekämpft, aber sobald sie sich in die Wüste zurückgezogen hatten, waren die Pferdemenschen rasch zurückgeblieben, denn dies war das Land der

Sandkrieger. Jetzt hatten die Pferdemenschen es betreten, und mit ihnen die Horden der Orks. Aber es würde sein, wie es immer war, wenn ein Eindringling kam. Die Wüste und der Sand würden dem Volk beistehen, das sich sein Land bewahren würde.

41

Es befanden sich nicht mehr viele Männer in der Heimstatt des Nagerclans. Nur die Alten und Verwundeten waren geblieben, um das Lager zu schützen oder sich von ihren Verletzungen zu erholen. Ihre Zahl reichte gerade aus, um die Aussichtsplattformen zu bemannen und auf Wurmzeichen zu achten. Vor vielen Zehnteltagen war der Turiko mit seinen Männern ausgerückt, und inzwischen war die Nacht über die Heimstatt hereingebrochen. Es war empfindlich kalt geworden, selbst für die Sandkrieger, die dieses Klima gewöhnt waren. Die Posten auf den Plattformen froren und spähten in die Nacht hinaus, während sie lauschten, ob sich die Metallteile bewegten. Gelegentlich starrten sie auch sehnsüchtig zur Heimstatt hinüber.

Ein sternklarer Himmel stand über dem Dünenland, mit einem für diese Landstriche typischen, übergroß wirkenden Vollmond, dessen leicht rötlicher Schimmer die alten Männer und Frauen bedeutungsschwer vom Blutmond flüstern ließ.

Gelegentlich war an den Pfahlzelten ein schwacher Lichtschein zu sehen, wenn die schützenden Abdeckungen der Eingänge geöffnet wurden. In den Zelten verbreiteten Kochfeuer behagliche Wärme, und der Dunst, der über die Abluftöffnungen aufstieg, zerfaserte im kalten Wind, welcher über das Land strich.

Die wenigen Wachen waren aufmerksam, auch wenn ihnen keine Gefahr von Pferdemenschen oder Orks drohte. Beide Gruppen befanden sich ein gutes Stück weit im Norden und wurden von den vereinten Kriegern der Clans beobachtet. Sie würden jeder Bedrohung der Heimstätten begegnen und die Bewohner bei Gefahr warnen. Notfalls würde man die Heimstatt in kürzester Zeit abbrechen und an einem anderen Ort wieder aufbauen.

Heglen-Turik gehörte zu den Kriegern, die in dieser Nacht zur Wurmwache eingeteilt waren. Er hinkte noch immer, denn Klar-Turiks böswilliger Tritt hatte sein Bein stark geprellt. Es war nicht gebrochen, aber Heglen würde eine Weile nicht richtig damit laufen können, und so hatte der Turiko ihn angewiesen, in der Heimstatt zu bleiben.

Wenn er es recht bedachte, war er darüber nicht einmal böse, denn an diesem Abend hatte er es bislang wohlig warm gehabt: am Kochfeuer des Zeltes von Saswa-Turiks Frau und zwischen ihren Schenkeln. Landra-far-Saswa genoss ganz offensichtlich die jugendliche Agilität Heglens, und so lösten sie sich nur widerwillig voneinander, als es für Heglen an der Zeit war, die Wache zu übernehmen. Landra-far-Saswa griff ihm zum Abschied noch einmal beherzt in den Schritt, und Heglen grunzte erfreut über ihre offenkundige Zufriedenheit und Anerkennung, dann öffnete er die Abdeckung des Zeltes und trat auf den schmalen Rand der Plattform hinaus.

Heglen fröstelte es, denn nach dem Aufenthalt im warmen Zelt spürte er die Kälte der Nacht nun doppelt intensiv. Er zog den schützenden Umhang aus Stachelpflanzenfasern enger um seine Schultern, drehte sich herum und stieg die schmale Leiter zum Boden des Lagers hinunter.

Er hörte ein leises Kichern und sah eine junge Frau aus dem benachbarten Pfahlzelt zu ihm herüberschauen und ihm ein eindeutiges Angebot machen. Bedauernd reckte Heglen die Hand mit dem Pfeilrohr empor und zeigte ihr so, dass er nun etwas anderes zu besteigen hatte. Zudem hatten ihn, wenn er sich selbst gegenüber ehrlich war, Landras Schenkel doch ein wenig stark gefordert.

Er verließ den Kreis der Frauenzelte und schritt zwischen den Behausungen der Krieger und Nichtkrieger hindurch. Vor sich sah er in regelmäßigen Abständen die einzelnen Pfähle der Aussichtsplattformen stehen. Er schritt auf diejenige zu, die ihm zugewiesen war, indes der alte Mann, der hier Wache hielt, fröstelnd die Hände unter die Achselhöhlen klemmte und missmutig zusah, wie Heglen-Turik den Pfahl heraufkletterte. Die Metallplatten des Wurmwarners klirrten vernehmlich, als Heglen sich auf die Plattform schwang und sie zum Schwanken brachte. Der alte Mann bedeutete den Wachen auf den benachbarten Plattformen, dass alles in Ordnung sei, dann wandte er sich zu seiner Ablösung um.

„Du hast dir Zeit gelassen“, murrte er. „Wahrscheinlich hast du dich am Feuer gewärmt und nicht daran gedacht, wie sehr die Kälte meinen alten Knochen zusetzt. Warte, bis du in mein Alter kommst, dann wirst du noch zu spüren bekommen, wie beschwerlich die Wurmwache für unsereins ist.“

Heglen war noch vor der Zeit, der Alte hatte also keinen Grund, sich zu beschweren. „Deine Knochen bieten dir einen großen Vorteil, alter Mann. Wenn das Metall nicht rechtzeitig klappert, so tun sie es ganz gewiss.“

Der Alte sah den jungen Turik empört an und zeigte ein nahezu zahnloses Gebiss. „Ich bin reich an Jahren und an Schädeln, die ich nahm. Zeige den Respekt, der mir gebührt.“

Heglen-Turik errötete leicht. Der Alte hatte ja recht. Er neigte sein Haupt und bot seinen Nacken dar. „Verzeiht mir, Turik.“

Der andere grummelte und warf dem jungen Krieger einen missbilligenden Blick zu. „Halte deine Augen und Ohren offen. Nur jede zweite Plattform ist besetzt. Kein Wurmzeichen darf dir entgehen."

Heglen nickte.

Der Alte sah ihn nochmals abschätzend an, dann stieg er seufzend von der Plattform. Heglen sah ihm nach, wie er im typisch unregelmäßigen Schritt des erfahrenen Sandkriegers zur Heimstatt hinüberging. Dann wandte sich der Jungkrieger ab und blickte in die Weite der Wüste.

Die schattenhafte Bewegung wäre ihm fast entgangen.

Ein kaum wahrnehmbares Huschen. Heglen konzentrierte sich auf die Stelle, an der er es bemerkt hatte. Die Bewegung wiederholte sich und war nun auch an anderen Stellen zu erkennen. Für einen Moment war Heglen wie erstarrt. Schemen glitten durch die Nacht auf die Heimstatt zu, und einen Augenblick lang befürchtete der junge Krieger, dass sich Männer an das Lager des Nagerclans heranschlichen. Aber dann erkannte er seinen Irrtum.

Es handelte sich um ein Rudel Fleckbeißer.

Heglen konnte die Konturen der Wesen klar erkennen, nun da sie über einen Dünenhang trabten und lautlos der Heimstatt entgegenliefen. Man musste sich konzentrieren, um die gedrungenen Räuber zu erkennen, deren geflecktes Fell sie so hervorragend mit dem Hintergrund der Wüste verschmelzen ließ. Aber der typische schaukelnde Lauf, verursacht durch die höheren Vorderläufe der Tiere, war unverkennbar. Heglen dachte an die Schnelligkeit und Wendigkeit dieser Bestien und an die großen Reißzähne in ihren lang gestreckten Mäulern. Sie waren schon einzeln gefährlich, auch wenn sie einen Krieger dann nur selten angriffen. Meist begnügten sie sich mit Aas, wenn sie dadurch ihre Gesundheit schonen konnten, denn ein Kampf barg das Risiko einer Verletzung. Auch das Fleisch der geschwächten Artgenossen verschmähten die Bestien nicht, wenn sie hungrig waren.

Diese Fleckbeißer waren hungrig, das erkannte Heglen sofort an der Art, wie die langen Zungen gierig aus ihren Mäulern hingen. Das Rudel musste enorm ausgehungert sein, dass es wagte, sich einer solch großen Heimstatt zu nähern, aber es war auch, wie Heglen entsetzt feststellte, ein ungewöhnlich starkes Rudel von fast dreißig Tieren.

Heglen schlug die Metallplatten des Wurmwarners aneinander, und als die anderen Wachen sich ihm zuwandten, legte er die Hände vor den Mund. „Fleckbeißer! Ein großes Rudel!"

Eher zufällig sah Heglen zu einer Plattform hinüber, deren Wache sich gerade anschickte herabzuklettern, um sich den Angreifern zu stellen. Ein Schemen huschte über den Wüstenboden heran und sprang. Heglen war entsetzt darüber, wie weit und hoch der Fleckbeißer springen konnte. Die Wache stieß einen heiseren Schrei aus, als die Bestie sie von der Plattform pflückte. Die beiden schlugen auf dem Boden auf, doch nur die Bestie erhob sich wieder, um dann die Fänge in den Leib ihrer Beute zu senken.

Die anderen Fleckbeißer kümmerten sich nicht darum, sondern strebten rasch in ihrem Schaukelgang auf die Heimstatt zu. Das Rudel hatte diese nun fast erreicht, und Heglen schob hastig einen Stachelpfeil in sein Pfeilrohr, zielte und ließ das Geschoss zu einer der Bestien hinüberschnellen. Er sah, wie der Fleckbeißer zusammenfuhr und kurz strauchelte, dann jedoch weiterrannte. Heglen verfluchte seine Unachtsamkeit. Das dicke Fell und die Muskelschicht unter der Haut schützte den Fleckbeißer gut, sodass ein oder zwei der Stachelpfeile ihn nicht aufhalten würden, es sei denn, sie trafen sein empfindliches Maul oder die Augen. Nein, um die Fleckbeißer zu töten, brauchte man vergiftete Stacheln.

Heglen tastete nach der Röhre mit dem Gift des Sandstechers und fluchte erbittert. Die Krieger des Turiko hatten alle Giftvorräte mitgenommen. So blieben nur das gezackte Messer und die Schädelkeule, um das Lager zu verteidigen.

Heglen sprang von der Plattform herunter, schrie auf, als er dabei sein geprelltes Bein belastete, und humpelte hastig hinter den Fleckbeißern her. Andere Männer taten es ihm gleich, als sie die Gefahr erkannten. Die Tatsache, dass die Zelte auf erhöhten Plattformen standen, würde ihre Bewohner nicht schützen, denn die mörderischen Bestien hatten eine enorme Sprungkraft.

Die ersten entsetzten Schreie waren aus der Heimstatt zu hören, und Heglen glaubte, die Stimme des Alten zu erkennen, den er zuvor abgelöst hatte. Er humpelte durch den Sand und sah die Schatten der Bestien zwischen den Pfahlzelten verschwinden. Als er an einer der Jungmännerhütten vorbeilief, sah er eine der Bestien über eine Gestalt gebeugt, deren Beine noch zuckten, während der Fleckräuber schon begann, sein Opfer auszuweiden. Heglen schrie und sprang auf das Raubtier zu. Dann erkannte er das Gesicht des Alten.

Die Bestie hatte ihr Maul wohl zu tief ins Fleisch des Toten versenkt und reagierte zu spät. Ihr Kopf hob sich, und sie sah Heglen in dem Moment an, als seine Keule gegen ihre Halswirbel schlug. Es war ein glücklicher Treffer, der das Genick der Bestie brach und diese tot über ihre Beute sinken ließ.

Als er aufblickte, sah er zwei Männer, die gemeinsam gegen einen der Fleckbeißer kämpften. Eine andere Bestie, die mit einem leblosen Kind zwischen den Kiefern über den Platz trabte, knurrte wütend, als eine andere sich ihr näherte. Einer der Pfahlbauten erzitterte, als ein Raubtier auf die schmale

Einfassung vor dem Zelt sprang und sich einfach gegen die Plane warf. Das Zelt war dafür konstruiert, Sand und Wind zu widerstehen, aber der Muskelkraft, den Krallen und den Reißzähnen eines Fleckbeißers hielt das Material nicht stand. Es begann nachzugeben, als sich die Bestie immer wieder dagegenwarf und sich schließlich eine Öffnung schuf. Heglen-Turik schrie auf und rannte so rasch sein verletztes Bein ihn zu tragen vermochte, doch der Fleckbeißer drängte sich bereits durch die Öffnung.

Lärm und Schreie erhoben sich um ihn herum, aber Heglen achtete nur auf die Bestie, die nun in das Zelt von Nescha-far-Heldar, dem Weib des Clanführers Heldar-Turiko, eindrang.

Die Bestie schrie, doch nicht aus Blutgier, sondern vor Schmerz.

Heglen sah ungläubig einen langen Pfeilschaft aus der Flanke des Tieres ragen, dann traf ein weiterer Pfeil fast dieselbe Stelle. Der Fleckbeißer bäumte sich auf, wobei er das Zelt halb niederriss, dann rollte er sich herum und fiel schlaff auf den Boden hinunter.

Hufschlag dröhnte, und etwas stieß Heglen-Turik mit Urgewalt zu Boden. Schockiert sah er das Pferd eines Pferdelords, das an ihm vorbeiraste und einen schreienden Mann im Sattel trug. Einen ungewöhnlich kleinen Mann, der eine ungewöhnlich große Streitaxt schwang und Heglen auf erschreckende Weise bekannt vorkam. Ein weiterer Reiter raste nun an ihm vorbei, und Heglen erkannte in ihm sofort den Mann mit dem Wimpel.

Das Zischen von Pfeilen mischte sich jetzt mit dem Gebrüll der Menschen und dem Schreien der Fleckbeißer.

Ein Pferdelord rammte einer ihn anspringenden Bestie die Lanze in den Schlund, ließ die Waffe aber fahren, als er sie nicht rasch genug freibekam, und zog sein Schwert. Auch ein anderer Reiter wurde von einem Fleckbeißer angesprungen. Er hielt das Schild schützend vor den Leib, wurde jedoch von der Wucht des Aufpralls aus dem Sattel geworfen, und schon stürzte von der anderen Seite eine weitere Bestie heran und tötete den Pferdelord mit einem Biss in den Hals.

Erneut schrie Heglen-Turik auf, als er unvermittelt in die Luft gehoben wurde. Ein Reiter hatte ihn gepackt und riss ihn mit sich. Der Pferdelord war nicht viel älter als er selbst und trug Pfeil und Bogen in einer Hand. Er galoppierte durch das Lager und setzte den verwirrten Heglen dann auf der Plattform eines Zeltes ab. „Steht nicht herum“, brüllte der Reiter. „Macht Euch nützlich. Schließlich ist es Euer Lager.“

Das typische Maunzen verletzter Fleckbeißer war zu hören, und das Rudel erkannte, dass aus der Beute offenbar ein Jäger geworden war. Die Bestien rannten aus dem Lager, wobei manche von ihnen blutige Fleischbrocken in den Fängen trugen. Einige überschlugen sich und blieben leblos liegen, denn die Männer auf den Pferden setzten ihnen ein Stück weit nach.

„An meiner Axt sammeln, Ihr Pferdelords“ brüllte schließlich der kleinwüchsige Reiter. „An meiner Axt sammeln und neu formieren.“

Wie betäubt starrte Heglen-Turik auf den Boden zwischen den Pfahlzelten. Tote Körper lagen hier verstreut. Er sah die reglosen Leiber von Frauen und Kindern, dazwischen die von jungen und alten Männern. Zwei der Toten trugen die grünen Umhänge der Pferdemenschen. Und überall lagen die gefleckten Kadaver der Bestien. Einer von ihnen war das Rückgrat gebrochen, und nun schleppte sie sich mit geiferndem Maul über den Platz, bis der kleinwüchsige Pferdelord herantrat und ihr seine Axt in den Schädel trieb.

„Kommt aus euren Zelten heraus, ihr Barbaren. Die Gefahr ist vorüber“, brüllte der kleinwüchsige Pferdemann mit der großen Axt. „Ihr habt mein Ehrenwort, dass euch nichts geschehen wird. Ich bin Dorkemunt von den Pferdelords der Hochmark, und mein Wort gilt.“

Zögernd verließ Heglen-Turik die Plattform des Zeltes, und die anderen Menschen des Nagerclans taten es ihm gleich. Sie waren noch immer geschockt vom Angriff der Bestien und vom Erscheinen der Pferdemenschen.

Heglen-Turik schien der einzige Krieger zu sein, der noch auf den Beinen stand. Obwohl er sich nicht wohl dabei fühlte, war es nun an ihm, die Heimstatt zu verteidigen. Entschlossen umklammerte er seine Schädelkeule und trat auf die Männer mit den Pferden zu, die einen lockeren Ring um den Platz gebildet hatten.

„Ich bin Heglen-Turik vom Nagerclan“, sagte er heiser. „Und ich nahm zwei Schädel. Warum habt ihr uns geholfen, Pferdemenschen?“

Nedeam beugte sich zu seinem Freund Dorkemunt. „Er macht mir den Eindruck, als wolle er nun ganz allein Krieg gegen uns führen.“

Dorkemunt musterte den Krieger. „Unterschätze die Burschen nicht. Sieh dir unsere kleine Schar an. Nur zwei Handvoll Männer, die wirklich noch kämpfen können. Die anderen tot oder verletzt.“ Dorkemunt wandte sich zur Seite und spie aus. „Glaube mir, Nedeam, mein Freund, wenn all diese Bewohner des Lagers sich auf uns stürzen, dann bleibt uns nur die Flucht.“

Nedeam dachte daran, dass viele Frauen des Pferdevolkes sich auf den Umgang mit Waffen verstanden, und nickte zwar zögernd, aber zustimmend.

Eine der Barbarinnen trat vor, und Dorkemunt musste sich eingestehen, dass sie eine schöne Frau war. „Ich bin Nescha-far-Heldar aus dem Clan der Nager und Weib von dessen Häuptling. Auch ich will wissen, warum ihr uns geholfen habt."

Dorkemunt kratzte sich verlegen am Bart. Schließlich zuckte er die Achseln. „Unsere Völker mögen Feinde sein. Aber kein wahrer Pferdelord wird tatenlos zusehen, wenn Frauen und Kinder abgeschlachtet werden."

„Dafür danke ich dir, Pferdemensch Dorkemunt", erwiderte die Frau des Clanführers. „Dir und den anderen Pferdemenschen. Aber was wirst du jetzt tun, Dorkemunt von den Pferdemenschen? Willst du nun beenden, was die Bestien begannen, oder sind wir deine Kriegsbeute und Gefangenen?"

„Ein Pferdelord versteckt sich nicht hinter Frauen und Kindern", knurrte Dorkemunt, und aus den Reihen der Reiter erhob sich zustimmendes Gemurmel. „Wir hörten das Geschrei und folgten ihm. Nun ziehen wir wieder unseres Weges und ihr werdet den euren gehen." Er wandte sich halb um. „Nehmt unsere Toten auf. Wir wollen ihnen auf dem Heimweg Ehre erweisen."

„Wartet." Nescha-far-Heldar trat einen Schritt vor, und der kleinwüchsige Pferdelord sah sie zögernd an. „Für diesen Tag soll Waffenruhe gelten. Da ihr Pferdemenschen unser Leben geachtet habt, werden wir auch das eure achten und euch für diese Nacht eine Heimstatt gewähren. Wir werden eure Wunden versorgen, bevor ihr am Mittag des morgigen Tages wieder eures Weges reitet, Pferdemenschen aus der Hochmark."

Nedeam beugte sich abermals zu Dorkemunt hinüber. „Was meinst du, Dorkemunt, mein Freund, kann man ihr trauen?", fragte er zweifelnd.

Sein Freund beantwortete die Frage mit einem Nicken. „So soll es geschehen, Weib des Clanführers. Bis zum Mittag gelte die Waffenruhe, dann trennen sich unsere Wege wieder."

Als Dorkemunt daraufhin absaß, folgten die anderen seinem Beispiel.

Heglen-Turik sah, wie sich die Angehörigen seines Clans unter die Pferdemenschen mischten und damit begannen, die Verletzten zu versorgen. Er fühlte sich ein wenig in seiner Ehre als Krieger verletzt, denn immerhin war er, der einzige noch kampffähige Turik der Heimstatt, bei den Verhandlungen übergangen worden. Aber schließlich zuckte er die Achseln. Vielleicht würde es ja auch ganz interessant sein, mit einem der Pferdemenschen Worte an Stelle von Keulenschlägen zu wechseln.

42

Der Raum, in dem König Reyodem üblicherweise seinen Amtsgeschäften nachging, lag im Haupthaus der Burg von Enderonas. Zu Larwyns Überraschung ähnelte er sehr dem Amtszimmer ihres Gemahls Garodem. Denn auch hier stand ein mächtiger Schreibtisch, der mit Schriftstücken bedeckt war, und eine Wand des Raumes wurde von Regalen eingenommen, in denen Erinnerungsstücke von Reyodems Vater und rund zwei Dutzend Bücher standen. Einige geschnitzte Figuren dienten den Büchern als Stützen. Der Boden war mit Hölzern ausgelegt, und vor dem Schreibtisch lag ein Stück festen gewebten Tuches auf dem Boden. Larwyn betrachtete das Tuch irritiert, bis Reyodem erklärte, es handele sich um eine weit verbreitete Sitte aus dem Reich der weißen Bäume, den Boden mit Stoffen zu bedecken.

Auch in Reyodems Amtsraum hing eine große Karte an der Wand, die sehr sorgfältig gemalt worden war, aber Larwyn erkannte auf den ersten Blick, dass es keine elfische Anfertigung war. Man sah es an der weniger sorgfältigen Verarbeitung und daran, dass auf ihr viele Landmarken und Orte fehlten, die in Garodems Karte verzeichnet waren.

Reyodem hatte sein Arbeitszimmer gewählt, um ihrem Gespräch den offiziellen Charakter zu nehmen, den es in der Goldenen Halle automatisch erlangt hätte. Nur Larwyn und Reyodems Gemahlin Taramyn waren zugegen, als der König ihnen seine Gedanken anvertraute. Sie saßen auf gepolsterten Schemeln, die nach Art des Pferdevolkes geschwungen und mit Schnitzereien versehen waren. Ein Krug mit klarem Wasser stand auf dem Schreibtisch, denn keiner von ihnen hatte das Verlangen, seine Sinne mit Alkohol zu vernebeln.

Reyodem hielt eine Schreibfeder in der Hand und ließ sie immer wieder in einer unbewussten Geste auf die Schreibtischplatte stoßen, wodurch ein stetes leises Pochen zu hören war. Die Spitze musste inzwischen längst stumpf geworden sein, aber Larwyn und Taramyn schwiegen und warteten, bis König Reyodem endlich leise seufzte und den Federkiel zur Seite legte.

„Ein solcher Fall ist in keiner Legende oder Chronik überliefert." Reyodems Stimme klang leise und bedrückt. „Seit den Tagen, an denen wir endlich ein geeintes Volk wurden, hat kein Pferdelord mehr die Hand auf solch feige Weise gegen einen anderen erhoben. Natürlich gibt es den Ehrenkampf, und der kann blutig enden, aber", der König seufzte leise, „dabei stehen die Männer einander gegenüber. Sie kämpfen offen und in Ehre. Doch diese feigen Mordversuche …"

Larwyn räusperte sich. „Ich gestehe ein, dass ich den Hohen Lord Bulldemut nicht besonders mag, aber dennoch kann ich nicht glauben, dass er zu solch feiger Tat fähig ist."

„Und doch hat Eure Heilerin Meowyn ihn erkannt, Hohe Dame Larwyn." Reyodem legte bedauernd die Hände aneinander. „So kann es schließlich keinen Zweifel mehr an seiner Schuld geben."

„Die Hohe Frau Meowyn erkannte ein fehlendes Ohr", wandte Taramyn ein. „Ich habe nicht vor, den Hohen Lord Bulldemut in Schutz zu nehmen, das wisst Ihr, mein geliebter Gemahl, doch in diesem Fall zu irren, wäre schrecklich."

Reyodem nickte. „Bulldemut als Pferdefürst abzusetzen, könnte Zwist in der Ostmark säen."

„Es mag zwar auch andere Pferdelords geben, die im

Kampf ein Ohr verloren", räumte Larwyn ein. „Doch es ist nicht allein das fehlende Ohr. Auch der Hohe Lord Welderonem scheint ihn erkannt zu haben, zudem sind wir alle Zeugen des tiefen Grolls geworden, den der Herr der Ostmark hegt."

Reyodem schlug mit der flachen Hand auf die Schreibtischplatte. „Dennoch will ich nicht glauben, dass ein Pferdelord zu solch schändlicher und heimtückischer Tat fähig ist."

„Vielleicht ist sein Geist verwirrt", vermutete Larwyn achselzuckend.

„Seine Worte sind jedenfalls klar", brummte der König. „Auch wenn sie mir nicht behagen."

„Dann gibt es keinen anderen Weg. Ihr müsst Bulldemut vor das Gericht des Rates stellen, mein Gemahl." Taramyn strich ihr Gewand glatt. „Das Ehrengericht hat nach dem Brauch des Pferdevolkes über ihn zu urteilen."

„Dann müssten wir ihn schuldig sprechen." Reyodem blickte auf die große Landkarte. „Er würde den grünen Umhang der Pferdelords verlieren, sein Schwert würde zerbrochen, und er müsste verstoßen werden. Das wird den Menschen der Ostmark nicht gefallen."

„Es wird ihnen auch nicht gefallen, dass ihr Pferdefürst den König ermorden wollte."

Reyodem sah Larwyn nachdenklich an. „Das wollte er nicht. Sein feiger Versuch galt anderen Pferdefürsten. Findet Ihr das nicht seltsam, Hohe Dame Larwyn? In diesem Punkt gebe ich Bulldemut recht. Warum versuchte er nicht, mich zu töten? Warum wandte er sich stattdessen gegen Welderonem, der sein einziger Fürsprecher war?" Er sah die beiden Frauen an und schüttelte den Kopf. „Ich war nicht besser von den Schwertmännern bewacht als die anderen auch, es wäre ihm leichtgefallen. Ich vermag den Sinn seines Handelns nicht zu erkennen."

Reyodem erhob sich von seinem Platz, trat an das Fenster heran und blickte nachdenklich auf den Burghof hinunter. „Nein, ich sehe keinen Sinn darin."

Ein leises Patschen war zu hören, und Reyodem schrie heiser auf, dann taumelte er vom Fenster zurück und presste die Hände vor die Augen. Instinktiv sprangen Larwyn und Taramyn auf, und während die Königin zu ihrem Gemahl eilte, sah Larwyn erschrocken den Pfeil, der kraftlos zu Boden gefallen war.

Hinter ihnen ertönte Gepolter, als zwei Schwertmänner auf den Schrei hin ins Zimmer stürzten. Reyodem machte eine abwehrende Handbewegung. „Ich bin nicht verletzt. Etwas spritzte mir in die Augen."

„Man schoss einen Pfeil auf den König", rief Larwyn und deutete auf den zu Boden gefallenen Pfeil. Ohne ein Zögern trat sie zur Öffnung des Fensterbogens und spähte in den Hof hinunter. Männer und Frauen waren zu sehen, die ihren Verrichtungen nachgingen, während Wachen im Hof und auf den Mauern patrouillierten. Nichts deutete auf eine Gefahr oder auf den Schützen hin.

Einer der Schwertmänner trat neben Larwyn und untersuchte die Einfassung der Fensteröffnung. Er fand die Schramme, die der Pfeil über das Mauerwerk gezogen hatte, und verlängerte sie, in dem er sich ein wenig bückte. Der Mann beugte sich vor, um in den Hof hinunterzurufen, doch Larwyn hielt ihn zurück. „Nein, guter Herr Schwertmann. Wer immer den Pfeil löste, er ist längst fort."

Reyodem tupfte sich indes mit einem angefeuchteten Tuch die Augen aus. Am rechten Augenwinkel war ein blutiger

Kratzer zu erkennen. „Ich hatte Glück. Es war ein lausiger Schütze", versuchte er zu scherzen, „und sicherlich kein Pferdelord."

Larwyn sah den Schwertmann an. „Ist Bulldemut in seinem Gemach?"

Der Schwertmann nickte. „Und zwei der besten Männer meines Beritts bewachen seine Tür."

Larwyn sah den König auffordernd an. „Wir sollten uns Gewissheit verschaffen, Reyodem, mein König. Denn wenn Bulldemut noch in seinem Zimmer ist, so heißt dies ..."

„... dass ein anderer der Täter war", knurrte Reyodem grimmig. „Bei den finsteren Abgründen, ich will es hoffen. Es behagt mir nicht, einen Pferdefürsten anzuklagen. Lieber ist mir ein heimtückischer Mörder, der noch unerkannt durch die Gänge schleicht."

Larwyn erkannte an Taramyns Gesichtsausdruck, dass die Gemahlin des Königs anders dachte, und konnte dies gut nachempfinden.

Sie gingen hinunter ins Untergeschoss, wo der Pferdefürst der Ostmark unter Arrest stand.

Bulldemut lag auf seiner Bettstatt, und das laute Schnarchen verriet seinen tiefen Schlaf. Nur widerwillig ließ er sich wecken. Nachdem man ihm die Anschuldigung vorgebracht hatte, sah er die Versammelten grimmig an und versicherte, das Gemach nicht verlassen zu haben. Die Wachen könnten dies bezeugen.

Aber die Tür zu seinem Raum war weit geöffnet gewesen, und die beiden Schwertmänner der Wache fehlten. So sehr man nach ihnen suchte, sie blieben verschwunden, und so hatte Bulldemut keine Zeugen.

43

Das Volk der Zwerge hatte lange Zeit verborgen in seinen riesigen Höhlen unter den großen Gebirgen gelebt und war zufrieden gewesen mit seiner Abgeschiedenheit. Doch dann hatte es auf schmerzliche Weise erfahren müssen, dass seine friedliche Welt bedroht wurde. Die Macht des Schwarzen Lords und seiner dunklen Legionen hatte auch nach den Städten des Zwergenvolkes gegriffen.

Die rote und die blaue Kristallstadt des Zwergenvolkes waren überrannt und ausgelöscht worden. Dann überfielen die Orks auch die grüne Kristallstadt Nal't'rund. In höchster Not entkam der Zwergenkönig Balruk mit einigen getreuen Axtschlägern seiner Leibgarde, und eine kleine Gruppe der Pferdelords rettete ihn vor dem sicheren Tod. Balruk hatte die Menschen um Hilfe gebeten, und die Pferdelords der Hochmark hatten sie ihm nicht verweigert. Gemeinsam hatten sie die grüne Kristallstadt befreien können, und das Zwergenvolk erwies sich als dankbar. Seit jenem Kampf vor drei Jahren trieben sie Handel mit den Menschen der Hochmark, und das zu beiderseitigem Nutzen.

Nedoruk war der Erste Axtschläger des Königs Balruk und der militärische Befehlshaber der Stadt. Er war ein stämmiger und rauflustiger Bursche, ganz wie es dem Wesen der Zwergenmänner entsprach. Sein Stolz waren die langen Bartzöpfe, die jeder Mann des Volkes trug, und die beiden großen Streitäxte, die er hervorragend zu handhaben verstand.

Doch in diesem Moment hätte Nedoruk nichts gegen einen guten Bogen einzuwenden gehabt. Sein kleiner Jagdtrupp hatte den Geweihbock schon seit einigen Zehnteltagen verfolgt und sich endlich so verteilt, dass das Tier mit dem schmackhaften Fleisch nicht mehr entkommen konnte. Der einzige Fluchtweg des kräftigen Bocks endete vor der unbezwingbaren Steilwand, vor der er nun stand.

„Ah, sträube dich nicht gegen dein Schicksal, mein guter Herr Bock“, murmelte Nedoruk und wiegte die typische Wurflanze der Zwerge in seiner Hand. „Mit einem kräftigen Schluck Blor wirst du uns wundervoll munden.“

„Wirf endlich“, murrte einer der Axtschläger. „Mir baumelt der Magen schon unter den Zöpfen, und sein Knurren könnte den Bock verscheuchen.“

Nedoruk holte weit aus, in der Gewissheit, dass der Geweihbock ihm nicht entkommen würde. Dann warf er, doch noch während die Lanze unterwegs war, erkannte er, dass sie ihr Ziel verfehlen würde. Der Bock machte einen Satz, als die Lanze ein Stück weit neben ihm klirrend auf den Fels prallte.

Sofort warf ein Axtschläger, der ein gutes Stück rechts in den Felsen lag, seine Lanze, und der noch im Sprung getroffene Bock überschlug sich und blieb reglos liegen. „So gebührt seine beste Keule nun mir“, rief der Zwergenmann grinsend. „Ihr hättet die Äxte nehmen sollen, guter Herr Nedoruk. Dann hättet Ihr ihn getroffen.“

Der Erste Axtschläger nahm die spöttische Bemerkung schweigend hin. Sein Blick war auf jene Stelle geheftet, deren Anblick ihn beim Wurf so irritiert hatte. Seine Begleiter sahen überrascht, wie Nedoruk die Enden seiner Bartzöpfe ergriff und sie im Nacken verknotete.

Instinktiv folgten die anderen seinem Beispiel. „Was ist, guter Herr Nedoruk“, flüsterte einer von ihnen. „Orks?“

„Jedenfalls Gefahr“, erwiderte der Erste Axtschläger und

zog seine Äxte aus den Futteralen am Rücken. Die kurzstieligen Waffen bereit zum Schlag oder Wurf, machte er sich behände an den Abstieg.

Zwerge waren kleine Wesen und hatten recht kurze Beine. Dennoch konnten sie sich sehr schnell bewegen, lediglich bei längeren Strecken fehlte es ihnen an Ausdauer. Klettern aber war ihre Leidenschaft, und die fünf Zwergenmänner sprangen und rannten den steilen Hang auf eine Weise hinunter, wie es keinem anderen zweibeinigen Wesen möglich gewesen wäre.

Der Axtschläger, der den Bock erlegt hatte, sprang zu seiner Beute, zog die Wurflanze aus dem Körper des Tieres und ignorierte das Fleisch. Er folgte den anderen Männern zu der Stelle, an welcher das Geweihtier zuvor gestanden hatte, und jetzt sah auch er, was Nedoruk abgelenkt hatte.

Mit hastigen Bewegungen griffen sie in die Steine, warfen sie achtlos zur Seite und legten Stück für Stück ihren grausamen Fund frei.

Einer der Axtschläger zupfte sich verstört an seinem dichten Vollbart. „Haimruk und sein Jagdtrupp. Erschlagen."

Nedoruk nickte schweigend und untersuchte die fünf toten Zwergenmänner. „Seht Euch die Wunden an. Die klassischen Eröffnungsschnitte der Orks."

Die anderen nickten grimmig. Die Art der Wunden war unverkennbar. Die Rundohren der Orks trieben ihre schweren Schlagschwerter in den ungeschützten Leib ihres Opfers und schlitzten ihn mit dem Haken der Schwertspitze auf. Kein Lebewesen überstand eine solche Wunde.

„Wir müssen Nal't'rund und den König alarmieren", sagte einer der Axtschläger entschlossen und richtete sich von den Leichen auf. „Orks sind in unserem Land, und wir müssen uns auf den Kampf vorbereiten."

„Das werden wir.“ Nedoruk schob seine Äxte in die Futterale zurück und blickte sich um. „Doch zunächst lasst uns nach den Spuren der Bestien suchen. Von hier können sie nur wenige Wege genommen haben. Wären sie nach Nal’t’rund unterwegs, hätten wir sie längst entdeckt. Daher bleibt nur das Barbarenland im Westen oder das Land unserer Freunde, der Pferdelords, im Süden.“

Die kleinen Herren verstanden sich auf das Lesen von Spuren im Gestein. So wie ihr Blick für die feinsten Mengen an wertvollen Kristallen, Erzen und Mineralien geschärft war, so entgingen ihren Augen auch keine Fußabdrücke im Gelände.

„Der Westen“, sagte Nedoruk schließlich, und die anderen nickten zustimmend. „Sie sind ins Barbarenland hinüber. Mehrere Kohorten, wahrscheinlich eine ganze Legion.“ Er wies auf die getöteten Axtschläger. „Und es müssen gut ausgebildete Bestien sein. Unsere Männer wurden erschlagen und nicht mit Pfeilen getötet. Der Feind vermochte sie zu umzingeln, bevor sie uns benachrichtigen konnten.“

„Wir müssen sie bestatten.“

Nedoruk nickt zustimmend. „Wir werden ihnen die Zöpfe im Nacken verknoten, da sie nicht mehr die Zeit dazu fanden. Danach bringen wir Botschaft nach Nal’t’rund und in das Land unseres Freundes Garodem. Auch er muss erfahren, dass die Bestien wieder unterwegs sind.“

44

Es war früher Morgen, und Garodem und Kormund standen auf der alten Wehrmauer und betrachteten den Sonnenaufgang. Nahezu andächtig beobachteten sie, wie sich der Horizont im Osten rötlich färbte und die Sonne mit ihrem Licht die Konturen der Stadt in Flammen zu tauchen schien.

„Dort liegt unsere Hochmark, Kormund, mein Freund", murmelte Garodem. „Wenn das Schicksal es will, werden wir sie auch wiedersehen. An diesem Tag wird es sich entscheiden, ob wir das Banner des Ersten Königs in die Goldene Halle von Enderonas tragen werden."

Garodem hätte gerne einen der alten Wehrtürme erklommen, aber die Bauwerke waren in einem so schlechten Zustand, dass er darauf verzichtet hatte. Selbst die massive Wehrmauer war in den vielen Jahren, in denen sie dem wechselnden Druck von Sand und Wind ausgesetzt war, so schwer beschädigt worden, dass man sie nur an wenigen Stellen ohne Risiko betreten konnte.

Kormund legte seine Hände auf eine der Zinnen und spähte in die Richtung der heimatlichen Hochmark. „Sagt mir, Garodem, mein Pferdefürst, reichen die Hinweise in dem Schriftstück aus, um das Banner zu finden?"

Garodem zuckte die Achseln. „Es sagt nicht genau, wo sich das Banner befindet. Aber es bezeichnet den Ort, an dem sich der Erste König den Barbaren zum letzten Kampf hatte stellen wollen."

Scharführer Kormund wandte sich um und blickte über

die Stadt. Es war eine große Stadt gewesen, die Tausenden von Menschen ein Heim geboten hatte. Nun ließ sich vieles nur noch erahnen. Die meisten Gebäude waren mit der Zeit unter der Last des Sandes zusammengebrochen. Aber ihre Überreste zeigten deutlich, dass einst alle Straßen Tarsilans zum Zentrum mit dem Königspalast geführt hatten.

„Der Palast des Ersten Königs", stellte Kormund fest. „Es gab keine Zuflucht. Keine Burg. Nur den Palast, der aus Stein errichtet war. Dort haben sie sich zum letzten Kampf gestellt."

„Ja, der Palast. In ihm werden wir an einer geschützten und verborgenen Stelle das Banner finden."

„Wenn die Barbaren es nicht nahmen oder es nicht längst zu Staub zerfallen ist."

Garodem lächelte schwach. „Die Barbaren messen einem bunten Tuch keinen Wert bei. Sie sammeln die Schädel. Das sind ihre Banner."

„Ein merkwürdiges Volk." Kormund reckte sich und blinzelte wieder zur Sonne. „Noch einen halben Zehnteltag, und wir werden genug Licht haben, um die Suche aufnehmen zu können."

Garodem wischte über die Brüstung zwischen den Zinnen und betrachtete das Mauerwerk. „Sie haben gut gebaut, unsere Ahnen."

Kormund blinzelte gegen die Sonne. „Was meint Ihr, Garodem, mein Freund?"

„Eine große Stadt mit einer einst gewaltigen und wehrhaften Mauer. Die Quadern aus Stein sind groß und sorgfältig behauen. Hier, wo die Mauer noch intakt ist, kann man sehen, wie passgenau sie gefügt wurden."

Sie standen ein Stück neben dem alten Haupttor der Stadt

Tarsilan. Der Pferdefürst betrachtete das geborstene Tor und die beiden riesigen Pferde, die es eingefasst hatten. Hatte hier das Symbol des Pferdevolkes seinen Ursprung? Hatte der Erste König die beiden einander zugewandten Pferdeköpfe als Zeichen der Einigkeit des Pferdevolkes gewählt? Garodem blickte nach Osten, zu dem unsichtbaren Gebirge hinüber. „Sie müssen die Steine damals von sehr weither geholt haben. Vielleicht sogar aus dem Gebirge, in dem unsere Hochmark liegt. Die Steine ähneln den unseren sehr."

„Wir werden den Stein unserer Mark schon bald wieder zu Gesicht bekommen." Kormund lächelte und machte Anstalten, die Stufen der Treppe hinabzusteigen, aber Garodem packte ihn am Arm und hielt ihn zurück.

„Warte, mein Freund. Ich fürchte, wir bekommen Besuch." Garodem zog den Scharführer zu sich heran und wies in die Ebene hinaus. Im Licht der aufgehenden Sonne war eine dünne Staubfahne zu erkennen, und darunter bewegten sich Gestalten, deren Konturen immer deutlicher hervortraten.

Die beiden Pferdelords duckten sich hinter die Zinnen und spähten vorsichtig über den Rand der Brüstung hinweg. „Ein kleiner Trupp von ihnen", murmelte Kormund. „Kaum fünfzig Mann. Mit denen werden wir fertig. Wir haben schon eine weitaus größere Streitmacht der Barbaren geschlagen."

„Stimmt, Kormund, mein Freund. Sie scheinen mir allerdings nicht zu jenen zu gehören, denen wir bereits begegnet sind. Diese da kommen aus dem Norden. Entweder durchstreifen sie die Gegend, oder die Stämme der Barbaren versammeln sich irgendwo." Garodem leckte sich über die spröden Lippen. „Mir wäre es lieb, wenn sie uns nicht bemerken und einfach vorüberziehen." Kormund sah ihn fragend an. „Wenn wir gegen sie kämpfen müssen, darf keiner von ihnen entkommen. Ich glaube nicht, dass sie schon wissen, wo wir sind, und möchte vermeiden, dass andere es erfahren."

„Diese dort werden es jedenfalls bald erfahren, Garodem, mein Freund. Sie ändern die Richtung und kommen nun direkt auf Tarsilan zu."

„Ihr habt recht." Garodem drückte Kormund nach unten. „Lasst uns zu den anderen eilen. Wir ziehen uns ins Stadtzentrum zurück und halten uns dort verborgen. Wenn wir sie überwältigen wollen, muss es rasch und gründlich geschehen."

Sie verließen die Mauer, und Kormund zog seine Wimpellanze vom Fuß der Treppe, dann rannten sie zum Lager des Beritts hinüber, der nur noch aus einer Schar von vierzig Pferdelords bestand.

Sie hatten die Nacht zwischen zwei verfallenen Häusern verbracht, die am Rand des großen Platzes standen, auf dem sich der Palast befand. Von den Häusern standen nur noch Reste des Balkenwerks, aber wenigstens boten sie ein wenig Schutz vor dem Wind, der über das Land strich. So schwach er hier innerhalb der Stadt auch zu spüren war, hatte er während der Nacht doch erneut die Gebeine einstiger Bewohner freigelegt. Die Pferdelords hatten den Anblick der Skelette mit grimmigem Schweigen hingenommen. Reste von Bekleidung verrieten, dass es sich um Männer gehandelt hatte. Sie mussten zu den Verteidigern der Stadt gehört haben, aber es ließ sich nicht mit Bestimmtheit sagen, ob sie einfache Bewohner Tarsilans oder Pferdelords gewesen waren. Man konnte zudem Bruchstücke von Waffen erkennen, überwiegend jedoch Pfeil und Bogen, die seit jeher von den meisten Männern des Pferdevolkes verwendet wurden. Rüstungen waren allerdings nirgends zu entdecken.

Drüben auf dem Platz vor dem Palast war dies anders.

Dort lagen die Überreste vieler Kämpfer, und da die meisten von ihnen noch ihre Schädel besaßen, musste es sich wohl um Barbaren handeln, die beim Sturm auf den Königssitz gefallen waren.

„Barbaren kommen", rief Garodem außer Atem, als sie das kleine Lager erreichten. „In gleicher Stärke wie wir. Da ich nicht weiß, wie viele ihnen noch folgen, will ich, dass wir uns verborgen halten. Wenn wir unentdeckt bleiben, können wir bald wieder heim in unsere Hochmark." Garodem wies zum Palast hinüber. „Bringt die Pferde in den Sichtschutz des alten Palastes. Zehn gute Bogenschützen gehen dort in Stellung. Der Rest bildet zwei Gruppen. Wir verbergen uns rechts und links der Straße, die vom Tor der Stadt hierherführt."

Kormund und Baromil gaben ihre Anweisungen, und die Pferdelords führten sie rasch aus. Besorgt musterte Garodem die beiden Packpferde mit den Zusatzlasten. Schon wieder ging der Wasservorrat zur Neige. Er würde gerade noch zum Verlassen des Dünenlandes reichen, denn Garodem wollte nicht über den alten Wehrweiler zurückkehren, da er annahm, dass die Barbaren ihm dort den Rückweg versperren würden.

„Nehmt den Helm ab und haltet Euren Wimpel unten", wies Garodem seinen Freund Kormund an. „Sie sind zu auffällig, wenn wir nach den Barbaren spähen."

„Falls sie die Stadt überhaupt betreten."

Aber die Barbaren betraten die Stadt.

Garodem lag am Rand der Straße in der Deckung verwitterter und geschwärzter Balken und stieß einen leisen Fluch aus. „Wir hätten vorsichtiger sein müssen. Sie haben unsere Spuren entdeckt, Kormund, mein Freund."

„Dann werden sie ihnen folgen", murmelte Kormund, „und ihrem Tod begegnen."

Es wäre besser gewesen, wenn Garodem und Kormund nicht auf direktem Weg von der Stadtmauer zu ihrem Lager gerannt wären, sondern einen kleinen Umweg gemacht hätten. Vielleicht hätten sie sich auch die Zeit nehmen müssen, die Spuren zu verwischen. So jedoch fanden die Barbaren die frischen Fußabdrücke der beiden Männer. Die Gruppe der Krieger schwärmte sofort auseinander und ging in einer weiten Kette zwischen den Ruinen der Stadt hindurch auf das Zentrum zu. Sie folgten den Spuren, aber nur zwei von ihnen hielten die Blicke auf die Fußstapfen gerichtet, während die anderen aufmerksam um sich spähten und ihre Pfeilrohre bereithielten.

Garodem stieß Kormund an, und die beiden krochen rückwärts zurück und erreichten eine ihrer Gruppen, die sich versteckt hielt. „Bleibt noch geduckt und haltet Euch verborgen, Ihr Pferdelords. Wir werden sie hören, wenn sie nahe genug sind, und die Bogenschützen im Palast leihen uns ihre Augen. Wenn wir ein wenig Glück haben, stolpern sie direkt in unsere Klingen."

Es war nicht leicht, zu hören, wo sich die Barbarenkrieger befanden. Ihre Schritte waren lautlos, und nur gelegentlich war ein gedämpftes Knirschen zu vernehmen, wenn der Fuß eines Barbaren unter dem Sand auf die Überbleibsel der vergangenen Zeit traf und sie zerdrückte.

Garodem blickte zum Palast hinüber und war zufrieden, als von den dortigen Männern nichts zu erkennen war. Auch die Pferde waren ruhig, denn sie spürten, dass es galt, sich verborgen zu halten.

Die Barbaren kamen aus der Richtung des Stadttores, von Osten her, wo die Sonne aufstieg. Dies war Garodems Glück, denn er sah den Schatten eines Kriegers über sich fallen, noch bevor er diesen selbst erkennen konnte.

„Schneller Ritt …“, gab er die Losung, schnellte hoch und sah direkt vor sich den Krieger, dem er die blanke Klinge durch den Knochenpanzer rammte.

„… und scharfer Tod“, nahmen die anderen Männer den Kampfruf auf.

Einige der Barbaren konnten ihre Pfeilstachel lösen, aber nur zwei der Pferdelords wurden getroffen, und keiner der Stachel war vergiftet. Lanzen und Klingen der Pferdelords kreuzten sich mit den Schädelkeulen der Barbaren und warfen sie in den Sand. Zugleich wurden Pfeile aus den Ruinen des Palastes abgeschossen. Die Krieger des Sandvolkes kämpften tapfer, aber sie waren unterlegen, und die letzten drei wandten sich schließlich zur Flucht. Einer von ihnen wurde von einem Pfeil getroffen, schrie auf und schlug flach mit dem Gesicht auf dem Boden auf.

„Lasst keinen entkommen, Ihr Pferdelords“, rief Garodem erregt.

Fünf Reiter lösten sich aus dem Schatten des Palasts und vollendeten, was die Pfeile nicht mehr vollbringen konnten.

Garodem sah sich auf der Kampfstatt um. Sie hatten zwei Tote und eine Handvoll Verletzte hinnehmen müssen, aber keiner der Barbaren würde mehr Nachricht von der Anwesenheit der Pferdelords in der alten Stadt überbringen können.

„Im direkten Kampf können sie gegen uns kaum bestehen“, stellte Garodem fest. „Ihre Waffen und Rüstungen sind schwach. Ich frage mich, warum sie keine metallenen Panzer und gute Schwerter benutzen.“

„Seid froh, dass sie es nicht tun“, erwiderte Kormund. „Vielleicht haben sie nicht genug Metall. Zudem brennt die Sonne hier recht heiß. Da ist es keine Freude, einen Harnisch zu tragen.“

Garodem stieß einen der toten Barbaren mit der blutigen Klinge an. „Sie sind auf ihre Weise tapfer. Und auch wenn sie uns unterlegen scheinen, Kormund, mein Freund, Ihr kennt das alte Sprichwort: Viele Raubkrallen sind der Herde Tod. Wir wissen nicht, wie viele der Barbaren in diesem Land leben und sich uns entgegenstellen werden. Sorgen wir dafür, dass wir das Dünenland rasch wieder verlassen können."

Garodem reinigte seine Klinge im Sand und steckte sie in die Scheide zurück. Dann beschattete er seine Augen und blickte zur Sonne empor. „Erweist unseren Toten Ehre. Dann werden wir nach dem Banner suchen und uns auf den Heimweg machen."

Er seufzte leise. Es war an der Zeit heimzukehren.

45

Der Kräutergarten des Hohen Herrn Lermogud lag außerhalb der Burg von Enderonas, direkt am Hang, der zur Stadt hinunterführte. Der alte Heiler war Meowyn und Leoryn sichtlich dankbar dafür, dass sie ihm den mühseligen Gang abnehmen und von dort das rote Bethankraut holen wollten.

In der mächtigen Wehrmauer der Burg von Enderonas befanden sich kleine Türen, die gut verborgen und massiv gebaut waren. Sie boten die Möglichkeit, einen Ausfall zu machen und einem Feind, der das Tor berannte, in die Flanken zu fallen. Die beiden Heilerinnen nutzten eines der kleinen Tore, um die Burg oberhalb des Hanges zu verlassen. Ein Schwertmann der Wache half ihnen, die Konstruktion aus dicken Balken und eisenbeschlagenen Holzbohlen zu öffnen, und würde hier Posten beziehen, bis sie wieder zurück waren.

„Gebt acht, Ihr Hohen Frauen", sagte er lächelnd und wies über sich. „An dieser Stelle vermag nicht nur der Regen ein Gewand zu nässen."

Sie blickten an der Mauer hoch und erkannten die hölzernen Konstruktionen der typischen Vorsprünge, über welche man sich erleichtern konnte.

Meowyn lächelte. „Kein Wunder, dass an diesem Hang die Kräuter gut gedeihen. Es gibt reichlich Dung von oben."

Aufmerksam um sich blickend schritten sie den Hang hinab, denn die Kräuter des guten Herrn Lermogud wuchsen recht ungeordnet über die Fläche verteilt.

„Dort ist es." Leoryn wies auf eine etwas tiefer gelegene

Stelle. „Da sind die roten Blätter des Bethankrautes.“

Meowyn glitt aus, setzte sich unfreiwillig aufs Gesäß und rutschte ein Stück den Hang hinab, bevor sie sich an einigen Wurzeln festhalten konnte. Sie verzog ärgerlich das Gesicht. „Ich bin auf einem Haufen Dung ausgeglitten“, fluchte sie verärgert.

Die elfische Heilerin lachte leise. „Nehmt es mir nicht übel, liebe Meowyn, doch man kann es sehen und riechen. Ihr solltet Euch später umkleiden.“

Meowyn nickte. „Lasst uns schnell das rote Kraut holen. Mich verlangt nach heißem Wasser.“

Sie erreichten die Stelle, an der das Kraut wuchs, und begannen die Blätter zu sammeln.

„Seid behutsam“, mahnte Leoryn. „Biegt die Blätter ein wenig gegen die Wuchsrichtung und zupft sie vorsichtig vom Stängel, damit er nicht geschädigt wird.“

„Ich weiß“, brummte Meowyn. „So kann die Pflanze sich erholen.“

„Verzeiht, ich wollte Euch nicht belehren, gute Freundin.“ Leoryn lachte freundlich. „Es wird mir wohl zur Gewohnheit, nachdem ich dem guten Herrn Lermogud begegnet bin.“

Meowyn erwiderte ihr Lächeln. „Er hatte keine solch gute Lehrerin wie ich, liebe Leoryn. Er folgt noch sehr den alten Kenntnissen.“ Meowyn zupfte behutsam ein weiteres Blatt und schob es in die lederne Tragetasche hinein. „Eigentlich schade, denn immerhin ist er der Heiler des Königs. Ich muss gestehen, mir ist nicht ganz wohl bei der Vorstellung, dass die Gesundheit Reyodems in des Hohen Herrn Lermoguds Händen liegt.“

„Ihr müsst Euer Wissen weitergeben“, sagte Leoryn und sah ihre blonde Freundin ernst an.

„Oh, das tue ich“, versicherte Meowyn. „Ich habe zwei tüchtige Gehilfen in Eternas, die schon viel vermögen und lernbegierig sind. Sie werden gute Heiler sein, wenn es so weit ist.“

„Das meine ich nicht.“ Leoryn schürzte ihre sanft geschwungenen Lippen. „Ihr solltet das elfische Wissen, das Ihr erworben habt, auch an andere Heiler weitervermitteln. Es würde ihnen nützen. Vor allem aber jenen Menschenwesen, die von den Heilern behandelt werden.“

Meowyn lachte auf. „Verzeiht, aber ich kann nicht ständig durch die Marken reisen. So gut sind meine Gehilfen noch nicht, dass ich länger von Eternas fortbleiben will.“

„Dann beruft die Heiler zu Euch nach Eternas.“ Leoryn machte ein nachdenkliches Gesicht. „Ihr könnt doch die Zeichen setzen, nicht wahr?“

„Sicher.“ Meowyn nickte. „Und ich kann sie auch lesen und deuten.“

Leoryn überlegte. „Die meisten Heiler können das. Schreibt Eure Kenntnisse nieder, Meowyn. Übermittelt sie auf diese Weise an andere Heiler.“

Meowyn lachte erneut. „Das stünde eher Euch an, liebe Leoryn. Auf eine elfische Heilerin werden sie hören.“

„Wir Elfen vermitteln unser Wissen nicht an andere Völker“, gestand Leoryn ein. „Es sei denn“, fügte sie auflachend hinzu, „man sieht uns bei unserer Heilkunst zu.“ Sie deutete mit einem abgezupften Blatt auf Meowyn. „Nein, ganz ernstlich, Ihr solltet Euch das einmal durch den Kopf gehen lassen. Ich glaube, es wird viele Heiler geben, die Eure Aufzeichnungen nutzen werden.“

Meowyn wollte zu einer Erwiderung ansetzen, doch plötzlich sog sie Luft ein und schnupperte. „Es riecht verbrannt.“

„Verbrannt?“ Leoryn sah sich um. „Ihr habt recht, Meowyn. Der Wind kommt von der Burg her, aber es riecht nicht nach dem Brennstein eines Kochfeuers. Es riecht …“

Sie sahen einander an und erblassten. Die beiden blonden Frauen richteten sich auf und sahen sich um. Meowyn deutete ein Stück den Hang hinunter. „Es scheint mir von dort zu kommen.“

„Dann lasst uns schleunig nachsehen, ob sich unser Verdacht bestätigt.“

Sie brauchten sich nur wenige Schritte von den roten Bethankräutern zu entfernen. „Bei den finsteren Abgründen“, stöhnte Meowyn entsetzt. „Dort liegt ein Mensch.“

„Oder das, was von ihm geblieben ist“, bemerkte Leoryn lakonisch.

Gemeinsam mit Meowyn näherte sich die elfische Heilerin den menschlichen Überresten, deren Fleisch noch immer bestialisch stank. Sie suchten Halt auf dem schrägen Hang und untersuchten den verbrannten Leichnam hastig. Ihr Verdacht bestätigte sich rasch. Sie beide hatten dergleichen schon zu Gesicht bekommen.

„Er verbrannte von innen“, sagte Leoryn seufzend. „Unverkennbar die Tat eines Grauen Wesens. Seht Euch die Reste seiner Bekleidung an, liebe Meowyn. Das hier muss die verbrannte Scheide eines Schwertes sein, auch wenn die Waffe fehlt. Dies war ohne Zweifel ein Schwertmann der Wache, allerdings fehlt sein Helm.“

Meowyn blickte den Hang zur Burg hinauf. „Das Graue Wesen muss den Mann verbrannt und einfach über die Mauer geworfen haben. Er stürzte auf den Hang und rutschte bis hierher. Dabei hat er wahrscheinlich Schwert und Helm verloren. Ja, es war einer von den Schwertmännern.“

„Zwei von ihnen werden vermisst." Leoryn richtete sich auf und nahm die Tasche mit den Blättern des Bethankrautes auf. „Jene beiden, die Bulldemut bewachten."

„Dann gibt es nur zwei Möglichkeiten. Bulldemut ist ein Grauer. Er überwand seine Wachen und beging den feigen Anschlag. Oder er hat die Unterstützung eines Grauen Wesens."

Leoryn schüttelte den Kopf. „Oder ein Graues Wesen handelt allein, und Bulldemut hat überhaupt nichts mit all dem zu tun."

Meowyns Gesicht verfinsterte sich. „Ich kenne nur ein Graues Wesen in diesen Mauern."

Sie sahen einander an und sprachen gleichzeitig den Namen aus: „Marnalf."

Meowyn biss sich auf die Unterlippe. „Marnalf, der Graue, mag sich als weitaus weniger gutgesinnt erweisen, als er uns glauben machen will."

„Lasst uns zu Reyodem gehen und ihm berichten", entschied die elfische Heilerin. „Danach mag uns Marnalf Rede und Antwort stehen."

Sie erreichten wenig später das kleine Tor und berichteten dem Schwertmann von ihrem Fund. Dann suchten sie Reyodem auf und erzählten ihm von ihrem Verdacht. Nur wenig später standen sie in Begleitung des Königs und einer Gruppe Schwertmänner vor Marnalfs Kammer im Obergeschoss des Haupthauses.

„Öffnet, Weiser Herr Marnalf", sagte einer der Schwertmänner und schlug mit der Faust gegen die Tür. „Reyodem, der König, begehrt Einlass. Öffnet, oder wir brechen die Tür ein!"

„Er wird nicht öffnen", murmelte Meowyn.

„Er wird es tun", entgegnete Reyodem entschieden. „Ich

kann nicht an seine Schuld glauben. Er ist der alten Tradition der Grauen Wesen verbunden, und er ist ein Freund."

„Das muss er noch beweisen." Meowyn sah die Schwertmänner an, die ihre Hände fest um die Griffe ihrer Waffen gelegt hatten. Sie waren bereit, dem Grauen Wesen den Stahl ihrer Schwerter zu zeigen, auch wenn niemand von ihnen diese Vorstellung behagte. Reyodem wollte Marnalf ohne Umschweife zur Rede stellen, doch Leoryn hatte ihn davon überzeugt, zuvor den Knotenstab des Zauberers an sich zu bringen. Denn er verstärkte die magischen Kräfte der Grauen Wesen. Ohne ihn würde es leichter sein, Marnalf notfalls zu überwältigen.

„Sie haben wunderliche Kräfte, diese Grauen Wesen", murmelte eine der Wachen.

„Und wir haben blanken Stahl", erwiderte ein anderer trocken. „Auch der kann Wunder bewirken."

Erneut wollte der vordere Schwertmann an die Tür pochen, doch plötzlich öffnete sie sich. Meowyn sah Marnalf in der Nähe des Fensters stehen und freundlich zu Reyodem hinüberblicken. Der Graue Zauberer stützte sich leicht auf seinen Knotenstab. „Reyodem, König des Pferdevolkes, Ihr wirkt wenig erfreut."

„Der Grund unseres Besuches ist auch wenig erfreulich, mein weiser Freund", sagte Reyodem bedauernd und trat, ohne zu zögern, in den Raum hinein. Sofort drängten zwei Schwertmänner nach und traten rechts und links neben Reyodem, bereit, ihn mit ihrem Leben zu verteidigen.

„So nennt mir den Grund, Reyodem, mein Freund", sagte Marnalf sanft.

Reyodem musterte den Grauen Zauberer zögernd. „Zuvor gebt mir Euren Stab, Marnalf, mein Freund."

Marnalfs Lächeln vertiefte sich. „Meinen Stab, Reyodem, König? Ihr wisst, dass ich ihn Euch nicht geben kann."

Reyodem zuckte bedauernd die Schultern. „In diesem besonderen Fall muss ich Euch bitten, es doch zu tun."

Marnalf schüttelte, noch immer lächelnd, den Kopf. „Ich kann es nicht, Reyodem, mein Freund."

Der König nickte. „Dann werden wir ihn uns nehmen müssen, Marnalf, so leid es mir tut."

Der Graue nickte. „Ich verstehe."

Plötzlich kippte der Stab in seiner Hand, schwang leicht herum, und Reyodem und die Schwertmänner schrien entsetzt auf, als sie mit großer Kraft zurückgeworfen wurden. Der König wurde durch die Tür hindurch in den Gang geschleudert, wo er gegen Meowyn und einen der Schwertmänner stürzte, während die beiden Wachen, die rechts und links der Tür gestanden hatten, mit vernehmlichem Poltern innen gegen die Wand schlugen und ächzend an ihr herabrutschten.

Meowyn erhob sich vom Boden, während weitere Schwertmänner bereits an ihr vorbei in die Kammer stürzten. Das Bersten von Holz und das Splittern von Klarstein war zu vernehmen, dann ertönten überraschte Rufe von Männern, die versuchten, Marnalf zu ergreifen.

„Haltet ihn auf", brüllte Reyodem. „Er darf keinesfalls entkommen."

Meowyn und Reyodem stießen in der Türöffnung zusammen und behinderten sich für einen Augenblick gegenseitig. Es war zu spät. Marnalf hatte sich durch das geborstene Fenster hindurch nach draußen geschwungen und sich in dem Moment, als ein Schwertmann die Klinge in seinen Körper bohren wollte, fallengelassen.

„Bei den finsteren Abgründen", keuchte der Schwertmann.

„Seht Euch das an, Ihr Herren."

Meowyn und Leoryn drängten den Mann zur Seite, denn auch sie wollten sehen, was dort vor sich ging.

Marnalf war zu erkennen, wie er sich in seinem Gewand behände über die Hauswand bewegte, und zwar auf eine Weise, wie es keinem menschlichen Wesen möglich gewesen wäre.

Ein mit Pfeil und Bogen bewaffneter Schwertmann schob nun die beiden Frauen fluchend zur Seite und löste einen Pfeil, der Marnalf jedoch verfehlte. Das Graue Wesen schien die Menschen spöttisch anzusehen, dann nahm es Schwung und war verschwunden.

Reyodem schlug enttäuscht mit der Hand auf die Einfassung des Fensters. „Lasst ihn suchen", befahl er mit leiser Stimme. „Und schont das Wesen nicht. Wir kennen nun den Mörder."

46

Schnellpfeil war wütend. Auf Einohr, der ihn auf diese Mission geschickt hatte, aber vor allem auf das Rundohr, das neben ihm durch den Sand stapfte. Während Schnellpfeil einem Schatten gleich über den Sand huschte, machte das einfältige Rundohr keine Anstalten, sich unauffällig zu verhalten. Stolz aufgerichtet und mit leicht scheppernder Rüstung marschierte der Ork in der Spur des Spitzohrs.

„Mach nicht so einen Lärm, du Made“, zischte Schnellpfeil schließlich und sah das Rundohr scharf an. „Wir sollen nach den Spuren der Wüstenbarbaren suchen und sie nicht auf unsere eigenen aufmerksam machen.“

Das Rundohr bleckte die Zähne und zeigte Schnellpfeil seine scharfen Fänge. „Spiel dich nicht so auf. Wenn die Wüstenhüpfer uns finden, wirst du froh sein, dich hinter meinem Rücken verbergen zu können.“

Daran war sicherlich etwas Wahres, aber Schnellpfeil hielt es nicht für den rechten Zeitpunkt, darüber zu diskutieren. „Wenn du weiter so herumstampfst, werden die Wüstenmenschen uns ganz gewiss finden. Sei endlich leise und schepper nicht so mit deiner Rüstung.“

„Ich bin ein Rundohr“, stellte sein Begleiter mit stolzer Stimme fest. „Ich bin schwerer als du und kann nicht so herumschleichen, wie es eure Art ist.“

Sie zeigten einander ihre gebleckten Fänge, doch Schnellpfeil lenkte vorsichtshalber ein. Wütende Rundohren waren unberechenbar, und hier würde ihm niemand zu Hilfe eilen, falls die stumpfsinnige Made auf den Gedanken kommen sollte, Schnellpfeil einfach in den Sand zu stampfen. „Bleib wenigstens ein paar Längen hinter mir. Dann kann ich besser hören, was sich sonst noch bewegt."

Zudem boten ihm ein paar Längen Abstand ein wenig mehr Sicherheit, falls das blöde Rundohr doch auf die Idee kam, sein Schlagschwert gegen ihn zu erheben. Schnellpfeil seufzte missmutig und bewegte sich weiter nach Süden. Er sollte ausspähen, wo sich die Städte der Barbaren befanden. Einohr wollte Kontakt zu ihnen aufnehmen und den Wüstenhüpfern den Willen des Schwarzen Lords vermitteln. Zunächst mit guten Worten und notfalls mit gutem Stahl. Schnellpfeil empfand Stolz, dass er für die Mission ausgewählt worden war. Alle Spitzohren der Orks waren flink und gute Späher, aber Schnellpfeil war der Beste von ihnen.

„Warum heißt du überhaupt Schnellpfeil?", knurrte das Rundohr hinter ihm. „Kannst du so gut mit dem Bogen umgehen?"

Sein Name rührte nicht daher, dass er ein besonders flotter Schütze war. Er beruhte vielmehr auf der Fähigkeit, schnell wie ein Pfeil zu wetzen. „Ich bin ein guter Läufer."

„Hm." Das Rundohr stieß ein leises Grunzen aus. „Du weißt diese Fähigkeit sicher sehr zu schätzen, wenn ein Feind sich nähert."

Schnellpfeil nahm die Beleidigung schweigend hin. Das Rundohr würde schon irgendwann merken, dass es von Vorteil war, rasch laufen zu können. Wer rechtzeitig floh, konnte an einem anderen Tag erneut kämpfen. Rundohren dagegen blieben, wo sie waren, und stellten sich dem Feind. Kein Wunder, dass die einfältigen Kraftprotze immer so hohe Verluste hatten. Doch immerhin konnten sie einem nützen. Groß und schwer gepanzert, wie sie waren, fand man hinter ihnen eine annehmbare Deckung, aus der man die eigenen Pfeile auf den Feind lösen konnte.

Und auch der Schwarze Lord wusste die Schlauheit seiner Spitzohren zu schätzen. Hatte er nicht sogar Einohr, ein Spitzohr, zum Legionsführer gemacht? Schnellpfeil seufzte erneut. Hoffentlich machte diese Position Einohr nicht zu wagemutig. Legionsführer führten ihre Einheiten dem Feind entgegen. Schnellpfeil hätte nichts gegen eine Führungsposition einzuwenden, sofern er dabei in der hinteren Reihe bleiben konnte. Wenn er es recht bedachte, war es ohnehin weitaus besser, wenn die gepanzerte Brust der Made hinter ihm einem möglichen Feind zuerst begegnete.

„Geh du vor", brummte Schnellpfeil und blieb stehen.

„Warum soll ich vorgehen?" Das Rundohr bleckte die Fänge. Es war gegen Mittag, und die Sonne stand hoch über ihnen. Die Hitze war drückend, aber Orks waren von Natur aus an große Wärme gewöhnt. Selbst das mächtige Rundohr schwitzte nicht in seiner dicken Metallrüstung, an der ein menschliches Wesen sich wohl verbrannt hätte. Das Rundohr fingerte am Griff seines Schlagschwertes. „Hast du einen Feind gesehen?"

„Nein. Es ist so üblich, dass jeder einmal vorangeht."

„Du bist bisher immer vorangegangen."

„Jetzt gehst du vor."

Das Rundohr grunzte und stapfte an Schnellpfeil vorbei, der gerade seinen ledernen Harnisch zur Seite zog und sich ausgiebig kratzte. Die Hitze machte auch ihm nichts aus, aber der Sand begann das Spitzohr zu nerven. Schnellpfeil betrachtete das Rundohr. Die Beinschienen seiner Rüstung mussten vor Sand überquellen, aber diese Rundohren waren ja ohnehin völlig unsensibel.

Er blickte zur Sonne hinauf. Noch zwei Zehnteltage, dann würden sie zur Legion zurückkehren müssen. Nein, bereits in einem Zehnteltag, denn das Rundohr war sehr schwerfällig. Hoffentlich fand Schnellpfeil wenigstens eine Spur von den Wüstenhopsern. Legionsführer Einohr konnte sehr zornig werden.

„Ich wusste doch, du willst dich nur hinter mir verstecken", grunzte das Rundohr. Es drehte sich zu Schnellpfeil um und bleckte seine Fänge. „Euch Spitzohren fehlt es einfach an Mut."

Schnellpfeil sah das Rundohr überrascht an. „Was meinst du damit, du Made?"

„Dass ihr euch immer dann verkriecht, wenn es interessant wird."

Schnellpfeil begriff. Hastig rannte er an dem Rundohr vorbei, das oben auf dem Kamm einer Düne stand. „Leg dich hin", zischte er dem großen Ork zu und warf sich selbst in den Sand. Dann robbte er zum Kamm hinauf und spähte darüber hinweg. „Na endlich, da sind die Wüstenhüpfer ja. Eine ganze Stadt von ihnen."

Das Rundohr stand immer noch aufrecht und spähte auf das Clanheim hinunter.

„Geh endlich in Deckung und lass deinen Kopf nicht sehen", knurrte Schnellpfeil, „oder Einohr wird dafür sorgen, dass er dir heruntergeschlagen wird."

Das Rundohr bleckte erneut die Zähne und Geifer tropfte von seinen Fängen, aber dann ging es in die Knie. Schnellpfeil ignorierte das wütende Grummeln seines Gefährten.

„Ja, das ist endlich eine ihrer Heimstätten", murmelte er zufrieden. Das würde Einohr gefallen. „Scheinen nicht viele von den Wüstenhüpfern da zu sein."

Das Rundohr grunzte seine Zustimmung. „Nur Weiber und Kinder. Die schmecken auch am besten."

„Denk jetzt nicht ans Fressen. Wir sollen schließlich mit ihnen reden."

„Gut. Dann fressen wir sie eben später", zischte das Rundohr. „Aber die Pferdelords können wir doch sofort erschlagen und aufteilen, oder?"

„Pferdelords?"

„Dort vorne." Das Rundohr wies in das Lager hinunter. „Direkt neben der großen Hütte in der Mitte des Lagers."

Schnellpfeil schluckte einen Fluch hinunter. Das blöde Rundohr hatte recht. Zudem hatte es die Pferdelords noch vor ihm erspäht. Das war peinlich. „Ach die. Die habe ich schon längst gesehen."

Es waren Pferdelords, wenn auch nur eine Handvoll. Aber sie befanden sich im Lager der Wüstenhüpfer. „Das wird Einohr nicht gefallen", knurrte er.

Das Rundohr spuckte aus. „Mit der Handvoll werden wir fertig."

„Natürlich, du Made. Darum geht es aber nicht." Schnellpfeil seufzte. „Ach, wie soll das auch in deinen massigen Schädel gehen? Viel Knochen und so wenig Gehirn."

Das Rundohr kratzte sich im Nacken. „Unsere Schädel sind stark."

„Ja." Schnellpfeil grinste. „Sehr stark sogar. Da bleibt weniger Platz fürs Gehirn."

Endlich begriff das Rundohr, doch bevor es wütend aufbrüllen konnte, schob Schnellpfeil ihm seinen Dolch an den Hals. Direkt über dem Halsschutz, dort, wo die Kehle so verlockend weich war. „Ich will es dir gerne erklären, du Made. Dass die Pferdelords so friedlich im Lager der Wüstenhopser herumlaufen, kann nur bedeuten, dass sie miteinander verbündet sind. Begreifst du das?“

Einohr musste davon erfahren. Der Plan, die Wüstenhopser zu Verbündeten zu machen, war also gescheitert.

„Nimm deine Klinge weg“, knurrte das Rundohr. „Ich habe es verstanden. Wir können sie alle schlagen und fressen.“

„Ja, das können wir“, stimmte Schnellpfeil zu.

Einohr brauchte die Nachricht schnell, denn sie war sehr wichtig. Aber das Rundohr war schrecklich langsam und würde ihn nur unnötig aufhalten. Schnellpfeil musste nicht lange überlegen.

Das Blut des Rundohrs sickerte aus seiner durchstoßenen Kehle hervor, während das Spitzohr hastig etwas Sand über den Kadaver schaufelte. Dann machte Schnellpfeil seinem Namen Ehre, um die wichtige Botschaft zu Einohr und der Legion zu bringen.

47

Das Bild, das sich Garodem und seinen Pferdelords bot, würden sie niemals vergessen. Sie wünschten, der Sand hätte mehr von dem Grauen verborgen, das sich einst in den Mauern des Palastes abgespielt hatte. Sie hatten die beiden eingestürzten Flügel des Gebäudes noch nicht durchsucht, da die locker sitzenden Trümmerteile das Herumstreifen gefährlich machten. Aber sie hatten den quadratischen Innenhof und die beiden noch stehenden Gebäudeteile nach dem Banner abgesucht. Überall waren sie auf die Spuren des Todes gestoßen, doch das Banner blieb unauffindbar.

Im Innenhof lagen die Überreste von Barbaren und den Verteidigern des Palastes dicht an dicht, teilweise sogar in mehreren Lagen übereinander. Sie verrieten den erfahrenen Kämpfern, was sich zugetragen hatte.

„Anfangs haben sie die Barbaren noch außerhalb des Palastes mit den Bogen aufhalten können“, sagte Garodem nachdenklich. „Dann gingen den Männern des Königs die Pfeile aus, und die Barbaren erreichten die Mauern. Schließlich wurden diese aufgegeben, und die Pferdelords der Wache sammelten sich hier am Brunnen, um verzweifelten Widerstand mit Lanze, Schild und Schwert zu leisten. Doch die Übermacht wurde zu groß, und ihre Reihen wurden durchbrochen. Dort und dort“, er wies zu zwei Haufen mit den Gebeinen getöteter Pferdelords, „haben sie dann versucht, sich nochmals zu formieren.“

„Und dort wurden sie überwältigt.“ Scharführer Kormund zeigte zu den noch stehenden Flügeln des Palastes. „Ich sehe hier die Überreste der Harnische und Panzer, doch keiner davon scheint mir der eines Königs zu sein. Er müsste besondere Verzierungen tragen."

„Ich weiß nicht, Kormund, mein Freund." Garodem strich sich über das Kinn. „Ein auffälliger Harnisch macht seinen Träger auch zum herausragenden Ziel. Vielleicht scheute der König dies. Er könnte den einfachen Panzer eines Schwertmannes getragen haben."

„Auch in den Räumen liegen Tote. Jene, die dem Gemetzel im Innenhof entkamen. Der Erste König mag sich unter ihnen befinden."

„Ja, lasst uns nach ihm suchen. In seiner Nähe muss sich auch das Banner befinden." Garodem blickte zu den eingestürzten Gebäudeteilen hinüber. „Ich hoffe, dass er nicht unter diesen Trümmern dort begraben ist. Wir bräuchten einen Zehntag, um sie abzutragen."

Fünf der Pferdelords waren mit ihren Pferden zur alten Stadtmauer geritten. Nun hielten sie sich auf dem Wehrgang verborgen und spähten nach Feinden. Garodem hatten ihnen eingeschärft, rechtzeitig zum Palast zurückzukehren und dabei die verräterischen Spuren im Sand mit ihren Umhängen zu verwischen. Die frischen Kampfspuren hatten Baromils Männer unterdessen mit Sand bedeckt. Die anderen Pferdelords suchten nun mit Garodem und den beiden Scharführern die Ruinen ab.

„Der Feind kam von allen Seiten gleichzeitig." Kormund schnäuzte sich, dann nahm er seine Wasserflasche und schüttelte sie. Er runzelte die Stirn, aber schließlich öffnete er sie und spülte mit dem ersten Schluck den Mund aus. Dann trank er behaglich zwei lange Schlucke und seufzte leise. Nachdem er das Gefäß sorgfältig wieder verschlossen hatte, reckte er sich. „Der König wird es wie jeder gute Pferdelord gehalten haben. Er hat mit seinem Beritt standgehalten, solange noch Leben in ihm war. Dort im Hof, am Brunnen."

Sie blickten zu dem achteckigen Brunnen hinüber. Er war hüfthoch ummauert, und an vier der Ecken erhoben sich Rösser auf die Hinterhand, deren schlagende Hufe einander zugewandt waren. Einst mussten sie aus ihren aufgerissenen Mäulern Wasserstrahlen in das Becken gespien haben. Der Brunnen war wohl eher ein kleiner Teich gewesen und hatte zum Verweilen eingeladen. Doch jetzt war er schon lange eingetrocknet. Die Einfassung war gesprungen und würde nie wieder Wasser halten können. Zwei der Pferdestatuen waren zusammengestürzt oder zerschlagen worden, einer dritten fehlte der Kopf und nur eines der Rösser reckte sein Maul noch wie ehedem in die Höhe.

„Im Brunnen können sie es nicht versteckt haben", sagte Garodem. Er blickte auf die Skelette, die selbst in dem Becken zu finden waren. Damals musste das Wasser tiefrot von Blut gewesen sein. „Im Wasser hätte das Banner die Zeit nicht überdauern können."

„Dann haben die Barbaren es vielleicht doch als Trophäe genommen."

„Nein, Kormund, mein Freund. Das glaube ich nicht. Stoff hat keinen Wert für sie."

„Ihr hofft also, dass es hier noch irgendwo ist, Garodem, mein Freund."

Der Pferdefürst legte Kormund die Hand auf die Schulter. „Und dass wir es rasch finden werden."

Aber sie fanden es nicht. Sie suchten zwischen den vielen Toten, wobei sie eine Reihe von Lanzen entdeckten, an denen die zerfallenen Reste von Berittwimpeln zu erkennen waren.

Eine von ihnen erregte Garodems Aufmerksamkeit. „Kormund, mein Freund, ich glaube, wir haben eine Spur gefunden“, sagte er, nachdenklich den Schaft betrachtend.

Kormund trat näher und betastete die Reste verfallenen Tuches am Oberteil der Lanze. „Es war ein größeres Banner“, knurrte er zweifelnd. „Aber dieses hier muss rot gewesen sein. Das ist nicht die Farbe des Pferdevolkes.“

„Aber vielleicht die des Königs.“

Sie untersuchten die alte Lanze näher, deren Schaft gesplittert war. „Das Tuch wurde nicht einfach abgerissen. Seht Ihr hier? Es wurde mit einer scharfen Klinge abgetrennt. Und zwar sehr sorgfältig am Saum entlang, um es nicht zu sehr zu beschädigen.“

„Ihr könntet recht haben, Garodem.“

„Hoher Lord?“ Einer der Schwertmänner trat zu ihnen und wies auf den Brunnen. „Dieser Brunnen ähnelt doch dem in unserer Burg Eternas.“

Garodem nickte. „Ja. Größer und schöner ist er wohl einst gewesen.“

„Nun, Garodem, mein Pferdefürst, der Brunnen selbst mag zur Zeit des Kampfes noch mit Wasser gefüllt gewesen sein.“ Der Schwertmann lächelte zögernd. „Doch nicht unbedingt auch die Pferdestatuen.“

Garodem sah den Kämpfer nachdenklich an. „Das Wasser muss im Innern der Statuen hinaufbewegt worden sein.“

„Wie bei unserem Brunnen“, bestätigte der Mann. „Ich habe einmal beobachtet, wie er repariert wurde. Der Zulauf wurde blockiert, damit man das Becken ausbessern konnte. Das Wasser lief die ganze Zeit auf den Hof und bescherte uns nasse Füße.“

„Die werden wir hier nicht bekommen.“ Garodem kletterte in den Brunnen und begann die Überreste der Pferdestatuen zu untersuchen.

Kormund zuckte die Achseln, dann drückte er dem Schwertmann die Lanze seines Wimpels in die Hand und folgte seinem Pferdefürsten.

„Auch wenn man ein Banner eng rollt, wird es noch Armesstärke besitzen. Zudem ist es weich, daher kann man es nicht sehr tief in eine Röhre stopfen."

Kormund angelte mit seinem Arm im aufgerissenen Maul der Pferdestatue, dann nahm sein Gesicht einen überraschten Ausdruck an.

Einen Zehnteltag später standen die Männer des Beritts in zwei geraden Reihen vor dem Tor der Stadt Tarsilan und blickten zu den Ruinen zurück.

Garodem sprach mit fester Stimme die Eidesformel der Pferdelords, und das Trommeln ihrer Schläge geleitete die Toten von Tarsilan ehrenvoll zu den Goldenen Wolken. Danach saßen die Männer auf, um endlich den Heimritt in die Hochmark anzutreten. Garodem ritt hinter der kleinen Vorhut, und seine Hand glitt immer wieder unbewusst unter seinen Harnisch, als wolle er sich vergewissern, dass sich das alte Stück Tuch noch immer an seinem Platz befand.

Kormund sah ihn von der Seite an und zuckte die Achseln. „Rot ist nicht die Farbe der Pferdelords, Garodem, mein Herr."

Garodem lächelte. „Nein, Kormund, mein Freund. Doch es ist die Farbe des Königs."

48

Das leise Stampfen war nicht zu überhören. Es hatte sich von Norden her genähert, und Heglen-Turik, der hier die Wache hielt, spähte über den Kamm der Düne hinweg. Er sah die Staubwolke, die über der Wüste aufstieg, und wusste, dass sich dort etwas sehr Großes näherte. Er grinste den Pferdemenschen an, der gerade heranritt. „Ihr hättet Eure Schädel schneller nach Osten bewegen sollen, Pferdemensch. Denn nun werden jene dort sie Euch nehmen."

Der Pferdelord ritt bis knapp unter den Hügelkamm und spähte wie Heglen-Turik über ihn hinweg. Der Mann beschattete seine Augen und spuckte aus. „Ich hätte nicht gedacht, dass Eure Füße so viel Staub aufwirbeln, Wüstenmensch."

„Das tun sie auch nicht", sagte Heglen-Turik ein wenig eingeschnappt. „Wir gleiten wie Schatten durch den Sand. Das dort sind nicht die Turiks unserer Clans."

„Nicht?" Der Pferdelord fluchte leise. „Wer sollte es sonst sein?"

Heglen lachte leise auf. „Das sind jene mit spitzen und runden Ohren."

„Orks?" Der Reiter sah den jungen Turik überrascht an. „Hier in der Wüste?"

„Auch ihr Pferdemenschen seid hier in der Wüste."

„Wenn das Orks sind, müssen es verdammt viele sein."

„Glaub mir, Pferdemensch, es sind Orks."

Erneut fluchte der Pferdelord. Eigentlich hätte Dorkemunts Schar längst auf dem Rückweg sein sollen, aber in der Nacht war einer von ihnen von einem Sandstecher gestochen worden, und das Gift hätte den Mann fast umgebracht, wenn die Frau des Clanführers ihm nicht sofort ein widerlich stinkendes Gebräu eingeflößt und ihn damit gerettet hätte. Doch der Mann war noch zu schwach, um reiten zu können, und so hatte Dorkemunt beschlossen, noch etwas zu warten.

Heglen-Turik grinste den Pferdemenschen an. „Ihr hättet wirklich reiten sollen. Aber nun ist es zu spät."

„Kein Pferdelord lässt einen anderen zurück", erwiderte der Reiter leise. „Zudem solltet auch Ihr überlegen, wie Ihr der Horde widerstehen könnt."

„Die Bestien sind nicht auf unsere Schädel aus." Heglen-Turik strich unbewusst über sein Pfeilrohr. „Die Späher haben das berichtet. Sie haben einige von uns gesehen, aber niemanden angegriffen."

Der Pferdelord strich sich über das Gesicht. „Zum Einbruch der Nacht werden die Bestien da sein. Sie werden Euch Wüstenmenschen ebenso erschlagen, wie sie es mit uns versuchen werden."

„Nein, das werden sie nicht."

„Glaubt Ihr, sie sind Eure Freunde?"

„Nicht unsere Freunde und nicht unsere Feinde", sagte Heglen-Turik mit mehr Sicherheit, als er empfand.

„Dann zeigt Euch den Bestien und wartet ab, was geschieht", schlug der Reiter vor. „Aber zuvor sollten wir dem Lager Nachricht bringen, was da von Norden herankommt."

Der Pferdemensch streckte Heglen-Turik den Arm entgegen, um ihm hinter sich in den Sattel zu helfen, aber der junge Clankrieger zog es vor, zu Fuß zu laufen. Sein Bein war zwar noch nicht wieder ganz in Ordnung, aber es wurde langsam besser. Der Reiter hatte bereits das Lager zusammengerufen, als Heglen-Turik es endlich erreichte.

Männer, Frauen und Kinder lauschten den Worten des Pferdelords, der schließlich auf den keuchenden Heglen-Turik wies. „Dieser dort kann meine Worte bestätigen." Der Reiter lächelte. „Sobald er wieder zu Atem gekommen ist."

Dorkemunt sah in die Runde. „Was meint Ihr, guter Herr Mortwin, wie viele der Bestien sind es?"

Mortwin zuckte die Achseln. „Der aufgewirbelten Staubfahne nach sind es viele, Dorkemunt, mein Freund. Drei oder vier Kohorten, würde ich schätzen, wenn nicht gar mehr. Gegen Einbruch der Nacht werden sie den Sandhügel erreicht haben."

„Dann können wir das Lager nicht mehr verteidigen", stellte der kleinwüchsige Pferdelord fest.

„Die Bestien werden uns nichts antun." Heglen-Turik sah die Pferdemenschen herausfordernd an. „Auf eure Schädel sind sie aus."

„Ja, das mag sein", stimmte Dorkemunt zu. „Aber auch die Euren werden sie nicht verschonen."

Mortwin beugte sich im Sattel vor. „Lasst es die Sandmenschen doch selbst erfahren, guter Herr Dorkemunt, und uns unseres Weges reiten. Die Barbaren werden schon früh genug erfahren, was die Bestien mit ihnen machen."

„Ein verlockender Gedanke", flüsterte Nedeam in das Ohr seines Freundes. Ein wenig lauter fuhr er fort. „Nun ja, sie schätzen zartes Fleisch", sagte er lächelnd. Er sah zu einigen der Kinder hinüber. „Sehr sogar."

Nescha-far-Heldar, die Frau des Clanchefs, trat vor und sah Nedeam zornig an. „Macht es dir Freude, unsere Kinder zu erschrecken, Pferdemensch?"

Dorkemunt hob beschwichtigend die Hand. „Bei meiner Ehre als Pferdelord, gute Frau, ich schwöre Euch, dass es stimmt. Ich habe erlebt, wie die Bestien über meinen Weiler herfielen. Sie verschmähen kein Fleisch, nicht einmal das von ihresgleichen." Er sah die umstehenden Bewohner des Clanheims eindringlich an. „Glaubt mir, die Bestien werden Euch angreifen und niemanden verschonen."

Die hübsche Frau des Turiko trat dicht an den kleinwüchsigen Pferdelord heran. Sie musste sich ein wenig vorbeugen, um ihm in die Augen sehen zu können. Dorkemunt erwiderte ihren Blick. Schließlich seufzte Nescha-far-Heldar leise. „Deinen Worten will ich nicht vertrauen, Pferdemensch, aber ich glaube deinen Augen. Ich denke, dass du die Wahrheit sagst. Aber ich brauche einen Beweis. Denn wenn es stimmt, was du uns sagst, dann werden wir ihnen nicht entfliehen können. Nicht mit den alten Männern und den kleinen Kindern."

Dorkemunt nickte. „Wir würden versuchen, Euch zu helfen, doch unsere wenigen Pferde könnten nur einzelne in Sicherheit bringen."

Heglen-Turik spuckte aus. „Dann werdet Ihr jetzt reiten, Pferdemenschen?"

Dorkemunt grinste kalt. „Wenn wir reiten, junger Krieger, dann nach Norden, über jenen Hügel hinweg, um uns den Bestien zu stellen und den Kindern deines Volkes einen Vorsprung zu verschaffen. Aber der würde nicht reichen, glaube mir."

Die Pferdelords murmelten zustimmend. Auch wenn ihre Pferde ausgeruht waren und sie schneller als die Orks … hier gab es schutzlose Kinder zu verteidigen. Sicher, sie würden eines Tages zu Kriegern werden und ihre Keulen gegen die Pferdelords erheben, aber noch waren es hilflose Wesen, und keinem der Männer gefiel die Vorstellung, dass die Orks ihre Fänge in die Leiber der Frauen und Kinder schlugen. Zu deutlich hatten sie noch in Erinnerung, was geschehen war, als die Bestien die Marken des Pferdevolkes überfielen.

„Der Kampf erscheint mir ein wenig ungleich", brummte Mortwin missmutig und begegnete Dorkemunts Blick. Dann zuckte er die Achseln. „Aber immerhin wird es ein ruhmvoller Ritt zu den Goldenen Wolken."

„Heglen-Turik soll mir den Beweis erbringen."

Nescha-far-Heldars Stimme ließ vor allem den jungen Krieger zusammenzucken. Dorkemunt sah die Frau zögernd an. „Wie meinst du das, gute Frau?"

„Heglen-Turik ist im Augenblick der älteste Krieger des Lagers", sagte die Frau eindringlich und sah Heglen an. „Allerdings ist er auch der einzige Krieger. Er kann mir den Beweis erbringen, ob ihr Pferdemenschen die Wahrheit sagt. Oh, ich glaube dir, Pferdemensch Dorkemunt, aber ich brauche dennoch Gewissheit. Denn wenn es stimmt, so herrscht Krieg zwischen dem Volk des Sandes und den Kämpfern des Schwarzen Lords." Sie deutete auf Heglen-Turik. „Er wird sich den Orks zeigen. Dann werden wir sehen, ob sie uns angreifen wollen. Es wird eine große Ehre für ihn sein, dem Feind als Erster zu begegnen."

Es war eine Ehre, auf die Heglen gerne verzichtet hätte. Aber all die älteren Männer, Frauen und Kinder sahen ihn nun an, und so neigte er sein Haupt und nickte. „So sei es besungen."

„Aber er wird sich ihnen nicht allein entgegenstellen", sagte Nedeam erregt.

Dorkemunt packte Nedeams Arm. „Eben das muss er tun. Wenn die Orks einen von uns an seiner Seite sehen, werden wir nicht erfahren, wen sie wirklich angreifen wollen."

Nescha-far-Heldar nickte. „Ja. Er wird ihnen allein begegnen müssen."

Nedeam sah den jungen Turiko an. „Aber wir könnten seinen Rücken decken."

Dorkemunt grinste. „Aber so, dass die Bestien uns nicht zu Gesicht bekommen."

„Sie würden vor Freude an die Schilde schlagen", brummte Mortwin.

„Wartet." Die Frau des Turiko packte Dorkemunt am Arm. „Was meint ihr damit?"

Der kleinwüchsige Pferdelord erklärte es ihr, und das Gesicht der Frau wurde nachdenklich. Plötzlich lächelte sie hintergründig. „Verstehen die Frauen der Pferdemenschen sich darauf, zu kämpfen?"

„Das tun sie in der Tat."

Nescha-far-Heldar lachte leise auf. „Dann sollen die Frauen des Nagerclans ihnen darin nicht nachstehen."

„Ihr habt keine Waffen."

„Es gibt Waffen, die ihr noch nicht kennt, Pferdemensch."

Dorkemunt zuckte die Achseln. „Jede Waffe vermag von Nutzen zu sein, wenn sie die Bestien aufhält."

Heglen-Turik hatte die Ehre der ersten Begegnung, und so schritt der junge Krieger allen anderen voran zum Kamm des Hügels. Ein Stück hinter ihm ritt das Dutzend der Pferdelords, die noch kämpfen konnten, und dahinter folgte eine Menge von fast zweihundert Bewohnern der Heimstatt. Dorkemunt hatte nie eine seltsamere Streitmacht gegen den Feind geführt, denn die Frauen und alten Männer trugen kurze Stöcke, die sie aus den Pfahlzelten herausgerissen hatten.

Mortwin blickte zurück zu den Menschen des Sandvolkes. „Das wird nichts nutzen. Mit diesen Stöcken können sie kein Rundohr verletzen. Sie würden es nicht einmal erschrecken."

Nedeam ritt neben Mortwin und sah ihn ernst an. „Ich

kann sie verstehen, guter Herr Mortwin. Lieber im Kampf sterben, als sich hilflos abschlachten zu lassen. Seht Euch Barus an, auch er hat seine Keule gepackt."

Dorkemunt lachte. „Sie ist ihm nützlicher als Lanze oder Schwert. Diese Waffen zu führen, muss der gute Herr Barus noch lernen."

Mortwin spuckte aus. „Dazu wird ihm wohl keine Zeit mehr bleiben."

Heglen-Turik stapfte die Düne hinauf. Es würde noch dauern, bis die Orks erschienen, und so war er entsprechend sorglos, als er auf den Kamm trat. Doch er hatte kaum Zeit, zu blinzeln, da zischten bereits zwei Pfeile dicht an ihm vorbei. Instinktiv warf der junge Krieger sich auf den Bauch und schob sich hinter den Kamm zurück. Ein weiterer Pfeil sauste über seinen Kopf und fiel weit hinter ihm harmlos in den Sand.

Einer der Pferdelords betrachtete das Geschoss und spuckte demonstrativ darauf. „Ein Orkpfeil. Sie sind schon da."

Die schwarze Befiederung und die, in den Augen eines Pferdelords, miserable Verarbeitung des Schafts bewiesen, dass er von einem Spitzohr stammte. Dorkemunt sah Nescha-far-Heldar an, und die Frau nickte ihm zu. Die Pfeile waren ihr Beweis genug.

„Zeigt Euch ihnen, Ihr Pferdemenschen", rief sie auffordernd. „Doch bleibt hinter dem Kamm der Düne."

Dorkemunt und die anderen sprangen von ihren Pferden, hasteten den Sand hinauf und warfen sich rechts und links von Heglen-Turik auf den Boden. Hinter ihnen waren die Schritte des Sandvolkes zu hören, als die Bewohner der Heimstatt herankamen und über den Kamm spähten.

Eine Hundertschaft der Spitzohren war der Legion vorausgeeilt und verharrte am Fuß der Düne. Sie warteten auf die Kohorten der Legion, die sich stampfend näherten. Dorkemunt bemerkte den Blick, mit dem Nescha-far-Heldar die herannahenden Orks musterte. Sie stützte sich auf seiner Schulter ab, während sie einen zufriedenen Zischlaut ausstieß. „Das gefällt mir."

Dorkemunt und die Pferdelords konnten sich nicht vorstellen, was der Frau des Clanchefs so sehr gefiel, obwohl der Anblick sicher beeindruckend war.

Die zehn Kohorten der Legion marschierten in der typischen breiten Marschformation heran, und über all den hochgereckten Spießen der Bestien wehte das schwarze Banner Einohrs im Wüstenwind. Dorkemunt blickte nach Westen. Die Sonne würde noch einen halben Zehnteltag am Himmel stehen. Sie kam von der Seite und blendete keine der Parteien.

Die Spitzohren der Vorhut zogen sich beim Anblick der vielen Köpfe über dem Hügelkamm hastig zurück. Dorkemunt bemerkte, dass die Frauen und alten Männer die Stäbe ein wenig hochhielten, und begriff. Für die Orks musste es aussehen, als lägen hier einige Hundert Krieger in Stellung. Aber er kannte die Rundohren. Sie würden sich dadurch nicht von ihrem Angriff abhalten lassen. Nur die verdammten Spitzohren würden sich hinter die ersten Reihen der orkischen Schlagschwerter zurückziehen und von dort ihre Pfeilhagel lösen. Die Rundohren selbst würden hingegen kaum zögern, gegen den Feind vorzurücken.

Die Kolonne der Orks war nun auf doppelte Pfeilschussweite heran, und in ihren Reihen erklang das Gebrüll der Kohortenführer. Die Kolonne schwärmte zur Gefechtsformation aus. Fünf Kohorten in einer dicht geschlossenen Reihe, dahinter die anderen fünf. Das schwarze Banner wehte in der Mitte der hinteren Reihe, was Dorkemunt seltsam fand. Die Kommandeure der Rundohren schätzten es sehr, sich in die erste Reihe zu stellen. Auch Kormund schätzte das, denn es gab ihnen die Gelegenheit, Pfeile auf die Legionsführer zu schießen und mit etwas Glück eine schnelle Serie von Beförderungen bei den Bestien auszulösen.

„Sie werden angreifen", sagte Dorkemunt entschieden. „Noch vor Anbruch der Dunkelheit." Er sah Nescha-far-Heldar achselzuckend an. „Sie sehen sehr gut in der Dämmerung, und in der Wüste wird es ja niemals wirklich dunkel."

„Werden sie diesen seltsamen Ritus aufführen, von dem du einmal gesprochen hast, Pferdemensch?"

„Das werden sie. Es gehört dazu." Dorkemunt seufzte. „Und wir werden es ebenso machen, damit sie sehen, dass wir kampfeswillig sind. Leider bekommen sie dann auch mit, wie wenige Kämpfer wir sind."

„Nein, Pferdemensch." Nescha legte ihre Hand auf Dorkemunts Arm. „Diesmal werdet Ihr das nicht tun."

Die Legion war nun formiert und kampfbereit, was sie zeigte, indem sie sich in Stimmung brachte. Die Rundohren in den vorderen Reihen der Kohorten begannen damit, ihre Schlagschwerter oder Spieße gegen die eckigen Schilde zu schlagen. Ein hämmerndes Dröhnen, das langsam begann und dann allmählich schneller wurde, hallte über der Wüste.

„Das ist gut", flüsterte Nescha-far-Heldar und lächelte glücklich. „Das ist sehr gut. Es hört sich schön an."

„Ihr solltet einen unserer Rundtänze erleben", brummte Mortwin. „Das klingt viel besser."

„Und ist fast ebenso laut", stimmte Nedeam auflachend zu. Er hatte seine Pfeile lose neben sich in den Sand gesteckt, damit er sie rasch greifen konnte. Auch die anderen Bogenschützen waren bereit. Sie würden sich zunächst auf die Führer und

Unterführer der Bestien konzentrieren.

Das Dröhnen hatte etwas Hypnotisches und Einschläferndes an sich. Normalerweise hätten die Pferdelords ihrerseits an die Rundschilde geschlagen und so ihre Sinne für den Kampf aufgepeitscht. Es fiel ihnen schwer, schweigend auf den Angriff zu warten.

Das Dröhnen wurde nun immer schneller. Dorkemunt seufzte leise. „Gleich werden sie anfangen, zusätzlich mit einem Fuß zu stampfen. Dann sind es nur noch Augenblicke, bis es losgeht."

Das Dröhnen hallte in der Luft und ließ den Boden schwingen. Nescha-far-Heldar wandte sich nach rechts und links. „Bleibt still liegen. Ich kann es spüren."

Dorkemunt sah sie irritiert an, doch Nedeam sog plötzlich heftig Luft ein und stieß seinen Freund in die Seite. „Jetzt weiß ich, was sie vorhat."

Bevor Dorkemunt fragen konnte, was Nedeam meinte, brach vor den Orks der Boden auf. Es war das gleiche Schauspiel, das die schockierten Pferdelords in jener Nacht erlebt hatten, als der Sandwurm aus dem Boden hervorbrach und einige ihrer Kameraden verschlungen hatte.

„Wurmzeichen", schrie Nescha-far-Heldar glücklich. „Starke Wurmzeichen."

„Bei den finsteren Abgründen", keuchte Dorkemunt. Jetzt begriffen sie alle, was Nescha beabsichtigt hatte, und Dorkemunt sah die Frau einen Moment lang anerkennend an, bevor er sich wieder dem Schauspiel widmete, das auf der Ebene vor der Düne ablief.

Es war nicht bloß ein einzelner Wurm, der hervorbrach. Vielmehr schien es eine ganze Familie zu sein. Dorkemunt vermutete, dass in jener Nacht nur ein junges Tier hervorgebrochen war. Jetzt hatte es seine Eltern mitgebracht.

Der Sand zwischen den Kohorten brach mit Urgewalt auf. Riesige Leiber wuchsen in die Höhe und ließen sich dröhnend auf den Sand fallen, wobei sie ganze Gruppen von Orks zermalmten. Spitzohren und Rundohren hasteten panisch auseinander. Doch während die gerüsteten Bestien sich dem Feind zu stellen versuchten und mit Spießen und Schlagschwertern auf die riesigen Sandwürmer einschlugen, hasteten die Spitzohren ängstlich quiekend über den Sand und lösten erst in einiger Entfernung ihre Pfeile auf die Ungetüme.

„Ich hätte nicht gedacht, dass diese Biester so groß werden können", murmelte Dorkemunt ergriffen.

„Und dass sie so verdammt viele Zähne bekommen", fügte Nedeam hinzu.

Orks brüllten und quiekten, wurden zermalmt und verschlungen und deren Rüstungsteile, verschmiert vom dunklen Blut der Bestien, von den Würmern wieder ausgeschieden.

„Die haben einen gesegneten Hunger", sagte Barus nervös. „Werden die denn gar nicht satt?"

Nescha-far-Heldar lächelte Dorkemunt an. „Sandwürmer werden von Vibrationen angelockt. Ein einzelner Wurm hätte die Orks niemals angegriffen. Dazu waren sie einfach zu laut. Aber dieses Dröhnen und Stampfen war weit zu spüren, und Sandwürmer sind schnell."

„Ja, das kann ich sehen", knurrte Dorkemunt.

Einer der kleineren Würmer wurde von den Orks gestellt. Die Rundohren begegneten tapfer seinem gewaltigen Maul und versuchten noch im Angesicht des Todes, ihre Spieße oder Schlagschwerter in seinen Rachen zu treiben. Schließlich musste einer von ihnen eine empfindliche Stelle getroffen haben, und als das Wesen sich ihm zuwandte, rammten gleich zwei der Rundohren ihre Spieße tief in seinen Rachen hinein. Sie starben, als der Wurm sein Maul schloss, nahmen ihn aber mit sich in den Tod.

Die anderen Würmer hingegen wüteten auf schreckliche Weise in den Reihen der Legion und lichteten sie. Die Formationen waren in kleine Gruppen zerfallen, die nun um ihr Überleben kämpften oder ihr Heil in der Flucht suchten.

Dann, als reagierten die Würmer auf ein geheimes Signal, war der Angriff unvermittelt vorbei. Sand kräuselte sich über den Trichtern, in denen die gewaltigen Wesen verschwanden, und zurück blieb ein ungewöhnliches Schlachtfeld, auf dem Hunderte von Orks am Boden lagen. Viele von ihnen bewegten sich noch, aber sie waren nicht mehr in der Lage, sich zu erheben oder gar zu kämpfen.

Erst nach einer ganzen Weile begannen sich die verbliebenen Orks zu sammeln, und es wurde deutlich, wie sehr die Legion gelitten hatte. Fast zwei ihrer Kohorten waren erschlagen worden, und Hunderte von Orks waren verletzt.

„So rasch werden sie nicht mehr angreifen", sagte Nescha-far-Heldar lächelnd und wandte sich ab.

„Wartet." Dorkemunt wies zum Schlachtfeld hinüber.

Rundohren schwärmten über die Ebene aus und begutachteten die verwundeten Orks. Einige wurden auf die Beine gehoben, bei anderen senkten sich die Schlagschwerter in die versehrten Körper.

Nescha-far-Heldar sah Dorkemunt erblassend an, als die Orks sich ohne Umschweife daranmachten, die besten Stücke aus den toten Leibern zu schneiden. „So ist auch das wahr", murmelte sie betroffen. „Lasst uns gehen, ich habe genug gesehen."

Dorkemunt nickte. „Sie werden eine Weile beschäftigt sein. Aber sie sind noch nicht geschlagen. Jetzt lecken sie ihre

Wunden, aber danach werden sie angreifen.“ Er lächelte achselzuckend. „Dieses Mal wohl ohne Getrommel.“

„Sie werden nicht abziehen?“ Nescha sah erstaunt zu den Bestien hinüber. Die Sonne ging gerade unter und tauchte das Land in blutroten Schein.

„Nein, sie werden weiterkämpfen. Zumindest ihre Rundohren.“ Nedeam schob die Pfeile in seinen Köcher zurück. „Und wenn die Rundohren sich zum Kampf stellen, würden auch die Spitzohren nicht zu fliehen wagen. Denn die Rundohren würden sie vor ihre Schlagschwerter ziehen.“

„Dann sind es tapfere Wesen, diese Rundohren.“

„Ja“, räumte Dorkemunt widerwillig ein. „Leider.“

Nedeam klopfte Heglen-Turik auf die Schulter. „Er meint damit, dass sie angreifen werden. Du bekommst also deinen Kampf gegen die Bestien noch.“

Sie alle würden ihn bekommen, und so sehr die Legion auch gelitten hatte, war sie den wenigen Verteidigern der Heimstatt noch immer auf Furcht einflößende Weise überlegen.

Barus sah die Frau des Clanchefs zögernd an. „Ihr könnt die komischen Würmer nicht noch einmal herbeirufen, oder?“

„Das müssten die Bestien schon selber tun. Durch ihr Klopfen und Stampfen.“ Die Frau schüttelte den Kopf. „Aber das werden sie wohl nicht wiederholen.“

„Nein“, bestätigte Dorkemunt. „Davon können wir wohl ausgehen.“

Sie hatten Zeit gewonnen, mehr nicht.

Nedeam folgte den anderen den Hügel hinab, während einige der Frauen als Wachen zurückblieben. „Wir werden ihnen einen guten Kampf liefern.“

Dorkemunt schwang spielerisch seine Streitaxt. „Ja, mein Freund, das werden wir.“

49

Es war der volle Zehnteltag des Mittags, und die Sonne stand hoch über der Goldenen Halle von Enderonas. Das Dach der Halle funkelte im hellen Licht und schien gleißende Blitze auf die Stadt hinunterzusenden, wo die Menschen von Enderonas zusammenliefen, um den Beritten der Pferdelords zuzusehen, die auf der Ebene vor der Stadt übten und für diesen Tag eine Vorführung angesetzt hatten. Kaum einer der Stadtbewohner interessierte sich daher im Moment für die Vorgänge in der Burg. Wer die Gelegenheit fand, schloss sich jenen Menschen an, die durch das Stadttor auf die Ebene strömten, um dem Schauspiel beizuwohnen.

Es würde ein großes Spektakel werden, denn immerhin waren zehn volle Beritte angetreten, um die Bewohner der Stadt zu unterhalten. Sie taten dies gerne, denn die Vorführung war ganz nach dem Geschmack der Pferdelords. An diesem Tag würden ihre Waffen stumpf sein, denn sie würden nicht nur miteinander, sondern auch gegeneinander reiten.

Die Königsmark stellte so viele Reiter wie die anderen Marken zusammen, und so würde sie die eine Partei stellen und die anderen Marken würden ihr Gegner sein. Die Vorführung würde dem beliebten Stoßspiel der Pferdelords ähneln.

Bei diesem Spiel traten zwei Gruppen zu je fünf Pferdelords gegeneinander an. Die Waffen der Spieler bestanden aus langen Lanzen, deren Spitzen durch gepolsterte Ledersäcke ersetzt worden waren. Die Parteien versuchten bei dem Spiel, einen elften Pferdelord aus dem Sattel zu stoßen, und da jeder Sturz des Punktreiters einen Punkt für die eigene Mannschaft brachte, behinderten sie nach Kräften die gegnerischen Partei.

An diesem Tag würde es keinen Punktreiter geben, aber wie bei dem Stoßspiel waren die Lanzen der vielen Reiter mit stumpfen Kappen versehen, sodass ihre scharfen Spitzen keine Verletzungen hervorrufen konnte. Allerdings würde der Tag nicht ohne Blessuren ablaufen, denn die beiden Parteien würden mit voller Härte gegeneinander kämpfen. Die Wucht eines Lanzenaufpralls war groß, und der Sturz vom Pferd konnte mit üblen Verletzungen enden. Aber die Pferdelords würden sich nicht schonen, denn die Ehre verlangte, ihrem Beritt und ihrer Mark zum Sieg zu verhelfen.

Der Heiler der Burg, der gute Herr Lermogud, und die anderen Heilkundigen der Stadt würden einiges zu tun bekommen. Erst mit den gestoßenen Reitern, dann mit einigen rauflustigen Zuschauern, die ihre unterschiedlichen Auffassungen handgreiflich zu untermauern suchten. Später würden Pferdelords und Zuschauer den Sieg mit reichlich Gerstensaft oder Wein begießen oder ihre Niederlage darin ertränken. Dann würden die Heiler und die zur Wache eingeteilten Pferdelords noch einmal alle Hände voll zu tun bekommen, bis wieder Ruhe einkehrte in den Straßen der Stadt. Am darauffolgenden Tag würden dann sehr viele Menschen unter dem Hämmern in ihrem Kopf zu leiden haben.

Noch formierten sich die Beritte, doch bald schon würden sie in Kolonnen an den Zuschauern vorbeiparadieren, um Eindruck zu schinden und die Wetten hochzutreiben, denn am Rand des riesigen Feldes rannten Leute umher, welche die Wetteinsätze entgegennahmen. Natürlich favorisierten die Bewohner von Enderonas die Beritte der Königsmark, aber es gab auch eine große Zahl von Männern und Frauen, die den Schwertmännern der anderen Marken einen Sieg zutrauten.

So waren schon vor der Vorführung einige Hiebe und Knüffe, ein paar Beulen und Schrammen oder ausgeschlagene Zähne zu verzeichnen gewesen, was der Stimmung jedoch keinen Abbruch tat. Die Menschen warteten gespannt darauf, wie sich die Beritte schlagen würden. Dies war der Tag des Volkes, und so war es nicht weiter verwunderlich, dass den Menschen die Abwesenheit des Königs und der Pferdefürsten kaum auffiel, zumal es auch keine gesonderten Tribünen für sie gab und sie daher ohnehin im Trubel untergegangen wären. Die Menschen auf der großen Ebene waren an diesem Tag Gleiche unter Ihresgleichen.

Dies galt auch für jene Menschen, die sich zu diesem Zehnteltag unter dem Dach der Goldenen Halle versammelten. Doch hier war die Stimmung keineswegs froh und ausgelassen. Erneut war der Rat der Pferdefürsten zusammengetreten, doch fehlte diesmal der Herr der Südmark, der wegen seiner schweren Verletzung noch immer im Hospital lag und sich nur langsam erholte. Die anderen Pferdefürsten standen in einer Reihe, mit Ausnahme von Reyodem, auf dessen Erscheinen sie alle warteten.

Die Hohe Dame Larwyn stand an diesem Tag zwischen Bulldemut und den anderen. Vor allem Bormunt und Henderonem warfen immer wieder finstere Blicke auf den Pferdefürsten der Ostmark, der gleichgültig zur anderen Seite der Halle starrte. Einzig Dargonnem, der Pferdefürst der Nordmark, schien neutral, wenn man von den beiden Elfen Lotaras und Leoryn einmal absah, die auf Wunsch des Königs an der Ratssitzung teilnahmen. Es war ungewöhnlich, doch welcher Angehörige des Pferdevolkes würde einem Vertreter des elfischen Hauses Elodarion den Zutritt zum Rat verwehren?

Die Pferdefürsten hielten ihre Rundschilde in der linken

Hand, während sie mit der rechten locker ihre Schwerter umfassten, die sie mit der Spitze voran neben den rechten Fuß gestellt hatten. Bulldemut war wieder im Besitz seiner Klinge, was vor allem Bormunt und Henderonem mit Skepsis aufnahmen. Auch Larwyn fühlte sich unbehaglich dabei, denn sie zweifelte noch immer an der Unschuld des Pferdefürsten der Ostmark.

Endlich schwang das Portal auf, und Reyodem betrat in Begleitung der Hohen Dame Taramyn die Halle, um dann an der Reihe von Larwyn und den Pferdefürsten vorbei zum Thron zu schreiten. Larwyn hielt den Atem an, als Reyodem an Bulldemut vorüberging, doch der finstere Pferdefürst führte keinen symbolischen Streich, und so entspannte sie sich, wie auch die anderen Anwesenden erleichtert ausatmeten. Sie glaubte zu erkennen, dass sich auch Reyodem ein wenig lockerte.

Der König erreichte seinen Thron, wandte sich um und nickte den Versammelten zu, während er sich mit seiner Gemahlin setzte. „Ich, Reyodem aus der Königsmark, habe den Rat der Pferdefürsten erneut einberufen, um die Rechtmäßigkeit der Thronfolge zu klären. So heiße ich Euch, Ihr Hohen Damen und Hohen Lords, willkommen. Im besonderen Maße gilt dies für die elfischen Wesen Lotaras und Leoryn aus dem Hause Elodarions. Ich danke ihnen für die Bereitschaft, bei unserem Zwist zu vermitteln. Ich bitte Euch nun, nehmt Platz, Ihr Hohen Damen und Hohen Lords, und lasst uns hören, was die beiden Elfen zu sagen haben."

Larwyn und die Pferdefürsten setzten sich auf die bereitstehenden Schemel, wobei die Männer noch immer Schild und Schwert in Händen hielten, wie es die Tradition verlangte.

Lotaras nickte seiner Schwester Leoryn zu und trat vor die kleine Versammlung. „Ich bin Lotaras aus dem Hause Elodarions, und dies ist meine Schwester Leoryn. Wir entbieten Euch die Grüße unseres Hauses und danken dem Pferdevolk für seine Gastfreundschaft."

Der Elf vernahm das zustimmende Klopfen der Schwertgriffe an die Schilde, wobei Larwyn sich damit begnügen musste, den Griff ihres Dolches an die geschnitzte Stütze ihres Schemels zu schlagen. Lotaras dankte mit einem angedeuteten Nicken. „Unser Weg sollte über die Königsmark hinaufführen in die Hochmark, da wir dort unsere Freunde aus dem Pferdevolk besuchen wollten."

Das stimmte so weit, auch wenn es nur die halbe Wahrheit war. Aber Elodarion hatte seinen Kindern eingeschärft, nicht über den eigentlichen Grund ihres Besuches zu sprechen, und so befand sich Lotaras in einer Zwickmühle, die für das elfische Volk typisch war. Ein Elf durfte unter keinen Umständen lügen. Allenfalls in einer Notsituation war es ihm gestattet, die Wahrheit ein wenig zu verbiegen. Er durfte nichts Falsches sagen, doch war es ihm erlaubt, etwas zu verschweigen.

Lotaras und Leoryn waren frustriert, denn der eigentliche Zweck ihrer Reise war hinfällig geworden. Sie hatten sich von dem Grauen Zauberer Marnalf Hinweise auf das verschollene Haus ihres Volkes erhofft, jedoch nur Freundlichkeiten und Andeutungen erhalten. Nun hatte das Graue Wesen seine Maske fallen lassen und war geflohen, sodass sie weiterhin im Ungewissen über das Haus des Urbaums bleiben würden.

Lotaras sah zu Larwyn hinüber und deutete ein Lächeln an. „Zu jener Zeit, als die Orks die Hochmark überfielen, lernten wir den Pferdefürsten Garodem und auch die Hohe Dame Larwyn kennen. Wir haben Schulter an Schulter gestanden, bis der Hohe Herr Torkelt", er nickte dem Kommandeur der Schwertmänner zu, „mit den Beritten seiner Pferdelords die Entscheidung brachte. Ich kann bestätigen, dass der Hohe Lord Garodem auf jeden Anspruch auf den Thron des Pferdevolkes verzichtet hat. Ich sage dies im Namen des Hauses Elodarion."

Leoryn trat an die Seite des Bruders. „Auch ich, Leoryn aus dem Hause Elodarion, bestätige dies und sage es im Namen meines Hauses."

Die Pferdefürsten und Larwyn klopften zustimmend, nur Bulldemut blieb reglos sitzen. Reyodem beugte sich leicht vor. „Bulldemut, Pferdefürst der Ostmark, erkennt Ihr die Worte der elfischen Wesen an?"

Bulldemut biss sich auf die Unterlippe, musterte die beiden Elfen und blickte dann zu Reyodem. Zögernd nickte er. „Ich erkenne sie an. Elfische Wesen sagen entweder nichts oder sie sprechen die Wahrheit." Bulldemut setzte sein Schwert mit einem harten Schlag auf den Boden. „Ich erkenne Euren Anspruch auf den Thron an, Reyodem." Er zögerte einen Moment. „König."

Larwyn seufzte erleichtert, während die anderen Pferdefürsten zustimmend mit den Griffen der Schwerter an ihre Schilde pochten.

Reyodem sah die beiden Elfen lächelnd an. „So danke ich Euch elfischen Wesen. Ihr habt dazu beigetragen, die Einigkeit des Pferdevolkes wiederherzustellen. Wir werden Euch diesen Dienst niemals vergessen."

„Aber es bleibt noch eine Sache der Ehre zu verhandeln."

Bulldemuts Stimme klang scharf und entschlossen. Die Atmosphäre in der Goldenen Halle, die sich für einen Moment entspannte hatte, lud sich unvermittelt wieder auf. Der Pferdefürst der Ostmark erhob sich von seinem Schemel und sah die Anwesenden finster an.

„Meine Ehre als Pferdelord wurde verletzt. Man warf mir feige Taten vor, die von einem anderen Wesen begangen wurden. Und man nahm mir Schild und Lanze!“ Er sah Reyodem entschlossen an und reckte sein Schwert in Richtung des Königs. „Dergleichen geschah niemals zuvor. Ich fordere Genugtuung von Reyodem, dem König.“

Larwyn hatte noch immer Zweifel an Bulldemuts Unschuld. Doch alles sprach dafür, dass Marnalf die grauenvollen Taten begangen und man den Pferdefürsten zu Unrecht beschuldigt hatte. Sollte ausgerechnet nun, da der Pferdefürst den König anerkannt hatte, erneuter Zwist ausbrechen?

Reyodem sah Bulldemut freundlich an. „Ihr habt recht, Hoher Lord Bulldemut aus der Ostmark. Eure Ehre wurde verletzt. Doch dies geschah nicht aus bösem Willen. Ein Graues Wesen hat es verstanden, den Verdacht auf Euch zu lenken und unsere Sinne zu trüben.“

„Ihr hättet nicht an meiner Ehre als Pferdelord zweifeln dürfen“, klagte Bulldemut den König an. „Doch habt Ihr es getan. Daher verlange ich die Wiederherstellung meiner Ehre.“

„Euch wurde Unrecht getan, Hoher Lord Bulldemut.“ Reyodem nickte zu seinen Worten, und die anderen Pferdefürsten pochten mit ihren Schwertern an die Schilde. „Eure Ehre sei hiermit wiederhergestellt.“

„Aber das ist sie nicht!“ Bulldemut warf das Schwert vor Reyodems Füße und ließ den Rundschild folgen. „Ich fordere Genugtuung von Euch, Reyodem, König! Nur Blut vermag die Schande zu tilgen, die Ihr mir zugefügt habt.“

Alle Anwesenden erhoben sich erregt, und Bormunt, der den Mordversuch schadlos überstanden hatte, warf sein Schwert vor Bulldemuts Füße. „Auch ich habe an Euch gezweifelt, Bulldemut. So könnt Ihr die Klinge ebenso gut mit mir kreuzen!“

„Als meine Ehre verletzt wurde, stand ich unter dem Schild Reyodems“, erwiderte Bulldemut wütend. „Da er mir seinen Schild entzog, ist es an ihm, meiner Ehre Genugtuung zu verschaffen.“

Die Pferdefürsten begannen erregt durcheinanderzuschreien, bis Reyodem sich erhob, sein eigenes Schwert aufnahm und damit mehrmals kräftig auf den Boden stieß. „Ihr Hohen Lords und Damen. Bewahrt Haltung!“

Für einen Augenblick erstarrte alles. Schließlich setzten sich die Pferdefürsten in grimmigem Schweigen, mit Ausnahme von Bulldemut, der vor Reyodem stehen blieb. Der König erwiderte seinen Blick. „Ihr habt das Recht, die Wiederherstellung Eurer Ehre einzufordern“, räumte Reyodem ein. „So steht es in den alten Schriften, und so besingen es die Legenden. Ich werde dieses Recht nicht brechen. Ehrverlust wird mit Blut beglichen, so war es schon immer. Die Bereitschaft, unser Blut für das Pferdevolk zu vergießen, macht uns zu Pferdelords. Wer dieses Opfer nicht bringen mag, ist keiner von uns und nicht würdig, den grünen Umhang und die Lanze zu führen.“

Reyodem ließ seine Worte kurz wirken, dann erhob er sich von seinem Thron, wobei er den Griff seines Schwertes umklammert hielt. „Ihr habt das Recht, Hoher Lord Bulldemut, Eure Ehre zu fordern.“

Die Hohe Dame Taramyn stieß ein entsetztes Keuchen aus, fing sich jedoch sofort wieder, als Reyodem ihr einen raschen Blick zuwarf. Dann blickte der König erneut zu dem ihn herausfordernden Pferdefürsten. „Aber bedenkt, Bulldemut aus der Ostmark, wie immer ein solcher Kampf ausgehen mag, er könnte das Volk der Pferdelords entzweien. Akzeptiert meine Versicherung, dass ich in Eurer Schuld stehe, und es wird zu keinem Bruch kommen."

„Blut für Ehre", beharrte Bulldemut kalt.

„Dann werde ich für meinen König kämpfen", brüllte Henderonem aus der Westmark. Der stämmige alte Pferdefürst hämmerte sein Schwert mehrmals auf den Boden. „Ich werde seiner Ehre Genugtuung verschaffen und sein Blut vergießen."

Reyodem hob die Hand. „Nein, nur mein Blut kann seine Ehre erneuern. Mein Blut oder mein Sieg, denn auch wenn ich ihm Gnade gewähre, ist die Ehre wiederhergestellt."

Bulldemut nickte langsam. „Blut für Ehre, Reyodem, König. So soll es geschehen."

Reyodem nickte zustimmend. Nur zögernd fielen die anderen Pferdefürsten ein. Schließlich warf der König sein Schwert zu den beiden anderen. „Blut für Ehre." Er wies auf die Klingen, die am Boden lagen. „So wählt Eure Waffe, Pferdefürst Bulldemut."

Bulldemut bückte sich und hob sein eigenes Schwert auf. „Sie hat mir immer treu gedient. Sie wird es auch weiterhin tun."

Reyodem nickte. Auch er nahm sein eigenes Schwert auf. Dann stieß er die Spitze kurz gegen Bulldemuts Brust und nahm somit die Forderung an. „Auf Ehre."

Der Pferdefürst erwiderte die Geste. „Auf Ehre."

Larwyn blickte zu ihren elfischen Freunden hinüber und sah in ihren Gesichtern dieselbe Betroffenheit, die sie selbst empfand. Der Tag hatte mit der Hoffnung begonnen, den unseligen Zwist endlich beilegen zu können. Nun jedoch würde es ein Duell geben, und der neue Tag würde mit Blut beginnen.

50

Auf den Sonnenuntergang folgten eine kalte Nacht und ein glanzloser Sonnenaufgang. Den Pferdelords von Dorkemunts kleiner Schar wurde die Hoffnungslosigkeit ihrer Situation immer deutlicher bewusst. Die Legion der Orks hatte durch den Wurmangriff erhebliche Verluste erlitten, aber fünf der Kohorten waren noch immer kampfbereit und würden nicht zögern, gegen die Heimstatt des Nagerclans vorzugehen. Tausend Orks gegen ein Dutzend Pferdelords und die alten Männer, Frauen und Kinder des Sandvolkes.

Während der Nacht hatten sie alle gemeinsam überlegt, welche Möglichkeiten ihnen blieben.

Die Menschen des Sandvolkes konnten nicht fliehen. Die alten Leute und kleinen Kinder hätten ihre Flucht zu sehr behindert, und so wären sie bald von den Orks eingeholt worden. Zum Kampf beitragen konnten sie auch nicht, denn ihre wenigen Waffen würden den gepanzerten Rundohren kaum Schaden zufügen. Dorkemunt hatte erwogen, Fallen aufzubauen, aber dies kam wegen der Sandwürmer nicht in Frage. Jede Vibration, die unweigerlich entstand, wenn man versuchte, eine Grube oder einen Graben auszuheben, würde die Biester anlocken. Zudem würde der ständig nachrutschende Sand ein solches Unterfangen fast unmöglich machen. Einfach davonzureiten, kam für Dorkemunt und die anderen ebenso wenig in Frage. Sicherlich war das Sandvolk ihr Feind, und gegen die Kämpfer der Barbaren würden sie bedingungslos antreten, aber in diesem Lager befanden sich keine Krieger, wenn man von dem nervösen Heglen-Turik einmal absah.

So gab es nur die Möglichkeit, sich dem unvermeidlichen Untergang zu stellen.

Nachdem alle ihre Ideen ausgesprochen hatten und nichts Zündendes darunter war, gab es nichts mehr zu bereden. Sie würden zu den Goldenen Wolken reiten und dies auf die Art der Pferdelords tun.

Die Männer saßen auf dem Boden vor dem Schädelhaus des Clans und trafen in grimmigem Schweigen ihre Vorbereitungen. Die Rüstungsteile wurden überprüft, Riemen und Schnallen gelöst und erneut befestigt, Steine glitten schleifend über die metallenen Klingen von Äxten und Schwertern. Lanzenspitzen und Schäfte wurden auf ihre Festigkeit getestet, die Bogen probeweise gespannt, und jeder Pfeil wurde sorgsam begutachtet.

Heglen-Turik trat irgendwann schweigend zu den Pferdelords und setzte sich zu ihnen. Er sah den Pferdemenschen bei ihren Vorbereitungen zu, und als er sein gezacktes Messer zog, reichte Nedeam ihm seinen Stein, mit dem Heglen dann auch seine Klinge zu schärfen begann.

Die Gedanken der Männer weilten bei ihren Erinnerungen an bestandene Kämpfe oder an die Menschen daheim, denen ihr Herz zugeneigt war, und die sie nun nie wiedersehen würden. Nedeam dachte an seinen Vater Balwin und fragte sich, welche Gedanken diesen in den letzten Augenblicken seines Lebens beschäftigt haben mochten. Nedeam hatte in seinem jungen Leben schon viele bedrohliche Situationen erlebt und gemeistert. Doch nie zuvor war der Ausgang eines Kampfes so gewiss gewesen wie an diesem Morgen. Dann kam ihm seine Mutter Meowyn in den Sinn, und sein Herz wurde schwer, denn er liebte sie von ganzem Herzen. Er machte sich keine Sorgen um sich selbst. Er würde stolz zwischen den Goldenen

Wolken reiten, doch sie würde mit schmerzerfülltem Herz in Eternas leben und ihn vermissen. Er hätte ihr noch so vieles zu sagen gehabt und sie gerne noch ein letztes Mal in die Arme genommen, aber das war ihm nun verwehrt.

Der junge Pferdelord ließ seine Finger über die Schäftung seiner Pfeile gleiten, prüfte dabei die Verleimung mit Baumharz, die Bindung der Spitzen und deren Schärfe. Unter halb gesenkten Augenlidern sah er seinen ihm gegenüber sitzenden Freund und Mentor Dorkemunt an. Der alte Kämpfer wirkte ruhig und schien nichts zu bedauern. War es die Gewissheit, bald wieder mit den geliebten Menschen seines einst von den Orks vernichteten Weilers vereint zu sein? Weilten Dorkemunts Gedanken in diesen Augenblicken bei seinem getöteten Sohn, mit dem er bald gemeinsam den Himmel erstürmen würde?

Selbst Barus wirkte auf eine fatalistische Weise ruhig, er hatte dem Leben wohl schon entsagt. Bedauerte er jetzt, mit dem Beritt ausgerückt zu sein? Fragte er sich nun, ob es nicht besser gewesen wäre, in Esynes Arme zu sinken? Nedeam bedauerte mit einem Mal, dass er nun niemals erfahren würde, wie es war, die Arme und Schenkel einer Frau zu spüren.

„Die Sonne geht gleich auf", murmelte Dorkemunt plötzlich, und Nedeam schreckte aus seinen Gedanken auf. Der kleinwüchsige Pferdelord zog seinen Schleifstein ein letztes Mal über die Schneide seiner riesigen Streitaxt und lächelte schwach. „Wir wollen den Bestien einen Morgen bescheren, den sie niemals vergessen werden. Lasst uns die Pferde überprüfen, meine Freunde, und dann Schild und Lanze aufnehmen, wie es sich für Pferdelords gebührt."

Sie erhoben sich, und Nedeam sah Heglen-Turik an. Er musste lächeln. Sie hatten im Grunde viel gemeinsam, und es fiel Nedeam schwer, in den Menschen des Sandvolkes noch die verachtenswürdigen Barbaren zu sehen. Ja, sie waren anders als das Pferdevolk, doch für Elfen und Zwerge galt dies ebenfalls. Nedeam spürte eine unerwartete Verbundenheit mit dem jungen Turik. Vielleicht war es das Wissen darum, dass der Tod sie gleich Schulter an Schulter vereinen würde.

„Wir haben noch ein Pferd übrig", sagte Nedeam leise.

„Ich habe nicht gelernt, auf einem Pferd zu reiten, Pferdemensch Nedeam", erwiderte Heglen-Turik. Er zuckte die Achseln und lächelte unsicher. „Aber ich bin gut zu Fuß."

Sie traten zu ihren Reittieren und sahen dabei die Menschen des Sandvolkes. Für sie würde es noch sehr viel schlimmer sein, denn sie konnten nicht einmal kämpfen wie die Reiter, sondern waren dem Tod hilflos ausgeliefert.

Hufeisen wurden überprüft und Sattelgurte angezogen, dann saßen die Männer auf. Dorkemunt blickte Nescha-far-Heldar ernst an. „Ich wollte, wir hätten Euch besser zu schützen vermocht. Unsere Schilde und Lanzen sind zu schwach, um die Bestien aufzuhalten. Vielleicht solltet Ihr doch noch versuchen ..."

Die Frau des Clanführers schüttelte ihren Kopf. „So wie Ihr Pferdemenschen Eurem Schicksal mit Stolz begegnet, so werden auch wir Menschen des Sandvolkes ihm entgegentreten." Sie lächelte die Pferdelords und Heglen-Turik an. „So reitet nun Euren letzten Ritt, Ihr Pferdemenschen, und seid gewiss, dass unsere Wünsche Euch begleiten. Diesen Tag werden die Lieder besingen."

„Das werden sie", erwiderte Dorkemunt ernst und nickte. Er legte die schwere Axt an seine Schulter und sah die Männer seiner kleinen Schar an. „So lasst nun den Hufschlag unserer Rosse ein letztes Mal erklingen, Männer der Hochmark. Lasst uns dem Feind als wahre Pferdelords begegnen." Er trabte an und gab die Losung. „Schneller Ritt ..."

„... und scharfer Tod."

Sie folgten Dorkemunt in einer einzigen schwachen Linie und trieben ihre Pferde zum Hügelkamm hinauf. In dem Moment, als sie ihn erreichten, wurde die erste Morgenröte sichtbar und tauchte die Ebene in blutrotes Licht. Unter sich sahen die Pferdelords und der mit ihnen laufende Heglen-Turik das Lager der Orks liegen. Einige Spitzohren schrien erregt und deuteten zur Düne hinauf, Unruhe breitete sich für einige Momente unter den Kohorten aus, bis gebrüllte Befehle die Orks in Formation brachten.

Die kleine Schar der Pferdelords setzte sich in Bewegung und trabte den Hang der Düne hinunter, den Orks entgegen. Die Bestien schwiegen, sie schlugen nicht gegen ihre Schilde und stampften nicht mit den Füßen. Und auch die Pferdelords waren von grimmigem Schweigen umgeben. Selbst der Hufschlag der Pferde war im Sand kaum zu vernehmen. Man hörte nur ihr leises Schnauben und manchmal das Knarren des Sattelleders.

Als sie den Boden der Ebene erreichten, hielten die Männer wie auf Kommando an und starrten zu den Orks hinüber.

Einige der Rundohren fällten ihre Spieße und machten Anstalten, Dorkemunt und den Männern entgegenzumarschieren, aber ein knapper Befehl hielt sie zurück. Stille lag über der Szenerie. Die Distanz war für die Pfeile der Spitzohren noch zu groß, und keine der beiden Gruppen machte Anstalten, den ersten Schritt zu tun. Die Zeit schien sich endlos zu dehnen.

Schließlich war es Mortwin, der das Schweigen brach. „Wir sollten es hinter uns bringen, Dorkemunt, mein Freund."

Nedeam und Dorkemunt sahen einander schweigend an. Dann reckte sich der kleinwüchsige Pferdelord im Sattel und blickte die Reihe der Männer entlang. „Es ist mir eine Ehre, an diesem Tag mit Euch zu reiten, Ihr Pferdelords der Hochmark. Möge er unvergessen bleiben. Schneller Ritt …"

„… und scharfer Tod."

Selbst Heglen-Turik schrie instinktiv die Losung heraus, als die Pferdelords unvermittelt anritten. Erst im Schritt, dann im Trab, und nach wenigen Längen trieben die Männer ihre Pferde in den freien Galopp. Heglen fiel zurück, ein solches Tempo konnte er nicht mithalten.

In die Formation der Orks kam Bewegung, als die Pferdelords ihre Lanzen einlegten. Dorkemunt stellte sich in den Steigbügeln auf und machte sich bereit, seine Axt im tödlichen Bogen von der Schulter zu schwingen, während Nedeam die Lanze zwischen Sattel und Schenkel klemmte, damit er zuerst seinen geliebten Bogen einsetzen konnte.

Doch vor ihren Augen zerfiel auf einmal die Formation der Orks. Obwohl die Pfeildistanz noch nicht erreicht war und der Sieg der Kohorten so unmittelbar bevorstand, wichen sie zurück und verstreuten sich.

Dorkemunt begriff als Erster, was hier geschah. „Haltet ein, Ihr Pferdelords. Sie wenden sich zur Flucht! Haltet ein. Folgt nicht!"

Dorkemunt fürchtete sich nicht davor, den Bestien nachzusetzen. Aber blitzartig kam ihm der Verdacht, dass die Orks vor etwas anderem flohen. „Wartet still", brüllte er erregt. „Wahrscheinlich sind die Würmer wieder unterwegs. Der Hufschlag unserer Pferde wird die Kreaturen aufgeschreckt haben!"

Dorkemunt riss den Kopf herum, als hinter ihnen der

Schrei Heglen-Turiks ertönte, der ihnen mühsam gefolgt war und jetzt stehen blieb, um zurückzusehen. Auch Nedeam wandte sich um, als Heglen-Turiks Schrei erwidert wurde.

„Bei den Goldenen Wolken“, ächzte Mortwin fassungslos. „Ich kann verstehen, warum selbst die Rundohren die Flucht ergreifen.“

Der Hang, über den die Pferdelords zuvor geritten waren, war plötzlich von Leben erfüllt. Krieger des Sandvolkes quollen über den Kamm hinweg und bedeckten weithin den Boden. Es mussten Hunderte, ja Tausende von ihnen sein, und als die Pferdelords einem Wink Heglen-Turiks folgten, erkannten sie auch in der östlichen Ebene eine kompakte Masse Krieger, die in raschem, seltsam schlurfendem Schritt heraneilten.

„Ich denke, der Ritt zu den Goldenen Wolken wurde gerade verschoben“, brummte Mortwin und seufzte leise.

Dorkemunt kniff die Augen zusammen und sah Heglen-Turik an, der mit breitem Grinsen näher kam. „Ich bin mir da noch nicht so sicher“, murmelte er.

Die Krieger kamen näher, während sich hinter den Pferdelords die Kohorten der Orks in wilder Flucht befanden. Heglen-Turik trat an Dorkemunt heran und blickte zu ihm auf. „Dies sind die Krieger des Sandvolkes“, sagte der junge Turik mit sichtlichem Stolz. „Und Ihr, Pferdemenschen, seid jetzt meine Gefangenen.“

51

Fangschlag hieb sein Schlagschwert wütend in den Sand. Geifer tropfte von seinen Fängen. „Wir hätten sie geschlagen und ausgeweidet“, brüllte er unbeherrscht, und der Speichel tropfte auf Einohrs Harnisch. „Eine Handvoll Pferdelords und ein paar Sandhüpfer.“

„Ein paar Tausend Sandhüpfer“, korrigierte Einohr ungerührt. Er wischte angewidert den Speichel von seiner Rüstung, die seinem Status entsprach, ihm wegen ihres Gewichts jedoch nicht gefiel.

„Ein paar Tausend Wüstenhüpfer ohne Panzerung oder metallene Waffen.“ Fangschlag musterte seinen Legionsführer, als überlege er, ob er sein schweres Schlagschwert nicht besser durch Einohrs Brustpanzer treiben sollte. „Meine Rundohren hätten sie in den Sand gestampft.“

„Und damit erneut die Würmer gerufen“, versetzte Einohr. „Du weißt, was die Würmer mit deinen Rundohren gemacht haben.“ Der Legionsführer blickte auf die Spitzen seiner Finger. „Meine Spitzohren hatten weitaus weniger Verluste.“

„Ein Zeichen dafür, wie schnell diese Maden flohen und sich im Sand verkrochen“, geiferte Fangschlag.

„Ein Zeichen dafür, dass ein Panzer nicht alles ist.“ Einohr bleckte die Fänge, die sich jedoch nicht mit denen seines Unterführers messen konnten. „Die Kraft deiner Rundohren und die Stärke ihrer Rüstungen haben gegen die Würmer nichts bewirken können.“

„Aber sie hätten es gegen die Wüstenhüpfer und Pferdelords.“ Fangschlag entschloss sich, das Schwert doch in den

Sand zu schlagen, so reizvoll die Alternative auch gewesen wäre. Aber viel zu viele Augen sahen zu und lauschten ihrem Streit. Zu viele Spitzohren und zu wenige Rundohren. Fangschlag spuckte angewidert aus. Die Rundohren waren tapfer gewesen, auch im Angesicht der schrecklichen Würmer hatten sie gekämpft. Einohrs Maden hingegen waren davongelaufen und hatten erst aus sicherer Entfernung ein paar Pfeile gelöst.

„Wir hätten sie alle geschlagen und den Auftrag des Schwarzen Lords erfüllt", knurrte Fangschlag, der sein Schlagschwert erneut aus dem Sand zog und die gebogene Spitze kritisch betrachtete. „Er wäre zufrieden gewesen und hätte uns gelobt."

„Und wir hätten uns an gutem Fleisch satt gefressen", schrie ein in der Nähe stehendes Rundohr, und andere riefen ihre Zustimmung.

Einohr gefiel das nicht. Auch wenn die Rundohren in der Minderzahl waren, konnten sie den Hals eines Spitzohrs mit Leichtigkeit knacken, und gerade schienen sie in der Stimmung dafür zu sein.

„Ihr habt recht", brüllte er den Orks zu. „Ich habe den Rückzug befohlen, aber ich tat dies aus gutem Grund." Eigentlich war es immer gut, den Rückzug anzutreten, wenn der Sieg ungewiss war, aber das konnte Einohr den Rundohren nicht verständlich machen. Sie waren zu sehr aufs Kämpfen aus und viel zu dumm für die feinsinnigen strategischen Erwägungen, die ein vorausschauender militärischer Führer anstellen musste.

„Natürlich hätten wir den Feind geschlagen." Er sah die Rundohren an und zwang sich zum orkischen Gegenstück eines Lächelns. „Doch das hätte den Zorn des Schwarzen Lords hervorgerufen! Hat er nicht verlangt, dass wir mit den Wüstenhüpfern reden? Hat er nicht befohlen, dass wir sie unter unserem Banner versammeln? Wie könnte uns das gelingen, wenn wir sie abgeschlachtet hätten? Nun, sagt es mir."

Ach, diese dummen Rundohren. Nützliche Schläger waren sie, doch ansonsten nur lästige Maden. Ja, jetzt waren sie verunsichert und nervös. Das wurden sie immer, wenn man den Allerhöchsten Lord erwähnte. Einohr bemühte sich um einen versöhnlichen Ton. „Ich habe euch deshalb nicht gegen die Wüstenhüpfer kämpfen lassen, damit wir uns die Möglichkeit offen halten, sie zu unseren Verbündeten zu machen."

„Jetzt sind sie aber schon Verbündete der Pferdelords", knurrte Fangschlag.

„Das ist nicht bewiesen", stellte Einohr fest. „Wahrscheinlich sind die Pferdelords schon längst tot, erschlagen von den Wüstenhüpfern."

„Gut." Das Rundohr leckte sich über die Fänge. „Dann lass uns nachsehen."

Einohr räusperte sich. „Ich will die Wüstenhüpfer jetzt nicht durch unseren Anblick verärgern. Sie sind nun ein wenig aufgeregt und sollen sich erst einmal beruhigen. Dann wird die Zeit der Worte kommen."

„Jetzt ist die Zeit der Schlagschwerter." Fangschlag zeigte den Orks die erhobene Klinge, und seine Rundohren brüllten zustimmend. „Die Wüstenhüpfer sind schwach. Was will der Allerhöchste mit ihnen? Lasst sie uns schlachten. Solche Maden brauchen wir nicht unter unserem Banner."

Einohr lächelte kalt. „Willst du das dem Schwarzen Lord vielleicht persönlich sagen?"

Fangschlags von Erregung dunkle und gescheckte Haut wurde blasser. „Wie meinst du das?"

Einohr musterte erneut seine Fingerspitzen. „Oh, mich

würde interessieren, wie der Schwarze Lord auf deinen Vorschlag reagiert, seine künftigen Verbündeten erst einmal zu massakrieren."

Sein Unterführer gab sich geschlagen. „Wir hätten sie in jedem Fall geschlachtet", murmelte er, um einen halbwegs ehrenvollen Rückzug einzuleiten.

Einohr nickte großmütig. „Natürlich hätten wir das."

Er sah zu, wie der Unterführer zu den anderen Orks hinüberging und mit ihnen sprach. Immerhin, das Argument mit dem Schwarzen Lord wog schwer und schien die Rundohren sogar zur Vernunft zu bringen. Einohr seufzte leise und trat ein wenig zur Seite, um den Sprechstein aus dem Harnisch zu ziehen.

Wieder war er fasziniert davon, wie der leblose Stein sich erwärmte und die orangen Schlieren zu wallen begannen. Als die Schatten sich verdichteten, stieg Einohrs Nervosität an, und er leckte sich unruhig über die Fänge, während sich die schwarze Halle mit der Gestalt des Schwarzen Lords immer deutlicher auf dem Stein abzeichnete.

„Berichte."

Obwohl er das wesenlose Vibrieren nun schon kannte, fühlte Einohr ein wenig Nässe durch sein Beinkleid rieseln. Hastig berichtete er, was sich zugetragen hatte, wobei er sich davor hütete, etwas zu beschönigen. Wenn der Schwarze Lord herausfand, dass Einohr gelogen hatte – und der Schwarze Lord fand so etwas immer heraus –, würde er als Futter für die Rundohren enden. Dieses Vergnügen wollte Einohr seinem Unterführer Fangschlag keinesfalls gönnen.

„Ich meinte in Eurem Sinne zu handeln, Allerhöchster Lord, als ich die Legion zurückzog", schloss er seinen Bericht, und wieder sickerte etwas Nässe in den Wüstensand.

Das Vibrieren schwieg und setzte dann wieder ein. „Du hast deinen Auftrag nicht erfüllt."

Einohrs Gedärme zogen sich zusammen.

„Aber du hast auch nicht eigentlich versagt."

Der Unterleib des Spitzohrs entkrampfte sich wieder, und lediglich seine zuckende Ohrspitze verriet seine Unruhe. Nun gut, er würde kein Lob ernten, aber auch nicht als Madenfutter enden.

Das Vibrieren schwang vor und zurück. „Die Legionen sind unterwegs, und der König der Pferdelords wird sterben. Dies wird die Menschenwesen spalten, sodass sie geschwächt sein werden, wenn sie vom Vormarsch unserer Streitmacht erfahren."

„Und was geschieht mit meiner Legion?", fragte Einohr vorsichtig.

Nun würde sich erweisen, ob es weiterhin seine Legion sein würde oder er in Ungnade gefallen war. Ah, nur nicht unter Fangschlag dienen. Wenn der Schwarze Lord das dumme Rundohr zum Führer machte …

„Führe die Legion zurück und fülle sie mit frischen Maden auf. Dort im Dünenland ist sie mir nicht mehr von Nutzen."

Das Wallen erlosch, und auch Einohrs mühsam verborgene Furcht verlor sich. Seufzend schob er den Sprechstein unter den Harnisch zurück. Er war gespannt, wie Fangschlag reagieren würde, wenn er den Befehl des Allerhöchsten Lords verkündete. Aber er würde erst noch ein wenig warten, bis seine Beinkleider getrocknet waren.

52

Torkelt überwachte die Vorbereitungen auf dem großen Markplatz von Enderonas. Ihm gefiel weder, was er da tat, noch was er dabei zu hören bekam. Es war schon immer die Tradition des Pferdevolkes gewesen, Streitigkeiten in der Öffentlichkeit auszutragen. Nicht jene kleinen Dispute, die man mit einigen Worten oder Schlägen beilegte, sondern jene Auseinandersetzungen, bei denen Recht gesprochen oder die Ehre verteidigt werden musste. Gab es Streit über das Eigentum eines Angehörigen des Volkes oder über einen abgeschlossenen Handel, so schlichteten die Ältesten eines Weilers oder einer Stadt diesen auf dem Versammlungsplatz. War ein Verstoß gegen die Ehre begangen worden, wie Diebstahl oder Ehebruch, so sprach man auf dem öffentlichen Platz Recht, wobei der Richterspruch des Ältesten unumstößlich war. War die persönliche Ehre von Mann oder Frau verletzt worden, so konnte auf dem zentralen Platz Genugtuung eingefordert werden. Oft geschah dies in einem Zweikampf, der strengen Regeln unterlag. Meist waren dies eher harmlose Kämpfe, die ohne Waffen ausgetragen wurden und bei denen man sogar bereitwillig wettete.

Ein Ehrenhandel, der mit Waffen ausgetragen wurde, war ausgesprochen selten. Natürlich hatte jeder schon von solchen Duellen gehört, doch waren es eher die alten Legenden, die von ihnen berichteten. Seit vielen Jahren hatte kein Pferdelord mehr seine Waffe gegen einen anderen erhoben.

Als das Duell zwischen Reyodem und Bulldemut auf dem Marktplatz von Enderonas angekündigt worden war, hatte sich unter den Menschen Betroffenheit breitgemacht. Ganz gleich, was der Grund für das Duell auch sein mochte, allein die Tatsache, dass ein Kampf auf Ehre und Blut gefordert war, erregte die Gemüter.

Der Versammlungsplatz von Enderonas, der zugleich als Markplatz diente, lag direkt am Fuß des breiten, terrassenartig angelegten Weges, der zur Burg hinaufführte. Nicht nur die Statuen der alten Krieger und Könige würden nun auf den Kampfplatz hinuntersehen. Um den Platz herum und auf den Stufen des Weges würden sich die Zuschauer drängen, und auch die Fenster der Gebäude, die den Platz umstanden, würden dicht mit Menschen gefüllt sein, die das Geschehen verfolgten.

Der Kampf war für den Mittag angekündigt worden, wenn die Sonne ihren höchsten Stand erreicht hatte und keinen der Kämpfer benachteiligen würde. Es waren noch zwei Zehnteltage bis dahin, aber die Ränder des Platzes begannen sich schon jetzt mit Schaulustigen zu füllen. Männer, Frauen und Kinder, die ihr Tagewerk unterbrachen, um sich einen guten Platz zu sichern.

Torkelt war nicht nur der Kommandeur der Pferdelords, sondern zugleich der Erste Schwertmann der Königsmark und somit für die Durchführung des Duells verantwortlich. Er musste für ausreichenden Raum und für die Sicherheit der Zuschauer sorgen und zudem die Gemüter beruhigen, wenn sie zu hitzig wurden. Torkelt lauschte den Bemerkungen der Zuschauer und wusste bereits, dass die Emotionen hochschlagen würden.

Die Menschen von Enderonas liebten ihren König. Reyodem galt trotz seiner Jugend als weiser und gerechter Herrscher, der seine Macht nicht missbrauchte und für sein Volk sorgte. Sie reagierten mit Unverständnis auf Bulldemuts Forderung und nahmen automatisch Partei gegen ihn, obwohl sie die Einzelheiten nicht kannten, die dem Kampf zugrunde lagen. Bulldemut war nur wenigen bekannt, und jene, die ihm begegnet waren, wurden ausgiebig befragt, was für ein Mensch er sei und wie er mit Schwert und Lanze umzugehen verstehe. Bulldemuts menschliche Seite kam bei den Bewertungen ungleich schlechter weg als seine Fertigkeit im Umgang mit den Waffen.

Torkelt war der gleichen Meinung, doch musste er sie für sich behalten, um die Stimmung im Volke nicht noch anzuheizen. Man brachte Bulldemut keine Sympathien entgegen und wünschte dem König Glück. Torkelt wusste, dass die Stadtbewohner nicht so diszipliniert waren wie die Schwertmänner und es daher unflätige Bemerkungen und böses Blut geben würde. Solche Erregung war störend und konnte die Kämpfenden irritieren. Das erhitzte Gemüt eines Mannes ließ ihn vielleicht vorschnell handeln und einen Stoß austeilen oder empfangen, den er sonst vermieden hätte.

Zudem stellte der Ausgang des Kampfes, wer auch immer ihn gewann, die Ehre des Siegers fest. Falls Bulldemut gewann, was Torkelt nicht hoffte, würde er als Ehrenmann und rechter Pferdelord von der Kampfstatt schreiten. Die Gesetze ihres Volkes geboten, ihn dann nicht mehr anzuzweifeln. Aber falls Bulldemut gewann, würde Reyodem in seinem Blute liegen, und für diesen Fall wollte Torkelt weder für die Stadtbewohner noch die Pferdelords garantieren. Natürlich würde kein Pferdelord seine Hand gegen Bulldemut erheben, das verbot die eigene Ehre. Aber es konnte schon genügen, wenn keiner von ihnen dem Pferdefürsten beistand, falls der Volkszorn entflammte und sich über ihm entlud. Und dann würde Bulldemut auch sein Schwert nicht lange helfen.

Nein, Torkelt musste hoffen, dass Reyodem den Waffengang gewann. Er kannte den König und wusste, dass dieser, wenn er gewann, Bulldemut das Leben und die Ehre belassen würde. Reyodem würde einen Weg finden, dass Bulldemut sein Gesicht wahren konnte, ohne dass sein Blut vergossen werden musste. Ja, Reyodem war ein guter König, und er sollte auch der Herrscher bleiben. Aber wer kannte schon die Launen des Schicksals?

Das Blitzen eines Sonnenstrahls auf der Klinge einer Waffe konnte einen Kämpfer blenden und für einen fatalen Moment hilflos machen. Sein Fuß konnte auf dem glatten Pflaster des Platzes ausrutschen, in eine Fuge zwischen den Platten geraten oder über einen Vorsprung stolpern. Ein Schrei mochte ihn ablenken oder der Anblick eines geliebten Menschen.

Torkelt machte sich Sorgen. Ernsthafte Sorgen. Die Geschicke der Mark und des Pferdevolkes lagen bei Reyodem in guten Händen. Wenn er fallen sollte, würde es an Königin Taramyn liegen, das Land zu regieren. Sie war eine gute Tochter des Pferdevolkes, daran zweifelte niemand, aber würde sie das Land durch eine Krise führen können, die dann unausweichlich begänne?

Der Tod Bulldemuts oder des Königs würde eine blutige Kluft zwischen den Marken aufreißen, das war Torkelt schmerzlich bewusst, als er den Platz abschritt.

„Tretet ein wenig zurück“, rief er barsch und scheuchte ein paar Neugierige wieder in die Menge. „Zwanzig Längen muss der Platz messen. Also haltet Abstand, Ihr guten Männer und Frauen.“ Er sandte einen scharfen Blick in die Runde. „Und das gilt auch für jene, die in den hinteren Reihen stehen. Bedrängt die Vorderen nicht zu sehr.“

Torkelt schob prüfend einen Fuß über die steinernen Platten. Sie waren ausgetreten und viel zu glatt. Vielleicht hätte er besser Sand ausstreuen lassen, damit die Füße festeren Halt fanden. Er blickte sich um. Sobald das Horn ertönte, würde er einen Kordon von Schwertmännern um den Platz herum aufstellen. Die Menge war zu unruhig, und je länger sie warten musste, desto unruhiger wurde sie.

Er zuckte zusammen, als der Hornstoß erklang.

Er kam vom Torturm der Burg, über dem sich das Signalfeuer erhob. Der tiefe Ton hallte weit über Enderonas und die Ebene. Nun würden gleich die Kontrahenten von der Burg herunterkommen und sich dem Kampf stellen. Dann, so konstatierte Torkelt grimmig, würde sich die Zukunft des Pferdevolkes entscheiden.

53

Sie hatten kein Verlangen danach, dem Kampf beizuwohnen. Meowyn und Leoryn waren in den Kräutergarten des Hohen Herrn Lermogud hinuntergestiegen, um Blätter des roten Bethankrauts zu sammeln. Der verletzte Welderonem schien sich allmählich zu erholen. Am späten Morgen hatte man ihn vom Hospital in seine Kammer verlegt, wo er von vier grimmigen Schwertmännern beschützt und von zwei besorgten Mägden betreut wurde.

In der ganzen Burg war die Unruhe und Anspannung zu spüren, die das bevorstehende Duell hervorrief. Im Haupthaus waren Bulldemut und Reyodem dabei, die vorgeschriebenen Waschungen vorzunehmen. Sie beide würden ihr bestes Wams und die volle Rüstung tragen, wenn sie das Haus verließen. Eine Ehrenwache würde die beiden Duellanten den langen Weg hinunter zum Kampfplatz eskortieren, und wenn Torkelt als Ehrenwächter schließlich den Kampf freigab, würde Blut zu fließen beginnen. Nein, die beiden Heilerinnen hatten schon genug Blut fließen sehen, und sie mussten nicht unbedingt zusehen, wie weiteres unnütz vergossen wurde.

„Ich werde dennoch hinuntergehen“, sagte Leoryn unvermittelt und blickte den Hang hinab auf die Stadt.

„Ihr wollt es Euch ansehen?“ Meowyn zupfte behutsam ein weiteres Blatt von einer der Pflanzen und sah die elfische Heilerin skeptisch an. „Warum nur, gute Freundin?“

„Könnt Ihr Euch das nicht denken, liebe Frau Meowyn?“ Die Elfin erwiderte Meowyns Blick und lächelte sanft. „Ihr, als Heilerin?“

Die blonde Heilerin der Hochmark runzelte die Stirn. „Ich verstehe. Ihr tut es, um zu helfen."

„Meine Hände sind ruhiger als die des Hohen Herrn Lermogud." Leoryns Lächeln vertiefte sich. „Und meine Nähte sind besser."

Sie mussten beide auflachen. Der alte Heiler von Enderonas hatte in der Nacht ein paar Stiche und Nähte zum Wundverschluss geübt und die Resultate am Morgen stolz der Elfin gezeigt. Sie hatte ihn nicht entmutigen wollen und ihn gelobt, Meowyn dabei jedoch auf eindeutige Weise zugezwinkert.

„Immerhin", sagte Meowyn belustigt. „Er ist auf dem rechten Weg." Sie schob die Blätter in die Sammeltasche. „Ich denke, wir haben nun genug Bethankraut. Lasst es uns ins Hospital des Herrn Lermogud bringen. Wir können die Blätter rasch zerstoßen und noch einen stärkenden Trunk für den Hohen Lord Welderonem zubereiten, bevor wir zum Marktplatz hinuntereilen."

„Wir?"

Meowyn zuckte die Achseln. „Wie könnte ich Euch allein gehen lassen. Ihr setzt die besseren Nähte, doch ich fädele den Faden schneller ein."

Die beiden Frauen lachten einander an. In gewisser Weise hätte man sie für Schwestern halten können. Wenngleich Meowyn in den besten Jahren eines Weibes war, während Leoryn eher einer jungen Frau glich, die kaum das heiratsfähige Alter erreicht hatte. Langsam machten sie sich an den mühseligen Aufstieg.

„Habt Ihr nie daran gedacht, Euch wieder zu verbinden?", fragte Leoryn leise.

Meowyn zögerte mit der Antwort. „Nein."

„Warum nicht?" Leoryn lächelte freundlich. „Ihr seid eine

schöne Frau, und sicher verdreht so mancher Pferdelord den Kopf nach Euch."

„Das mag schon sein." Meowyn zuckte die Schultern. „Doch ich habe wirklich kein Verlangen danach, mich erneut zu binden."

„Ihr solltet es erwägen", erwiderte Leoryn ernst. „Euer Menschenleben währt so schrecklich kurz. Kaum ein Atemzug von der Geburt bis es vergangen ist. Ihr dürft die Zeit, die Euch vergönnt ist, nicht verschwenden."

„Ich war einmal gebunden, mit meinem guten Balwin." Meowyn seufzte. „Auch Ihr Elfen bindet Euch doch nur ein einziges Mal."

„Nun, unsere Ehen währen auch sehr lang, vom Standpunkt eines Menschenwesens betrachtet."

„Es sei denn, der Tod trennt Euch."

Leoryn blickte unbewusst zum Kampfplatz hinunter. „Ja, er vermag uns zu trennen."

Meowyn sah die Elfin nun auffordernd an. „Und werdet Ihr Euch binden, liebe Leoryn? Oder habt Ihr schon einen Gefährten?"

„Dazu bin ich noch zu jung." Leoryn erreichte die Tür in der Wehrmauer der Burg, und der bereitstehende Schwertmann öffnete ihnen. „Gerade fünfhundert kurze Jahre. Ich habe noch viel Zeit, mir einen schmucken Elfen zu erwählen." Sie sah Meowyn verschwörerisch an. „Das ist gar nicht so leicht, liebe Meowyn. Wir haben sehr viele schmucke Elfenmänner."

Erneut lachten sie, während der Schwertmann hinter ihnen die kleine Ausfalltür verriegelte. Vor dem Haupthaus stand eine Schar Schwertmänner, welche die Ehreneskorte der Duellanten bilden würde. Einige der Pferde hatten während des

Wartens ihren Dung abgeworfen, und ein paar herbeigeeilte Stallburschen schoben ihn rasch auf kleine Eisenbleche, damit der Hof sauber blieb.

„Es gibt auch viele schmucke Pferdelords“, sagte Meowyn schließlich. „Daher fällt auch mir die Wahl so schwer.“

„Oh.“ Leoryn wandte sich der Freundin zu und hob ihren Finger. „Ihr seid also doch nicht ganz abgeneigt, Euch erneut zu binden.“

„Nein, das habe ich damit nicht gemeint.“ Sie traten an zwei Wachen vorbei ins Haupthaus und wandten sich nach rechts, um zum Hospital zu gelangen.

„Nun gut, dann sagt mir, wen Ihr erwählen würdet, wenn Ihr eine neue Bindung eingehen wolltet? Wer dürfte neues Leben pflanzen, oder, wie Ihr vom Pferdevolk es sagt, wer würde Zügel und Wasserflasche mit Euch teilen. Nun?“

„Ihr seid neugierig“, lachte Meowyn.

„Ach, ich bin zwar eine Elfin, doch zugleich auch eine Frau.“ Leoryn zwinkerte. „Aber glaubt nicht, die Männer seien weniger wissbegierig.“

Sie hatten das Hospital erreicht, traten ein und gingen zu dem Regal hinüber, in dem der Heiler seine Utensilien aufbewahrte. Sie nahmen eine Schale und einen metallenen Stößel, und Meowyn zog die gesammelten Blätter aus der Ledertasche und gab sie in das Gefäß. Mit langsamen Bewegungen begann Leoryn die Pflanzenteile zu zerdrücken. „Ihr habt noch nicht geantwortet, liebe Freundin.“

Meowyn errötete ein wenig. „Ich habe mir darüber noch keine Gedanken gemacht.“

„So?“ Die Elfin sah Meowyn mit spöttischem Gesichtsausdruck an. „Nun, wenn Ihr auch nicht an solche Dinge denkt, tun dies bestimmt einige der Pferdelords. Wer?“

„Ihr seid ein wenig *zu* neugierig, liebe Leoryn."

Leoryn nickte. „Aber natürlich. Wir Elfen müssen neugierig sein. Wie sonst hätten wir all unser Wissen ansammeln können? Doch wir können es auch für uns behalten, wie Ihr wisst. Gab es keinen Mann des Pferdevolkes, der versuchte, Euer Herz zu erreichen?"

„Nun, den gab es schon", räumte Meowyn ein.

„Also doch." Leoryn ließ den Mörser ein wenig sinken und lächelte verschwörerisch. „Vertraut mir an, wer es ist."

Das offene Lachen der Elfin hatte etwas Entwaffnendes an sich. Obwohl das Thema Meowyn eigentlich nicht behagte, konnte sie der elfischen Freundin nicht böse für ihre bohrende Neugier sein. „Tasmund versprach mir sein Herz."

„Tasmund? Der Erste Schwertmann Eurer Mark?" Leoryn nickte. „Oh, ich kann mich gut an den tapferen Herrn Tasmund erinnern. Seine Schulter war übel zerschmettert. Kann er den Arm wieder richtig bewegen?"

„Nicht ganz. Gelegentlich hat er Schmerzen, doch er versucht sie zu verbergen. Aus Tradition führt er sein Schwert noch immer mit der rechten Hand, aber er vertraute mir an, dass er es im Kampf in die Linke nimmt."

„Ein guter Mann bis auf die Knochen, der Hohe Herr Tasmund." Leoryn legte den Stößel zur Seite und begutachtete die zerquetschten Reste der Blätter und den Saft, der sich in der Schale gesammelt hatte. „Das wird reichen. Noch etwas Wasser hinzugefügt, und wir können dem Herrn Welderonem seinen stärkenden Trunk bringen."

„Er hat sich beschwert, dass er bitter schmeckt."

Leoryn lachte. „Ein gutes Zeichen. Wenn er die Kraft findet, sich zu beschweren, wird er bald wieder auf den Füßen stehen. Habt Ihr das Wasser?"

Meowyn hob den Krug an und schüttelte ihn. „Er ist leer."

„Ein Stück den Gang hinunter ist ein Wasserbecken. Es ist zwar ein kleiner Umweg, aber das wird unseren Füßen nicht schaden. Nehmen wir gleich alles mit, dann können wir den Krug befüllen und auf dem Rückweg wieder hier abstellen."

Sie verließen das Hospital und folgten dem Gang. „Und wie gefällt er Euch?"

Meowyn war mit den Gedanken woanders. „Wer?"

„Der gute Herr Tasmund. Wie gefällt er Euch? Seid Ihr in ihn verliebt?"

Meowyn sah die Elfin empört an. „Was denkt Ihr nur? Natürlich nicht."

„Meint Ihr wirklich?" Leoryn blieb stehen und hielt ihre Freundin am Arm fest. „Wartet, lasst mich Eure Augen sehen." Die Elfin machte ein sehr ernstes Gesicht, sah in Meowyns Augen und wiegte nachdenklich den Kopf. Schließlich seufzte sie. „Ich habe es befürchtet. Ihr seid in ihn verliebt."

Meowyn errötete. „Natürlich bin ich das nicht."

„Eure Augen verraten es." Leoryn zog die blonde Heilerin wieder mit sich. „Ihr wollt es Euch nur nicht eingestehen."

„Das ist nicht wahr", widersprach Meowyn entschieden.

Sie hatten das kleine Wasserbecken erreicht, das in einem Nebengang stand. Das Licht im Gang war trübe, da nur an seinem Anfang eine Brennsteinfackel stand. Leoryn nahm ihrer Freundin den Krug aus der Hand, schöpfte Wasser und gab etwas davon in die Schale. „Würde ein elfisches Wesen lügen?"

„Nein", brummte Meowyn widerwillig.

„Da seht Ihr es."

Bevor Meowyn erneut protestieren konnte, hob ihre elfische Freundin plötzlich die Hand. „Hört Ihr das?"

Auch Meowyn lauschte nun und legte den Kopf auf die Seite. „Ein seltsamer Laut. Ich kann ihn kaum wahrnehmen."

„Meine elfischen Ohren sind ein wenig schärfer", murmelte Leoryn nachdenklich. Sie schien sich zu konzentrieren. „Ich kann es nicht beschwören, doch es scheint mir fast, als stöhne ein menschliches Wesen."

Meowyn erblasste und tastete nach dem Dolch, den sie am Gürtel trug. „Das Graue Wesen?"

„Ich meine ein menschliches Wesen." Leoryn zuckte die Achseln. „Obwohl ich nicht weiß, ob ein Graues Wesen nicht auch solche Laute von sich geben kann."

„Das kann es durchaus", erwiderte Meowyn und zog ihren Dolch. „Vor allem dann, wenn man ihm blanken Stahl in den Leib stößt."

Die Elfin stellte die Schale mit dem Saft des roten Bethankrautes auf die Einfassung des Wasserbeckens. Sie deutete zu einer der Wände. „Ich glaube, es kommt von dort."

„Dort ist aber nichts. Nur eine massive Wand."

Leoryns Augen verengten sich. Sie erinnerte sich an das, was der Weise Marnalf ihr und ihrem Bruder über die geheimen Gänge erzählt hatte. „Wartet."

Die Elfin ging zum Anfang des Ganges zurück, zog die dortige Brennsteinfackel aus der Halterung und warf sie kurzentschlossen den Hauptgang hinunter. Dunkelheit senkte sich nun über sie. „Dort. Ganz unten, in der Nähe des Bodens."

Erst nachdem die elfische Freundin zur Wand hinüberging, sich bückte und ihren Finger an die Stelle legte, erkannte Meowyn den unmerklichen Schimmer, der aus einer der Fugen hervordrang. „Was mag das sein?"

„Es soll hier geheime Gänge und Kammern geben", antwortete Leoryn leise. „Ich glaube, diese Wand ist nicht so massiv, wie sie zu sein scheint. Offenbar haben wir eines der Geheimnisse dieser Burg entdeckt."

„Und jetzt?"

Leoryn wies auf Meowyns Dolch. „Jetzt werden wir es in Augenschein nehmen. Hier in dieser Wand muss sich eine geheime Tür befinden, und die werden wir nun öffnen."

54

Die meisten Krieger des Sandvolkes lagerten außerhalb der Heimstatt des Nagerclans. Es waren einfach zu viele, um in den Pfahlzelten Platz zu finden. Die Männer hatten einen dichten Kordon um das Dorf gelegt, obwohl keiner der Pferdelords so dumm war, einen Fluchtversuch zu unternehmen. Es war schwer zu sagen, wie viele Turiks die Clans aufgeboten hatten, aber die Pferdelords schätzten, dass sie die Stärke von fünfzig oder mehr Beritten aufboten. Fünftausend Krieger, die begierig darauf waren, Trophäen zu sammeln. Heglen-Turik hatte voller Stolz behauptet, annähernd die gleiche Zahl von Kriegern folge nun der Legion der Orks, um sich zu vergewissern, dass die Bestien das Dünenland verließen. Mortwin hatte spöttisch erwidert, es sei offenbar eine große Ehre, dass man einer Handvoll Pferdelords dieselbe Aufmerksamkeit widme wie einigen Hundert der Bestien.

In den umliegenden Lagern der Sandkrieger gab es keine Feuer, an denen sie sich in der Nacht wärmen konnten, und obwohl die Kochstellen in den Pfahlzelten die ganze Nacht über brannten, würde nicht jeder der Männer eine warme Mahlzeit erhalten. Die Vorräte der Heimstatt reichten nicht für die Versorgung einer solchen Menge an Kriegern. Ein paar Hundert der Turiks waren auch in der Nacht unterwegs, um Stachelpflanzen zu fällen und deren Fleisch und Wasser den Vorräten zuzuführen. Die meisten der Turiks erfüllten diese typische Frauenarbeit ohne Murren, denn sie erkannten die Notwendigkeit. Doch da kaum jemand von ihnen die dicken, schützenden Handschuhe der Frauen benutzte, gab es schließlich viele zerstochene Hände zu versorgen. Die Pferdelords registrierten dies mit einer gewissen Schadenfreude, denn diesen Händen würde es schwerfallen, die Schädelkeulen zu schwingen.

Dorkemunt und seine Männer saßen auf dem Platz unterhalb des Schädelhauses und hörten nur undeutlich die Worte, die dort zwischen den Turikos der Clans und ihren besten Turiks gewechselt wurden. Gelegentlich waren einzelne Wortfetzen zu verstehen, wenn die Stimmen laut und erregt wurden.

„Ich hätte nicht gedacht, dass es so viele von ihnen gibt", brummte Mortwin und musterte einige der Krieger, die sich zwischen den Frauenzelten des inneren Ringes postiert hatten. „Die Leute dieser Siedlung brachten es auf rund drei Beritte. Insgesamt sind es aber weitaus mehr."

„Die müssen eine Menge Dörfer haben", sinnierte Nedeam nickend.

„Kaum zu glauben, aber so muss es wohl sein." Dorkemunt spuckte Sand aus. „Wenn ich mir vorstelle, wie viele Tage wir durch das Dünenland geritten sind, ohne einen einzigen Barbaren oder eines ihrer Dörfer zu erblicken ..." Der kleinwüchsige Pferdelord raffte den grünen Umhang enger um die Schultern. Es war Nacht geworden und empfindlich kalt. Seit dem Mittag berieten die Männer des Sandvolkes nun schon über das Schicksal von Dorkemunts kleiner Schar. „Nur schwitzen oder frieren, an diese verdammten Temperaturunterschiede kann ich mich einfach nicht gewöhnen."

„Genießt es, dass wir überhaupt noch frieren können", brummte Mortwin. „Ein paar von denen sind mächtig auf unsere Schädel aus."

„Die meisten von ihnen sogar." Nedeam sah zu Heglen-Turik hinüber, der an ihnen vorbei zum Schädelhaus ging. „Nur

Heglen und die Menschen, die im Dorf geblieben sind, scheinen für uns zu sprechen."

„Mögen sie ihre Stimmen laut genug erheben." Mortwin reckte sich. „Erst retten wir ihre Schädel, und zum Dank nehmen sie die unseren."

Nedeam schüttelte seinen Kopf. „Davor haben wir ihren Kriegern die Köpfe eingeschlagen. „

„Auch wieder wahr." Mortwin sah Dorkemunt auffordernd an. „Was meint Ihr, Dorkemunt, mein Freund? Was werden die Barbaren mit uns anstellen?"

„Diese dort?" Der kleinwüchsige Pferdelord wies mit einer unbestimmten Geste um sich und lachte freudlos. „Die würden gerne ihre Schädelsammlung vergrößern. Bei denen hinter uns im Schädelhaus bin ich mir allerdings nicht ganz sicher. Ich glaubte gerade Nescha-far-Heldars Stimme vernommen zu haben. Scharf und spitz wie die von Esyne."

„Sprecht nicht von Esyne", brummelte Barus, der zusammengekauert zwischen ihnen hockte und aus seiner Lethargie gerissen wurde, als der Name der Schuhmacherin fiel. „Die ist an meinem Unglück Schuld."

Mortwin sah den Nagerjäger grinsend an. „Wenn sie jetzt hier wäre, würde ihr Mundwerk die Barbaren in die Flucht treiben."

„So schlimm ist sie auch wieder nicht."

Mortwin runzelte überrascht die Stirn. Auch die anderen sahen den Nagerjäger an, der nur die Achseln zuckte. Er schien sich sichtlich unwohl zu fühlen und fingerte immer wieder nervös an seiner Keule. Man hatte den Pferdelords die Waffen belassen. Vielleicht wollte man damit anerkennen, dass sie bereit gewesen waren, ihr Leben für die Heimstatt einzusetzen. Andererseits würden ihnen all ihre Waffen nichts helfen, wenn die

Turiks beschlossen, sich auf sie zu stürzen. Ihre Pferde waren hinter den Zelten an den Lochpfeilen angeleint. Die Männer hatten dies selbst tun müssen, denn keines der ausgebildeten Pferde hatte einen Krieger des Sandvolkes an sich herangelassen. Nachdem drei der Turiks von den Zähnen und Hufen der Pferde übel zugerichtet worden waren, hatten ihre Kameraden die Pferde mit Giftstacheln töten wollen. Doch die Frau des Clanchefs der Nager hatte vermittelt, und nun saß ein Ring von Turiks mit ihren Pfeilrohren in sicherem Abstand um die Pferde herum und beäugte die Tiere misstrauisch. Der junge Heglen-Turik war der einzige Krieger des Sandvolkes, der sich aus unerfindlichem Grund den Tieren nähern konnte, ohne von ihnen angegriffen zu werden, und so hatte er die Aufgabe übernehmen müssen, die Pferde zu versorgen.

Dorkemunt schlug Barus freundschaftlich auf die Schultern. „Ihr habt ja recht, guter Herr Barus. Esyne ist gar nicht so übel. Sie ist eine Augenweide, und immerhin hat sie bislang niemandem den Schädel genommen."

„Ja." Nedeam nickte ernsthaft. „Nur ein paar Zähne und ein Ohr."

Sie alle mussten lachen, und selbst der bedrückte Barus stimmte schließlich mit ein.

Im Schädelhaus unterbrach Heldar-Turiko indes seine Rede und lauschte. Er nickte bedächtig und sah die versammelten Turikos und Turiks der Reihe nach an. „Es sind tapfere Männer, die Pferdemenschen. So unverzagt, wie sie am Morgen dem Feind entgegentraten, lachen sie auch nun dem Tod ins Gesicht. Es wird Ehre bringen, ihre Schädel zu nehmen."

Bimar-Turiks narbiges Gesicht verzog sich zu einem Grinsen. „Große Ehre."

Zustimmendes Gemurmel war von den anderen Männern

zu hören. Der Turiko des Fleckbeißerclans erhob sich. „Wir sollten es rasch tun und auf ehrenvolle Weise. Während wir beraten, streifen noch immer Orks und andere Pferdemenschen durch unser Land. Erledigen wir, was zu tun ist, und wenden wir uns dann den anderen Trophäen zu."

Heldar-Turiko sah den jungen Heglen eintreten und winkte ihn zu sich. „Ah, Heglen-Turik, tritt an meine Seite."

Der Führer des Fleckbeißerclans rollte seine Schultern. „Er ist zu jung, um am Rat teilzunehmen."

Heldar-Turiko sah ihn ironisch an. „Er und die Pferdemenschen traten allein gegen die Orks an. Willst du ihm den Mut absprechen? Seine Tapferkeit gibt ihm das Recht, unter uns zu weilen."

Zustimmendes Gemurmel erhob sich, und viele der Anwesenden schlugen ihre Schädelkeulen bekräftigend auf den Boden. Der andere Turiko stieß ein leises Schnaufen aus, aber dann nickte er. „Du hast recht, Turiko des Nagerclans. Er hat es sich verdient."

Nescha-far-Heldar stieß ihren Mann an. „Sag ihnen, was ich zu sagen habe. Heglen kann es bestätigen."

„Ich habe es schon vorgebracht, und es wurde abgelehnt", knurrte der Turiko mit dem Sonnenhaar. „Ihre Schädel werden genommen, so hat es der Rat beschlossen. Sie sind und bleiben Pferdemenschen."

Seine Frau erhob sich. „Dann fordere ich das Recht des Clans."

Überraschtes Gemurmel war zu hören, und Heldar-Turiko blinzelte verwirrt. „Du forderst *was?*"

„Das Recht des Clans." Nescha stemmte die Hände in die Hüften und blickte eisig über die Versammlung. „Wer nahm die Pferdemenschen gefangen?"

Der Turiko des Sandstecherclans begriff, worauf die Frau hinauswollte, und sprang erregt auf. „Das ist nicht dein Ernst, Weib!"

„Sie hat das Recht, es zu fordern", stieß Bimar-Turik hervor und rammte seine Keule auf den Boden. „Und wer das anzweifelt, soll die Härte meiner Keule zu spüren bekommen."

„Wer nahm die Pferdemenschen gefangen?", fragte Nescha-far-Heldar erneut. „Wem ergaben sie sich?"

„Heglen-Turik", räumte der Turiko des Sandstecherclans widerwillig ein. „Doch nur, weil die Hände der Pferdemenschen die Waffen schneller senkten, als unsere Füße uns zu ihnen tragen konnten."

„Nahm Heglen-Turik ihre Waffen?"

„Nur symbolisch."

„Ist Heglen-Turik ein Krieger des Nagerclans?"

„Bei den ewigen Winden, ja."

Nescha-far-Heldar blickte erneut in die Runde. „Dann fordere ich das Recht des Clans. Die Schädel der Pferdemenschen gehören dem Nagerclan."

Erregte Stimmen ertönten, und etliche der Turikos und Turiks sprangen auf, bis der narbige Bimar-Turik sich ebenfalls erhob und seine Keule weit über den Kopf streckte. „Auch ich fordere das Recht für den Nagerclan! Wer will es uns streitig machen und sich mit mir messen?"

Ein Krieger der Fleckbeißer sprang wütend auf und hob ebenfalls die Keule. „Ich, Bala-Turik von den Fleckbeißern, bestreite dieses Recht."

Bimar-Turik ließ sich nicht auf eine längere Diskussion ein. Er schlug die Keule des anderen Turiks mit einem blitzschnellen Hieb zur Seite und ließ dann die eigene auf den Schädel des Mannes krachen. Der Turik stieß ein leises Ächzen aus und sackte schlaff hintenüber. „Ich fordere erneut das Recht für den Nagerclan", sagte der narbige Krieger. „Wer will es uns streitig machen und sich mit mir messen?"

Nun erhoben sich auch Heglen-Turik und einige der anderen Krieger des Nagerclans und reckten ihre Keulen empor.

Der Turiko des Sandstecherclans hob seine Arme und bat um Ruhe. „Niemand kann euch dieses Recht abstreiten", sagte er mit lauter Stimme. „Wir haben Besseres zu tun, als uns um eine Handvoll Schädel zu streiten. Die Schädel der Pferdemenschen gehören euch." Er setzte sich wieder. „Es gilt noch genug andere zu holen. Und schafft endlich Bala-Turik zu einer Heilerin. Er blutet mir noch in meinen Stachelplanzensaft."

Einige der Männer lachten, und die Spannung wich aus dem Schädelhaus.

Wer die Waffe eines Mannes nahm, durfte über dessen Zukunft entscheiden. So war es das Gesetz der Clans. Da ein Mann, der seinen Schädel neigte und somit kapitulierte, sein Schicksal in die Hand des anderen gab, war es dessen Recht, darüber zu entscheiden, ob der Unterlegene einen ehrenvollen Tod sterben durfte, was hieß, dass man ihn um den eigenen Schädel kämpfen ließ. Wurde ihm diese Ehre nicht zuerkannt, dann ließ man das Opfer verdursten oder tötete es mit dem Stich eines Sandstechers.

„Die Pferdemenschen waren tapfer, das kann niemand leugnen", sagte Heldar-Turiko entschieden. „Zudem waren sie bereit, ihr Leben für die Schwachen und die Frauen meines Clans zu opfern. Sie haben einen ehrenvollen Tod verdient. Stimmt ihr dem zu?" Nichts von dem war zu bezweifeln, und so stimmten die Männer zu.

„Dann haben sie als ehrenhafte Turiks das Recht, um ihr Leben zu kämpfen."

„Sie sind keine Turiks des Sandvolkes!"

„Aber sie haben den Mut eines Turiks. Und wenn sie kämpfen wie Turiks, sind sie Turiks. So will es unser Gesetz."

Der Häuptling des Fleckbeißerclans sah spöttisch zu Heglen-Turik hinüber. „Das Gesetz der Clans verlangt aber auch, dass der Krieger, der die Pferdemenschen gefangen nahm, zu bestimmen hat, wie der Kampf erfolgt." Er wies mit seiner Keule auf Heglen. „Nun, junger, tapferer Turik, wie soll er ausgetragen werden?"

Alle Gesichter wandten sich dem jungen Heglen zu. Er antwortete eher instinktiv. „In einem Zweikampf soll der beste ihrer Krieger gegen den besten der unseren antreten."

Für einen Moment schwieg die Versammlung. Der Turiko der Sandstecher nickte. „Ein Kampf Schädel gegen Schädel? Ja, das gefällt mir."

Der Turiko des Stachelclans, der bislang geschwiegen hatte, wies mit seiner Keule auf Heldar-Turiko. „Dann liegt es nun an dir, Turiko des Nagerclans, zu wählen, wer von deinen Turiks deinen Clan vertritt."

Bimar-Turik pochte mit seiner Keule auf den Boden des Schädelhauses. „Ich bin der älteste und erfahrenste Krieger der Nager."

Der Turiko der Fleckbeißer sah den Krieger mit dem Narbengesicht spöttisch an. „Ja, du magst der älteste Turik der Nager sein. Aber hier sind Schnelligkeit und Kraft gefragt."

Bimar lachte, und sein narbiges Gesicht verzog sich zu einem bösartigen Grinsen. „Dann frage deinen Krieger Bala-Turik, was er dazu meint. Du wirst allerdings eine Weile warten müssen, bis sein Schädel sich erholt hat."

Schadenfrohes Lachen erhob sich in der Runde, worauf der Führer der Fleckbeißer nur die Achseln zuckte.

Heldar-Turiko hob die Arme und sah die Versammelten mit ernster Miene an. „Dann ist es so beschlossen."

„So ist es beschlossen", stimmten die anderen zu, „und so sei es besungen."

Der Turiko mit dem sonnengelben Haar wies mit der Keule auf Heglen-Turik. „Du wirst nun zu den Pferdemenschen gehen und ihnen unseren Beschluss verkünden. Wenn die Sonne aufgeht, soll sich ihr bester Krieger dem Kampf gegen Bimar-Turik stellen."

Heglen neigte seinen Nacken und verließ das Schädelhaus. Fröstelnd zog er die Schultern zusammen. In dem riesigen Rundbau war es warm gewesen, denn die vielen Anwesenden und das kleine Feuer hatten den Bau aufgeheizt. Hier draußen umfing Heglen die Kälte der sternklaren Wüstennacht. Er stand einen Augenblick am Rand der Pfahlplattform und blickte auf die Pferdemenschen hinunter, die dicht beieinander saßen und leise miteinander sprachen. Sie hätten sicher gerne die Wärme eines Feuers genossen, aber kein Angehöriger des Sandvolkes hätte ein solches auf dem nackten Boden zugelassen. Zu groß war die Gefahr, dass es einen Sandwurm herbeilockte. Heglen stieg von der Plattform hinunter und trat an die Pferdelords heran. Als sie seine Schritte hörten, wandten sie sich um und blickten ihn schweigend an.

„Nun, junger Krieger der Wüstenmenschen, es scheint mir hoch herzugehen in Eurem Schädelhaus", sagte der kleinwüchsige Pferdelord freundlich.

Nedeam lächelte den Turik an und zeigte seine weißen Zähne. „Ihr schätzt es wohl wie wir, Eure Worte gelegentlich mit handfestem Argument zu unterstreichen. Wir sahen, dass man einen Krieger aus dem Zelt trug."

Heglen-Turik zuckte die Achseln. „Sein Mund war deutlich schneller als sein Verstand. Bimar-Turik hat ihm beides geradegerückt."

Dorkemunt lachte leise. „Jetzt herrscht jedenfalls Ruhe. Sind deine Leute eingeschlafen oder habt ihr, nach all dem netten Geplauder, auch einen Beschluss gefasst?"

Heglen-Turik sah den kleinwüchsigen Pferdelord nachdenklich an. „Ihr scheint den Tod, der Euch erwartet, sehr leicht zu nehmen. Euer Mut ist nicht zu bestreiten." Er wies zum Schädelhaus hinauf. „Darin waren sich alle einige."

„Nett von ihnen", grunzte Mortwin und kratzte sich ausgiebig im Nacken. „Da du gerade vom Tode sprachst, welche Form hat man uns zugedacht?"

„Ihr werdet um Euer Leben kämpfen. Genauer gesagt einer von Euch." Heglen-Turik musterte die Pferdelords ausgiebig. Wer von ihnen würde es wohl sein, der gegen Bimar antrat? „Unser bester Krieger wird bei Sonnenaufgang gegen den besten der Euren antreten. Sie werden Schädel an Schädel kämpfen."

„Ein Kampf auf Blut und Ehre", murmelte Dorkemunt. „Wer wird für Euch kämpfen?"

„Bimar-Turik", antwortete Heglen stolz. „Er ist der Beste."

„Und mit welchen Waffen?" Dorkemunt winkte ab. „Nein, sag es nicht. Für Euch kommen sicher nur diese Schädelkeulen infrage, nicht wahr?"

Heglen-Turik nickte. „Schädel an Schädel und Keule an Keule, so will es unser Gesetz." Er wies auf die Runde der Pferdelords. „Und niemand darf sich rüsten. Kein Körper- und kein Kopfschutz."

Mortwin errötete ein wenig. „Das ist wenig schamhaft, so unbedeckt vor die Weiber zu treten."

Einer der anderen Pferdelords stieß ihn an. „Wenn sie Euer

Gehänge sehen, nehmen sie alle Reißaus, und wir brauchen gar nicht erst zu kämpfen."

Mortwin zuckte die Achseln. „Und wenn sie das Eure sehen, treten sie alle ein Stück näher, um es überhaupt erkennen zu können."

„Haltet Ruhe, Ihr Pferdelords", mahnte Dorkemunt leise. „Hier sind andere Dinge entscheidend." Er sah Heglen an. „Sage deinen Leuten, dass ich bei Sonnenaufgang bereit sein werde."

Bevor der junge Turik sich abwenden konnte, räusperte sich Barus. „Verzeiht, guter Herr Dorkemunt, aber dies ist wohl eine Sache für mich."

„Für Euch?" Dorkemunt runzelte die Stirn. „Unsinn, guter Herr, ich bin der Führer unserer kleinen Schar, und daher werde ich dem Krieger entgegentreten."

„Es wird mit Keulen gekämpft", gab Barus zu bedenken. „Mit Keulen kenne ich mich aus."

Nedeam nickte. „Da hat er recht, Dorkemunt. Mit der Keule kann er wahrlich umgehen."

Mortwin sah Barus abschätzend an. „Keiner kennt sich besser damit aus. Es stimmt, Dorkemunt, mein Freund. Sich mit Keulen zu schlagen, wäre Barus' Handwerk."

Der kleinwüchsige Dorkemunt sah zu Heglen-Turik auf und seufzte entsagungsvoll. „Nun gut, so sage deinen Leuten, dass der gute Herr Barus gegen Bimar-Turik kämpfen wird."

Heglen wandte sich ab, und Dorkemunt sah in die Runde. „Ich sage Euch, in Malvins ‚Donnerhuf' wird eine lange Geschichte daraus, wenn man erfährt, dass ein Nagerjäger mit seiner Keule für die Pferdelords kämpfte."

Barus zuckte die Achseln. „Ich bin nun selbst ein Pferdelord, guter Herr Dorkemunt. Denn ich leistete den Eid."

Dorkemunt nickte betrübt. „Ja, das mag wohl helfen."

Immerhin, Barus verstand sich auf die Keule, er war stark und hatte hervorragende Reflexe. Zumindest standen die Chancen gar nicht schlecht, dass man sich in Malvins Schänke überhaupt ihre Geschichte würde erzählen können.

55

Die Bestien hatten fünf der ihren erschlagen. Fünf brave Zwergenmänner, die das Gebiet ihres Volkes auf der Jagd nach Wild durchstreift hatten. Doch statt einem wohlschmeckenden Geweihbock zu begegnen, waren die fünf Axtschläger in eine Falle der Orks geraten. Die Bestien hatten die Toten einfach verscharrt, nachdem sie sich die besten Fleischstücke aus ihren Körpern herausgeschnitten hatten. Das Volk der Zwerge war erzürnt. Es hatte noch allzu gut in Erinnerung, wie die Legionen der Orks einst die grüne Kristallstadt Nal't'rund berannt und erobert hatten. Balruk, der König der grünen Kristallstadt, hatte seine zeremonielle Axt Grünschlag in die Lehne seines Throns gerammt, der sich auf der obersten Plattform der Stadt erhob, woraufhin sich tief unter ihm das Tor der Waffenkammer geöffnet hatte.

Die kleinen Männer waren in die Kammer geströmt, hatten die Rüstungen ihres Volkes angelegt und die typischen fünfeckigen Helme und Schilde genommen. Auch die Klingen ihrer Streitäxte hatten eine fünfeckige Grundform, denn das Zwergenvolk liebte deren Geometrie. Fünfhundert Axtschläger bewachten das äußere Tor der Stadt am Wassersprung des kleinen Tals, die anderen fünfhundert waren von König Balruk und seinem Ersten Axtschläger Nedoruk durch das Gebirge geführt worden.

„Was hineingeht, kommt auch wieder heraus", führte Balruk grimmig einen Grundsatz seines Volkes an und deutete dabei auf die Spuren, die in die Wüste hineinführten.

Eigentlich bezog sich der Grundsatz auf die zahlreichen

Stollen und Schächte, die das Zwergenvolk tief in die Berge trieb. Manchmal half alle Vorsicht nicht, und sie stürzten ein. Wenn Männer unter dem Gestein verschüttet wurden, grub man sie wieder aus, denn keiner von ihnen sollte unter dem Stein zurückbleiben, jeder musste wieder aus dem Schacht herauskommen, damit man ihn ehrenvoll bestatten konnte. Hier bezog sich der erzürnte Zwergenkönig jedoch auf die Legion der Orks, die in die Wüste hinausmarschiert war.

Nedoruk, sein Erster Axtschläger, lehnte sich entspannt an einen der Felsen und wiegte seinen Schädel. „Es ist das Wüstenland, Balruk, mein guter König. Was dort hineingeht, kommt oft nicht wieder hervor.“ Er stieß ein missmutiges Grunzen aus. „Es heißt, dort gäbe es mannigfaltige Gefahren. Kreaturen ähnlich den Feuerbestien, die unser Reich bedrohen, und gewaltige Stürme, welche die Wüste mit sich tragen. Dazu noch die Barbaren.“

„Hoffen wir, dass die Wüste sie nicht verschlingt, damit unsere Äxte etwas zu tun bekommen.“ Balruk beschattete seine Augen. „Noch einen Zehntag will ich warten, dann treten wir den Rückweg an.“ Er sah Nedoruk an. „Aber wir werden Axtschläger postieren, die uns Nachricht bringen, falls die Bestien doch wieder herauskommen. Wir können dann schnell in die vorbereiteten Stellungen einrücken und sie rechtzeitig empfangen. Blut muss mit Blut vergolten werden.“

Nedoruk nickte zustimmend. Sie alle hofften darauf, ihre Äxte und Wurflanzen in die Leiber der Bestien senken und Rache für ihre erschlagenen Gefährten nehmen zu können. Aber Nedoruk glaubte nicht, dass sie die Gelegenheit dazu erhalten würden. Zu viele Tage warteten sie nun schon an diesem Pass, über den die Orks heranmarschiert waren.

„Staub voraus.“ Sie hörten den Ruf eines Axtschlägers, der

über ihnen in den Felsen postiert war, blickten zu ihm hinauf und folgten dann der Richtung, in die sein Arm wies. „Viel Staub. Ein Sturm oder viele Füße. In jedem Fall aber etwas Gewaltiges."

Sie hatten unerhörtes Glück. Unter dem aufwirbelnden Staub wurden verschwommene Konturen erkennbar, die sich langsam zu Gestalten formten. Immer wieder war ein Blitzen zu erkennen.

„Metall", stellte Nedoruk erfreut fest. „Viel Metall sogar. Das Barbarenvolk soll nur wenig davon besitzen. Es müssen also die Bestien sein."

„Das Schicksal meint es gut mit uns", stimmte Balruk zu. „Verbergt euch und wartet auf das Zeichen", rief er seinen Männern zu. „Und wenn es gegeben wird, seid eifrig mit euren Äxten."

Sie verbargen sich hinter den Felsen oberhalb des Passes, und die Unterführer achteten darauf, dass nichts die Anwesenheit der Zwergenkämpfer verriet.

Nedoruk und Balruk hatten die Helme abgenommen, damit sie nicht verräterisch im Sonnenlicht blinkten. Sie konnten nun die Masse der Orks erkennen, die sich in Marschformation näherte, über der ein riesiges schwarzes Banner wehte. Balruk legte seine langen Bartzöpfe in den Nacken und verknotete sie nach der Tradition seines Volkes, und überall in ihren Verstecken taten es ihm die anderen Kämpfer nach. Allmählich wurde das rhythmische Stampfen unzähliger Füße hörbar, bis durch den anschwellenden Lärm schließlich auch vereinzelte Kommandos zu ihnen herüberdrangen, mit denen die Unterführer der Legion die Orks in Formation und Gleichschritt hielten.

Es kostete Kraft, die Legion in aller Stille zu erwarten und sich nicht zu früh zu zeigen, denn die Zwerge waren begierig darauf, ihre Äxte in orkisches Blut zu tauchen. Schließlich setzte Balruk seinen Helm mit einer entschlossenen Bewegung auf und erhob sich in seinem Versteck. Das Stampfen begann die Schlucht zu erfüllen, während sich ein gutes Stück unterhalb der Zwerge die Marschsäule der Legion über die alte Handelsstraße schob. Balruk wartete, bis das Stampfen ihm verriet, dass sich die Mitte der Kolonne unter ihm befand.

„Vernichtet sie“, brüllte er dann mit aller Kraft. „Lasst eure Äxte wirbeln!“

Unter ihm und an der gegenüberliegenden Felswand lösten Zwergenmänner die vorbereiteten Steinlawinen aus. Sie rissen dazu an ledernen Riemen und zerrten kurze Hölzer zur Seite, welche die sorgsam aufgeschichteten Steine bislang gehalten hatten. Als die stützenden Streben abgeschlagen waren, gerieten die Felsmassen in Bewegung. Erst langsam und dann rasend schnell glitten sie die steilen Hänge hinunter, direkt auf die verschreckten Orks zu. Einzelne Steine sprangen der rutschenden Masse vorweg, und Staub wirbelte auf, während unten bei den Orks Schreie und gebrüllte Kommandos ertönten. Ein Teil der Bestien schaffte es, den Steinlawinen zu entkommen, aber drei der Kohorten gerieten zwischen die stürzenden Felsen und wurden zermalmt. Die dichten Staubwolken, die sich nun auftürmten, verbargen gnädig das Bild der zerquetschten und verstümmelten Leiber, nur die Schreie einiger Unglücklicher waren von dort noch zu hören.

Die hintere Kohorte war soeben in Stellung gegangen, und nun lösten die Spitzohren ihre ersten Pfeile auf die Zwergenmänner, die plötzlich überall zwischen den Felsen auftauchten. Die Flugbahnen der Pfeile und Wurflanzen kreuzten sich, und die Geschosse prallten harmlos gegen Gestein oder trafen klatschend ihre Ziele. Zwerge wie Orks stürzten zu Boden, doch fielen weitaus mehr Bestien als Axtschläger, denn die Kohorte stand dicht zusammengedrängt und gab ein leichtes Ziel. Die Rundohren versuchten, die steilen Hänge zu erklimmen, um die Zwerge mit ihren Spießen oder Schlagschwertern zu erreichen. Doch Wurflanzen, geschleudert von den gegenüberliegenden Hängen, durchschlugen ihre Rüstungen von hinten und warfen die Kreaturen von den Beinen. Axtschläger sprangen und rannten nun die Hänge hinunter. Einige von ihnen fielen den Pfeilen der Spitzohren zum Opfer, dann prallten Zwerge und Orks aufeinander.

Die Spitzohren konnten auf die kurze Entfernung ihre Pfeile nicht schnell genug lösen, und so zogen sie notgedrungen ihre langen Kampfmesser, um sich gemeinsam mit den Rundohren dem Kampf zu stellen, denn es gab keine Möglichkeit des Rückzugs mehr. Bestien wie Zwerge brachen zusammen, aber die Orks waren ohne Chance. Sie konnten keine geschlossene Formation mehr bilden, und wenn ein gepanzertes Rundohr sich einem Feind zuwandte, sprang ihm schon ein anderer Zwerg an den Rücken und hieb ihm die Axt in den Nacken.

Lediglich die erste Kohorte der aufgeriebenen Legion schaffte es, dem Hinterhalt zumindest in Teilen zu entgehen. Ihre letzten Glieder stellten sich zum Kampf und hielten die Zwerge noch für einige wenige Momente auf, wodurch es einer kleinen Schar gelang, doch noch zu entkommen.

Überall hing Staub in der Luft, und das Schreien und Stöhnen von Verwundeten hallte von den Felswänden wider. Axtschläger rannten hierhin und dorthin, versorgten die eigenen Verletzten und hieben ihre Klingen in die Leiber jener Orks, die sich noch regten.

Balruk saß auf dem Brustpanzer eines Rundohrs und tippte immer wieder versonnen gegen den Stiel seiner Axt, die tief durch Helm und Schädel der Bestie gedrungen war. Bei jeder Berührung zuckten die Beine des Orks. Nedoruk trat zu seinem König und schnaufte zufrieden. Die Klingen seiner beiden Äxte waren ebenso mit Blut bedeckt wie seine Rüstung und sein Gesicht. Selbst die Bartzöpfe, die ja zu ihrem Schutz auf den Rücken gelegt waren, würden mühselig gereinigt werden müssen.

„Du kannst deine Axt herausnehmen, mein König", sagte Nedoruk grinsend. „Das Rundohr ist längst tot."

Balruk nickte und tippte erneut gegen die Axt, und wieder zuckten die Beine des Erschlagenen. „Ich weiß, mein Freund. Aber es gab so lange keine gute Axtschlägerei mehr, sieh es mir nach, dass ich es ein wenig auskoste."

Nedoruk zuckte die Achseln und setzte sich neben seinen König. „Ja, es war ein guter Kampf", stimmte er zu. „Wir haben zwar ein paar brave Axtschläger verloren, und einige Weiber und Hüpflinge werden nun trauern, aber es war ein guter Kampf. Wir haben sie geschlagen."

Balruk seufzte. „Einige sind entkommen."

„Nur eine Handvoll. Der Mühe nicht wert, ihnen zu folgen. Sollen sie ruhig berichten, wie machtvoll die Stadt Nal't'rund ihre Äxte wieder schwingen kann." Nedoruk grinste. „Zudem, mein König, sind unsere Beine ein wenig zu kurz, um sie noch einzuholen."

Balruk nickte zustimmend. „Dennoch hätte es mich gereizt. Ich habe den Legionsführer unter den Fliehenden gesehen. Ein Spitzohr mit dem doppelten Helmkamm des Führers. Ich wusste gar nicht, dass die Bestien auch diese hinterhältigen Gesellen in Befehlsränge wählen."

„Sie wählen sie nicht", brummte Nedoruk. „Aber du hast recht, mein guter König. Üblicherweise befehligen Rundohren die Legionen."

„Jedenfalls habe ich gesehen, wie der verfluchte Kerl entkommen ist. Ich hätte ihm gerne auch das zweite Ohr vom Schädel getrennt." Er sah den fragenden Blick seines Ersten Axtschlägers. „Es war jenes Spitzohr, das damals beim Angriff auf unsere Stadt dabei war. Ich habe es wiedererkannt."

Nedoruk sah in die Richtung, in welche die wenigen Überlebenden der Legion verschwunden waren. „Schade. Nun, vielleicht ergibt sich ja noch eine andere Gelegenheit." Nedoruk schlug die Klingen seiner Äxte in den Boden, um sie zu reinigen, und griff sich in den Nacken, um den Knoten zu lösen. Missmutig sah er auf seine Bartzöpfe hinunter. „Ah, sie sind mit Blut bedeckt."

„Mit dem der Bestien, nicht mit dem unseren."

„Ja." Nedoruk schnüffelte an den Haaren und verzog das Gesicht. „Ihr Blut stinkt einfach entsetzlich. Es wird mühselig sein, es zu entfernen."

Balruk zog nun endlich seine Axt aus dem Schädel des toten Rundohrs, wobei es ein letztes Mal zuckte. „Mich würde interessieren, was sie in der Wüste zu suchen hatten."

„Sie haben gekämpft." Nedoruk lachte. „Sie hatten Verluste, und wir haben ihnen den Rest gegeben."

„Dennoch würde mich der Grund interessieren."

Nedoruk zupfte an seinen Bartzöpfen. „Mich reizt es nicht, in die Wüste zu marschieren. Viel zu viel Sand. Und viel zu viel Sonne. Es ist schrecklich heiß dort."

Balruk nickte. „Ja, da hast du allerdings recht, mein Freund."

„Reiter im Anmarsch!" Ein Wachtposten oben in den Felsen wies nach Süden. „Er kommt aus der Richtung der Pferdemarken."

„Ein Pferdelord unseres Freundes Garodem?" Die beiden Zwergenmänner erhoben sich und traten ein wenig vor, sodass sie in das felsige Tal hinabblicken konnten, durch das der Weg durchs Gebirge nach Süden führte. „Tatsächlich, Nedoruk, mein Freund. Ich kann den grünen Umhang erkennen, und zudem trägt er den blauen Helmschweif der Hochmark."

„Er wird es bedauern, nicht auch noch einen Ork erwischt zu haben", grinste Nedoruk.

Der Reiter war offensichtlich überrascht, als er sich plötzlich einer derart großen Truppe Zwergenkrieger gegenübersah. Er zögerte kurz, doch als Balruk seine Axt weit über den Kopf erhob und sich so als Anführer zu erkennen gab, trieb er sein Pferd zum König hinüber.

„Es tut gut, einen Freund aus dem Land der Pferdelords Garodems zu sehen", begrüßte Balruk den Reiter, als dieser wenig später sein Pferd vor ihm zügelte. „Du bist ein wenig spät, guter Herr, wir hatten hier eine fröhliche Axtschlägerei mit den Orks."

Der Pferdelord grinste breit und schwang sich aus dem Sattel. „Das sehe ich wohl, guter König Balruk. Ich entbiete Euch die Grüße der Hochmark. Euer Bote erreichte uns wohlbehalten."

„Kommt zu Atem und nehmt einen Schluck Blor", sagte Balruk freundlich und betrachtete das schweißbedeckte Pferd des Mannes. „Ihr seid wohl schnell geritten."

Der Pferdelord nickte. „Es hatte seinen Grund. Ich will ihn Euch gerne verraten."

Wenig später sahen Balruk und Nedoruk einander betroffen an. Der König der Zwerge zupfte sich an seinen Bartzöpfen, während er nachdenklich in Richtung der Wüste blickte, dann stieß er seinen Ersten Axtschläger freundschaftlich an. „Vielleicht sollten wir doch ein wenig durch die Wüste marschieren, Nedoruk, mein Freund?“

Nedoruk betrachtete die mittlerweile gesäuberten Klingen seiner Äxte und schob diese dann wieder in ihre Rückenfutterale zurück. „Es ist sehr heiß dort und überall liegt dieser Sand.“ Er zuckte die Achseln. „Andererseits sind unsere Höhlen ein wenig feucht und kalt. Vielleicht wird uns etwas Sonne ganz guttun?“

56

Hier ist etwas. Dies muss der Mechanismus sein.“ Leoryn hatte Meowyns Dolch langsam und vorsichtig durch die Fugen der Steine geführt und verharrte nun. „Warte, es muss sich hinunterdrücken oder auf andere Art bewegen lassen.“

Meowyn hörte ein schnappendes Geräusch, und der kaum wahrnehmbare Lichtschimmer wurde stärker, um dann an einer Seite hinaufzuwandern. Leoryn nickte zufrieden und trat zurück. „Nun werden wir sehen, welches Geheimnis sich hinter dieser Wand verbirgt.“

„Wir sollten die Schwertmänner rufen“, flüsterte Meowyn. „Vielleicht wartet dahinter das Graue Wesen.“

„Du hast recht.“ Die elfische Heilerin strich sich gedankenversunken eine weißblonde Locke ihres Haares aus der Stirn. „Gut, holt die Wachen, liebe Freundin Meowyn.“

Meowyn nickte und wollte gerade zum Hauptgang hinübergehen, als sie bemerkte, dass sich Leoryn bereits mit aller Macht gegen die Wand stemmte. Sie verharrte. „Und Ihr?“

Leoryn zuckte die Achseln. „Wie Ihr schon festgestellt habt, liebe Meowyn, sind wir Elfen ein neugieriges Volk.“

Die blonde Heilerin der Hochmark konnte ihre elfische Freundin schlecht allein lassen. Sie seufzte leise, holte rasch die auf dem Boden des Hauptganges noch immer vor sich hin flackernde Brennsteinfackel und steckte sie in eine Halterung an der gegenüberliegenden Wand des Nebenganges. Dann drückten die beiden Frauen mit vereinten Kräften gegen das scheinbar massive Mauerwerk. Ein schleifendes Geräusch erklang und ein Teil der Wand begann sich zögernd und langsam zu bewegen.

„Etwas fester“, ächzte Leoryn und schrie dann überrascht auf, als das Wandstück plötzlich unerwartet leicht zur Seite schwang und sich wie eine Tür öffnete.

Eine einzelne Brennsteinlampe leuchtet einige Längen entfernt vor ihnen aus dem Dunkel hervor. Sie befanden sich am Anfang eines Ganges, der offensichtlich zu einem Raum führte. Die beiden traten durch die Öffnung hindurch, wobei Meowyn den Griff ihres Dolches fest umklammert hielt. Die Elfin betrachtete das Becken der Brennsteinlampe am Ende des geheimen Ganges.

„Der Brennstein ist fast verbraucht. Die Lampe muss schon recht lange brennen. Hier scheint seit Tagen niemand mehr vorbeigekommen zu sein.“

Als sei dies das Zeichen gewesen, erklang erneut das Stöhnen, das nun sehr viel deutlicher zu vernehmen war. Meowyn wies mit dem Dolch den Gang entlang. „Es muss von dort kommen, wo sich die Kammer befindet.“

Meowyn sog Luft ein. „Riecht Ihr es?“

„Ja.“ Sie beide kannten diesen Geruch.

Sie schritten vorsichtig weiter und fühlten sich nicht besonders wohl in ihrer Haut. Die Vorstellung, plötzlich dem Grauen Wesen zu begegnen, machte ihnen Angst, aber sie unterdrückten sie, denn ihre Neugier war stärker. So schlichen die beiden Frauen weiter und erreichten endlich die Öffnung, die in eine erstaunlich große Kammer führte.

Die schrecklich verbrannten Überreste eines Schwertmannes lagen vor ihnen in einer Ecke, und es war klar, das es die zweite der verschwundenen Wachen sein musste. Doch sie achteten kaum darauf, sondern starrten überrascht auf das zweite

Wesen, das unverkennbar am Leben war.

„Bulldemut", keuchte Meowyn und war für einen Moment wie gelähmt.

In der Mitte der Kammer stand, mit geschmiedeten Ketten an einen massiven Steinblock gefesselt, der Pferdefürst der Ostmark. Sein Körper war nackt und wies einige blutige Schrammen auf. Bulldemut war bei Bewusstsein, aber sichtlich geschwächt. Ein lederner Knebel verhinderte, dass er schreien konnte, nur sein leises Stöhnen war zu vernehmen.

Der Pferdefürst bemerkte die beiden Frauen erst, als sie dicht an ihn herantraten. Leoryn begann sofort, seine Wunden zu untersuchen, während sich Meowyn an dem Knebel zu schaffen machte.

„Seht Euch an, wie er gefesselt wurde", murmelte die Elfin. „Man hat die Ketten extra gepolstert, sodass keine Verletzungen entstehen. Aber habt Ihr die Striemen und Abdrücke bemerkt? Er muss schon eine ganze Weile in dieser Kammer sein."

Meowyn löste den Knebel, und Bulldemut sah sie an, war aber nicht in der Lage, zu sprechen. Die blonde Heilerin blickte sich um und seufzte. „Er braucht dringend Wasser. Er ist ganz ausgetrocknet."

„Im Gang steht noch der Krug an dem Wasserbecken." Leoryn versuchte, die Fesseln zu lösen, musste sich jedoch geschlagen geben. „Wartet, ich hole das Wasser und sage dann den Schwertmännern Bescheid."

„Lasst mich gehen und kümmert Ihr Euch um den armen Herrn Bulldemut", sagte Meowyn leise. „Eure Fertigkeiten sind größer."

Plötzlich stockte die junge Elfin. „Meowyn?"

„Was ist?"

„Wenn dies Bulldemut ist, und daran besteht kein Zweifel ... Wer ist dann derjenige, der jetzt gleich auf dem Kampfplatz gegen den König antreten wird?“

Die beiden Heilerinnen sahen einander für einen Moment wie erstarrt an, dann rannte Leoryn los.

57

Sie traten zum Kampf an, wie es sich für Pferdelords gebührte. Reyodem und Bulldemut saßen auf ihren Pferden und trugen ihre vollen Rüstungen. Direkt neben ihnen ritten die Bannerträger, welche die Zeichen des Pferdefürsten der Ostmark und des Königs des Pferdevolkes trugen. Dahinter folgten zwei Ehrenwachen der Schwertmänner.

Sie ritten langsam den Terrassenweg von der Burg zur Stadt Enderonas hinunter und paradierten an den steinernen Statuen vergangener Krieger und Könige vorbei. Je näher sie dem Kampfplatz kamen, desto lauter wurde das Tosen der dort versammelten Menschenmenge.

„Drängt die Leute zurück“, rief Torkelt seinen Schwertmännern zu. „Haltet den Kampfplatz frei.“

Die Schwertmänner hatten ihre Lanzen quer in beide Hände genommen und bemühten sich, die Neugierigen auf Abstand zu halten.

„Ihr da“, brüllte Torkelt wütend. „Ja, Ihr mit dem roten Wams! Tretet in die Reihen zurück, oder die Klinge meines Schwertes wird Euch Beine machen!“

Ein Mann, der Wetten auf die Kämpfer entgegennahm und zu diesem Zweck vor den Zuschauern entlanglief, sah Torkelt missmutig an und schob sich in die Reihen der anderen zurück. Torkelt hatte nichts gegen eine gute Wette einzuwenden, doch bei diesem Kampf stand die Einigkeit des Pferdevolkes auf dem Spiel. Er war überrascht, wie wenige Menschen dies zu kümmern schien. Nur einige Gesichter zeigten ernste Besorgnis, während die anderen Stadtbewohner und Pferdelords einfach nur begierig auf einen guten Kampf waren und sich sicher zu sein schienen, dass Reyodem siegreich daraus hervorgehen würde.

„Macht Euch keine Sorgen, guter Herr Torkelt", rief prompt ein Schwertmann der Wache. „Wir kennen des Königs Fertigkeiten mit Lanze und Schwert. Er ist stark und schnell."

Ein Stadtbewohner stand hinter Torkelt, und der Kommandeur hörte, wie der Mann sich an die Umstehenden wandte. „Hoffentlich gönnt Reyodem uns ein wenig Spaß und streckt Bulldemut nicht zu schnell zu Boden."

Die Ehrenwache, welche die Kontrahenten eskortierte, ließ ein Hornsignal ertönen.

Torkelt zückte jetzt sein Schwert und reckte die blanke Klinge hoch über den Kopf. „Schweigt nun, Ihr guten Menschen des Pferdevolkes. Erweist den Kämpfern die Ehre, die ihnen gebührt."

Ein letztes Mal drängten die Schwertmänner die Menge mit den Lanzen zurück, dann wandten auch sie sich der Mitte des Kampfplatzes zu und stellten ihre Lanzen senkrecht an den rechten Fuß, während sie die Rundschilde am angewinkelten linken Arm hielten. Schweigen senkte sich über die Menge, und Torkelt sah den Mann im roten Wams, der sich erneut nach vorne drängte. Er hatte seine Kappe tief ins Gesicht gezogen und hielt eine Holztafel und einen Stichel in Händen, mit denen er noch immer eifrig seine Wetten entgegennahm. Torkelt war versucht, doch noch zu dem Mann hinüberzugehen, aber da erscholl das Horn erneut.

Reyodem und Bulldemut erreichten den der Burg zugewandten Rand des Kampfplatzes, saßen von ihren Pferden ab und übergaben die Zügel herbeieilenden Schwertmännern. Nebeneinander her schritten sie über den Platz auf seine Mitte zu. Die umstehenden Schwertmänner begannen die Enden ihrer Lanzen im Gleichtakt auf die Steine zu stoßen und begleiteten so die Schritte der Duellanten. Als die Kontrahenten die Mitte erreichten, verstummte das Stoßen der Lanzen.

In die andächtige Stille hinein ertönten Torkelts Schritte, der zwischen Bulldemut und Reyodem trat.

„Ein Kampf um Ehre ist gefordert worden", rief der Erste Schwertmann der Königsmark über die schweigende Menge. „Ehre wurde verletzt und kann nur durch Blut erneuert werden! So will es die Tradition des Pferdevolkes."

Torkelt sah Bulldemut an. „Der Hohe Lord Bulldemut, Pferdefürst der Ostmark, fordert den Hohen Lord Reyodem, Pferdefürst der Königsmark und König des Pferdevolkes, zum Kampf. Verlangt Ihr Blut für Ehre, Hoher Lord Bulldemut?"

Bulldemut nickte. „Blut für Ehre."

Torkelt wandte sich zu Reyodem. „Gewährt Ihr dem Hohen Lord Bulldemut Blut für Ehre, Hoher Lord und König Reyodem?"

„Ich gewähre ihm Blut für Ehre", bestätigte der König mit fester Stimme.

„Schlagt die Klingen auf den Grund." Die beiden Duellanten zogen ihre Schwerter und hieben sie kraftvoll auf den Boden. Torkelt nickte zufrieden. „Die Klingen sind gut."

Der Erste Schwertmann trat zwischen Reyodem und Bulldemut hervor und wandte sich ihnen dann wieder zu. „Wer die Klinge gegen einen Waffenlosen richtet, ist ehrlos! Wer den Kampfkreis verlässt, ist ehrlos! Wer steht, wenn der andere getroffen darniederliegt, steht ehrenhaft. Nun werde der Ehre Genugtuung verschafft! Schlagt Euch!"

Es begann derart unvermittelt, dass die Menge überrascht aufschrie.

Bulldemut schwang unversehens die Klinge von unten hoch und versuchte Reyodems Unterleib zu treffen. Aber der König hatte die Bewegung schon im Ansatz erkannt, sprang mit einem Satz zurück und parierte den Hieb. Sofort begannen die Klingen in rasender Folge gegeneinanderzuschlagen. Der helle Klang und die springenden Funken verrieten die Wucht der Schläge.

Erregte Schreie erhoben sich aus der umstehenden Menge. Auch wenn die Sympathien beim König lagen, musste man Bulldemuts Fertigkeiten anerkennen. Dennoch machten sich die wenigsten Menschen von Enderonas ernstliche Sorgen um Reyodem.

„Bulldemut kämpft stark und kraftvoll“, klang es in Torkelts Rücken, „aber der König ist schnell und wendig.“

Torkelt sah dies ebenso. Dennoch sorgte er sich. Auch wenn der König die Hiebe Bulldemuts auf eine spielerische Weise zu parieren schien, waren sie doch sehr kraftvoll. Zudem schien Reyodem keine Absicht zu haben, den Pferdefürsten der Ostmark ernstlich zu verletzen. Bislang war keiner der Kontrahenten von einem Schlag oder Stoß getroffen worden. Im Grunde schienen die Fertigkeiten beider gleich zu sein. In einem solchen Fall kam es darauf an, wer von ihnen schneller ermüdete und schließlich einen Fehler machte.

Bulldemut machte einen Ausfallschritt und drückte die Klinge des Königs zur Seite, um die eigene in Richtung von Reyodems Achselhöhle zu stoßen. Mit der ihm eigenen Schnelligkeit sprang der König zurück und ließ seine Klinge um die Bulldemuts kreisen. Für einen Moment standen die beiden ganz dicht beieinander. Gesicht an Gesicht, drückten sie kraftvoll gegeneinander, schoben sich vor und zurück, doch plötzlich schrie die Menge auf.

Reyodems Fuß hatte sich an der Kante einer Bodenplatte verfangen und den König für einen kurzen Augenblick straucheln lassen. Augenblicklich setzte Bulldemut nach. Er stieß sein Schwert vor, und nur eine blitzschnelle Rolle des Königs rettete diesem das Leben. Bevor der Pferdefürst reagieren konnte, war Reyodem wieder auf den Füßen und parierte den Stoß.

Torkelt kniff die Augen zusammen. Er glaubte Blut an der Schulter des Königs erkannt zu haben, aber die beiden Kämpfer waren erneut in schneller Bewegung und umkreisten einander, sodass der besorgte Erste Schwertmann sich nicht vergewissern konnte.

Nun durchdrang Reyodems Klinge die Deckung Bulldemuts mit einem gezielten Stoß auf dessen Schwertarm. Torkelt ächzte, als die Klinge aus unerfindlichem Grund vorbeiglitt. Bulldemut ließ sich nach hinten fallen und rammte sein Knie in den Leib des Königs. Reyodem schrie auf und kippte nach vorne, sodass Bulldemuts Schwert mit einem hässlichen Klingen über den Rückenpanzer des Königs schrammte und dort einen deutlichen Kratzer hinterließ.

Wieder trennten die Männer sich, und Torkelt hatte nun ein schlechtes Gefühl. Der König schien weitaus mehr nach Atem zu ringen als Bulldemut, der beinahe frisch und ausgeruht wirkte. Aber die Ehre verlangte, dass der Kampf so lange geführt wurde, bis einer der Kontrahenten kapitulierte, was jedoch erst angenommen wurde, wenn er so schwer getroffen war, dass er den Kampf nicht mehr fortführen konnte.

Wieder erfolgte ein rasender Wirbel der Schwerter.

Bulldemut wurde zurückgedrängt, bis fast an den Rand des Platzes, doch dann war er es wieder, der den König bedrängte. Auch Torkelt konnte einen entsetzten Schrei nicht unterdrücken, als Reyodem abermals ausrutschte und diesmal das Schwert Bulldemuts durch den Armschutz des Königs stieß. Mit einem hellem Ton glitt die Klinge wieder aus dem Metall heraus, und Reyodem schrie schmerzerfüllt auf. Mühsam kam er auf die Beine und hielt seinen Gegner nur noch notdürftig auf Distanz.

Es war nicht der Schwertarm des Königs, der getroffen war. Dennoch würde diese Wunde die Entscheidung bringen, das erkannte Torkelt sofort. Der linke Arm Reyodems hing nun schlaff herab, Blut sickerte unter dem Armschutz hervor und tropfte auf das Pflaster des Platzes.

Bulldemut würde Reyodem bezwingen, ihn wahrscheinlich sogar töten, und die Einigkeit des Pferdevolkes würde zerfallen.

„Genug mit dem Schauspiel“, erklang plötzlich ein Ruf aus der Menge und übertönte das aufgeregte Geschrei, das sich nach der unvermuteten Wendung erhoben hatte. „Dieser Kampf ist vorbei, doch ein anderer wird nun beginnen!“

Selbst die beiden Duellanten waren überrascht und blickten zu dem Mann hinüber, der den Schrei ausgestoßen hatte. Es war der Wettannehmer mit dem roten Wams, der nun die Tafel mit den Einsätzen achtlos auf den Boden warf, die beiden Schwertmänner vor sich zur Seite drängte und auf den Platz trat, wobei er sich den roten Hut vom Kopf riss und ihn hinter sich warf. Jetzt erkannte Torkelt das Gesicht des Mannes.

„Marnalf“, stieß er entsetzt hervor.

Der Graue Zauberer trat auf Bulldemut und Reyodem zu. „Stell dich *mir,* du Bestie der finsteren Mächte.“

Eine seltsame Verwandlung ging mit Bulldemut vor sich, dessen Gesicht zu zerfließen schien und unvermutet fremde

Züge zeigte. Reyodem wich zurück, gerade rechtzeitig, um einem hinterhältigen Schwertstoß zu entgegen. Marnalf streckte seine Hand vor, worauf Bulldemut das Schwert aus der Hand gerissen wurde und einige Längen entfernt klirrend zu Boden fiel.

Das fremde Gesicht verzog sich zu einem Lächeln. „Ah, ein Gegner von meiner Art. Und wie ich ohne seinen Stab unterwegs."

Marnalf stand dem Unbekannten in Bulldemuts Rüstung nun direkt gegenüber und begegnete dessen Lächeln mit ernstem Gesicht. „Ich bin nicht von deiner Art, du Bestie. Und nun lass uns kämpfen."

58

Die Aussichtsplattformen auf ihren hohen Pfählen waren von Kriegern besetzt, aber die Männer verließen sich auf die metallenen Wurmwarner und richteten ihre Blicke auf die Heimstatt des Nagerclans, obwohl sie dort nicht viel erkennen konnten. Den Bewohnern der Heimstatt erging es da weit besser. Vor dem Ring der Frauenzelte verharrten sie in dichten Reihen in einem Halbkreis und starrten schweigend zum Schädelhaus hinüber, wo sich die Turikos der Clans und die Pferdemenschen gegenüberstanden. Keine anfeuernden Rufe ertönten und kein rhythmisches Stampfen oder Klatschen, das einen Sandwurm hätte herbeirufen können.

Vor Kurzem war die Sonne über der Wüste aufgegangen, und die Pferdelords hatten ihr sehnsüchtig entgegengeblickt, hatten nach Osten geschaut, dorthin, wo auch ihre Heimat lag. Ob ihre Gedanken dabei den Familien und dem Land galten oder sie einfach nur froh waren, dass nun endlich der entscheidende Kampf begann, war ihren Gesichtern nicht zu entnehmen. Sie blickten nun mit dem gleichen Ernst auf die beiden Kontrahenten wie die Menschen des Sandvolkes auch.

Bimar-Turik und Barus standen sich vollkommen nackt gegenüber. Zwei ältere Krieger waren soeben damit fertig geworden, die Körper der beiden vollständig mit einer fettigen Substanz einzureiben, die erbärmlich stank. Barus und Bimar hielten die typischen Schädelkeulen des Sandvolkes in den Händen, und der Nagerjäger fühlte sich erkennbar unwohl, während er die ihm fremde Keule in den Händen wiegte.

„Das ist keine rechte Keule, guter Herr Dorkemunt“, flüsterte er dem kleinwüchsigen Pferdelord zu. „Leicht und zerbrechlich. Ein einziger guter Hieb, und sie ist entzwei."

„Sie werden Eure Keule nicht akzeptieren, guter Herr Barus, mein Freund", murmelte Dorkemunt. „Sie ist weitaus stabiler und würde Euch bevorteilen. Immerhin seid Ihr stärker als dieser Bimar. Und Ihr seid schnell."

„Das ist der auch." Barus reckte seine fettglänzenden Schultern, sodass die Muskelpakete seines Körpers deutlich hervortraten. Einige Frauen des Sandvolkes stießen anerkennende Pfiffe aus und machten ein paar einladende Handbewegungen, bis zwei Krieger sie zur Ruhe ermahnten.

Dorkemunt lächelte und schlug dem nervösen Nagerjäger auf die Schulter. „Wenn es um das Besteigen der Weiber ginge, wärt Ihr sicherlich schon Sieger."

„Ich habe nicht vor, ihre Weiber zu besteigen", brummte Barus. „Ich will diesem Bimar das Hirn ein wenig weich klopfen und dann zusehen, dass wir nach Hause kommen."

„Das ist genau die richtige Einstellung", warf Nedeam von hinten ein. „Schlagt ihn ein bisschen weich, und dann verschwinden wir."

„Bei einem Nager hätte ich damit kein Problem", seufzte Barus zweifelnd. „Da hätte ich meine schöne stabile Keule. Aber die hier? Ein Schlag, und sie ist hin."

„Mehr als einen Schlag braucht Ihr nicht."

Die beiden älteren Krieger nahmen nun ein aus Stachelpflanzenfasern gewebtes Seil und banden es um das jeweils linke Handgelenk der Kämpfer. Auf diese Weise waren die beiden Männer nun aneinander gefesselt und konnten sich nicht weiter als drei Längen voneinander entfernen.

Heldar-Turiko, dem es als Führer des Nagerclans zustand, den Kampf zu eröffnen und im Zweifel über dessen Ausgang zu entscheiden, trat vor und legte seine beiden Hände auf die Mitte des Seils.

„Wer den Knoten löst und zu fliehen versucht, wird einem Sandstecher überlassen. Sein Schädel wird nicht gelöst, und er ist zur ewigen Schande verdammt. Seine genommenen Schädel werden aus dem Schädelhaus entfernt.“ Der Turiko sah Barus an und bemerkte, dass dies dem Nagerjäger nicht viel ausmachen würde. „Wer ein Gift benutzt, wird durch Gift sterben und bringt Schande über seinen Schädel. Eure einzigen Waffen sind eure Körper und eure Keulen.“ Der Turiko hob seine Stimme. „Wenn der Krieger des Nagerclans siegt, werden die Schädel der Pferdemenschen genommen. Wenn der Krieger der Pferdemenschen siegt, so dürfen sie sicher und in Frieden zur Grenze unseres Landes reisen.“ Der Turiko trat zurück und löste seine Hände von dem Seil. „Kämpft und macht den Schädeln Ehre.“

Barus konnte sich gleich zu Beginn ein Bild davon machen, was der Turiko meinte, als er von Keule und Körper als den einzigen Waffen sprach.

Bimar-Turik bückte sich, nahm eine Handvoll Sand und schleuderte ihn gegen Barus. Dann hechtete er sofort hinterher und hob die Keule zum Nackenschlag. Barus bekam den Sand ins Gesicht und in die Augen, die er geblendet zusammenkniff. Instinktiv machte er einen Schritt nach hinten und schlug blindlings mit der Keule um sich. Bimar wich dem ungezielten Hieb aus und erwischte den hilflosen Nagerjäger mit dem harten Schlag seiner Keule. Barus hatte Glück, dass sie nicht seinen Nacken traf, gegen den sie gezielt war. Dafür schlug das schwere Ende brutal auf seine Schulter, und nur die kräftigen Muskeln verhinderten, dass die Knochen unter der Wucht des Schlages brachen.

Dennoch war Barus' Arm wie gelähmt, und Bimar-Turik stieß einen triumphierenden Schrei aus. Er warf sich an Barus vorbei auf den Boden und rollte sich ab, sodass der Nagerjäger von dem Seil herumgezogen wurde und auf Bimar zustolperte. Dieser holte nun grinsend aus und nahm dabei genau Maß.

Barus war noch immer geblendet, er konnte sich nicht einmal die Augen wischen und blinzelte nur, während ihm Tränen über die Wangen sickerten. Die Pferdelords hielten entsetzt den Atem an, als Bimar-Turiks Keule herumschnellte. Doch Barus schien den kommenden Schlag instinktiv gespürt zu haben und schaffte es irgendwie, die eigene Keule gegen den Hieb des Gegners zu führen. Krachend schlugen die Waffen aneinander, und Dorkemunt glaubte, Knochensplitter durch die Luft wirbeln zu sehen, aber die Keulen blieben dennoch unbeschädigt.

„Das ist nicht recht", knurrte Barus wütend. „Du hast mich mit Sand geblendet."

Bimar-Turik begann Barus langsam zu umkreisen, wobei er das Seil leicht gespannt hielt. „Wir sind das Volk des Sandes", erwiderte er grinsend. „Warum nicht mit ihm kämpfen?"

Barus fand sein Sehvermögen wieder, und als Bimar dies bemerkte, schlug er seine Keule schräg in den Sand, der dabei aufspritzte. Doch diesmal war Barus vorbereitet, und als der Turik für einen Moment keinen festen Stand hatte, zog der Nagerjäger ruckartig an dem Seil, sodass Bimar-Turik nach vorne stolperte. Offensichtlich erwartete er Barus' Keulenhieb und war bereit, ihn zu parieren, aber stattdessen trat der Pferdelord dem Krieger zwischen die Beine.

Bimar stürzte keuchend in den Sand und hockte vornübergebeugt auf seinen Knien. Krieger riefen empörte Bemerkungen und einige Frauen lachten. Barus wartete, bis der Turik sich mit schmerzverzerrtem Gesicht wieder aufrichtete. „Wir sind das Pferdevolk“, sagte der Nagerjäger ironisch. „Warum nicht treten wie ein Pferd? Belassen wir es nun bei den Keulen, oder wollen wir auch noch anfangen zu beißen?“

Das narbige Gesicht des Turiks verzog sich zu einem schmerzerfüllten Grinsen. „Körper und Keule. Was immer dir beliebt, Pferdemensch.“

Die Keulen krachten erneut gegeneinander, und auch Bimar versuchte nun, Barus empfindlich zu treten. Doch der kräftigere Nagerjäger wandte sich rasch genug zur Seite. Noch immer war sein linker Arm, der an das Seil gefesselt war, halb gelähmt. Bimar-Turik biss Barus tatsächlich in den linken Arm, und als der Nagerjäger schmerzerfüllt aufbrüllte und herumwirbelte, löste sich der Krieger mit blutigem Mund und einem Fleischfetzen von Barus' Arm.

„Bei den dunklen Abgründen“, ächzte Dorkemunt bestürzt. „Der Kerl hat Fänge wie ein Ork.“

„Sieht nicht besonders gut aus“, stellte Mortwin sachlich fest.

„Eines schwöre ich euch“, flüsterte Nedeam, „wenn der verdammte Bimar unseren Herrn Barus besiegt, dann ziehe ich dem grinsenden Drecksack alle Zähne, und wenn es das Letzte ist, was ich auf Erden tue.“

„Ich werde ihn so lange festhalten“, flüsterte einer der anderen Pferdelords.

Sand wirbelte unter den Füßen der beiden Kämpfer auf, die einander schwer atmend umkreisten. Blut lief über Barus' verletzten Arm, tropfte hinab und hinterließ kleine Flecken im aufgewühlten Sand. Auch Bimar versuchte, Barus durch einen kräftigen Zug am Seil ins Stolpern zu bringen, aber Barus grinste nur und stemmte sich dagegen. Bimar erwiderte das

Grinsen und ließ los, sodass Barus, der sich noch immer in das Seil lehnte, nach hinten stürzte. Sein Gegenüber sprang erneut auf ihn zu und führte diesmal seine Keule von der Seite gegen Barus' Nacken.

Unvermittelt ließ Barus seine Keule fallen, packte in einer blitzschnellen Bewegung die des Wüstenkriegers und zog diesen mit sich. Beide stürzten übereinander, doch Barus fing sich als Erster. Er stellte sein Knie auf das Handgelenk seines Gegners, entwand ihm die Keule mit einem mächtigen Ruck und hob sie dann zum Schlag.

Die Menschen des Sandvolkes hielten nun ihrerseits den Atem an. Bimar versuchte, sich unter Barus hervorzuschieben, der nun jedoch das andere Knie zwischen Bimars strampelnde Beine senkte. Der Wüstenkrieger erstarrte und sah Barus hasserfüllt an.

„Wie wolltest du es?", knurrte dieser grimmig. „Nach der Art des Pferdevolkes oder nach der euren?"

„Du hast gesiegt, Pferdemensch Barus", hallte Heldar-Turikos Stimme über den Platz.

Barus sah misstrauisch zu dem Turiko mit dem sonnenhellen Haar hinüber. „Ich muss ihm also nicht erst den Schädel weich klopfen?"

„Nein", entschied der Turiko. Er warf einen langen Blick auf die beiden Kämpfer und hob dann seine Keule. „Der Pferdemensch hat gesiegt. So sei es besungen."

„So sei es besungen", tönte es wie ein Echo aus der Menschenmenge wider.

„Lasst sie singen", flüsterte Mortwin. „Wir nehmen derweil unsere Pferde und verschwinden endlich von hier."

Dorkemunt sah den Turiko auffordernd an. „So gilt dein Wort? Wir sind frei und können ungehindert abziehen?"

Der Turiko nickte. „Es gilt. Ihr könnt frei und ungehindert zur Grenze ziehen."

Dorkemunt nickte Barus zu, der Bimar-Turik daraufhin freigab. Als der Nagerjäger dem Krieger die Hand bot, um ihm aufzuhelfen, schlug der sie wütend aus. Barus zuckte die Achseln und warf die Keule achtlos in den Sand. Die beiden älteren Krieger kamen heran und lösten das Seil, dann führten sie Bimar zur Seite, während Barus zu den Pferdelords hinüberstapfte.

Seine Kameraden schlugen ihm anerkennend auf die fettglänzenden Schultern, und der stämmige Nagerjäger lächelte unsicher. „Ach, es war nur ein Kampf mit Keulen. Nichts Besonderes. Ihr wisst ja, Ihr guten Herren, mit Keulen kenne ich mich aus. Aber seine Zähne", Barus verzog das Gesicht, „seine Zähne waren wirklich gemein."

„Tröstet Euch, Barus, mein Freund", lachte Mortwin vergnügt. „Dafür wird der hinterhältige Bursche so rasch kein Weib mehr besteigen."

Der Nagerjäger blickte zu der Menge hinüber. „Nun gebt mir endlich meine Kleider, gute Herren, damit ich mich wieder bedecken kann. Die Blicke der Weiber gefallen mir nicht."

„Das ist das Los des Siegers", sagte Dorkemunt verständnisvoll.

„Mit gefallen die Blicke der Krieger nicht", flüsterte Nedeam. „Viele scheinen nicht sonderlich glücklich über den Ausgang zu sein und würden wohl nur allzu gerne unsere Schädel lösen."

„Du hast recht." Dorkemunt half Barus, die fettige Substanz notdürftig zu entfernen, und wandte sich dann der Wunde am Arm zu. „Lasst uns unsere Pferde nehmen und endlich dieses Land verlassen."

Die Pferdelords erwarteten nicht, dass die Menschen des Sandvolkes nach Barus' Sieg in Jubel ausbrachen, aber die Stille, die nun über der Heimstatt lag, hatte etwas Unheimliches und Bedrohliches. Die Menschen machten widerwillig Platz, als die Pferdelords zu ihren Reittieren schritten. Rasch prüften die Männer Sättel und Gurte. Als sie wenig später aufgesessen waren, traten Heglen-Turik und Nescha-far-Heldar zu ihnen und reichten ihnen gefüllte Wasserflaschen. Heglen-Turik schien mit sich zu ringen und sah unsicher auf die Krieger des Wüstenvolkes. „Ihr solltet nicht mehr allzu lange verweilen."

Nedeam lächelte den jungen Krieger an. „Sei ohne Sorge. Das haben wir nicht vor." Er musterte Heglen ernst. „Sag, junger Krieger, ist dem Wort zu trauen?"

Heglen erwiderte Nedeams Blick mit Empörung. „So ist es besungen."

Nedeam nickte, und Dorkemunt lächelte die Frau des Clanführers an, während er sein Pferd herumzog. Er beugte sich ein wenig im Sattel vor. „Sagt, gute Frau Nescha, warum fallt Ihr immer wieder in unser Land ein? Warum kämpfen wir überhaupt gegeneinander."

Nescha-far-Heldar sah ihn freundlich an. „Eine Heimstatt braucht Holz. Und eine Legende braucht Schädel."

Dorkemunt seufzte leise. „Irgendwie kann ich das verstehen, obwohl ich es für unnötig halte. Denn in gewisser Weise sind wir uns sehr ähnlich. Lebt wohl, gute Frau Nescha."

Er zog sein Pferd herum, hob grüßend den Arm und folgte dann der kleinen Schar von Pferdelords, die endlich den Ritt in die Heimat antrat.

Die Krieger der Wüstenclans sahen ihnen noch eine ganze Weile schweigend nach.

Der Führer des Fleckbeißerclans trat neben Heldar-Turiko. „Das Wort gilt?"

Heldar nickte. „Das Wort gilt."

Sie sahen einander an, dann grinsten sie, und die Art, wie sie dabei ihre Zähne zeigten, erinnerte an die Weise, wie Fleckbeißer ihre Fänge präsentierten.

59

Die Legenden besagten, dass die Macht eines Zauberers in seinem Stab begründet lag. Die Stäbe hatten den Durchmesser eines Lanzenschaftes und waren ein wenig länger, als ihr Träger groß war. Sie wirkten gerade, aber aus der Nähe konnte man erkennen, dass sie leicht gedreht und knotig waren. Einige der Stäbe wurden von Schriftzeichen und Symbolen bedeckt, andere wiederum waren vollkommen schmucklos. Aber alle hatten eine Figur am Kopfende, die jedoch bei jedem Stab verschieden geformt war. So konnten sie Lebewesen darstellen oder auch wirre Formen, deren Bedeutung niemand kannte. Von diesem Kopfende seines Stabes ging die magische Kraft eines Grauen oder auch Weißen Zauberers aus. So sagten es die Legenden.

Weder Marnalf noch das andere Wesen hatten ihre Stäbe zur Hand, aber es war offensichtlich, dass sie auch so über gewaltige Kräfte verfügten.

Es schien, als würden die beiden unheimlichen Wesen auf seltsame Weise miteinander ringen. Sie standen sich mit konzentrierten Gesichtern und leicht gespreizten Beinen gegenüber. Ihre Körper waren leicht nach vorne geneigt, und ihre Hände folgten den Bewegungen des Gegenübers, als seien sie Spiegelungen in einem ruhigen Gewässer. Gelegentlich schienen blaue oder rote Flammen zwischen ihren Händen hervorzubrechen.

Die Menge schwieg. Keiner wagte mehr, in den pantomimisch anmutenden Kampf der magischen Wesen einzugreifen. Ein Schwertmann der Wache hatte es versucht und war von einer ungeheuer machtvollen Gewalt vom Boden emporgehoben und gegen eine der Hausfronten geschleudert worden. Man hatte das Brechen der Knochen hören können, bevor der entseelte Leib schlaff zu Boden gestürzt war.

Torkelt hatte den verletzten Reyodem zum Rand des Platzes gezogen, und nun umklammerten die beiden ihre Schwerter, so wie auch die Wachen ihre Lanzen fest umschlossen hielten. Ein Schwertmann war neben den König getreten und wollte dessen Armschiene lösen, um die Wunde zu versorgen, aber Reyodem schüttelte den Kopf. „Nicht jetzt, guter Herr. Es ist nur eine kleine Wunde."

„Das mag sein", erwiderte der Schwertmann lakonisch, „aber sie blutet stark, und wenn ich sie nicht verbinde, Reyodem, mein König, könnt Ihr Euch bald im eigenen Lebenssaft baden. Also lasst mich gewähren."

Torkelt nickte. „Er hat recht, mein König."

Reyodem zuckte die Achseln und verzog sofort schmerzerfüllt das Gesicht. „Nun gut, aber die Klinge bleibt in meiner Hand."

„Wie auch ich mein Schwert bereithalten werde", stimmte Torkelt zu. „Ich vermag nicht zu sagen, wer von ihnen stärker ist."

Niemand konnte das sagen.

Zwei Graue Wesen maßen ihre Kräfte. Es war ein ebenso unheimlicher wie erregender Kampf, den die Menschen da zu sehen bekamen. Sie waren viel zu fasziniert von dem Anblick, um Angst zu spüren. Hätte sich ein Grauer Zauberer gegen sie gewandt, wären die Bewohner der Stadt wohl in Panik geflohen, während die Schwertmänner versucht hätten, ihre Klingen in das Wesen zu versenken. So aber sahen sie alle wie gebannt zu und fragten sich, wer die Oberhand gewinnen würde.

Mal schien es der Graue Marnalf zu sein, mal das fremde Wesen, das in Bulldemuts Rüstung steckte. Die Körper der beiden bewegten sich wie Getreidehalme im Wind, beugten sich vor und zurück oder schwangen zu den Seiten. Gelegentlich ächzten sie, wenn Flammen aus ihren Händen hervorzuckten, mit denen sie unablässig rasche, stoßende und kreisende Bewegungen ausführten.

Eine rote Flamme löste sich von der Hand des Fremden, glitt an Marnalfs blauer Flamme ab und traf einen Mann, der in der Menge der Schaulustigen stand. Schreie des Entsetzens ertönten, als der Getroffene sich aufbäumte, und sein Körper von innen heraus zu glühen schien. Noch während die Umstehenden geschockt vor ihm zurückwichen, flammte der Leib des Unglücklichen auf, verbrannte in kürzester Zeit und brach dann knisternd in sich zusammen, den Gestank verbrannten Fleisches verbreitend. Dennoch wich die Menge nicht, ganz als habe sie endlich begriffen, dass die Zukunft des Pferdevolkes vom Ausgang dieses Kampfes abhing.

Die Körper der Kontrahenten schwangen, ihre Hände kreisten und stießen vor, und dann war es Marnalf, der ächzte und nach hinten geworfen wurde. Mit solch enormer Wucht schleuderte er in die Menge hinein, dass viele Menschen zu Boden fielen. Doch Marnalf rollte sich behände ab und stellte sich erneut gegen den Fremden. Wieder schien ein unsichtbarer Schlag den guten Grauen zu treffen, der nun mit dem Rücken gegen eine Hauswand gedrängt wurde.

Ein Schwertmann schrie heiser auf, fällte die Lanze und hechtete auf das Graue Wesen in Bulldemuts Rüstung zu. Dieses streckte lässig die andere Hand gegen den Pferdelord, der nun ebenfalls qualvoll verbrannte. Aber dieser kurze Augenblick, in dem das Graue Wesen seine Aufmerksamkeit und seine Kräfte hatte teilen müssen, gab Marnalf die Gelegenheit, die eigenen Kräfte zu bündeln und sich von der Hauswand zu lösen.

Weit vornübergebeugt, als müsse er gegen einen starken Sturm ankämpfen, setzte Marnalf mühsam Fuß vor Fuß, während sich das Gesicht des anderen Grauen vor Hass und Anstrengung verzog.

„Du hast in den Jahren an Kraft gewonnen, Marnalf", zischte das Wesen.

„Und du hast vergessen, dass die dunkle Macht uns unsere Kräfte nimmt", erwiderte Marnalf gepresst und kämpfte sich weiter vor. „Es mag langsam vonstatten gehen, aber sie schwindet. Und die deine hat nachgelassen, du Bestie."

Der Graue in Bulldemuts Rüstung lächelte verzerrt und wich einen Schritt zurück. Es schien, als würde Marnalf endlich die Oberhand gewinnen. „Aber noch, Marnalf, ist sie vorhanden. Und sie ist stärker als die deine."

Marnalf stöhnte auf und wurde erneut nach hinten geschleudert, woraufhin der Graue in Bulldemuts Rüstung einen triumphierenden Schrei ausstieß.

Dann ertönte ein feines Klingen, gefolgt von einem Klatschen. Sie alle kannten dieses Geräusch, das entstand, wenn ein Pfeil durch eine metallene Rüstung in weiches Gewebe schlug.

Der Graue verzog ungläubig das Gesicht. Ein zweiter Pfeil traf hart in seinen Rücken, dann ein dritter. Das Wesen schrie, doch diesmal vor Schmerz, und taumelte nach vorne. Ein vierter und fünfter Pfeil trafen das Wesen, das nun mit einem seltsamen Ächzen vornüberstürzte. Marnalf, der sich inzwischen mühsam erhoben hatte, streckte seine Hand vor, und das unheimliche Wesen glühte von innen her auf und verbrannte.

Schweigen senkte sich erneut über den Platz. Man hörte noch das Knacken der erhitzten Rüstung Bulldemuts und das Zischen gebratenen Fleisches, als Reyodem, Torkelt und einige andere an den toten Grauen herantraten. Marnalf sackte indes auf die Knie und rang nach Atem.

Torkelt blickte in die Richtung, aus der die Pfeile gekommen waren, obwohl er bereits wusste, wer sie gelöst hatte, denn Befiederung und Machart der Pfeile verrieten es ihm. „Ich habe es mir schon gedacht", begrüßte er Lotaras, der zusammen mit seiner Schwester auf den Platz eilte. „Niemand anders als ein Elf vermag die Pfeile in solch rascher Folge und derart treffsicher zu lösen."

Lotaras blickte voller Abscheu auf das getötete Wesen hinab. Dann hob er seinen Blick und sah über den schmorenden Kadaver hinweg Marnalf an.

„Ich habe mich in Euch getäuscht, Weiser Herr Marnalf. Ich bitte Euch, auch im Namen meiner Schwester, um Verzeihung dafür, dass ich Euch Unrecht tat."

Marnalf lächelte verzerrt. „Ich sagte ja, elfisches Wesen, dass ich noch immer ein Freund der Menschen bin."

Dann stürzte Marnalf schlaff vornüber und blieb regungslos liegen.

60

Der Schmied hatte die Platten sorgfältig geschmiedet und vorgeformt. Nun benutzte er einen kleineren Hammer mit gerundeter Schlagfläche, um dem Harnisch die richtige Passform zu geben. Er sah den Schwertmann der Wache skeptisch an. „Seid Ihr wirklich sicher, dass die Maße stimmen?“

„Ihr habt sie doch selbst genommen, guter Herr.“

„Das schon.“ Der Schmied blickte durch die Tür seiner Werkstatt nach draußen, als könne er von hier den großen Platz von Enderonas erkennen. „Aber ich bin mir nicht so sicher. Versteht mich recht, guter Herr Schwertmann. Ich bin gewiss nicht ohne Mut, aber der Kadaver stank doch sehr, und die Rüstung war noch ziemlich heiß.“ Er leckte sich über die Lippen. „Zudem, ich will es zugeben, war mir das Wesen unheimlich.“

„Nun ist es ganz gewiss tot“, versicherte der Schwertmann. „Es hat guten elfischen Stahl und Marnalfs Zauber in den Leib bekommen.“

„Dennoch, guter Herr, ich musste die Maße eher schätzen und konnte sie nicht sauber nehmen. Es wäre sinnvoll, wenn ich die Rüstung dem Hohen Lord persönlich anpassen könnte.“ Der Schmied dengelte eine Rippenrundung aus dem Metall heraus, begutachtete sie, seufzte und schlug erneut. „Zudem ist die Zeit ein wenig knapp bemessen.“

„Es wird Euer Schaden nicht sein, guter Herr Schmied. Der König selbst bürgt dafür.“

„Ach, ich sorge mich nicht um meine Schüsselchen.“ Der

Schmied sah den Schwertmann an und schüttelte den Kopf. „Ich sorge mich um die Passform und die rechte Kunstfertigkeit. Schließlich ist es die Rüstung eines Pferdefürsten, und da geht es auch um meinen Ruf."

„Ihr seid der beste Rüstungsschmied in ganz Enderonas", versicherte der Schwertmann.

„Ja, das ist wahr." Der Schmied nickte und wendete das Brustteil des Harnischs. „Und man soll es sehen, wenn der Herr Bulldemut seine neue Rüstung trägt."

„Sie wird der alten doch gleichen?"

„Wie ein Kratzläuferei dem anderen." Der Schmied lächelte. „Obwohl sie natürlich noch besser sein wird. Eine der besten Rüstungen, die je gefertigt wurden. Trotz der Hast, zu der Ihr mich angetrieben habt, guter Herr."

„Natürlich."

Das Duell auf dem großen Platz war Stadtgespräch in Enderonas. Auch im Lager der Beritte und in der Burg selbst gab es kaum ein anderes Thema. Der Hergang des Kampfes wurde wieder und wieder geschildert, und die Varianten, die man dabei zu hören bekam, waren so zahlreich wie die Erzähler. Wein und Gerstensaft erhitzten oder beschwichtigten die Gemüter, und die Schankwirte zählten am nächsten Morgen zufrieden ihre Schüsselchen, fegten Unrat und ein paar Zähne zusammen und freuten sich schon auf den folgenden Abend, an dem es wieder genug Gesprächsstoff und durstige Kehlen geben würde. Schon bald würden die ersten Lieder erklingen und das Duell so seinen Einzug in die Legenden des Pferdevolkes nehmen. Von dem Grauen blieben nur noch ein wohliger Schauder und die Gewissheit, dass die gute Seite gesiegt hatte und man unter dem Schutz des Grauen Marnalf stand, der sich, wie man hörte, wieder auf dem Weg der Besserung befand.

Zwei der besten Schmiede von Enderonas waren beauftragt worden, die neue Rüstung für den Pferdefürsten Bulldemut zu fertigen. Näherinnen nähten neue Gewänder und ein neues Wams. Alle Hände waren schnell und geschickt, sodass man den Hohen Herrn bald wieder würde einkleiden können.

Den Kadaver der Bestie hatte man vom Platz geschafft und außerhalb der Stadt verscharrt. Einer der Schankwirte hatte später auf der Straße eine halb geschmolzene Schnalle von Bulldemuts Rüstung gefunden. Sie war während des Abtransportes des Grauen Wesens abgefallen, und der Wirt konnte sich sicher sein, dass seine Schänke mit einer solchen Reliquie besonderen Zuspruch finden würde. Denn sie konnte die neuesten Geschichten beglaubigen und so den Durst noch einmal fördern. Wahrscheinlich würden bald auch andere Wirte ähnliche geschmolzene oder verkohlte Stücke präsentieren, um nicht benachteiligt zu sein, und in einem Jahr würde sicher niemand mehr sagen können, welches von ihnen tatsächlich von der grauen Bestie stammte. Doch dann würde der Kampf längst Legende geworden sein.

In der Burg von Enderonas hatte König Reyodem noch am selben Tag die Versammlung der Pferdefürsten einberufen. Es sollte eine zwanglose Zusammenkunft werden, darauf hatte er Wert gelegt, er, ein Gleicher unter Seinesgleichen. Mit offenen Worten würde jeder der Teilnehmer sprechen können. Sie alle hatten zugestimmt, wenngleich auch sie noch immer unter dem Eindruck des Geschehenen standen.

Bedienstete hatten gepolsterte Schemel und Stühle in Reyodems Amtszimmer getragen, und obwohl der Raum recht groß war, füllten die anwesenden Hohen Lords und Hohen Damen ihn aus, zumal auch die beiden Elfen und natürlich Marnalf geladen waren. Für den verletzten Welderonem hatte man eine besonders bequeme Sitzmöglichkeit geschaffen und zudem dafür gesorgt, dass die Heilerinnen ein wachsames Auge auf ihn hatten. Reyodems Schreibtisch war abgeräumt worden, um Raum für Platten mit kaltem Braten, frischem Brot, Käse und Früchten zu schaffen. Zwischen den Speisen standen nun Krüge mit Wasser und mit Wein, der jedoch verdünnt war, da es galt, einen kühlen Kopf zu bewahren.

Reyodem war wohlauf, auch wenn er ein wenig Mühe hatte, seinen linken Arm zu bewegen, der von Leoryn versorgt worden war. Er wartete, bis alle Anwesenden einen Becher mit verdünntem Wein in Händen hielten, und erhob dann den seinen.

„Auf die Pferdelords und das Pferdevolk."

Die anderen erwiderten den Trinkspruch und Reyodem lehnte sich mit einem Lächeln zurück. „Ich habe Euch zusammengerufen, damit wir abseits der Formalien besprechen können, was uns bewegt. Ich will gestehen, dass unser Volk und wir alle am Rande eines finsteren Abgrundes gestanden haben und ohne den Weisen Herrn Marnalf wohl auch hineingestürzt wären."

Freundliche Blicke wurden Marnalf zugeworfen, der milde lächelte. Er hatte sich etwas erholt und hielt nun auch seinen Stab wieder in Händen, wirkte jedoch noch immer ein wenig erschöpft. Keiner vermochte zu sagen, wie viel Kraft ihn das Duell mit dem Zauberer gekostet hatte.

Reyodem nickte zu den eigenen Worten und fuhr fort. „Wäre der falsche Bulldemut nicht enttarnt worden, so hätten die Menschen des Pferdevolkes geglaubt, zwei Pferdefürsten hätten einander zu erschlagen versucht. Gleichwohl, wer dabei gewonnen hätte, ich bin überzeugt, es hätte Unfrieden in die Marken getragen und sie entzweit. Stimmen wir in dieser Einschätzung überein?"

Bulldemut antwortete für sie alle. „Darin besteht wohl Einigkeit. Es fällt mir schwer, aber ich gestehe ein, dass ich es war, der diese Krise heraufbeschwor. Auch wenn ich es nicht ohne Grund tat."

Henderonem, der alte Pferdefürst der Westmark, beugte sich vor, und seine Stimme klang ein wenig scharf. „Bezweifelt Ihr etwa noch immer die Rechtmäßigkeit von Reyodems Thronanspruch?"

„Lasst Eure Klinge in der Scheide, Henderonem", erwiderte Bulldemut. „Nein, ich erkenne Reyodem als meinen König an und will ihm bereitwillig den Eid leisten. Mir ging es nicht eigentlich um Fragen der Erbfolge, Ihr guten Herren und Frauen." Er sah die Anwesenden ernst an. „Seltsame Dinge geschehen in meiner Mark und in meiner Stadt. Seltsame und gefahrvolle Dinge. Ich spürte es in meinen Knochen, Ihr Hohen Damen und Hohen Lords, dass Gefahr droht. Und ich spürte, dass diese Gefahr nicht nur vor den Mauern Merdonans stand, sondern bereits in ihrem Innern wirkte. Es geschahen Dinge, die auf den Zauber eines Grauen Wesens hindeuteten, doch fand ich keinen Weg, ihm auf die Spur zu kommen." Er sah Marnalf an. „Von einem Händler erfuhr ich, dass der Weise Herr Marnalf in Enderonas sei. Ich versprach mir Hilfe von ihm und wollte ihn rufen, doch durfte niemand davon wissen. Ach, ihr Damen und Lords, wem konnte ich noch trauen, wenn sich doch ein Gestaltwandler unter meinen Getreuen befand?"

Henderonem runzelte die Stirn. „So waren Eure Zweifel am König nur ein Vorwand?"

„Es schien mir der beste Weg, eine Versammlung einzuberaumen, ohne den Feind zu warnen." Bulldemut zuckte die Achseln. „Ich rechnete ja nicht damit, dass ausgerechnet mein braver Erster Schwertmann Harunt das Graue Wesen war."

Marnalf lächelte sanft. „Man vermag nun nicht mehr zu sagen, wann Euer guter Herr Harunt der Bestie zum Opfer fiel. Aber wir können wohl davon ausgehen, dass das Wesen Euch rasch überwand, als Ihr Enderonas erreicht hattet."

„Noch am Zehnteltag unserer Ankunft", knurrte Bulldemut grimmig. „Ich betrat meine Kammer, und Harunt kam auch herein, um mir das Banner zu bringen. Dann spürte ich einen Schlag und wachte erst wieder in jenem verborgenen Gewölbe auf, in dem die beiden Heilerinnen mich fanden."

„So konnte Euch der gute Herr Bulldemut nicht über seine Finte aufklären, wie er es eigentlich beabsichtigt hat", sagte die elfische Heilerin Leoryn nachdrücklich. „An seiner statt erschien nun das Graue Wesen und nutzte Bulldemuts Vorwand, um Zwietracht zu säen." Sie sah Henderonem lächelnd an. „Was ihm nur allzu gut gelang, denn die Gemüter waren schnell erhitzt."

„Und warum versuchte das Biest, mich zu töten?", ächzte der verwundete Welderonem. „Was bezweckte es damit?"

„Die Zwietracht zu vergrößern", antwortete Reyodem mit harter Stimme. „Selbst der Weise Herr Marnalf geriet nun in Verdacht." Er lächelte den Zauberer an. „Woran allerdings auch Ihr Euren Anteil hattet."

Marnalf zuckte die Schultern. „Es gab keinen anderen Weg, Reyodem, König. Als Ihr mich beschuldigtet, hatte ich keinen Beweis für meine Unschuld. Also floh ich und verbarg mich. Ich ahnte ja bereits, dass ein weiteres Graues Wesen in Enderonas weilte. Da ich meinen Stab verborgen halten musste, konnte ich ihn nicht einsetzen, um das Wesen aufzuspüren. So versuchte ich, in Eurer Nähe zu bleiben, Reyodem, denn mir war klar, dass sich die Kraft des Wesens gegen Euch richten würde. So konnte ich es schließlich auf dem großen Platz zum

Kampf fordern und ihm die Maske vom Gesicht reißen."

Reyodem lächelte. „Ja, ich habe zwei meiner Getreuen Unrecht getan. Dem braven Herrn Bulldemut und Euch, Marnalf. Ich hoffe, ihr beide seht es mir nach, doch die Situation zwang mir den schrecklichen Verdacht auf." Er sah Bulldemut an, der lächelnd nickte. „Der Hohe Lord Bulldemut sprach von der Gefahr, die der Ostmark droht, und ich vermute, damit meinte er nicht nur den Grauen Zauberer."

„Nein, das war es in der Tat nicht nur." Bulldemut seufzte. „Seltsames geht in Merdonan vor. Das Wesen der Menschen scheint sich zu verwandeln. Viele Bewohner Merdonans wirken düster und verschlossen, als ergreife etwas Böses langsam Besitz von ihnen."

„Ihr wolltet Euch dazu äußern, Marnalf?" Reyodem hatte den Blick des Weisen bemerkt, der sich nun räusperte. „Wir Grauen Zauberer vermögen andere Lebewesen zu beeinflussen. Eigentlich dient es unserem Schutz, denn es widerstrebt meiner Art, ein anderes Wesen zu töten."

Larwyn lachte leise auf. „Ich bin bislang nur Grauen Wesen begegnet, die damit kein Problem hatten."

Marnalf lächelte gütig. „Ihr habt recht, Hohe Dame Larwyn, doch ich meinte auch Wesen meiner Art, nicht jene entarteten Kreaturen, mit denen Ihr konfrontiert wurdet. Wir Grauen und Weißen Zauberer haben das Leben immer geachtet und geschützt. Jedes Wesen in dieser Welt hat seine Aufgabe, selbst ein gefährliches Raubtier. Es würde mir nicht schwerfallen, eine solche Kreatur zu töten, wenn sie mich angriffe, doch das ist gegen unsere Natur. Wir haben die Fähigkeit, Frieden in das Herz eines jeden Geschöpfes zu senken."

„Oder Unfrieden." Der Einwand kam von Bulldemut, und Marnalf nickte.

„Eigentlich jede Art von Gefühl. Aber wir dürfen dies nur tun, wenn unser eigenes Leben ernstlich bedroht ist. Da Ihr, Hoher Lord Bulldemut, erwähntet, dass sich das Wesen Eurer Bewohner ändert, scheint mir dies auf die Anwesenheit weiterer Grauer Zauberer hinzudeuten."

„Dann droht der Ostmark wirklich Gefahr. Wie können wir der begegnen, Marnalf?" Reyodem schaute betroffen. „Wir können die Menschen Merdonans schließlich nicht einfach aufgeben."

„Die Grauen müssen entlarvt werden", erwiderte Marnalf leise. „Ich vermag dies zu tun, aber ich weiß nicht, ob meine Kräfte reichen werden, sie auch zu bezwingen." Er straffte sich. „Ich will es jedoch gerne versuchen."

„Dafür danke ich Euch", brummte Bulldemut.

Reyodem blickte auf die Karte. „Es muss auf jeden Fall behutsam geschehen. Ich will unser Volk nicht erneut in Unruhe versetzen, wenn es sich vermeiden lässt. In wenigen Tagen werden wir in der Goldenen Halle eine öffentliche Versammlung abhalten, damit die Menschen sehen, dass sich ihre Pferdefürsten einig sind und der Zwist, den die Bewohner von Enderonas erlebt haben, der toten Bestie zuzuschreiben ist. Danach wenden wir uns der Gefahr in Merdonan zu." Er musterte den Grauen Zauberer. „Marnalf, mein Freund, wie sollen wir vorgehen?"

„Im Stillen, Reyodem, König." Marnalf blickte auf seinen Stab. „Mit seiner Hilfe vermag ich die Bestien aufzuspüren. Ich denke nicht, dass es viele sind." Er zuckte die Achseln. „Es hat noch nie viele Wesen meiner Art gegeben, und von der der Bestien werden es noch weniger sein. Da sie mir gegenüber jedoch in der Überzahl sind, kann ich ihnen nicht offen entgegentreten. Aber ich kann sie Euch heimlich zeigen. Sie sind empfänglich für Stahl, wie der gute Herr Lotaras bewiesen hat."

„Ihr meint, wir sollen sie heimtückisch töten?" Henderonem nippte an seinem Becher. „Das ist nicht die Art der Pferdelords."

„Nein, es ist die Art der Grauen Bestien", stimmte Marnalf zu, „und nach eben jener müsst auch ihr Menschenwesen vorgehen, wenn ihr sie bezwingen wollt. Den Orks könnt ihr mit Lanze und Schild entgegentreten, nicht jedoch den finsteren magischen Kräften."

„Dann werden wir Euch, Weiser Herr Marnalf, heimlich entsenden, zusammen mit einigen Jägern, welche die Beute erlegen", sagte Reyodem grimmig.

Vor der Tür des Arbeitszimmers erhob sich Lärm. Die Anwesenden wandten sich zur Tür, als diese plötzlich aufgestoßen wurde und ein Schwertmann hintenüber in den Raum purzelte. Ein unbekannter Mann in Rüstung und mit gezücktem Schwert in der Hand sprang hinter ihm her, und die unbewaffneten Pferdefürsten samt Reyodem erhoben sich, um sich gegen den Fremden zu stellen. Reyodem öffnete den Mund, um die Schwertmänner zu alarmieren, als ein weiterer Mann eintrat, sich kurz umblickte und dann mit einem Aufschrei zu Bulldemut hinüberstürmte.

„Ich muss Euch warnen, Pferdefürst der Ostmark, Euer Erster Schwertmann ist eine graue Bestie", rief der Eindringling. „Ihr müsst ihn fangen und sofort töten!"

„Guter Herr Helderim", rief Larwyn überrascht und hob beschwichtigend die Hände. „Wartet, Ihr Herren, dies ist der Händler Helderim aus meiner Hochmark." Sie wandte sich dem verblüfften Händler zu. „Haltet ein, guter Herr Helderim. Die Gefahr ist vorüber."

Schwertmänner stürzten nun durch die Tür, senkten jedoch auf Reyodems Wink hin ihre Klingen.

Mit hastigen Worten erklärte Larwyn dem Händler, was geschehen war, und als sie geendet hatte, trat Bulldemut, der Pferdefürst der Ostmark, an ihn heran und legte ihm die Hand auf die Schulter. „Ihr tragt das Feuer und den Mut des Pferdevolkes in Euch, guter Herr. Ihr kommt zwar etwas zu spät, aber ich will Euch dennoch danken, denn Ihr habt einige Strapazen in Kauf genommen, um uns vor dem Grauen Wesen zu warnen."

Marnalf gab indes Lotaras und Leoryn einen verstohlenen Wink und beugte sich zu ihnen hinüber. „Ich bitte euch, später in meine Kammer zu kommen. Ich möchte euch mitteilen, was ich noch über das Haus des Urbaums weiß", flüsterte er dann.

Die beiden Elfen sahen einander erleichtert an. Vielleicht würde ihre Mission doch noch ein erfolgreiches Ende finden.

61

Sie waren zwei Sonnen und zwei Monde durchgeritten, hatten die Pferde jeweils einen Zehnteltag geführt und waren dann wieder aufgesessen, denn sie wollten das Heim des Nagerclans rasch weit hinter sich lassen. Aber jetzt waren die Männer von Dorkemunts kleiner Schar erschöpft und ausgelaugt, denn sie hatten in den Zehntagen zuvor viel durchmachen müssen und waren nun an die Grenzen ihrer Kräfte gelangt.

Sie stapften in einer unregelmäßigen Linie hintereinander her und führten ihre Pferde, die ebenso wie sie kaum noch die Beine heben konnten.

„Habt ein Einsehen, guter Herr Dorkemunt", krächzte Barus mit heiserer Stimme. „Meine Füße und mein Gesäß können nicht mehr weiter, und auch mein braves Pferd ist am Ende."

„Je eher wir die Grenze erreichen, desto schneller sind wir in Sicherheit", erwiderte Dorkemunt. Er hatte einen kleinen Stein gefunden, den er nun im Mund hin und her schob, um den Speichelfluss anzuregen und dadurch Wasser zu sparen. „Deine Füße sind das viele Laufen nicht gewohnt, und dein Pferd ist nicht das Beste."

„Das mag sein", räumte Barus ein. „Dennoch kann ich nicht weiter."

„Auch mein Pferd ist am Ende", meldete sich Mortwin zu Wort. „Und von meinem Gesäß will ich gar nicht erst reden." Er seufzte. „Habt ein Einsehen, guter Herr."

„Mein Wallach ist noch wohlauf."

„Ihr seid ja auch klein, und Euer Pferd hat nicht so viel zu tragen."

Dorkemunt wandte sich im Sattel und sah seinen Freund Nedeam an. Als dieser wortlos nickte, zuckte der kleinwüchsige Pferdelord die Achseln. „Nun gut, legen wir eine Rast ein. Aber nur einen Zehnteltag, nicht mehr."

Dorkemunt wartete, bis die anderen zu ihm aufgeschlossen hatten.

„Wir sollten länger rasten, guter Herr." Barus ließ sich in den Sand sinken. „Wir alle bräuchten eine Handvoll Schlaf, und auch die Pferde sollten eine Weile ruhen."

„Sie können uns kaum noch tragen", stimmte Mortwin ihm zu.

„Meines beginnt schon zu lahmen", meldete sich ein anderer Pferdelord.

„Meines auch", seufzte ein erschöpfter Schwertmann. Er trat zur Hinterhand seines Reittieres, hob eines der Beine an und betrachtete missmutig den Huf. Das Pferd schnaubte leise, als der Mann das Eisen mit seinem Dolch säuberte. Die anderen hörten ihn fluchen. „Verdammt, es hat sich einen Stachel eingetreten."

„Einen Stachel?" Nedeam runzelte die Stirn. „Wir sind an keiner dieser Pflanzen vorbeigekommen."

Dorkemunt ging zu dem Schwertmann mit dem lahmenden Pferd hinüber. „Wer weiß schon, was hier alles im Sand herumliegt. Zeigt einmal her, mein Freund."

Der kleine Pferdelord untersuchte den Huf und wiegte den Kopf. „Ich sehe ihn. Wartet, ich glaube, er lässt sich fassen."

Dorkemunt nahm seinen Dolch zu Hilfe, um den Stachel herauszuziehen. Nachdenklich betrachtete er den Fremdkörper. „Das ist merkwürdig. Seht Euch das einmal genauer an,

Ihr guten Herren."

Sie traten zu Dorkemunt, nahmen einer nach dem anderen den Stachel entgegen und untersuchten ihn. Mortwin leckte sich über die aufgesprungenen Lippen. „Er ist sehr kurz. Und seht ihr hier? Er ist nicht von einer Pflanze gebrochen, sondern wurde sauber abgeschnitten."

„Ja", stimmte Nedeam zu. „So kurz, dass man ihn zwischen Eisen und Huf verbergen konnte und es ein wenig dauerte, bis er tief genug kam, um das Pferd lahmen zu lassen."

Der Pferdelord mit dem anderen lahmenden Pferd hastete zu seinem Tier hinüber und untersuchte den Huf. „Auch hier ist ein solcher Stachel", rief er wütend.

„Was hat das zu bedeuten?" Mortwin stieß einen grimmigen Fluch aus. „Das kann kein Zufall sein."

„Nein, es ist, wie ich befürchtet habe", knurrte Dorkemunt. „Die Wüstenkrieger haben es mit Bedacht getan."

„Es muss Heglen-Turik gewesen sein. Nur ihn ließen die Pferde an sich heran. Er muss die Stacheln dort platziert haben, um uns langsamer zu machen." Nedeam blickte den Weg zurück, den sie genommen hatten. „Das bedeutet, dass sie versuchen werden, uns einzuholen."

Dorkemunt lachte freudlos. „Sie sind noch immer auf unsere Schädel aus."

„Ich hätte nicht erwartet, dass sie ihr Wort brechen." Nedeam zuckte die Achseln. „Sie schienen mir doch ziemlich ehrenhaft."

„Nagerclan, der Name sagt es doch schon", brummte Barus. „Glaubt mir, Ihr guten Herren, ich kenne mich mit Nagern aus. Es sind flinke und hinterlistige Biester."

„Noch haben sie uns nicht eingeholt", gab Dorkemunt entschieden zurück.

„Aber bald werden sie es tun.“ Einer der Pferdelords klopfte an die Hinterhand seines lahmenden Pferdes. „Auch wenn die Stacheln jetzt entfernt sein mögen, die Pferde sind erschöpft wie wir und können nicht mehr galoppieren.“

„Kontrolliert die Hufe Eurer Pferde, Ihr Pferdelords. Wir müssen sicher sein, dass es keine weiteren Stacheln mehr gibt. Mein braver Wallach ist noch am frischesten. Und wie der gute Herr Mortwin schon erwähnte, bin ich wohl der Leichteste von uns.“ Dorkemunt schwang sich auf sein Pferd. „Ich reite bis zum Kamm der Düne dort und halte Wache. Ihr anderen könnt euch etwas ausruhen. In einem Zehnteltag marschieren wir weiter. Falls uns die Barbaren nicht schon früher aufscheuchen.“

Die Männer nahmen ihre Helme ab, füllten sie mit Wasser und tränkten die Pferde, bevor sie sich selber ein paar Schlucke gönnten und die feuchten Helme schließlich wieder auf ihre verschwitzten Köpfe setzten. Nedeam schüttelte seine leere Wasserflasche und nahm eine der Reserveflaschen. Während er sie an den Knauf seines Sattels hängte, überkam ihn eine böse Ahnung. Zögernd nahm er die Flasche, schüttelte sie und öffnete dann den Verschluss. Ja, sie war voll, und doch …

„Seid sparsam mit dem Wasser“, rief er den anderen zu. „Wir haben keine Vorräte mehr.“

„Das ist nicht möglich.“ Mortwin griff an seine Reserveflasche und öffnete sie, als er Nedeams Gesichtsausdruck sah. Bestürzt blickte er die anderen Männer an. „Es stimmt. Diese hinterhältigen Bestien. Das Wasser in den Reserveflaschen ist verdorben.“

„Wundervoll“, ächzte Barus. „Lahmende Pferde, kein Wasser und die Barbaren im Nacken.“

Dorkemunt kam auf Nedeams Wink herbei und fluchte erbittert, als er die Neuigkeit erfuhr. „Noch einen Zehntag bis zur rettenden Grenze. Normalerweise machen mir Rennen Spaß, doch dieses hier wird langsam zu einer verflucht unerquicklichen Angelegenheit."

„Wir sollten die Pferde die nächste Zeit führen", schlug Nedeam vor. „Damit sie ihre Kräfte schonen können."

„Unseren Füßen wird das nicht guttun", seufzte Barus.

„Nein", stimmte Dorkemunt zu. „Doch wir kämpfen auch nicht mit unseren Füßen."

Sie machten sich wieder auf den Marsch.

Wind, Sand und die Hitze des Tages lösten sich ab mit Wind, Sand und der Kälte der Nacht. Sie hatten kaum noch Wasser und begnügten sich mit wenigen Schlucken am Tag, doch selbst das reichte nicht, denn auch ihr Pferde mussten trinken. Mann und Tier litten gleichermaßen. Ihre Bekleidung und Körper waren mit dem feinen Sand der Wüste gepudert, der ihnen allen ein gleichförmiges Aussehen verlieh. Er verklebte die Augen, drang in Nasen und Nüstern sowie in Münder und Mäuler.

Tag um Tag schleppten sie sich dahin, jeder Schritt brachte sie der Grenze näher und schwächte sie zugleich. Längst waren sie zu ausgelaugt, um zu fluchen und die Barbaren zu verwünschen. Jeder von ihnen hoffte, die Geborgenheit der Westmark zu erreichen oder wenigstens noch die Kraft zu finden, die Lanze in das Blut der Verfolger zu senken, wenn sie eingeholt wurden. Denn dass sie eingeholt würden, bezweifelten sie nicht. Die Wüste und der Wassermangel waren die Verbündeten des Sandvolkes und schwächten die kleine Schar der Pferdelords. Die Männer gaben es schließlich auf, ihre Pferde zu führen. Sie hielten sich an den Steigbügeln fest und ließen sich von ihren Tieren leiten und mitziehen.

Der Weg, den sie zurücklegten, wurde von Gegenständen gesäumt, die sie von sich warfen, um es sich und den Pferden leichter zu machen. Zunächst Decken und leere Wasserflaschen, dann die Provianttaschen. Was sie an Nahrung brauchten, steckten sie unter ihr Wams. Es fehlte ohnehin an Feuchtigkeit, um das Essen hinunterzuspülen.

Am siebten Tag waren sie der Grenze nah, doch auch der Tod war näher gerückt.

Als Erster brach Barus zusammen, der weitaus weniger an solche Strapazen gewöhnt war als seine Kameraden. Dann folgte einer der anderen Pferdelords, und schließlich ließ sich auch der zähe Mortwin zu Boden fallen und blieb einfach liegen. Dorkemunt und die anderen merkten es erst nach einer Weile. Stumpf blickten sie den Weg zurück und sahen die anderen am Boden liegen, aber sie hatten nicht einmal die Kraft, zu ihren Gefährten zurückzugehen.

„Ich habe mir meinen Ritt zu den Goldenen Wolken ein wenig ruhmreicher vorgestellt“, ächzte Dorkemunt mühsam und setzte sich neben seinem Wallach in den Sand.

Nedeam sah seinen Freund an, sackte auf die Knie und nickte nur, denn er hatte nicht die Kraft, zu sprechen. Dann ließ er sich auf den Rücken sinken. Ein leises Grollen war zu hören, doch Nedeam nahm es erst wahr, als es lauter wurde. „Sie zürnen“, stammelte er nach mehreren Versuchen.

„Was meinst du?“ Dorkemunts Flüstern war kaum zu verstehen.

„Die ruhmlosen Reiter. Jene, welche die Goldenen Wolken nicht erreichten und nun ihre Blitze zu Boden schleudern.“

Das Grollen wuchs zu einem harten Donnerschlag heran, und unvermittelt senkte sich tiefe Finsternis über die kleine Schar. Sie waren viel zu apathisch, um die ersten Tropfen des

Regensturmes wahrzunehmen. Sie fielen weich und waren kaum zu spüren, nur die Pferde witterten umher und wieherten erregt. Dann, mit der typischen Heftigkeit, brach der Regensturm über sie herein. Massiv und schwer schlugen die Wassertropfen auf den Wüstenboden hinab, Blitze zuckten durch die Schwärze, rissen die Konturen der Umgebung gleißend hervor, um sie sofort wieder in tiefe Finsternis versinken zu lassen.

„Ein … ein Regensturm“, ächzte Nedeam schließlich.

Die Tropfen schlugen nun so hart auf sie herunter, dass es schmerzte, zumal die Haut der Pferdelords trocken und spröde war. Das Wasser riss den Schmutz von ihren Gesichtern, traf in ihre aufgerissenen Münder und füllte den Schlund mit Nässe. Mechanisch schluckten sie und realisierten nur langsam, was gerade geschah.

„Wasser“, schrie Dorkemunt erregt. Zumindest wollte er schreien, aber es blieb bei einem heiseren Krächzen. Er erhob sich auf Hände und Knie, kroch ein Stück über den Sand, um dann erneut auf den Rücken zu sinken. „Es ist Wasser.“

In einer kleinen Mulde bildete sich eine rasch anschwellende Pfütze, denn der Regen fiel schneller vom Himmel, als der trockene Sand ihn aufnehmen konnte. Die Pferde traten instinktiv an das unerwartet entstandene Wasserloch heran und soffen gierig.

„Nehmt die … nehmt die Helme und … stellt sie auf“, keuchte Nedeam. „Stellt sie auf. Sammelt das … Wasser.“

Sie bohrten die Helme umgedreht in den Sand und genossen das Geräusch, mit dem der Regen in sie hineinprasselte. Nedeam schleppte sich zu seinem Pferd, nahm seinen Rundschild vom Sattel und stellte auch dieses als Schüssel auf. Die anderen folgten seinem Beispiel. Ihre Lebensgeister begannen zu erwachen, die Gier nach Wasser und neuer Lebensmut beseelten sie.

Der Regen klatschte auf ihre Körper und durchnässte ihre Kleidung, sie rissen sich Rüstungen und Wämser vom Leib und sprangen nackt durch den heftigen Guss. Wie von Sinnen waren sie, und wenn nun ein einziger Barbar über sie hergefallen wäre, hätte er sie wahrscheinlich mühelos überwältigen können.

Erst als der Regensturm abrupt versiegte, fanden sie wieder zu sich und sahen einander grinsend an. Bis sie ihren Gefährten erblickten.

„Das wird uns niemand glauben", seufzte Barus betroffen. „Ausgerechnet in der Wüste."

Der Pferdelord war zu geschwächt gewesen, um seinen Kopf aus einer sich bildenden Pfütze herauszunehmen, und so war er darin ertrunken. Die anderen hatten es nicht bemerkt, denn alle waren nur noch mit sich selbst beschäftigt gewesen.

„Füllt das Wasser in die Flaschen, die uns noch geblieben sind und sauft euch noch einmal richtig voll", sagte Dorkemunt leise. „Nehmt an Gefäßen, was ihr finden könnt, und dann lasst uns den guten Herrn zu den Goldenen Wolken geleiten. Danach reiten wir weiter." Er schüttelte den Kopf. „Nur einen Tag noch, und er wäre mit uns in Sicherheit gewesen."

Sie saßen behutsam auf, und die kleine Schar bot ein ungewöhnliches Bild, als sie weiter der Grenze entgegenstrebte. Beinahe andächtig hielt ein jeder von ihnen seinen Helm im Arm, und jeder Schluck aus diesen provisorischen Wassergefäßen wurde ausgekostet.

Dann waren sie endlich nahe der Grenze zur Westmark. Selbst die sich erneut einstellende Tageshitze schien ihnen jetzt nichts mehr anhaben zu können. Die vertrauten Konturen des

Gebirges ragten vor ihnen auf, und als sie über einen Dünenkamm trabten, sahen sie unter sich die Tote Wache des Ersten Königs. Doch dieses Mal flößte ihnen der Anblick kein Unbehagen ein, sondern zeigte ihnen die Nähe der Grenze und ihrer Heimat.

Erleichtert trabten sie an der Toten Wache entlang, ohne einen Blick auf das Zeugnis aus vergangener Zeit zu werfen. Sie waren nur noch froh, die eigenen Schädel nach Hause tragen zu können.

„Hoffentlich hat Garodem es auch geschafft", seufzte Nedeam und trieb sein Pferd neben Dorkemunt. „Ich denke, er hatte eine gute Chance. Wir scheinen ja alle Aufmerksamkeit der Wüstenkrieger auf uns gezogen zu haben. Vielleicht ist er sogar unbehelligt geblieben."

Dorkemunt nickte. „Ich hoffe sehr, dass er es geschafft hat." Der kleinwüchsige Pferdelord versteifte sich plötzlich im Sattel und stieß ein leises Zischen aus. „Wobei ich übrigens glaube, dass wir es nicht schaffen werden."

Der Sand vor ihnen war in Bewegung geraten. Auf der gesamten Länge der Düne, die sie überqueren mussten, um die Westmark zu erreichen, kam der Sand ins Rutschen. Die Gestalten von Kriegern richteten sich auf, und es wurden immer mehr von ihnen, bis die Düne schließlich mit Barbaren bedeckt war.

„Das war es wohl", ächzte Barus. „Wir werden unsere schöne Hochmark nicht mehr wiedersehen."

„Es sind zu viele", stimmte Nedeam zu und zog seinen Bogen von der Schulter. „Aber ein paar von ihnen werden wir noch mitnehmen."

„Vor allem diesen grinsenden Bastard da vorne." Mortwin wies auf eine der Gestalten. „Das Narbengesicht kenne ich. Es ist dieser hinterhältige Bimar-Turik."

„Auch Heglen-Turik kann ich erkennen", bestätigte Nedeam und legte einen Pfeil an die Sehne. Er bedauerte, dass der junge Krieger bei den anderen war, denn er spürte eine gewisse Seelenverwandtschaft zu ihm. Andererseits hatte sich der junge Turik als hinterhältig erwiesen, denn er musste es gewesen sein, der den Pferden die Stacheln unter die Eisen gesteckt hatte.

„Wie haben sie es geschafft, uns zu überholen?", knurrte Dorkemunt grimmig. „Bei den finsteren Abgründen, sie müssen seitlich an uns vorbeigeschlichen sein. Sie hätten uns längst angreifen können. Warum haben sie das nicht getan?"

Die Antwort erhielten sie, als Heldar-Turiko vor die Männer der Clans trat und langsam über den Sand auf die kleine Schar der Pferdelords zuschritt. Dorkemunt hängte die Axt an den Sattelknauf, trieb sein Pferd an und ritt dem Turiko entgegen. „Ich hielt Euch für ehrenhafte Krieger", sagte er kopfschüttelnd. „Aber Ihr habt Euer Wort gebrochen."

„Wir sind ehrenhafte Krieger, Pferdemensch Dorkemunt." Der Turiko zuckte die Achseln. „Ihr durftet sicher und in Frieden zur Grenze unseres Landes reisen, wie ich es beschwor."

„Du bist ein Schlitzohr, Turiko", brummte Dorkemunt. „Bis zur Grenze also. Ich hätte besser nachgefragt, ob wir sie auch sicher und in Frieden überschreiten dürfen."

Der Turiko grinste breit. „So ist es, Pferdemensch. Du hättest genauer sein sollen."

Der kleinwüchsige Pferdelord legte seine Hände auf den Sattelknauf. „Ich nehme nicht an, dass wir erneut um unser Leben kämpfen dürfen?"

„Oh doch, Pferdemensch Dorkemunt. Das sollt ihr sogar. Aber nicht wieder in einem Zweikampf, obwohl Bimar-Turik sicher ist, ihn diesmal zu gewinnen."

Dorkemunt spuckte aus. „Sei gewiss, Turiko, dieses Mal würde Barus ein wenig kräftiger treten."

Der Turiko mit dem Sonnenhaar lachte leise. „Wir wollen Eure Schädel in Ehren nehmen, denn sie sollen einen ruhmvollen Platz in unserem Schädelhaus einnehmen."

Dorkemunt blickte zu den Kriegern des Sandvolkes hinüber. „Wohl fünfhundert Männer, nicht wahr? Wenig Ehre für Euch, wenn Ihr alle Euch auf ein Dutzend Pferdelords stürzt."

„Nur die Krieger des Nagerclans werden kämpfen. Das ist unser Vorrecht", sagte Heldar-Turiko freundlich. „Die anderen wollen es sich nur nicht entgehen lassen. Es wird eine schöne Legende werden." Der Turiko wies zu den Skeletten der toten Wache. „Dies ist ein ruhmvoller Ort und ein angemessener Platz für Euren Tod."

„Dessen bin ich mir sicher." Dorkemunt nickte dem Turiko zu. „Nun gut, lasst uns beginnen, Turiko des Nagerclans. Ich will vor dem Mittag zu Hause sein."

Heldar-Turiko sah Dorkemunt erst überrascht an, dann lachte er lauthals. „Ein guter Scherz, Pferdemensch Dorkemunt. Es wird mir eine Ehre sein, deinen Schädel persönlich zu nehmen."

Dorkemunt lächelte bösartig. „Versuch es nur."

Der kleine Pferdelord wandte sein Pferd und trabte zu seinen Männern zurück, während der Turiko wieder zu den Sandkriegern eilte.

Unter den Kämpfern des Sandvolkes entstand Bewegung. Die meisten setzten sich gemütlich in den Sand, um von ihrer erhöhten Position aus zuzusehen, wie sich die hundertfünfzig Krieger des Nagerclans die Schädel der Handvoll Pferdelords zur Trophäe nehmen würden.

Gerade als Dorkemunt seine kleine Gruppe erreichte und sie zu einer Linie formierte, war ein tiefer, hallender Ton zu vernehmen. Die Pferdelords sahen einander überrascht an und versuchten zu erkennen, woher der Ton gekommen war.

„Ich meine den Klang eines unserer Hörner gehört zu haben", knurrte Mortwin irritiert.

„Es war kein Horn der Hochmark", stimmte Dorkemunt zu. „Aber eines der Pferdelords."

Plötzlich ertönte ein lautes Klappern, und während die Pferdelords das Geräusch mit ihren Blicken zu orten versuchten, wurden beim Sandvolk schon die ersten entsetzten Schreie laut. Das Klappern kam direkt aus den Reihen der Toten Wache, deren sorgsam mit Hölzern aufgestellte Überbleibsel mit einem Mal zusammenbrachen. Die Skelette der Reiter stürzten zu Boden, und die Gebeine der Pferde knickten ein.

Dorkemunts Augen weiteten sich, als die Umhänge der toten Pferdelords über den Boden zu schweben begannen und sich den Kriegern des Sandvolkes näherten, die noch immer panisch schrien, sich entsetzt zu Boden warfen oder magische Abwehrzeichen machten und Beschwörungen murmelten, bevor sich dann etliche von ihnen zur Flucht wandten.

„Die Toten sind erwacht", keuchte Heldar-Turiko und neigte sich den zahllosen grünen Umhängen zu, die auf seine Krieger zukamen. „Die Toten sind erwacht und wollen Rache an den Lebenden nehmen." Er machte die magischen Zeichen und sah dem Unfassbaren entgegen. „Verschont meine Krieger, ihr toten Helden der Pferdemenschen. Begnügt euch mit meinem Leben."

Heldar-Turiko verstummte, denn die Umhänge bewegten sich nun ruckartig, und sanken dann herab. Kleine Männer kamen darunter zum Vorschein, die mit grimmigen Gesichtern ihre unverhältnismäßig großen Äxte schwenkten.

Von den Pferdelords erscholl Jubel, während einer der Zwerge vor Heldar-Turiko trat. „Ich bin Balruk, König der grünen Kristallstadt Nal't'rund. Jene Pferdelords dort sind unsere Freunde. Wir sind weit gelaufen, um sie zu finden, und ich sage Euch, guter Herr, mit unseren kurzen Beinen ist das nicht sehr vergnüglich. Wir sind daher ein wenig wund an den Füßen, und das ärgert uns. Aber Ihr könntet unsere Laune wieder aufheitern, Sandmensch, wenn Ihr Euch auf eine fröhliche Axtschlägerei mit uns einlasst." Balruk grinste boshaft. „Wir waren ein wenig aus der Übung, aber kürzlich konnten wir unsere Fertigkeiten wieder an ein paar Orkschädeln trainieren. Wenn es Euch Sandmenschen beliebt, würden wir gleich mit dem Schädelknacken fortfahren."

Die Krieger des Nagerclans hatten sich inzwischen erhoben und starrten auf die kleinen Männer, die so unvermutet vor ihnen aufgetaucht waren. Inzwischen hatten auch die Letzten von ihnen die Umhänge der toten Pferdemenschen abgelegt, und man sah, dass jedes einzelne der Wesen gut gerüstet und bewaffnet war. Die Gruppen des Sandvolkes und die der Zwerge waren annähernd gleich stark.

Heldar-Turiko musterte die Zwerge, die nun eine enge Formation eingenommen hatten, während Dorkemunts Pferdelords herantrabten, um sich ihren kleineren Freunden anzuschließen.

Balruk sah den Turiko auffordernd an. „Nun, was ist?"

Der Turiko spürte, dass sein Sandvolk an diesem Tag kaum Schädel nehmen, sondern vielmehr verlieren würde. „Eure Freunde die Pferdemenschen mögen in Frieden ziehen."

Balruk nickte, als hätte er nichts anderes erwartet. „Eigentlich schade. Es wäre sicher ein interessanter Tag geworden."

Dorkemunt und die Seinen hatten nun Balruk und die Axtschläger erreicht, in deren Reihen sich fröhliches Geschrei erhob. Dorkemunt ritt nach vorne und saß ab, damit Balruk seinen Kopf nicht so weit in den Nacken legen musste.

„Es ist eine Freude, Euch zu sehen, guter König Balruk, auch wenn die Umstände, nun, ein wenig ungewöhnlich sind."

Balruk grinste. „Es war nicht einfach, dies zu bewerkstelligen. Vor allem, da wir uns auf den knöchernen Pferden verbergen mussten. Alte Knochen und morsches Holz, ah, wir hatten unsere Mühe, dass alles stehen blieb." Er sah Dorkemunt zweifelnd an. „Zudem haben wir ein lebhaftes Temperament, wie Ihr wisst. Es fiel uns nicht leicht, still zu verharren, während die Sandmenschen kamen und sich eingruben. Doch wir wollten uns und Euch Pferdelords den Spaß nicht verderben. Wir Zwerge schätzen eine gute Axtschlägerei, aber noch mehr schätzen wir eine gute Kriegslist. Meint Ihr, Herr Dorkemunt, die toten Pferdelords werden sie uns verübeln? Zumal wir ihnen die Umhänge nahmen oder", er sah auf den mürben Stoff, „was von ihnen übrig blieb?"

Dorkemunt sah den König der grünen Kristallstadt ernst an. „In gewisser Weise hat die Tote Wache dazu beigetragen, die Lebenden zu schützen. Nein, ich glaube nicht, dass Eure List den Zorn dieser Pferdelords hervorruft, denn sie reiten schon lange zwischen den Goldenen Wolken."

Balruk schien beruhigt und lächelte. „Ich sehe auch den bartlosen Nedeam bei Euch, guter Herr Dorkemunt."

„Er hat nun einen Bart. Wenn auch nur einen kleinen", schränkte Dorkemunt lachend ein und sah dann Heldar-Turiko an.

Der Häuptling zuckte die Achseln. „Es wird ein anderer Tag kommen, an dem wir uns Eure Schädel nehmen."

„Ein anderer Tag? Schon möglich", stimmte Dorkemunt ihm zu.

„Nun denn", der Turiko seufzte vernehmlich. „Mögen also Wind und Sand Euch Pferdemenschen und Eure Freunde sicher in Eure Heimstätten geleiten."

Er wandte sich ab, machte ein Zeichen mit seiner Hand, und die Krieger des Sandvolkes sammelten sich. Dann nahmen sie den raschen Schritt ihres Volkes auf und verschwanden.

Hinter jener Düne, auf der sie zuvor noch gesessen hatten, ertönte abermals ein Hornsignal und nur Augenblicke später erschienen zwei Beritte der Westmark auf dem Kamm. Nein, dies wäre nicht der Tag des Sandvolkes geworden.

62

Erst war es nur ein einzelnes Horn, dessen Klang vibrierend über Enderonas zu stehen schien. Ein lang anhaltender Ton, in den ein zweites Horn einfiel, dann ein drittes. Der anfängliche Dreiklang verschmolz zu einem einzigen Ton, der nun die Luft zusammen mit dem jubelnden Geschrei der Menge erfüllte, welche die Hauptstraße von Enderonas auf dem Weg zur Burg säumte.

An der Spitze der Parade ritten die Pferdefürsten unter ihren Bannern, zwischen denen auch das der Hochmark wehte. Man sah Garodem nichts von den Strapazen an, die er und seine Männer ausgehalten hatten. Hinter den Pferdefürsten ritt ein einzelner Bannerträger einher, an dessen Lanze ein ungewöhnliches Tuch wehte. Es war rechteckig und von roter Farbe, und man sah ihm an, dass es alt war, denn der Stoff war rissig und die Farben des weißen Pferdes mit der aufgehenden Sonne waren ausgebleicht. Jeder in Enderonas kannte die Bedeutung dieses Tuches, denn es war das Symbol der Einigkeit des Pferdevolkes.

Hinter dem Bannerträger ritt die Ehrenwache der Schwertmänner einher. Sie kamen aus allen Marken des Königs, mit Ausnahme der Ostmark. Die Rosshaarschweife schimmerten seidig in den Farben des Pferdevolkes, während die Rundschilde im Takt des Trabes gegen die Schenkel der Reiter wippten, welche die Lanzen stolz aufgerichtet hatten.

Bulldemut bemühte sich um eine feierliche Miene und lächelte der Menge am Wegesrand zu. „Diese Rüstung wird mich noch umbringen und das vollenden, was der verfluchte

Graue nicht geschafft hat, Garodem, mein Freund. Wenn ich den Schmied erwische, der sie anfertigte, stopfe ich ihn in seine eigene Esse."

Einige Längen entfernt, wies eben jener Schmied voller Stolz auf den Pferdefürsten. „Ah, sieht er nicht wahrhaft pferdefürstlich aus? Bemerkt ihr, wie fein ich die Rüstung gearbeitet habe? Ja, das ist Handwerk, wie man es nur in Enderonas findet."

Direkt hinter Bulldemut ritt der verletzte Welderonem, der trotz Leoryns Einwänden an dem Ritt teilnahm. „Das Banner des Ersten Königs kehrt heim, und ich soll der Zeremonie nicht beiwohnen dürfen?" Der Pferdefürst hatte ausgiebig geflucht und Leoryn dann entschuldigend angesehen. „Auch wenn Ihr mich auf das Pferd binden und mich später abermals vernähen müsst, mein Banner wird dabei sein."

Die Hörner der Königsmark stießen eine lange Tonfolge aus, und die Kolonne erreichte den Terrassenweg, der zur Burg hinaufführte. Schwertmänner präsentierten die Lanzen, und ihre Blicke folgten dem Königsbanner. Ein übereifriger Stallbursche, der einige Pferdeäpfel auflesen wollte, wurde von einer Wache zurückgehalten, damit er den feierlichen Augenblick nicht störte.

Die Gruppe der Pferdefürsten erreichte indes das Haupttor, ritt mit den Bannern unter dem Signalfeuer hindurch auf den Innenhof der Burg und trabte der Goldenen Halle des Königs entgegen. Ihr folgte das Königsbanner und dann die Ehrenwache.

Die ganze Stadt war in Bewegung, denn das große Tor der Burg blieb offen, um die Bewohner der Stadt zu empfangen, die nun den Weg hinaufgeeilt kamen. Endlich durften auch die Stallburschen den Terrassenweg säubern, damit die zahlreichen Füße den Dung nicht in die Burg hineintrugen. Allerdings würde nur ein Teil der Bevölkerung der Zeremonie beiwohnen können, denn trotz ihrer Größe war das Fassungsvermögen der Burg begrenzt. Doch jeder wollte so nahe wie möglich an das Geschehen heran, und so begannen die Menschen zu drängen und zu schieben, um nur nichts zu versäumen, während die Schwertmänner der Wache alle Hände voll zu tun hatten, um den Menschenstrom in seinen Bahnen zu halten.

Die Pferdefürsten erreichten die Goldene Halle und saßen ab, während ihre Bannerträger heraneilten, um ihnen ihre Fahnen in die Hände zu geben. Nacheinander betraten die Pferdefürsten mit ihren Bannern die Halle und schritten auf deren Mitte zu.

Die Tische und Bänke waren aus der Halle entfernt worden, um genug Platz zu erhalten, und dennoch war fast jedes Stückchen Boden von Menschen gefüllt, nur in der Mitte war noch ein Gang geblieben. Die Bewohner von Stadt und Burg, die das Los dazu auserkoren hatte, an der Zeremonie teilzuhaben, standen entlang der Wände, und vor ihnen zwei Reihen der Schwertmänner, geordnet nach ihren Marken. Die Halle war festlich geschmückt. Bänder in den Farben des Pferdevolkes waren um die schwarzen Säulen geschlungen, und die beiden Brennsteinbecken hinter dem Thron des Königspaares strahlten das Banner Reyodems an.

Die Pferdefürsten schritten durch den Gang und als sie stehen blieben und sich der Mitte zuwandten, hielten sie die Lanzen mit ihren Bannern aufrecht.

Wieder erklangen die Hörner, und König Reyodem erschien in Begleitung der Hohen Dame Taramyn, die zusammen mit ihm den Gang entlangschritt.

Sie passierten Welderonem, der seine Bannerlanze kurz anhob und das metallene Ende dröhnend wieder auf den Boden stieß. „Die Südmark unter Welderonem gelobt dem Pferdevolk und seinem König Reyodem Schild und Lanze."

Bormunt verzog sein Gesicht zu einem unmerklichen Lächeln, als das Königspaar ihn erreichte. Das Lanzenende hämmerte auf den Boden. „Die Reitermark unter Bormunt gelobt dem Pferdevolk und seinem König Reyodem Schild und Lanze."

Erneutes Schlagen. „Die Westmark unter Henderonem gelobt dem Pferdevolk und seinem König Reyodem Schild und Lanze."

Eine kurze Pause, dann ein hallender Schlag, dem ein kurz aufbrandender Jubel folgte. „Die Ostmark unter Bulldemut gelobt dem Pferdevolk und seinem König Reyodem Schild und Lanze."

Die Nordmark Dargonnems folgte, dann die Hochmark Garodems. Das Königspaar erreichte den Thron und wandte sich um. Schweigen senkte sich über die Halle, als der Träger des alten Königsbanners eintrat und mit langsamen Schritten nach vorne kam. Vielleicht wirkte das Banner nur deshalb so groß, weil sein Ehrenträger so klein war. Vor dem König verharrte Dorkemunt und neigte die Lanze Reyodem entgegen, der seine Hand auf das alte Tuch legte.

„Ich, Reyodem, König des Pferdevolkes, gelobe dem Volk Schild und Lanze. Auf dass es für alle Zeiten unter dem Banner des Königs vereint sei. Nun lasst uns den Eid der Pferdelords unter dem alten Banner erneuern."

So sprachen die Männer mit den grünen Umhängen der Pferdelords den Eid, als Gleiche unter Ihresgleichen, und für einen Augenblick herrschte ergriffene Stille.

Dann knallten Lanzenschäfte rhythmisch auf den Boden der Halle, Klingen wurden gezückt und gegen Schilde geschlagen, und der Jubel brandete aus der Goldenen Halle über die Burg von Enderonas hinweg und in die Stadt hinunter.

Das Banner des Königs war heimgekehrt und hatte das Pferdevolk erneut geeint.

63

Toslot bekam von dem Trubel, der um ihn herum herrschte, schon lange nichts mehr mit. Immerhin hatte er an diesem denkwürdigen Abend fast drei volle Gläser Gerstensaft geschafft, bevor er lautlos hinter den Tresen gesunken war. Auch Helderim schien dem Zusammenbruch nahe, was zweierlei Gründe hatte. Das schier endlose Schulterklopfen des begeisterten Malvins und die große Menge besten Blutweins, die der Wirt bereitwillig ausgeschenkt hatte.

Malvin war glückselig, denn die Pferdelords der Hochmark und sogar der gute Helderim hatten wundervolle Geschichten mitgebracht, die von Leid und Gefahr und vom Triumph der Pferdelords handelten. Denn gewiss war es ein Triumph der Pferdelords, auch wenn ein paar Zwerge daran beteiligt gewesen waren. Ach, es waren Geschichten für sehr lange Abende und sehr durstige Kehlen.

Malvin wurde nicht müde, Helderim die Schulter weich zu klopfen und dabei mit der anderen Hand jenes Fundstück herumzuzeigen, das der brave Händler aus der Königsmark mitgebracht hatte. Es stammte von jener Rüstung, die das grauenvolle Wesen in Enderonas getragen hatte. Oh, welche Legenden waren mit diesem angeschmolzenen Stück Metall verbunden und wie viele durstige Kehlen.

„Von der Hand der Bestie berührt, nicht wahr, guter Herr Helderim?“, dröhnte Malvin gut gelaunt, und der Händler rückte abermals auf seinem Schemel vor. „Ah, welch furchtbarer Kampf.“ Er sah zu Barus hinüber, der zwischen Nedeam und Dorkemunt am Tresen stand. „Wirklich schade, dass ihr die Keulen nicht mitbringen konntet, mit der Ihr diesen Bimmel-Turk geschlagen habt."

„Bimar-Turik", korrigierte Nedeam mit glänzenden Augen. Er hatte seinen zweiten Blutwein getrunken und stand nicht mehr ganz sicher auf den Beinen, da er Alkohol einfach nicht gewöhnt war.

„Ach, wie auch immer. Unser braver Barus hat ihn erschlagen." Malvin schenkte dem Nagerjäger großzügig nach. „Wahrhaftig, unser guter Herr Barus ist ein rechter Pferdelord geworden."

„Ha, das will ich meinen."

Barus zuckte ein wenig zusammen, als er die Stimme der blonden Schuhmacherin Esyne erkannte. Die hübsche Frau bahnte sich ihren Weg durch die anderen Gäste des „Donnerhufes" und schob Nedeam zur Seite, der es schweigend geschehen ließ.

„Nicht nur ein guter Nagerjäger, sondern auch ein richtiger Pferdelord", sagte Esyne stolz und legte Barus den Arm um den Nacken. „Ihr glaubt nicht, mein Freund, welche Angst ich um Euch hatte."

Dorkemunt blickte an Barus vorbei zu Nedeam und zwinkerte ihm zu. „Ich denke, Nedeam, es ist recht spät geworden. Wir sollten uns einen ruhigen Platz zum Schlafen suchen. Reiten wirst du wohl kaum mehr können."

„Aber Ihr guten Herren, Ihr tapferen Waffengefährten, meine lieben Pferdelords", ächzte Barus. „Ihr könnt mich doch nun nicht verlassen."

Dorkemunt legte seine Hand auf Barus' Arm. „Glaubt einem erfahrenen Pferdelord, Barus, mein Freund, Ihr befindet Euch in guten Händen." Er lächelte Esyne unerwartet freundlich zu und tippte dann an Nedeams Schulter. „Nun komm schon, Pferdelord Nedeam. Morgen geht es zum Gehöft zurück, wo ein Bock mit halb geschorenem Hinterteil auf uns wartet."

„Meines ist auch frisch geschoren", seufzte Mortwin trunken. „Und sie hat es obendrein noch neu vernäht, die Hohe Frau Meowyn. Ah, ich sage Euch, Ihr guten Herren, die Wüste war weniger schmerzhaft."

Dorkemunt lachte auf und schlug erneut auf Barus' Arm. „Nun, Barus, mein Freund, zieht es auch Euch in die Wüste zurück?"

Unvermittelt neigte sich Esyne zu Barus und knabberte an einem seiner Ohrläppchen. Der Nagerjäger riss erschrocken die Augen auf, und Malvin ächzte entsetzt, doch als sich Esynes Lippen lösten, fehlte kein Stück von Barus' Ohr. Dorkemunt ergriff Nedeams Arm und zog den überraschten Pferdelord vom Tresen fort. „Lass den Dingen ihren Lauf, Nedeam, mein Freund. Ich glaube, nach all der Trockenheit der Wüste, ist Barus ein wenig Feuchtigkeit an seinem Ohr gar nicht so unangenehm."

Nedeam ließ sich von seinem Freund und Mentor widerwillig mitziehen. „Meinst du wirklich?"

Dorkemunt grinste breit. „Glaube mir, Nedeam, mein Freund, eines nicht mehr so fernen Tages wirst du dergleichen auch zu schätzen wissen."

Nedeam sah zum Tresen zurück und registrierte, dass die blonde Schuhmacherin erneut an Barus' Ohr knabberte. Dorkemunt war sicher ein erfahrener Pferdelord, ganz gewiss. Aber was konnte an einem befeuchteten Ohr angenehm sein?

64

Viele der hölzernen Stützen, die so lange Jahre die Gebeine von Mann und Ross aufrecht gehalten hatten, waren nun geborsten, und die Knochen von Männern und Pferden lagen vermischt am Boden, wo der Sand sie teilweise bedeckte.

Eifrige Hände nahmen die Gebeine auf, banden sie mit den Fasern von Stachelpflanzen aneinander und befestigten die fertigen Skelette wieder an den Stützen. Krieger des Sandvolkes eilten umher, suchten Knochen und Rüstungsteile und versuchten sie einander zuzuordnen.

„Es wäre nicht ehrenhaft, sie einfach liegen zu lassen“, sagte Heglen-Turik nachdenklich.

„Die Zwerge haben sie zerschlagen“, brummte Bimar-Turik missbilligend. „Sollen sie die Tote Wache auch wieder aufrichten.“

„Aber unser Volk war es, das die Tote Wache einst ehrenvoll besiegt hat“, widersprach Heglen. „Daher ist es unsere Aufgabe, ihnen Ehre zu erweisen.“

„Es wird sehr lange dauern, sie wieder aufzurichten“, sagte ein anderer Krieger des Nagerclans sachlich. „Aber wir haben Zeit. Die Wüste ist ewig, wie auch die Tote Wache.“

„So ist es besungen“, stimmte Heglen zu.

Ein Krieger war eine der Dünen hinaufgeklettert, um dort Posten zu beziehen. Er wandte sich um und stieß einen leisen Pfiff aus.

Heglen-Turik und Bimar-Turik unterbrachen ihre Arbeit und liefen zu ihm hinüber. Der Krieger wies vor sich in Richtung Osten. „Dort vorne, auf halber Strecke bis zur Grenze."

Nun konnten auch sie es sehen. Sie liefen im Trab ihres Volkes hinüber und blieben dann nachdenklich stehen.

Es waren drei große Stapel sorgfältig geschlagenen und geschälten Holzes. Die Spuren waren frisch.

Heglens Blick glitt zur Grenze des Pferdevolkes hinüber, und ein Stück weiter sah er noch etwas anderes aus dem Wüstensand ragen.

„Was ist das?", fragte Bimar-Turik. „Es sieht wie eine Lanze aus."

„Es ist eine Lanze", bestätigte Heglen-Turik. „Eine aufgestellte Lanze der Pferdemenschen."

„Was hat das zu bedeuten? Wollen die Pferdemenschen sie uns schenken?"

Heglen-Turik schüttelte den Kopf. Offensichtlich wurde Bimar-Turik wirklich alt, und seine Gedanken waren nicht mehr so schnell. „Nicht die Lanze. Sie schenken uns das Holz. Ich glaube, wir werden hier nun öfter etwas davon finden. Aber wenn wir es uns selber aus ihrem Land holen wollen, werden wir ihren Lanzen begegnen. Mit den Spitzen voran."

„Sie haben sicher Angst vor uns", brummte Bimar-Turik.

Heglen lächelte. Er ahnte, welcher Pferdelord die Lanze dort aufgestellt hatte. Ein ungewöhnlich kleiner Pferdelord, und der hatte sicherlich keine Angst. Heglen-Turik blickte zu dem gestapelten Holz hinüber. „Komm, Bimar-Turik, es gibt noch viele Knochen der Toten Wache zu binden. Und wir müssen das Holz in die Heimstatt schaffen."

Die Toten der Wache waren Pferdelords und einst die Wache des Ersten Königs gewesen. Sie hatten die Grenzen des

Pferdevolkes bewacht und ihre Leute beschützt. Nun hatte ihr Volk eine andere Heimat gefunden, aber die Tote Wache des Königs hielt noch immer die alte Grenze.

– ENDE –

Leseprobe zu Band 4 →

Freuen Sie sich schon jetzt auf den 4. Band der Pferdelords: „Die Pferdelords und das verborgene Haus der Elfen“

LESEPROBE

Es missfällt mir, an der Seite der Menschenwesen zu stehen. Sie sind schwach. Vier ihrer Häuser sind schon der Finsternis erlegen.“ Jalan-olud-Deshay hob den Blick und musterte das Funkeln der Sterne am nächtlichen Himmel. „Die anderen drei werden bald folgen.“

Sein Freund Theon-olud-Deshay zuckte die Achseln. „Sie sind Kurzlebig, aber nicht Schwach, Jalan. Du tust den Menschenwesen Unrecht.“

Jalan stieß ein leises Schnauben aus. „Vor vielen Tausend Jahreswenden streckte der Schwarze Lord mit seinen Orks die Hand nach den Reichen der Elfen und Menschen aus. Er wurde bezwungen und in die Finsternis zurück geworfen. Es wäre die Zeit gewesen, zu erstarken, aber der Schwarze Lord machte den Menschenwesen Geschenke und verführte sie. Habgier und Missgunst beherrschen die Herzen der Menschen. Theon, mein Freund, die menschlichen Königreiche sind dem Untergang geweiht.“

„Nur wenn sie alleine stehen.“ Theon lächelte sanft. „Doch erstmals stehen elfische Krieger und Menschen Seite an Seite. So hat es der Hohe Rat der Häuser beschlossen.“

„Gegen meine Stimme.“ Jalan betrachtete die Sternbilder.

Sie standen auf einer gewaltigen Lichtung inmitten des Waldes.

Jenes Waldes, in dem alles seinen Anfang genommen hatte. Zumindest, wenn man es vom Standpunkt eines elfischen Wesens betrachtete.

Hier, in diesem Wald, erhob sich das gewaltige Haus des Urbaums, das elfische Haus Deshay. Das erste, älteste und stärkste Haus des Elfenvolkes.

Von hier waren die Elfen einst ausgezogen und hatten die anderen Häuser des Waldes und der See gegründet. Nun gab es viele Elfenhäuser, doch keines würde je die Größe und Bedeutung des Urhauses Deshay erlangen.

„Du warst nicht da, Jalan, mein Freund, und konntest nicht am Rat teilnehmen." Theons Stimme nahm einen leicht erregten Unterton an. „Du warst an den Neuen Ufern und hast sie gesehen."

Jalan spürte die Neugier seines Freundes und wandte ihm den Blick zu. „Erst muss der Hohe Rat der Häuser meine Stimme hören. Zuvor kann ich nichts sagen, Theon, das weißt du. So ist es das Gesetz der Elfen."

Jalan seufzte erneut und legte seine rechte Hand ungeduldig um den Griff seines leicht geschwungenen Schwertes. „Die Neuen Ufer sind voller Wunder und Gefahren. Meine Augen haben viel gesehen und wenn ich dem Hohen Rat der Häuser berichtet habe, wird mein Mund auch dir sagen können, wie es um die Zukunft unserer Häuser bestellt ist."

Hinter Theon und Jalan war die große Lichtung von Blitzen und Funkeln erfüllt. Es schien, als sei der Boden aus Gras und Wildblumen unter einer goldenen Wolke verschwunden, denn Fünftausend elfische Krieger standen hier voll gerüstet und warteten schweigend. Warteten auf den Feind, der nun bald kommen musste.

Michael H. Schenk

Die Pferdelords
und das verborgene
Haus der Elfen

Band-Nr. 65011
8,95 € (D)
ISBN: 978-3-89941-402-8
Erscheinungstermin:
Dezember 2007